蒋介石

在大陆的最后日子

田闻一 著

中国文史出版社
CHINA CULTURAL AND HISTORICAL PRESS

图书在版编目（CIP）数据

蒋介石在大陆的最后日子 / 田闻一著. —北京：中国文史出版社，2019.3

ISBN 978-7-5205-0989-3

Ⅰ. ①蒋… Ⅱ. ①田… Ⅲ. ①长篇历史小说—中国—当代 Ⅳ. ①I247.5

中国版本图书馆CIP数据核字（2018）第285595号

责任编辑：张春霞

出版发行：中国文史出版社
社　　址：北京市海淀区西八里庄69号院　邮编：100142
电　　话：010-81136606　81136602　81136603（发行部）
传　　真：010-81136655
印　　装：北京新华印刷有限公司
经　　销：全国新华书店
开　　本：787mm×1092mm　1/16
印　　张：25
字　　数：358千字
版　　次：2019年4月北京第1版
印　　次：2020年5月北京第2次印刷
定　　价：69.80元

蒋介石不是大独裁者，他缺乏做独裁者的工具。他也不可能成为民主斗士。他纵有此宏愿，他也无此机会。

——［美］黄仁宇《从大历史的角度读蒋介石日记》

目 录

Contents

引 子 / 001

第一章 奉命进京述职，邓锡侯忐忑不安 / 003

第二章 为了装点门面，中将不惜扶乩行骗 / 024

第三章 成都，蒋介石心中起死复生的圣地 / 032

第四章 滑稽，打出门去靠烟杆 / 054

第五章 孤注一掷，川西决战在即 / 064

第六章 蒋经国上前线劳军鼓劲，无济于事 / 081

第七章 军校内突发枪声，让蒋介石悚然惊心 / 092

第八章 为稳定军心，蒋介石父子故意陶怡于青城山 / 098

第九章 炮打蒋介石，看来万无一失 / 112

第十章 金河边上，有一段感人的爱情故事 / 120

第十一章 文雅的谈心与阴谋的暗杀 / 141

第十二章 古色古香的励志社里，上演着闹剧丑剧 / 163

第十三章　借招兵，地下党将计就计 / 173

第十四章　远方来人，寻找“孙中山的手杖” / 185

第十五章　对“多宝道人”、“水晶猴”是拉是打，蒋介石煞费苦心 / 198

第十六章　斗智斗勇，生死存亡系于一发之际的角逐 / 215

第十七章　金蝉脱壳，刘、邓、潘潜离成都 / 244

第十八章　滚过西南阴霾天空的一声春雷 / 257

第十九章　日暮途穷，杀戒大开 / 279

第二十章　大厦将倾，王陵基誓死不戴“红帽子” / 296

第二十一章　波诡云谲，他毕竟是翻云覆雨的高手 / 310

第二十二章　故国西去，苍茫云海间 / 323

第二十三章　惶惶然，王陵基穷途末路 / 333

第二十四章　兵荒马乱中，梁玉楼魂离阿屋山 / 344

第二十五章　枪声，在清晨止息 / 363

第二十六章　冬已去，春回大地 / 383

后　记 / 393

引 子

“既丽且崇，实号成都。”（晋·左思）

成都，这个多姿多彩的城市，地处天府之国四川最富庶的川西平原腹地。是四川省的省会，也是四川的政治、经济、文化中心和军事重镇；是一座历史悠久，风光旖旎的历史名城。早在汉代，就是全国五大都市之一。

成都又是一座花城。早在五代，《成都记》载：后蜀国主孟昶，令人在成都城墙上广种芙蓉，每到深秋季节，芙蓉花盛开，色彩艳丽，高下相照，四十里如锦绣，成都故有“芙蓉城”称谓，简称“蓉城”。在唐代，成都繁华，在全国数一数二，故有扬（州）一益（成都）二之说。这里，商贾云集，富甲天下，特别是蜀锦最为有名，蜀锦经流水清澈的锦江洗濯，流光溢彩，因而又有“锦城”美称。

岁月沧桑。

公元 1949 年冬天，一场新旧交替，国共两党两军在大陆的最后争夺战，在这里夜以继日、惊心动魄地展开。

第一章

奉命进京述职，邓锡侯忐忑不安

康庄，是四川省政府主席、国民政府陆军上将邓锡侯在成都西郊的一座园林式公馆。这里，离市区不过十来里地，位于浣花溪畔，一衣带水，风景绝佳。

3月，春和景明，是成都最好的季节。白天，浣花溪畔，树木清荣，莺飞草长；晚上，钢蓝色的夜幕中，有一轮白玉盘似的皎皎圆月巡行，洒下一地清辉。天幕上，浩瀚银河里无数金色的星星，好像正从天幕的这一边，无声地向另一边流去。如果是往常的日子，晚上，在家的邓锡侯，早就换上一套宽松舒适的绸缎长袍了。平时，在可以不穿军装的时候，他喜欢西装革履，他是一个生活上比较喜欢追求西化，比较会享受生活的人。这时，他早带上妻儿在园中赏月了。竹梢风动，月影移墙的花园里，早就滚动着他那洪钟般的说笑声。

今夜很特别。前后院里都是静悄悄的，一片沉寂。邓锡侯的贴身副官王席儒，要保证军长的绝对安静，纵然是有什么急事要去请示，也得踮起脚跟走路，生怕弄出些许声响。他知道，军长遇到了难题，尽管这会儿王副官对这道难题是什么弄不清，但绝对与一封南京来信有关。午后，军长接到一封由南京来的标有总统府字样的信后，就像挨了一闷棍，神情大变，忧心忡忡地将自己关在书房里，一步不出，放出话来，谁也不见，谁也不准进去打扰他，连晚饭都是女主人田德明亲自送进去的。其他人送进去，他不仅不吃，还要大发脾气。

夜已经深了。田德明已经将一直闹着要去找爸爸的儿子哄睡。这会儿，屋子里就开了一盏小小的床头灯，像一叶雪白的睡莲，而四周的一切全都隐在黑暗中，只听挂在墙上的壁钟，嘀嘀嗒嗒地响。田德明倚坐床头，注视着对面楼上丈夫办公室里的绿窗灯火，时不时看见丈夫焦躁踱步的身影。她很想过去安慰安慰丈夫，看有什么可以帮得到忙的，又怕反而惹得丈夫不高兴。

是什么事惹得晋康如此发愁呢？她想，这么多年，哪样事没有经过，什么都不怕，战场上摸爬滚打，宦海沉浮多年，性格豪放、足智多谋的丈夫，究竟为什么事愁成这样呢？她只知道是为一封南京来信，可是，那信是谁来的，信中说了些什么？丈夫不说，她也不敢问。晋康凡事都好，就是一样，不要女人参政！

终究是不放心，看儿子已经睡熟了，她这就唤王妈进来，替她小心照看孩子，自己去了对面楼上丈夫的办公室。

“哪个？”还很远，闪出一个警卫大声喝问。

“连我都看不出了嗦？”田德明很不高兴。

“啊，是太太！”迎上来的卫兵有些迟疑，“王副官打过招呼的，说是军长有令，任何人都不见。太太，你看？”

田德明不理他，径直上楼，推开了丈夫办公室的门。

双手背在身后，凭窗而望。对着夜空愁肠百结的邓锡侯凭着职业军人的敏感，一下转过身来，看着他的这个年轻漂亮的夫人，双目如锥。那张宽盆大脸上，不仅愁云密布，还有一丝愤怒，一丝诘问。

“晋康，你在愁什么呢？”她关切地问了一句，她以为丈夫会问起儿子睡了没有什么的。俗话说：皇帝爱长子，百姓爱幺儿。她生的这个儿子是邓锡侯的幺儿，还不到10岁，与长子悬殊20多岁，平时深得丈夫宠爱，一会儿不见都要问。不料丈夫却像个憋足了气的皮球，经她一引发作了。

第一章
奉命进京述职，邓锡侯忐忑不安

“你看这个龟儿子老蒋（介石），气不气人？！”邓锡侯两手一拍，看着田德明说，“一天到晚，他都逼着我出粮出钱出人去打内战。抗战八年，我们四川出得还少了？现在，四川都被他榨干了，他还在喊出出出，我能出得起啥子嘛？简直就是鸡骨头上刮油！”说到这里，他又像个受了委屈的孩子，颓然坐在那张靠窗的硕大的办公桌后的皮转椅上，将摆在桌上的那封南京来信拿起来不住摔打。似乎只有这样，才能减少些他内心的愤懑。

屋子里因为没有开大灯，一切都是影影绰绰的，办公桌上开着一盏台灯。一缕乳白色的灯光，经绿色灯罩一罩，倾泻出来，端端照在当中的一封信上。而灯光之外，摆在办公桌上的一架载波电话、文房四宝以及堆得小山似的公文、卷宗，全都瑟缩在夜幕中。

田德明安慰着丈夫，给他倒了杯茶，轻言细语地说：“晋康，你不要愁，船到桥头自然直，自古没有过不去的河。”说时，她上前拈起那封将丈夫愁成了这副样子的信，细细看去。

信封是长方形的，比一般的信封大，当中框一个长条形的红色竖格。红色竖格左面，标有“中华民国总统府缄”字样，当中是一行又瘦又硬的毛笔字：“邓省长锡侯启。”她抽开信笺来看，才发现这封信是蒋介石蒋委员长写给丈夫的亲笔信。信写得极简短，只一句：“晋康兄：请速来京，有要事相商。中正。”蒋介石的字，一个个写得足有拇指大，在行行红色的竖格里显得很霸气。看得出来，蒋介石小时读私塾时是练过柳体的，而任何人，尤其是大人物，不管他最初练字时练的是什么体，是柳体、颜体，还是什么体，最终总要灌进他们自己的气质、个性。俗话一句：文如其人，字如其人，这是一点不错的。蒋介石的字由柳体变成的“我体”“蒋体”，简直就像他的人一样，个个都写得瘦筋筋、硬邦邦，鹰爪似的。闻名中外的青城山上的“天师洞”三个字，也是蒋介石写的，这，中学毕业的她知道。

“哦！蒋委员长请你去南京？”她轻言细语地说。

“哼！”邓锡侯苦笑了一下，“你不要看他老蒋说得这么好听，啥子请我去南京有事相商，他这是要我去当面兴师问罪！老蒋这个人，我太了解了。他一而再，再而三地要我给他提供军粮，我办不到。日前，他派粮食部部长俞飞鹏飞来成都催，还是没有，他这是恼羞成怒了！”

“那怎么办呢？”田德明的情绪受到了丈夫影响，感到了事情的严重，也焦倒了。

“去就去嘛！”邓锡侯把信收起来，又是苦笑，“天要下雨，娘要嫁人，顺其自然。四川的情况就这个样子，我肯信他老蒋把我吞了不成，走，睡觉！”

当天晚上，邓锡侯几乎彻夜不眠。他觉得，总是身着一袭玄色长袍、身姿笔挺的蒋介石蒋委员长，就躲在黑暗中的某个角落，沉着脸打量着他。

他的思绪处于凝想中。

抗战之前，在蒋介石与“四川王”刘湘长时间的明争暗斗中，他是坚定地站在刘湘一边的，坚决反对蒋介石把手伸进四川。抗战军兴，国难当头。国家兴亡，匹夫有责，何况军人！于是，他同刘湘一样，舍小我而就大我，主动请缨抗日。蒋介石准其所请，将四川几乎所有的将军及军队都调遣出川与日作战。殊不知他们是真心抗战，蒋介石却大行一石二鸟之计，让装备极差而作战英勇的川军打头阵，去消耗军力；反过来，又用武装到牙齿的日本军队替他消灭川军这样的杂牌军。当时，出川的 20 多万川军被分为二十二、二十三两个集团军，分别在山西和江浙外围作战。川军被蒋介石分割得五零四碎。到了南京的刘湘，虽被蒋介石安了一个第七战区司令长官兼二十三集团军总司令的名称，却完全是空头司令，在南京坐冷板凳。而率部在山西作战、时为二十二集团军总司令兼四十五军军长的他，发现上了蒋介石的当，曾带信给刘湘。信中，他愤懑地将出川的川军比喻为“没有娘的孩子”，要求刘湘奏准蒋介石，将所有川军部队调到一起作战，“要死都死在一起”！可是，蒋介石根本不理。最后，积劳成疾而又气愤攻心的刘湘死在武汉万国医院，年仅 48 岁。刘湘与其说是病死的，还不如说是被蒋介石气死的、逼死的。刘湘死后，蒋介石为了做样子给世人看，尤其是做给川军川人看，对刘湘是备极哀荣，升为陆军上将，在成都进行国葬，虚伪之至！

在山西前线，看透了蒋介石伎俩的他，一方面是对真心抗战的八路军的崇敬，另一方面是出于老乡情谊，他多次请八路军总司令朱德和有“战神”称誉的一二九师师长刘伯承到自己的部队中，为营以上的军官讲解游击战，同时私下将一些武器弹药支援八路军。这就自然而然地犯了蒋介石的死忌。共产党和共产党领导的八路军，向来被蒋介石视为心腹大患，洪水猛兽，必欲早晚消灭之，哪怕在抗战最困难的时期，蒋介石都没有把装备很好、负责包围延安的胡宗南的由三个集团军组成的大部队调离！他邓锡侯的所作所为，自然被在南京的蒋介石掌握。了得！于是蒋介石要了个手段，将他调回四川，集团军司令一职交由同时出川的原先他的副手孙震。老蒋美其名曰是对他的重视，让他回川任川康绥靖公署主任，其实是剥夺了他的军权，将他弄回盆地中看管了起来。

临别之际，在忻口前线，他对接任总司令职的原二十二集团军副总司令兼四十一军军长孙震语重心长地说：“德操（孙震字德操），打仗你是行家里手，可是人家对我们川军存有二心。到时该倒拐时，你可要倒拐啊！”四川话的“倒拐”，类似于普通话中的转弯，可是内在的含义却要深刻得多，广泛得多。也不知孙震听没听进去。

八年抗战好不容易胜利了。终于腾出手来，蒋介石不顾全国人民的反对，磨刀霍霍，又要对共产党和共产党领导的军队动手了。战争总是要找借口的。蒋介石故技重施，倒打一耙，把挑起内战的责任推到共产党身上。蒋介石在一篇由号称“天下第一笔杆子”、心腹秘书陈布雷替他写的文告中，这样昭告天下：抗战八年，好不容易取得胜利。而今长城内外，大江南北，饿殍遍野，哀鸿声声……而共产党却置全国人民利益于不顾，公然举行了全面的武装叛乱，政府迫不得已，乃忍痛戡乱。老蒋自认为他兵强马壮，有必胜的把握，加之他重用的新任军政部长陈诚在他面前提劲儿，说是三个月内消灭共产党。眼高手低、志大才疏的陈诚犯的另一个大错是，他对训练有素、投降过来的几十万汪精卫的皇协军和东北溥仪的伪满洲国军全部解散不用，而这些军队却被解放军收编改造了起来。这样，蒋介石政权在军事上、政治上、经济上一塌糊涂，天怒人怨。几场大仗打下来，国民党军队节节败退，由强渐弱，而共产党却节节胜利，由弱渐强。尤其是在经过了辽沈、平津、淮海三大战役后，蒋介石政权败局已定。

远的不说，就四川成都而言，蒋介石政权就像一只下了滩的烂船，无论怎样修修补补，都无济于事了。而这个时候，蒋介石却把天府之国四川看作是他的大后方，不管不顾地责令他派款、拉夫，敲骨吸髓，为他残破不堪的战争机器加油。这就让早在八年抗战中就因为做了过多付出、忍饥挨饿的四川人民发出了雷霆般的怒吼：打倒蒋介石！打倒蒋介石政权！中共地下组织趁机组织、鼓动，这样一来，四川各地抗丁抗粮竟成燎原之势。共产党在大邑县和川东华蓥山的游击队非常活跃。在省会成都，随时都有大规模的游行示威。年前因物价飞涨，奸商囤积居奇，在闹市区竟然发生过因为抢米打死人的事件。局势越发不可收拾。在成都多条半截巷，被成都人称为“死巷子”的巷头巷尾，时时可见写有这样的大字：“此路不通，去找毛泽东！”由此可见人心的向背。

年前，在四川大材小用、屈尊做了几年省主席的张群上调中央，做了至关重要的行政院长；原川康绥靖公署撤销，他从张群手上接过了四川省政府主席职，他将“智多星”邓汉祥要了过来，做了他的省政府秘书长，原想好好给四川人民服务。然而，在这样一点就爆、紧张得让人窒息的气氛中，蒋介石却不管不顾地一而再、再而三地下令，要他对四川人民敲诈勒索。人人都说四川省政府主席是个了不得的美差，在他看来，却是一个捏在手中的红炭圆，烫手！

在蒋介石的一再催促下，他曾经让他的省府秘书长“智多星”邓汉祥，邀集与共产党方面过从甚密的“多宝道人”，西康省政府主席兼二十四军军长、常住成都的刘文辉，还有虽被蒋介石委了个川陕绥靖公署主任、人却不去的潘文华不止一次来家，帮他拿主意，商量对策。然后经他授意，让心腹秘书陈懋鲲形成文字，极委婉地电呈蒋介石。呈文大意是：四川地处大后方，在艰苦卓绝的八年抗战中，在兵员财赋提供、粮食补充等方面，都走在全国前列，贡献殊多，竭尽努力，而今川内民力财力早已耗尽，亟待复苏。因此，在征兵征粮方面，请中央予以减缓，以安后方。

据知情人告，蒋介石看了这封回电后，大为震怒，当即在桌上猛拍一掌，以他那闻名天下的国骂骂道：“娘稀匹，这邓晋康不听招呼，不服命令，简直要翻天了！他头上那顶乌纱帽如果不愿戴，有的是人戴。”随即派他的亲信、粮食部部长俞飞鹏来川催粮，仍然一无所获，因此来了这封信。

要我火速进京“有事相商”？邓锡侯想：什么叫“有事相商”？看来这趟去京凶多吉少，很可能被撤职，弄不好，被老蒋丢监也有可能。想到这里，他内心非常矛盾痛苦：并非我邓某硬要同你蒋某唱对台戏，而是实在拿不出你要的军粮来！我邓某虽然是对你蒋某人有看法，但我也不愿看到中华民国翻船，翻船对我邓某人有什么好处？虽然这些年，他非常注意共产党方面的政策，他知道，毛泽东有三大法宝，这就是：共产党的领导、人民军队、统一战线。但是，他又想，像我邓锡侯这样的人，是大地主、大官僚、大军阀，打过共产党红军，手上沾有他们的鲜血，届时，他们能饶过我吗？我这样的人是要被共产党革命的！

他就这样折腾过来，折腾过去，直到天亮前，好容易才睡过去了一会儿。

早饭后，他去督院街的省府上班，刚刚坐到办公桌前，副官王席儒就来报告，说是粮食部长俞飞鹏追到省府来了，要求邓主席接见。

“人在哪里？”邓锡侯问。

“二楼西式小客厅。”

“好，你去告诉他，我马上来。”

当邓锡侯来到客厅时，俞飞鹏马上站了起来，将头上戴的博士帽摘下，拿在手上，端在胸前，连告得罪。这是一个外表很儒雅的中年人，西装革履，皮靴锃亮，皮肤白皙，梳大背头，瘦瘦的，戴副金丝眼镜。他也是蒋介石的浙江奉化老乡，曾经在国民政府中担任过许多要职，年前被蒋介石委任为粮食部部长，深为信任。俞飞鹏的目光很锐利，很冷，透过镜片，在邓锡侯身上搜索，就像要在其中寻找到什么秘密；又像枪弹似的，似乎要想给他打进去。

邓锡侯让了座，很尖酸地说：“俞部长是个脚步金贵的人，这会儿怎么来了？”

“哪里是脚步金贵！”俞飞鹏说，“我是无事不登三宝殿，邓主席公事繁忙，没有要事我不敢来打扰。”

"啊！要事，不知有何要事？"

"委员长给邓主席的信，想必邓主席已经收到了？"

"收到了，也看了。"

"那好，别的都不说了。我来，就是问邓主席何时进京？我奉委员长命，陪邓主席一起进京！"

"啊！"邓锡侯一惊，"怎么，我进京还要你陪？难道还怕我跑了不成！"

"哪里，哪里，邓主席真会说笑话。"俞飞鹏仰起头来，很夸张地笑了笑，然后将目光放平，看定邓锡侯，"那么，我们现在就来确定进京的时间和有关细节吧！"

"细节？我没有什么细节，情况就这样，你也是知道的，我进京身边就带三个人。"

"哪三个？"俞飞鹏问得很细。

"一个是我原先绥署的副参谋长万克仁，一个是我的秘书陈懋鲲，一个是我的贴身副官王席儒。就这三个人。"

俞飞鹏假惺惺地说："三个人够用吗，邓主席不妨多带些？"

邓锡侯说："明天是 3 月 24 日，我们明天一早走。8 点钟我让王副官带车来接你，我们在凤凰山机场上专机，直飞南京。"

"那最好了。"俞飞鹏说了几句客气话，又说道："邓主席毕竟是军人出身，办事干脆！那就说定了，我就不打扰邓主席了，这里告辞了。明日一早专候。"说着站起身来。邓锡侯也站了起来，留步不送。

3 月 24 日，随着黑绒似的夜幕落潮似的退去，凤凰山机场沐浴在清亮的晨光中。凤凰山机场是离成都最近的机场，风景很好。在它的背后，是一抹葱绿的凤凰山，这是成都人最爱出外踏青的地方。在晨光的照耀下，它像一只展翅欲飞的凤凰，每根翎毛都闪闪发光。在它的前面，是成都平原素常的美景，烟村人家，小桥流水。星罗棋布的田原上，绿色为底，五彩斑斓。川陕公路像一条飘带，从机场边上绕过，飘向茫茫的远方。机场本身显得很随意，如果不是四周围有铁丝网和等距离分布的高高塔楼；如果不是塔楼上架有机枪和守卫机场大门的全副武装的卫兵，很不容易看出这是一座极重要的军事机场。机场上，大海一般起伏的茵茵绿草中，有几条长长的延伸而去的飞机跑道。停机坪上，停有几架当年从新津机场起飞去轰炸日本东京、号称“巨无霸”的美国B-29大型轰炸机。不过，尽管这种“巨无霸”飞机很大，然而，置身于大海般的绿茵场上，恍眼看去，像是栖息其中的几只蜻蜓。其中一架“巨无霸”已经停在了跑道上，地勤人员忙了一阵，做好了起飞的一应准备，加油车也开走了。不用说，这是邓锡侯一行要去南京的专机。

晨9时，一行车队首尾衔接，沿川陕公路而来，早接到了通知的机场场长带领所有大小军官，早已恭候在外。车队一溜风进了机场，端端来到专机前，相继停下。邓锡侯和他的随员万克仁、陈懋鲲、王席儒，还有陪邓主席进京的粮食部部长俞飞鹏先后下了车。省府秘书长邓汉祥带着邓锡侯的旧部、亲信大将，时任九十五军正副军长的黄隐、刁文俊和原川康绥靖公署参谋长牛范九、马毓智、第一二六师师长谢无圻等，在机场上为邓主席举行了一个小型的欢送会。其间，邓锡侯接受了消息灵通、闻风而至的记者们采访。邓主席谓：锡侯此次进京述职，抱着为川民请命的态度，向蒋委员长陈述四川人民的困难，据理力争，纵然去职，也要对得起四川人民云云。他的言谈举止，洋溢着一种大丈夫一去不回的悲壮。说到最后一句，宦海沉浮多年的他，嗓头竟有些哽咽。

接着，在邓汉祥等人欢送的掌声中，邓锡侯一行上了飞机。舷梯撤去，舱门关上，巨大的专机开始在跑道上滑行，风扇扇起的大风让跑道两边的茵茵绿草全都匍匐在地上。专机在长长的跑道上越滑越快，然后腾空，拉起，升高，朝着东方飞去，像一只巨大的鲲鹏，在蓝天上倏忽一闪，不见了踪影。

专机上，邓锡侯先是将头靠在舷窗前，往下望去。最初，出现在眼帘中的是成都平原上越来越远、越来越小的风景：星罗棋布的田原，墨点似的村庄，逶迤的河流。这一切，像是一幅旋转的大花地毯，非常好看。忽然，视线中出现了简阳的三叉湖，它躺在龙泉山下，像一汪翡翠。而这时，专机拉了起来。于是，舷窗外什么都看不见了，唯见机翼下白色的云团，像是团团翻滚的银棉，往上望是一碧如洗的蓝天。飞机飞得很平稳，因为眼前缺少参照物，高速前进的飞机好像是完全静止，机舱里隐隐传来飞机沉稳的马达声。

坐在邓锡侯身边的粮食部部长俞飞鹏，很有兴趣地看了看两边行李架上放得满满当当的大大小小的盒子，问这都是些什么好东西？

邓锡侯说：“都是些我们四川的土特产。有协盛隆的萨其马，有味虞轩的焦桃片，有郫县豆瓣，有自贡的辣椒面，有川北腊猪蹄……”俞飞鹏相当失望地摇了摇头，不屑地一笑说：“我还以为这些盒子里装的不是大额美钞，就是黄金、白银、珠宝呢！”其尖酸刻薄，盛气凌人，一副贪婪相溢于言表。邓锡侯听了这话相当生气，懒得理他，就掉过头去，假意看窗外的风景，两人再也无话。

两个多小时后，专机平稳地降落在南京机场。邓锡侯下机伊始就受到冷遇，中央没有派一个人来欢迎他，更谈不上接待。粮食部部长俞飞鹏在机场上象征性地同邓锡侯告了个别，坐上前来接他的专车扬长而去。前来迎接邓锡侯的都是与他有关系的，一个是四川省驻京办事处主任方镇华，一个是四川省银行南京分行经理饶某，还有一个是他派驻南京的代表赵旭日等寥寥几人。邓锡侯一行下榻在四川省银行南京分行，这里位于南京中山路，是一个闹中有静的处所。方镇华和饶某专门给他们准备了一幢法式小楼，环境相当不错，邓单独住在二楼。

午饭后稍事休息，即有些与邓有关系的人来访。南京方面也派来了几个级别不高的官员，名说是来拜访，其实是来察看动静。邓锡侯对这些南京来人不胜其烦，让陈秘书和王副官为他挡驾。下午，他吩咐将带来的土特产，派人分别给同为川人、时为行政院院长的张群和财政部部长的徐可亭送去，给蒋介石的侍卫长俞济时也送了一份。他送这些礼物，本来是出于礼貌和一点心意。不意引起俞济时的大为不满，俞济时在蒋介石身边的地位，从某种意义上讲，类同于当年慈禧太后身边的大总管李莲英，无论哪个省的头头脑脑进京想见蒋委员长，都得经过他的安排，况且，他还可以相机在蒋委员长面前说这个人的好话或坏话。因此，这些人进京都要给他上“门包”，门包不是大额美钞，就是价值连城的黄金白银珠宝，这是一个公开的秘密。在俞侍卫长看来，抗战期间就回到了天府之国四川、相继做了九年川康绥靖公署主任和四川省政府主席的邓锡侯“瘦死的骆驼比马重”，无论如何是相当富裕的。况且，邓的大儿子又是银行家，相当有钱。邓世事精明，有“水晶猴”之称。这样的人，无论如何进京“拜门”，都不该给他送这些渣渣草草的东西；给他送这些渣渣草草的东西，就是对他这个“大总管”的大不敬，惹得他相当生气。当天晚上，他借来给邓锡侯送委员长的“口谕”，将白天邓锡侯派人送去的东西悉数退回来了。

俞济时也是委员长的浙江奉化老乡，早年家贫，曾在县城里做过一段时间的学徒，后来到广州投奔在黄埔军校做军需处长的族叔，就是现任粮食部长的俞飞鹏。俞飞鹏看出他是一个可堪造就的人，不仅收留了他，还推荐他去考取了黄埔一期。毕业后，被蒋介石看中，留在身边做了侍卫。抗战中，他做过七十四军军长，率部参加过南京保卫战，过后被蒋介石召回身边，做了侍卫长，军衔是中将。他的长相与蒋介石有些酷似，个子瘦高，军容严整。这晚他进来就大模大样地坐在邓锡侯对面，二郎腿一跷，佩戴在黄呢军服领章上的中将金星，在乳白色的灯光映照下闪闪发光。

邓锡侯唤下人给侍卫长上茶，上好茶，上特意从名山带来的雨露茉莉花茶。

“不用了！”俞济时手一挥，他像蒋介石一样，说一口带有浓郁浙江奉化口音的北平官话。他说：“我传达完委员长的口谕就走！”说时用一双犀利的眼睛打量着坐在茶几对面沙发上的邓锡侯，一字一顿地说：“委座要我通知你，明晚 8 点到他的委员长官邸汇报川情。届时，我提前一刻钟来接你，就接你一个人。”说话语气很冷，完全是公事公办的神情。然后手一招，叫候在门外的弁兵将邓主席送的东西还回来。

弁兵应声而进，将几个装土特产的盒子放在一边的桌子上，轻步退出屋去。一时，邓锡侯有些尴尬，忙解释：锡侯走得匆忙，想张院长、徐财长他们喜欢这些家乡的土特产，就带了些来，也专门给侍卫长送了些去。看来侍卫长不喜欢。简慢了，以后再补。

“邓主席说到哪里去了！”俞济时故作正经，“请邓主席不要误会，我不是嫌邓主席的礼轻，而是卑职是委员长身边的侍卫，也是委员长的学生，我不能接受别人的馈赠，这是委座给我们立下的一条铁的纪律！就这样吧！”说着站了起来，示威似的踏响脚上马靴，大步走了出去。

“侍卫长慢走！”邓锡侯站起来，大声招呼自己的副官王席儒，“王副官，你替我送送侍卫长！”就在王席儒将气鼓气胀的俞济时送出大门，送上车之际，里面的邓锡侯扬声大笑起来，他那笑声似乎要把这些天来，尤其是今天郁积在心中的愤懑，都一下子倾泻出来。

第二天晚上，按照约定的时间，俞济时带车来将邓锡侯接去了委员长官邸。不出所料，在委员长二楼那间中西合璧的客厅里，蒋介石已经在等候了，他身着一件玄色绸缎长袍，面对门坐在一张沙发上，脚蹬一双黑直贡呢白底的朝圆布鞋，身姿笔挺，亮着光头，满脸的不高兴，面前的茶几上，放着一杯清花亮色的白开水。在乳白色的灯光下，气氛显得很冷。虽然早有预料，邓锡侯见状，心里还是一惊。

因为邓锡侯也是身着便服，侍卫长将他带进去后，他没有给蒋介石敬军礼，只是将胸一挺，大声问委员长好！

“唔，好，我好什么，我能好吗？！”蒋介石用钉子似的眼睛盯着他说时，霍地站了起来，一边连珠炮似的发出诘问，一边在地上来回走动，“现在全国形势你邓晋康又不是不知道，糟透了！四川！”他干咳了一声：“天府之国，历来是成就霸业之地，党国反共戡乱复国的基地，位置有多么重要？我让你做四川省政府主席，对你是多么信任，你却不执行我的命令，很让我失望，让我痛心，唔！”

对此，邓锡侯虽有准备，但准备不足。他没有想到，作为堂堂的委员长竟是如此的歇斯底里。他将胸一挺，大声抗辩：“从抗战起，卑职回川就任九年，为党国效命，兢兢业业，恪尽职守。我不明白怎么没有执行委座命令，让委座失望，痛心了？”

“我三令五申，我要你办的征兵、征粮、派款的任务完成没有？没有！月前，我又专门指派粮食部长俞飞鹏来川，要求你火速征调军粮出川，你也不办！唔，是何居心？！”

“报告委员长，这些任务，卑职早就完成了。现在是民国三十七年，而川内的征兵、征粮、派款、赋税等各类指标，已经提前征到了民国五十年。川省在八年抗战中，为国家做出了重大贡献，如今已是省穷民尽。为完成超额任务，于今已经闹得巴山蜀水民怨沸腾了！”说着举例，成渝两地人民是如何大规模地上街游行；大邑县和川东的华蓥山中共游击队如何神出鬼没，抗丁抗粮已成燎原之势。

“不仅如此！”邓锡侯说，“四川这点粮食，四川人都不够吃。而且现在中央军大量入川，也要吃！这样一来，哪里还有军粮调出川？”

“唔，晋康你坐！”邓锡侯以为蒋介石听到他这些不入耳的话，还要暴跳如雷，却不意态度反而好了些，要他坐，并且自己率先坐在了对面的沙发上。

“晋康，你回到四川已经九年了吧？”蒋介石那张清癯的脸上表面和气，实则阴森森的。

“是。”

“俗话说得好，不当家不知柴米贵。中央有中央的难处，地方有地方的难处。”蒋介石说时，一双枪弹似的眼睛一刻也没有离开过邓锡侯，“晋康，刚才你说的也是实情。这么些年，你也累。你本是一个军事人才，却让你去理行政，也确实难为你了。我的意思是，你干脆休息一段时间。四川这副烂摊子，让别的人去挑！”邓锡侯体味着老蒋的话，一颗心慢慢下沉。他想：图穷而匕首现，他让我来南京，让我来述职是假，撤销我的四川省政府主席一职才是真！

“不知委员长能否告诉我，下一任四川省主席是谁？”

“当然可以告诉你，他就是你们的老相识、四川人，现在江西省政府主席职上的王陵基。”

邓锡侯“啊”了一声，头脑中电光石火似的闪现出这个人：王陵基，字方舟，绰号“王灵官”，在四川，这也是一个叫得响的人物。他是一个老资格的军人，曾经当过刘湘的老师，后来刘湘当二十一军军长时，他与王缵绪、唐式遵、潘文华一样，都是刘湘最为信任，也是最得力的几个师长之一，驻军万县。当刘湘在决定性的“二刘”决战中，打败他的幺爸刘文辉，统一四川，当上“四川王”，以及后来刘湘兑现事前对蒋委员长的允诺，率全川军力，分五路围攻在川北通（县）南（江）巴（中）建立了稳固革命根据地红四方面军的激战中，王陵基都是刘湘麾下一个不可或缺的打手，深为刘湘器重、信任。抗战中，刘湘死后，奉命出川抗战，做过三十集团军总司令兼七十二军军长的王陵基，摇身一变，死心塌地投靠了蒋介石，立即升兼为第九战区副司令长官。抗战后，王陵基对蒋介石更是亦步亦趋，且表现出相当的反共才华，近年来在江西省政府主席职上，他派款、拉夫、征粮，不遗余力，被蒋介石看作是不可多得之人。不想现在王陵基要回四川当省主席了，看得出蒋介石对他的信任；想象得出“王灵官”回到四川后的那种不管不顾。

恍然间，他觉得王陵基飘然而来，就在眼前。精精瘦瘦一个人，办事钢筋火旺，似乎铁钉子都咬得断，总是罩副黑膏药的墨镜，眼睛在墨镜里转动，他看得清你，你却看不清他。

“怎么样，有什么想法吗？”蒋介石看着邓锡侯笑扯扯地问。

“没有，这很好。”邓锡侯违心地说。

“这样！”蒋介石说，“我也不撤你的职，你回去后立即写个简短的辞呈，我派侍从室的人来拿，唔！”说到这里，就像演练好了似的，侍卫长俞济时走了进来，对邓锡侯手一比：“请，邓先生！”这家伙改口真快，已经不叫他邓主席了。

回到住地，他当即叫来万克仁和陈秘书，将这晚上发生的事讲给他们听了，万、陈二人都感到愤愤不平。邓锡侯将手一摇，说过去的事就不说了，我就不信他王灵官回到四川，事情就有他想象的那样顺。他将辞呈的意思口授给了陈秘书，要陈懋鲲当即拟出来。

陈秘书是四川大学国文系毕业的高才生，其父陈月舫是个著名文人、书法家，日本早稻田大学的留学生。陈月舫早年在川北老家读顺庆（南充）联中时，与他同班的同学中就有西充的王缵绪、广安的杨森等人。当他从日本留学回来后，王缵绪和杨森都成了大军阀。因为王缵绪同他一样都是清末秀才，而且同学时爱在一起谈诗论文，王缵绪向来佩服陈月舫的人品学问，在主政时，曾礼聘陈月舫做过他的秘书长。成都那条至今享誉中外的春熙路，就是陈月舫取的名。过后，陈月舫因为文人习气很浓，人品正直，看不惯官场上那一套，挂冠而去，闭门专心做他的学问。

真是应了一句：有其父，必有其子。陈秘书提笔在手，文思敏捷，文不加点，一鼓作气就将邓锡侯要的辞呈写出来了。邓锡侯接过手中，轻声念了起来。辞呈以“窃侯待罪两川（意为巴蜀），奉职无状”开篇，在文中简述了四川在抗战八年中的巨大贡献，而四川在八年抗战中的贡献，自然少不了邓锡侯的贡献，然后笔锋一转：“而今川省民力久已耗竭，侯智虑短浅，于今无补艰虞，于国于川，均深感愧疚，请准辞去四川省政府职务，另择能员接替，以谢川民”云云。全文不过200来字，写得非常简洁且又含蓄，在表现了邓锡侯襟怀磊落、谦虚自责的同时，一腔幽怨，蕴含在字里行间。

万克仁一看有“待罪两川”一句，坚决反对。万克仁毕竟是军人，性情耿直，没有看出其中的机巧，陈秘书这是正话反说，暗含讥讽，他坚决要求删去这句。他说，邓主席在任九年，恪尽职守，贡献殊多，有什么可以待罪的？邓锡侯却看出了其中的奥妙，笑着摇了摇头，说：“这四个字用得好，用得恰当，完全表示了我想说的话，不能删！”万副参谋长听邓锡侯这样一说，也慢慢醒过味来了。

邓锡侯的“辞呈”当天交上去，第二天就在国民党中央的机关报《中央日报》上刊登出来了，很醒目，头版头条。在全文刊登了邓锡侯的这篇“辞呈”后，编者加按语道：“行政院已经照准，四川省政府主席一职由王陵基接任。”随后，南京的中央电台也连续多次播放了这条消息。

早晨，当邓锡侯在报上看到这条墨迹未干的消息时，副官王席儒来报，说是，早就在南京等着上任的王陵基凑热闹来了，前来拜访邓主席。

万克仁生气地说：“这个龟儿子东西，这个时候还好意思来见邓公，真是脸皮厚，我看不见算了！”

“不！”不意邓锡侯将手一挥，吩咐王副官，“将他带进来！”

王陵基进来了。他满面春风，穿套米黄色西装，脚上皮鞋擦得锃亮，头上水分头溜光，还是戴副墨镜。一见到邓锡侯，他立刻抱拳作揖，假惺惺地说：“我也是刚才在《中央日报》看到邓公辞职的消息。邓公如此谦让，真是没有想到，更没有想到的是，四川这副邓公都不愿挑了的烂摊子，中央却让我去挑！”说着不请自坐，看着邓锡侯说：“我怎么挑得起这副重担啊，以后还得请邓公多帮帮我。”

“这些话就不要说了吧，你不是早到南京等着了吗！”邓锡侯也不客气，单刀直入，一针见血。王陵基真是脸皮厚，又仗着他戴了副墨镜，好像他对邓锡侯这番很有火力的话浑然不觉，听而不闻，做出一副谦谦君子的样子。说是他回到四川就任后，要按邓公的既定方针办，“萧规曹随”，拾遗补阙，把四川的事办好，不负委员长的期望。邓锡侯懒得同他啰唆，故意伸了个懒腰，打了个哈欠，王陵基这才走了。

当天晚上，邓锡侯收到财政部部长徐可亭派家人送来的请柬，请他第二天中午去赴家宴，而且还特别邀请了邓锡侯的秘书陈懋鲲。邓锡侯愉快地接受了邀请。

第二天中午，邓锡侯带着陈秘书按时赴约。在徐财长那古色古香的客厅里坐定后，一反徐可亭的估计，这天邓锡侯却像没事人一样，谈笑风生，声如洪钟。他说徐财长，我晓得你为啥在给我的请柬中专门提到要邀请陈秘书，是不是因为看了我的辞呈里有“待罪两川”这一句，感到极有意思？

“正是。”徐财长笑呵呵地说，“我一看这句话就知是陈秘书写的。”

“何以见得？”邓锡侯显得极有兴致地问，“这话好吗？”

“好极了！”

“哪里，哪里！”陈懋鲲谦逊地说，“这其实是邓主席的意思，我不过是照本宣科而已！”大家说了一阵这句话的妙处后，管家过来请财长还有客人移尊隔壁餐厅。于是，徐财长站起来比比手说：请请请。

这是一间极有成都特色的很精致的小餐厅，当中摆一张硕大的红豆木做的八仙桌，徐财长和邓锡侯分宾主对面而坐，陈秘书打横。落座后，在训练有素的仆人们上菜之时，陈秘书用他那文人的眼光注意打量了一下徐财长这间餐厅。地上铺着波斯红地毯，显得厚重而华贵。挂在门上的一领竹帘之后，迎面是一尊红色屏风，这就显出了幽趣。屏风上正反面都是熊猫戏竹。那翠竹，那嬉戏翠竹的熊猫非常可爱，极有生气。屏风显然出自蜀中高匠之手，似乎能闻到翠竹的清香和山野的气息。餐厅不大，而因为有这一个屏风，顿时显出了堂奥洞深。而四面雪白的粉墙上，挂有几幅蜀中名画家的画。细看，有张大千的仕女图，有陈漫漫的巴山夜雨，有号称“蝶痴”的画蝶高手万钟的百蝶百花，平添了一种儒雅气。

说话间，桌上摆满了下酒的凉菜。徐财长指着摆上桌的樟茶鸭子、缠丝兔等等，笑着对邓锡侯说：“我这是借花献佛。你送我的这些土特产是真资格的川味。南京虽说也有这些东西卖，但哪有这些真楷（四川话，货真价实）！酒也好，也是你带来的，绵竹大曲，又叫剑南春。虽说川酒无孬酒，但我还是最喜欢喝这种酒。不是说嘛，唐时宫廷酒，今日剑南春。”

邓锡侯触景生情，说你徐财长和张（群）院长这样大的官，对我带来的这些东西都是如此看得起，然而，我好心好意送了俞济时一份，却反而惹出事来了。他把那天晚上俞济时来退东西，以及第二天见到委员长的经过都讲给了徐财长听。

说时，侍女已经给他们的酒杯里斟满了酒，看徐财长欲言又止的样子，陈秘书知道徐财长是个很小心的人，怕这些话泄露出去惹麻烦，当即主动提出不用侍女，让他来给邓主席和徐财长斟酒。

徐可亭笑道：“这就委屈你这个大文人了。”四川人会说笑话，徐财长笑道：“就像当初李白要高力士给他脱靴，杨贵妃给他斟酒，我和晋康今天也来享受一下你这个文人的服务。”这就让侍女出去了，说等一会儿上热菜时，我按铃，你们再进来，侍女这就遵命去了，并轻轻为他们掩上门。

侍女一去，邓锡侯和徐可亭就畅所欲言了。

徐财长要邓锡侯不要理俞济时这些小人。三杯之后，邓锡侯忽然想起了一件事问徐可亭：“徐公！”他说，“这几天金陵怎么闹哄哄的？我们住的地方还不算是闹市区，怎么从早到晚都有衣冠楚楚的人游行，他们还不仅是游行，而是抬着棺材游行示威，这是怎么回事？”

“邓公真是敏锐，进京才两天就看出了问题。”徐财长的脸色显出忧郁，他说，国大代表全会召开在即，如邓公所说，这些衣冠楚楚抬棺游行的人，大都是全国各地来的国大代表。他们抗议国大代表中，有的人根本就不是各地选出来的代表，而是中央指定的，这些人不能代表民意。连续几天的抬棺游行引得舆论大哗，市面混乱。南京警备司令张耀明遵照中央要人指示，今天已经派人遍街贴出告示，告示曰："即日起严禁各类游行，正告幕后操纵之人，如果继续捣乱，将严惩不贷！"云云。

说到这里，徐财长稍微犹豫了一下，看定已有微醺的邓锡侯说："晋公，朋友面前不说假话！这些天有些谣传对你不利，有些话，我不能不在这里告诉你。"

"谣传？我？有话请尽管讲。"

徐财长说，邓公你知道吗，你辞职的消息一传回成都，你的老部属，九十五军军长、掌握着枪杆子的黄隐首先拍案而起，放出话来：不管他是天王老子，要到四川夺权都不得行，除非他拿枪杆子来取！省、市参议会立即响应，联合致函中央，要求中央收回成命。电文中有："时西南防务尤为重要，情势险恶，苟变更人事，难免不引起严重后果！"这就有威胁意味了。这样一来，向来心狠手毒的军统、中统难免对晋康你做出些什么来，他们甚至可能将你列为近日抬棺游行的幕后操纵者！

听徐财长如此一说，邓锡侯完全明白了作为好乡人、好友的徐可亭，今天请他来赴家宴的目的和好意。"水晶猴"邓锡侯是何等机敏，一踩九头翘。他当即对徐可亭的关照、提醒表示感谢。

"可亭！"邓锡侯问计道，"如此说来，你是劝我赶快离开南京这个是非之地？"

"正是。"徐可亭适时举起杯来说，"俗话说得好，老乡见老乡，两眼泪汪汪；亲不亲，故乡人。谁叫我是你的老乡呢，谁叫我们是多年的朋友呢！我觉得你不仅要离开南京，而且还要快。"

"好，我接受你的建议！"邓锡侯举起杯来，说："锡侯就此与徐公作别了。"

徐财长举杯一碰，"咣"的一声溅起酒花，然后二人一饮而尽，并亮了杯底。

邓锡侯回到住地时，国民党中央军委派来的一个马脸少校已经等在那里了。马脸少校向他出示了一份中央军委的通知，要邓锡侯立即离开南京，建议他去三个地方，可以任选一个。一是到台湾旅游，二是到人间天堂杭州休养一段时间，三是去花花世界上海。邓锡侯的心一沉，暗想，看来问题比我想象的还要严重，中央已经把我列为嫌疑分子，再不走，怕命都保不了。

也好！他想，我正想到上海找表老（张澜）吐吐苦水，并问计。当即表示愿去上海，马脸少校见完成了任务，很高兴，当即大包大揽地说：邓军长你先休息休息，今天晚上有趟8点去上海的火车，我马上回去复命，一会儿给你们送卧铺票来。

马脸少校走后，邓锡侯这才发现，他的居所已经被特务严密监视了。从楼上看下去，住地的前后门都游动着便装特务，这些家伙有其职业特征，一眼就可以看出来。他们歪戴帽子斜穿衣，外罩一件黑色香云衫，不扣纽扣，里面穿件白绸衫，肩上斜挎着手枪。纵然是银行里的人进出都要受到他们的严密盘查。邓锡侯在电话上同财政部部长徐可亭告了个别，并让方镇华上来，让他分别通知他的长子邓华民的下属：通惠银行上海分行行长唐云鸿；还有他的川北老乡、好友、在上海生意做得很大很好的郑亚欧等，让他们提前给他们一行安排好在上海下榻的地方，届时派车来接。方镇华他们很快就一一在电话中通知了上海方面，一应安排妥帖了。

离开南京，夜色正浓。到车站送行的还是只有方镇华、赵旭日等几人，在鬼魅般的四周特务阴影中，大家也不好多说什么，握手相别，相对无语，心情沉重。

邓锡侯让陈秘书同他住一个包厢，在车轮撞击钢轨的铿铿锵锵声中，躺在软席卧铺中的他们无法入睡，一路上都在谈表老。被川人普遍称为表老的张澜，在四川有很高的威望。这位在新中国成立后，当过中央人民政府副主席的表老，在四川是个德高望重、如雷贯耳的重量级人物。他是南充人，清末秀才，终生追求进步。在推翻清朝的辛亥革命中，他是立宪派领袖，也是保路同志会的中坚人物之一；1917年，做过四川省省长；1925年创办了成都大学并任该校首任校长。在五四运动和推动赞助四川学生赴法勤工俭学等有利国计民生的方方面面，他都走在前列。尤其是1927年蒋介石发动“四一二”反革命政变后，他更是站出来公开表示反对，拥护共产党。抗战军兴，他同黄炎培一起发起组织了建国同志会，这就是后来长期作为共产党同盟军的中国民主同盟。这个时候，他任中国民盟主委，在上海利用合法身份从事反蒋斗争，不时在报纸上发表文章，抨击时政。蒋介石虽然痛恨他，但由于他在全国人民中有崇高的声望，一时半会儿也把他奈何不得。

3 月 29 日晨，车抵上海，唐云鸿、郑亚欧已经带车在车站迎接了。邓锡侯一行下榻在位于南京路的通惠银行里面的一幢法式小楼里，邓锡侯住二楼。环境很好，寝室、会客厅、餐厅、汽车间、书房、电话一应俱全。楼下小院里有个花园。正是仲春时节，花园里百花盛开，姹紫嫣红，鸟鸣声声，没有想到上海还有这样一方俨如世外桃源的净地。但是邓锡侯看出来了，他一到，门前门后那些掌鞋的、拉车的好些都是特务，他又被严密监视起来了。考虑到在这样的情况下，他去见表老已经不行。如果这样，只会给自己，也会给表老带去祸患。于是，他叫来陈秘书，商量了一个妙计。

午后，他们从万国医院叫来了一辆急救车，邓锡侯装病重，让王副官陪着他出门去万国医院。急救车在出门时受到特务检查。负责监视邓锡侯的特务们，验明躺在车上的邓锡侯货真价实，这才放行。邓锡侯一去，特务自然放松了警惕监视，秘书陈懋鲲从容出门，要了一辆黄包车，径直去了张澜处。

张澜陡然见到陈秘书，感到讶然，说邓公怎么不来？你来怎么事先连电话也不打一个？陈秘书这就将原因说了，张澜听后，直骂当局无耻。表老总是俭朴，多年不见，还是布履长衫，而那一双让人过目难忘的眼睛，仍然光芒乍乍，电一般敏锐。

表老住的是一幢两进的老式公馆，表老在二进的后院一间极中式的客厅里，同邓锡侯派去的代表陈秘书作了详谈。窗前有一株肥大透绿的芭蕉树，金色的阳光在翡翠般的蕉叶上闪烁、跳跃。小院显得特别的安静。表老让下人给陈秘书上茶后，陈秘书表示了感谢，并代表邓锡侯向表老问好。坐在陈秘书对面的表老，目含长者慈祥温存的微笑，细细看了看坐在对面的陈秘书，拂髯感叹道："我的川北小老乡，时光过得真快呀！看到你，我就想起乃父，你们父子很像，从长相到学问人品都像，也难怪邓晋康如此器重你。"

几句带有感情色彩的寒暄过后，陈秘书详细地给表老报告了邓公被老蒋解职的经过，内心的苦恼，并向表老问计。

表老在倾听时，表现得很平静，只是用手一下一下地抚着颔下那一绺大胡子，这就表明他内心其实不平静。听完后，张澜的神态显出严峻，他对陈秘书说："你回去转告晋康，台湾无论如何不能去，去了很可能就回不来了。下一步，老蒋肯定要把他的重心转向四川，他的重心一转向四川，他就巴不得将他不信任的四川实力派巨头排除。这里面，除晋公外，还有刘文辉、潘文华这些人。"看陈秘书频频点头，一字一句往心里记，表老接着说下去："杭州这些地方也不能去。现在，晋康要注意两点：一是要忍，小不忍则乱大谋；要韬光养晦，要尽量转移蒋介石对他的注意力。二是要赶紧回四川去！抓紧抓好枪杆子！"说到这里，他似乎怕陈秘书记不得他说的这么多话。"总而言之！"张澜用一双光芒乍乍的眼睛看定陈秘书，"我送邓晋公 16 个大字！"说着一字一句地念起来，"人不离枪，枪不离人；等待时机，相机倒拐！"

"表老说得真是太好了！"陈秘书听完这话，激动地站了起来，"我们晋公得了表老你这 16 个字的锦囊妙计，就够用了。表老，我代表晋公向你再次表示深切的感谢！"说完告辞了。

"我的川北小老乡，一路走好！"张澜一直把陈秘书送出门，看到他上了一辆黄包车。

邓锡侯得到陈秘书带回来的张澜送他的 16 个字的锦囊妙计，如获至宝，十分赞同、欣喜。然后让唐云鸿、郑亚欧去给他尽可能快地买好回成都的飞机票。两天后，邓锡侯带着万克仁、陈懋鲲还有他的副官飞回了成都。

第二章

为了装点门面，中将不惜扶乱行骗

随着战局的每况愈下，蒋介石开始将他的军事、政治重心逐渐转向四川，妄图在“天府之国”四川进行国共决战。为此，他特别在重庆设立了西南军政长官公署，让张群做这个公署的长官，胡宗南为副长官。同时，给刘文辉、邓锡侯、潘文华也挂了个副长官的名。行政院院长由阎锡山继任。

阎锡山上任伊始，首先想到他留学日本东京士官学校时的同学，结拜兄弟尹昌衡。曾经在辛亥革命中计斩清末最后一个都督、有“四川屠户”之称的赵尔丰的尹昌衡，年仅 27 岁就当上了四川省军政府都督，风云际会。过后，因为西藏高层在英帝国的支持怂恿下叛乱，尹昌衡主动请缨平叛，连连告捷，这就触犯了英帝国的利益。而这时，从孙中山手上窃取了民国大总统的袁世凯想当皇帝。想当皇帝就要得到列强如英、美、日这些帝国主义的支持和援助。袁世凯这就用计将他最不信任的三个都督哄骗进京软禁。三个都督是四川的尹昌衡、云南的蔡锷、湖北的黎元洪。

在北京，半是出于性格，半是出于计谋，黎元洪假装老实，大门不出二门不迈，骗过了袁世凯对他的注意，以至以后当过几天短命的民国大总统。蔡锷也是日本东京士官学校的留学生，不过要高尹昌衡三期。他二人性格有些相似，有风流倜傥的一面，另外也有向袁世凯示威的意思。人们都知道蔡锷与小凤仙的故事，因为在小凤仙的帮助下，蔡锷潜回云南举起了反袁大旗，一时天下闻名。而同样在八大胡同与梁玉楼喜结良缘的尹昌衡却没有那样幸运了，他被袁世凯以莫须有的罪名丢监。虽然以后民国几度变换大王旗，但无论是段祺瑞执政，还是徐世昌等，都不肯放尹昌衡回川。因为他们知道四川特殊的重要性和尹昌衡在四川的声望。放尹昌衡回川，犹如放虎归山。最后还是在阎锡山的帮助下，尹昌衡才潜离京师回到了四川。然而，当他千辛万苦回到四川后，他的后辈，已经执掌了川政的刘湘、但懋辛对他的回来却是心存顾忌，逼他发表弃政的《归隐宣言》。不然就不准他回川。万般无奈，他只好在报端发表了《归隐宣言》。不久，孙中山因国事操劳过度，在北京溘然去世。孙中山是尹昌衡心中唯一的一盏政治明灯。明灯既已熄灭，就此以后他心灰意冷，在家隐居。虽说是隐居，但他是成都极有影响的五老七贤的头，尚有相当的政治影响力。为了维持门面，阎锡山准备请尹昌衡出山，担当一个相当的职务。为此，他专门派中将参议侯亭松做他的特派代表，由南京去了成都。

成都忠烈祠街在20世纪20年代是条模范街，不宽的街面由斑驳的青石板铺就，街道两边大都是一楼一底板壁粉墙黑瓦的茶馆、酒楼、旅舍和小商号，一字铺开，鳞次栉比。整条街道古色古香，这里那里点缀着花树柳荫。微风过时，各色店招轻摇。走进了这条街，好像走进了明清时代。

长街中段的“尹府”极有气派，它占地18亩，高墙深院，青砖拱壁。从两扇开着的红漆大门望去，四进的大院里古柏森森，亭台楼阁，花木扶疏，鱼池假山，极有沟壑，俨然是清朝年间的一座王府。府第门前挂有两个门牌号：76和78号。这76号原是清廷湖北提督向荣在成都开设的当铺，辛亥年间，成都兵变时，当铺被烧坏了一些，一直想卖而未卖脱。民国九年（1930）尹昌衡在阎锡山帮助下回家后，在成都执政的旧属刘成勋，将尹昌衡当川边经略使时应得而未得的薪酬14万大洋全数补给了他，尹昌衡将这笔大钱全部交给了善于理家的老母安排。精明的尹母趁机廉价买下隔壁向荣这幢深宅大院，与原先住的78号打通连为一气重新修过。这样，占地18亩的尹宅立时生辉，雄踞模范街上。加之当年尹昌衡率军西征时，民国大总统袁世凯亲笔赐了他一块匾，这匾长2米、宽1米，匾上镌刻着袁世凯亲笔书写的“庆洽椿萱”四个镏金大字。匾的四周木框上镶以凸起的花草图案，这就让整个匾额显得富丽堂皇。尹母让人挂在门楣当中，这就让没有去过北京、没有看到过京都王府显赫的读书人经过这里时，没来由地想起《红楼梦》中的大观园。

76号和78号其实各有洞天，相互联结而又相互独立。大院套小院，回环勾连。这样一来，尹昌衡的夫人颜机，还有四个姨太太也就好安排了，她们各有一片天地。大院中，尹昌衡亲自设计并辟出动物园、花园、湖泊等等。湖很大，湖上有游船。尹母在成都附近郊县又买了上万亩甲等好田，年年收租，生活够富裕了，然而被尊为老太夫人的尹母，仍然保持着爱劳动的本色，她在园中专门辟有一块足有二亩地的菜园，亲自种菜，尹昌衡也不时下地劳动。

尹昌衡毕竟是有全国声誉的人物，占地18亩的宅第落成后，省内外达官贵人、名流骚客纷纷给他赠送礼物，恩师骆成骧赠送他的一副楹联是：

李太白奇离千计，就掌取食。
陶渊明浊酒半壶，称心而言。

尹昌衡爱不释手，挂在他的堂屋里。

此外，还有徐炯送的楹联，很有趣，联曰：

闭门种菜英雄老，与君论心松柏香。

颜楷、尹昌龄送的楹联也是佳作，还有好些海内外名人送的，比如康有为、谭延闿、张謇、刘人熙等，他把这些裱好的楹联逐屋悬挂，便于随时观瞻吟哦。尹昌衡不太喜欢画，因此，送画的很少。

送他珍禽异兽的大都是军阀。他过去留日时的同学唐继尧，送了他一只印度孔雀；阎锡山托人送来褐马熊一对；桂系军阀，他原来的学生李宗仁、白崇禧派人送来黑叶猴一对；湖南军阀唐生智派人送来能夜间长途飞行的一对黑鸽。此外，川中军阀刘湘、刘存厚、刘成勋送来的是熊、豹、梅花鹿、红狐、暹罗猫等等。各种鸟类很多。这样一来，尹昌衡家的动物园，无论就规模，还是动物的种类都要超过成都动物园。

看来尹昌衡是要安心当寓公了。这时，还不到40岁的他，整天不是撰写他的《止园文集》，就是请骆成骧、徐炯、颜楷等人来家饮酒赋诗论文；或是荡舟湖上，或是赏鸟观兽。他其实是借此尽量压抑自己一颗不安的心灵。另外，他还组织了一个观澜诗社，中坚人物除他而外，有骆成骧、宋育仁、陈钟信、尹昌龄、文龙等，这就搭起了以后名闻遐迩的成都五老七贤的班子。在绅士会、观澜诗社中，他们不仅作诗论文，更是经常抨击朝政，反对军阀割据、反对各地军阀下派的苛捐杂税，言论随时在报上发表，言辞也相当激烈。成都有些媒体派记者前去采访报道，他们也不拒绝。这样，久而久之，在社会上影响很大。

尹昌衡虽然表面上归隐，但目睹糟糕的社会，他的心情从来没有轻松过。为了排遣心中的烦恼，他将当年在南京开始学习钻研的佛学捡起来，他感到，佛学能够让他的痛苦得到麻醉，心灵得到飞升。

这天早晨，他开始了一天的功课，在佛堂里静坐。佛堂里，一尊小铜炉里点了一炷香，紫烟袅袅升腾。尹昌衡端坐在蒲团上，双手合十，凝神屏息，闭着眼睛。他眼观鼻，鼻观心，纹丝不动，好像进入了佛家提倡的清静无为境地；又好像已经排除了人间的所有杂念、琐碎，飞升到了太虚幻境。

起初，他做功总是静不下心来，后来，他为自己设计了一种无异于“酷刑”的东西，当他坐在宽大的木椅上后，用一种木质机械将自己强行固定，让自己纹丝不动。这样，大概在一年之后就收到了实效，他只要一进静室，蒲团上盘腿一坐，双手一端，很快就可以进入佳境。

你奇妙的圣行无边无际，

虽是精神也难以到达。
但只要有一片笃信虔诚，
总能写下来一鳞半爪……

他在心中默念着《一切知语自在法称祥妙本生记殊异圣行妙音天界琵琶音》里让人费解的佛家语句，心灵向幽深的佛界潜沉。他的心灵变得安静、和谐、宽容起来，世俗的苦难、忧烦、痛苦与欢乐都离他越来越远。他觉得自己的身子变得像根鹅毛，在轻盈地飘升。

这时，跟了他多年的马忠将挂编有熊猫戏竹的竹帘一掀，进来了。尹昌衡知有要事，要不然马忠不会在这个时候来打扰他。这位跟随他多年、忠心耿耿的副官明显地老了，总是挺直的腰有些佝偻，眼睑下垂，头发全白。然而，直到现在，尹昌衡仍然把他看作是最信任的人。

马忠站在他面前禀报，说是南京阎（锡山）院长派来一人求见。尹昌衡睁开了眼睛，接过马忠递上的名片。尹昌衡一看，心想，这下热闹了，阎锡山来了！来人叫侯亭松。心想，是福不是祸，是祸跑不脱！他吩咐马忠，请客人到二门客厅见。

原来侯亭松是有军衔的，是个中将。这会儿，他身着一身质地很好的长袍马褂，皮肤白皙，五官清楚，举止文雅。双方分宾主落座后，丫鬟送上茶水点心，轻步而退，并知趣地为他们轻轻掩上门。这时，窗外过了一阵轻风，已经是秋天了。灿灿的秋阳下，花园里的各种花朵风摆杨柳地荡漾，最引人注目的是金灿灿的秋菊，而随着一阵萧萧而下的黄色落叶，花园里铺上了最初的秋意。

最初的几句寒暄之后，尹昌衡开门见山地问："阎院长派你千里迢迢来成都，是顺便来看我，还是另有要事？"

侯中将单刀直入："阎院长派我来，是要借重先生。现在，国势涂炭，国共在川决战不可避免，阎院长希望尹公出山，为国力挽狂澜。不然，国家一旦为苏俄支持的共产党夺得，国家民族将沦为万劫不复之地！至于尹公出山后的职务嘛，当然是很显赫的。"巧舌如簧的侯中将侯代表说到这里，戛然而止，抬头看着尹昌衡，观察他的反应。

尹昌衡当即委婉地拒绝："阎院长的好意心领了，不过请侯代表转告阎院长，我不能从命！一则因我早就发表了《归隐宣言》，大丈夫应该言而有信；二则我有病；三则老父刚刚亡故，我有丧事在身。按古礼，我要在家服丧三年，此时决不能出去做官。"

侯亭松注意看了看尹昌衡，似乎也真是。才 46 岁的尹昌衡，已经完全没有了当年叱咤风云的雄姿，他身体虚弱，说话声音不再洪亮，而显得迟缓虚怯，如空谷回音。看来完不成任务了，但侯亭松还想竭尽努力，这就转移了话题，兴致勃勃地谈起了蓉城小食、蜀中名胜。尹昌衡知道他的意思，请他在成都多住一些时日。

"那就打扰了。"侯亭松欣然应允。

晚上，尹昌衡参禅打坐。座钟当当地敲响 12 下，夜已经深了，尹府内，万籁俱寂。就在尹昌衡闭着眼睛，打坐蒲团，一门心思沉浸在佛门佳境中时，忽听有人叫："大哥，大哥！"分明是在叫他，声音很急，很固执。他愠怒地睁开眼睛，发现站在面前的是堂弟尹昌熊（字望之）。此人一生游手好闲，自他 1920 年回来后，堂弟就寄食在他家。他给堂弟派了点给家中神庙打扫清洁、摆摆四季瓜果之类小事。平时连面也很少照，一般而言，堂弟绝不敢这个时候来打扰他的，今夜却来了，他感到诧异。

"你这深更半夜地来叫我，有何要事？"尹昌衡很不高兴地问。

"三爸（尹昌衡的父亲）临坛了。"尹昌熊故作正经，煞有介事地说，"三爸说他有要事告你，请大哥快去！"

"有这样的事？"尹昌衡虽然信佛，但他并不相信人死还能临坛，但看堂弟说得活灵活现的样子，不得不去了。

他跟堂弟出静室，穿廊过阁，来到后花园边上的一座佛堂，这是老太太每天礼佛的地方，神龛上供的是吕洞宾。

香案上烛火摇曳，青烟缭绕。神像下，摆有一张黑漆方桌，方桌上摊有一片白米，米上伏一个圆圆的簸箕，用一根筷子支起。显然，这是要扶乩问事，似乎神已降临。扶乩的过程是这样：人将方桌上的簸箕扶起，这时簸箕就会神奇地自行走动，而与簸箕联结的筷子就会在白米上画出字来。赶紧用纸笔将这字记录下来，再将米赶平，如法炮制。完了，将记录下来的字，按先后顺序联结成句，就成了神的旨意。

侯亭松早等在那里。按照堂弟的意思，侯亭松站在方桌左边扶着簸箕。佛堂内光线相当暗淡，堂弟进门就不见了人，也来不及问，父亲就已显灵，气氛和场面都很诡异。

乩盘前有一蒲团，按规矩，尹昌衡进门就应跪在蒲团上迎候父亲神灵的降临。他却将信将疑地站在蒲团前静候父亲示意。

簸箕动了起来，白米上渐次显出一个个的字，尹昌衡赶紧执笔记下，一边记一边联起来读："吾——儿——见——父——为——何——不——跪？"他回答："按理该跪，然而现在我们阴阳两隔。也不知降临神坛的是不是父亲，我表示怀疑！我先提两个问题，如果答得对，你就是我父亲，我这才跪。"

簸箕走字："吾——儿——但——问——无——妨！"

尹昌衡问："我父亲的生期是什么时候？"

"壬——子——年——三——月——初——四——辰——时。"

"老家堂屋外栽的是棵什么树？"

"水——冬——瓜——树——乃——儿——亲——植。"

"老家堂屋门上挂的匾，匾上是几个什么字？"

"民——具——尔——瞻。"

嗨，还真是神了，难道真是父亲神灵？尹昌衡却突然发现是尹昌熊在暗中搞鬼，他伏在方桌下扶箕走字。一切全明白了，尹昌衡心中暗笑，这个老二，不知道得了多少侯亭松的好处，伙起来搞这个鬼把戏？他也不揭穿，心想刚才问的几个问题，老二知道，这就问他几个他不知道的。

他这就问"父亲"："我留寓北京时，我书房里的那副对联是什么？"

只见簸箕走动间，显出这样的字迹："北——京——书——房——对——联——甚——多——为——父——年——迈——不——能——记——忆。"

尹昌衡不愿同他们再搅下去了。

“胡闹！”他怒斥道，“哪来的孤魂野鬼，竟敢冒充我老太爷！”随着他这一声怒喝，游走的簸箕定住不走了。尹昌衡说道：“我北京书房里只有一副对联，联文是‘川西大将成生佛，海内文宗属武夫’。这是湖南名士李如珍送我的，联文好，字也写得好。老太爷在京时天天都要看，而且赞赏称颂不已，哪会说对联甚多，不能记忆？全是鬼话！”说完，也不揭穿，转身要走。

侯亭松急了，连忙说：“尹公请留步，神还未退，看他怎么说。”

尹昌衡假意不知，耐住性子，只见方桌米上的簸箕又开始走动，陆续显出这样的字：“我——名——王——有——德——乃——本——宅——故——主——因——子——孙——不——孝——家——业——凋——零——孤——魂——无——依——今——日——临——坛——冒——充——老——太——爷——不——过——求——一——点——香——火——以——慰——泉——下。”

“香火好办！”尹昌衡知道侯亭松在找梯子下了，给了他一个面子，说，“明天，我给你写个牌位，供在本宅土地庙中。”这样一来，“神”才退去。

第二天，尹昌衡果然写了个“本宅故主王有德之位”供在土地庙中，事情就这样不了了之。侯亭松见自己的私刀令牌都已使尽，而尹昌衡坚不出山，没有办法，只好告辞，打道回府了。

事后，尹昌衡同老太太闲谈时，说起这事，他说：“我明明知道是老二伙起侯亭松搞的名堂，侯也是没有办法，想借神灵搬我出山，我看出来了，也不揭穿。如要揭穿，不仅伤了老二和侯亭松的面子，以后在阎锡山面前也不好看！”老太太看出来了，虽然儿子对政治、时局极为灰心，漠不关心，但在人情世故上，却是越发老练圆熟了。

第三章

成都，蒋介石心中起死复生的圣地

局势越来越不妙，蒋介石到成都来了。

这天，成都郊外的凤凰山机场戒备森严。

四川省政府主席王陵基、成都市警备司令严啸虎站在空旷的机场上，焦急地恭候蒋介石莅蓉。王陵基在茵茵草地上不住踱步，若有所思。他瘦高的个子，穿件浅色风衣，不时抬腕看表；那张黄焦焦的瘦脸上，一双有些凹陷的眼睛中显出阴森；特别是那一副黑黑单薄的眉毛，像是往上拧开的两把钳子，隐藏着好些凶狠和霸气。

严啸虎像根木桩似的站在地上望着天上久久不动。他长得很是高大魁梧，穿一身将校呢黄军服，酱紫色的脸上疙瘩饱绽。那些饱绽的疙瘩，其硬度和密度完全可以和磨刀的砂轮相比；那一双鼓愣愣的大眼睛中不时闪过职业性的攫取意味。那副模样，简直就是川西平原边缘隆起的大邑县原始森林中的一只随时准备扑向人畜的山豹子。他们都没有说话，长时间地保持着固有的姿势。

9 月的阳光下，凤凰山机场周围，三步一岗五步一哨，塔台上架着机枪……处处显现出一派紧张气氛。停机坪上，停着好些架大肚子飞机——美制“空中堡垒”；还有三三两两的轰炸机、侦察机、驱逐机，全都整齐地排列在一起。

极目远眺，油画似的秀丽青翠的凤凰山在9月的金阳下连绵起伏，逶迤而去。一望无际的川西平原上，在五彩斑斓的背景上，点点村落，小桥流水；隐映在芦竹中的农家茅舍静静的。眼前的这一切，简直就是大画家张大千笔下一幅美不胜收的水墨画，是当年流寓成都的唐代诗圣杜甫笔下展现开来的幽远意境，完全看不出战争已经逼近的气息。

忽然，他们精神一振，手搭凉棚朝天上望去。开始，只能听到西边天上隐隐传来的飞机轰鸣声。接着，一架银白色的四引擎大飞机率先从云层中钻了出来，11时，蒋介石乘坐的“中美”号专机，在四架美制E-18型战斗机的护送下出现在机场上空。随即，平稳地降落在凤凰山机场。

王陵基、严啸虎大步迎上前去。

蒋介石此行有些秘密，临上飞机前才给王陵基打了电话，并嘱咐不要张扬声势，尽可能地秘密。

机门开处，蒋介石出现在舷梯旁。他穿着草绿色美国哔叽呢军常服，手上戴着白手套，微笑着向王陵基、严啸虎点头挥手，缓步走下舷梯。跟在他身后，鱼贯而下的有头戴鸭舌帽、身穿夹克衫和漏斗形马裤的蒋经国、高级幕僚陶希圣、秘书曹圣芬和侍卫长俞济时等。簇拥在蒋介石身前身后的几名侍卫官，一律身着整洁的法兰绒中山服，官阶都是少校。

王陵基、严啸虎赶紧向蒋介石立正、敬礼、问安。

“嗯，好好好！”蒋介石微笑着频频点头，“四川一直是我心仪向往之地。这里人杰地灵，沃野千里，物华天宝。当年，汉昭烈帝刘备因之而成帝业。抗战八年，四川是党国赖以图存，并最终反攻取得胜利的精神、物质双堡垒。今天，政府戡乱救国，取得最终胜利也要以此为基地……”

说话间，八辆小轿车挨次开了过来。待蒋介石父子上了中间那辆“克拉克”流线型防弹轿车后，一行人也上了车，轿车首尾衔接向城内疾驶。

十多分钟后，蒋介石一行驱车进入了成都市区。初秋的阳光照耀下，大街两边的芙蓉花、夹竹桃盛开，像天边漫卷的红霞。在一片繁花似锦、雀鸟啁啾声中，从车窗内看去，各类店铺鳞次栉比，成都仍然繁华，大街上却是行人寥寥，一派萧条。好些店铺都关了门。有的店铺将存货大拍卖，有的干脆将贬了值的大额金圆券用线穿起来，吊在竹竿上斜挑在店铺外。风吹过，金圆券沙沙作响，好像是招魂幡。街上不时有拉响尖锐汽笛的警车驶过；间或有一辆辆十轮美制大卡车驶过，车上装满了从前线撤退下来的国民党中央军，他们全副武装，头戴钢盔，手持美式冲锋枪、卡宾枪或掷弹筒等美式装备；全身上下裹满战争硝烟。一看，这些就是训练有素的精兵，可大都两眼无神，满脸沮丧。

一种久违了的、迎面扑来的历史文化名城的韵味中，裹着一种明显的大局将倾的悲凉萧索意味。

蒋介石痛苦地闭上了眼睛。他不由得想起抗战刚刚胜利，他在重庆接受陪都几十万人的热烈欢迎时的情景。事前，侍卫官们从安全考虑，无论如何要他坐防弹车出去。可是他不！素有“文胆”之称、足智多谋的陶希圣等高级幕僚也都劝他乘坐防弹车出去，理由是：“陪都百万军民莫不渴望瞻仰领袖风采。可是恐怕难免没有异己分子混杂其中！”然而，他心中有数。他觉得自己是深得民心的。没有人敢杀他，也没有人杀得了他。他毫无顾忌地坐上敞篷军用吉普车去同陪都广大民众见面了。

巡行的路线是：从军事委员会所在地出发，经南区公园、两路口、中二路、中一路、民生路、民权路、民族路和林森路后返回原地。

侍卫官们神情紧张地坐在几辆小车上开道押后。他穿陆军特级上将军服站在那辆敞篷军用吉普车上。车开得很慢。他手上戴着白手套，微笑着，一手扶着挡风玻璃，一只手举起来，不停地向两边人山人海夹道欢迎的人群挥手致意。那是何等样的志得意满啊！那是何等样的盛况空前啊！虽然车子经过的路上，每隔三五步就布有一个宪兵和一个警察维持秩序，监视人群，而且他的前后左右都有侍卫官们护卫。但欢迎的人委实太多了，他乘坐的敞篷军用吉普车和在他的身前身后前呼后拥的保护车队，只能在人群中蜗牛似的慢慢爬行。笑逐颜开的老百姓们不停地向他鼓掌。有的还大喊：“拥护蒋委员长！”“蒋委员长万岁！”……虽然保护他的侍卫们都紧张得捏着一把汗，然而他心里一点都不怕。

然而，曾几何时，他这个蒋委员长却已是江河日下，声名狼藉。今天，他只能偷偷摸摸离开重庆进入成都。

自己是败军统帅？是罪魁祸首？

他在心里一遍一遍地问着自己。是的，胜者为王败者为寇。一种失败的悲哀，顿时涌上心头。车队风驰电掣般过了北门大桥后，一拐进入了一条幽静的长巷，极秘密地进入了北较场成都中央军校。

夜幕弥合了天地。

在夜幕中，坐北朝南的成都中央军校像是一艘巨大的在危机四伏的海洋上漂浮的军舰。军校中，历史上著名的、占地达 300 余亩的演武场，好像是军舰上空旷的甲板。若不是周围团转、隐藏在浓密的树荫后闪烁的灯火和不时划过夜空，指挥着军校师生们作息时间的军号声，谁也不会相信这里竟是容纳了上万师生的著名的成都中央军校。

在这个初秋的夜里，外表看起来，成都中央军校笼罩着一层诗情画意。

其实，这是一种外松内紧的表象和假象。

若是留神细心观察就会发现，军校这晚各处要津都暗中加强了戒备。假山旁、幽篁间，到处都有钢盔和刺刀在不时闪着寒光。特别是那座平地兀立的武担山，山虽不高，却是全校的制高点，更不一般。山脚下，于一片幽篁翠柏簇拥中，有幢精致的法式三层小楼，这是蒋介石下榻的黄埔楼。

这时，二楼正中的一间房门窗紧闭。一身军便服、身姿笔挺的蒋介石久久地站在窗前，处于一种观想中。落地玻璃窗垂着厚重的金丝绒窗帘，在这样的季节，落地玻璃窗原本应该挂浅网窗帘的。这样，委员长的这间临时下榻处，就显得有些窒闷和阴沉。乳白色的灯光下，可见红豆木地板上铺着足有两寸厚的波斯绿绒地毯，脚步过处，无声无息。显然是刚刷过漆的墙边，摆放着一排雕龙刻凤的中式书柜，书柜里摆放着委员长爱读的《曾文正公全集》《史记》等典籍。

灯光从侧面把蒋介石的身影投在地毯上，抹在墙壁上。于是，那一抹黑影就长久地粘在那些地方，显出怪异。局势再清楚不过了，也再严峻不过了！在他身后紧追不舍的以刘（伯承）、邓（小平）二野为主力的数十万共产党大军，正以排山倒海之势、雷霆万钧之力，向他最后占据的四川、大西南席卷而来。这回搞不好，他这个被美国人称为“不倒翁”的真要倒了。他的江山真的要塌了，要易手了？！这一切转变得太快，简直就像是在做一个噩梦。他怎么也想不通，曾几何时，他还作为取得了第二次世界大战胜利的四大国领袖之一，同罗斯福、丘吉尔、斯大林这些世界级大腕们站在一起，让万人景仰。怎么说话间，就被他先前很瞧不起、称为“痞子”的共产党说打倒就要打倒了？“总裁”、“总统”、“委员长”、“主席”，一个将中国种种最高权力集于一身的他，怎么一下子就快变成了“几个毛毛土匪”、中国共产党的手下败将甚或阶下囚了？真是人生多变，沧海桑田！

思绪绵绵，像是一团理不清、扯不断的线，别有一种苦涩。在这个夜晚，他的思绪走得很远，他想起了他的家乡和他的小时候。

浙江省奉化县溪口镇是个只有十几户人家的浙北山区小镇。风景很美，交通便利。他 8 岁以前，家境富裕，过着无忧无虑的日子。他是溪口镇上有名的“孩子王”，常把同他一起玩耍的小伙伴们打得鼻青脸肿。为这，母亲王采玉不知向别人赔过多少礼，道过多少歉。就在他 8 岁那年，陡然间，他的好日子结束了，好像一下从天堂掉进了地狱。作为大盐商的父亲蒋肇聪病故后，不仅家道开始急剧地中落，作为填房嫁过去的母亲和作为“拖油瓶”的他都受到蒋家人的欺负。母亲只得忍气吞声，从蒋家分得三间楼房、30 余亩田地和一片竹林单独过日子，窘迫艰辛。12 岁时，母亲将他送到离家 100 华里的嵊县葛溪村的外祖父家，就读于姚宗元开设的私塾馆。这时，他家孤儿寡母实在凄凉。每当他离家去读书时，母子二人总要抱头痛哭一场。1935 年，他为一国之尊后，在一篇《报国与思亲》的文章中，很有感情地回忆过这段生活：“中正 9 岁（虚岁）丧父，一门孤寡，茕孑无依。其时清政不纲，吏胥势豪，夤缘为虐；吾家门祚既单，遂为觊觎之的，欺凌胁逼，靡日而宁，尝以田赋征收，强令供役”，“产业被夺，先畴不保，甚至构陷公庭，迫辱备至；乡里既无正论，戚族亦多旁观，吾母子含愤茹痛，荼孽之苦，不足以喻。”一种强烈的出人头地、改换门庭的欲望与愤世嫉俗交织在一起，成了他愈挫愈奋的动力。他发誓要成为一个人上人，抓军权，完成改朝换代大业。

1906年4月，19岁的他，毅然辞母别妻，只身漂洋过海去日本学习军事。但当时大清学生在日本学习军事须由清政府陆军部保送才行。没有办法，他只好在日本学了半年日语回国。

为了达到目的，同年冬天，他抱病考入了保定军校的前身——通用陆军速成学堂。凭着顽强的个人奋斗，在以后孙中山领导的推翻清王朝的斗争中，他终于露出峥嵘并受到孙中山先生的赏识。他一直很看重四川，1911年，辛亥革命刚刚成功，他对孙中山先生提出，想到四川抓军事。孙中山欣然同意，并给四川督军熊克武写了封亲笔信，推荐他入川担任四川省警察厅厅长。入川前夕，他向好友四川人张群问计。张群告诉他，熊克武不易共事，他作为外乡人入川肯定会受到排挤；不如就留在广州，留在孙中山身边，这样前途会远大些。于是，他接受了张群建议，打消了入川念头。而这时张群却又提出来，不如让他这个四川人回去当四川省警察厅厅长。他愿意成全张群。不过，当他去请示孙中山时，孙先生不高兴；却又碍着他的面子，也给张群写了推荐信。不过，将原先拟定的四川省警察厅长职降了一级，改为成都市警察局长，张群不高兴了，最终没有成行……

就在蒋介石沉思默想到这一段时，侍卫长俞济时进来报告，说是西南行政长官公署长官张群求见。

对于张群从重庆赶来，并夤夜求见，蒋介石感到有些意外。不过，他说："唔，张长官来了？请他进来吧！"无论什么时候，对于张群，他总是很客气的。这不仅因为他们在日本留学时就是志同道合的好朋友，而且在他看来，张群是个智多星。

门帘一掀，张群进屋来了。他个子不高，体态微胖，宽面大耳，鼻正口方，西装革履，缓行鸭步，风度不凡。蒋介石看着张群，面露微笑。张群左眉眼睑上有颗醒目的朱砂痣，蒋介石认为张群有福相。

"主席真是日理万机，还没有休息？"张群笑嘻嘻地、态度谦恭地向蒋介石请安问好，很是得体。

"岳军兄，请坐！"蒋介石指了指对面的沙发，自己率先坐下来；用一双犀利的眼睛打量着张群："岳军夤夜由渝来蓉见我，有急事吗？"

"有。"张群坐在蒋介石对面，点头不讳，"现在西南局势的好坏决定着党国生死存亡，而局势又是瞬间万变。"张群说时，注意打量着委员长的脸色："我觉得这个时候，应该由一个德高望重的将军出来接替我，做西南军政长官公署的长官为好。即是说，应该由一位经验丰富的、有威信的将军出来做总裁助手，坐镇重庆，这样才能担当起贯彻实施总裁戡乱救国、稳定大后方的重任！这样非常时期这样重要的人选，像我这样的文人已经不合适。"

蒋介石一听这话，一切都明白了。

蒋介石想了想，问张群："岳军兄，你想好了？"

"想好了。"

"那你看，找谁来代替你出任西南军政长官公署的长官合适？"蒋介石难得地笑笑。他清楚，张群之所以这样，一是为迎合他的心意，二是如四川人所说，张群想将捏在手上的红炭圆甩给别人。

"报告总裁！"张群不慌不忙，胸有成竹，"当然是非国防部参谋长顾祝同将军莫属。"

"你来蓉前征求过顾默三的意见吗？"

"来蓉之前，我对顾默三将军稍稍提了一下，说是准备在委座面前保举他担任这个要职。他当然很客气地推，后来我一再对他说，'闻鼙鼓而思良将。现在西南局势非默三兄你出来担起这个重任不可。'他的意思就活动了。"

"好吧！"蒋介石说，自中央政府由渝迁蓉后，他本来就想让顾祝同兼起这个要职。现在由张群提出来，正合他的心意。他顺势就坡下驴："岳军兄你也该休息一阵子了，况且我身边也确实需要你这个智多星来为我出谋划策，川局你也熟悉。这事就这样吧！任免令我随后通知行政院发出！"

张群这就适时站起身来告辞，请委员长注意休息。说他这就回成都家中去看看老母，明天一早赶回重庆去办交接。

"好的，好的。"蒋介石也就站起身来，为人傲慢的委员长居然把张群送到门边。

张群走后，蒋介石在室内缓缓踱起步来，思绪一直没有离开过张群。

在蒋介石看来，在他的高级幕僚中，张群确实要有政治眼光些。就说1947 年，东北战局吃紧。长春丢失后，他急得像热锅上的蚂蚁，将张群叫去商量对策。

“岳军兄！”他牙疼似的说，“像这样下去，我们在东北很快就要站不住脚了。你看，有什么办法没有？”

“报告主席！”张群慢条斯理地说，“我看东北目前的情况，我们仅凭军事力量是无法占到上风的。”

蒋介石皱起眉头：“可陈辞修向我再三保证，他在军事上是很有把握的。”

“我的看法同陈辞修有些距离。”张群在人际关系上向来圆滑。

抗战刚刚胜利结束，蒋介石就迫不及待地将“军政部长”这一要职，从何应钦手上拿了过去，给了他的亲信陈诚。并不是陈诚在军事上比何应钦行，而是因为陈诚既是他的浙江老乡，又是黄埔军校毕业生，他不信陈诚还信谁？蒋介石用人，最讲究这些关系。据说，陈诚最先引起蒋介石注意的是一个很偶然的缘由。

当时，作为黄埔军校校长的蒋介石，有次周末的夜晚到校巡视。偌大的军校内难得的清静。他一路巡视而去，在一处走廊里，看见一个个子不高却很结实的学生，独自站在昏暗的路灯下很用心地看书。蒋介石走了上去，这个学生看见是校长，“啪！”地向蒋介石敬了个标准的军礼。他问这个学生在看什么书？学生挺起胸膛，说报告校长，学生陈诚看的是孙（中山）总理著的三民主义。

蒋介石心中一喜。问及书中内容，这个学生倒背如流；再一问及学生是哪里人氏？得知该生陈诚，浙江人氏，校长心中又是一喜。于是，就此，“陈诚”这个名字就刀劈斧砍地留在了“校长”蒋介石心里，打下了陈诚从此平步青云的契机。

现在看来，自己将军政部长这个要职给陈诚，是失误了。

现在，不仅何应钦等人在公开场合或私下攻击陈诚，就连他手下最信任的大将、同为浙江老乡兼黄埔军校毕业生的胡宗南等也都公开大骂陈诚是草包。中央核心大员中，唯一不骂陈诚的只有张群。不骂陈诚，并不是说张群对一败再败的军政部长陈诚有什么好感，而是说明张岳军这个人油滑，会处事；是在给他蒋委员长留面子。这一点，蒋介石心知肚明，也是时下他特别感激、器重张群的原因之一。

他记得，陈诚丢了东北后，仗打得一塌糊涂。在南京总统府，他不无气愤地对张群谈到了陈诚的无能，张群只是淡淡一笑，建议道："我看，我们当前要紧的是得从宣传上着手，向世界披露、强调中国共产党在东北有苏联做后台。这样一来，我们就可以要求美国给予更多的援助，甚至可以请美国出面斡旋，将东北交给联合国托管。"

蒋介石闻言大喜，连说："嗯，好的好的。"并问张群："你有什么具体的办法没有？"

"有。"张群说，"让孙科出面发表一篇反对苏联干涉中国内政的谈话。这是因为：一、孙科是代表民意的立法院长，新近又兼了国府副主席，有地位，说话有分量。二、他是孙中山先生的儿子，又是有名的亲苏人物。由他出面发表反苏讲话，一定可以在世界上收到意想不到的效果。"

"好好好。"蒋介石频频点头，连连赞叹。张群前脚走，他立刻让人找来了孙科。

"哲生！"孙科一进门，蒋介石就着急地问，"你是不是同外国记者关系很好？"

"是。"孙科不无得意地说，"我同好些外国记者常有来往。"

"那太好了。你今天下午找些外国记者来，尽量多找些美国的记者，开个新闻发布会。你代表国府发表一篇讲话，指责苏联在东北支持共党共军，话要说得越有火药味越好。"

孙科一愣："是不是得找些事实根据？"

"不用！"蒋介石手一挥，有些不高兴了，"你就照我说的去办就行了。"

"那好。"孙科这就见风使舵，"我马上回去写个讲话提纲，等会儿送过来请委员长批准。下午召开一个对外国记者的新闻发布会，主要邀请美国记者参加。"

“就这样吧。”见孙科终于心领神会，蒋介石绷着的脸方才阴转晴。

孙科的讲话发表后，果然在国际上引起了各方面反应，特别是美国。多家在世界上有影响的报纸都把孙科的讲话刊登在头版头条。结果，东北虽然最终没有被联合国托管，但美国却向蒋介石增援了13000万发子弹、2700万美元的救济款……

张群真是有些神出鬼没的手段。蒋介石一边踱步一边想。不过，张群这人是太猾了些：淮海大战失利后，眼看局势急转直下，他赶紧将行政院长职推给了阎锡山。现在，西南局势危急，他又赶快将这一堆烂摊子推给顾祝同。不过，这样也好。让一手制造了“皖南事变”的反共老手顾祝同主持西南军政工作，要好过张群。况且，自己眼下正为怎样对付历史上就同自己离心离德的四川军阀刘文辉、邓锡侯等人发愁呢。张群是四川成都华阳人，为人圆滑，有“华阳相国”、“八级泥水匠”之称，历史上同“多宝道人”刘文辉、“水晶猴”邓锡侯以及“云南王”卢汉的关系都不错。由张群这个政治上的老油子出来，代表自己出面同这些地方实力派去打交道，会省去好些麻烦，实在也是一步好棋。

蒋介石有些疲倦了，思考得也有些累了。他停止了踱步，坐在了沙发上，毕竟是职业军人出身，他即使坐下，也是坐姿笔挺。

难道局势真的就到了不可为之、不可挽回的地步了吗？他反省着自己。不！反省的结论是，局势还是大有希望的。美国人答应过，只要他的政权还能在大陆上坚持半年，白宫将大规模援华，甚至不惜动用美国武装力量对中国局势进行干预。能在四川坚持半年吗？能！虽然现在他手中的总兵力不过100余万，但四川地势险峻。东有大巴山；西有横断山、青藏高原；北有秦岭山脉峻险横亘；南有云贵高原。境内更是岭叠峰涌，江河纵横，地势起伏。天府之国四川盆地同外界相通的，除了九曲回肠的长江夔门天险之外，就只有通往陕西的金牛道、通往云南的石门道、通往更西部少数民族地区的清溪道、通往甘肃的阴平道。其中，由陕西勉县入蜀的金牛道是主道。但这条道最为险要。“山从人面起，云傍马头生”……就在这条无比险峻的蜀道上，他孤注一掷，摆下了手中一律美式装备的30万胡宗南王牌部队。这可是在抗战最艰难的时候，他都没有舍得用的。他让胡宗南部队据守秦岭天险，同骁勇善战的青海马步芳三兄弟的骑兵部队互为掎角。这样，进可中原逐鹿，退则固若金汤。即便是解放军刘、邓大军主力突入四川，也不怕。他已经在宜宾一线布下了他的“黄埔之花”，由精锐的郭汝瑰二十二兵团沿乌江扼守，成了成都的又一道屏障。夔门天险更是让他一百个放心。解放军没有海军，根本不可能从那里打进来。当年，强大的日本海军曾经想打进夔门，结果呢，只能在险峻的长江三峡上一再折戟沉沙！军事上布置得如此天衣无缝，加上天府之国取之不竭、用之不尽的物质人力资源，戡乱反攻大有可为！

三国时期，一败再败的刘玄德刘备不是据此而逐步强大，后来与曹操、孙权形成了鼎立之势吗？抗战时期，四川不是中国的反攻复兴基地吗？今天，他要再创一个历史奇迹，让全世界大吃一惊！

“爹爹，你还没有休息？”这时，长相酷似生母毛氏的蒋经国轻步走进屋来，轻轻问了一声。

“唔。”蒋介石望着刚进不惑之年、微微有些发胖的儿子，笑了笑；笑里有了些从未有过的关爱。

“刘（文辉）、邓（锡侯）、潘（文华）知道我们来了，有何反应？”蒋介石问。

蒋经国当然知道父亲很不放心刘、邓、潘这几个四川实力派人物。刘文辉是西康省主席兼二十四军军长；邓锡侯是西南军政长官公署副长官，是九十五军实际上的军长；虽然时任西南军政长官公署副长官的潘文华，是光杆司令一个，但俗话一句“百足之虫，死而不僵”。川中人际关系复杂，盘根错节，不能不防。

“他们知道爹爹来成都了，是王（陵基）主席告诉他们的。”儿子说：“刚才他们三人分头打来电话，说是得知消息迟了。本想立刻赶来向委员长请安，但怕打搅爹爹的休息，他们暂时就不来了，说是爹爹你什么时候要找他们，他们立马赶到。”

“他们的口径就这么一致？”蒋介石说时又在屋里踱起步来。

儿子默默地看着父亲，没有说话，只是点了点头，似在想着什么，又似在猜测着爹爹的心思。

“人家对咱们敬而远之，我们也就先不去打搅这帮土地神了。”爹爹的口气酸酸的，“经国，我们明天一早去刘湘墓祭扫祭扫。不要告诉太多的人，轻车简从，但务必带上几个相关的记者，嗯？”说着转过身来，看定蒋经国。

“是，爹爹！”儿子抬头看了看父亲，心领神会。

第二天一早，成都南郊古柏森森的诸葛武侯祠内外戒备森严。上午9时，蒋介石、蒋经国父子在王陵基、严啸虎的陪同下，突然来到了武侯祠。当委员长的座车、那辆崭新漆黑锃亮的“克拉克”防弹轿车，嘎地停在门前九级汉白玉盘龙石阶下时，几个委员长的侍卫官，已经先一步下车四处站岗侍卫。车门开处，一个侍卫官上前替委员长一手拉开车门，一手护着车顶；微微弯身，说声委员长请。委员长父子这就相跟着下了车。

蒋介石今天一反以往，着一身国粹，给人一种偃武修文的印象：颀长的身上着民国大礼服，蓝袍黑马褂，头上戴顶黑呢博士帽，手中拄根拐杖。其实，这是完全不必的。时年63岁的蒋介石，耳聪目明，精神健旺。他手中这根拐杖，完全是做样子的，代表着一种中国传统的儒雅，代表着一种资格和权威。

蒋介石没有忙着进门，而是抬起头来，注意浏览了一下镶嵌在门楣上的那道红漆匾额。匾额上镌刻着“武侯祠”三个遒劲而流利的镏金大字。蒋经国是第一次来武侯祠，他特别有趣地注意打量这座名祠的一切：两扇大门上，嵌着密密麻麻的铜质大泡丁，门的中部嵌着黄澄澄的铜质兽环。在一种肃穆庄严的气氛迎面扑来的同时，他觉得，武侯祠的这两扇门，就像古时双翅张开的图腾。进入大门，两边呈圆弧形对称展开的廊檐上，排列着一尊尊塑造得栩栩如生、真人般大小三国时期蜀国有功的文臣武将。正前方，廊檐下有一个跌宕，那是一条向前伸展开去的、由大宁河中小三峡红红绿绿小石子铺就的甬道。那些红红绿绿的宁河石，在金粉粉的阳光照射下，简直就是铺的一地红红绿绿的玛瑙翡翠。甬道尽头，当中矗立着一堵方正的红色照壁。照壁如血并带着岁月沧桑痕迹。而在照壁之后，是飞檐斗拱的重重院落和殿宇。

因为王陵基、严啸虎事前做过布置，往日游人络绎不绝的武侯祠这日净场，祠内非常安静，移步换景。

蒋经国原想父亲一定会带他去里面看看诸葛亮的，而父亲却带他去看了刘备墓。刘备墓是一座由青砖拱围起来的小山，山上长满了葳蕤的青草、小树，且枝蔓丛生，显得非常清幽神秘。蒋介石举起拐杖，指着眼前的墓地告诉儿子："这是刘备的衣冠墓，他的真墓在白帝城。"略为停顿，若有所思，转身向左逶迤而去。蒋经国知道，爹爹这是带他出侧门，去南郊公园中的刘湘墓祭奠。

"爹爹，我们不去瞻仰诸葛武侯了吗？"既然来了武侯祠却不去瞻仰武侯，蒋经国感到遗憾。

"换个时间吧！"爹爹若有所思地说："诸葛孔明这个人太伟大了，他明知不可为，却偏要为之！中国几千年的历史上就出了这样一个人物。瞻仰、祭奠这样的人物，我们得找个专门的时间去。"说着，微微一声叹息："中国历史上的伟人可谓汗牛充栋，春秋时期的孔子、老子、韩非子……还有近代的曾国藩、孙中山先生。然而有谁像诸葛亮这样为刘备'鞠躬尽瘁，死而后已'呢？"

蒋经国知道，爹爹满肚子心事，看到诸葛亮，想到了自己的事业，爹爹明着在说诸葛亮，其实是在借诸葛武侯浇自己心中的块垒。

在南郊公园后面，苍松翠柏环拱中的刘湘陵墓纵深有半里地，很是宏伟。在肃穆的气氛中，蒋介石缓步迈上台阶，从随侍在侧的侍卫长俞济时手里接过一束鲜花，放在"故上将刘湘之灵"墓碑前。低头默哀，一副很沉痛的样子。

蒋经国知道，这时如果"四川王"刘湘地下有知，一定会一跃而起，厉声痛斥、质问置他于死地的爹爹，要蒋委员长还命来的！

这是因为：民国肇始，全国军阀割据，战乱频仍，尤以四川为最。从1911年到20世纪30年代初，四川的军阀混战竟有300多次，最后是刘湘和刘文辉叔侄的“二刘”大战，这是四川军阀史上一场时间最长、最为惨烈的大战。战争的结果是，同是从大邑县安仁镇出来，时在重庆任“督办”的侄儿刘湘，凭借超乎一般军阀的实力和蒋介石的支持，打败了盘踞成都任四川省主席的“幺爸”刘文辉；并且毫不留情地将“幺爸”和他的二十四军赶进了地瘠人贫藏汉杂居的西康。

然而，在蒋介石支持下，登上了“四川王”宝座的刘湘虽然兑现了事先的许诺，率全川军力，围攻了据川北的红四方面军，但其后却是尾大不掉，将四川搞成了一个针插不进、水泼不入的独立王国。执中央权柄的爹爹千方百计地想染指、渗透进来，进而拿过四川。为此，刘湘同爹爹进行了长期的公开或私下，有时甚至是剑拔弩张的斗争。直至抗战军兴，刘湘主动请缨抗日，这场斗争才得到缓解。然而，带病出征的刘湘从某个方面讲，可以说是被爹爹气死的，死时年仅 48 岁。虽然刘湘去世后，爹爹对他备极哀荣，下令国葬，评价也很高。然而，时至今日，刘湘的旧部亲信潘文华，还有邓锡侯，以及长期以来同爹爹心不和面也不和、一直躲在雅安的西康省政府主席兼二十四军军长、刘湘的幺爸刘文辉，却把这笔账记在心上的。现在，中央虽说表面上拿下并进驻了四川，而实际上，中央同四川之间矛盾之尖锐复杂，要超过以往任何时候。

确实是这样，蒋介石这时候之所以要来祭奠刘湘，是做给四川人看的。这是形势的需要。

“委员长，请节哀！”见蒋介石一副痛心不已的样子，王陵基走上前去劝慰。

“爹爹，”蒋经国也走上前去，搀扶着悲痛不已的父亲步下高高的石阶，上了车。

蒋介石表演的这些精彩画面全被跟去的记者摄入镜头。第二天，国民党喉舌《中央日报》等报刊无一例外地发表了蒋介石沉痛悼念刘湘的文章照片和有关花絮。

这天中午，蒋介石稍事休息后，在他下榻地的小客厅里接见了地方有名望的绅士熊福锦等九人，就川事问题接受垂询。送走这批乡绅后，他又接见了刘湘、李家钰、许国璋等在抗战中英勇捐躯的四川军政要人遗孀，对她们问长问短，嘘寒问暖，关怀备至，并赠以钱物。

当他把这些眼泪汪汪的遗孀们送出门，端起一杯清花亮色的白开水喝了后，抖擞精神，对侍立一旁的儿子说："经国，我们去吧！"

"爹爹！"儿子关切地说，"你的身体吃得消吗，要不要休息一下再说？"

"不用了。"蒋介石说，"四川各界父老都在等着我，走吧！"他霍地站了起来。

蒋介石准时出现在成都中央军校礼堂有300多社会贤达参加的"省垣各界人士欢迎总统莅蓉茶话会"上。

当蒋介石父子在王陵基陪同下步入会场时，蜀中"名流"们都站起来鼓掌。蒋介石走到台上，身姿笔挺，四顾频频，很动感情地致辞："中正已经多年没有同成都父老见面了，甚是怀念。今天，中正要借此机会，再次感谢四川人民在八年抗战和最近四年的戡乱中做出的伟大贡献。"说到这里，他的神情忽然黯淡下来，好像沉入了一个噩梦中，语调也伤感起来。

"在座诸君不会忘记，就在四年前，抗战刚刚胜利，饱受战争创伤的神州刚刚安定。政府正欲着手竟先总理提出的三民主义之伟业，与世界平等待我之国家携手共襄繁荣富强之时，不意在抗战中坐大的共产党为一党之私利，置国家民族利益于不顾，发动了全面内战……现在，大局维艰……"就在蒋介石将内战的板子向共产党一板接一板地打去时，座下有位穿长袍、头戴瓜皮帽、鼻尖上吊副老花眼镜的士绅，将头向旁边一位西装革履、腆起肚子的熟人凑过去，悄声说："老蒋凶喃！他把国共内战的责任一钉耙全打到了共产党头上。那，现在国民党战败的责任又该哪个负呢？"

穿西装的胖子听了，挤了挤眼睛，揉了揉鼻子，还用一口浓郁的川话说："他老蒋是癞疙宝（蛤蟆）打呵嗨（哈欠）——口气大。"

"他老蒋现时是说的比唱的好听，目的是想要我们四川人为他卖命撒！"

"磨子上睡觉——他老蒋想转了。"……

就在他们用一口四川话大展言子时，蒋介石的话也到了结束部分，也是实质部分。

“四川自古以来就是人文荟萃、物殷民丰的宝地，是举世闻名的天府之国。现在四川更是政府赖以反共戡乱的最好基地。值此非常时期，中正切望巴蜀父老和政府精诚团结。抱有匪无我，有我无匪之决心，共赴国难。如此，胜利有期！”

蒋介石话完落座，王陵基这就站起身来，带头鼓掌。于是，礼堂内响起一阵寥落的掌声。戴瓜皮帽的士绅这又对身边的西装胖子一笑：“他老蒋同王灵官（王陵基）硬是稀饭泡米汤——亲（清）上加亲（清）。”

一位当年打过红军、后来解甲经商发了大财，个子瘦高的省参议员，感到心里不踏实，霍地站了起来，不合时宜地发问：“现共军正兵分两路向成都压来，不知委员长有何对策？”

蒋介石显得很是有些尴尬，王陵基看着这位发问的省参议，马起一张青水脸，狠声训道：“这是军事秘密。诸位，不该问的不要问，只是多多表示我们川人拥护委员长在四川反共戡乱的决心就行了！”

王陵基这一暗示，真有几个“马屁精”应声而出顺杆爬起来。说些坚决拥护蒋委员长戡乱救国、反共必胜云云类废话。

“啪！”那位因为手上沾有红军的血，心虚不已的省参议，上了些年纪，被王灵官一训，又气又恼又虚，端起四川人爱喝的盖碗茶揭盖子时，手一哆嗦，将茶盖摔在地上打碎了，很煞风景。场上一时不太安静，人们交头接耳起来。

“请大家安静、安静！”王陵基看太不像话了，这又站起身来挥了两下手。场上倒是安静下来了，但当王灵官抬头看自己的主子时，不知什么时候，蒋介石父子已经走了。当天晚上，蒋介石传令原南京警备司令、现中央军校成都分校校长张耀明，他第二天要检阅中央军校成都分校全体师生，并训话。张耀明得令而去。

第二天上午 10 时，蒋介石在蒋经国和侍卫长俞济时等的陪同侍卫下，登上了检阅台。

“立正！”张耀明一声口令，只听操场上“啪！”的一声巨响，占地

300余亩的操场上，上万名身穿黄哔叽军服、头戴大盖帽、打着绑腿的师生将胸脯一挺。

站在台上的蒋介石看着这个阵容心中高兴。

“唔，好！”他对成都中央军校的师生们训话了，声音通过正对他面前的麦克风在操场上轰响：“很好。一看就是支训练有素的精锐之师。当初，我创办黄埔军校时，首先要求大家做好立正、稍息这些基本动作。只有做好这一系列基本动作，才会是个好军人。嗯，立正，也是很有讲究的。要心欲其定，气欲其定，神欲其定。只有这样才能做到泰山崩于前而目不瞬，猛虎袭于后而心不惊；才能做到定而后能静，静而后能安，安而后能虑，虑而后能得。然后才可以做到以不变应万变……”

说到这里，他伸出戴着雪白手套的右手指着台下：“你们是党国的栋梁。在这里，我可以告诉诸位，政府对在成都组织川西决战，给跟进的共军以毁灭性的迎头痛击，是下了决心，也是有信心的。”他话锋一转：“这正是诸位中央军校同学大显身手的好时机。在第二次世界大战中，英国著名元帅蒙哥马利身处逆境，在北非终于以一举重创德军而天下闻名；盟军总司令艾森豪威尔以成功地组织了诺曼底登陆而改变了欧洲局势名垂青史。翻开我黄埔军校的校史，不也是战功赫赫猛将如云？不说多了。”他扳起指头算来，“胡宗南、宋希濂……”说到这里，他悚然间一惊一顿，抽了口凉气。因为将他打疼了的解放军高级将领林彪、徐向前、陈赓等，同样毕业于黄埔军校；算起来，也都算是他的“学生”。他哽了一口气，底气不那么壮了，语调也变得有些伤感：“当然，我也很痛心。有些学生背叛了我……”正说到这儿，倏忽间一道白光一闪，有个东西从他嘴里掉了出来，落到了地上。站在旁边的蒋经国眼尖，看到掉到地上的是父亲的假牙，很镇静地走上前去弯腰捡起，对张耀明示意检阅开始。

全副武装的成都中央军校校长张耀明这就迈着鹅步，走到检阅台前，在蒋介石面前将胸脯一挺，“啪！”的一个立正，从刀鞘中“嗖”地拔出长长雪亮的仪仗刀，在空中划出一个漂亮的劈刀礼，亮开大嗓门：“报告‘校长’，中央军校成都分校阅兵式现在请求开始！”

“唔！”蒋介石说，“开始吧。”

一个个整齐的方队经过检阅台。嚓嚓嚓！整齐的正步。方队墨线弹过一般，他们唰地将戴着钢盔的头向右一偏，手中的卡宾枪一端，向台上的蒋介石行注目礼。在蒋介石听来，这整齐划一的脚步声，就是一首美妙无比的进行曲。他一时沉浸在一种近乎荒诞的遐想中。似乎随着这军威赫赫的方队怒涛般地向前卷去，他的青天白日旗在丢失了的南京总统府上空升起；在他已经几乎丢失尽净的中国广袤的大地上升起。他情不自禁地举起手来，神情俨然地向这支经过他面前、在心目中意义不一般的“神勇之师”还以军礼。

步兵方队过去后，是炮队。牵着各式重炮的美式十辆大卡车四辆一排，轧轧地过来了。忽然，一辆牵着一门加农炮的大卡车在经过检阅台时，“啪！”的一声巨响。那一声巨响可谓惊天动地！霎时，场上一片混乱。卧倒的卧倒，大叫的大叫。蒋经国、张耀明和随侍在蒋介石身边的侍卫们赶紧拔枪冲上台去，侍卫在蒋介石身边。站在台上的蒋介石虽然竭力保持着镇静，但脸色橘青，暴露出内心的恐惧。

其实，一切都是好好的，什么事情都没有发生。只是那辆经过检阅台的拖着加农炮的大卡车临时出了点机械故障，瘫在了台下。心急火燎的张耀明跑到肇事车前一看，差点气歪了鼻子。原来这辆由炮科一队少校中队长马伯山开的拖炮车炸了胎。马伯山吓得手足无措，正蹲在地上瞎鼓捣，后面的炮车全停了下来。

“混账东西，怎么会出这样的事？”张耀明暴跳如雷，用那钉着铁钉的皮鞋，在马伯山的屁股上重重踢了一脚。张耀明猛然想起，他们的最高领袖、校长、委座还在台上，这不是发火的时候。他赶紧向簇拥在他身边的官佐们命令，“快，快将这辆破车拖出去。”一阵忙乱过后，张耀明抬头向台上望去，可是，哪里还有“校长”的影子。娄子捅大了！恼羞成怒的张耀明当即发布命令，“立即将马伯山抓起来，送军事法庭审讯！”

可是，对这件事，“校长”弄清纯系偶然之后，表现得很是宽宏大量。为了笼络人心，当张耀明将这事向他做了详细报告并请示如何处理时，蒋介石对张耀明说："嗯，算了吧。又不是故意的，是机械故障，把马伯山放出来，好生宽慰。"

蒋介石施行的这一手怀柔政策，在军校还真有用，很是收买了些人心。

下午，三辆锃亮的豪华型"克拉克"小轿车驶出北较场，风驰电掣向城内开去。蒋介石父子坐在中间那辆流线型防弹车上。

十多分钟后，三辆轿车鱼贯进入环境优美、建筑上中西合璧的华西协合大学牌坊式朱红色大门。这是一所名牌大学，与燕京、齐鲁、金陵、复旦等大学齐名；是美国人当初用清政府"庚子赔款"在中国创办的七所大学之一。华大的牙科在国际上颇负盛名。蒋介石这是专程来镶牙的。

车轮在花木扶疏的校园柏油路上轻轻滑过，发出轻微好听的嚓嚓声。四周茂林修竹、雀鸟啁啾声中掩映着幢幢飞檐斗拱、气象森严、建筑精巧的楼房。这些中西合璧的洋房，美轮美奂，在建筑上很有特色。主体是哥特式，而屋顶却是中式，采取的是大建筑学家梁思成的设计思维，俗称"穿西装戴瓜皮帽"。而在这处处洋溢着书卷气的高等学府内，不和谐的是，好些大红柱上都贴有"莫谈国事"标语。

一行轿车停在了主楼前。早已恭候多时的华大医学院总院院长林则、分院长周少吾诚惶诚恐快步走下高高的台阶。只见中间那辆车门开处，委员长在侍卫官们护卫中下了车。

蒋介石点点头，这就由林则、周少吾等迅速迎进治疗室。主治医生是著名牙科博士吉士道。已经准备好了的吉博士身穿白大褂，他是个戴眼镜的黑胖子。他先是恭敬地请委员长坐上手术椅，继而伸出一只又短又粗又有力的手捧着蒋介石的腮帮子，猛然一捏。委员长张开口来，露出焦黑的牙床。吉博士连连摇头，对站在一边的林则、周少吾和蒋经国等人说："委员长的这一口牙，枉自还是请美国权威医生安的，手艺孬、手艺孬！"吉博士一边用一口浓郁的川话踏屑洋人，一边开始比牙坯、和胶泥、做假牙。吉博士脾气傲，技术好，别看他一根根手指粗得小萝卜似的，可捏起胶泥做起牙坯来灵活自如，出神入化。仅半个小时，吉博士就做出了一副按常规最少要半个月才能做出的全口假牙，安进蒋介石的嘴里一试，巴巴实实。

“委员长！”吉博士说，“你请咬咬嘴，看合不合适？”

蒋介石闭上嘴，先是犹犹豫豫咬试咬试，再放心大胆咬了咬，“唔，不错！”蒋介石显出高兴，“天衣无缝。”

吉博士再将手一招，一位身材苗条、面容姣好、身穿白大褂的护士手中托着一个髹漆盘子轻盈地走了过来，按照吉博士的吩咐，这位身穿白大褂的护士来到蒋介石面前，递上托盘，腰一弯。吉博士说声：“委员长请！”随即做了个手势。蒋介石等一干人注意到，护士小姐手中的髹漆托盘中有一个精致的小白瓷碗，里面盛着炒得黄酥酥的花生。吉士道请蒋介石吃几颗油酥花生试试牙合不合适。

按照惯例，随侍在侧的侍卫长俞济时这就上去，先在盘子里抓起几颗炒得黄酥酥的花生吃了。

蒋介石狐狐疑疑看了看站在旁边的林则。林院长笑笑，拈起两颗花生丢进嘴里嚼碎吃了，表示这花生绝无问题。蒋介石这才放心地拈起两颗油酥花生丢进嘴里，“叭叭叭！”咬得满嘴是香。

“唔，好好好！”蒋介石连连点头，平时铁板一块的脸上露出了笑意。簇拥在身边的林则、蒋经国和侍卫长俞济时捧场，都说吉博士的手艺真是神了。

吉士道的节目还没有完。他变魔术般拿来一面莹洁无比的意大利照面镜，在蒋介石脑后一比一照，兴致勃勃地说：“请委员长照照镜子，看怎么样？如果牙没有安好，脸是歪的。”

蒋介石注意看了看镜子中的自己。时年 63 岁的蒋介石的牙安得很好，因而也就显出特别的精神。

周少吾夸张地“呀！”了一声，说：“委员长这一来，看上去年轻多了。”林则等人也不甘落后，有的夸“主席更威风了”。有的更是借此将话题升级取悦蒋介石，说：“这预示着委员长指挥的川西决战即将大捷！”……

蒋介石乐得合不上嘴，对簇拥在身边的儿子蒋经国等说：“看来，华大的牙科真是名不虚传。”说着，竟难得诙谐了两句：“四川真是出人才的地方呀，花生又香，吉博士的牙科技术更是超群绝伦。”这些幽默的话居然从蒋介石口中说出来，让手术室里爆发出一阵掌声。正在兴头上，忽然，楼下传来一阵惊天动地的口号声，犹如给蒋介石当头泼下来一盆冷水：

“我们要见蒋委员长！”

“反对内战！”

“我们要工作，我们要吃饭！”……

笑容忽然在蒋介石脸上凝住了。他看着窗外，显出一些紧张也有一些愤怒。对于学生运动，他有种天然的反感。

蒋介石来华西大学医学院安镶牙齿，是极为机密的。消息怎么会传出去，让一些爱闹事的学生围在了楼下，这还得了吗？侍卫长俞济时显出紧张，他赶紧给王陵基打电话。而吉博士等人，已经让侍卫官们“请”到了隔壁一间房内。蒋介石踱到窗前，要随侍在侧的侍卫官将窗帘拉开一条缝隙，他朝下看去。一看，脸色就变了。大楼下站了好些请愿的师生。

“这是怎么回事？”蒋介石转过身来，看着林则、周少吾，连声质问：“这些人怎么会知道我在这里？是谁走漏了风声？嗯！”

林则、周少吾连连说怪，脸吓得煞白，看着旁边的蒋经国，一副乞乞求求、百口莫辩的可怜样。

蒋经国知道中共成都地下党厉害，消息灵通，怪不得林则等人。

“别的不说了。”蒋经国吩咐林则，“请林院长下去告诉那些师生，就说蒋委员长在这里安镶了牙齿后，早就离去了。有什么事，由你代他们向委员长转呈。”

“好好好。”个子瘦小的林则下楼去了。

蒋经国上前轻声附耳请示父亲：“给王（陵基）主席的电话打通了，他请示要不要派队伍赶来弹压？”

蒋介石没有说话，只是把手一挥，继续看窗下的情形。只见林则站在高高的台阶上向愤怒的师生们解释着什么，听不清林院长在说些什么。但看得出，林院长因为声嘶力竭，翘着屁股，挥着两手，像是一只扑翅的公鸡，样子很滑稽。

这时，一阵声浪猛地冲起，围在楼下的华大师生们手挽着手，唱起了歌：

团结就是力量
这力量是铁
这力量是钢
比铁还硬比钢还强
向着法西斯蒂开火
愿一切不民主的制度死亡
向着太阳，向着自由
向着新中国发出万丈光芒

“反了！”蒋介石气得咬牙切齿，转身对儿子说，“这还得了吗，这些人在唱共产党的歌曲！”正说着，同林则一起下楼的周少吾急急忙忙上楼来，站在蒋介石面前，气喘吁吁地报告：“委员长，请你们赶快往后门走吧。那些闹事的人知道你在楼上，就要冲上来了。林院长在死活挡着他们。请你们快走吧，不走就来不及了！”

“车呢？”蒋介石指着停在楼下的三辆轿车，对周少吾说：“我们的车都被学生围在那里了。”

“只有委屈一下主席了。”也不怪周少吾一会儿委员长，一会儿主席的，只怪蒋介石的官衔太多了。周少吾因为紧张，摸摸秃头上的汗，看着侍卫长俞济时：“看来只有委屈一下委员长，请侍卫长带两个兄弟，护卫着委员长坐我们学校那辆吉普车从后门先走！其他人缓一步。不然，人越围越多，时间久了怕出事。”

“好吧！”蒋介石说，“就这样！”蒋介石返回中央军校后，让蒋经国派人通知在民间深有影响的尹昌衡、徐炯等人明天到中央军校见他。

第四章

滑稽，打出门去靠烟杆

这天上午，一辆有“中央军事委员会”标志的黑色小轿车风驰电掣般驶进忠烈祠街，来到尹公馆门前轻轻停下。车门开处，下来一位佩少将军衔的青年将军，身后跟着一个副官。这位将军身材有些消瘦，穿一身笔挺的黄呢军服，脚上的黑皮靴和身上挎的武装带铿光发亮。他傲慢地看了看门牌号，是尹公馆不错，可是怎么门前有站岗的兵呢？他那双深眼窝里闪出一丝警惕而狐疑的光，随即踏响皮靴，上了台阶，直朝大门走去。

大门口站岗的两个卫兵，唰的一声出枪，枪上两把雪亮的刺刀“咔”地一架，挡住来人。

“你们这是要干什么，反了吗？”跟在青年将军后面的副官，上前大喝一声。将军也是停步一愣，长条脸上一副疏淡的眉毛一拧，看着竟敢阻挡他进门的两个卫兵，明知故问:“你们是哪个部分的？”他说一口带江浙味的北平话。

“报告长官！”其中一个兵大概是个班长，他被青年将军的气势镇住了，随即将枪一收，胸一挺，“我们是川军，我们奉命守卫尹公馆，未得允许，任何人不得进出！”

“胆子不小，你知道这是谁吗？”跟在青年将军身后的副官颐指气使地命令班长，“把你们管事的叫出来说话！”

话音未落，大门里花径上急步走来一位中年汉子，这人身量不高，穿一身灰布长袍，一手提着袍裾，头戴黑绸瓜皮帽，跨过高高的门槛来到青年将军面前，腰一弯，笑道：“请问将军，你是？”

“你是何人？”副官喝问。

“不敢，在下是尹昌衡先生的外房管事。”

“这个，这个，怎么的？怎么有兵在尹先生的门前站起岗来了？连我进去也敢挡？”青年将军听说是尹昌衡的外房管事，傲慢地头一摆，跟在他身边的副官会意，唰地拉开皮包，拿出一张名片，递给外房管事。

管事接过一看，眼都大了，奇货可居地很夸张地叫了一声：“哎哟，是蒋主任嘛！”说时责怪门前站岗的两个卫兵，“你两个家伙简直不长眼睛，你知道来人是哪个！”

“是哪个呢？”两个站岗的卫兵伸长颈子，问。

“说来吓死你！你两个虾子还不快让开……”原来这青年将军是蒋介石的侄儿蒋孝先，时为委员长侍从室少将高参兼侍从室第三组组长。

“蒋主任，请！”两个卫兵吓住了，赶紧闪开。

就在蒋孝先带着他的副官跟在尹家外房管事身后，迈着军人标准的步幅，进了门，顺着曲曲弯弯的花径穿廊过榭，朝里走去，外房管事给蒋孝先告了一个得罪，抢前一步一溜小跑，报告尹昌衡去了。

而这时，无独有偶，对蒋介石素无好感的尹昌衡，正在书房里写一篇批判蒋介石的文章：

“……彼拥兵拥权拥财，徐思多延一日，即享一日之兽福，而不知其速戾乎？”尹昌衡在骂了蒋介石之后，意犹未尽，又讥讽他不读书，没有学问。他写道：“而又目不读古圣之书，耳不闻四方之语，如缸中鱼，不知屋之将焚也，此适足以迫起大祸，酿成奇灾，自误误人。可悲也，可耻也，亦可笑也！”

此时尹昌衡已预感到蒋介石的政权是个短命的政权，在笔下警告：“近则二十年，远则五十载，未有不能致太平大顺者也！……彼拥兵拥权拥财者亦宜自谋，毋壅川百溺也，顺时而利导之，时与新党商榷而互助之。”正写到这里，外房管事来到门外，隔帘报告先生，说是蒋委员长派人来了。在家中，尹昌衡嘱所有下人都称他为先生。

“来得正好，我正有话想对他说。”尹昌衡放下了笔，问外房管事：“来者何人，现在哪里？”

“是委员长的侄儿蒋孝先，还带了一个副官，我将他们安排在了花园里的小客厅等。”

“好的。”尹昌衡说，“我马上来。”

当尹昌衡来到花园小客厅时，茶点已经摆上了，见到尹昌衡，蒋孝先霍地站起，很恭敬地说：“委员长要我代他向老前辈问好！”

“好好好。”尹昌衡招了招手，要蒋孝先坐下，自己率先坐下了。蒋介石也是日本东京士官学校的留学生，尹昌衡是第六期，他是第十期，当然是晚辈。

略微寒暄，蒋孝先想起门前两个站岗的凶神恶煞的兵，不解地问：“这是谁派兵给老前辈站岗？这是为什么？是怕有人来骚扰老前辈吗？”

“哪里！”一说这事尹昌衡火起，他说，这是王陵基王灵官干的好事。王陵基回川主政后，因他，还有徐炯这些人不断批评王陵基，每天进出的客人也多，王陵基这就派兵将他们封锁了起来。

“原来如此！”蒋孝先听后直说王陵基不像话，不像话。接着，又站起，拿出一个新式请柬，很恭敬地递到尹昌衡手中，说：“这是委员长给老前辈的请帖，请老前辈明天中午去委员长下榻的北较场吃个饭！”看尹昌衡接在手中，蒋孝先心很细，说：“如果老前辈届时进出不方便，我亲自带车来接！”

“不用。”尹昌衡说，“到时我会去的。”

“能出得去吗？”

“老夫自有办法。”

第二天，尹昌衡出门时的过程很是有些黑色幽默意味。

中午临近，时年50多岁、身材瘦高的尹昌衡身着蓝袍黑马褂，昂然向大门走去，身后跟着马忠，替他拿着一根长长的玉石嘴烟杆。来到门边，马忠让车夫和一个长工把先生的私包车，就是黄包车抬过门槛。

两个奉命站岗的卫兵眼睁睁地看着车夫和长工把先生的黄包车抬过了门槛，放到了街上，不知该怎么办好，傻眼了。及至看到尹昌衡上了车，脚一跷，从马忠手上接过烟杆，让车夫拉起车走，车夫不慌不忙抄起了车把，就要离去，两个兵似乎这才意识到问题的严重性。两个看门的兵商量了一下，一个在场监视，直说尹先生请等一等。另一个赶紧去找排长，听说排长在对面酒馆里，那兵找去，又说去了斜对门大烟馆……这兵东找西找，好容易找到排长时，车夫已经拉着尹昌衡一溜烟而去。

“停倒、停倒！”长得黄皮寡瘦、歪戴帽子斜穿衣的排长带着那兵从烟馆里追出来，趿拉着鞋子，鸭子似的挥着手，大声喊着往前追。排长生怕尹昌衡跑了，他长得瘦小，身上背的驳壳枪在屁股上一颠一颠的，却蹿得飞快，像只受惊的耗子。

排长追上来，一跳，双手把着车篷，双脚在地上拖起，车夫跑不动了。坐在车上的尹昌衡毛了，转过身来，甩起捏在手上玉石烟嘴的长烟杆往排长头上打去。

“笃！”排长的头上重重地挨了一下，流血了。

“哎哟！”排长护痛，赶紧丢下黄包车，抱着头蹲在地上，那个兵赶紧去护排长，尹昌衡的黄包车“呼！”地一下跑远了。

北较场到了，蒋介石的秘书曹圣芬已经迎候在外。曹圣芬将跟来的马忠和车夫做了另外安排，领尹昌衡进了黄埔楼底楼一间法式小客厅，蒋介石已经等在那里了。

见到尹昌衡，蒋介石慢慢站起身来，问声“老前辈好！”旋即让座。这天，他着一袭玄色长袍，脚蹬一双黑直贡呢的白底朝圆布鞋。

蒋介石落座在对面的沙发上，面前的茶几上摆一杯清花亮色的白开水。

尹昌衡坐在蒋介石对面，面前摆着茶点。

看尹昌衡有些气喘吁吁的，蒋介石做出很关心的神情问：“老前辈也不过才 60 多岁，身体也还好，怎么会累得气喘吁吁的？”

“委员长要找我尹昌衡来一趟不容易！”尹昌衡显得余怒未息，他说：“我是打出来的！”

“打出来的，怎么讲？”蒋介石感到很奇怪。

“想来昨天蒋孝先来请我，回来后是向你报告了的，这王陵基龟儿子把我的大门封了，不准我随便出门。”

“啊，是这样！”蒋介石做出若有所悟的样子，用手拍了拍亮光光的头，“这叫什么话，他竟然把老前辈的门封了？”旋即扬起声问：“王主席来了没有？”

门前闪出一个身着法兰绒中山服的侍卫，胸脯一挺，大声报告：“来了！王主席在外间客厅等候召见。”

“让他进来！”蒋介石大声命令。

很快，王陵基来了，他还是那个样子，戴副墨镜，不过没有着西装，而是着军便服，他“啪！”地给委员长敬了个标准的军礼。

“唔！”蒋介石显得有些愤怒，拧着眉头质问，“你怎么能限制尹老前辈的行动自由，封老前辈的门？”

平时显得钢筋火溅的王灵官其实也是相当机敏善变的，为了给委员长一个台阶，他当即编造出了一个理由搪塞：“报告委员长！”他说：“成都最近不太安宁，我让各重要地点都加强了警戒。之所以派兵去尹老先生府上站岗，也是为了老前辈的安全。”

这几句话说得滴水不漏，也对蒋介石的胃口，他的脸色好看了些，说：“唔，保护安全当然是好的，但哪有你这样保护的？弄得老前辈进出都不方便！”

“那是底下人不会办事，我下来查查，查清楚了，一定严办！”

“那好吧！”蒋介石手一挥，“我现在要同老前辈谈点事，你先去查查，妥善安置吧！”

“是！”王陵基如蒙大赦，给蒋介石敬个礼，赶紧退了出去。

“委员长！”见客厅里没有多少的人，尹昌衡乘机给蒋介石建议，“现在国家危难，以往的事就不说了，因为过去者不可追。”说到这里欲言又止。

“好的，好的。”蒋介石笑笑：“我今天请老前辈来，就是想听听老前辈对当前时局的看法，请不吝赐教。”蒋介石做出一副虚心听取意见的样子。

“在我看来，国共和谈最为要紧。”看蒋介石的脸色陡然不快，尹昌衡就此话题没有深说下去，改口说，“我最近正在写一本书，有关时局和共产党的。”

“好得很，好得很！早就听说老前辈文武双全，尤其是国学根基很深，想必是写得很不错的。届时书出后，请老前辈一定惠赐佳作，中正一定认真拜读。”

正说到这里，徐炯竟气冲冲地闯进来了，这个性情向来执拗而又深孚众望的五老七贤人物，站在蒋介石面前，直杠杠地质问：“请问委员长，他王陵基凭什么要把我禁闭起来？”徐炯也是蒋介石这天要请的人。

“哟！”蒋介石似乎很有兴趣地看着这个站在面前、穿一袭青布长袍、戴一副老旧的鸽蛋般铜边眼镜、头上的短发根根直立、犹如钢针的老学究，站起来手一比，“先生请坐，你是怎么突围出来的？”

“我嘛！”徐炯说时举起手中一根油光水滑的梨木拐棍，“我是用它打出来的。”

“请先生息怒。”蒋介石安慰道，“这事我刚才问了王主席，他说是有些误会……”蒋介石的话刚说完，就像事先导演好了似的，蒋孝先进来报告，说是时间到了，请委员长和客人移尊隔壁入席。

“尹仲锡先生请到了吗？”蒋介石问。

“没有。”

“仲锡是个标准的文人。”尹昌衡说，“他咋个打得出来？”

“你带我的车快去接！”蒋介石吩咐蒋孝先，“这个王陵基王主席，简直，简直就是个，就是个乱弹琴。两位前辈请！”说时，手一比。

当天的午宴，蒋介石就请了尹昌衡、尹仲锡、徐炯三人，他们三位是成都五老七贤和成都绅士会的领军人物。席间，蒋介石并不多谈正事，请他们三个名人，纯粹就是做给世人看的，带有明显的对前辈的慰勉性质。

席间，蒋介石谈得最多的是他倡导的新生活运动，也许是为了身体力行，宴席只上了四菜一汤。菜品虽不多，但质量很高。

饭后，当尹昌衡坐上黄包车回到家，发现门前的岗已撤去。晚上，尹昌衡照例去看望母亲，看儿子闷闷不乐，老太太说："委员长今天请你吃饭，完了又把门口站岗的兵也撤了，你怎么还不高兴？"

尹昌衡说："国势如此涂炭，我本想给蒋介石提些建议，可他纯粹是敷衍我，我怎么高兴得起来！"

岁月如梭，不知不觉到了 1949 年的冬天。

尹公馆大不如前。瑟瑟寒风扫过，偌大的公馆里发出空洞的回声。花园里的残枝败叶无人打扫，昔日波光粼粼的人工湖泊里的湖水变得混浊，动物园中的动物也分别被送了出去……往年，日日宾朋满座、夜夜笙歌的尹公馆如今衰败不堪，寂如坟场。

时年 65 岁的尹昌衡身着蓝布长袍，端坐在他那间静室里的床铺上，双手合十，默诵经文。他的心里充满了忧伤和对往事的追忆。年前，跟他多年的马忠去世了，接着母亲去世。母亲去世犹如一根支撑屋子的大梁塌了。家中少了一把治家理财的好手。家中唯一的生活来源，一万多亩良田已变卖得所剩无几。入不敷出中，家中的仆人、丫鬟大都相继辞退了。

年前，李宗仁和孙科竞选副总统，他公开出来支持李宗仁，成立了一个"李宗仁先生助选团"，并且在报上撰文为李鼓吹，结果李宗仁果然当选。善于打探消息的记者也把他和李宗仁的关系，同行政院长阎锡山的关系在报上捅了出来。一时，欲走李、阎的路子而不入的人们，把他家的门槛都快踩断了，然而他却根本不理，这就得罪了不少人，同他处处作对，让他在省城都快住不下去了。这时，早已下野、在大邑乡下隐居的刘成勋向他发出了邀请。他去了，并请刘成勋帮忙，在那里买了一处田庄、大片山地，栽种了许多油桐林，准备将成都的公馆卖了，全家人迁去靠种油桐林为生。不意言语不周，周旋不到，惹得刘文彩不高兴，指使当地的一些土劣，将他的油桐林摧毁尽净，一气之下，疾病乘虚而入，他患上了疟疾，时冷时热打摆子，没有办法，只好返回成都。可是，最先跟他去山野的杨倩留恋那片清新的山林，她一生无儿无女，吃斋念佛，心如死灰，她执意留在了当地……

“先生！”家中留下的一个仆人这时前来隔帘报告，“贺国光贺主任求见！”他不禁皱了皱眉，暗想，肯定又没有好事。贺国光原是刘湘读四川陆军速成学堂的同学，湖北人，字元靖，深受蒋介石信任，从民国以来，在四川贺先后担任过许多要职——驻川中央参谋团主任、西南军政长官公署副长官兼西康省主席。现为西昌警备司令、西昌行营主任。不知他什么时候到成都来了，这个表面看来脾气很好，绵扯扯的，有“贺婆婆”、“贺甘草”绰号，阴倒厉害的家伙来找我干什么？

没有办法，尹昌衡只好收了功，去客厅里与贺国光相见。面色黄恹的贺国光穿了件很不起眼的灰布长袍，几句客套后，贺国光道明了来意。他说：西昌现在很重要，如果成都决战有误，那么，西昌和它背靠着的十万大小凉山就是党国最后的反共戡乱基地。最近成都很乱，他知道先生很烦，他这次来成都，办了些事后专程来邀请先生去西昌避一避。

尹昌衡知道贺国光的意思，与阎锡山一样，还是希望他出山，装点装点门面。他将手一摇，婉拒道：“元靖兄你是知道的，我现在身体很差，不比以前。以前我在川边征战，骑在马上登高一呼，山鸣谷应，威风八面。而现在，病病恹恹的，完全不能做事了。”

贺国光仍不死心，他说：“只是请尹先生到西昌挂个名，至于具体事务，我们可以做。”

“我平生从不做有名无实的事！”这就把话说绝了，并站了起来，做出送客的姿势。贺国光不能不走了。

打发了贺国光，他刚回到静室，长子宣桓又来麻烦他来了。宣桓平时见到他躲都躲不赢，这下找上门肯定有事。宣桓是他的长子，号绍援，是他在北京被软禁时，颜机在成都生的，长相与他酷似，高高的个子，五官端正，性情也豪爽，然而怕吃苦，总想做些便宜事。尹昌衡对子女是很民主的，不太管他们，任他们自由发展。

长子选择了从军的路，1935 年毕业于中央军校洛阳分校，回川后由刘湘授一中校参谋虚衔，后来派去德国考察过一段时间的军事，抗战后被川局召回，因为不愿吃苦，没有进入军队序列。他对开发西昌一带的事务显得有兴趣，组织了一个“宁源实业公司”，还当过一段时间的四川省银行驻西昌办事处主任。

“爸爸！”宣桓问父亲，“你最近身体好些没有？”显得少有的亲切。

“老样子。”尹昌衡问长子，“有事？”

长子只好硬着头皮说了，在这兵荒马乱、有枪便是草头王之时，他想当师长，已经拼凑了几十个师级军官，想让老子出面，请父亲给阎锡山或贺国光等人打通打通关节，让他当个名副其实的师长。

可是，长子的要求被父亲断然拒绝了。他解释说：“我这样做，其实是爱你。”说着叹了口气：“你走到这一步，我也有责任。我对你们三兄弟都采取自然主义，任其发展，现在看来并不好。你已经养成了坐地等花开的习惯，总是怕吃苦不务实。二弟算是学有所成，在四川大学农学系毕了业。现在没有工作，在家待业。你三弟宣晟受我影响最深，因为痛恨英国人在西藏作祟，因为不想上学学英文，就干脆连学也不上了，在家自学。虽然现在满腹经纶，却连一张小学文凭都没有，以后在社会上如何立足为生！”

他说着叹了口气：“你知道，自孙中山先生去世以后，我对国家大事、对政治完全不关心，不闻不问，采取‘君子不党主义’，对国共两党我都不偏不倚。现在，国民党这艘破船眼看就要下沉了，新中国已经在北京宣告成立。我的一些朋友同学，如陕西的张凤翙，湖北的李书城等等，因同共产党合作，分别担任了西北军政委员会委员，全国第一届政协委员，农业部部长等等，他们都有信来，要我向共产党靠拢。阎锡山最近都还有信来，而且贺国光刚来过，两边都在拉我。我却哪边都不想沾，如今我就想当个普通老百姓，过普通老百姓的日子。我虽然早年入了军界，但至今空衔一个，手上是干净的。你何苦要在这时候去当什么师长，要去跳崖，要去蹚浑水呢？”

看长子还想争辩，他痛苦而失望地将手摇几摇：“算了，不说了。人各有志，你要当你的师长，我阻止不了你，但也帮不了你。但你也不要连累我，我要马上找个地方去躲得远远的。”

长子失望地走了。尹昌衡重新打坐，渐渐地重新静心入定，并且进入佳境。他觉得似乎太空中有一股强大的吸引力正在把他往上吸引，头发上竖，额头上出现一个豌豆大的圆，心胸开阔，全身舒畅。他心想，老子有言曰：“虽有拱璧以先驷马，不如坐进此道！”看来，静坐念佛确能如此！

窗外黄昏的天空中，最后一线天光已经渐渐淡了。一阵袅袅的哨音幽幽传来，那是他让下人养的 20 来只鸽子归巢了。鸽哨幽幽中，他的心中充满了宁静。这时，他已经决定了要去西昌，去大小凉山躲开政治，躲离国共两方，躲离一切繁杂和俗事。

1949 年 11 月 19 日，病中的尹昌衡携带部分家人，辗转去了位于凉山腹地的富林羊仁安家避难。

羊仁安本系当地一个很有势力的大头人。辛亥年间，时为当地保正（相当于保长）的他，曾经追随尹昌衡，率同志军，在大相岭阻击过回援赵尔丰的边军，立过功，而且做过尹的下属，做过混成旅旅长。后来世事多变，他又最终回到家乡，做了一个刘湘委任的“川边军总司令”。过后，他一直与败走川边后建立了西康省，以雅安为省城的西康省政府主席刘文辉的军队隔大渡河对峙。

第五章

孤注一掷，川西决战在即

蒋介石已经在那张二十万分之一的、几乎占了满满一张墙壁的军用地图前伫立很久了。

9月末的阳光透进窗帘，在打蜡的地板上闪烁游移。1949年9月17日，蒋介石父子离开成都，先飞台湾安排后路，再回重庆坐镇了两天，现在又飞回了成都。

这期间，国军金门之战的“胜利”犹如给他打了一针强心剂。但是，西南整个战局还是无可挽回地在糜烂下去：险峻的山川地形并没有能够阻挡得了解放军主力部队攻入四川。从挂在墙壁上的那张作战图上看得分明，南面，刘伯承、邓小平统率的解放军二野部队已由鄂入川，并正以狂飙突进之势过巫山全境向重庆压来；北面，贺龙指挥的一野，已由青海玉树突进西康境内。两路大军正向成渝两地形成南北合击之势。而与之对阵的国军，南面虽有宋希濂、罗广文、杨森部；之中能打的只有宋希濂部，可惜已是残部。北面有退到成都附近的胡宗南一部和郭汝瑰兵团，但从人数、火力等整体实力上对比，与解放军有相当的悬殊。该怎么办呢？蒋介石正在煞费苦心思索时，儿子的声音将他从沉思中唤醒。

“爹爹！”已站在身边的蒋经国说，“人都到齐了。”

“唔。”蒋介石转过身来，整了整军装和儿子一起出了门。

黄埔楼下一间长方形的大会议室里。佩戴着上将、中将和少将勋标的将军和身着毛料中山服的高级文官们，沿着铺有雪白桌布的长条桌已经正襟危坐，等着委员长到会。他们中，有的在小声交头接耳，有的在独自苦思，大都面露忧戚。细数，这些参加会议的人中，除了“大太子”蒋经国外，有行政院长阎锡山、有张群；还有国防部参谋长兼西南军政长官公署长官顾祝同、副长官胡宗南；四川省政府主席王陵基，还有刘文辉、邓锡侯以及有关方面要人钱大钧、萧毅肃、王缵绪、罗广文、严啸虎、黄隐等。

随着门外警卫“啪！”的一个立正，蒋介石在蒋经国的陪同下，一阵风似的进了门。与会者赶紧起立，挺胸，两手紧贴裤缝，向委员长行注目礼。

“唔，坐，大家坐。”蒋介石来到会议桌前上首站立，用两手往下压了压，自己率先坐了下去。

坐下来的蒋介石先没有说话，而是用他那双鹰眼将与会者挨个审视了一番。这是正午时分，室内很有些燠热。但蒋介石坐姿笔挺，保持着标准的军人姿势，连军服上每个风纪扣都扣得严严实实的。

“嗯，诸位知道。”蒋介石说话了。他说一口宁波味很浓的北平官话，话说得很慢，声音也轻：“最近共军叶飞部窜上金门岛，想一鼓作气，在拿下海南岛后拿下金门，继而为攻占台湾做准备。然而，我军将士抱破釜沉舟，有我无匪，有匪无我决心，振武扬威，与来窜共军经日激战，使共军伏尸累累，惨败而回。金门一战，我俘获了共军万余。”蒋介石说到这里，与会者们唰地鼓起掌来。

蒋介石轻轻咳了一声，会场上掌声停息，清风雅静。

蒋介石接着昂起头说下去：“我相信，金门大捷就是川西决战的前奏。而即将开始的川西决战更是会让全世界大吃一惊，我们将要在国际反共史上大书辉煌的一笔。在座的都是党国栋梁、功臣。今天，就即将展开的川西决战，请诸位各抒高见。”说到这里，蒋介石的话戛然而止，目光灼灼地看着下属们。

四川省政府主席王陵基应声起立表态。他很动感情地说：“陵基在江西省政府主席职上被中央调回四川主政，深感责任重大……”坐在一边，年前被蒋介石贬去了四川省政府主席的邓锡侯下意识地看了看刘文辉。刘文辉稳起。只听王灵官在蒋介石面前继续表白下去："在此国事日益艰危、党国命运系于一发之际，委员长不顾委屈，不顾年事已高，再次从家乡出山，义不容辞挑起挽危澜于既倒之反共戡乱救国重担。这是国家有幸，民族有幸。在总裁英明领导下，陵基深信，党国虽经百厥终能战胜共产党并取得最后胜利。四川是抗战的大后方，也是反共复国的大后方、坚强后盾和堡垒。四川物殷民丰。虽然现在有困难，但四川人民愿为这场总裁领导的反共戡乱救国决战竭尽人力物力，甚至做出最大的牺牲而不惜。"说到这里，王陵基话题一转："经总裁批准，陵基已在全省组织了 20 个保安团，共计 22 万人，现正加紧操练武装，随时可以拉出来配合国军正面作战……"

就在王陵基一个劲地在蒋介石面前表功提劲时，在场的刘文辉、邓锡侯表现出强烈的不满、不屑。

这几个四川人历史上有种种过节。用一句四川话说，他们之间各有名堂，而且名堂深沉。

王陵基历来以反共著称，而且为人性格刚硬固执。老资格军人出身的他，抗战时当过集团军总司令；刘湘死后他紧跟蒋介石，是蒋介石手中的一条鹰犬，深为蒋介石器重信任。1948 年初，为确保四川成为国民党的"反共戡乱基地"和可靠的大后方，蒋介石罢了邓锡侯的四川省政府主席，专门将王陵基从江西省政府主席职上调回四川主政。上任伊始，王陵基唯蒋介石马首是瞻，在用铁血手段反共、压制民主、镇压学生运动的同时，不惜对川人敲骨吸髓，给奄奄一息的蒋家王朝源源不绝地补充"血液"。这样，他不仅越发同刘文辉、邓锡侯、潘文华这些有影响的川中元老派人物、实力派将领闹得很僵，就同为人处事圆滑，有"华阳相国"之称的张群关系也不好。刘文辉、邓锡侯等人，年前就曾几次在代总统李宗仁面前要求撤换王陵基，但因蒋介石的偏袒而不了了之。

王陵基慷慨激昂地说完这番话后，坐了下去。委员长点了点头，素常僵硬的瘦脸露出一丝微笑，对王陵基表示嘉许。可惜，没有人接下去，冷了一下场。

蒋介石只好点将了。他扬了扬下颔，看着斜对面坐着，协助宋希濂防守重庆一线的第十五兵团司令、显得气鼓气胀的罗广文说："罗司令长官，你谈谈吧，谈谈你的防务情况。"

罗广文对委员长的乱指挥满肚子怨气。在过去的几个月里，他先是奉命率部驻守甘南和川西北，接着奉命率部去到贵州桐梓、娄山关一带布防；忽而又被调回协防重庆南面……数万官兵近来忽东忽西，跋山涉水，疲惫不堪。解放军还没有来，先就被拖垮了，还打什么仗！被点了将的罗广文显然情绪不高，压低声音说着套话："我部已全部进入指定阵地。虽面对共军杨勇、张国华部数倍于我之兵力，但我全军将士决心与山城共存亡。"

"罗长官是毕业于日本士官学校的高才生。"蒋介石最近总是给部下戴高帽子，他接着强调说："特别是罗长官大义灭亲。他的弟弟罗广斌因为是共产党骨干被逮进了白公馆，罗长官也没有托人找路子让他弟弟出狱。这很好！"蒋介石说到这里，清癯的脸上故意做出一点笑容，看着罗广文勉励道："希望罗长官同宋希濂、杨森部紧密合作。即使山城不保，也要尽量歼灭共军有生力量。"

"是。"罗广文在听到蒋介石说到被毛人凤保密局逮捕入狱的共产党员弟弟罗广斌时，吃了一惊。他万万没有想到，作为委员长的蒋介石管得这么多，管得这么细。当他悉心听完蒋介石的嘱咐时，不由将胸脯一挺，站起来接受命令，做出一副标准的军人姿势，但他心中清楚，重庆局势根本无望了。

蒋介石这就掉过头，从刘文辉看到邓锡侯，似笑非笑地说："刘主席、邓主任，发表一下你们的高见吧！"

刘文辉和邓锡侯在长相上迥然不同。从外表上看，刘文辉简直不像个军人。他个子不高，干干瘦瘦，颔下无须，但在四川几十年间纵横捭阖，有"多宝道人"之称的他少有输着。抗战中，蒋介石想借日本人的手去掉刘文辉，三番五次调他出川抗日，但他就是猫在他的西康省不动，以静制动，让蒋介石鞭长莫及，将他奈何不得。而现在蒋介石入川了，刀抵在了面前。因此日前蒋介石召他到成都开会时，他不得不做个样子，从西康省省会雅安来到成都同蒋介石敷衍周旋。

见蒋介石点到了他们的名，绰号“多宝道人”和“水晶猴”的刘文辉和邓锡侯不得不泛泛而谈。什么“坚决服从蒋总裁领导”云云。四川人健谈。两个人的废话说得一筐一筐的，又好听，又风趣，却毫无实质性内容。蒋介石也不插他们的话，只是用一双锐利的鹰眼注意打量二人，特别是注意打量侃侃而谈的刘文辉。在蒋介石看来，“多宝道人”特别诡诈而善变，虽是一副老太婆相，但一双眼睛亮得射人。俗话怎么说？巴蜀大地向来是藏龙卧虎之地。眼睛是一个人心灵的窗户。看刘自乾（刘文辉的号）这双眼睛，就知道他是个不简单的人。

现在，最令蒋介石担心、头痛的就是这个坐在斜对面的西康省政府主席兼国民党二十四军军长的刘文辉。他手中控制着川藏间地域广袤辽阔、战略地位极为重要的西康省！蒋介石私心窃想的是，在成都，同跟进的共军打一仗，打给世界，特别是打给美国人看，以换来美国人的支持！打是肯定打不赢的。打后，部队徐徐撤出成都，从双流、新津一线向西康、西藏撤退。国军进入西康、西藏后，依据那些地方险峻的崇山峻岭、湍急的深流深谷，给跟进的共军以迭次打击。用空间换取时间，静观国际局势变化。最后若是迫不得已，再从西藏经印度退到台湾。而刘文辉手中掌握的西康，可谓是关乎他蒋介石生死攸关的瓶颈！如果这个靠不住的刘文辉，届时投降了共产党，门一关，那就彻底打乱了他的战略计划。刘文辉如再与随后跟进的共军形成前后关门打狗的态势，情况那就严重得不堪设想了！

刘自乾这个家伙靠得住吗？蒋介石久久打量着刘文辉，疑窦丛生。在他看来，刘自乾这个家伙无论如何与自己离心离德，也不至于投到共产党怀抱中去吧！因为刘文辉打过共产党、红军；是个双手沾满了共产党人鲜血的老地主、老军阀。共产党是不会放过这样的人的！刘文辉这样聪明的人，会去自投罗网吗？不会！想来想去，蒋介石对刘自乾的方针已定：不到万不得已，不要去动刘自乾！四川有一句话怎么说？扯到草草葫芦动！刘文辉能量很大，川中形势复杂。一旦动他，弄不好，会出大事。而今对他最好的办法是过诓（哄）！

想到这里，蒋介石再掉过头来注意看了看“水晶猴”邓锡侯。邓晋康（邓锡侯的号）正在泛泛而论委员长制定的成都决战，也称川西决战是如何高明。

“我来说几句实际的。”胡宗南显然不满稳起的刘文辉和邓锡侯的大话炎炎而言不及义。邓锡侯的话还没有说完，他插话了，显出几分不耐和横蛮。

“我意，面对汹汹而来的共军应当避实就虚！”胡宗南虽然口头上没有明确表示反对委员长的川西决战，但意思是很明显的。胡宗南个子不高，身板笃实，着一身标有上将军衔的黄色将校呢军服，不管在什么地方，他都刻意保持着标准的职业军人姿势。现在他说话时坐姿笔挺，特别引人注目的是，他那一副方正的黑红脸上，一副大刀眉毛又黑又浓，像是着意画上去的戏台上的武生的眉。他手上实际掌握着20多万全是美式装备、训练有素的三个集团军的大部队，战斗力强；这是委员长赖以进行川西决战的主力，是委员长保命的根子。胡宗南又是黄埔军校毕业生，委员长的浙江老乡，天子手下数一数二的大将！他根本就没有把刘文辉、邓锡侯以及他们手中掌握的川军放在眼里。而且，他对刘、邓这些人有种本能的戒备和仇视。

“我们如果在成都同跟进的共军进行决战，就正好中了奸计！”这里，胡宗南没有说这样就正中了“共军奸计”，而是笼而统之地说“正好中了奸计”，他这是有所指。刚才，刘文辉、邓锡侯发言时，力主委员长在成都与共军进行川西决战，而且希望他胡宗南的军队首先取得一个胜利来鼓舞士气！胡宗南想到这里，心中火起。

“如其这样，就会亲者痛，仇者快……”胡宗南说得大刀眉一扇一扇的。不过，他的“校长”蒋介石却没有让他继续说下去。蒋介石是个一言九鼎、唯我独尊的人，尽管胡宗南说这些话含沙射影，针对着刘文辉、邓锡侯，但因为不合他的口味，反对川西决战，他中止了爱将的发言。

“你的意思，我清楚。”蒋介石将手一挥。

“川西决战，不许任何人有任何怀疑！”由于个性使然，也由于判断错误，蒋介石虎起脸说：“现在我宣布以下命令！”委员长这一声，让场上的大员们呼地一下全都站起。

“为了确保川西决战胜利，从即日起，一、由阎锡山、顾祝同、钱大钧、萧毅肃组成临时战斗政府。由顾祝同、胡宗南组成川西决战指挥部，负责日常工作。二、由胡宗南部第三军军长盛文接替严啸虎任成都防卫警备总司令。三、四川省政府主席王陵基兼四川省军管区司令、四川省保安司令。王缵绪为四川省游击第一纵队司令，唐式遵为游击第二纵队司令。正式任职令随后下达。”

被点到名的大员们，一个个“是、是、是”地挺胸收腹接受命令。

蒋介石宣布了这些命令后，接着给大家打气，他说：“目前，我西南部队加上地上保安团、反共游击队，共计雄师百万。加上我们有强大的海军、空军，总的优势在我，打川西决战绝对是有把握的。”说到这里，他右手握拳，狠砸下去：“党国命运在此一举。川西决战只许成功不许失败！各位有没有信心？”

“有！”与会大员们齐声回答。在川西决战前夕，这个由蒋介石亲自主持召开的高级军事会议就这样草草结束了。

会议刚刚结束，奉命由重庆赶来的保密局局长毛人凤赶到了黄埔楼。

换了装的蒋介石已经在他的小客厅里等着了。奉命等候接见的毛人凤同他的前主子戴笠一样，挺胸收腹，规规矩矩地站在门外，大气都不敢出。从稀开的门缝中看进去，蒋介石这时身着一套草绿色军便服，头戴鸭舌帽，脚蹬一双黑直贡呢松紧布鞋，背着他坐在一张沙发上看着窗帘沉思什么。

从里间屋子里走出来的蒋经国附在蒋介石身边说了几句什么。于是，蒋介石轻咳了一声，说：“毛局长来了吗？”

毛人凤赶紧答应：“报告委座，毛人凤早已奉命赶到。”

“进来吧！”随着这一声，蒋介石转过身来。

毛人凤赶紧快步跨进屋去，在蒋介石面前敬了一个标准的军礼。蒋介石面前的玻璃茶几上，摆着一杯白开水。

同往常一样，蒋介石先没有让毛人凤坐，也没有说话，只是抬头注意打量了一下继戴笠之后的这个特务头子，国民党保密局局长。戴笠死后，蒋介石将军统和中统合并，改为保密局，大大缩小了规模。毛人凤也是浙江人，样子很平庸，矮矮胖胖的。然而，如四川话所说，毛人凤是属于“面带猪相，心中嘹亮”、“嘴巴说得蜜蜜甜，心中揣把锯锯镰”类大奸大猾的阴险人物。他早年毕业于上海沪江大学，后来进入黄埔军校，在潮州分校肄业后，因为攀上了老乡军统局局长戴笠而进入军统。其人表面上看去办事兢兢业业，为人也厚道，特别是对顶头上司戴笠毕恭毕敬，很受戴笠赏识。在戴笠的扶持下，他的地位在军统内直线上升。当时，虽然毛人凤已经是一个高级军官了，然而他还将妻儿留在老家。八年抗战期间，无论是在南京，还是过后在陪都重庆，他都一直孤身一人住在局内一间一丈五尺左右的长方形的、条件极其简陋的办公室兼寝室里，从早到晚批阅公文，处理公务，经常都是一直工作到很晚才休息。毛人凤生活简朴，见人也总是笑眯眯的，他规定，任何人都可以去找他解决问题。军统内，地位在他之上的二、三号人物郑介民和唐纵在背后攻击他是“笑面虎”，但因为他像一只柔韧的青藤，紧紧攀在戴笠这棵大树上，谁也把他奈何不得。

军统在陪都重庆时，戴笠每个星期一中午都有个聚餐会，要求局本部处长以上的干部都去出席。这个聚餐会不仅务实，还带有联络感情的性质。在餐桌上，戴笠边吃饭边听下级的汇报，同时吩咐布置工作。想法是好的，但戴笠脾气暴躁，因而这顿饭不好吃，部下们不想去却不得不去。戴笠对部下要求非常严厉，一句话不对就暴跳如雷，甚至出手打人。渐渐，以后随着戴笠经常出差，这个饭局就改由毛人凤主持了。毛人凤主持这个饭局很有技巧，他把气氛营造得很是轻松活泼。他一来，总是对大家半调侃半认真地说：“大家请随意，戴老板不在。大家随便说，随便吃，点菜点菜！”他很大方，要在座的每一个人都点一个菜；他总是把这顿工作餐搞得既轻松又丰盛，让大家皆大欢喜。饭桌上，除了简单谈谈工作外，在绝大部分时间里，大家天南地北胡扯一气，荤的段子、素的段子都来。自然而然地，戴笠开创的这个工作聚餐会，以后就变成了毛人凤在军统内拉拢人的最好场地和最好方式。

然而，由戴笠一手扶持上去的毛人凤，在戴老板面前表现得毕恭毕敬，尊崇备至，其实对戴笠没有一点真心，甚至欲置之死地而后快。这中间，表现得最充分、最险恶的一次是，抗战胜利后，全国人民要求严惩南京汪精卫、周佛海和北方王克敏等汉奸集团呼声日高。蒋介石不得不让戴笠去北平，逮捕处理王克敏汉奸集团，以平民愤……就在戴笠天南地北地飞来飞去时，1946 年来到了。负责为戴笠在新一年里改化名的是军统局助理秘书先奇。戴笠这个人很迷信，他五行缺水。为了弥补这个先天的缺陷，他年年都让秘书给他取个水淋淋的化名。比如“涂清波”、“江汉清”等等。也怪，戴笠取了这些化名后，还真是一帆风顺，要风得风，要雨得雨。

可是，戴笠万万没有想到，在陪都重庆他的局本部内，一个他平时根本不在意的小人物、负责给他取化名的助理秘书先奇，有意给他取了个尽是山的名字：“高崇岳”，这有个缘故。年前，先奇与电信室的刘明明暗中热恋。有次军统局长戴笠交给他一个紧急任务，下班时分，戴将一份紧急公文摊在桌上，对先奇说：“这份公文我要呈送蒋委员长，时间很急。你立即拿去抄。今天晚上开个夜车，字要写成正楷，我明天一早就要，嗯！”这是因为军统局的密件送呈蒋介石时，要找专门的人抄过，字要一个个写得拇指大，很工整，这样蒋介石看起来才不费神。

先奇的字写得又好又快又工整，这在军统局内是出名的。

助理秘书当场接受了任务，并在局长面前拍了胸口，说是局长交办的任务保证保质保量按时完成。戴笠也很满意，并表扬了先奇几句。那份公文一看就知是局长亲自拟定的，题目是《关于加强军统工作的举措》，全文约有一万来字。接受任务后的助理秘书，自知责任不轻，事不宜迟，立刻开始了工作，铺纸展笔，聚精会神，晚饭也吃得很囫囵。

深夜时分，刘明明找他来了。那天她值夜班，本来值夜班是两人，正好那晚她的同事病了，她主动让同事回去休息。先奇和刘明明东摸西摸的就有了那个意思，但又怕。要知道，这样的苟合，一旦被发现，枪毙都有可能。更让他们担心的是，他们的顶头上司、局里正在走红的局本部主任秘书毛人凤的寝室就在小院边上。

助理秘书蹑手蹑脚地走到毛人凤窗前，侧耳细听，屋内传出毛人凤熟睡后发出的均匀鼾声。背后一株芭蕉树在晚风中摇曳着肥大的蕉叶，越发衬出夜的宁静和安稳。助理秘书放心了，快步回到自己的办公室，收拾好卷宗什么的，两步窜过天井，一把推开了刘明明虚掩着的门……

两个小时后，两个偷情的年轻军统才云雨散去。先奇回到自己的办公室，接着完成局长亲自交办的作业。可是，因为体力透支，太疲倦，抄着写着，睡意沉沉，竟一头睡了过去。

天刚亮，还不到上班时间，做事急、喜欢事必躬亲的戴笠推开了小院虚掩着的门。

“先秘书，先秘书！”先奇的办公室里还亮着灯，喊却没有人应。戴笠好生奇怪，一把推开助理秘书办公室的门，一看差点没有气歪鼻子。先奇在办公桌上睡得呼呼的，而那份紧急报告，他却才抄写了一半。

军统局长的皮鞋在地板上一跺，“咚！”的一声，响得像打雷。与此同时，先奇那间小小的办公室里，响起了局长愤怒的咆哮声：“他妈的，你夜里干什么去了？”睡得正香的助理秘书醒了，一时没有反应过来，看着面前又跳又闹、愤怒至极的局长不知所措。

“啪！”的一声，戴笠狠劲一巴掌扇过去，顿时在助理秘书的白脸上留下五根红手指印。

天井对面那间电话室的门开了，刘明明探出一颗烫着卷发的头，看清了暴跳如雷的是局长，一下明白了事情的原委。一双毛茸茸的大眼睛瞪得灯笼大，瞬间又将门一关，耗子见了猫般地缩了回去。

“你这个混账东西，你这是失职！”先奇办公室中随着局长的又一阵怒骂，传出一阵桌椅板凳响。如果不是毛人凤及时赶到，简直要出人命。当毛人凤闻声赶到时，只见助理秘书抱着头，往屋子一边躲，鼻头滴着血。而脾气暴躁又是盛怒的局长，骂着骂着又扑了上去，拳头、脚头往先奇身上擂、踢，擂鼓似的。

“局长息怒，局长息怒！”毛人凤赶紧劝着，连连解释，“事出有因，事出有因。”

“嗯？”盛怒的戴笠听毛人凤这一说，用那双因为愤怒而充血的显得特别凶狠的眼睛看着他，等他说出个子丑寅卯来。

“先秘书昨天患了感冒。可能局长不知道，先秘书是带病接受任务。昨天晚上，他感冒加重，脑子昏昏沉沉。我问他要不要告诉局长，可他说不要！说是局座交办的紧急任务，他就是死也要完成。可能半夜后他实在熬不住了，身不由己，一头睡了过去……”助理秘书万万没有想到，平素看起来人很老实厚道、不显山不露水的毛人凤竟有这样的伎俩，编这样的谎救他，而且编得天衣无缝。他在心中深深感激毛人凤的同时，对毛人凤更是佩服得五体投地。

“还是不对！”戴笠听了毛人凤如此一番解释，气消了，但因为面子上拉不下，对部下毛人凤如此训斥，“作为军人，特别是作为领袖‘眼睛’和卫士的我们，一旦接受任务就应该坚决完成，万死不辞！”

“是。”毛人凤主动将责任往自己身上揽，在戴笠面前站得端端正正，毕恭毕敬，主动检讨，“是职幕没有教育好下属……”听戴笠鼻子里哼了一声，毛人凤赶紧说：“局长放心，部下赶紧采取措施，保证在中午之前将局长要的急件抄好送上！”

“好吧！”戴笠余怒未息地说，“不过，你不能姑息养奸，坏了规矩，像先奇这样玩忽职守的人，你要处理、处分。至于何种处分，你先拟定一个方案，等我从北平回来批准执行！”

“是！”毛人凤又喊操似的将胸脯一挺，头一昂，大声答应。

可是，事后，戴笠外出了，他的顶头上司毛人凤对他不仅没有给一点处分，反而倍加重视、信任，将为戴笠在新一年拟取化名这样重要的事情都交他办，让助理秘书在心里对毛人凤感激涕零，而对戴笠恨得牙痒痒的。

助理秘书替戴笠拟好了 1946 年的化名“高崇岳”后，去请毛人凤批。原以为肯定批不准，可是出乎意料的是，毛人凤接过去，看了看，什么也没有说，从衣服口袋里拔出那只粗大的美国派克金笔，旋开笔帽，在十行纸上批上了“照准”两个字。

也许戴笠因为有了一个尽是山的化名，不久后机撞南京附近的岱山而殒命，那是 1946 年 3 月 15 日。

戴笠死后，毛人凤在同军统局内的郑介民、唐纵等大特务经过一番较量后，很快坐正，接过了军统局长这个令许多人垂涎的红果子。后来军统、中统合并为保密局，他当上保密局局长。

这时，站在最高领袖蒋介石面前矮胖的毛人凤，佩少将军衔，戎装笔挺，武装带上吊着一把“中正”剑，为了使自己的形象高大威武些，不仅穿的皮鞋蹬特别高，而且努力将胸脯挺起。

蒋介石看着毛人凤，口气很冷地猛然发问：“毛局长，你炸毁重庆的方案带来了吧？”

“带来了。”毛人凤赶紧将他带在身边的三倒拐大提包拉开，从里面取出一大沓绝密文件，走上前来，恭恭敬敬弯腰放在蒋介石面前的玻璃茶几上，说：“请总裁审查！”

蒋介石并不急着将这份绝密文件拿起看，只是用一双鹰眼先将绝密文件扫了一眼。文件封面用粗黑体字打上《重庆炸毁方案》。然后，蒋介石这才慢慢伸出一只手来，显得心情沉重地用手指在文件上轻轻弹了弹，停了停，用教训的口气对站在面前的毛人凤说：“唔，你们要吸取教训！广州撤退时，卫戍司令李及兰对该市的建筑物和物资都销毁不力，让300多吨空军器材被共军截获。我下令对李及兰等人严惩不贷！”顿了顿，忽然发问：“毛局长，你该不会重蹈覆辙吧？”

“报告总裁！”毛人凤吓得全身一抖，赶紧立正报告：“不会！卑职完全按总裁指示办理。不会有所疏忽，请总裁放心。”

“啊，那就好。毛局长，你坐！”蒋介石这才指了指对面的那张沙发。毛人凤半边屁股坐在沙发上，半边屁股悬起，做出一副吓稀稀的样子，观察着总裁的表情、反应。

蒋介石开始埋头审视《重庆炸毁方案》。方案完全是按照他的要求拟就的，也还简明扼要。按照方案，在国军退出重庆时，保密局将迅速炸毁、破坏的是重庆的军工、动力、交通、邮电及供水设施。其中，主要是第10、20、25兵工厂等7个兵工厂和大渡河钢铁厂、军械总库、小龙坎广播电台、大溪沟火电厂、长寿水电厂、九龙坡、白市驿、珊瑚坝等三个飞机场等17个单位，520多处目标。

“唔。”见蒋介石点了点头，毛人凤又赶紧补充：“这个计划完全是按照总裁设想拟定的，破坏程度以一年之内不能恢复生产为限。这样，我川西决战胜利后，山城很快就可以恢复生产。”

“唔。”蒋介石鼻子里哼了声，并没有抬头，问：“需要多少炸药？”

“完成整个行动计划，需要使用黄色炸药3000吨。”

“炸药的出处和车辆都解决没有？”蒋介石问得很细。

“都解决了。炸药和车辆都由国防部第二厅和兵工器材总库拨发。”

“都落实了？”蒋介石又问。

“都落实了。”毛人凤回答得很肯定。

蒋介石这才抬起头来，看着毛人凤，脸上有了些暖意。“唔！”蒋介石“唔唔”地重复着他的口头禅，欣慰地点点头，夸奖一句，“毛局长辛苦”。

毛人凤受宠若惊。赶紧又从提包里取出一摞名单表，小心翼翼地放在玻璃茶几上，讨好地说：“这是中美合作所准备近日陆续密裁的中共要犯名单，请总裁过目。”

蒋介石一边翻开密裁名单，一边问：“杨虎城杀没有？”

“杀了。”

“黄显声呢？”

“杀了。”

“宋琦云呢？”

“杀了，全家都杀了。”

“这些人是怎么杀的？”向来言辞简洁的蒋介石，不知为什么，这次问得很细。

“黄显声这家伙是军人出身，机警得很！”毛人凤见蒋介石问，很高兴地报告道，“我派杨进兴去处理他，原想不动枪，暗杀。谁知杨进兴将他从白公馆里提出来，带到野外去执行，过一条浅沟时，老家伙发现有些不对，掉过头来，棱着眼睛很警惕地问杨进兴，你们想干什么？杨进兴见暗杀不成，只好用无声手枪解决了他。黄显声倒下后，杨进兴上去一看，倒抽了一口冷气，那家伙的手上紧紧攥着一把刀子！”

“唔！”蒋介石显得很不满意，“你是怎么管理的，你不是向来标榜你的白公馆、渣滓洞管得很好吗？竟发生了这样的险事，犯人黄显声手里竟拿着刀子？这还得了吗？嗯！”

毛人凤万万没有想到自己为表功，说漏了嘴，惹得委员长大不高兴，弄巧成拙，他很有些狼狈。便将胸一挺，喊操似的说：“部下一定牢记委座教导，下去后好好查查，看是哪个环节出了问题，一定严惩不贷！”

“你还没有说如何处理宋琦云一家的呢？”委员长不依不饶，追根问底。

“处理宋琦云一家时可是半点纰漏也没有出。也是杨进兴他们去解决的，两夫妇都是被秘密暗杀的。他们的儿子，就是那个在狱中出生、头大颈子细、大家叫‘小萝卜头’的孩子，是杨进兴他们用手扼死的。”毛人凤说时，做了个手扼的动作，四方脸上带一点狞笑。

“唔。”蒋介石这就一边注意看起要处决人员的名单，一边点头吩咐，“处决这些共产党要犯的速度还要加快。这些人都是党国死敌！”说着，从笔架上提出一支小楷毛笔，蘸了点朱墨，在《密裁人员名单》上批了“急办”两字，又在《重庆炸毁方案》上批了个“准”字。

该办的事办完了，毛人凤该走了，他却说，“总裁，部下有件事要请示。”

“什么事？”蒋介石显得不耐烦。

“来蓉前，朱家骅院长亲自来找我，他要保周均时出狱。”

“什么，保周均时出狱？！”蒋介石顿时满面秋霜。

朱家骅是行政院副院长，关在监狱中的周均时是朱家骅留学德国时的同学。周均时是个很有名望的民主人士、著名学者，回国后担任同济大学校长，因多次公开攻击蒋介石的独裁统治，于 1944 年被特务秘密逮捕后囚禁于重庆渣滓洞监狱。

“是呀。”

“不行！”蒋介石脸红筋胀地猛拍桌子，歇斯底里喝道，“党国亡就亡在朱家骅这批糊涂虫手里。”

“是。”毛人凤毕恭毕敬地站在蒋介石身前保证，“坚决不放。”

“唔。”蒋介石也站起身来，背着手走了两步，思索着对毛人凤说，“毛局长，事关重大，你们保密局这次千万不要再出什么问题！”

“是，是。”毛人凤站得笔直。

“重庆炸毁任务完成以后，赶紧把你的监控重心移到成都，你要谨防我们的‘心脏’内再出第二个熊向晖。”

毛人凤闻言如同五雷轰顶，这是他领导保密局以来干的一件大丢脸事。熊向晖是清华大学 1936 年毕业生，原是胡宗南最信任的侍从副官，也是胡宗南的“文胆”。以往，蒋介石在南京给胡宗南的机密电话，都是熊向晖记录、整理的。后来，胡宗南还将熊向晖保送去美国深造。熊向晖在南京时，连蒋经国也将他视为知己，还曾经亲自在励志社为熊向晖当证婚人……1948 年，熊向晖突然失踪了。后来，熊向晖在共产党阵营中出现了。保密局慌了手脚，经查，熊向晖原来是共产党打进国民党的“特工人员”，许多重要机密都是他透露出去的。比如，当年蒋介石给胡宗南发去的攻打延安的绝密令，连胡宗南的军长们都还不知道时，绝密令却已摆在延安毛泽东窑洞中的桌上了。蒋介石为此事大发雷霆，指着保密局长毛人凤的鼻子骂：“人家共产党搞情报，用的都是熊向晖这样有才干的大学生；人家钻到我们的肚子里不是一天两天，也不是一年两年，而是整整 12 年！你们搞情报，找的都是些下流低级的地痞流氓，你们保密局的工作是完全失败的！”

毛人凤挨了蒋介石的痛骂，又羞又恼，严令部下追查。但事出有因，若真要追查，胡宗南，甚至连蒋经国也脱不了干系，最后只好不了了之。蒋介石现在旧事重提，显然是还记着他这笔账对他敲打。毛人凤掂得出这事的分量。见毛人凤一副狼狈相，蒋介石这才挥挥手说：“毛局长，你可以走了。”

毛人凤刚走，蒋介石紧接着又接见了奉命从川东前线赶回的“虎将”，第十四兵团中将司令官宋希濂。

“宋司令官坐。”让了座，蒋介石很客气地对浑身染满硝烟、人届中年、戎装笔挺、身材魁梧而疲惫不堪的宋希濂说：“拱卫重庆，这次主要就仰仗你了。唔！国防部将尽快补充你们一些新式武器，兵员由王陵基负责补给。”听了宋希濂诉苦后，蒋介石摆了摆手，“前线的情况我清楚，你的压力确实很大。不过，这正是我黄埔师生大显身手的好机会。沧海横流，方显英雄本色。唔？”蒋介石说时满怀希望地看着宋希濂，“不知宋司令官，你还有什么话？”

坐在蒋介石对面、神情疲惫的宋希濂，虽然仍然保持着笔挺的坐姿，但却低下了头。他的担子太重了，而对手强大得难以想象。他的兵团虽说有六个军，那不过是六个军的番号而已，建制不全，兵员严重不足，简直谈不上什么战斗力。而归他防守的川湘鄂边区，东起湖北恩施，西迄四川酉阳，北至湖北巴东，南到贵州铜仁，共 32 个县。防区内虽有不少高山大川险阻，但险峻的山川你可以用，人家也可以利用。以如此区区建制不全、缺乏战斗力的部队，要同时抵挡狂飙突进的共产党二野刘（伯承）、邓（小平）部的陈锡联兵团，实在是有捉襟见肘之感。

见湘鄂边区绥靖公署主任宋希濂久久沉默不语，蒋介石看出了他的心思，伸手端起茶几上那杯白开水喝了一口，安慰道："宋主任不必过虑。在你的北面还有胡宗南部队，在你的东北面有罗广文的十五兵团。唔，你还有什么顾虑的？"

"胡宗南、罗广文受到的压力也相当大。"宋希濂抬起头来看定蒋介石："我担心的还是我们与共军在力量上太悬殊了些。"

蒋介石站了起来，在地上踱了几步，想了想说："王陵基答应最近给中央军补充 2 万名新兵，我把这批新兵全数给你。"见宋希濂还是皱着眉头，欲言又止，他对宋希濂抚慰道："我让罗广文派出一个军协助你驻守乌江天险。届时若实在不行，我再派空军支援你，这样总行了吧？"

宋希濂的喉结动了一下。他想说，国军那么多精锐部队仗恃长江天险，都未能阻止共军南下。以自己目前那点残兵败将想阻挡共军进入重庆，无异于以卵击石。不错，共军没有空军，我们有空军。但空军在峡谷地带能发挥出多少威力？而且，国军有限的空军力量即使白天有点用，晚上呢？而共军是极善于夜战的。当然，这些都是他心中的意识流动，并没有说出来。他是"校长"一手提拔起来的黄埔军校高才生。临危受命，甚至牺牲生命，是军人的天职。况且，他知道，"校长"眼下也只有这么点本钱了。

"如果校长没有别的指示，"宋希濂说时站了起来，"我准备立刻赶回彭水前线。"

"好吧。"蒋介石说，"军情紧迫，我就不留你了。我等着你的捷报！"说着，亲自把宋希濂送出了门。

宋希濂刚走，按通知，王陵基陪着财政部部长徐堪（徐可亭）来了。最近几天，成都金融业越发混乱，货币贬值；市民在市面上买不到米，物价飞涨，民怨沸腾。东大街发生了抢米事件，四川省主席王陵基派兵打死了几个人。蒋介石通知他们来，就是为了解决这方面的事情。他明白，若不及时维持最基本的市场秩序，川西决战就无法进行。

穿西装、戴一副金丝眼镜，模样斯文的财政部部长坐在蒋介石对面的沙发上，王陵基打横。徐部长很谨慎地向委员长如实禀报了在目前江河日下的局势中，财政金融的危险状况。当徐可亭说到，四川在抗战前，每年向中央上交的财税都在 8000 万至 9000 万元之间。而现在，每年上交就是 1000 万来元。当前，四川财政非常困难，若不向市场补点“血”，抛售点黄金，稳定市场货币，财政局势很难控制时，蒋介石不耐烦地挥了挥手。徐堪的汇报马上停止了下来。

蒋介石站了起来，背着手踱到窗前，站定，再猛然转过身来，用一双鹰眼看定财政部部长，牙疼似的嘘了嘘，问：“集中在成都的金银财宝，重要金融，现在是否已向台湾空运？”

“遵照委座命令，空军司令周至柔日前特意给财政部配了专机。目前，金银财宝、重要金融正向台湾加紧空运，昼夜不停。”财政部部长向委员长汇报了空运的具体数字。

蒋介石听了点点头，嘱咐道：“抓紧，还要抓紧，勿有懈怠。还要注意保密！”徐堪拿出纸笔，走笔沙沙，将委员长的指示详细记录在案。

蒋介石这又掉头关切地看着王陵基。

“徐部长！”他对徐堪吩咐道，“你先从中央银行拿出 500 两黄金给王主席，先稳定一下成都市场。”

“是。”徐堪边答边记。当即，蒋介石批了条子，对此，王陵基感激涕零。

第二天，王陵基从中央银行将 500 两黄金提取了出来，在成都大科甲巷绸业公会、总府街商会、鼓楼南街市府开设了三个银元券兑换点，竭力造成一种政府货币价值稳定的假象。

果然，几天下来，成都金融市场稳定了一些。但事实上，王陵基只兑出了 135 两黄金，剩下的 365 两，全部落入了他和他的同伙腰包。

第六章

蒋经国上前线劳军鼓劲，无济于事

深秋。

三辆美式吉普车沿川鄂公路逶迤蛇行。蒋经国奉父亲之命，带着父亲的亲笔信和劳军的黄金、一名副官、五名宪兵去川东武隆县江口镇，给宋希濂将军和他的部队打气。

11 月 1 日，人民解放军进攻川黔的战斗正式开始。第二野战军主力和第四野战军之一部，在北起湖北巴东，南至贵州天柱间，在宽约千里的地域内，向国民党军队发起了强大攻势；并以摧枯拉朽之势在 7 月攻占了鄂西重镇恩施，进而攻克了川东门户秀山县……在解放军的强大攻势下，宋希濂部全线西撤至白马山一线。在成都的蒋介石急命罗广文率一〇八、一一〇军驰赴南川增援。过后，又派侍从室参谋陪同原日军侵华华南派遣军参谋长斋藤到南川，帮助罗广文策划防御部署。因为白马山一线是重庆的最后一道防线，事关大局，蒋介石现在又派爱子蒋经国前去督战。

黄昏时分，蒋经国一行到了江口镇。举目一看，崇山峻岭，秋雨绵绵，天气相当寒冷。在破落的江口镇上，许多国军身着单衣，怀抱步枪蹲在工事里，瑟缩着身子。

得知“大太子”驾到，宋希濂赶紧率陈克非等高级将领迎了出去。

“经国兄，一路辛苦。”蒋经国刚出车门，宋希濂立刻喜滋滋地说，“告诉你一个好消息，我们刚才打了一个大胜仗！”

“啊，什么，大胜仗？细细说！”蒋经国高兴地一把拉着宋希濂的手，要他从头说起。原来，解放军攻占彭水县城后，立刻派出先头部队抢占县城对面的乌江要地龚滩，与宋希濂派去抢占龚滩的第二军第九师遭遇。解放军先头部队寡不敌众退回且受了些损失。

“太好了！”蒋经国听后连连赞叹。

在宋希濂的司令部落座后，蒋经国拿出 6 封信来，一一交给宋希濂、陈克非、顾葆裕、钟彬、龚传文、刘平。这些信，有的是蒋介石亲笔写的，有的是由蒋介石授意，由秘书曹圣芬写后蒋介石签的名。

宋希濂将蒋介石亲自写给他的信展开，急速看下去。信有 5 页，是毛笔写的，字挺大，每页不过写了六七十字。蒋介石在信中说，和谈已无可能。共产党的和谈，实际上就是要政府无条件投降。答应共产党的“和谈”就将使党国沦于万劫不复之地，吾辈亦将死无葬身之地……他在信中再次强调了日前的金门大捷和金门大捷的意义。特别强调，就目前形势而言，共军是可以打败的。他要求宋部官兵，“同心协力，难苦奋战。抱有我无匪、有匪无我之决心，巩固川东防线，并给来犯共军以迎头痛击”云云。

随后，蒋经国拿出 200 两黄金犒劳宋希濂部。

但是，蒋经国尽管如此，在宋希濂为他举办的接风宴上，陈克非等高级将领还是叫苦连天。他们说共军太过强大，我们虽说名义上有 6 个军，号称 18 万人，其实是虚的，最多不过 14 万。而之中，除第二军，其他的部队都是新编缺少训练或是些残破不堪的部队。战斗力不强，天气又冷，辎重跟不上，粮食、弹药都严重不足。如此又冷又饿又无战斗力的部队怎能抵挡得住如狼似虎的共军？他们并且强调，许多官兵都对这场即将开始的大战没有信心。他们认为，在这场即将开始的会战中，国军无异于以身饲虎……

这些，虽然都是实情，但在蒋经国听来，还是感到难堪，但他也拿不出一个好办法来。

“宋长官，你看该如何办呢？”听完了陈克非等人的抱怨，蒋经国掉过头去问宋希濂。他这半是掩饰自己的难堪，半是希望这位委座寄予厚望的“虎将”能说出些提劲的话来，鼓舞士气，或是拿出什么有效的对付目前局势的办法出来，谁知宋希濂冷冷地将他推过去的球又再给他推了过来。

“刚才诸位将军说的可句句都是实情。”宋希濂看着蒋经国，一副焦眉愁眼的样子，“目前战场上就有这么困难！不知上峰究竟能拿得出什么行之有效的办法出来？再不拿出切实可行的办法出来，肯定不行！这仗没有办法打！”蒋经国明白，宋希濂所说的“上峰”，其实就是指他的爹爹蒋介石。

蒋经国本来是希望宋希濂替他解围的，却不意被宋希濂扎扎实实将了一军。他对宋希濂这样的神情，说这样的话感到惊愕。宋希濂不是号称虎将吗，怎么这样？这个表率是怎么做的？忧心如焚的宋希濂，明显看出了蒋经国的不满，但事已至此，他管不到那么多了。他不依不饶，扭着蒋经国追问：“现局势一天比一天严重，贵州已被共军杨勇兵团占领。占领了贵州的杨勇势必分兵一路进攻昆明，一路出毕节犯泸州。如此一来，川东形势会更加紧迫，数倍于我的共军，必对我形成钳形攻势。经国兄！”他看定蒋经国：“俗话说，巧妇难为无米之炊。目前严重情况，不知总裁清不清楚，打算如何应对？”

蒋经国竭力做出一副成竹在胸的样子，也竭力做出一副大权在握的样子。他说：“总裁打算把胡宗南的一个军调过来支援你们。总裁希望你们多撑持一个时期……”听到这里，宋希濂一切都明白了，也彻底失望了。原来，在这紧要关头，专程赶来的“大太子”蒋经国，给自己带来的竟是一句空话，要自己死守！自己寄予希望的“校长”，拿不出丝毫改变现状的办法。这样看来，在共军即将开始的雷霆万钧般的进攻打击下，他宋希濂和他的部队前景黯淡，或者就是灭亡。

看在座的蒋经国和部下们都看着自己，宋希濂毫不掩饰自己的失望，又是长叹一声，对蒋经国说：“请经国兄转告总裁，我们就一句话：尽军人天职，为党国战死疆场而已！”听得蒋经国的心直往下沉。

就在这一天的黄昏时分，蒋介石正在成都商业街励志社小礼堂召开中外记者招待会。励志社占地广宏，是几乎占了半条街的一组中西合璧建筑群。高墙大院内，俗称穿西装戴瓜皮帽的具有清廷特色的一幢幢宫殿式建筑物，古色古香，飞檐斗拱，红柱根根，楼宇重重，假山点缀，茂林修竹，花木扶疏，十分幽静深邃。励志社各地都有，是抗战时期国民政府为接待以美军为代表的盟军高级将领而修建的。抗战结束后，美国人都回了国内，而自国民党中央政府由渝迁蓉后，成都励志社便成了行政院和一些中央机关的办公地。

当第一线暮色如水一般漫过励志社那些爬满了青藤的高墙时，华丽的会议厅里电灯唰地都亮了。成都只有一座私营的启明电灯厂，发电量很少，因此，只有中央政府和省府以及励志社这样的单位才点电灯。主席台上四周簇拥着的盆花，台下早就到了的记者们在低声议论。一片嗡嗡声中，忽然，只听门外站岗的两个宪兵可着嗓子一声立正，记者们都抬起头来，循声望去。只见身着军装的蒋介石在王陵基、盛文等官员的簇拥和侍卫官们的严密保卫下，一阵风似的走了进来。其中一个侍卫官手臂上搭着委员长的黑色斗篷，亦步亦趋跟在后面。都知道委员长的这件黑色斗篷，是在德国定做的，防弹。

在严密的戒备中，蒋介石故显轻松。他没有忙着上主席台，而是转过身来，一边微笑一边对大家频频点头、招手，甚至主动跟坐在前几排的几位记者握了握手。显得很意外。谁都知道，蒋介石是个很不喜欢同媒体打交道的人。他之所以有这样的变化，源于夫人宋美龄对他的提醒。西安事变后，宋美龄对他说："这场事变原本是可以不发生的，因为你的脾气太不好，心中有话也不好好对部下说，总是发气。这是激的！张汉卿（张学良）人年轻，他父亲又是死在日本人手下，你要他打共产党，他打了吃了亏。这时共产党拉他，又是共产党副主席周恩来出的面，周恩来不仅擅长演讲，擅长做人的工作，外交手段也高明。经周恩来动之以情，晓之以理，张汉卿已经动摇了。而你一去西安，你连他的话都没有听完，就开训，你想，他能不上共产党的当，不反吗！"

宋美龄的这一席话，点醒了蒋介石，虽然他是一个极其自尊的人，但他也不能不承认，“达令”这番见解确实高明。他听了夫人建议，成立了一个专门对国际上进行宣传的隶属于中宣部的“国际宣传局”，局长是宋美龄专门找来的毕业于美国哥伦比亚大学新闻学院的博士董显光。因为有了这个国际宣传局和颇为能干的董显光，以后蒋介石在宣传上没有少尝到甜头。蒋介石不止一次在公开和不公开的场合，深有体会地赞扬夫人宋美龄的能量要超过他六个精锐师。而且，也就从此，蒋介石学乖了，不时召开新闻发布会，甚至也学会了同记者套近乎。

“我很愿意回答诸位记者朋友的问题。”蒋介石上了主席台落座后，笑容可掬地宣布答记者问开始。

台下，镁光灯开始不断闪烁。

记者们连珠炮似的提问开始了。

“请问总裁莅蓉，是否意味着川西决战的开始？”

“请问委员长，重庆能守多少时日？”

“据闻，广西军政首脑与共军媾和，中央对此持何态度？”

“此间盛传美国盟邦不日将出兵援华，是否能予证实？”……

这些提问，蒋介石听得清清楚楚。然而，他并不一一回答，甚至没有一个问题是正面回答了的。他只是报以微笑或“唔”、“嗯”这两个谁也不知是怎么回事的模棱两可的词汇对付。对座下这些“无冕皇帝”，他并不真心感兴趣。之所以召开今天这个记者招待会，并出席，他的目的只有一个，就是在会上宣布和大肆渲染宋希濂部龚滩之战的胜利，借以为即将开始的成都决战打气鼓劲。

等记者们的提问告一段落后，蒋介石按他的预想开始“演戏”。

他说：“在回答诸位记者的提问以前，我先宣布一个好消息。昨天，我宋希濂部在彭水县龚滩重创了南犯的刘伯承、邓小平主力部队。这是国军继金门大捷后取得的又一巨大胜利。详细材料，会完后，诸位可去新闻处领取。

“刚才有记者问到了川西决战。川西决战就是成都决战。是的，决战在即。我可以负责任地告诉诸位，政府在军事上战胜共军是有把握的。最近的金门大捷、龚滩大捷就是证明，证明了国军的实力。

“本委员长在此郑重宣布，政府决不会放弃四川。早在民国二十四年我就说过，四川在天时地利物产等各方面实不愧为天府，是民族复兴的最好基地。抗战时期，四川功冠神州，今日四川必将再度成为我反共戡乱最好基地。切望我全川同胞团结在中央周围，重振抗战精神，完成反共戡乱之大业。为此，本委员长愿与在座诸君共勉，共赴国难。”说到这里，他的话戛然而止。

主持会议的他的秘书陶希圣赶紧宣布：“委员长日理万机。委员长有事要去了，请大家鼓掌。”并率先鼓起掌来。

寥落的掌声中，像来时一样，蒋介石在王陵基、盛文和侍卫官们的簇拥下，不管不顾地站起身来，又一阵风似的去了。接下来，陶希圣宣布新闻发布会由他接着主持，他愿意回答记者们的提问。场上爆发出一阵不满的讪笑声和嘲笑声。站起来一位以随时抨击国民党腐朽时政而出名的、笔名叫“小铁锤”的记者发问，他说：“我们都知道，陶先生善变。不知在当前情况下，陶先生又要变到哪里去，不会变到共产党阵营中去吧？”

“你你你，你是什么人？”脸皮很厚的陶希圣，听到这话，脸红耳赤，指着“小铁锤”语无伦次，“你、你这是什么意思？”

在场的一个四川省新闻官员，见陶希圣下不了台，赶紧上前打圆场：“陶先生是举世闻名的学者，委员长看重的人，有‘文胆’之称，我们的记者对陶先生这样党国大员，应该放尊重些！”殊不知这位官员这样一说，反而帮了倒忙，场上又是一阵哄笑。好在有一个国民党《中央日报》的记者站了起来，替陶希圣解围，要他着重谈谈国军金门大捷和宋希濂部在彭水县龚滩重创南犯的共军刘伯承、邓小平主力部队的详细情况和重大意义。陶希圣这就顺势下坡，滔滔不绝讲了开来。

场上不少记者，指点着陶希圣交头接耳，议论纷纷，嘲笑声阵阵。早年毕业于北京大学法科的陶希圣，在国民党内是个著名的铁笔御史，原先深受蒋介石器重。他同陈布雷、戴季陶一起，并称为蒋介石的三大“文胆”。同样是文胆，但是蒋介石对他们的评价却不尽相同。蒋介石不止一次私下对人说：“陈布雷、戴季陶这两个人既有才气，又有骨气。而陶希圣这个人，文人的傲气少了些，政客的媚骨多了些。”蒋介石对这三个人看得真可谓入木三分。

陶希圣是条变色龙。抗战初期，他主编《民意周刊》，自己也时常在周刊上发表文章，忽左忽右，让人捉摸不透。有目光敏锐者给他写了一副对联，活画出了他的嘴脸：

见冯（玉祥）言战，见汪（精卫）言和，见蒋（介石）和战皆言。

对国（民党）骂共（产党），对共（产党）骂国（民党），对日（本）国共都骂。

他一生善于把握时机，一切皆备于我，完全采取实用主义，完全没有一般文人身上的迂腐和礼义约束。因而，他在加入国民党后，由于善于钻营，很快就由一介书生青云直上，当了高官。后来，汪精卫叛变，在日本人的刺刀保护下，在南京另组中央政府时，陶希圣眼红，滚到了汪精卫阵营里去，当了汪伪高官中央宣传部部长。后来，见汪精卫阵营危险，他又反了回来，当蒋介石的幕僚。

新闻通报会结束后，当天下午，《中央日报》头版头条刊登出这次有蒋介石出席的新闻发布会内容；并以显著版面对龚滩胜利极尽渲染。因为宋部第九师是在原黄埔军校教导团的基础上扩编组建起来的，因而文章将此“胜利”夸耀为“黄埔教导团精神的胜利”。

夜晚。窗外下起了绵绵秋雨。

在密密匝匝的细雨中，蒋介石心中有种安全感。上午，他在励志社提劲，说了那么多的“必胜”，其实，他心中虚怯得很。

在落叶敲窗、雨打芭蕉声中，一段时间以来神情交瘁的他斜倚在沙发上，先是撑着脑袋想事情。想着想着，于朦胧中沉入了梦乡。

山青水秀的故乡溪口就在眼前。竹林环绕，雀鸟啁啾声中，在老宅丰镐房。年仅 14 岁的他，头戴金花博士帽，身穿黑绸长袍马褂，同本县岩头村比他大 5 岁的姑娘毛福梅拜了天地。虽然，他不喜欢大他 5 岁的毛福梅，但不幸的婚姻毕竟还是婚姻，丝毫不影响他很快让毛福梅有了身孕。好容易“蜜月”过完，他逃脱家庭羁绊，径直留学去了日本。

樱花烂漫的东京。他同张群、黄郛身穿和服，在共同租用的 20 平方米的榻榻米上席地而坐，大谈反清创立民国事。意气风发，挥斥方遒。脚穿木屐的日本侍女手端髹漆托盘，给他们端来了他们爱吃的、喷香的烧猪肠、拌肚条，让他们大快朵颐。那时日本人不吃猪下水。他们将一头猪的下水全部买下来仅 8 角钱，便宜得不能再便宜了。

好冷，风雪弥漫的北海道。1910 年冬天。他在日本东京士官学校毕业后，以二等兵资格去北海道高田镇野炮十三联队实习。家里的照片寄来了，毛福梅给他生了个大胖小子。他立刻回信，给长相酷似生母的儿子取了个惊天动地的名字：蒋经国。

当时日本还穷。他们经常处在饥饿中。长官规定他们，每顿只能吃一中碗米饭；而每周要吃八顿大麦饭。菜是三片萝卜干或一块咸鱼。熬到星期天才能打牙祭，吃一顿豆腐青菜。

在连队当了 10 个月兵，他就喂了 10 个月的军马。清晨，在寒雾迷蒙中，昏黄的灯光下，他在马厩里用禾草擦马，晚饭前还得再擦一次；马还未擦热，自己身上已是大汗淋漓。

雪幕中飘飘而至的绝密信件。当了上海督办的好友陈其美催他回国参加辛亥革命。他只身潜离北海道时，彤云密布，雪花纷飞。日本追兵追来了……

他猛然惊醒，城墙外正打三更。

“梆——梆——梆！”更夫苍老的声音和着敲击的颤音在静夜中水似的荡漾开去，有一种异样的寂寥苦涩意味。

他感到有些饿了，喝了杯水吃了几块饼干，漠然注视着灯光映在墙上的影子。自己瘦长、弯曲的影子就像北海道时常见的一种狼。它捕捉猎物时，脚步极轻，动作极隐蔽；本来已经万无一失，还嫌自己不够谨慎。

自己有北海狼的那种机警吗？即将开始的川西决战有把握吗？他突然想到，已经住进了北平中南海的毛泽东这时在干什么？足智多谋的刘伯承、邓小平这时在干什么？毛泽东那魁梧的身影，那与众不同的唇下黑痣连同熟悉的湖南口音都在向他逼来。即将同他决战的有“常胜将军”之称的刘伯承正用他深邃的目光透过镜片观测着他，似乎在说：“你老蒋必败无疑。”一种紧张感突然间向他袭来。他想按电铃唤经国进来，但又想到，经国已代替他到川东前线去了。

“川东宋希濂部战局如何，事关重大！”思绪一转，他一门心思惦在了川东前线上，一晚上难以入眠。

清晨。

一阵江风吹过，轻轻揭开了如丝如缕的寒雾。蒋经国站在江边，举起手中的高倍望远镜朝江那边眺望。对面，与之对阵的解放军大军像是地遁了一般，简直看不到人。自己脚下，云烟袅袅中，数不清的宋希濂部官兵，趴在战壕里穿着单衣冷得打战。一时，这安详静谧的气氛真让人怀疑，这里正在进行一场你死我活的大战。

中午。

湘鄂边区绥靖公署主任、国民党第十四兵团中将司令官宋希濂陪同蒋经国在战地司令部共进午餐。宋希濂让卫兵开了两听美国牛肉罐头和两瓶威士忌。

“经国兄，请！”宋希濂将装酒的空罐头盒一举说，“战场上只有如此简慢了，对不起。”

“不客气，这已经很好了。”蒋经国也将盛着威士忌酒的罐头盒一举。

“咣！”他们碰了杯正饮。

“轰！轰！轰！”就在这时，江对岸的人民解放军第二野战军主力部队向宋希濂部发起了猛烈的攻击。紧接着几声试炮后，上百门大口径榴弹炮、加农炮、火炮和野炮暴风骤雨般刮了过来。万千发炮弹，带着震天动地的巨响，咚咚咚地砸在江口镇宋希濂部第十五军仓促构筑的工事上。在弥天的浓烟烈火和呛人的硝烟中，解放军开始了集团冲锋。成千上万的解放军像是忽然间从地下冒出来似的，从战壕里、山包旁一跃而起，端着上着寒光闪闪刺刀的步枪，呐喊着，像铺天盖地的怒涛席卷而来，黑压压地盖满了川湘公路和附近的大小山头。

宋希濂部沿乌江构筑的地堡群里喷吐出密集的、由轻重机枪交织起来的道道火舌。隐蔽在山坳里的榴弹炮团和重迫击炮团也拼命开火给予阻击。地平线上燃烧起了片片火光。团团硝烟在江风吹拂下，时聚时消；解放军攻击的散兵线在硝烟里亦时隐时现。终于，在宋希濂部火力的拼命阻击下，席卷而来的怒涛止住了。

大喜过望的宋希濂，不顾身边副官和卫兵的阻拦，大步来到乌江边上的前线观察所里，手中举起望远镜观察战场形势。

"宋主任，让我看看。"不知什么时候，蒋经国也来了，他从宋希濂手里要过那副 20 万倍的军用望远镜望过去时，情形出现了变化。他的一颗心顿时凉了。

第一次进攻受挫的解放军，似乎探明了宋希濂部的实力和火力分布情况，这次发起攻击，席卷而来的怒涛更加猛烈。

"轰轰轰！""哒哒哒！"尽管宋希濂部拼命开火阻击，猛烈的炮火杀伤了不少解放军。但攻上来的解放军的密密麻麻的散兵线前赴后继；在不长的时间内就逼近了沿江扼守的宋希濂部主阵地。在那些被炮火轰成一条条废墟的战壕里，已展开了血肉横飞的肉搏战。

沿江扼守的宋希濂部开始后退了。但是，公路上有几辆被击毁的美式坦克在熊熊燃烧，阻塞了部队后撤的道路。在解放军一颗颗重磅炸弹的呼啸声中，一响就是一堆宋希濂部官兵的尸体。宋部官兵惊慌失措，四面逃散寻找生路。有些腿长的官兵跑进了冰冷的乌江里，在齐腰深的水里为争夺几只渡船逃命而互挥老拳，甚至开枪射击……虽然这边的大炮不停地轰击，向对岸的宋希濂部提供火力支援，但解放军的火力委实太猛了。一排排重炮砸来，连地皮都在抖动……

"十五军完了。可惜宋希濂手中唯一的一支精锐部队！"看到这里，蒋经国满脸煞白，无力地垂下了手中的望远镜。

“副官！”炮声中传来宋希濂急促的声音，“赶快送蒋主任上车走！”可是，蒋经国不肯走。

宋希濂急了，扯着嗓门指着江对面，对蒋经国说：“再不走就晚了。据无线电测向车报告，江对面向我进攻的共军至少有四个军。还有三个军正向我侧后运动！”

“宋长官，那你？”蒋经国一怔。

“别管我，你先走。”宋希濂惨然一笑。说着大手一挥。他的卫队不由分说，将蒋经国架上了已发动了的、来时坐的那辆美制大功率越野吉普车。

当蒋经国的座车，在两辆美式越野吉普车的前后护卫下，风驰电掣般沿着来时的路往回开到一个高岗时，他回首望去。强大的解放军先头部队已杀过乌江，抢占了滩头阵地。且战且退的宋希濂部狼狈不堪，枪声炒豆似的爆响中，国军一排排倒下，伏尸四野，惨不忍睹。蒋经国不忍卒看，痛苦地低下头，闭上了眼睛。

第七章

军校内突发枪声，让蒋介石悚然惊心

1949年12月2日夜。

乳白色的灯光下，蒋介石长久地呆坐在厚重的金丝绒沙发里，好像沉浸在一个噩梦中。他记得，那是11月29日，在山城重庆，也是这样一个星月无光的漆黑夜晚。

“爹爹，我们走吧！”解放军进攻重庆的炮声隆隆响起，一声比一声近；火光在漆黑的天幕上金蛇似的一闪又一闪。

“不！”他固执地说：“我要亲自看见共军进城。我要亲眼看见山城的毁灭！”

似乎要给他的话作注脚。这时，炸毁山城的巨响开始了。

“一、二、三！……”他一声声地数着数。随着轰轰几声巨响，电灯熄灭了。窗外，漆黑的夜幕中不时有冲天的火光而起。然而，就在这时，巨大的爆炸声止息了。

“娘希匹！”他歇斯底里地站起身来，在没有灯光的屋里焦躁地走来走去，“我就知道毛人凤这个家伙做不成事。炸毁山城？就这几响，能毁得了？”

“嘀铃铃！”一阵尖锐的电话铃声突然响起。他一把抓起电话，话筒里传出毛人凤怯怯的声音：“……由于中共地下组织的各项护厂活动神出鬼没，且非常严密，我炸毁重庆方案受阻……”毛人凤报告，原定炸毁的17个单位，520多处目标，只炸了第一兵工厂等4个兵工厂和刘家台炸药库，别的目标无法完成……”

“饭桶！”虽然蒋介石理智上完全明白炸毁重庆是多么不容易，不现实，但是感情上难以接受，“我就知道你们保密局做不成一件事！”他正要破口大骂，话筒里送过来的毛人凤的一句话让他胆战心惊，顿时清醒。

“共军似乎探知了委座居处。”毛人凤说，“共军一支精锐小分队正向委座方向穿插过来！”

他这才像被蛇咬了似的，丢下电话，对身边的儿子蒋经国说：“快，快！通知俞济时备车去白市驿机场。”

他们一行赶紧驱车去白市驿机场，可是迟了。路上车辆、行人太为拥挤，秩序大乱，车子慢得像蜗牛似的。蒋介石吓得满头大汗。幸好是月黑风高夜，没有人认得出他和他的车队。

好不容易逃到白市驿机场。戒备森严中，他们赶紧弃车登上“中美”号专机。专机驾驶员依复恩通过飞机上的无线电装置同成都方面取得了联系，但是成都方面说，夜航设备没有保证，蒋介石只得坐在依复恩一直将发动机发着的专机上，听着一阵阵震天动地的解放军进攻重庆的炮声，提心吊胆熬了一夜。好容易等到东方破晓，依复恩才驾驶着专机飞离了重庆。

飞机飞起来了。他以极为复杂和眷恋的心情，目光透过舷窗，打量着正从机翼下往后退去的山城重庆。薄雾中的长江、嘉陵江如带，从苍茫的大地上逶迤远去。炮火硝烟中的解放军正在逼近他刚刚离去的白市驿机场……看着这一切，他有一种劫后余生的感觉和庆幸。

3月25日。共产党大军进驻北平，毛泽东入住香山双清别墅。毛泽东10月1日在天安门城楼上宣布共产党执政的中华人民共和国成立，随后任命率部占领了重庆的刘伯承司令员为西南军政委员会主席，邓小平政委为西南军政委员会副主席兼中共西南局第一书记，陈锡联为重庆市市长……想到这些，他觉得，压力和危险同时向他进一步逼近。民国政府到了最后的时日。无独有偶，前天，当他在成都中央军校第二次检阅，鼓吹宋希濂部在彭水龚滩取得的“胜利”，要师生们发扬“黄埔精神”，并举行升旗仪式时，青天白日旗刚升到半中，绳子却断了，旗子掉了下来。此事，让他心中又压了一块石头，他想，莫非成都中央军校内暗藏有中共分子？

还有，形势瞬息万变。前天还是“常胜将军”的宋希濂，在昨天，便做了进军速度神速的共军俘虏；所部在峨眉境内全歼……睡意蒙胧中的委员长脑海中走马灯似的想着这些事，自怨自艾时，突然，“啪！啪！啪！”几声枪响。已成惊弓之鸟的委员长一跃而起，并顺手拉熄了灯，趴在地上。

接着，楼上响起了急促的脚步声。不会是第二次西安事变吧？他想。

“爹爹，你没事吧？”门外传来儿子关切焦急的问询，他这才赶紧从地上爬起来，一手拉亮了灯。

儿子看着满脸惊惶的父亲解释：“可能是巡夜的士兵步枪走火。已派人查去了。”

“怪事情，怪事情。”蒋介石心中有了底，却不依不饶地对儿子说：“你要责令张耀明，要他好好查查他的这个中央军校是咋回事？嗯！怎么连连发生这些怪事情，要追查到底！”

正说间，气急败坏的张耀明随着侍卫长俞济时进来说明缘由，原来军校一名叫张大明的广西籍学生，今夜在武担山上值勤，抱着枪睡着后，糊里糊涂地扣响了扳机……

“哪有这样简单的事，嗯？”蒋介石发作了，看着张耀明连声责问，“我第一次在你们军校检阅时，炮车轮胎瘪了气。第二次阅兵，升旗时旗绳断了。现在你的学生夜间值勤，又是枪走火？哪有这么巧合，嗯！”听口气，似乎连校长张耀明也有了嫌疑。

就在张耀明不知所措时，委员长对他下了命令：“你要彻底追查，尽快报告，嗯？”

倒霉的成都中央军校校长张耀明赶紧立正，说声“是！”他胸脯一挺：“部下即刻提审张大明……”

蒋介石不耐烦地转过身去，挥了挥手，吓得冷汗长淌的张耀明赶紧溜了。

“哐啷！”一声，张大明被关进了黑牢，无边的黑暗立即淹没了他。

“冤枉呀！”广西籍的青年学生张大明扑向铁门，可是，冰冷的铁门紧闭。回答他的是四壁响起的自己的回音。

成都中央军校校长张耀明当然清楚，“校长”指责最近军校中发生的那么多事情，纯属偶然。可是，谁叫你张大明倒霉，碰上今夜“校长”正触霉头，心情不佳之时，雷霆震怒呢，而且发了话定了性。我作为成都中央军校校长，不抓你这个倒霉蛋交差，怕是泥菩萨过江——自身难保了。

刑讯室里，暗淡的灯光下，一个长满胸毛的打手抓着张大明的头发喝问：“说！你是不是想谋杀蒋委员长？”

“校长，我是冤枉呀！”已受过重刑、被折磨得奄奄一息的一介书生张大明向躲在阴暗角落里的校长张耀明喊救命。

“好，那你说。”张耀明开始诱导，“你知道军校里平时谁有亲共倾向？说出来，说出来了，你仍是委员长的好学生。”

“校长，我是忠于委员长的。”张大明可怜兮兮地辩白，“我不是想谋杀委员长。我是睡着了，步枪走火。”

“我问你的问题？”前南京首都卫戍司令、现成都中央军校校长张耀明发怒了，平时就显得威严的四方脸这会儿显得很狰狞，“我再问你，你知罪吗？”

“知罪。”张大明想了想低下了头。

“想活命吗？”张耀明步步紧逼。

“想。”张大明打了个哆嗦。

“那你回答我刚才的问题。你要想方设法立功赎罪，让总裁满意，不然，我救不了你。”

“校长！”张大明声音嘶哑，“我不知道，真不知道呀！”

同样躲在一边的毛人凤一拍桌子：“哼！你这样的滑头我见得多了。不让皮肉受苦是不肯招的。来呀！”说时手一招，“给这个家伙吃‘红烧肉’！”

两个脱光了衣服的彪形大汉应声而上，用火钳将火炉里两砣烧得通红的烙铁夹了起来，在张大明的脸上晃了两晃，威胁道：

“你说不说？”

“校长！”张大明吓得惨叫一声，瘫在地上，哆嗦道，“我说，我说。”

“说吧！”审判官做好了记录准备。

“我们军校中，王北池有亲共倾向。”

“好。”张耀明大喜，吩咐道，“作好记录。张大明你千万不要隐瞒，说，继续说。”

年轻幼稚的张大明开始竹筒倒豆子。

他说，跟他要好的王北池原是北京大学学生，后来投笔从戎，考入成都军校第27期，经常在私下偷看宣传共产党和共产主义的书籍，比如艾斯奇的《辩证唯物主义和历史唯物主义》、斯诺的《西行漫记》……还不时爱在日记上写点体会和小诗，有反战情绪；说着背诵了王北池的几首反战小诗作证。

“军校中类似王北池的师生还有没有？”

“这，我就不知道了。”

看从张大明身上再也榨不出什么“油水”，张耀明同毛人凤交换了一下眼色说：“好，你等候处理吧。这期间，你有什么情况还可以补充交代。”说完，张耀明让宪兵将张大明押回黑牢。

年轻幼稚的张大明以为自己这一下没有问题了，过“关”了。可是，他完全错了。

宪兵当夜就将王北池逮捕，在他的小木箱里搜到了写有“反诗”的日记本，毛人凤将事情原委汇报给蒋介石后，心情恶劣的委员长立即下达了将“张大明、王北池格杀勿论”的命令。非常时期，他是宁可错杀一千，不可放过一个的。

黎明前成都最黑暗的时分。在诗圣杜甫吟诵过“丞相祠堂何处寻，锦官城外柏森森”的南郊红墙黄瓦的武侯祠外乱坟岗里，磷火明灭，狗叫声声。一辆幽灵似的囚车悄悄开到这里停下后，“哐啷！”一声，门开处，行刑队从车上拉下两个镣铐在身、穿着军装且不成人形的青年人。他们就是成都中央军校的学生张大明和王北池。

“好兄弟，我对不起你啊！”当行刑队举枪向他们瞄准时，张大明欲哭无泪地对身边的王北池说，“我没有想到委员长是这样的人。还有张耀明他们都是一群卑鄙小人。他们滥杀无辜、毫无人性……”

王北池没有说话，只是伸出一只戴着镣铐的手，紧紧握住了张大明冰冷的手。

“砰！砰！砰！”刽子手们开枪了。两个成都中央军校无辜的学生倒下了；黎明时分，成都南郊乱坟茔地里又多了两个冤魂。

囚车，趁着漆黑的夜幕溜走了。

下雨了。成都又湿又冷的寒冬苦雨下得淅淅沥沥，悄悄地将这桩罪恶埋藏。

第八章

为稳定军心，蒋介石父子故意陶怡于青城山

这是冬天成都难得的好天气，一早就是晴空万里，蓝天白云。

最近一段时间，蒋介石心力交瘁。蒋经国见这天成都天气这样好，建议父亲放松一下，去离成都不过四五十里的道教圣地青城山散散心。

“好吧！”蒋介石稍一踌躇就答应了。本来，战局每况愈下，他哪有游山玩水的心情。但是，越是在这个时候去游青城山，越是可以鼓舞军心民心。最近在军事上屡遭重创的独裁者，一颗心犹如时时在惊涛骇浪、危险四伏的汪洋黑海上漂浮的一叶孤舟，正欲寻找一块静泊地，便忙里偷闲，一头扑向了青城山温柔的怀抱。

往日游人如织的青城山这天戒严了。上午 9 时，两乘罩着白布的滑竿，在山道上悠悠而来。前后走着侍卫官们。躺在青竹编就的滑竿上，蒋介石很放松地眯着眼睛，似在养神又似在谛听、享受这难得的山林野趣。

在叽嘎叽嘎、单调的滑竿声中，蒋介石问躺在后面滑竿上的儿子：“你知道四川滑竿的由来吗？”

“不知道。”蒋经国说，“请爹爹讲来听听。”他对四川的一切都感到陌生、新鲜、有趣。

“四川滑竿最早出现于民国初年。”老于世故的蒋介石说起四川滑竿由

来如数家珍，“当时，袁世凯欲复辟称帝，引起了全国人民公愤，而云南都督蔡锷最先举起反袁义旗，各地响应。战火越烧越大，义军节节胜利。蔡锷挥师入川后汇集川军，在川南与北洋军激战数日。激战中，蔡锷因伤兵太多，担架不够，他听从了当地川人的建议做滑竿：就地取材，砍来竹子，扎成临时担架以应急需。这样用滑溜溜的青竹竿扎成的滑竿，有轻便快速的优点，以后竟风行开来，滑竿这个名称也就被广泛地认同了。”

“啊，真是太有意思了，爹爹这番话真是让我大长了见识。”蒋经国赞叹不已时，山道渐渐陡峭起来。他发现，身下的滑竿有些倾斜；不无担心地问：“爹爹，这抬滑竿，后面脚夫的视线被前面的挡着了，会不会跌筋斗？”

“不会的。”蒋介石微微一笑，“他们会靠报点子走路。”蒋经国不懂报点子是什么意思，正待要问，身下滑竿已至峰回路转处，要上桥了。只听前面的脚夫挑声夭夭地唱：“天上乌鸦飞。”蒋介石笑道对儿子说：“这是前面对后面报，地上有石子。”

后面的会心地答：“地上一大堆。”两人配合得丝丝入扣，安全过了小桥。

在风趣押韵、一报一应、一唱一和中，脚夫们脚步吻合，走山路如履平地。蒋经国对四川人的辛勤智慧打心眼里认了。

上了一个山，蒋介石说：“青城之幽、峨眉之秀、剑阁之险、三峡之雄并称为蜀中四大景观。而用一个幽字将此山作了最好的概括的不是别人，而是你的一个老师。”

蒋经国很有兴趣地问：“是谁？”

蒋介石说：“等会儿到天师洞你就知道了。”

父子俩没有再说话。在滑竿发出的叽嘎、叽嘎声和脚夫们的报点子声中，山势越发高陡弯急起来。只见蒋介石的滑竿在前头倏忽一闪，便隐入了一团绿荫中不见了。蒋经国觉得，用一个“幽”字来概括此山确实精当。弯弯的山道上铺着石板。不宽的石道两边，是夹道的麦吊松、高大的楠树、密密簇簇的箭竹和苔蕨，还有绿色地毯般向两边山上挂上去的漫山漫坡的山栀子……把个青城山遮蔽得严严实实。走在古道上，骄阳晒不着，暴雨淋不着，大风吹不着。轻风乍起，绿漪碧涟，起伏荡漾。前后滑竿虽近在咫尺，却是往往难觅踪影。

天师洞到了，这是青城山的心脏。蒋介石一行刚刚在天师洞门外下了滑竿，天师已率众道徒迎出观来。天师是张道陵第63代孙，漆眉美髯，粗衫布履。

天师对蒋介石一行接待甚殷。蒋经国眼尖，一下注意到了天师洞山门外石壁上镌刻着他的老师吴稚晖撰写的一篇短文。他从苏联回国时，父亲专门请有“国学大师”称誉的吴稚晖给他补习过国文和历史。蒋经国上前驻足细看：“……顾青城于亦雄亦奇亦秀外，而其幽邃曲深似剑阁、三峡、峨眉皆不逊色。故以天下幽标明青城特点”云云。他觉得吴稚晖以一个“幽”字概括此山，确实精当。

蒋介石父子被迎进了天师洞。

这是一座金碧辉煌的宏丽的宫殿式建筑。在第一进重楼叠阁的大四合院中，有数株千年银杏，还有年代相当久远的岐棕和公孙橘等，将天仙洞映得绿茵茵的。

蒋介石毫无倦意，并不急于去天师洞静室中休息，而是在金鼓银磬、红烛紫烟中，蛮有兴致地驻足观看客堂上的一副楹联：

福地证因缘萍水相逢谁是主人谁是客
名山推管领蒲团静坐半成隐士半成仙

“爹爹！”素来沉稳的蒋经国这时像个调皮的大孩子走了过来，指着前面的一群石刻图，语气不无讶然地说，“你看那是什么？”

看着楹联正沉思默想的蒋介石被儿子唤醒，这就移步来到三清大殿。只见石栏上镌刻着一群很是滑稽的群雕：光头露臂的和尚在翻腾扑跃、嬉闹戏耍……在这道观圣地，出现这样的石雕，分明是在嘲笑佛门弟子！蒋介石不了解其中内情，神情讶然。

陪在蒋介石身边的天师慢声细语给委员长释疑。他说，这石雕群像有个道佛两家相争的故事。道家史祖张道陵（即张天师）是汉高祖刘邦重臣张良的第九代孙。张道陵在东汉时曾做过江州（重庆）令。以后辞官到风景秀美的大邑县鹤鸣山悉心悟道，著有道书10余本。时灌县（现都江堰）一带雨淫河暴，百姓请来张天师治水。他到灌县后住在青城山，通过祈天治好了久患不已的洪水。以后，他就长住在青城山上并创立了道教，尊定道教始祖老子（李耳）为教主。

唐代唐高祖李渊和高宗李治都笃信道教，尊奉老子为太上玄元皇帝，并宣布中国土生土长起来的道教，高于从印度传入中国的佛教。不料到了武则天称帝时形势大变。因为佛教在她夺取政权的过程中有功，于是她焚毁道书，独尊佛教。青城山下伏虎寺中的和尚上山赶走道徒，强行占有了青城山。可是，当唐玄宗李隆基即位后，又大兴道教。青城山的道佛两家随即展开了一场争山战。官司打到长安，玄宗亲自过问；并于开元十二年闰十二月十一日，御笔亲书下了一道诏令，派大员送往青城山。

唐玄宗在诏令中说："蜀州青城，先有常道观，其观所置，原在青城山中，闻有伏虎寺僧夺以为寺"，因此诏令："观还道家，寺以山外旧所，便道佛两所各有区分，勿令相侵。"这样，青城山道佛之争才告平息。后来，天师洞主甘道荣将这道诏令勒于石碑，立于天师洞作为永世"镇山之宝"。同时，在这石壁前也留下了一段历史上道佛两家相争的不愉快的痕迹……

听了这番介绍后，蒋介石有些疲倦了。这才由天师引进洞天静室休息。陪同在侧的王陵基、侍卫长俞济时和秘书曹圣芬等人也去到隔壁静室休息。

道童给蒋介石父子献上青城素茶。

休息了一阵后，蒋介石向进来问安的天师问，道家的精义是什么？他对青城山和天师洞中的一切都感到新奇。

"老子的《道德经》五千言，说起来话就长了。"天师说得轻言慢语，"不过，我们可以用'清静为宗，无为为体，自然为用，长生为真，变化为全'这五句话20个字来概括。"天师说着端起盖碗茶的铜船，揭开茶盖，用茶盖轻推茶汤，示意委员长请用茶，自己轻轻抿了一口。然后半闭上眼睛，似在韵茶似在思索；再半睁双眼说："上善若水，水善利万物而不争，故稽于道。"

天师这番话显出高深，让国学水平不高的蒋经国听得似懂非懂。天师突然睁开双眼，呀，好亮！天师这就对他说的那段很显高深的道家精义进行解释："就是说，我们道家的宗旨如同水一样，表面上的柔弱可以胜刚强……"蒋介石若有所悟，连连点头。

见蒋介石连连点头，天师乘机请委员长题字，蒋介石应允、提笔、蘸墨，挥起狼毫大笔，在早已铺好的夹江宣纸上留下了三个碗大的瘦字："天师洞"，文如其人，变形柳体，硬邦邦的。

中午，天师招待委员长一行。席间上了青城四绝：洞天乳酒、白果炖鸡、道家泡菜和洞天贡茶。饭后，在洞天静室，蒋介石、蒋经国父子呷着清香的青城贡茶聊天。

"经国"，蒋介石端起铜船，欣赏着手中的四川盖碗茶。四川盖碗茶由三件头组成：茶船、茶碗和茶盖，很是讲究。他将铜质茶船用左手端起，茶船上骑着一个颇为精致的景德镇青花走金边茶碗。碗面上绘着卧冰求鱼的故事。他用右手揭开茶盖，再用茶盖轻推两下茶汤。于是，那些泡在鲜开水中的青城贡茶，针似竖起的一根根茶叶相继沉入茶底，如同一个个美妙的少女在跳芭蕾舞似的。不要说喝茶，本身就是一种艺术享受。他问儿子："今天在都江堰，你看见了阳光下岷江尽头冰雪皑皑的夹金山了吗？"

"看见了，在阳光下它们闪闪发光。"

"对。"蒋介石点点头，眼光不由黯淡下来，"1934年，我们好不容易把毛泽东打出了瑞金。我们费了好大的劲，前堵后追，把红军追到了川西边缘。他们缺吃少穿，每个人平均只有两颗子弹。在夹金山下，本是我们一鼓作气聚歼红军的最后时机。可是，拥兵自重的川黔军的将领们为私利保存实力都不肯用命，唉！"很少唉声叹气的蒋介石在儿子面前叹了一口长气："结果硬是让毛泽东带领着他的红军翻过了夹金山，死里逃生。结果养虎为患啊，这些地方军阀！"说完，他显得很无力地斜躺在用山中青冈和楠竹编就的马架上，眯起眼睛半天不语，像是老僧入定。

午后山中特别清朗的阳光，透过圆圆的窗棂和窗前肥大的绿色蕉叶洒进静室，在整洁的地面上闪烁游移，编织起一个个梦幻似的图案。蒋经国看着父亲，没有吭声。今天父亲着一身黑缎面的长袍，脸面剃得溜光，脚蹬一双黑直贡呢布鞋。外表恍然一看，俨然一鸿儒，但那挺直的腰杆等却处处显露出职业军人的特征。

猛然，蒋介石睁开了眼睛，惊诧地看定儿子，好像才从一个噩梦中醒来。

“经国，”蒋介石想起了什么似地问儿子，“你说过，你在俄国留学时，邓小平与你是中山大学的同学？”

蒋经国看定父亲点点头，他不明白为什么父亲忽然问起了邓小平。

“其人性格简约实际，棉层有针，厉害得很啊！”已经挺起身来的父亲像是中了一枪似的，又硬硬地将身子挺到马架上去，并轻轻嘘了口气：“在事关大局的淮海大战中，邓小平是共军的灵魂人物，前敌总指挥，我们就是败在他的手上。现在，他又是我们的主要对手！”他看定儿子问：“那时的邓小平，表现出什么过人的才干没有？”

蒋经国回忆道：“莫斯科中山大学是 1925 年秋天开学的。我们是第一期，学员有 600 多人。当时邓小平是我们的团小组长。不过，当时他的名字不叫邓小平，而是叫邓希贤。

“他是 1920 年 12 月由四川去法国勤工俭学的，那时他才 16 岁。到法国后，他加入了共产党。1925 年初，他是中共旅法支部负责人。后来他因受到法国政府通缉，1926 年共产国际将他和傅钟、任卓宜等从德国柏林转到了莫斯科中山大学。当时，我只是突出地感到他性情爽直、活跃、有组织才能。”

“你发现他有军事才能吗？”蒋介石追根究底。

“没有。”儿子摇摇头，“当时我们没有打过仗，没有发现他有这方面的才能。”

“厉害啊！”蒋介石又是谈虎色变地牙疼似的咧咧嘴。略为沉吟，蒋介石不依不饶地问：“这个人当时有什么特点吗？”

蒋经国想了想说："当时，他脖子上经常围一条蓝白相间的大围巾。莫斯科的冬天很长，气候很冷，风景很美。"蒋经国似乎沉入了对往事深沉的回忆，话说得有些动情："冬天的克里姆林宫，那些极富民族特色的红楼，还有教堂像是一座座水晶宫。尽管天寒地冻，在下午那段我们自由活动的时间，我最爱同邓小平一起到莫斯科河畔和教堂旁边的大广场散步。我爱听他讲故事，他的记忆力特好。有次我问他怎么脖子上总是围这样一条大围巾？他说他在法国勤工俭学时，和许多同学课余时间都去当清洁工，捡狗粪。法国人爱养狗，捡狗粪挣钱多。往往干一天挣的钱就够一个星期的花销。法国的清洁工脖子上都爱围上那样一条围巾，他围上那样一条，是为当过清洁工而自豪。"

"这就是邓小平的过人之处。"蒋介石说，"一般留学生，纵然是勤工俭学，都不愿意这样的事让别人知道。可是邓小平却为此而自豪！嗯？"

蒋经国点点头，继续说下去："那时我俩的个子差不多一般高，站队都排在最后一排，关系也还不错。不想现在成了冤家死对头。"说到这里，他注意到父亲脸上浮起的厚重愁容，赶快转移了话题，想转移父亲的思绪。"爹爹！"他说，"你不是答应过我，到青城山不谈国事吗？"

"嗯，好的，好的。"蒋介石看着儿子，素常严厉的脸上竟有一些暖意。他不无惋惜地说，"可惜时间和局势都不允许。不然，我真该带你去看看峨眉山。你母亲生前吃斋念佛，她对我唯一的要求就是让我带她上一趟峨眉山，朝朝佛。可惜国事蜩螗，我最终连她这样一点微小的愿望都没有满足她。"蒋介石说这话时，有些伤感。

蒋经国是个孝子，听父亲这样一说，觉得身为一国之尊的父亲虽然早就与母亲离异了，但心里还是有感情的。于是，他在感到欣慰的同时，又有些酸涩，不由眼睛红了。他想起了那些令人伤心的日子。

1937 年 4 月的江南。梅雨绵绵，黄浦江上春潮滚滚，水天云雾。江外海面上，一艘远航客轮，穿云破雾而来。离开祖国 12 年的蒋经国带着他的妻子、俄罗斯少妇蒋方良和在苏联出生的长子蒋孝文、长女蒋孝章回来了。

他之所以能回到祖国，关阻重重，最后还是靠张学良和周恩来帮了大忙。

那是 1927 年，蒋介石迫不及待地掉转枪口，对共产党人大开杀戒。消息传到苏联，蒋经国一下成了万众瞩目的人物，千万双眼睛关注着他如何表态。

时年 17 岁的蒋经国毫不含糊。他走上讲坛严厉谴责蒋介石在上海发动“四一二”反革命政变。他激情的演说赢得了台下数千人的掌声。他还在《消息报》等报刊上发表声明：“蒋介石的叛变并不使人感到意外。当他滔滔不绝地谈论革命时，他已经逐渐开始背叛革命，切望与张作霖、孙传芳妥协。蒋介石已经结束了他的革命生涯。作为一个革命者，他死了。他已走向反革命并且是中国工人大众的敌人。蒋介石曾经是我的父亲和革命的朋友。他已经走向反革命阵营，现在他是我的敌人了……”那时，蒋经国说这些话并不是故意做给人看的，而是字字句句都出于真心。他信仰共产主义，为此，他要大义灭亲；他甚至带着同学们到国际大厦前游行示威，反对他的反革命父亲。

他的一连串很革命的讲话和声明在苏联引起巨大反响，被《消息报》和塔斯社等译为多种文字在世界上广为散发。在十月革命的故乡苏联，蒋经国一下成了众望所归的大红人。

但是，斯大林并不信任他，苏联政府也不信任他。为了挟持蒋经国，以作为共产国际对蒋介石谈判的一个筹码，中山大学在将蒋经国由共青团员转为共产党员的同时，将他单独送到了列宁格勒的托玛卡红军军政学校去学习政治、军事。

蒋经国只身到了列宁格勒，有种身在异乡为异客的孤独感。他想念中山大学的同学、朋友，更思念母亲。

秋天到了。

夕阳的余晖照耀在冬宫，照耀在阿芙乐尔巡洋舰上……踏着萧萧落叶，迎着瑟瑟秋风，他心事重重地踯躅在涅瓦河畔。

迎面来了个身躯高大、背微驼、面目慈祥而睿智的老人。他一眼就认出了，这是世界大文豪高尔基。散步的高尔基凭借他作家知人识事的过人敏锐，注意到了这个面容忧戚的中国青年，停下步来。他也停下步来，问了高尔基好。

长着大胡子、眼睛里充满了智慧的高尔基问他：“年轻人，你好像有什么心事？”17岁的蒋经国在高尔基面前局促不安。他没有将自己的名字和心事告诉高尔基。但高尔基一点架子都没有，像个慈祥的爷爷，又像是个早已熟悉的朋友，亲切地拍着他的肩，娓娓动听地给他讲人生经验，又讲苏俄，讲他心仪的中国，鼓励他，如果在生活中跌了跤不要灰心，一定要振作起来。高尔基对他谈了许多，一直看到他情绪好些了才放心地离去。

1930年，蒋经国在红军学校毕业了，他要求回国工作，但被拒绝了。当时，王明担任了中共中央驻苏全权代表。王明说他是“国民党本质的共产党员，他父亲是反革命，他也不是好东西”，建议苏联政府把他弄到西伯利亚去劳动改造，苏联当局将他下放到莫斯科附近的石可夫农场去劳动。

他大病初愈，脸色憔悴，带着简单的行李到石可夫村报到时，村民们对他很冷淡，说：“你是个只知吃面包，不能工作的人。”谁也不肯收留他，入村的第一夜就只好睡在冰冷的教堂里。

第二天晨光熹微中，他到农场去了。“早安！”他对上工的村民们很客气地问好。

“你应该和我们一道耕田。”一个戴着翻皮帽、穿件没有布的羊皮袍的翘胡子老汉对他说。

“好。”于是，他们借给他一匹马和其他农具。他和他们共同冬耕。

他很快学会了耕田。只是技术不熟练，在转弯处要留下一小块空田。农民们不客气，要他重耕。他憋着一股气耕田，也没有回到饭店去吃午饭。一直耕到晚上，技术熟练了，但身体也快散架了。

又回到空荡冷寂的教堂，吃了点干粮，倒在冷森森的车房中睡着了。

“朋友！朋友！”他醒了，站在他面前的是位身材高大、面容慈祥的老太太。她叫沙弗牙，68岁了，儿子在国内革命战争中牺牲了。她说：“这儿冷，到我草屋里去睡吧！”

“十分感谢你，我慈爱的老朋友！”他说，“不过我今天很疲倦了，明天我再去吧。”

“不用怕我，孩子。”沙弗牙弯下腰，用一只粗糙的大手摩挲着他的肩，“在这儿睡，是要生病的。我住的虽是草屋，可要比这里好得多，一同去吧！”见沙弗牙很真诚，他便去了。夜半姗姗而行。沙弗牙已为他备好了床铺，又请他吃了些东西，就睡了。

睡了四小时，又是晨光熹微，他又起身到农场去上工。

“好早呀！耕田比吃面包难吧？”抽着莫合烟、衣衫褴褛的村民们这样嘲讽地问他。

就这样耕了五天田。

第六天村民们请他参加会议。

10天后，他被村民们派到城里去接洽许多关于土地、借款、购置农具及捐税等问题。办得尽善尽美。接下来村民们就不要他下田耕作了。一个月后，他被村民们选为村苏维埃副主席。

一年半后，他接到通知回莫斯科。夜晚，他在村苏维埃研究了最后一次工作后，被很多人送回家。

时间很晚了。皎洁的月亮从窗棂中探进头来，老主人沙弗牙还在等着他。一见面，她哭了，指着那张只有三只脚的小木桌说：“孩子，请用吧！”小木桌上放着一瓶牛奶、两个鸡蛋、三块黑面包和一碗红茶。那时苏联农村还穷。一年多来，他在这个小木桌上吃的不过是洋芋、黑面包、盐等三种食品。

“亲爱的沙弗牙，请你把这些东西捡起来，明天送到合作社去。既然村民大会决议了，每户都要把所有的牛奶、鸡蛋交出去支援国家建设，我怎么可以吃呢？”

“亲爱的孩子，明天你就要走了。”沙弗牙哭得更伤心了，“这一年多来，你给我们做了多少事？你就在我这里好好吃一顿吧！”

他将鸡蛋和牛奶放回橱柜中，坐在一个木墩上吃了黑面包喝了红茶。

“亲爱的沙弗牙，这茶里放有糖吧？糖是从哪里来的？”

“你就不要再问了，我只有这样一块糖。”

他感到有点伤心，赶忙站起来说："晚安！"他含泪回到自己的房间。房间是由几十块木板搭成的，在牛栏旁边；床是由四块木板两张木凳搭成的。

早晨3点钟他就醒了，8点钟起床整理行李。还是来时那两只破旧的小箱，内装两件衬衣、裤子和一双袜子。与一年多前不同的是，衣物上增加了十多个补丁。

沙弗牙蹒跚着走进来，手里拿着一块肥皂。她说："你三个多月没用肥皂洗脸啦！"说着递过肥皂。

草屋外面的人渐渐多起来了。

村民们给他开了个露天欢送会。村民们有的拿着苹果，有的拿着鸡蛋送他，村民们都含着惜别的泪。

石可夫村离火车站30公里。村民们预备了一辆三匹马拉的马车，这在俄国农村是最隆重的礼节。

老妈妈沙弗牙和他抱头痛哭。

"驾！"车夫扬起了鞭子，在乡间碎石公路上，三匹马扬开了蹄子。

太阳升起来了，金晃晃的。回头望去，石可夫村渐渐远去。村民们还在招手。沙弗牙站在她的草屋前，向他挥动着手中的头巾。

第二年，1933年夏天，他回石可夫村去看沙弗牙，可老妈妈已去世两个多月了。他悲痛万分，买了束鲜花，恭恭敬敬放在老人墓前。

1936年底的"西安事变"后，蒋介石与苏联的紧张关系开始解冻。周恩来通过中共驻莫斯科代表，把蒋介石思子之情转告了斯大林。

他突然接到了通知，说斯大林召见他。怀着忐忑不安的心情到了克里姆林宫，被引到接见厅，刚坐在沙发上。门开处，斯大林缓步走了出来，他赶忙站起。斯大林坐在沙发上，右腿架在左腿上，嘴上叼着大烟斗，很是威严。斯大林询问了一些他在苏联学习和工作的情况，以及对苏维埃社会主义的感想。最后，斯大林才点出正题，说是根据他父亲蒋介石的愿望和请求，苏联政府允许他回国。

他带着妻子到了杭州等了半个月，蒋介石还在生他的气，不见他，使他很尴尬。陈布雷劝蒋介石：“总裁明察秋毫，经国在俄国说的那些话，写的那些文章，实在是身不由己！”蒋介石这才传见他。

父子相见安排在西湖畔的“西泠饭店”。按照中国的旧礼教，他双膝跪下，叫了声“爹爹”眼圈就红了。父亲赶忙叫他起来，也不禁老泪长淌。蒋介石终究脱不掉军人气，过了些时日对他进行详细考察后，要蒋经国回家乡溪口闭门读书，并指派北洋军阀徐世铮的儿子、曾做过江苏省教育厅厅长的政学系少壮派徐道邻为蒋经国的老师，辅导他学习中国的程朱理学。

就要见到母亲了，就要回故乡了，他心中无比激动。母亲是小脚，又没有读过书。蒋介石成了显赫人物后，就把她冷落了，又娶了两个妾。一个叫姚诚，蒋纬国就是她抚养大的，后来跟蒋纬国去了台湾。另一个叫陈洁如，高中毕业，年轻漂亮，早期蒋介石出现在交际场合都是她陪同。她最后没有去台湾，1949 年新中国成立后，她是上海市政协委员，后来去了香港定居。姚、陈二人因为都没有与蒋介石办理过正式结婚手续，因此后来蒋介石与宋美龄结婚时，蒋介石登报宣布解除婚姻关系的只有毛福梅一人。

毛福梅与蒋介石解除婚姻关系后没有离开蒋家，她心情苦闷，万念俱灰，天天念佛，与她相处很好的婆婆王采玉也念佛。溪口有个大摩诃殿，是她们婆媳的礼佛所在。

蒋经国携妻带子回到溪口。放眼望去，家乡变了。家乡因父亲的发迹而发生了巨大变化。钢筋水泥的西式洋楼同古色古香、红墙黄瓦的佛教寺庙相互交织，回环曲折地隐映在团团翠绿之中，小镇畔的小河河水还是那样清澈。家乡显得幽雅而恬静。

蒋经国进到家，一眼就看见堂屋上坐着母亲和一个与母亲年龄相仿的中年妇女。原来母亲是想试试他的眼力，看看已离家 12 年、离家时还是个少年的蒋经国还能不能认出谁是他的母亲。蒋经国一眼就认出了母亲，趋前两步，“扑通！”一声跪倒在母亲面前，叫了声“妈妈，我回来了。”让母亲惊喜莫名，一时疑为梦中。母亲喜得浑身战栗，扑上去紧紧抱着儿子。母子两人失声痛哭。母亲边哭边说：“娘天天吃斋念佛，就是盼你回来。你终于回来了，你是娘念佛念回来的……”

蒋方良到家后，第二天就下厨帮忙，母亲很喜欢勤劳朴素的俄国媳妇。

以后，蒋经国到赣南地区当了专员。生活安定了，他曾多次要接母亲去赣南共享天伦之乐，可是老太太都拒绝了，因为故土难离。最后一次，他和方良、孩子们一齐跪下来，他流着泪说：“妈妈，奶奶已经过世了，留你老一个人孤孤单单在家，我们不放心。请跟我们走吧，你老再不答应跟我们走，我们就跪在你老的面前不起来。”

没有办法，老太太只好答应了。起程前夕，村里人知道了，在那个早晨，大家不约而同地来到丰镐房大院里，一齐跪下来，情真意切地恳请毛太夫人留下来。乡亲们对她很有感情。多年来，她对乡亲们都有照顾，出钱在乡里修了所“武岭学校”，族人子弟都可以免费入学；还办了个乡村医院，族人也可以免费去医院就医……

老太太是个性情中人，本来就舍不得离开生于斯长于斯的故乡，现在见乡亲们如此挽留自己，就决定不走了。她对蒋经国说：“儿呀，有这么多乡亲们和我在一起，娘不孤单，娘不走了。你在外面多为大家做点好事，也就算尽孝了。娘在家里吃斋念佛，求菩萨好好保佑你。”并当着众人发誓“永不离乡”。蒋经国只好由着娘了。

1939 年秋天，日机轰炸奉化一带，娘被日本飞机炸死了。蒋经国得知消息，悲痛欲绝，立即赶回老家奔丧。他长跪在母亲灵前，眼泪长淌，恨得咬破了自己的嘴唇。在母亲遗体安葬的摩诃殿前，他饮泣写下“以血还血”四个大字作为母亲的碑文。

这时，父亲的话在耳边响起，将思绪走得很远的蒋经国唤回到现实中来。

“时间过得真快呀！”蒋介石不无惆怅地说，“当年，我在峨眉山创办军官训练团时，住在红珠山别墅四号楼，那里有副对联，我现在都记得很清楚。”说着一字一句背诵起来：“‘千里江山开画本，满朝烟雨入诗情’，那是一个多么美妙、空灵的境界呀。我想，你母亲生平追求的不外就是这样的境界吧！峨眉山的起点是报国寺。”蒋介石的神情有些凝重，思绪明显宕了开去：“这是康熙皇帝赐的名。这是康熙为了调解当时各教派之间的矛盾，勉以‘三教归一，共同报国’之意。结果康熙是如愿以偿了。经国！”他忽然神情专注地看着儿子，“你看，四川三巨头刘（文辉）、邓（锡侯）、潘（文华）与我们有同心报国之意吗？”

蒋经国这才明白，原来父亲还是一心牵挂着时局，一刻也没有闲着；他人现在虽在青城山，心却留在成都，留在他的川西决战上。

“刘、邓、潘总不至于降共吧？”蒋经国思索着说，“他们当初都打过红军，双手都沾满了共产党人的鲜血，共产党人能要这几个老军阀吗？”

“不，有可能。”蒋介石说，“共产党不比一般的党。毛泽东把他的军队，共产党的领导和统一战线归纳为战胜我们的‘三大法宝’。他的目的是为了打倒我们。为了这个目的，毛泽东是什么人都可以原谅的。我们中，有许多人不就这样被统过去了？这是毛泽东的高明之处，我们千万不可大意啊，大意失荆州！”

“报告！”突然，侍卫长俞济时站到门外，手里拿着一份急电，神情有些紧张。

“什么事？”蒋介石情知不妙，翻身站起，接过急电一看，神色大变，喃喃道：“真是不出我所料！”

蒋经国从父亲手中接过急电一看，是顾祝同、胡宗南联名发来的，说是刘、邓、潘拒绝合作。而且更为严重的是，据各方面情况反映，这几个人与共产党暗中接触频繁，似有不轨之意。

“下山！”蒋介石抓起拐杖猛地往地上一拄，脸上杀气腾腾，上山半天来的好兴致顿时消失得干干净净。

第九章

炮打蒋介石，看来万无一失

成都中央军校城墙外，有一大片菜地。菜地上，拄着一个个低矮的不起眼的小窝棚。

这天黄昏，蝙蝠在菜地上空乱飞，四周一片阒寂。寒风阵阵，干冷干冷。枯树上寒鸦聒噪，连野狗都陆续归窝了。然而，这时，却有个守菜地的年轻人斜靠在一个窝棚上，神情专注地打量着高墙里的黄埔楼。

这个年轻人只有 20 来岁。尽管穿一身臃肿的油渣子棉衣，却掩盖不了他勃勃的青春。他不高不矮的个子，身材匀称，清癯的脸上有双灵动的眼睛。他叫王石头，他在想一个星期前到这片鬼都不下蛋的地方来的情景。

那天也是这样一个天打麻子眼的时分，他跟着佝偻着身子、头上缠着白帕子、双手抄在袖笼里，嘴上衔根尺来长叶子烟杆的王二爸，沿着寒气越发加重的田坎来到这片菜地。

王二爸走到几个蘑菇似的窝棚中央的空地上站定，他是其中一个窝棚的主人。他慢慢地从嘴里扯出叶子烟杆，很响亮地清出两口痰吐在地上，哑着嗓子吼道："各位拿耳朵听着，我带来了一个小伙子。人很可靠，他愿意在这十冬腊月天帮大家看菜守棚子，白天黑夜都守，光吃饭不要钱。快过年了，有他顶，大家免得在这里受罪。问一声大家，干不干？大家都言语一声。”

显然，这样廉价的劳动力是受欢迎的。王二爸的话刚落音，黄昏朦胧的窝棚里伸出了一个个头，像是一只只长颈项的鹅。

“各位该晓得我隔壁的苏打更匠哈？”王二爸拿着叶子烟杆指着来人介绍：“这小伙子就是苏打更的亲戚，叫王石头。造孽！石头他们川北山乡遭了灾，他这是上省来寻碗饭吃。”

“各位老辈子多多看照。”石头很乖巧，王二爸的话刚落音，他赶紧说好话，并向各位棚主打躬作揖。

“对嘛。”一个嘴喷酒气的红鼻子中年汉子表示赞成，“反正田坝头大宗菜都卖完了。石头是苏打更的亲戚，又是你王二爸引来的，有啥说的？得行，我们就一家出一碗米。不过话要抖清，菜掉了要他赔！”

“保险得行，请各位老辈子放宽心。”石头有些川北口音。

“当真只吃饭不要钱？”一个矮子还不放心，倚着棚子问。

“哪个没事跟你日白（说闲话）哟！”王二爸不屑地吐了泡口水。

“要得嘛。”“要得。”于是，几个棚主异口同声表示认可。

红鼻子中年汉子巴不得回家抱着婆娘拉伸睡。他收拾铺盖时，流兮兮地调侃石头：“你娃娃不要弄些烂婆娘到这里睡哈！不然，你二天屁股一拍走了，我们几辈子都霉不醒！”

“咋个说得到这些？”王二爸赶紧给顶了回去，“他是个嫩水水娃娃，哪像你色迷心！”说着展了一句四川言子，“他王石头是老母猪过门槛——肚儿要得紧，哪有心情说这些。”说着，看了看石头：“你说是不是？”精明的石头会意，连连保证：“不会，不会，请老辈子们放心！”

“莫涮坛子（开玩笑）了！”王二爸把烟杆在鞋底上拍得山响；再吹了吹，顺手插在那头上缠了三转、形如头箍的白帕子里。

“石头，我的铺笼罩被就不拿回去了，你用。”王二爸这样向王石头作了交代后，抄着手，同几个棚主趁最后一线天光慢慢往家走。他们边走边说：

“那娃娃是个瓜娃子。”

“憨痴闷棒。”

“珍珠掉进盐罐里，宝得有盐有味的”……这些汉子正话反说，看得出来，他们对石头是放心的、蛮喜欢的。棚主们说一阵笑一阵，然后消失在寒风萧瑟的天地里。

其实，石头是想方设法钻到这里来的。

王石头是大巴山里人，烈士遗孤。他原来是华蓥山游击队的一个小队长，有作战技能和经验。成都解放前夜，党组织派他来的。

就这样，他在这里顺利安下了身。现在，他是在等人。他要参与一个重大的军事行动——谋杀蒋介石。

眼前，黄埔楼上的灯挨次亮了，在夜海里闪烁游移，像鬼眨眼似的。石头的眼睛也亮了，忽听脚步声，他转过头，见是谢云昌来了。他 30 多岁，身材修长匀称，举手投足干练机智。他原是解放军二野的一个炮兵连长，现在是炮打蒋介石的三人战斗小组组长。

“哪盏灯是蒋介石的呢？”石头向站在身旁的谢云昌问。

老谢注意看去，只见三层楼所有的房间的灯都亮着，一丝警觉不禁挂上了他的剑眉。

“石头，”老谢深思着问，“自你来后，黄埔楼上的灯光天天晚上都是这个样子吗？”

“不，前天晚上才开始的。”石头说时，老谢躬身进了窝棚。

“会不会是我们有什么不注意的地方，或是疏忽的地方引起了里面的警觉？”石头进去时，老谢沉思着自言自语地说。显然，老谢一直在想着这个问题。

“不会。”石头说时，棚外响起了一阵沉重的熟悉的脚步声。

“马不然来了。”话未落音，老马已站在棚外。“接着！”随着老马的腰一躬，递进来了一捆用棉絮裹着的东西，看样子很沉。

石头赶紧接过，放在草席上，解开，里面是一门用油布裹着的崭新的迫击炮。

夜猫子一般梭进来的马不然，影影绰绰中，看得出，他身量中等敦实，动作灵活，一看就知是个训练有素的军人。

炮打蒋介石，看来万无一失

“石头，摸清老蒋住在哪间屋没有？”马不然问时，随手从棉衣里摸出一瓶泸州大曲酒、一包花生米、一包牛肉干放在了草席上。

“老谢！”马不然大大咧咧的样子，他对组长说：“不是吹，只要石头摸清了老蒋住在哪间屋里，我保险一炮就可以将老蒋送上西天。”说着，仰起头来，嘴对酒瓶喉结一动，酒就下去了一大截。他原是刘湘部的一个炮兵排长，后来在战场上被俘投降。他是一个神炮手，打迫击炮有百发百中的本领。

马不然喝了一大口酒后，把瓶口用手一抹，顺手递给了组长：“天冷！”他说，“干几口热和热和！”

组长接过来，却没有喝，想了想说：“我看事情还不好打整。”

“咋个呢？”马不然有些吃惊，“未必煮熟的鸭子都会飞？”

“你看那楼上的灯。”组长用手指着窝棚外漆黑的夜幕中高墙那边大放光明的黄埔楼：“这楼上的灯，要亮一起亮，要熄一起熄。你晓得哪盏灯是蒋介石的？我觉得咋个有些不对劲。好像是专为对付我们似的，莫非老蒋闻到了啥风声？”

“老蒋闻到了风声？不会。”马不然的神情是不以为然的，“老蒋闻到了风声还不早溜了，他的命那样金贵！要不，也早出事了，还等得到这时候？老蒋犯得着和我们在这里玩猫捉老鼠的危险游戏？”老马说着又掉头问小王，“石头，组长说的这现象有几天了？”

“两天。”

“我想，他老蒋未必就闻到了我们的风声，只不过是老蒋平生性格多疑、诡诈！”马不然的解释，看起来也合情合理：“他龟儿老蒋这是心虚，故意布下一个迷魂阵，生怕有人害他。这就叫虚虚实实。我看老蒋肯定还是住在黄埔楼上。麻烦的是，我们现在不知道老蒋究竟住在哪间屋里。不过，也不要急，只等我们内线的同志传出准确的情报，我们就开打！”马不然那口气，好像很有把握似的，好像他才是炮打蒋介石的三人战斗小组组长。说着，满不在乎地又抓起酒瓶喝了一口，黑暗中，准确无误地将几颗五香花生米投进自己嘴里；一看，就是一个酒鬼，言谈举止间，有种玩世不恭意味。

“我看！”组长老谢一时显得有点拿不定主意，他征求二人的意见，“现在情况有些蹊跷。为了保险，我看老马还是趁夜把迫击炮扛回去稳当些。等弄清了老蒋的确切行踪后，老马再把迫击炮扛回来，怎样？”

“还是先把迫击炮窖在这儿吧，扛来扛去的反而容易出问题。”马不然固执己见。

“小王，你说呢？”组长征求他的意见。

“先窖在这儿也好。”石头说。

“那也好。”谢云昌觉得自己或许是过虑了些。他准备将情况反映给川康军事小组组长董重后再说下文。

他们当即将草席揭起，拨开谷草，用铁锹挖了一个坑，将迫击炮窖好后，再依次复原。

谢云昌和老马这就要走了。临走，老谢再三嘱咐小王，这几天要特别谨慎，不要在窝棚外东张西望的，尽量不招人眼睛；并约定，明天晚上 12 点三人再到这里会合，听他传达上级的指示。随后，老谢和老马如同来时一样，狸猫般敏捷地闪出窝棚，乘着夜幕，影子似的各自东西了。

蒋介石最近行踪不定。他大部分时间住在城里励志社，而今夜恰恰住在黄埔楼，经验告诉他，老住在一个地方是危险的，特别是在这样一个非常时期。

夜已深。古城成都已经安睡，而蒋介石却长久地呆坐在沙发上，保持着职业军人才具有的正襟危坐姿势。他在冥思苦想。久久，他的眼前似有光明的火花闪现。

刚才，就是刚才，他同现在大洋彼岸美国的夫人宋美龄、他的“达令”通了电话。自 1948 年 11 月 28 日宋美龄为争取美援再度赴美以来，几乎每晚，无论时间多么紧、情况多么危急，他们都要通话。与其说是政事需要，不如说是感情需要。当“达令”那熟悉的、暖人的，说话时不自觉地夹杂着英语的北平官话从万里迢迢的大洋彼岸传来时，他感到无比的安慰和欣慰。

从小在美国长大、毕业于美国一所名牌大学的宋美龄，不仅风姿绰约，而且精通英语，卓有才干。特别是在联络美国人方面，更是他不可或缺的好帮手。抗战最艰苦的时候，夫人赴美争取美援，取得了极大的成功，并被美国总统罗斯福邀请上国会山演说。宋美龄的风采曾令全中国、全美国，不，令整个世界都为之一震、为之倾倒。然而，美国人是势利的，是很功利的。随着他的国民党政权在大陆的迅即糜烂、崩溃，夫人这次去美国却受到了冷落。特别是美国继任总统杜鲁门竟当着夫人的面，引用中国古代一句哲言“天助自助者”予以讥讽，暗含他蒋介石政权是“扶不起来的阿斗”。杜鲁门真是欺人过甚，真是太没有眼光了。他觉得，在美国，凡是民选的总统都要强一些，而一旦总统去世，副总统继任的总统，都是些草包，用四川人的话说，就是些“瘟猪子”。但是，杜鲁门再瘟，但他毕竟是自由世界的领袖。美国无论如何不愿看到在东方地平线上，诞生了一个横跨欧亚的强大的红色帝国苏联之后，再出现一个向苏联“一边倒”的红色中国。他的估计是不错的。最近以来，杜鲁门似乎对待他的态度有了一些变化。刚才，就是刚才，“达令”宋美龄在电话中告诉他，“白宫方面的意思是，只要国民党政权在大陆再能坚持半年，哪怕是在很小的一块地盘上再坚持这样一段时间，白宫就不会承认中共政权；而且这样一来，国府也就用事实捍卫了自由世界，国府用存在的本身事实证明，它得到美国的援助是理所当然，受之无愧的……”

夫人这番话是“及时雨”。他想起他于11月20日在重庆林园接见美国共和党议员诺兰时，很有背景的诺兰向他做的保证与夫人说的是一致的。这说明，夫人传来的“最新消息”，确是美国朝野的声音。

“半年！”他想，在成都坚持半年是绝无问题的！而且最近他得到一个密件，密件透露：中共高层也考虑到川康的复杂性，估计这场国共决战要打四年。时局既然有了一线转机，他心中平添信心。压抑不住心中的激动，他霍地站起身来，快步走到写字桌前，坐到真皮转椅上，拧亮那盏自由女神台灯。乳白色的光罩中，有三个待他核准的密件摆在桌上，一一映入眼帘。一是《行政院关于“政府迁设台北的决议”》；二是《行政院任免事项》；三是《密裁共产党人杨伯恺、王干青、毛英才等30余人案》。前两个“密件”，已是公开的秘密，最后一个密件才是真正的密件，也是他最关心的。这是毛人凤遵照他的意思，日前拟呈上来的。对这份密件，他看得很仔细。看完后，又对照着马上就要密裁的共产党人名单数了一遍，确系名单上是30人后，这才从笔架上取下一支中楷狼毫，蘸上朱墨批了“照准”。然后按了桌上暗铃，唤来儿子和秘书曹圣芬，将三份密件交秘书即办后，留下了儿子。

“经国，这儿能听到十二桥的枪声吗？”蒋介石问时露出一种痴迷意味。儿子莫名其妙地看着父亲，他连十二桥在哪里都不知道。

蒋介石用一只手轻轻叩打着桌子，对儿子解释：“刚才我批准了毛人凤拟呈的密裁共产党人的文件。今晚上马上就有枪声在十二桥响起，有30名共产党人要在成都十二桥被枪杀，我很想听到枪杀这批共产党人的枪声。”他说番话时目光灼灼，上唇一撮胡髭神经质地微颤。

接着，他又喜滋滋地将宋美龄从大洋彼岸带给他的喜讯告诉了儿子。果然，儿子分享了他的愉快。蒋介石的心态平衡了，这就让儿子走了。

然后他静坐沙发上，凝神静听从十二桥方向传来的枪声。

夜已深了。静坐沙发上，睡意蒙胧中的蒋介石还没有听到从十二桥方向传来的枪声，敏锐的直觉却让他恍然看到了一幅极为恐怖的场面：有人企图谋杀他，向他开枪……倏然惊醒过来，不禁冷汗淋淋。他睁大惊恐的眼睛，回忆着刚才血淋淋的恐怖场面。不！他想，这绝非空穴来风。他猛然想起，下午，就是今天下午，他站在落地大玻璃窗前的一幕。落地深紫金丝绒大窗帘仅仅稀开一条缝；他站在窗前，顺着这条缝往外看去。大墙外两百余米处是片萧索的菜地；地里兀立着几个低矮的、竹架支撑谷草盖顶的，像是两片相互支撑着的瓦似的发黑的窝棚。其中有个衣衫褴褛神情却是精明的小伙子伫立棚外，目不转睛地朝黄埔楼上打量。当时，他没有太注意，因为他思想上正走马灯似的运筹着下一步计划。可是，训练有素的职业军人的一种潜意识浸透脑髓，让他在梦中将业已开始的事情演绎下去。现在看来，出现在脑海中的噩梦并非梦境，而是完全可能成为的现实，一种不祥的预感立即攫紧了他，他感到了迫在眉睫的危险。

他赶紧伸手往桌上的暗铃捺去。

儿子赶紧带着卫士长俞济时来了。

“爹爹，有什么事吗？”蒋经国站在父亲面前，看着神情不无紧张的蒋介石问。

“外面窝棚里一定藏有共产党人。”蒋介石霍地站了起来，用手指着窗外，谈虎色变地说：“他们想谋杀我！”

“爹爹，你一定是多心了。”儿子却不以为然，他给父亲倒了杯开水递过去，想让他安静清醒一下。最近他发现父亲不时有些神经质。这是可以理解的，战局瞬息万变，太紧张了，也太危急了。爹爹纵然身经百战，意志坚定，也有坚持不了的时候。

“不！”父亲生气地将儿子递过来的水杯推回去，急切地将这番话的来由告诉了蒋经国、俞济时。

两个人听完，不由也紧张起来了。侍卫长请命，说立刻由他带一帮侍卫官去窝棚巡视、抓人，蒋经国却建议由军校的纠察队去办。

“不！”蒋介石这会儿已经镇定下来，清醒过来，他斩钉截铁地将手一挥：“无论是我的侍卫官们，还是军校的纠察队都没有对付共产党的经验。共产党的地下组织是很狡猾的。经国，你立刻传我的命令，要毛人凤即刻派保密局的干员来连夜执行。除此而外，不必惊动别人，千万不要打草惊蛇，嗯！”

“是，爹爹！”儿子亲自到隔壁机要室，给毛人凤打电话去了。蒋介石这就要侍卫长俞济时立刻备车，他要连夜从中央军校转移去市内的励志社。

很快，四辆小轿车前后保护着蒋介石的流线型防弹车，悄悄驶离北较场后门，风驰电掣驶向市区，驶向励志社。与此同时，毛人凤派出的一批精干特务从市区向北较场赶来了。暗夜中，北较场高墙外菜地上的那座孤零零的窝棚没有一点动静，让特务们怀疑窝棚里究竟还有没有人。但是，一群鬼魅似的职业特务，还是将那座窝棚包围得水泄不通；然后悄悄摸了进去……

第十章

金河边上，有一段感人的爱情故事

成都少城公园是座历史悠久的名园。里面假山重叠，花卉盛开，清新幽静，是成都人爱去游玩的好去处。特别引人注目的是，园中有座“辛亥秋保路同志死事纪念碑”，像把利剑直指云天。先总理孙中山曾经指出，辛亥革命成功，四川功不可没。如果没有四川的保路运动，革命党人在武汉的大规模暴动，清廷的被推翻，民国的建立，最少得延迟一年半载；甚至很难保证成功。这碑四面的题词，俱出自当代著名书法家、川人赵熙和吴之英等人之手。

公园与大街以一条碧波粼粼的金河为界。祠堂街临河公园边有座古色古香的饭馆“晋园”。

这是一家最早由山西人开办的饭馆，时间百年以上，是家有名的饭馆。晋园博采众家之长，推出了一些很受欢迎的大众菜，尽量给劳动人民以实惠。这家名饭馆的主人姓原，名纪成，早年在川军当过团长，后来接受了马列主义，并秘密加入了共产党。解甲以后，他将这家餐厅办成了中共成都地下组织的一个秘密联系点。重庆解放前夕，原纪成的活动被国民党特务侦破，过后被逮捕暗杀。现在这家餐厅由他的贤妻继续经营着。原纪成夫妇有两个女儿，大的原英大学毕业已经工作，小的原芳还在四川大学读预科。

这天早晨10时，难得的冬阳冉冉升起。

晋园是前厅后院。居家的小院里，红梅怒放，散发着幽香。这时，一间临院的闺房里，一位明眉皓齿，身材匀称的姑娘坐在窗前，心不在焉地看着一本摊在桌上的英文版的大仲马的《茶花女》。她是原芳，已经秘密参加了共产党。这时，她明是在看书，其实是在等她的心上人、川康军事小组组长董重。不知为什么，她心里有些忐忑不安。

原、董两家是世交。

20世纪30年代，追求革命的原纪成从川军团长职上挂冠而去，参加了共产党，成了职业革命家。为躲避国民党特务的追捕，他由成都辗转经朝鲜去了日本。在那里，他结识了在日本陆军大学兵科学习的董子参，二人很谈得来。

董子参毕业回到四川，在川军中虽然当上了旅长，心里却一天也没有轻松过。面对军阀混战、哀鸿遍野的神州大地，他常常唏嘘自叹。对比起共产党及共产党的所言所行，他切感国民党自愧弗如；及至在后来的八年抗战中，八路军、新四军浴血奋战、表现卓越，使他对共产党由同情转为了敬佩。因此，当他的长子董重后来投向共产主义营垒，并逐渐成长为坚定的革命战士，积极从事地下斗争时，已经在国民党军队中升了官的他，对长子的活动睁一只眼闭一只眼。

原芳突然从书上抬起头来，心跳如鼓。她听见董重来了，在前边屋子里同母亲、姐姐说话。

董重从小聪颖过人。本来，他父亲早就给他安排好了一条通往锦衣玉食、封妻荫子的坦途。可他刚刚在郭沫若、何其芳、李劼人等一大批名人就读过的成都著名的石室中学初中毕业，就违逆父意，进了时称“陕北公学”的成都协进中学上高中。

西安事变后，国共合作。董重在学校里从事革命工作锋芒毕露，且展露了才华。当时他的同学原英也是学校革命骨干，都加入了共产党并主持学校党总支工作，时有往来。因为这个原因，董重得以与原芳认识，以后因志同道合，彼此爱慕，燃起了炽热的爱情火焰。

静坐闺房中的原芳忍着心跳。她清晰地听见了董重熟悉的脚步声和年轻爽朗的笑声。这年轻有力的脚步声和爽朗的笑声，在她听来，犹如一首别具韵味的青春进行曲。透过窗棂往外望去，不大的天井中，那一株蜡梅开得正艳，她的脸颊上不禁飞起朝霞般的红晕。她多想立即跨出门去看董重。可是这会儿她得待在闺房里等董重过来细细说说知心话。

恍然间，她记起了当年董重奔赴延安时的一幕。晃眼间，这一幕已经过去10年了。但是，她至今能清晰地记起董重当时在这儿给他父亲写“诀别”信的情景。

那时17岁的董重已长成一个英俊少年。高挑的个子，气宇轩昂，满怀抱负。

“爹爹同意我要走，不同意我也要走！”因为父亲不同意他去延安，董重窝了一肚子火。

原芳理解董伯父不同意儿子去延安的原因，她劝董重好好给父亲写封信，说明自己之所以要坚决奔赴延安的原因。

董重被她说服了，伏在她闺房中临窗桌前给父亲写信。那是一个朝霞满天的早晨，他下笔疾书道：

父亲大人：

为了走的问题，那天一大早，就使你老人家大大的生气……这里我要向你老人家说明我走的原因。记得我最初很信服胡适博士。他曾在一本书上说过，中国人还不如美国的一只狗一只猫。这让我很不理解，也很气愤，认为胡博士言过其实。后来随着年岁的增长知识面的扩大，我才知道，这是真的。这是因为中国太穷。但是事情就是这样矛盾，这样不合理：一方面是大量的普通老百姓的贫穷疾苦，一方面是达官贵人的骄奢淫逸……在极端的痛苦烦闷中，我看了瞿秋白先生的《俄乡纪行》等书。这个时候，我才明白了为什么世界上存在着人剥削人、人压迫人的原因；为什么中国人还不如美国的一只狗一只猫；明白了为什么在号称温柔富贵之乡的我的家乡天府之国的首善之区成都，存在着这么多的矛盾和不合理。这完全是因为一种制度的不合理！

这时，我的眼前亮起了一盏明灯。这就是共产党在西北、延安开辟建立起来的红色政权。生活在这个红色政权中的人民，同占世界上六分之一面积的苏联是没有区别的。

那是我的圣地，理想的灯塔，它们在召唤我。我要投身去到那里。为最终消灭人剥削人、人欺侮人的制度，我愿献出自己的一切。父亲，你不是从小就教导我们，要做一个正直的人、有良知的人吗？我记得父亲也曾经说过，西北，那个毛泽东领导的赤色政权，是中国的楷模。我想，既然如此，父亲就不会阻挡孩儿去那里为理想而奋斗，甚至献身！

董子参是从邮局接到儿子写给他的信的。他知道，这是儿子的“陈情表”。读了儿子的信，他深受感动。但是，董将军知道，儿子这一走，就意味着流血、牺牲；这一走，也就意味着他有可能就此失去儿子，他也清楚爱情的力量。于是，他赶紧叫来了原芳。

在董家宽敞典雅的中式客厅里，体态魁梧匀称、年届不惑的国民党将军董子参，手里拿着儿子的信，要原芳劝劝儿子不要走。那么一个将军，这时在一个小姑娘面前，竟是一副可怜巴巴的神情。

“小芳！”面对着亭亭玉立的少女原芳，国民党将军董子参动之以情，晓之以理说：“你知道吗，董重现在奔赴延安意味着什么？”停了停，看原芳不吭声，他加重了语气：“现在奔赴延安，就意味着流血牺牲，意味着有可能与我们永别！”看着原芳，董将军面露乞求神情：“凭你们的关系，请你劝劝董重好吗？我的话他不听，你的话我想他会听的。”

“董伯伯，董重是为追求光明去延安，延安那是一块净土！”15 岁的少女说这些话时，一双清澈的眼睛里充满了深情的憧憬：“别的什么事，董伯伯你说怎么办，我就怎么办。但这事我不能劝他，这事我办不成！”

一切都明白了，眼前的原芳与儿子是“同谋”。董将军颓然坐在太师椅上，喟然一声长叹：“人各有志，那就由着他去吧！”

董重于1939年冲破国民党军队的重重封锁，去到了延安，在战火中成长为一名优秀的军事干部，在成都解放前夕，他接受组织派遣，辗转潜回成都，住在家里；不仅借助时任四川省军管区中将副司令的父亲的掩护，而且说服了父亲，将自己带回来的同志、共产党员曾云飞、徐鸣铮、王万坚等人安插在了父亲的部队里。

前段时间，身为中共川康军事小组组长的董重，到大邑县游击纵队去做了军事布置，日前刚回来，今天一早就过来看她们了。

说好了的，董重今天过来吃午饭，原伯母要为未过门的女婿接风。

“小芳！”这时，上房传来母亲的声音，“董重来了，你快过来吧！”

还是大姐明白妹妹的心事。“妈！”只听姐姐笑嘻嘻地打趣道，“快让人家董重过去吧。人家两个心里都毛焦火辣的，人家两个要说悄悄话。”

“啊，你看我，老糊涂了！”母亲大笑起来，看不见母亲的动作，肯定母亲推着满脸通红的董重，“快去、快去，快去谈你们两个人的悄悄话。”

一阵久待的脚步声急促地响起来。董重兴冲冲地过了天井，一脚跨进原芳的闺房。她满脸通红，扶着桌子站了起来，迎接久违了的爱人。

一时，他们都没有说话，互相默默打量起对方。董重虽然还是那副样子，但明显成熟了。他身穿合体的黑呢学生服，1.78米的个子，身材匀称，昂藏挺拔，隆准黑发亮眼，英气逼人。恍然一看，像个英俊的大学生，但只有她才能从他身上找到非同往日的、只有经过训练的军人特有的气质。

原芳今天身着一件翠绿色贴身棉旗袍，外罩一件大红毛衣，剪着齐耳短发，颈上围一条鹅黄色手织毛线围巾。围巾的一端伏在背上，一端拄到微微隆起的胸乳上；配上亮亮的眼睛，白白的皮肤，眉似远山含情，那么的苗条清新丰满合度；那么的青春勃勃光彩照人。整个看去，她如新月如春笋，如山间一泓汩汩流淌的泉水。

“坐。”原芳看着董重，一双明如秋水的大眼睛脉脉含情，她用手指指了指对面的凳子。董重坐下后，她又赶紧给他上了热茶和早就准备好的点心。

“特别忙吧？这次回来，可要多住一些时日？”原芳一边关切地看着自己的爱人，一边问。她知道，最近一段时间是非常时期。作为中共地下党领导的一支地下武装力量负责人的董重，为破坏蒋介石的川西决战，迎接解放，最近特别忙碌。

“是的，我最近特别忙。”董重小声而兴奋地说，“我最近正在策划并准备组织实施一个惊天动地的军事行动，组织上已经同意了！”

“啊！”作为从小在一起长大，在革命事业中结为恋人、同志，并经受了时间考验的原芳，不用董重说明，已经大体估计到了他说的“惊天动地的军事行动”是什么意思。她仔细地打量着英姿勃勃的心上人，一双明澈的眼睛里流露出的是支持、鼓励和不无担心。

“最近敌人可猖狂了。”按照党的规定，原芳当然没有多问，她感到振奋，同时也感到担心。她含蓄地提醒董重：“昨夜十二桥又在杀人，蒋介石可是杀红了眼的！”

听了爱人的话，董重略为沉思地说：“是的，我们要提高警惕。看来，这段时间你这里我也得少来了。”

原芳默默地点了点头，她知道，董重在敌人那里是挂了“号”的。

原芳的提醒，让董重瞬间想起即将炮打蒋介石的事情。昨天，在约定时间，炮打蒋介石三人小组组长谢云昌如约而来，将情况向他做了汇报，并谈了他的看法。老谢认为，黄埔楼上出现的反常现象，说明我们很可能在什么地方不小心引起了里面的怀疑；建议炮打蒋介石暂时中止。董重考虑了一下，认为情况不至于，因为他刚从内线那里得到情报，蒋介石最近确实住在黄埔楼。如果老蒋发现了问题，决不会拿自己的性命冒险，肯定早就动手了。至于黄埔楼的灯，为什么要亮一起亮，要熄一起熄？很可能是蒋介石故意布下的疑阵。如此而已！让他担心的倒是老马，他觉得这个从旧军队反正过来的神炮手，有些吊儿郎当的。他让老谢在如约去同小王、老马见面后传达他的命令：继续观察黄埔楼上的动静，做好炮打蒋介石的准备；并让老谢通知老马今天午后按时到春熙路的悦来茶馆同他见面，他要摸摸老马的思想，关键时刻，可不能出任何问题！

时间已经计划好了，在原芳家吃了饭，在去春熙路悦来茶馆前，他还要见一个同志：钱敏军。

这时，大姐隔着花木扶疏的小天井，脆生生地喊：“小芳，你们的悄悄话说完没有？说完了，妈喊你们过来吃饭。”二人这才恍然觉得时间过得太快了，不知不觉已到中午。

“走吧！”原芳率先站起身来。

他们相跟着过了天井，进到堂屋。

堂屋宽敞明亮。难得的冬阳透过窗前那丛肥大翠绿的蕉叶，从雕花玻璃的窗棂上探进屋来，堂屋里显得格外明亮。屋里，一色的楠木家具古色古香，壁上挂的一架中式自鸣钟的钟摆嘀嘀嗒嗒轻响，气氛温馨宁静安详。

一张漆黑锃亮的八仙桌，安在了堂屋正中。董伯母是长辈，自然坐了上方，董重与伯母对坐；原英、原芳姐妹打横对坐作陪。

他们刚刚坐定，堂倌开始上菜。

这是一次高质量的家宴，富有晋园的特色。首先上的是下酒的四个冷盘，里面分别装的是椒麻牛肉、卤肝、樟茶鸭子、缠丝兔等。

“小芳，”原伯母笑呵呵地吩咐自己的小女儿，“给董重斟酒。”原芳这就站起身来，笑眯眯地掂起一瓶泸州大曲，左手放在右手上，先给母亲，后给董重，再给姐姐面前的小白瓷酒杯里挨次斟上酒，最后给自己的酒杯里斟。却又并不斟满，只有八分，所谓“茶七酒八”。

原伯母这就举起酒杯，满脸漾笑：“都来，为董重的归来，请酒！”

“谢谢伯母！”董重赶紧举杯站起，同伯母、原英、原芳姐妹碰杯；“咣”的一声，溅起四朵酒花，然后四人一饮而尽，并都亮了杯底，是为报。

接着，董重又挨次给伯母、原芳姐妹一一敬酒，四人再饮，是为酬。

如是两杯后，原芳酒力不支，满脸绯红，丰满的胸脯起伏。

“妈，上热菜了吧？”她说时明眸含波，看着董重，意思是要他不要喝得太多。

“哟，就管起来了？”善解人意的姐姐打趣地看着董重，“董重，你再喝两杯吧！”

董重本是有酒量的。

“好，再喝两杯就吃饭。”他高兴地看着对自己关怀有加的原芳。只见饮了两小杯酒的她，不胜酒力，桃花上脸，越发动人。

“也好。”原伯母这就喊堂倌上热菜。她注意打量了一下未来女婿，关切地嘱咐道：“我也不知道你的酒量，反正这儿就是你的家，不要拘礼。能喝就喝，不能喝就吃饭，随便些。”

董重看了一下挂在墙上的钟，又看了看原芳说：“我陪伯母喝完这杯酒就吃饭。”

“要得。”伯母同董重“咣”的一声碰了最后一杯。

堂倌依次送来热菜。先上的是豆瓣鱼，再上清蒸全鸡……菜一道道上来，美味佳肴摆满了一桌子。训练有素的堂倌上菜时很有讲究，出手不能高过享用者肩头，更不能高过人头。盘中盛着的全鸡、全鸭的尾巴都一律向着下方。最后上的是一海碗豌豆尖鸡蛋汤，汤一上，表示菜已经上完了。

原伯母和董重都放下了酒杯。

端上饭碗，原伯母拈起牙骨筷子对董重点了点，“请菜”。说时把一条肥墩墩的鸡腿夹到了董重碗里。

“好久没有吃过这么好吃的菜了。”董重吃得津津有味。

“人说吃遍天下，川菜最好。”原伯母说：“董重，你见多识广，这句话是不是有些夸张？”

“不夸张，千真万确。”博学多才的董重引今据古，“唐代大诗人杜甫流寓四川时，就曾为四川的魅力所吸引，有诗描绘赞叹道，‘蜀酒浓无敌，江鱼美可求’……”

“董重的记忆还是这样好！”原伯母发出真诚的赞叹。董重只顾说，忘记了吃。当他抬起头来，见众人都放下了筷子，自嘲地笑道：“我背桌子了。”

原伯母赶紧打圆场，说：“哪里，还有我哩。”

这顿家宴让董重吃得很舒服。他放下碗，掏出手帕揩了揩头上的汗，一看手表，惊讶一声：“哎呀，我该走了。”

原伯母也不留他，说：“那你忙去吧。”

董重站起来时，原芳脉脉含情地看了看他，轻言一句：“你跟我来一趟。”

他们相跟着过了小天井，进了闺房。只见原芳变魔术似的从衣屉里拿出来一件刚织好的咖啡色男式毛衣。毛衣织得很精巧，一针一线勾出了一幅象征胜利的V形图案。

“给你织的，喜欢吗？”原芳抖开毛衣，在董重身上比了比，正合身。

“你是什么时候织的？”董重接过毛衣，爱不释手。

“穿上吧。”原芳避而不答，含情脉脉地看着恋人脱下衣服，穿上了V形毛衣，显得更精神更英俊。

“我穿上了。”董重万分珍爱地摩挲着身上的毛衣。他不是怕冷，他要把饱含爱人绵绵深情的信物永远带在身上，揣在心里。

原芳把董重送到门口。怕引人注意，没有再送，只是倚着门轻声嘱咐道：“办完事快回家。”

“放心。”董重点点头，转身大步而去。

望着上了街、汇入了人群的董重，不知为什么，原芳忽然觉得若有所失，一种莫名的惆怅顿时涌上心头。

一间黑暗、阴森的地下刑讯室里，个子高大的马不然被吊成了“鸭儿浮水”。刽子手们很恶毒，将马不然两手两脚反绑成“四马攒蹄”，粗绳一拉，将他高悬在半空。

前天晚上，他们“三人炮打蒋介石战斗小组”在黄埔楼下王石头的小窝棚里聚会后，他和老谢离去不久，特务摸来逮捕了小王，并找到了窖在地下的迫击炮。

特务刁钻。他们在带走小王的同时，不声不响设下埋伏。昨晚，按照预先的约定，他和老谢先后去到那间窝棚时，遭到特务围捕。结果他被捕，机警的老谢侥幸带伤逃脱了。

被绑成“四马攒蹄”、悬吊在半空的马不然很痛苦，豆大的汗珠顺着他的脸颊往下滴。他瞪着一双惊恐的眼睛看着刽子手们在折磨他的同时折磨小王。阴森的黑暗中，靠边一张宽大的审讯桌上亮着一盏台灯。在台灯洒出的一缕寒霜似的灯光照耀中，摊开在桌上的笔记本还是一片空白。特务头子、保密局局长毛人凤亲临现场，躲在审讯桌稍后的一团阴影里，指挥着这场重大的带有突破性质的审讯。

案发后，蒋介石闻讯惊吓得出了身冷汗，深为自己的机警敏锐暗暗得意。他拍着剃得光光的头，暗自庆幸，若不是自己动手快，后果难以想象。他当即给四川省警察局局长何龙庆和毛人凤下了死命令：无论如何要撬开俘虏的嘴；他期望顺藤摸瓜，就此将中共成都地下组织一举摧毁。

前台坐镇指挥的是何龙庆。他不高不矮的个子，军帽揭来放在桌上，紫酱色脸上横肉饱绽，一副眉毛又黑又短又粗，像是爬满了黑蚂蚁，一双鼓棱有力的眼睛充血，透出对共产党人一种天然的仇恨。这是一个有“铁血杀手”恶名的家伙。喝过些酒的何龙庆，袖子挽起多高，被酒精烧红的眼睛里流露出嗜血的快慰。

“小伙子，你还年轻，犯不着拿命给共产党垫背！”坐在桌后的何龙庆，看着被捆绑在老虎凳上受刑的小王，语气中流露出明显的威胁利诱，“说！谁是你们的主谋，交代你们的组织和上级。”说时身子向前探了探，似乎想把痛苦中的小王的情状看得更清楚一些。其时双手被反绑在柱子上的小王，身子和头都仰靠在柱子上，似乎想借以减轻一些痛苦。他周身皮开肉绽，血肉模糊。特别是，一双被很粗的棕绳像缠麻花一样缠紧的脚杆，被码得很高的火砖顶得嘎嘎响，就要折断了。

然而，回答铁血杀手何龙庆的是王石头不屑一顾的沉默。

“好，你不说。”何龙庆将腮帮咬紧，“那就再加一块砖！”何龙庆说时将身子更加往前探了探。刽子手们这就将一块块砖往王石头那绷得就要断了的脚杆下顶上去、顶上去！

虽是寒冬腊月天，刽子手们已是热气腾腾。七八个彪形大汉揭了军帽，敞衣露怀。他们欺负小王是个“嫩水水娃娃”，决定杀鸡给猴看，无论如何要先撬开他的嘴。可是，小王却是想象不到的坚强，半夜过了，他就是咬紧牙关不开口，一问摇头三不知。

就在何龙庆喝叫“再加一块砖”、“再加一块砖”时，被砖顶得脚高得快要齐下巴的小王的一只腿“咔嚓！”一声断了，他将身子用劲往后一仰，痛得昏死了过去。

躲在阴暗角落里的毛人凤终于按捺不住，霍地站起，指着痛得昏死了过去的王石头，吩咐手下："把他给我弄醒再问！"

"唰、唰、唰！"刽子手们拎起三桶冰冷的水，从王石头头上直淋下去，痛得昏死过去的小王清醒了过来。一直坚持不开口、闭着眼睛、周身血迹斑斑的他，突然睁开了眼睛。呀，那双眼睛是那么锋利，充满了愤怒和仇恨，如锥如剑般刺向刽子手们。

"说，你说不说！"刽子手们在小王的怒视下不由得打了个冷噤，后退一步，同时歇斯底里地吼道。

"你们要我说什么？"王石头脸上露出明显的嘲讽意味。

"说出你们的行动计划，说出谁是你的上级……"

王石头的嘴中蹦出"不知道"三个字。

何龙庆站起来喝道："说，是谁指使你谋杀蒋委员长？"

"是老子们自己。"

"好，你不说，你虾子嘴硬！"站在近前的络腮胡打手气极，"看老子咋个收拾你！"说着瞪起一双牛眼睛，将袖子再往上挽，举起了手中的钢丝鞭。

"慢！"毛人凤从阴影中走了出来，站在王石头面前，用很温和的口吻进行诱导，"小伙子，你还很年轻，你说出来，要啥子有啥子。想做官，可以。想钱，要多少给多少。"

刚才还是一副凶神恶煞样子的何龙庆，这就换了一副脸面，赶紧走上前来，不无谄媚地用大拇指比了比毛人凤，给小王介绍："这是我们的毛局长，是位将军，毛局长说话算话。只要你照实说，他保证你要啥有啥。"说时，一身戎装、佩少将军衔、武装带上系中正剑、个子矮矮笃笃的毛人凤不由将身板一挺，显出一副很了不起的样子。

"说话当真？"王石头做出一副很天真，就要坦白的样子。

"当然，当然。"毛人凤以为有希望了，大喜，连连点头保证，"只要你照实说了。你要钱，给钱，要当官，也可以。"

不意王石头勃然大怒，大喝一声："我要你们抵命！"若不是他的手脚被牢牢捆绑在老虎凳上，他会像一头发怒的狮子扑向毛人凤、何龙庆。

“你要干什么？”毛人凤一惊，吓得往后一退。

“我老实告诉你们，我爹妈都是死在你们手中的共产党人。我恨不得生吞活剥了你们。哼！想从老子口中挖出秘密，做梦……”在王石头一顿臭骂中，两个特务头子这才明白，在他们看来，眼前这个“嫩水水娃娃”，其实是个与国民党有不共戴天之仇的坚强的共产党人。

毛人凤失望了，他对何龙庆说：“何局长，你看着办吧！”说着转身回到那团阴影里，很像一团幽灵。何龙庆则暴跳如雷，指着王石头，吩咐打手们“给他娃娃吃‘红烧肉’”！

敞衣露怀的络腮胡和一个黑塔似的凶神，这就用火钳从火炉里夹出一块烧得通红的烙铁伸过来，嗖嗖生风地在王石头眼前晃了晃。

“说不说？”络腮胡鼓起眼睛，声嘶力竭。

王石头将头一掉，年轻的脸上满是不屑的神情。

“嗤！”“嗤！”刽子手下毒手了。烧红的烙铁一下一下地烙到王石头胸上、背上……发出阵阵令人恶心的焦臭味。

“呀！”坚强的王石头终于忍受不住，发出一声惨绝人寰的尖叫声，随即破口大骂，“蒋（介石）光头，你个狗东西！我王石头这辈子报不到仇，下辈子也不会放过你们……”

酷刑在升级。

被五花大绑在老虎凳上的王石头，双腿被折断了。通红的烙铁一次又一次地烙到他皮开肉绽的身上。一直喊着骂着的王石头渐渐声音低微，高昂着的头渐渐垂了下来……

“他死了！”络腮胡走上前去，伸出手探了探王石头的鼻子，向阴影中的主子报告。

“把这家伙的尸首拉下去，将吊起的家伙放下来整！”何龙庆像个输红了眼，急于翻本的赌徒，样子格外凶狠。

浑身直打哆嗦的马不然被放下地来时，一下瘫了，结结巴巴地说：“我说，我说。”

“好！”坐在阴影中的毛人凤立刻来了精神，吩咐道，“做好记录。”

没有费什么神，毛人凤等人得到了马不然的口供。

董重出了晋园，一边走一边浏览久违了的这座家乡城市。成都是座典型的消费城市，历史上有名的温柔富贵之乡。大战在即，街上照样有几分繁荣景象。虽然比不上百业兴隆、歌舞升平的太平年月，但大街小巷里照样传出卖担担面的竹梆声、打锅盔的敲击声；车夫躬着腰拉着黄包车在街上飞跑，黄包车上坐的不是达官贵人，就是珠光宝气的官太太、娇小姐。黄包车的叮叮当当声，混合着街上少有的汽车喇叭声……杂声盈耳，构成了这座在蒋家王朝最后控制下的内陆大城市光怪陆离的风景。

当董重走到市中心的皇城坝时，不由四顾频频，心生无限感慨。这就是经过岁月洗礼的、曾一度辉煌过的皇城！墙体斑驳的红墙内，在一派蓊茂的百年苍松、楠木的青翠背景上，一排排错落有致的宫殿式建筑物无不红柱绿瓦、巍峨壮观、飞檐斗拱、层层叠叠、排列有序，显出一种过去的帝王气。皇城之前，是彩虹卧波般横跨在金水河上的三座汉白玉拱背桥。桥下，就是极开阔的皇城坝了。在羽翼似张开的皇城坝两边，是鳞次栉比的回民馆子，卖牛肉面的、卖牛杂碎的热气腾腾。偌大的广场中，卖杂耍的、耍把戏的在呼幺喝六，招徕买主，哄哄声不绝于耳。

他折步向西，沿锦江而去。沿途，只见大大小小的公馆门口车来人往，管家指挥着民夫们，将大箱小笼从公馆里抬出来上车，忙碌得工蜂似的。显然，达官贵人们在准备逃命。而一般市民、知识分子、工人，总而言之，穷人，却丝毫没有那种惶惶不可终日的表情和世界末日的反应，他们的眉宇间反而有种掩饰不住的兴奋。显然，成都即将解放，各种阶层的人有不同的心境。

他到了锦江，沿江逶迤而去。这里，江树依依，清静少人。他要到南门大桥的饮涛茶楼去会钱毓军。

他从小就爱锦江。久违了，梦中流过的江。注意看去，穿城而过的锦江，原是一条碧波粼粼的大河，是成都的骄傲。如果从九眼桥畔的望江楼乘船顺江而下，可以直达两三百里外的岷江、大渡河、青衣江交汇处的名城嘉定（乐山）；然后乘船可以一直出川。现因战乱频频，年久失修，市区居民日增，河道逐渐堵塞，河道已不能畅行舟船。

记得小时候，在农历二月初二，俗称“踏青节”那天，他常常挽着母亲的手去郊外龙泉山游玩；但最喜欢的还是春游锦江。那天有彩船数十艘，在一艘乐队船的带领下，从九眼桥出发，顺江而下。江上彩旗招展，鼓乐不断，两岸万人空巷，人们集聚围观。成都的春游锦江活动历史悠久，规模盛大。五代时，太守公张咏就作诗描述过春游锦江的盛况：“春游千万家，美人颜如花。三三两两映花立，飘飘似欲乘烟霞。”

记事以来，春游锦江的活动虽不及史书上记载的那样盛大，但仍很红火。到那天，从杜甫草堂、丞相祠到望江楼薛涛井、濯锦楼等多处名胜古迹，都是春游锦江的人们必去的地方。有首竹枝词专门描写此间盛况：“濯锦江边放彩船，半篙流水渡婵娟；妈娘悄问姑娘道，好个今年四月天。”……

董重一路感慨着来到了南门大桥边的饮涛茶楼。这是一座仿古建筑，倚江傍岸。此处是成都去康藏道的必经道。因此，即使在这非常时期，百业萧条，这茶楼上的生意依然很好。

董重进了饮涛茶楼，上到二楼。鼎沸的人声立刻涌进耳鼓。茶楼上座无虚席。各式形态的茶客们都坐在一把把川西特有的青竹椅上，有的边喝茶摆龙门阵；有的在交头接耳，悄悄交谈着什么；还有身着宽袍大袖棉袍的商人，谈价钱时不说话却在袖子中捏手指，不时伸出手来讨价还价……

董重个子高，老远就看见钱毓军坐在靠栏杆的一个不引人注意的旮旯头，独居一席正向他招手。

“劳驾、劳驾！”董重拨开人群，走了过去。钱毓军一边将竹椅替他摆正，一边喊：“泡茶！”

“来了！”正穿梭往来的堂倌这就挑声夭夭高应一声，右手执一把硕大的铜质茶壶，左手耍杂技一般托着泡盖碗茶的三件头，风一般来到眼前。

“当啷！”一声，散花一般，顷刻间，一个铜质茶船端端摆在了董重面前，堂倌在茶船上面骑上一个青花茶碗，这就轻轻抬起右手，身子微微后仰。一股鲜开水随着茶壶的尖嘴喷出，端端注入茶碗。茶碗里面的茉莉花茶被鲜开水冲击得跳起舞来，散发出清香时，堂倌幺指拇轻轻一扣，只听“吧嗒！”一声，茶盖合在了茶碗上，整个动作，一气呵成。不要说喝茶，看着就很是赏心悦目。

钱毓军随手将一张大票子拍在桌上，对堂倌大方地说：“钱就不要找了。”

喜笑颜开的堂倌起眼一看，两位茶客仪表堂堂，颇有大家风度，特别是钱毓军出手如此大方，便弯腰谢过，说扬琴大师李德才等人马上要来了。李德才要弹唱《活捉三郎》，还有贾瞎子的《琵琶行》，请两位先生赏光。说完，将大票卡在耳上，铜壶手中一挽，一阵风似的去了。

董重口渴了。这就用左手托起茶船，再用右手两指轻轻拈起茶盖，用茶盖在滚烫的茶水上弹去两朵未发开的茉莉花；嘬起嘴喝了两口茶，品了品味，不由赞叹道：“不错，真资格的蒙山顶上茶，用的水也是锦江江心里的水，好香！”

钱毓军打趣道：“重兄离川多年，还是不丢我川人习惯。”

“走遍天下，要说品茶和饮食文化，我看还是数我们四川最好。”两个人以这样很轻松的语气开了个头。中国是茶的故乡。但说起品茶，在四川，尤其是在成都，极为讲究。有“扬子江中水，蒙山顶上茶”一说。蒙山顶上茶就产在离成都不过几十里路的名山县蒙山。四川盖碗茶不仅讲究用茶，而且更讲究用水和美器，所谓茶好不如水好，水好不如器好。泡茶的水以泉水为上，河水次之，井水为下。成都是一马平川的大平原，并无泉水，故一般茶馆门口都挂个“河水香茶”的粉牌以招徕主顾。这饮涛茶楼则是每天一早就雇人用胶轮大车载着一只大木桶，到锦江的江心取回水来，用几只大水缸层层过滤后供饮茶用。

钱毓军笑道：“董重，我看你同我一样，无论离家多久，都是一副川人本色。”

“是呀。”董重深情地诵诗般地说，“这么多年在外地，锦江却常在我梦中流过……”说时，只听背后竹椅一阵乱响。他们不禁掉头望去，只见扬琴大师李德才来了，茶客们都在纷纷往四周挪椅子，让开一个面积不大、约莫两尺高的台子。身着青布棉长袍的李德才来到台中坐定，一边操琴一边唱起《活捉三郎》。他一板一眼，轻吟低唱，琴声和唱腔都很悠扬。茶客们听得俯首瞑目，如醉如痴。

接着，上场来的是瞎子贾树三，他是竹琴泰斗。老舍先生曾经说过："不听贾瞎子的竹琴，就不知什么是四川茶馆。"贾树三已到知天命之年，青布长衫，面容清癯。他坐在台上，边击打竹琴边演唱《琵琶行》："……同是天涯沦落人，相逢何必曾相识……"他唱得凄凉悲切，让在座的无论是市井小民，还是文人骚客、商家大贾，无不听得黯然神伤。

就在茶客们纷纷被贾瞎子吸引时，董重和钱毓军开始了小声地正经谈话。

"董重，你看。"毓军将一张刚买的当日的《新民报》轻轻拍在董重面前，头往前凑，压低声音说，"你看龟儿老蒋横征暴敛，王灵官又给他扎劲，我们四川人造孽啊！"

"嘘！"董重竖起一根指头，放在嘴边，再指了指壁头上贴着的"莫谈国事"的告示。这就从毓军手中接过报纸细看。映入眼帘的是一则有关四川旱情报道，"……今全省遭灾县份占全省县份的百分之六七十。水旱灾袭击 108 县，2000 万人面临饥馑……

据统计，四川现生活指数超过 450 倍，而公教人员待遇只及 35 倍……一个中学教员的收入只等于银圆一元六角钱……"

再看下去，是成都警备司令部的命令，"新闻报馆对于戒严期间所发之新闻记载或言论，当在军事第一，不违背中央国策及影响社会秩序、煽惑人心的原则上披露或评论，军事消息总希以中央社为准……"

"狗屁！"董重愤愤地说："纸还能包得住火！"说着用手指着报纸上一段文，"你看到了这段省政府下的告示了吗？"说着，念了起来："因本年春荒形成，饥民成群结队，四处吃大户，所谓'借粮为生'。各县田粮处征收之粮食，大多散存各乡镇仓库，缺乏武力保护，极易被饥民滋扰。特令各县转饬各乡镇妥为保护仓库。如有意外，必课以重责！"

毓军沉思着说："我这次上成都，一路上都在闹粮荒。王陵基大拍老蒋的马屁，把川人口中的粮都挤出来，调去充作军粮。省府要人们趁机囤积居奇，大发国难财。前天东市街发生抢米事件后，王陵基半夜吃柿子——按粑的捏，他要省政府秘书长孟广澎去压刘湘的遗孀刘周书把囤积的粮拿到市上去平卖。"

董重很感兴趣地问："未必那个母老虎就是好惹的吗？"

毓军很幽默地一笑，绘声绘色描述道："哪肯！刘周书拍着屁股跳起八丈高，指着孟广澎的鼻子大骂，你去给王方舟（王陵基的号）说，不要以为甫澄（刘湘的号）死了，我孤儿寡母就是好欺负的。要叫我拿米出来卖，你们就得先拿出来卖。你们这些人发国难财了好多，老娘心中一清二楚，逼毛了，谨防老娘全给抖出来……"

"结果呢？"董重听得很有兴味。

"还是不了了之。"毓军脸上露出讽刺意味，"我三弟是华西大学毕业生，现在是省府建设厅的一个科长。待遇应该说是不错了吧，但是现在若不是家里老太爷不时叫人给他送些米去，他一家老小还不是只得饿肚子。这世道啊！"说着一声长叹，面容忧戚。

"你们家乡的情形如何？"董重问。钱毓军家乡新津县，是成都平原最富庶的地区之一，县内水渠纵横，土地肥沃，劳动力充足，旱涝保收。

毓军把头摇得拨浪鼓似的："乡里壮劳力都被王陵基抓了壮丁。县里的水利枢纽童子堰年久失修，泥沙淤塞。今年夏天南河发大水县城被淹，接着又值春旱，好些地方颗粒无收，而王陵基的赋税又是格外的重。现今不要说乡下，就是县城里也是乞丐成群。每天都有不少农民破衣烂衫，携妻带子，来到县政府请愿，要求减免税收。还有不少人前去城隍庙前烧香，他们手持香帛，跪在神像前祷告道，'玉皇大天尊，下雨救众生。今日下大雨，明日变黄金'、'苍天苍天，百姓可怜。求天落雨，救活秧田'……真是其声也怆，其状也惨。"

董重听后，心情很是沉重。钱毓军把头凑向董重，压低声音请示："你看我们是不是可以抓住时机，组织民众来个反对苛捐杂税的示威？"

董重摇了摇头，用一双明亮的眼睛看定战友说：“毓军，组织上准备交给你一个任务！”

“没有问题。什么任务，说！”

董重告诉他，新津位于川藏线上，离成都很近；九条大河纵横其间，战略地位十分重要，是以后敌我必争之地。最近，蒋介石把驻守新津郭汝瑰的一个师调走，换上了胡宗南的二十七军，足见老蒋对这个地方的重视。经组织研究，决定趁两军换防之际，将大邑县唐王坝的游击队秘密拉出来，突袭新津机场。新津机场是抗战中，中美两国出于战略需要费时经年修建起来的远东最大的机场。当年美军“空中堡垒”——重型轰炸机轰炸日本东京时，就是由新津机场起飞的。现在新津机场成了蒋政权在大陆最后最重要的一个机场。

“好呀！”钱毓军听后两眼放光，“新津机场现在是老蒋的命根子，来这么一下，特别是这个突袭打好了，等于是在老蒋的心窝子上捅了一刀。”

董重这就给钱毓军详细交代了任务。他讲得很细、很周到，连突袭什么时候开始，由哪里进、哪里出都考虑到了。钱毓军默默地打量着眼前这位年仅 27 岁的上级，心中很是钦佩。觉得董重不愧是一个从前方回来的、有作战经验的军事干部，思维敏捷，考虑问题思维像水银泻地般严密。

“好，我得立马赶回去。”钱毓军看了看腕上手表，他问董重还有没有什么要交代的。

“就这样吧，等待你们胜利的消息。”董重端详着这位从北京大学毕业、模样酷似中共领袖人物之一的周恩来的好同志。

钱家是新津的望族。

毓军的父亲钱毓苏是留日学生，学成回国后，曾做过一段时间的成都市警察局局长。因生性淡泊，厌恶官场丑恶，几个月后就解甲归田。

老太爷有三个儿子。毓军是老大，在北大读书时，秘密加入了共产党。毕业后，为便于开展活动，他推掉了好些美差，回到家乡，屈尊当了一个乡长。老二读书成绩很好，但因不满包办婚姻，思想沉沦，大学毕业后，一身本事也不去做事，而是回到家里，整天于冥冥中与神佛打交道，久而久之，竟成了一个带发修行的、很虔诚的佛教徒。老三是名牌大学华大学生，大学毕业后留在省上进了政府业务部门工作。钱老太爷生性淡泊，对儿子们何去何从也不太管，年前，钱老太爷去世，三兄弟更是各奔前程。毓军成了一个职业革命家。老二干脆丢下妻儿，云游四海去了。老三奉公守法地当他的小官吏，养活家人。

“毓军！”与战友一起往楼下走时，看着与周恩来长相简直一模一样的钱家大公子，见身边只他们两人，董重很有兴致地问，“天就快亮了。解放以后，你准备干什么？做个大学教授如何？”

钱毓军摇了摇头，脸上现出一种神往的表情。

“那就当个特型演员。演我们的周恩来副主席，你上台根本就不用化妆。”

毓军开朗地大笑起来：“我话都说不、不伸展，还当演员？董重，你、你取笑我了。”钱毓军说话有些结巴。早先年间，他因是家中老大，父亲又在日本留学，家里很娇惯他，要什么给什么。就差点将天上的星星摘下来了。等到钱老太爷从日本留学回来时，发现长子竟成了一个结巴。原来因为毓军从小亲近一个结巴长工。那时，小毓军觉得结巴好玩，天天跟着长工学，最后学成了一个结巴。钱老太爷费了好大劲，好不容易才将长子的结巴纠正过来，但毓军时不时说话，还是有些结巴。

“真的。”董重说，“你不仅与周副主席长得像，而且你们的经历也很类似，都是背叛自己的家庭走上革命道路的。我想，你演周副主席，不仅形似，一定更是神似。”

“我哪能同周副主席相比。”毓军笑笑，自嘲道，“我是空有其表，哪有周副主席的风度才情？”说时，他们下了楼，就要分别了。

“我有点事要到我住在红照壁的三弟家去一下，就此作别吧！”钱毓军站在锦江畔，浓黑的眉翅抖动，伸出手来。

他们紧紧握了握手。

“董重，你常说我们家的白果炖鸡好吃。”毓军看着董重，说话诙谐起来，“忙过这阵子，你什么时候带上你的‘达令’原芳到新津我家来吃白果炖鸡？”

“我想，那一天会很快来到的！”

“好，到时候我一定打开中门迎接。”

“一言为定？”

“一言为定！”一对战友松开了手。

“你先走！”董重挥了挥手。

“你先走，我看着你。”毓军这样坚持。河风吹过，刮乱了他梳得很整齐的头发。一对战友都明白，天亮前夕是最黑暗的时分。他们知道，这一分别，各自都将进入一场严酷的战斗，这就意味着流血牺牲。意味着天亮时他们或许看不到久违的胜利和战友。

他们最后决定，同时背过身去。董重走了几步，又转过身来，发现毓军也转过了身来，他们相视一笑，挥手作别。

董重看了看腕上手表，按照他排得满满的日程表。他去了春熙路。

这是成都最热闹、最繁华，也是最现代化的一条街。它是四川军阀杨森当年任四川督理时留下的“善政”，于20世纪20年代开始修建的。街长几里，街道并不很广阔，两边鳞次栉比的铺面大多是一楼一底的洋楼。商店里卖的琳琅满目的货物，大都是舶来品，春熙路很有些上海南京路的意味。

春熙路的得名与钱毓军的三弟钱毓文的岳父有关。钱毓文的岳父原籍福建，姓陈，名月舫。在日本早稻田大学留学归来后，曾经在他的中学同学王缵绪当政时，做过一段时间的秘书长。“春熙路”就是他在任时给取的名。

董重进到悦来茶馆，选了个比较僻静，不引人注目的座位坐了，便于观察周围情况。他要了一碗茉莉花茶慢慢喝着。看腕上手表，离马不然来的时间还有一刻钟，他买了份《中央日报》边看报边等。他先看报上刊登的一则花边新闻，说是有位营长太太，因丈夫经常不在身边感到孤寂，近知丈夫经常在外寻花问柳将她冷在一边却不准她接触异性，倍感惆怅，竟在一天夜里同自己驯养的大狼狗发生了性关系。结果狗家伙太大扯不出来，人畜双双丧生……

“无聊、无耻！”董重愤愤地将报纸掷于桌上，抬头四望，怎么还不见老马的影子？再看腕上手表，时间已经过了五分。哟！是怎么回事呢？搞地下工作的人最怕不守时间。

这老马不会没有接到老唐的通知吧？不会的！这样的事情从来没有发生过。地下斗争是严峻的，党的地下斗争纪律是非常严格的。思想间，时间又过去了两分钟！职业的敏感让他一下觉得情况不好，站起身来。不好！他警觉地打量起四周，发现周围有几个不三不四的人在假装喝茶，其实正狼一般窥视着自己。他情知有变，想赶紧抽身离去。可是，迟了，一群便衣特务从四面八方围向了他。

“干啥子？”董重很镇静地喝问，“你们是些什么人，未必青天白日要抢人？”

便衣特务中应声走出一位马脸特务，他讪笑着向董重拱了拱手：“董大少爷久违了，警备司令部请你去走一趟。”

“我不姓董，你认错人了。”董重说，“我不认识你。”

“你不认识我，认识他吧？”顺着马脸特务的手指方向看去，门外躲躲闪闪的一个人不是马不然还是谁！

“董重，我这也是迫不得已……”在特务们的逼视下，马不然瑟瑟缩缩地走上前来，对董重劝降，期期艾艾地正要将开了头的话说下去。

“叛徒！”马不然脸上早挨了董重一巴掌。

马脸特务手一挥，几个如狼似虎的便衣特务扑了上来，“咔嚓！”一声给董重戴上了手铐。

董重被特务们推出悦来茶馆，架上了候在门外的囚车。黑色的囚车像个见不得人的幽灵，迅速地窜去。当天，董重被秘密囚禁于成都娘娘庙监狱。

第十一章

文雅的谈心与阴谋的暗杀

暮霭沉沉。

一辆黑色雪佛兰小轿车从督院街四川省政府驶出后，一路穿街过巷，往柿子巷董子参的公馆驶去。坐在车内的是省府秘书长孟广澎。他是刚才得知董重被捕消息的。他与董子参私交很好，是多年的老关系，他得到消息立马赶去报信。这会儿，他焦急地坐在车内，从车窗内随目掠去。时近黄昏。街两边的芙蓉树和掩映在树后的店铺、民居已是黑影憧憧。东大街的绸缎庄、皮货店也都在“啪、啪！”有声地上门板、关铺面、收幌子。沿街两边不多的公用电灯，稀稀落落地挑在电杆上，因为电压低，红恹恹的，像是没有睡醒的眼睛。而以卖小吃著名的西御街一带要热闹一些。那些烧腊铺、汤圆店、面馆……已点燃了一盏盏油壶子灯、电石灯。幺师站在热气腾腾的堂前街沿上，扯起嗓子延客入内。

拐过将军衙门，雾截横烟的柿子巷就在眼前了。这条小街两边对称排列着一幢幢青堂瓦舍的公馆。整洁的小街中段，一座门前蹲着一对栩栩如生、脚踩绣球汉白玉石狮的公馆，就是四川省军管区中将副司令董子参将军的宅第。

小车驶抵门口，轻轻鸣了两声笛，两名站岗的警卫，认得孟秘书长的车，赶紧立正敬礼后，一个推开两扇红漆大门，让小车徐徐开进，另一个打了电话进去。当孟秘书长的小车刚刚在董将军那幢中西合璧的小洋楼前停稳时，一身戎装的董将军已快步迎出，上前一步握着孟广澎的手摇了摇，眉活眼笑地打趣道："一日不见，如隔三秋。我正想到府上拜望的，哪阵仙风把你吹来了？"

"大事不好，大事不好！"秘书长气急败坏地说，"走，我们进屋说。"

他们相跟着上了楼，进到客厅，董夫人闻讯也迎了出来，一边说着孟秘书长稀客，一边招呼丫鬟拿烟泡茶上点心。

"不用泡茶，不用泡茶！"长得瘦高、满脸精明、身着长袍黑褂、一身中式打扮的秘书长落座在黑漆雕花太师椅上，手忙摇，心急火燎地将董重被捕的消息告诉了将军夫妇。

身着水绿棉旗袍、皮肤白皙、相貌端庄，丰满合度，虽上了些年纪，但看上去远比实际年龄小的董太太，听到这个噩耗，当时泪如雨下。

董子参毕竟是军人，他还沉着。当他听完孟广澎送来的这个消息后，什么话也没有说，只是抬起头，用不无企求的目光看着省府秘书长。然而，好友躲开了他的目光。这个案子犯大了，即使是好友、省府秘书长，也是爱莫能助。

"多谢秘书长赶来报信！"董子参哑声说道，"犬子不听家训，天马行空，独来独往，这也是他咎由自取。"

孟广澎理解董将军夫妇的心，劝道："事已至此，你们也不要太急，我们大家一起想想办法吧。"

正在这时，摆在屋角茶几上的电话骤然响起，董子参上前一把抓起电话说了两句就放了。

"哪个打来的？"董子参刚放下电话，脸青面白的太太急问。

"盛文。"

"啊！"孟广澎不禁讶然失声，"消息好快，家伙这就追上来了，他说什么？"

顿时，屋里的空气都似乎凝结了。盛文是胡宗南的爱将，是代替严啸虎刚上任的成都防卫总司令。

问题严重了！

董子参也不隐瞒，说是刚才盛文来电话，在电话中简略地说了说董重被逮捕的原因：经保密局举报，董重年前从共区接受任务，秘密潜回成都，是中共成都地下临工委辖下的川康军事小组组长，有谋杀蒋委员长的嫌疑。不过，电话中，盛文又这样说，董重还年轻，走错路不要紧。自家子弟嘛，只要能改正就好。他已嘱咐有关方面，优待董重。盛文要他明天务必去他那里一趟。

“啊？”孟广澎又是啊的一声。

“广澎！”董子参心事重重地问，“盛文这个人你了解吗？”说时，表面上还是一副从从容容的样子，其实心里很沉。毫无疑问，这个案子已经通天了，从盛文话中听来，这个案子已经通到蒋介石那里去了。而蒋介石杀共产党人从来是毫不手软的，尤其是在这个非常时期。他竭力镇定着，从烟盒里取出一支他爱抽的哈瓦那大雪茄衔在嘴上，拿起火柴。

“嚓！”的一声，因用劲过猛火柴断了，他一连擦了五六根火柴才将雪茄点燃。他的手微微有些颤抖。

“盛文这个人的基本情况我是清楚的，不过没有打过交道。”省府秘书长慢条斯理说时，不忍心去看表面强作镇静，实则忧心如焚的老友的惨然表情。既然老友问，他也只好直说：“我只知他是湖南长沙人，黄埔军校第6期、陆军大学第11期、中央训练团第20期毕业生，胡宗南的爱将。胡宗南在西安做西北绥靖主任时，他是西北绥靖公署参谋长……”说完这些，孟广澎看再坐下去也无益，又安慰了董子参夫妇几句后便告辞了。

送走孟广澎，董子参对哭得泪人一般的妻子说了一番安慰话，让丫鬟送夫人进卧室去休息后，这就开始沉着应对。他先是在电话上通知，要他的亲信、军管区参谋长先凯立即赶来。很快，先凯夤夜赶来了他的密室。乳白色的显得有些惨淡的灯光下，年纪约二十七八岁，戎装笔挺、英姿勃勃、佩少将军衔的先凯发现，将自己一手提拔起来的上司，向来坚毅的将军一下子就老了，萎了。

董子参将儿子被捕，以及刚才盛文来的电话内容，一一告诉了先凯。

聪明的参谋长听了事情的来龙去脉后，对将军夤夜见他的缘由也明白了。

“事不宜迟，”先凯看着上司，扑闪着一双见微知著的眼睛，“司令，我看连夜就得将董重安插在我们军区的几个人转移。”

“你看将他们转移到哪里，怎么转移合适？”董子参点点头问。

先凯沉思少顷后说：“俗话说灯下黑。我看最好干脆将共产党员曾云飞、徐鸣铮、王万坚几个人转移到司令你的家中。那些特务、宪兵，总不至于怀疑到司令你的家中去吧？”

董子参霍地站起身来，背着双手在红豆木地板上紧走了几步，转身站定，目光霍霍，同意了先凯的意见。

“好，就这样办。你立刻用我的车连夜去接他们转移到我的家中。记住，千万要秘密，不能透露出任何风声！”

“是。”先凯胸一挺，对将军敬了一个军礼，走了出去。

董子参一直等到参谋长将曾云飞等人接到他家中，并安置完毕，他才放了心。

夜已深，卧室里还亮着灯，太太还没有睡，一直在等他。他们夫妇又说了一会儿话，睡下刚迷糊了不一会儿，天就亮了，晨曦透过窗帘洒进室内。

上午 9 时，一辆福特牌黑色轿车徐徐开出柿子巷董公馆，直奔盛文的成都防卫总司令部而去。坐在车内的董子参将军表面神态冷峻，其实心里面则是十五个吊桶打水——七上八下的。

车抵戒备森严的成都防卫总司令部，坐在前排的副官出示了证件，一个守门的卫兵又去打了电话后，这才让董子参乘坐的轿车缓缓开进。

车开到主楼，人还未下来，只见戎装笔挺、佩中将军衔的盛文已经带着他的副官等在那里了。

“久仰董将军！”董子参下车后，盛文迎上来，表面上很客气，又是握手又是拱手，可脸上却是一副公事公办的冷漠神情。这是董子参第一次近距离地打量胡宗南的爱将盛文，他中等个子，30 岁左右，军服整洁，神情精明而矜持；动作沉稳，窄条脸上利目如锥。

董子参以为盛文会请他到客厅谈儿子的事，不意盛文却说："委员长听说了贵公子的事后，急着要见你。"董子参这才注意到，盛文那辆漂亮的枣红色克拉克轿车早等在那里了。盛文要董子参坐他的车去，而且很不寻常为他拉开了车门。

这完全是始料不及的事！董子参一时有些晕眩，如一个提线木偶上了车。直到车开了，他才注意到，陪在身边的不是他的副官，而是盛文派来的人，司机也是盛文的司机。

被董将军丢下的副官和司机正不知所以时，盛文身边一个副官模样的少校军官走上前来，要董将军的副官跟他走一趟，这就有一个弁兵上前带走了董将军的副官。盛文的副官这就对司机李山说："走，我们有话问你。"

完全摸不着头绪的李山，万万没有想到自己这样一个开车的小司机，怎么会被防卫司令部的长官叫去问话。问什么？他不敢问、更不敢拒绝，只得乖乖地跟在那个疾言厉色的军官后面，往一间背静的小屋走去。

载着董子参将军的那辆枣红色克拉克轿车开得飞快。很快就出了东门，遥遥地，猛追湾锦江畔大富商南跃去那片占地广袤，一衣带水，建筑华美精致、中西合璧，用围墙围着的别墅群就在眼前。尽管是冬天，里面仍然是处处花木扶疏，小桥流水，雕梁画栋，雀鸟啁啾，不禁让人眼睛一亮。

南跃去是新津人，经商发了大财。他长袖善舞，有了钱还想有名。他曾与本县一位当过旅长、后来解甲归田、回乡当大地主的胡雨生竞选国大代表时，有过一场闹剧。在乡里，南、胡二人互不服气，各自使出浑身解数。南跃去有的是钱。他不仅敞开老家新津的公馆，用酒池肉山贿赂选民，最后干脆开上宣传车上街，满街撒钞票。结果是当然的，南跃去击败了胡雨生，如愿以偿地当上了国大代表。

南跃去的公馆很多，全国各地都有。不仅家乡新津有，成都有，南京、上海也有……不过，规模最大、环境最好的还是数猛追湾这一处。南跃去的阔，令好些达官贵人艳羡不已，唯恐巴结不上。

不过，见自己乘坐的轿车正在往南跃去公馆驶去，董子参感到纳闷。心想，不是说要去见蒋介石吗，车怎么开到这里来了？胡思乱想间，克拉克轿车已经徐徐开进了有卫兵把守的南跃去公馆的大门。

从车窗里放眼看去，片片茂密的幽篁翠竹中，掩映着幢幢风格有异、色彩有别的小洋楼。曲径通幽，景随车移。不知拐了几个弯后，车停在了一幢一楼一底、檐角飞翘的中西合璧的小楼前。

“请！”盛文陪他来的军官先下了车，替董子参拉开车门。

董子参下得车来，举目四顾。只见别墅前、假山后、林荫间，到处都游动着中央警卫团荷枪实弹的官兵。

一个蒋介石的侍卫官迎了上来，将他带进底楼，见到了蒋介石的秘书曹圣芬。他人稍胖，头微秃，笑嘻嘻的，显得很和气。俗话一句："笑官打死人！”他知道这种人的厉害。

“董将军请吧！”迎上来的曹圣芬将手一比。

橐、橐、橐！董子参挺直军人的腰肢，踏响马靴，跟曹圣芬上楼去见蒋介石。

成都防卫司令部。

戎装笔挺的盛文端坐在宽大锃亮的写字桌后，桌上摆着一架军用载波电话机；身后墙壁上挂着一幅蒋介石的戎装像。像两边斜挂着国民党的党旗和青天白日满地红旗，这就给办公室本来就显得阴森肃杀的气氛又平添了几分冷酷。

人本来瘦，一身蓝布工装、这时显得更是瘦骨伶仃的司机李山，端端正正地站在成都防卫司令面前，吓稀稀的，脸蜡黄。他不知自己犯了何等大事，竟被弄来站在大名鼎鼎的盛司令面前？一双小眼睛不时透过戴在头上的鸭舌帽那长长的帽檐，偷偷打量着高踞其上的盛文的神情。

盛文用一双虎威威的眼睛打量着这个抗战时期从南京流落到这里的“下江人”。良久，直到看得李山发虚，这才威严地轻咳一声，手一指，声色俱厉地说："你坐下吧，老老实实回答我的问题！”

“一定，一定！我如果知道什么，一定照直说。”李山吓稀稀地坐下了，坐在盛文指定的一条小板凳上。

这时，快步进来一位头戴船形军帽、身着黄哔叽美式卡克军服、身姿婀娜、烫着卷发的年轻漂亮的女军人。她也不吭声，轻车熟路地坐在旁边一张桌后，摊开了记录本。一副审讯的架势摆起了。

李山这下更慌了，手足无措，东看西看，像一只走投无路的耗子。

“李山！”盛文用钉子似的眼睛看着他，厉声喝问：“你是下江人吧？”下江人，是当时川人对抗战期间从南京、上海一带长江下游流落来川人的统称。

“是。”李山点了点头。他是抗战初期从浙江宁波流亡到成都来的汽车司机，技术很好，后来经人介绍跟了董子参。

“跟董司令有十来年了吧？”

“有。”李司机点头不讳。他没有想到盛文竟将他的来龙去脉摸得这样清楚。见盛文问到了董司令头上，他猛然意识到了什么，不由一惊一愣。

“李山，我想给你一个发财的机会，就看你肯不肯！”忽阴忽阳的盛文脸上是一副高深莫测的神情，看着一颗心提到了嗓子眼上的董子参的司机，盛文忽然一声冷笑，厉声喝问：“你知不知道董子参通共的事？”

“不知道，我一个司机哪里知道这些！”李山吓得大惊失色，一下从板凳上弹起，复又坐下，一副可怜巴巴的样子，他惊恐万状地看着盛文。

“不知道吗？”盛文一声冷笑，“好吧，让我来问你，董重是董子参的什么人？”

“董司令的大儿子。”李山嗫嚅地说时完全明白了。

“好。我再问你，董重是什么时候从共区潜回成都的？”盛文这时目光如刀如剑如锥。

不能不坦白了，李山这就低下了头：“一个来月前吧。”

“你认识董重带回来的共产党员曾云飞、徐鸣铮、王万坚这几个人吗？”

“认识。”

“这几个人现在哪里？”

李山顿时虚汗长淌，他完全明白盛文的险恶用意了。昨天晚上，董重的下属共产党人曾云飞、徐鸣铮、王万坚就是他奉命连夜用专车将他们从司令部秘密接回董公馆的，并且，这事，董子参是再三对他封了口的。

“我不知道。”李山开始抵赖，声音小得像蚊子哼哼。他低着头，借以抵挡盛文凌厉的逼视。

“你不说也行。”盛文并不追问，只是冷笑一声，说出来的一番话让李山胆战心惊。“我可以告诉你！”盛文说，“你们的董大公子董重，不仅是共产党派回来的要员，而且是企图谋杀蒋委员长的罪魁祸首。现在，我们已经将他捉拿归案，关进了监狱。我刚才问到的曾云飞、徐鸣铮、王万坚几个人，也都是共产党要犯。”说到这里，盛文顿了顿，看着吓得哆嗦的李山说：“你是一个聪明人。事已至此，你未必还要背死人过河吧？你说了，并且依我们说的去做，就是立功。要官？要钱？由你选。不说，就是同谋犯，那就不要怪我盛某人手下不留情！两条路摆在你的面前，由你选！时间不等人！”说着皱起眉，看了看腕上戴的金壳手表。

事已至此，李山什么都顾不得了，赶紧对盛文来了一个竹筒倒豆子，将昨晚上，他如何开车去接曾云飞等人进董公馆的事一一细说了。

“好。”盛文的脸色开始阴转晴，他说：“李山，现在，我要你开董子参的专车回去假传‘圣旨’。就是要你对他们传达董司令的话：情况有变，董司令要你现在将曾云飞、徐鸣铮、王万坚等人再实行转移……你给我将这几个家伙诓出来！”

“我？”李山明白此事何等重大，一时吓着了，有些犹豫。

“不怕。”盛文这就从皮转椅上站了起来，走到李山身前，故作亲热地拍了拍他的肩，让李山不禁浑身战栗起来。

“我说话算话。”盛文继续给李山打气，“这是一揽子买卖，你不用担心以后再同董家人打交道。事成之后，我决不亏待你。你若想回老家，我给你 100 两黄金，用专机送你回去。要官嘛，也可以。”说着，在他身前站定，加重语气：“你要知道，董家这个案子是通了天的。我说的话，也是蒋委员长的意思，嗯！”

李山雷击似的一震，稍为沉吟，抬起头来看定盛文，咬咬很瘦的腮帮，哑声道：“行！”

当天上午10时，由李山开着董子参的专车，回到了柿子巷董公馆。李山停下车便直奔夫人住的上房。

“董太太！”李山站在暖阁窗外，轻轻连呼了两声，显得神情紧急。

“啊，有事吗，是李司机吧？”太太听出是李山急切的声音，隔帘问，“司令呢，司令回来了吗？”

“司令没有回来，他被委员长叫去了。司令吩咐我赶紧开车回来接人。”

“接谁？”

“接曾云飞、徐鸣铮、王万坚转移。”

“有这样的事？等一下。”只听屋内一阵窸窸窣窣的声音，肯定是太太在换衣服。稍顷，棉帘轻启，董太太急步走了出来。她虽然竭力沉着，但半拢云鬓，两个眼圈都是黑的。显然，自昨天听说儿子被捕以后，她就一直沉浸在忧伤焦急中。

“咋回事情？你再说清楚些。”董太太神情显得有些慌乱、着急。

“司令说，盛文已经闻到风声了，曾云飞他们再住在家里危险万分。司令要我赶紧开车回来，将曾云飞、徐鸣铮、王万坚他们几个人接走。”

“接去哪里？”

“接去文庙后街刘文辉的公馆。”李山按事先盛文教的话答。刘文辉亲共，这在川军将领中大都是知晓的。董太太对此说心中自然没有一点怀疑。李山完了，加了一句：“司令嘱太太，这事要打紧。”

董太太这时已经乱了分寸，她巴不得赶紧将曾云飞这几个“戴红帽子”的人接走。既然丈夫这样吩咐，还有什么说的，她这就让人赶紧通知曾云飞、徐鸣铮、王万坚上了李山开回来的接他们的专车。

三个年轻的共产党人没有半点怀疑，说走就走，脚跟脚上了董司令的专车。昧了良心的狡猾司机李山，这就一车子将董重竭力掩护、安置的共产党人曾云飞、徐鸣铮、王万坚三人直接送进了虎口：国民党成都市防卫总司令部。

曹圣芬将董子参带到楼上，沿着铺着厚重的大红地毯的走廊走到中间一个房间，轻轻推开一扇油光锃亮的西式小门，手一比说：“董司令请在里面客厅稍等，委员长马上就来。”

董子参走进屋子，这是一间中式客厅，与其说是一间客厅，不如说是一间临时书房贴切。他坐在一张沙发上，浏览了一下。客厅不大，但布置得极为考究。进门一道红豆木屏风，屋内一色进口柚木家具。靠窗是一张硕大锃亮的书桌。书桌上有文房四宝和两架电话机。两列雕龙刻凤的中式书柜沿着落地玻璃窗两边展开。书柜里装的都是线装书，《四书》、《五经》等。

特别引人注目的是，书桌上有一本翻开了的《曾文正公全集》。看来，这书是蒋介石在读的。早就听说，蒋介石对曾国藩崇拜得五体投地，没有想到都到这个时候了，蒋介石还有心思看《曾文正公全集》？这老蒋今天找我来究竟要谈什么事……

董子参正在神思恍惚间，蒋介石一脚跨了进来。他神态冷峻、面容清癯。光着头，着玄色棉袍，外罩一件黑马褂，脚蹬一双圆口黑直贡呢布鞋，身姿笔挺。

董子参赶紧从沙发上站起身来，双脚并拢，“啪！”地敬了一个军礼。

“唔，坐。”蒋介石隔几坐在了董子参对面的沙发上，用一双犀利的鹰眼打量着董子参。

“多年不见了，阁下还是这般威风。”蒋介石似笑非笑地说，“真不愧为日本士官学校毕业的高才生。说起来，我们还是那个学校的先后同学……”蒋介石说着，站起来，去书柜里抽出一本线装《三国演义》，搁在面前的长案上，又坐下来，用细长的五根手指轻轻敲打着。

董子参目不转睛地打量着面前的委员长，不知他葫芦里卖的是什么药，接过话头，言不由衷恭维一句：“委员长日理万机，运筹帷幄，还这样手不释卷。”

“董司令取笑我了。”蒋介石话中有话，“国家弄成这个样子，我现在是众叛亲离，哪里还谈得上运筹帷幄。”

董子参咀嚼着这话中意味，一时无言以对。

一阵不祥的沉默中，蒋介石似乎无意间随手翻开了《三国演义》，一边浏览一边问：“董司令，你研究过《三国演义》吗？”

“报告委员长。”董子参正襟危坐，心中打鼓，观察着蒋介石一副阴阴阳阳、让人捉摸不定、莫测高深的神情，“卑职谈不上有研究，只是读过几遍而已。”

“唔！”蒋介石这就站起身来，背着手在屋里旁若无人地踱了几步，在窗前站定，并不转过身来，深有感慨地说，“成都，是蜀汉昭烈帝刘备的发祥地和京城。一代良相诸葛孔明，更是在这里运筹帷幄，功勋盖世，名垂宇宙。”说着，霍地转身，鹰眼闪光，看定董子参：“董司令久居四川，可以说是一个完全的川人。哪能不熟读《三国》呢？俗话说得好，熟读《水浒》好弄拳脚，熟读《三国》会使计谋。董司令这话是过谦了。我最近重读《三国》。”说着上前两步，抖抖长袍，重新坐下来，打量着董子参，“我发现，董司令最近办的一些事，其中有些奥妙与《三国》上的机关何其相似乃尔”。说着，这就熟练地翻到《三国演义》中的第 21 回《曹操煮酒论英雄》，将书递给董子参，说：“你看！”

董子参一下就明白了蒋介石所指，身上早已是冷汗涔涔。蒋介石这就进一步逼道：“董司令，你看你与刘玄德有无相似之处？”话到这里，董子参只好率先将话挑明：“卑职是在昨天晚上闻得逆子所犯下之大逆不道行为的，但还不知所传是否属实？就是委员长不传卑职，卑职今天也要设法来向委员长请罪。”

“唔，是这样？”蒋介石不无讥讽地笑笑，“令郎早年在成都读中学时就参加了共产党，后来又奔赴共区受训，年前回到成都，在董司令庇护下多日。这，董司令不会不知道吧？这又该作何解释？”

“是的。”董子参硬着头皮解释，“逆子从读中学时就深受赤祸污染而自行其是。”他有意避开具体事情，为自己洗白道：“我早就同他脱离了父子关系。至于说他年前从共区潜回成都，在我的庇护下多日，恐是讹传，并无实事，卑职并不知情。这点，请委员长明察。如果逆子真的犯下了滔天大罪，我决不护短，听凭委员长按国法处置。”

“好！既然董司令如此深明大义，大义灭亲，就别怪我不手下留情了。”蒋介石说时，脸变得铁板一块，阴冷地一笑，“我看，董将军最好还是劝劝令公子吧，毕竟是自己的子弟嘛，嗯？”他观察着董子参的神情。这会儿，董子参脸色倏地惨白。蒋介石昂着头，继续用手轻轻叩打着案上的《三国演义》，“是的。”他说，“苏俄的共产主义有相当的欺骗性和迷惑力，尤其是对涉世不深的热血青年。就我而言……”蒋介石说到这里有一个停顿，用一双冷酷犀利的眼睛盯着董子参。好像现在他不是在同暗杀自己的共产党要人董重的父亲在说话，而是在同一个慈父探讨如何引导青年人走上正路的问题。其实，蒋介石这是在欣赏一个老父亲看着自己的爱子身陷囹圄而无力解救、内心剜心割肉般的种种矛盾痛苦情状。

“当初，我自己就曾经被苏俄的共产主义学说牵过一阵鼻子。”蒋介石侃侃而言：“经国更是还不到15岁，我就将他送到苏俄去学习。后来，慢慢地我们才看出马克思倡导的共产主义，不过是违天理灭人性的专制主义，便先后而弃之。”说着话题一转：“董重还很年轻，我们也不是外人。你我都是先后去日本学过军事的留学生。我之所以如此苦口婆心地给你说这些，无非是要你劝劝令公子幡然悔过，不要明珠暗投，毁了前程。”说着一声叹息：“亡羊补牢，未为晚也。嗯？孔子曰，‘朝闻道，夕死可矣！’令公子才27岁，正是如花的年纪，死了可惜。你是他的父亲，若能对他动之以情，晓之以理，他董重不是没有迷途知返的可能。若是这样，则党国幸甚，你们家里也幸甚。若始终执迷不悟！”说到这里，蒋介石冷笑一声：“那就休怪我手下无情！”

董子参听到这里，完全明白了，蒋介石绕了一个大弯子，目的是要他劝降儿子。想了想，他说：“犬子生性倔强，恐怕难以醒悟。”他话虽是这样说，但一种竭力保全儿子生命的期望驱使他又迟迟疑疑地向蒋介石要求：“请委员长宽限几日，我愿遵照委员长教诲，尽力而为。”

“唔！”蒋介石点了点头，“可以。不过，这事不能久拖下去。两三天之内你就得给我一个明确的答复。”说完，他站起身来，秘书曹圣芬适时出现在门外，手一比，说：“董司令，请！”

董子参表情木然地朝门外走去，跨门槛时竟踉跄了一下，差点绊倒，而且因为神志恍惚、昏乱，临别时竟忘了给委员长敬礼。

冬天日短。董将军先回到成都防卫司令部。一直等着他的副官告诉他，将军的专车上午被司机李山莫名其妙地开走了，现在也没有回来。董子参感到十分惊讶也十分愤怒！这还了得吗！不过又想，是不是夫人有啥要事，要他把车开走了呢，而且事情到现在都没有办完。要知道，有几个共产党员藏在家里，说不定因为事情紧急，夫人和参谋长他们在将这些人转移呢！下江人李山跟了自己这么多年，从来都是听说听教的，不会有啥事的。有什么事，等一回到家就知道了。因此，当盛文的副官建议仍然用这辆车将他们送回去时，董子参没有拒绝。

家，已经遥遥在望了。天，已经完全黑了。幽静的小巷里荡漾着成都冬日这个时分常见的白雾，几星熟悉的灯光在如丝如缕的夜幕中飘浮，那是几家卖麻辣牛肉干、白斩鸡蘸红油辣子的小摊贩们点的灯笼。这一切，是多么熟悉，多么温馨。董子参觉得，离家仅一天，却像是离开了一个世纪。

而与此同时，一阵凄厉的枪声传进耳鼓。这里离杀人场十二桥很近。他不由悚然一惊。他知道这是国民党特务趁着夜幕遮掩，又在杀人了。可他不知道，跟了他多年的司机李山已经背叛了他；他更不知道，也没有想到，今夜十二桥被杀的人中，就有李山从他家中诱出去被捕的几个共产党人。

这条长廊好长好长。

董子参将军怀着沉重的心情去监狱看望儿子。不，不是看，是蒋介石的屠刀已经架在了儿子颈上，他作为父亲，现在是不顾一切地扑上去救儿子。董重作为共产党要犯，已从最初关押的娘娘庙监狱转移到了戒备森严的市大监。案子也由盛文手上转到了特务头子毛人凤手里。

去劝儿子投降，让他出卖组织换取活命？姑且不说这样做是否有违自己的人格，去对儿子劝降，行吗，儿子会听吗？他在心中一遍一遍地问着自己。不用说，肯定不行！但他已经逼得没有了办法，为了挽救儿子的一条生命，作为父亲，他只得怀着一种极为矛盾痛苦的心情，在年轻狱卒张前明的引领下，低着头，沿着长廊默默地向前走去，走去。向来走路脚下生风、身姿挺得很直的他，今天腰背却有些佝偻。他是明知不可为而为之，不是别的，尽心而已。

长廊两边是一排排的牢房，透过铁栅栏可以看到，每间牢房里都关着四五个人。董重是单独关在长廊尽头的一间小牢房里。

董将军尚不到60岁，身材高大魁梧匀称，平时军容严整，走起路来，橐橐有声，很威风，可在过去几天的时间里，他忽然间垮了萎了，完全变成了另一个人。本来不多的白发，转瞬间满头全白，似乎一夜间浮上了一层寒冷的苦霜。往日一双很有神的眼睛也失去了光彩，整个眼窝都凹了进去……一连串的打击对他来说是太残酷了：儿子被捕。跟他多年、他待之不薄的司机李山卖身求荣，将董重“借”在家中的几个共产党人骗出去杀掉。特别是，当夫人得知儿子从娘娘庙监狱转移到市大监时，痛哭流涕。一急一气间，瞎了眼睛。

现在，他想见儿子，又怕见儿子。董重若是问起曾云飞、徐鸣铮、王万坚等人的情况怎么办？特别是，老蒋已经说明，这是救儿子的最后机会。若儿子拒绝自首，退一步说，拒绝屈服，那么，这次探视就是父子之间的生离死别。正因为如此，他临行前劝住了执意也要来探监的夫人。人世间撕心裂胆的诀别，还是让他单独来承担吧！

“董司令，到了。”张前明这一声，将他从一个昏沉的梦中惊醒。眼前，长廊的尽头是个偌大的院落。四围高墙上架着通电的铁丝网；之间有一个高高矗立的哨楼。哨楼上架着机枪，还有持枪警惕巡视、瞭望的哨兵。晚上，有探照灯不停地扫来扫去，严密地居高临下地监视着整座监狱。正面墙壁上是一面几乎占了整壁的青天白日旗。旗徽两边刷着几行这样的大字：“苦海无边，回头是岸”；“生命宝贵，须认清此时此地”；“忠诚坦白，勿错过最后良机”……

走在前面的张前明“哐啷！”一声打开了一道铁栅栏。董子参眼睛一亮，他看见了儿子。栅栏后面是一间小小的长方形的牢房。房顶的天花板高得吓人。似乎怕犯人自杀，又似乎怕狱卒看不清牢房里犯人的行踪，顶上白天都亮着一盏因电压不足，灯丝红扯扯的电灯。

这时，儿子正神态安详地坐在地板上，背靠栅栏思考着什么。听见栅栏响，他转过身来，看见了爸爸，他一下站起身来。身材魁伟的董重，看着父亲，眼睛中露出惊喜和疑问。

“董重，你爸爸看你来了。”年轻的狱卒张前明说时，董重已走上前来，双手握着铁栅栏，亲切地问：“爸爸，你怎么来了，妈妈呢？”

“董司令，你们谈吧。”知趣的张前明给董子参端来了一把竹椅子，让哀伤不已的董将军坐下说。张前明是一个出身于城市贫民家庭，中学没有结业的学生，为人富有正义感，同情董家父子。就在张前明轻步退出时，小声地对他们父子提醒：“请你们抓紧些。”说着为董家父子掩上了门，隔断了外面的视线。

董将军并没有坐下来，他双手拉着儿子从铁栅中伸出来的手，用从来没有过的慈祥，细细审视着儿子。他发现，儿子瘦了些，但更显精神，目光炯炯。

“重儿，你怎么样？”

“你看我不是很好吗！”为了安慰父亲，董重特意笑了笑。看着突然间变老、身躯也有些微微佝偻的父亲，董重心中难受，说出来的话却是轻松的。

“以往总是没有时间，我现在正好可以学学英语。刚才我正在默背英语单词。”董重说着又若有所思地问，“妈妈怎么没有来？”

“我怕你妈太伤心，所以我没有让她来。”董子参说着颓然坐在了竹椅上，垂着头，久久不语。一切哀伤尽在不言中了。

一切都明白了。儿子隔栏细细端详着一夜之间就衰老了许多的父亲。现在，父亲脸上的每一条皱纹里都写满了忧虑、痛苦甚至恐惧。

“他们找你的麻烦了？”儿子问。

父亲摇了摇头，又点了点头。

“云飞、鸣铮、万坚他们现在哪里，他们还好吧？”

儿子的这一问，像打在父亲身上的枪弹。董子参猝然一惊，随即用双手抱紧了头。

“怎么，出事了？”董重用手抓紧铁栅栏惊问。

父亲不得不一五一十将事情发生的全部经过、结果告诉了儿子。

久久的沉默中，父亲抬起头来，只见儿子浓黑的剑眉紧锁，目视远方。因为极度的气愤，双手把铁栅栏捏得发响，他咬紧牙关，蹦出两个字：“可耻！”牙齿将嘴唇咬出了血。“这就是蒋介石！”董重狠狠地自言自语。

“董重！”父亲像要同谁抢什么似的霍地站起身来，紧紧抓着儿子的手，急切地说，“我要救你出去。”

“是蒋介石逼你来的吗？”儿子讪笑着，“老蒋的要价一定不低？”

“是。”父亲又低下了头，“老蒋为你的事，专门找我去谈话。他要你供出中共成都乃至全川中共地下组织的秘密。”

“哈哈哈！”董重扬声大笑起来，那笑声里充满了蔑视和视死如归的一腔豪情。

“告诉蒋介石！”董重说，“要他死了这条心！”

“重儿，”董子参不无忧伤地看着儿子，声音暗哑，“现在你的案子已交特务头子毛人凤经手，由蒋介石亲自处理。他们限我在三天之内劝你投降，要你供出中共地下党的一切，否则……”说到这里，老泪纵横。

“爸爸，既然你的儿子选定了共产主义作为他为之奋斗终生的事业，就不惜牺牲一切，直至牺牲生命。成都就要解放了，蒋介石政权就要彻底垮台了。儿子我能为这场伟大的斗争而死，死而无憾！”

“重儿，你要知道，你才 27 岁，正是人生最宝贵的时期。你可知道，‘蝼蚁尚且惜身’这话？是的，老蒋的气数是尽了。国民党垮台是早晚的事，但你何必非要把自己的命搭进去？何必如此轻生？何况你与原芳从小青梅竹马，相爱多年。你就能狠心扔下为你哭瞎了眼的母亲？能忍心丢下等了你多年的小芳？”

“爸爸！”董重态度无比坚定，“你不是经常教导我们‘朝闻道，夕死可矣’吗？我何尝不想活下去！可是要我出卖组织，要我当叛徒，不行！”

“那就什么都不说，你只要写张退党声明行不行？”父亲这会儿简直在哀求儿子，“或者你只写张悔过书都行。这样，我可以厚着老脸再去找老蒋，求他刀下留人。等你出来，我们一家人，当然还有小芳，立刻举家出国定居。管他什么国民党、共产党，从此我们一家人不沾政治的边，过安安静静的日子，好不好？”

董重坚定地摇了摇头。

见父亲难过万分，儿子百感交集地说：“爸爸，我小时候，你不是经常给我讲戊戌变法的故事，你不是经常赞扬为变法抛头颅洒热血的谭嗣同，还有我们的四川老乡刘光第吗？你赞扬他们‘我以我血荐轩辕’的精神为变法献身！今天，我们共产党人从事的事业，远比谭嗣同、刘光第等人从事的变法伟大、光荣、崇高！一个崭新的、红彤彤的新中国就要诞生了。我愿在这最黑暗的时分，用自己年轻的生命划出一道绚丽的闪电；在阴霾寒冷的天际，爆发出一声响亮的春雷！爸爸，你应该为你有这样的儿子而高兴而自豪！

“爸爸，儿子知道你最爱我、疼我，对我的期望很大，希望我活下去。但人不是蝼蚁。人有信仰，人有主义，人有是非。为实现人类的理想，儿死不足惜！爸爸！”董重说到这里，看着父亲越发目光炯炯，期望有加，“在这历史关头，儿子希望你顺应时代潮流，尽可能地做些对人民有利的事情。”

董子参见儿子绝无妥协的余地，知事不可挽回，略为沉吟，含泪隔栏问：“原芳处你还有什么要交代的？”

董重返身走到床前，从枕头下拿出一页折好的素笺，从栅栏间递给父亲，“这是我留给她的。”

这时，走廊上响起一阵很急的皮鞋橐橐声，狱卒张前明快步走了进来，来到董子参身边，轻声说：“董司令，我们监狱长请你回去了。”

董子参转过身去，脚步踉跄地朝外走了两步，复又站下，掉过头来，想再看看儿子。董重不忍这场生死诀别，已毅然转过了身去。

张前明走上前来，搀扶着一下就苍老衰弱得不成样子的董子参，轻轻一句，“走吧，董将军！”富有正义感、同情心的年轻狱卒，搀扶着悲痛欲绝的董子参，沿着阴森森的长廊，跌跌绊绊地往回走去、走去。

晨 9 时，委员长的侍卫长俞济时将毛人凤拟定送呈的一份《密裁》名单送到了蒋介石手里。坐在宽大锃亮的写字桌后的蒋介石将名单展开，挨次看下去。密裁总数是 40 人，他一一扫过，最后目光停留在两个人名上：董子参、董重父子。董重是在押的中共川康军事小组组长，直接指挥谋杀他的人，当然是要杀的。令他犹豫的是在职的、他的部下董子参将军。董子参纵子加入共产党，更严重的是，值此戡乱反共决定党国命运的关键时机，他在家竟然窝藏共产党军事干部曾云飞等人，这无异于谋反。要他规劝儿子也无效。他蒋某人宰相肚子里能撑船，过后他让董子参的好朋友李弥将军给他送飞机票去，要他携家飞台。董子参不仅不去，反而将飞台机票撕得粉碎……是可忍，孰不可忍！想到这里，他恨得牙痒痒的，“该杀，娘希匹的！”他在心中狠骂道，从笔架上拿起一支朱笔，在《密裁》名单上批了“照准”二字。想想，又将“董子参”的名字勾出来，批上“不枪毙”三字。并非他突然间发了善心，而是他知道，“哀莫大于心死”。他知道，董子参最爱自己的长子。他要留下董子参，让白发人送黑发人，“杀了儿子留下老子，让老子终生痛苦不得安宁，最后在精神自虐中死去”。他用狼毫小笔在旁批了这些小字，因为气愤，写字的手微微发抖。

难得的冬阳拨开雾纱，照进马蹄形的小院内。董重站在牢房里，隔着栅栏往外望。百来米的水泥空坝上，因为监狱不准犯人再出来放风而显得格外空寂。正面山一般壁立的墙上，新刷了些大标语，诸如：“川西决战必胜”、“戡乱反共救国必胜”、“迷津无边，现在回头尚来得及”，等等。

自父亲走后，这么多天他再也没有能见上别的亲人。他从监狱对他的态度上感到自己的生命最后时刻快来了。原先每天送给他的一份《中央日报》停了，送来的饭菜更是难以下咽……昨天下午，凶神恶煞的绰号“河马”的狱卒值班，给他送来的饭菜中尽是沙子，他提出强烈抗议。“河马”话中有话地讽刺他道：“搞清楚，你现在已不是董大少爷，是死囚犯。你老子已被罢官软禁。你娃娃还这么歪，你娃娃早晚要吃一颗‘花生米’（子弹）……”

想到这里，他突然感到时间的宝贵，转身走到小桌前，拿出狱中要他写“交代”的纸笔，略为沉吟，笔走龙蛇，一气写了三封信。

第一封是写给未婚妻原芳的。

“原芳如晤。自知已到最后时日，为追求光明而流血断头是常事。请勿为我悲。革命胜利后，务希你与志同道合者组织一个幸福美满的家庭。如此，我当含笑九泉。清明时节，若你与家人或同志去扫墓、去追祭我们这些为革命先见马克思的共产党人时，可在我的坟墓上掬一抔泥土，洒几滴清水……”

第二封信是写给引导他走上共产主义道路的共产党人、本家叔叔董民的，“……狱中生活日趋严酷，然最后之考验也，侄信尚能及格。”

第三封信是写给父亲的：“……父亲已离开国民党军队否？幸勿久留。倘有可能减少人民生命财产损失，愿不失时机。能争取在朝大员倒向革命，当为大功德……”

三封信写完，他如释重负。这时，恰好张前明从牢前经过。

“前明，前明。”他手握栅栏，轻轻呼唤。

“有什么事吗？”张前明闻声而来，看着他满脸悲戚。

从张前明的脸色上，他什么都知道了。

“就在今天晚上吗？”他坦然地问。

年轻的狱卒沉痛地点了点头。

“前明，你能帮我带三封家信出去吗？”

张前明想了想，说：“能。”

董重转身取信，张前明警惕地看了看左右。董重隔着铁栅栏迅速将三封信递给了张前明。

“前明，临别之前，我送你一个纪念品。”董重这又取下自己腕上戴的一只金壳英纳格手表，递给张前明。

“董先生，你？”张前明不收。

“这是我的一片心意，你拿着，留个纪念吧！”张前明只好接在手中。隔着铁栏的董重向他摆了摆手，示意张前明赶快离去。

年轻的狱卒还想要说什么，这时长廊尽头传来了橐橐的皮鞋声。张前明只好说一声：“董先生再会！”迅速离去。

这是一个漆黑的夜，伸手不见五指。

“梆梆梆！”高墙外，三更敲过。

“董重，出来！”更声刚落，单独关押董重监房的铁窗外，静夜里传来一声狼一般低沉、凶狠的吆喝。随即，“哐啷！”一声，铁门打开了。董重借着昏黄的灯光看清，站在自己面前的是几个凶神恶煞的持枪宪兵。

两名头戴钢盔的宪兵走上前来给他上手铐时，董重把手一挥，说：“不忙！”吓得两个宪兵往后一退。后面的几个宪兵，赶紧端起上着雪亮刺刀的美式卡宾枪，紧张地瞪起眼睛，如临大敌。

“胆小鬼！”董重鄙屑地一笑，转身脱下他穿在身上的麻灰色卡其中山服，放在床上，再从枕头下翻出他珍藏多日舍不得穿、叠得方方正正、压得整整齐齐的毛衣，这是在他被捕那天原芳亲手送他的手织咖啡色毛衣。他将它郑重地穿在身上。转过身来，对全副武装，如临大敌的宪兵们冷笑一声：“走吧！”

一辆黑色的囚车，借着夜幕掩护，载着戴着手铐的共产党人董重、李子林偷偷摸摸快速开出市区，绕上了逶迤的凤凰山公路。成都近郊的凤凰山本是一个水果之乡、风景胜地。蒋介石到蓉后，这里却成了国民党特务秘密大批杀害共产党人的屠场。

囚车停在了山下。董重、李子林被行刑队押往山上的桃林深处。小径上，林木重重，磷火明灭。这是多么熟悉的地方啊！董重记得，十年前，当他奔赴延安前夕和原芳最后一次来到这里的情景。

那是一个层林尽染、空气清新的春天早晨。雀鸟啁啾、百花吐艳中，他们在桃林中怀着无限的憧憬，声情并茂地朗诵起著名诗人柯仲平的长诗《延安》：

青年，青年，/我问你
延安穿的麻草鞋/延安吃的小米饭/你为什么爱延安
哪怕我们的教室是露天/哪怕我们的板凳是一块砖
为了到延安/我们不怕把脚板走穿……

他们注视着东边天上瑰丽的日出，神思与霞光齐飞。

“站住！”行刑队队长络腮胡阴森森的一声冷喝，打断了董重的遐思。

董重与李子林威严地面对着在他们面前一字排开的宪兵。在他们身后，是无尽的桃林；前面远方，是故乡成都瑟缩在寒夜里的偌大身影。天幕远方有星星点点的灯火，像远海游弋的渔火，像母亲哭红了的眼睛。天幕上寒星闪闪。在夜的剪影中，他们像是两个顶天立地的巨人。

“转过身去！”色厉内荏的络腮胡队长挥着手枪，对董重、李子林喝道。

“明人不做暗事。”董重拍了拍胸脯，看着刽子手们，“共产党人光明正大，我们要看着你们开枪！”

刽子手们颤抖了，端在手中的枪不住摇晃。络腮胡惊慌失措，挥着手枪嘶喝：“注意，瞄准！”

一排黑森森的枪管又举了起来。

面对枪管，面对生于斯长于斯的故土成都，董重竭力睁大眼睛，想透过夜幕看见自己的亲人。山下，遥遥地平线上的成都古城，那星星点点、飘忽游移的灯光，多像同志们进军四川高擎的火把啊！

永别了，同志们！永别了，亲人们！永别了，原芳，我的爱人！

董重不知道，就在原芳得知他被捕的消息后，悲痛欲绝。若不是有党的铁的纪律约束，她立马就要勇闯监狱，她愿同爱人一起牺牲。

“瞄准——开枪！”络腮胡恶狠狠地将大手从下往上一劈。

“啪啪啪！”一串串火舌立刻无情地卷向两位共产党人。

李子林中弹倒下了。

董重踉跄两步，他又站住了。他双目喷火，怒对刽子手们喝道：“在你们的面前，站着的是新中国的儿子。你们不要发抖，朝着这儿！”他用手拍着胸脯，“开枪、开枪吧！”

行刑队发生了混乱。刽子手们完全被董重视死如归、大义凛然的气概吓住了，镇住了。

“一群废物！”络腮胡队长气得走上前去，用皮靴踢着宪兵们，气急败坏地喝令：“开枪！开枪！”

“叭叭叭！”又一排子弹像毒蛇嘴里吐出的火红的蛇信，交织起来，向董重舔去。他踉跄了两步又坚持挺下来。他似乎想再看看故乡和亲人；他更多的似乎是想透过夜幕，看到月前在锦江畔分手的钱毓军，这时的毓军肯定正带领着大邑县游击纵队夜袭蒋介石的命根子新津机场，而且必然大获全胜。这是他的得意之作，也是埋在他心中最后的秘密。

怀着无限的眷恋和期望，他倒下了。他牺牲得很安详很从容。他倒地时竭力向前伸出双手。就像太累了，他投向了大地母亲温柔的怀抱。

第十二章

古色古香的励志社里，上演着闹剧丑剧

新津机场笼罩在冬日的暮霭里。

距成都约 70 华里的新津机场，随着战局的紧张，在蒋介石心目中越发重要，简直就是可以将他从灾难中拔起来的“救生符”。新津机场是抗战中，中美两国费时经年修建的远东规模最大的一个军用飞机场。它从成都附近双流县起，沿川藏线西行，直至新津县五津镇滔滔的岷江畔止。比起成都近郊的凤凰山机场，它虽然在路程上距成都要远一些，但规模大得多，机场设备也齐全得多，可容多架各式各样的重型轰炸机同时起降。月前，为以防万一，蒋介石将他的“美龄号”专机摆在成都凤凰山机场，而将另一架速度更快、设备更好的专机“中美”号摆在新津机场，足见他对这个机场的重视。

机场所在地五津镇，又称旧县，是新津以往的县城，也是川藏公路必经之地，有山有水，风光旖旎而雄浑。新津本是川西平原上最为富饶、风景最有特色的地方。广袤的良田沃野上，九条河流贯穿其间；而五津镇与新津县城间有三条大河相隔。多少年来，车马行人来到五津，若继续前行，都得在这里下车，耐心地候船逐河过去。逢到涨水季节，三条大河纷纷将相隔其间、杨柳青青的一大片一大片沙坞深深浅浅地淹没，在五津镇的下游，形成一片汪洋泽国。夕阳时分，一轮红日，悬挂在一片汪洋对岸那座金瓶似从水中矗立、苍翠欲滴的宝资山和山巅上的那座古色古香的八角亭上。落日倒映在一片汪洋上，波光粼粼地闪动着五彩斑斓。“烽烟望五津”、“走遍天下渡，难过新津渡”，就是对这里真实的写照。

抗战期间，因为有五津机场在侧，五津镇呈现出一派畸形的繁华。傍江的一条狭长的二三华里的长街两旁，店铺鳞次栉比。旅店、茶馆和酒馆生意红火，特别引人注目的是长街中段有棵千年古榕，虬枝盘杂，像把绿色巨伞高擎云天，周年四季郁郁葱葱。这株千年古榕是五津的标志。

一道长长的铁丝网将机场与五津镇分隔开来。这道一直延伸到岷江畔的铁丝网，等距离排列着一个个高高的塔楼，塔楼上架着机枪。机场尽头的岷江畔，是一个个很不起眼的毒蘑菇似的暗堡。机场中停机坪上，整齐地排列着上百架各种各样的军用飞机。机场由胡宗南李文兵团二十七军整整一个团守卫。

就在董重牺牲这天，当暮霭四合，机场远方的牧马山渐渐隐去时，距新津县城五六里地，耸立在南河边上黑森森的老君山纯阳观里，三清殿上灯火通明。钱毓军同大邑县游击纵队司令周明耀趴在案上，正聚精会神研究“五津机场示意图”。其实，夜袭五津机场的计划已非常周密，而临战前夕，他们生怕有什么闪失。

山门外，猛虎队的队员们个个精神抖擞。他们身穿紧身窄袖的黑色棉衣棉裤，腰上皮带刹紧、皮带上斜插着大张着机头的20响驳壳枪，小声议论着什么，个个摩拳擦掌。一看就知是支善于近战夜战的精锐之师。

“毓军，你是个书生，我看你就不要参加这次夜袭五津机场的战斗了。”确信即将打响的战斗没有丝毫破绽后，周明耀看着外貌酷似周恩来的他，不无关切地劝道：“你就留守在老君山上，等我们的好消息！”

“我就不信百无一用是书生！”钱毓军却不依，“我是本地人，对机场周围的地理地势比你们熟悉。这个机场我闭着眼睛都可以摸进摸出，不让我去我不放心。”

“好吧！”周司令略为思索，慨然同意，“那你必须答应我一个条件。”

“说。”

“你必须自始至终都同我在一起。”

“好吧！”钱毓军无可奈何地一笑。于是，周司令果断地下了出发命令。

夜半时分，冬夜的山道上，悄然无声地行进着分成五个组的猛虎队，每个组都配备有一门迫击炮和百步穿杨的神枪手。

猛虎队神不知鬼不觉地一阵风似的来到南河边上，乘上多只早已隐藏等候在河边树林阴影中的“双飞燕”小船，分头以夜间打鱼船的姿态陆续驶到对岸，悄悄梭进长满芦苇和杂草的河滩；再舍舟登陆，潜进机场，按计划进入阵地。

偌大的机场已经沉睡，唯有两个塔台上的探照灯很讨厌地扫来晃去，白亮亮的，像魔鬼似的一双双眼睛，所过之处，将一切照得透明。周司令将张翔、王勇两个队长招到身边，指着20米外的两个小山丘，小声说：“张队长带着你的小队迂回到左边，利用地形掩护突然开火，打掉两个探照灯，再用机枪猛射，吸引敌人火力。”

看张队长频频点头，周司令又对伏在身边的王勇说：“与此同时，王队长你集中所有的迫击炮猛砸敌人的飞机。总之，给敌人一个措手不及，尽量多打飞机。注意！”周司令看了看腕上的夜光表，“现在是子时，让我们对对表。从战斗打响，我们务必在五分钟内结束战斗，分头撤退，乘船沿路返回。”交代完后，目光炯炯地看看两位队长：“有问题吗？”

“没有问题。”精明强干的两位队长回答得斩钉截铁。

周司令命令：“行动开始。”

第一次参加实战的钱毓军忍着心跳，伏在周司令身边，睁大眼睛，不无紧张地注视着这一切。身边的芦苇丛里发出一阵轻微的声响后，张、王两位队长带着同志们像驾了地遁似的不见了踪影，一切又归于平静。

突然，在右前方一个不高的山丘后面，“砰！砰！”响起两声清脆的枪声。顷刻间，两盏贼晃晃的探照灯被打瞎了。机场上顿时一片黑暗。

短暂的沉默之后，“呜——呜——呜！”敌人拉响了警报，几个暗堡里的机枪开始胡乱开枪扫射。

因为摸不清虚实，在突击队东一枪、西一枪的引逗下，出动的敌人中计了。他们互相间进行了激烈的枪战。嗤嗤的子弹在夜空中交织，划出道道密集的、红红绿绿的弹道。

“咚！咚！咚！”王队长趁着这番混乱，指挥着他的五门迫击炮同时开火，将暴风骤雨般的炮火狠狠地砸向敌人的机群。

“轰！轰！轰！”敌机一架架被击中，起火、燃烧、爆炸。巨大的声响中，火光映红了漆黑的天幕。

这时，被打懵的敌人才清醒过来，出动了坦克，向游击队方向压了过来，并开始组队冲锋。可是，敌人又被他们拉起的铁丝网阻拦了，当敌人的坦克车、装甲车好不容易辗断铁丝网，跟在坦克、装甲车后的胡宗南军队气势汹汹冲到河边时，哪里还有偷袭者的影子！胡宗南部队重兵把守的五津机场损失惨重。

清晨。成都商业街那古色古香、檐角飞翘，具有明清建筑特色的励志社沐浴在朝晖里。

当一缕有气无力的冬阳刚刚把楼上的檐角风铃和怪兽照亮时，一大群人已经簇拥在“中央疏散委员会”大门前闹闹嚷嚷。

“阎院长呢？说是今天发给我飞台湾的机票，可是现在连人影也没有一个？我要去见阎院长！你们凭什么不放我进去？我从东北一路流亡到这里，难道阎院长说话不算话，要让我给共产党逮去吗？”黑压压一群要机票的大员中，一个东北口音的官员，火气很大地质问守门的卫兵。

场面混乱。守在门外的两名手持卡宾枪、头戴船形帽的胡宗南部卫兵，用枪竭力推搡着想挤进门去的大员们。

“阎院长不在。”卫兵竭力解释着，“今天没有飞台湾的飞机……”

被挡在门外心急火燎的大员们一听这解释就更火了，纷纷质问：

“阎院长说好了让我们今天来拿飞机票的，怎么又变卦了？”

“等等等？要等到民国幺年吗？难道非要把我们困在这里，让共产党把我们都抓去才安逸吗？”

“没有飞机？她孔二小姐却是连狗都要坐专机！难道我们这些为党国卖了一辈子命的人，连狗都不如？”……

被卫兵挡在门外、急欲飞台的大员们越说越气愤，越说越激动，越说越难听。代人受过的卫兵哪能回答这些质问，他们只能竭尽所能地将大员们堵在门外。

其实，行政院长阎锡山这时哪里也没去，他就躲在“中央疏散委员会”里他的办公室内。外面的喧嚷、责骂他听得一清二楚。但是，他也没有办法，没有飞机。他焦躁地在地板上踱步，他考虑：是这样躲在办公室里，还是出去向怒不可遏的大员们做一些解释？一时拿不定主意。原想找两个恶煞把门，先挡过这一阵再说。可看这阵势，躲也不是办法！并不是他有心变卦，而是事情有变化。

昨天深夜，得知新津机场遭袭，损失多架飞台湾的飞机后，他顿时一骨碌从床上坐起，吓出了一身冷汗。就在这时，委员长的电话来了，要他立刻赶去。

他赶到蒋介石的新驻地南跃去的公馆，走进楼上委员长的那间小客厅，蒋介石已经等在那里了。蒋介石披了一件麻格麻格的睡衣，坐在办公桌前，声色俱厉地打电话，询问、训斥新津机场守卫司令。他在一边听清了，新津机场的50架美制重型运输机，被中共地下武装炸毁了七八架；好在躲在暗堡里的“中美”号专机毫发无损……感觉得出来，电话中，机场守卫司令大倒苦水，他大大渲染了中共地下武装的力量，借以推脱自己的罪责。但委员长根本不听，怒不可遏。最后，电话中，委员长厉声命令守卫司令：“你们要以此为戒。加强巡逻，加强守卫，再出类似事件，格杀勿论！唔！”委员长放下电话，对他的到来，似乎视而不见，将电话又打给了胡宗南。他要胡宗南再从李文兵团中抽出一个团的精锐，星夜驰援五津机场，加强守卫。也许胡宗南由于兵力不敷，在电话中叫苦，蒋介石扬起嗓门说：“你的困难我是知道的。不过，宗南你要记住，你是黄埔同学中现在唯一被提拔为上将的，你要为党国多挑挑重担。嗯！不要辜负我对你的信任。五津机场实乃当前我咽喉要地。你必须向那里增兵，做到万无一失，嗯！”胡宗南终于做了让步，答应了。委员长这才放下电话，坐在沙发上长长地吁了口气。

“阎院长，新津机场发生的事，想来你都知道了？”蒋介石这才掉过头来，看着隔几而坐的阎锡山问。

“知道了，知道了，很是不幸。”阎锡山连连点头，态度显得很谦恭。一段时间以来，他一个堂堂的行政院长，现在简直就成了蒋介石手中的摆设，现在他的任务，一是给大员们发放飞往台湾的飞机票；二是安排装贵重东西飞往台湾的飞机，这是首要的。而该给哪些人发飞机票？往往也得由蒋介石说了算。

“阎院长，我请你来，是想问问疏散委员会的工作有没有什么问题？”蒋介石问时，注意打量了一下历史上这个变色龙一样的“山西土皇帝”、“阎老西”。被外间广泛称为“山西土皇帝”、“阎老西”的阎锡山，这时手上已经完全没有了实力，没有了地盘。所以“土皇帝”这个称号已是昨日黄花，而“阎老西”却是名副其实。他还是一副始终不改的老样子，老土。尹昌衡当年就嫌他土。这个冬天，他身着黑色棉袍，脚蹬一双牛鼻子黑棉鞋，头戴一顶博士呢帽，说一口很土的太行山家乡话，发音重浊。

“阎老西”一听蒋介石这样问，就知道他不放心的是什么。

“委员长请放心。”阎锡山说，“我保证每天飞台的飞机 100 架次，保证重要物资、人员运台。而且速度还在加快。不过……”说到此，阎锡山像是舞台上一个技艺纯青的老演员，皱了皱他那副又粗又黑的眉。于是，一副勉为其难、勇担重挑的意味就尽在其中了。蒋介石以为他要说给哪些人发放飞台湾的飞机票是个大问题，不意他说：“燃料现在是大问题！昨晚，空军总司令周至柔打来电话说，原先美国人答应给我们的 800 吨汽油，人家不给了。”

“嗯，有这样的事？”蒋介石神情显出紧张。不过，很快又镇静了下来：“这样！”蒋介石站起来踱了两步，转身吩咐行政院长，“这个情况，要绝对保密。你手中的运力要首先保证运台金融和对中央要员的安排。其余的暂缓安排，嗯！”

“可是，”阎锡山面有难色，“好些被一再推迟飞台的大员简直要同我拼命了。”说着，他把连日来在“疏散委员会”发生的事作了报告。

蒋介石想了一下，说：“设法再顶一下。我知道你很为难！”说着抬起头来看着阎锡山叮嘱道：“你要抓紧！待金银货币、战略物资等空运台湾一完，你就先同陈立夫等人飞台湾吧！”

这正是阎锡山希望的。

“好好好！”他连连点头，“请委员长放心！疏散委员会那边，能多顶一天是一天！”他心中顿时敞亮了许多。

阎锡山知道没有自己什么事了，刚想告辞，蒋经国匆匆进门，见到“阎老西”，点了一下头，赶忙向父亲报告：“关吉玉马上就到。”关吉玉是现任财政部长兼中央银行行长。

“唔。”蒋介石看了一眼阎锡山，“等关行长来了，你同他好好商量一下金融空运台湾的事。”

关吉玉进来了，向蒋介石鞠了一个躬，向蒋经国、阎院长问了好，一副怕兮兮的样子。

“唔。”蒋介石冷着脸，鼻子里哼了一声。

蒋经国指了指斜对面的沙发：“关部长，你坐。”

关吉玉这才坐了下来，一双眼睛透过眼镜片偷偷打量了一下委员长的神情。见蒋介石一脸冷霜，他心中一紧。

“关部长！”委员长看也不看关吉玉，责问道：“你还记得重庆方面金融疏散失败的教训吗？”

关吉玉针扎似的一抖，想解释又一忍。关吉玉这里想说的是，当时，因为消息来得太迟，财政部撤退仓促。中央银行寄存于白市驿机场，待运台湾的 118 箱银元全部陷于解放军之手，银元总数 236000 元，还有好些损失。

蒋经国在一边看不过去，说了句公道话：“这事也不该怪关部长，那是因为飞机没有按时到达白市驿机场。”

关吉玉感激地看着蒋经国，眼镜后面泪水涔涔。

“嗯，是吗？”蒋介石头一昂，“那么，那些装银元的飞机到哪去了？”

蒋经国很不满地说：“还不是被有的不顾大局的人，弄去运自己的家产到台湾去了。”

“谁？”蒋介石问时若有所悟，声调顿时放低了，神情也不似刚才那样钢筋火溅的了。

蒋经国一脸鄙屑地、无可奈何地摇了摇头。他也不愿意当着外人的面，把自己家族中人，在这国难当头做的丑事亮出来。这其中，不仅有孔二小姐的狗坐专机，如果追究起来，连继母宋美龄也脱不了干系。“家丑不可外扬”，说出来，父亲会难堪的。

蒋介石什么都明白了。不过，他还是装出一副清正廉明的样子，骂道：“党国的事，坏就坏在这批混账王八蛋身上，娘希匹的！”蒋介石操起他那有名的国骂，说着霍地站起身来，吩咐关吉玉：“关部长！你务必想方设法，在本周之内，将所有在成都的金银空运台湾。有问题及时向阎院长请示。嗯！再发生重庆白市驿机场上类似的问题，我拿你是问！嗯？”

“是。”关吉玉应声起立，大有戴罪立功的意思。

不用说，阎锡山看出了蒋介石是故意在自己面前上演“敲山震虎”一出。

“委员长，我告辞了。”关吉玉一走，阎锡山隐忍着不快，拿起博士帽，也站起身来。

“好好好。”蒋介石这会儿满脸带笑，很客气地站起身来，并吩咐儿子：“经国，你代我送送阎院长。”

这会儿，疏散委员会门外的吵嚷声越来越激烈。

“你放我进去！”是一个暴躁的南方口音，“我要去找阎院长说理，他再不给我飞机票，老子今天干脆就撞死在这里！”接着，门外发生了抓扯。躲在里面的阎锡山知道，门外和卫兵动起手来的是一位老资格的国大代表，双手沾有共产党人的鲜血。可能那位老迈的国大代表不是卫兵的对手吃了亏，竟扯开嗓子大声哭骂起来：“这么些年来，我离乡背井，妻离子散。阎锡山亲自答应过我，给我飞机票。可好，现在不仅不给我票，连人影都见不着了。那些乌龟王八蛋一个二个都飞走了。有些人连狗都要坐专机。我们就不是人？我们就该在成都被共产党抓活的？被共产党抓去枪毙？”

那国大代表这一说，门外越是群情激愤。人们骂得也越来越不成体统。看来，这个样子躲下去也不是个办法。素来有急智的“阎老西”这就干脆步出大门，人群一下安静了下来。

“诸位！”阎锡山做出一副很忠厚、说话算话的样子，信誓旦旦地向大家保证：“告诉大家一个好消息，从今天起，我们增加了飞台湾的架次：保证每天飞 200 个架次。飞机来往于成都、台湾、昆明、西昌之间。我保证诸位在本周之内都可以飞到台湾去。”

但被“阎老西”哄怕了的大员们不依，纷纷提出质问：

“阎院长，你总是答应我下星期飞台。”阶沿下的一个东北人首先揭底：“可是至今没有给我机票，总是不兑现，我心中现在也没有底！”

“阎院长，你可是堂堂的行政院长啊，说话可得算数哟！”

“阎院长，昨夜新津机场不是被中共地下武装袭击了吗，听说损失了好多架飞机，你说让我们飞台湾，有飞机吗？”……

“肃静、肃静，不要听信谣言，谁说新津机场遭袭，根本没有这事！”阎锡山鸭子似的翘起屁股，拍了拍手，他现在最怕这个消息透露出去，所以矢口否认。他大声说：“之所以请大家宽限两天，是因为委员长有令，这两天要集中运力，将一些重要金融物资赶运台湾……”他在将大员们的愤怒转移到蒋介石身上的同时，为不失身份，以攻为守，抖起威风，向眼巴巴盼着他发放机票的大员们训诫起来：“现在不是党国末日。大家对戡乱救国要有信心。大家对委员长亲自制定的川西决战要有信心。四川这个天府之国是党国的福地。抗战时期，我们就是凭着四川取之不尽、用之不竭的人力物力打败了日本。今天，我们手中的中央军加上地方部队，少说也有百万。国际上，我们还有包括美国在内的强有力的援助。我们完全有能力同共党共军周旋到底……”站在阶沿下，黑压压一片的大员们对阎锡山这番空泛的政治说教不耐烦了。有人打断了阎锡山的话，揪着他问：“阎院长，我们都是经过政府审查、有资格坐飞机去台湾的人，请你明确告诉我们飞台的确切日期，什么时候给我们飞机票？”

这一“将军”，阶下的大员们都拍着巴掌叫好。阎锡山心中一紧，看着站在阶沿下这些急红了眼睛的大员们，他明白，自己今天说不好就走不脱。略为思索，他高高举起一根手指，大声说：“本院长负责地告诉大家，一个星期，一个星期，我保证让大家都走。”

“那？”苦等机票的人们也没法，只好追问一句，“我们什么时候来领机票？”大员们十万个不放心。

“后天。”阎锡山脱口而出，“星期三上午 10 时。”

见行政院长一副这次就要兑现的样子，苦等机票的大员们见好就收。人，陆续散了。站在中央疏散委员会大牌子前面的行政院长阎锡山，看着这一群离去的可怜虫们，心中也着实不忍。他不禁暗自唏嘘，后天，等你们再来这里找我时，我“阎老西”早已飞过茫茫的台湾海峡，落脚在风景秀丽、椰林婆娑的台北草山官邸了。我不是存心要哄骗你们，我是救不了你们。我在这里说假话，也实在是没有办法的办法啊！

第十三章

借招兵，地下党将计就计

上午 10 时。成都中央军校黄埔楼二楼会议厅里，蒋介石正在召开一个重要的军事会议。

会场气氛特别肃穆。主席台正面墙壁上，交叉悬挂着国民党党旗和国旗。一看坐在长条桌上首的蒋介石的打扮、神情，就觉得会有什么不同寻常的事要发生。他今天戎装笔挺，神情冷峻。瘦高的身上穿一套黄呢军服，佩特级上将衔赤金肩章和领章，武装带上斜挎中正剑，亮着光头，身姿挺直。铺着雪白桌布的长条桌两边，分别坐着行政院长阎锡山，国防部参谋总长兼西南行政长官公署长官顾祝同，统率着 20 多万国民党精锐部队的西南长官公署副长官胡宗南，四川省政府主席兼四川省军区司令、四川省反共救国自卫军总司令王陵基，西南军政长官公署副长官兼川陕绥靖公署代主任杨森；还有蒋经国、张群、钱大钧、萧毅肃、毛人凤和胡宗南的亲信，第三军军长兼成都防卫司令盛文等要员。

蒋介石用他那双锐利的鹰眼，逐一对每个参会者作了一番扫视后，轻轻咳了一声，他要顾祝同简要介绍一下目前日趋紧张严峻的形势。目前的情况很清楚，解放军二野，刘（伯承）、邓（小平）大军，以势不可当、雷霆万钧之力，一举突破了秦岭胡宗南部阻击后，兵分两路，从川东和贵州入川，其主力已突至川中隆昌一线。北线的共军十八兵团在贺龙指挥下，已从陕南南下入川，到了川北……顾祝同作了简要介绍后，大家都把目光转向坐在上首的蒋介石，等着他拿主意。不用说，共军兵分南北两路，如一只张开的巨大铁钳向成都夹来，形势万分危急。

“值此党国命运生死攸关之际。”蒋介石说，“其实，共军并不可怕，可怕的是我们自己。嗯！有人对川西决战持怀疑态度！嗯？现在摆在我们面前的无非是两条路：战，还是退？我们必须统一思想，决不可首鼠两端。首鼠两端是必败之道。如何看待当前局势？战，还是退？希在座诸位发言，我们首先要统一思想，嗯！”

话刚落音，军容严整的胡宗南霍地站起身来发言。

“我以为。”胡宗南说得激昂慷慨，毫不隐讳他的观点，“成都地处四川盆地腹心地带，四周无险可守。而共军来势汹汹，且兵力数倍于我。我不宜与共军在此时此地进行决战，而应该避其锋芒，保存有生力量。现在应该放弃成都，将我主力部队徐徐撤往西康省境内。依据那里险峻重叠的山峦、湍急的河流，对胆敢跟进的共军作迭次打击。”胡宗南为加强说话的语气和效果，打着手势：“同时以西昌为据点，同共军周旋。实在迫不得已，我全军分别经云南、西藏退到印度、缅甸境内……”

看来，胡宗南的意见是经过深思熟虑的，在座的文武大员们交头接耳，悄悄议论。

“墨三！”委员长看胡宗南发言后，半天没有人说话，他叫着顾祝同的号，脸上显出不快，因为胡宗南的意见同他的“川西决战”战略决策大相径庭。他用期待的目光看定顾祝同：“墨三，你的意见呢？”

顾祝同应声霍地站了起来。身材瘦瘦，条脸窄窄，唯一双眼睛有神的顾祝同，跟着蒋介石几十年，因当年策划、指挥“皖南事变”而一举成名。现在，他早已失去“皖南事变”后的得意，满脸的憔悴和晦气。宦海沉浮几十年的他，当然知道委员长想他说些什么，于是，他用自己的语言去阐述委员长的高见。

“宗南兄的见解当然是有道理的。”顾祝同对胡宗南先扬后抑，“目前共军数倍于我，且对我形成了钳形攻势，局势确如宗南兄所言，是严峻的。但是，宗南兄忽略了很重要的两点，这就是：一、士气！我军经金门、彭水大捷后，士气大增，军心可用。二、这是更重要的，目前，国际上的反共盟友都在看着我们、支持我们。如果我们能在委员长的领导下，审时度势，取得川西决战的大胜，这样，我们就对自由世界反共做出了巨大贡献。国际上的反共盟友，尤其是美国人就会加大援助我们的力度。”顾祝同发现，委员长听了他这些话，铁板似的脸上露出嘉许的笑意。顾祝同心领神会，接着阐述下去：“因此，川西决战不能不打。而且，我们也有打赢这仗的能力，我们应该有这个信心。我们目前尚有相当的实力。在北线，我们有杨（森）长官的二十军，罗（广文）长官的十五兵团。郭汝瑰的二十二兵团三个军，这是我黄埔之花，沿乌江、长江一线布防、扼守，是成都一道铁的屏障。胡长官手中更有 20 多万精锐之师，加上王（陵基）主席的地方部队，我有百万可战之师。这还没有加上我们的空军、海军和刘文辉的二十四军、邓锡侯的九十五军。”说到这里，顾祝同把胸一挺，做出一副很勇壮的样子：“值此川西决战关键时刻，祝同以为，我们决不可对委座制定的川西决战方略有任何怀疑，而应当精诚团结，服膺于委座的英明领导，振武扬威，给来犯共军以迎头痛击，取得川西决战大胜可以预期！”

顾祝同这番话，把蒋介石的意思表述得淋漓尽致。他的话说完了，坐了下去。蒋介石笑着点点头，问在座的还有什么说的，没有人应声。这个场合，谁还能说什么，敢说什么？谁都不愿去自讨没趣。

于是，蒋介石当即宣布：“大战在即。从此以后，不准有人再言撤退，以免动摇军心。嗯！要全力以赴，树立信心，准备迎接川西决战！”

“是！”蒋介石话音刚落，座上大员们全都站了起来，回应得铿锵有声。

“顾长官！”蒋介石开始点将。

“有。”顾祝同将胸脯一挺。

“胡长官！”

“有。”胡宗南挺胸收腹，凝神屏息，目不斜视。

“由你们二人立即组成川西决战指挥部，顾长官为正，胡长官为副，统率所有的作战部队。”蒋介石一说一顿，“并以川西决战指挥部名义，通知刘文辉、邓锡侯，让他们到川西决战指挥部联合办公，听从你们的指挥！”

“是！”两位将军齐声回答，目视前方；一副遵从委员长命令万死不辞、赴汤蹈火的样子。蒋介石招招手，让二人坐下。

“王主席！”蒋介石这就掉过头去看定王陵基，脸色变得很温和，“值此艰危时期，我将你从江西省主席职上调回四川主政。”蒋介石对王陵基赞誉有加：“王主席上任以来，殚精竭虑，成绩彪炳，有目共睹，党国不会忘记你的功勋……”他这是说给在座的大员们听的，委员长毫不掩饰他对“王灵官”王陵基的嘉许。

确实，王陵基回川上任伊始，即派民工上万，自带粮草赶赴大巴山防线，为宋希濂部修筑工事。接着，又在川西、川北两地强征民工 2 万，组成“铁肩队”，为胡宗南部赶运粮食、武器，昼夜穿行于险峻的金牛道上。1949 年，川省大旱，不少地方闹饥荒。王陵基却不顾川人死活，强征军粮 900 万石、“借粮”900 万石，创下四川有史以来征粮最高数额……并以铁血手段，残酷镇压中共地下党组织。1948 年 4 月 9 日，他下令军警开枪镇压成都数万学生举行的“要民主、要自由、争温饱”的示威游行，造成了震惊全国、血染街巷的“四九”惨案……这样一来，王陵基成了共产党解放军要通缉的国民党战犯。

“王主席！”蒋介石对王陵基说，“你是四川人，你对川西决战最有发言权。对此，不知你是何看法？”

王陵基心领神会，立即响应。

“报告委员长！”王陵基站起来，他说一口乡音浓郁的乐山话，“不要说我们现在手中还有数十万美式装备的中央军，仅属下的四川省自卫军在短时间内就发展到了 22 万人，还在迅速扩大。可见人心所向。我们四川省自卫军正在加紧训练，很快就可以独当一面……”眉重眼深人瘦、着西装戴博士帽的王陵基说着当众大包大揽：“请委员长放心。我王方舟保证竭天府之国的人力物力，在委座英明领导下，以期川西决战全胜！我对委座亲自指挥的川西决战有百分之百的信心！”

“好、好！”蒋介石脸上露出了难得的笑容，见无人再发言，蒋介石宣布散会。一场决定国民党未来命运的重要会议，就这样在蒋介石的导演下，草草收场了。

会后，蒋介石专门留下胡宗南、王陵基同他共进午餐。最近一段时间，他经常让胡宗南、王陵基同他一起共进午餐。这是一种暗示，也是一种嘉许。人所共知，胡、王二人，一武一文，现在是蒋介石最为倚重的左臂右膀。

蒋经国在旁作陪。

菜很快就上齐了，是八色川菜，另加四个冷盘。蒋介石居上首，三人各据一方。因蒋介石不饮酒，四人便以饮料代酒。看来委员长今天兴致不错，他竟笑着对王陵基夸起了川菜：

“王主席！”委员长说，“你们的川菜天下闻名。西晋左思在《蜀都赋》中就有‘金垒中坐，肴隔四陈，觞以清酊，鲜以紫鳞’的精彩描述。南宋大诗人陆游自蜀返浙后，更是在《思蜀》诗中吟叹道：‘老子馋堪笑。珍盘忆少城。流匙抄薏饭，加糁嗓巢羹’……可见，川菜在历史上的地位。今天，在座的除你是四川人，我们三人都是浙江人，就是你们说的下江人。可我们同你王主席一样，都爱吃川菜。”

蒋介石这番话是话中有话，让王陵基受宠若惊。他品出委员长这番话中竟有一丝讨好的意味，赶紧接过话头恭维：“委员长如此博学，记忆力如此之好，实在是党国的幸事。由此足见，委员长虑事细致周密过人，如水银泻地。委员长制定、指挥的川西决战必获全胜！”

“来！”胡宗南不愿再提川西决战，率先举杯，“为委座的健康干杯！”

“咣！”四个杯子相碰，溅起高高的水花。他们一饮而尽。

蒋介石这就用手中的牙骨筷子，夹起一块脆皮鸭子，细细吃时，面带微笑，问了王陵基一句：“王主席，刚才我在会上见你同张岳军绷起一副脸，互不理睬。你们都是四川人，这又是为何呢？”

王陵基暗暗佩服蒋介石心细，观察事物目光敏锐。

王陵基不由叹了口气，顺势说起张群的坏话："委座是知道的，四川问题本来就多，历史上就有'天下未乱蜀先乱，天下已治蜀后治'之说。既然委座问起，我就直说了。自张群年前接替朱绍良，主管西南军政后，这个'华阳相国'当起了到处都不得罪人的'高级泥水匠'。殊不知这样一来，问题更多。委座调我入川主政以来，张岳军因为处处维护同中央离心离德的刘文辉、邓锡侯、潘文华等人，他们联成一气，处处掣肘我，处处同我作对。之中苦处，一言难尽！"王陵基说到这里，显得有些激动，涨红了脸，摇摇头，一副很受委屈、苦不堪言的样子。

"总之！"王陵基想了想，一句话归总，"我对这位专门和稀泥的'华阳相国'的所作所为实在不敢恭维。"

蒋介石对王陵基说的这番话没有什么表示，只是点了点头。

"胡长官！"蒋介石掉头又问胡宗南，"我听说刘文辉、邓锡侯不肯出来参加川西决战？不肯出来同你们共事，有这回事没有？"

"这个，他们倒没有明说，只是一再强调他们有病。"

"有病就医。"蒋介石冷然一笑，马起脸说，"我看他们是心病。"想了想，他掉头看着王陵基："方舟，我看还得劳你这个四川省主席的大驾去请刘、邓出山，还有那个潘文华，你也可以替我去看一看。"

"刘、邓、潘对我恨之入骨。"王陵基显得很有些碍难，"我去请他们出山，很可能会弄巧成拙。不如让张岳军去请吧，他们好得简直就是穿一条裤子。"

"不！"不意蒋介石断然道，"别的人去，我不放心。我想请你去，是想请你去探探这几个人究竟在打什么主意，你去我才放心，嗯！"

王陵基看出了委员长对他的器重。

"好吧！"有委员长的高帽子往头上一戴，王陵基顿时心花怒放，他爽快地答应了下来。

成都中央军校校长张耀明奉命来到黄埔楼晋见委员长。

"坐。"蒋介石指了指对面的沙发，他今天显得很客气。

身着中将高领军服的张耀明面对委员长正襟危坐，他在用心揣度委员长召他来的用意。

“张校长。”蒋介石看着张耀明慢腾腾地问：“军校现在共有师生多少人？”

“报告委座！”张耀明将胸一挺，“共有万余人。”

“对即将展开的川西决战，师生们情绪如何？”

“全校师生斗志高昂，纷纷表示要在川西决战中振武扬威，痛歼来犯共军。”

“好。”蒋介石听到张耀明这番豪言壮语十分高兴。他说：“中央军校及它的前身黄埔军校，在党国的历史上功勋卓著。不过……”蒋介石略为思索：“你手中的一万人马现在不要动，他们都是党国的精华。我不要他们参加川西决战，我准备让你带着他们开往西昌，在那里开辟第二条战线，嗯？”张耀明心中清楚，蒋介石的如意算盘是，成都丢失后，欲借大小凉山与共军周旋。

“是。”张耀明回答得很干脆，他巴不得现在就赶紧退到西昌去，退得离即将开战的成都尽可能远一些。不过，他没有将心中的高兴表露在脸上。

“不过，这个秘密你务必不要透露出去。”蒋介石嘱咐道，“什么时候出发，听我的命令。”

“是。”张耀明又是胸脯一挺。

“现在，我交你一个新的任务。”蒋介石说得字斟句酌，“因为情况需要，军校 24 期现在就提前招生并招考第 17 期军官训练班。”

“共招多少人？”张耀明问。至此他才明白，他刚才的高兴不过是“镜中看花，水里捞月”。“校长”找他来的真正目的是要他去搜罗炮灰。

果然“校长”来了个狮子大开口：“人招得越多越好。”

张耀明不由心中暗暗叫苦，在这蒋家王朝面临灭顶之灾的时候，有多少人还愿来穿这身“二尺五”的黄军服，甘做殉葬品？

但他照样爽快地回答：“是。”

蒋介石立马追风：“你马上去拟个招生广告，一个小时后送我过目。”

“是。”就在张耀明起身要走时，蒋介石亮了底，说：“非常时期，条件尽可放宽些。尽量招收优秀青年进军校，抓紧时间施以严格训练，为国军培养基层干部。若思想纯正者、抗战剿匪有功者或是曾任军士两年以上者，都可以不经考试，由地方保送……”

就在张耀明接受任务去后几小时，成都的大街小巷就贴满了军校的招生广告。《中央日报》等报也奉命刊出了军校招生广告，可是，自动上钩者仅寥寥几人。

蒋介石在失望之余，为缓解正面作战正规部队的严重不足，打起了王陵基的成都自卫队的主意。他找来王陵基，要他将这方面的情况作个详细汇报。

王陵基如数家珍，成都自卫队现有三万余人，正在作系统训练。

“队长是谁？”蒋介石问得很细。

“部队长是成都市长冷寅东兼的，实际负责的是副总队长乔曾希。”

王陵基注意到，委员长听到冷寅东的名字时，皱了皱眉。这是可以理解的，冷寅东原是刘文辉的大将，而委座对刘文辉一直心存疑虑。

“乔曾希？”见委员长口中念着乔曾希，王陵基赶紧补充：“乔曾希是我们自己人，他是校长的学生，黄埔军校12期毕业生。”

“他同冷寅东关系如何？”蒋介石不放心地又问。

“貌合神离。”王陵基明白委座心中的担心，因此他再三声明，“实权掌在乔曾希手上，我不过让冷寅东挂了个名。”

“嗯！”蒋介石这才点了点头，脸上始露出些笑意。看来蒋介石对这支成都自卫总队相当有兴趣，想了想，他要侍卫长俞济时立即通知冷寅东、乔曾希来见。

冷寅东、乔曾希二人并排坐在蒋介石对面。可是，蒋介石却有意将成都市市长兼成都自卫总队队长冷寅东冷在一边，而很专注地打量起乔曾希这个毕业于黄埔军校的学生。乔曾希是个长得很威风的中年汉子，个子不高但结实匀称，穿一身合体的军装，佩中校军衔。他虽退役多年，坐得端端正正，人很精神。

“乔队长在黄埔军校毕业后，在哪个部队任职？”蒋介石问。

“学生毕业后，服役于邓锡侯的九十五军，曾出川抗日，历任连长、参谋、营长、团长……”

“啊，就是抗战期间的四十五军？”蒋介石抠得很细。

“是。”

乔曾希是个聪明人。他知道蒋介石向来讨厌邓锡侯、刘文辉，赶紧说：“抗战胜利后，部下本来可以升官的，可是我主动回川，解甲归田了。”

“是什么原因呢？”

“思乡了，不想打仗了。”

“啊！”蒋介石又问，“既然乔队长本来已厌倦战争归山，为何现在又肯出山，担任军职反共呢？”

看蒋介石对自己不放心，乔曾希做出一副激昂慷慨的样子。

“众所周知！”他说，“这是一场事关党国命运的生死战。年前，为应付危局，在王主席（陵基）领导下，成都始建民众自卫总队。冷市长兼总队长职外，尚需设副总队长主事，而人选由市参议会产生。许多绅耆、宿老及好友鼓励我参加竞选。为桑梓祸福安危计，曾希不敢临危自保，遂参加竞选。蒙父老乡亲错爱，我被选为副总队长并报经省政府王主席批准，曾希始出任成都市自卫总队副总队长。不为他，为保卫乡梓！”

“好。”待乔曾希这番半文半白的话说完，满怀疑虑的蒋介石才放了心。坐在旁边的王陵基乘机显摆，他怂恿乔曾希：“乔总队长，你手中这支队伍有多少人？能拉出去同共军硬碰硬地干吗？”

“共有 5000 人。”乔曾希应声答道，“拉出去同共军作战，没有问题。”

“你们的装备如何？”蒋介石问。

蒋介石这问正中王陵基下怀。他抢着回答：“报告委员长，乔总队长带兵有方。所有骨干力量，不是黄埔军校毕业的，就是参加过实战的军官，而且在 5000 人中，又过挑过选地组成了一支 2000 人的劲旅。”

“不过！”王陵基接着说，“乔总队长这支精兵就是装备不行。”说着给乔曾希递眼色。

“是。”乔曾希说，“请委员长能拨一些好武器给我们。”

“可以。”蒋介石对秘书曹圣芬吩咐，“下来你去找找顾（祝同）总长，就说我说的，按中央军的装备，给乔总队长的自卫总队配齐，嗯，按5000兵员配备！”

曹圣芬诺诺连声，乔曾希这就站起来，胸脯一挺，“啪！”的一个立正，说一声：“谢谢委员长栽培！”

“乔总队长！”蒋介石很满意地对乔曾希说，“以后，有什么问题需要解决，尽可以找王主席！”

“我一定解决。”王陵基说，“我解决不了的，再请示委员长。”

至此，王陵基知道接见结束了，他对表现得兴致勃勃的乔曾希和被冷在一边的冷寅东说：“两位总队长，如果没有其他的事，就到这里吧！”

冷寅东和乔曾希走后，被单独留下来的王陵基又同蒋介石谈了一会儿。蒋介石对王陵基赏识的乔曾希印象不错。可是，他们哪里知道，乔曾希早就倒向了共产党，他现在是中共成都地下组织手中掌握的武装斗争的大将之一。

蒋介石更不知道，乔曾希与他有杀父之仇！乔曾希的父亲乔得寿，是辛亥革命年间的风云人物之一，是被当时的四川军政府首脑、传奇人物尹昌衡发现，然后提拔、重用的。早年在杨森手下当过师长。因性情耿直，更因为同情共产党，多次在公开场合表示不满蒋介石的独裁统治，于1939年冬天去松潘途中，被国民党特务杀害。乔曾希的血管里流的是父亲一样的热血。

这天中午时分，一辆克拉克轿车从北较场里徐徐开出来，向祠堂街将军衙门方向急驶，这是顾祝同的专车。

当车开到东城根街口转弯时，面前凭空出现了一条栅栏。顾祝同的车不得不停下来，顾祝同很恼火地要副官下去查看原因。

原因很快就查明了，副官回来向他报告，说是，成都自卫总队今天一早就在成都好些街口遍设栅栏、路障。

“什么原因？”顾祝同气势汹汹，大声喝问。

“说是为了维持社会秩序，防止兵痞、小偷打劫。”

“乱弹琴！”顾祝同气得“砰！”的一声推开车门，下得车来，站在地上放眼一望，差点没有将鼻子气歪。眼前所有街口都布上了栅栏、路障，行行复行行，简直就是《水浒》中那个活脱脱的祝家庄。

“拿我的名片去让他们开栅放行，谁耽误我去川西决战指挥部办公，我拿谁是问。”

副官前去交涉后，好一会儿自卫队才磨磨蹭蹭地开栅放行。顾祝同见状有些不放心，让司机开车绕城一转，他这才惊讶万分地发现，自卫队不仅在所有街口、要津处都设了栅栏，更施以沙包、铁丝网……将九里三分的成都城分割成了若干小区。倘若自卫队一“关门”，任何人都插翅难飞；若遇追兵，更是只好束手就擒。

顾祝同大为光火，也大为心惊。他好不容易过五关斩六将地回到将军衙门“决战指挥部”，不意蒋介石的电话就追来了。

“墨三吗？”蒋介石在电话中问，“满街都是障碍物，是怎么回事？”

“报告委座，我也是上班时才发现的。”顾祝同报告，“部下很是惊讶，刚才去巡查回来，正要向委座报告……”

“娘希匹的！”听了顾祝同的报告，蒋介石在电话中大骂起来，“去问问王陵基、盛文，这事是怎么搞的？是谁搞的？是想将我们活捉吗？要他们立刻将这些障碍拆除，并追查责任人严肃处理，嗯？”

“是。”顾祝同回答得斩钉截铁，毕恭毕敬。

顾祝同打电话询问王陵基。王陵基说是冷寅东干的事，他也是刚发现，正要去处理。王陵基放下电话后，怒气冲冲乘上他那辆福特牌轿车赶去市政府，一见冷寅东，就凶神恶煞地质问开来：“你的自卫总队怎么遍街设置栅栏、路障，这是谁让干的？谁下的命令？”

冷寅东说：“是乔曾希提议，我批准的。”

“你这是什么用意？”王陵基钢筋火溅的样子，一双有些凹陷的眼睛简直就要喷出火来，“刚才顾总长顾长官打电话来问，问你们是不是想把中央的人都分割包围起来，一有风吹草动好把中央要人们都逮起来，去向共产党请功？”

“王主席，你这样说就言重了。”冷寅东耐心解释，“我们之所以如此，也是事出有因。王主席不会不晓得辛亥年十月十八日‘打起发’的教训吧？”

王陵基不由一愣。冷市长说的“打起发”，指的是辛亥年间成都发生暴乱，兵痞流氓趁机洗劫成都的事。

“王主席你不是没有看见，现在社会上有多乱？兵痞流氓成群，打家劫舍的事时有发生。我们这是接受了成都绅耆、宿老钟体乾、黄肃方、陈筑山、孙铸颜、文藻清等人的建议，采取的利民措施。”

“不行！”王陵基蛮横地将手一挥，“我是四川省政府主席兼省自卫军总司令。没有我的命令，谁也不能设什么路障，我现在命令你们赶紧将街上设置的这些路障拆除。”

“怕不得行。”冷寅东顶了一句，“这可是全市民众的意愿，众怒难犯，又是市参议会通过了的。我冷寅东无能为力，请王主席看着办吧！”说完拂袖而去。

路障最后是王陵基同盛文商量后，盛文派部队拆除的。但乔曾希却躲在幕后暗暗高兴。在他看来，这无疑是一次成功的拉练、演习。时机到了，只要他一声令下，他掌握的自卫总队就随时可以给“败走麦城”的蒋介石牵出条条绊马索，并将他们一举拿获。

第十四章

远方来人，寻找“孙中山的手杖”

陕西街是成都一条古老的街市。狭长的街道两边，一楼一底，前店后院，具有明清风格的商号鳞次栉比。成都是座移民城市，历史上有五次大的移民，尤其是在明末清初的“张献忠剿四川”后，四川只剩下了寥寥几万人。早在唐宋就是全国五大都市的成都，成了一片废墟，以致在以后100多年的时间里，成了虎狼出没之地，四川省的省会不得不迁往靠近陕西的阆中。因此，这就有了以后从清初开始的，长达100多年的全国各地向四川的大移民，史称“湖广填四川”。可以想见，这条街上，原先住的大都是陕西移民。而今，长街上除了一座极具陕西特色的陕西会馆外，已经见不到多少陕西特色了。然而，它毕竟处于少城，也就有少城内那份特有的清新宁静。

陕西街中段有一条凹进去的小巷，小巷又长又曲折，可直通红照壁大街。家家门前有树，青堂瓦舍的公馆相对排列，一看就知这条小巷是有钱人家的居处。小巷中段有座公馆，门前有两株桂花树，门外蹲两尊汉白玉石狮子，嵌在门楣当中的一块赭黑色的大理石上，镌刻着两个金色的篆体字：“郭寓”。

这天上午9时，弥漫在小巷内的牛乳色的冬雾还未散尽，小巷很静，四下无人。而透过如丝如缕的冬雾，可以看见，郭寓前站了一位先生。这位先生高高瘦瘦，西装革履，40 来岁，戴副金丝眼镜，长相斯文。他想敲门，似乎又有些犹豫，借着戴在头上压得很低的博士帽的掩护，向四周看了看，神情敏锐而警惕。确信四周无人后，又看了看门牌号，确信无疑，这才开始敲门。他敲门很特别。那不是敲，而是伸出一只白皙的手，抓着嵌在黑漆大门上一副黄澄澄的铜质兽环，轻轻地摇了三下。停了停，再摇三下。

只听公馆内长长的通道上响起了一阵脚步声，那是女人的脚步声。随着大门“咿呀！”一响，稀开的一条门缝中，露出一位中年女佣的脸，不无警惕地看着来人，用浓郁的成都话轻声问：“请问先生，你找哪个？”

“我找郭勋祺先生，这是他的家吧？”

女佣不说是，也不说不是，只说了一声：“请稍等。”刚想合门，又问：“请问先生哪里来？”

“重庆。”来人满口重庆口音。

“先生贵姓？”

“不敢。”眼镜先生很客气：“贱姓白，白亭。”想了想，又补充一句：“你一说，郭勋祺先生是晓得的。”

“好，我这就去通报。”女佣说时“砰”的一声关了门。

很快，门又开了，女佣脸上露笑说：“先生请进。”等眼镜先生刚一进门，女佣赶紧关上了门。来人跟着女佣过了照壁，眼前豁地一亮。一个花木扶疏的小院展现眼前，小院中，几株蜡梅开得正艳，散发着淡淡的幽香。沿石板通道拐过当面的一座假山，阶沿上是一溜三间平房，粉墙黑瓦，窗棂上镶嵌着红绿磨砂玻璃。正面那间屋子的棉帘一掀，郭勋祺笑着迎了出来。

“稀客！”身材高大、正值壮年的郭勋祺双手打拱，显得很高兴。他眼睛很亮。虽然穿一身中式棉袍，但从那昂仰的身姿上一眼就可以看出，这是一个受过训练的职业军人。郭勋祺向来同情共产党，早在大革命时期在川军当旅长时，因与著名川籍共产党人吴玉章、刘伯承、陈毅等人过从甚密而丢掉了军职。1927年，国民党大肆搜捕共产党人时，一片白色恐怖中，他掩护了共产党人肖华清、周钦岳脱险，还帮助回川从事革命工作的陈毅由合川出走……在湖北宜昌时，还保护过中共地下党员杜孚生……他是一员不可多得的战将。抗战军兴，南京国防部恢复了他的军职，让他率川军出川抗日，他在刘湘麾下任二十三集团军一四四师师长，与在广德英勇献身的一四五师师长饶国华并肩作过战，受过伤。以后，他因战功卓著，先后担任过二十三集团军副总司令兼五十五军军长，十五绥靖区副长官、绥靖公署副主任。他率部驻防皖南时，同新四军友好，曾几次上门拜望新四军军长陈毅，并请陈毅到他的部队讲授游击战术，还多次秘密地将大批枪支弹药送给新四军。他的这些林林总总的“通共”事，被戴笠一一侦破报到蒋介石那里去后，蒋介石叹道：郭勋祺虽会打仗，可惜中共产党的毒太深了！随即抹去了郭勋祺在军中的所有职务，从前线调回重庆，弄去陆军大学“洗脑筋”。

1948年初，因战事吃紧，国共两党两军在中原逐鹿，陈诚重新起用了会打仗的郭勋祺，并准备任命他为第十三绥靖区副司令长官。可是，郭勋祺因厌恶内战百般推辞。时任陆军大学校长、著名国民党左派将领杨杰劝郭勋祺将计就计，手中掌握到一定的军权，好为新中国催生。郭勋祺接受了杨杰的建议，即走马上任。同年7月15日，解放军中原大捷，一举攻克襄阳，生俘司令官康泽等将校军官数十人，时任副司令长官的郭勋祺也在其中。

刘伯承将军闻讯后，立即命令前线部队对郭优礼有加，并派人将他护送到中原军区所在地河南丰县，刘伯承对他厚礼相待，多次晤谈。陈毅率部打下济南后，也专程赶去看望他。郭勋祺与刘伯承、陈毅数度促膝长谈后，思想上豁然开朗，表示返川后将为四川的解放尽力。临别，中原军区政工部同他商定，他回川后的任务是，在中共成都地下党的秘密领导下，相机从事策反工作；特别是利用他在国民党读“陆大”时的同学故旧开展工作。政工部负责人还告诉他，平时作为隐蔽，不要暴露自己，解放大军即将进攻成都时，会有地下党的同志去找他，并交代了来人找他接头时的暗号。同时交给他一根樟木手杖，杖头安有一个可以旋上，也可以旋下的铜质狮子头。政工部负责人告诉他，届时来人手中也会有一个同样的狮子头……

白亭他是见过的。1948年底，他返川途中在重庆见过白亭。其时，白亭的公开职业是律师，实际上是解放军二野的联络员。郭勋祺返蓉后，完全是一副寓公派头，谢绝任何交往，深居简出，注意隐蔽，等待时机。这一天终于来到了！

“好久不见。”白亭扶了扶眼镜，笑道：“郭先生，你长胖了，长白了。”

主人笑笑，手一比：“白先生，快屋里请！”

两人进屋坐定后，女佣送来了茶点，轻步而退。郭勋祺要女佣上街去多弄点菜回来，他要好好招待客人；并嘱咐，不要有人来打扰我们！女佣答应去了。

“请茶！”郭勋祺向坐在对面的白亭举了举端在手中的盖碗茶。

白亭端起茶来，也举了举，然后左手两根指拇拈开茶盖，轻推几下茶汤，低下头去，抿了一口成都人喜欢喝的茉莉花香茶，笑道：“成都、重庆两地相隔不过千余里，饮食习惯却是同中有异。就以喝茶来说，成都人喜欢喝花茶，重庆人喜欢喝沱茶。”

“这就是一方水土养一方人！”郭勋祺应道。

客人点点头，抬起头来欣赏起正面壁上那一副笔力遒劲的字：“路漫漫其修远兮，吾将上下而求索。”

“好！”白亭深有所感地说：“这是屈原《离骚》中的诗句，大概代表了将军目前的心境吧？字是哪位名家写的，魏碑变体，很有些潇洒雄劲。”

“惭愧，这是敝人学着写的，上不得台盘的。”说着，郭勋祺笑了笑。用一双有穿透力的眼睛，看着组织上派来的人，将话题转上了正轨：“先生说得很对，我这是借屈原之《离骚》中佳句，浇心中之块垒。”说着停顿了一下，语气有些沉重了：“现在，相距不过千余里的成渝两地，可谓两个世界。重庆已经解放了，充满了光明和希望，而成都仍然还是老蒋的天下，鬼魅横行。先生这时冒着风险来蓉，可有什么要事嘱我？”

白亭看定郭勋祺，眼镜后的目光炯炯有神，带有些审视的意味。良久，他一字一句：“我是专程来寻找孙中山的手杖的。”

这是暗号。郭勋祺不由浑身一震。这一年多来，自己在老蒋的眼皮底下，大行韬光养晦之计，内心盼望的不就是这一天吗！他很有些激动，按照他军人的直爽性格，他很想向这位曾经见过面的、也是信任的“律师”交底，来个竹筒倒豆子。但地下工作的严酷性要求他说话做事慎之又慎。他这就压抑着心中的激情，慢声应道：“孙中山的手杖，我这里倒有一根，不知是不是你要找的？请等一下，我这就去取来。”

郭勋祺进屋后，很快出来了，手里握着一根锃亮的、樟木的、头有铜质狮头的手杖。来人接过手杖，熟练地旋下杖上的狮头，再将他带来的一个同样的狮头，旋了上去。顷刻间，一个与原来一模一样的作怒吼状的金灿灿的狮头，昂然立于杖头上。

“白亭同志！”这下，郭勋祺完全放心了，他亲热地握着来人的手，“欢迎你！你可带有‘老家’的指示？”

来人看着郭勋祺的眼睛，神情越发庄重起来，他说：“刘伯承、邓小平将军派我来找你，他们给了你一个任务：现在聚集成都附近胡宗南部队中，有许多高级将领，比如手握兵权的李振……他们都是你在‘陆大’要好的同学。蒋介石对四川是投下了大本钱的。按他的设想，他企望在川康地区与我顽抗，以空间换取时间，等待第三次世界大战爆发，东山再起；实在不行，蒋介石也要拼全力在这个地区与我抗衡。如果真是这样，就麻烦了，全川和全国解放，至少要晚四年！因此，刘、邓两位将军期望你策反，做好对这些国民党高级将领的工作，争取成都和平解放。做好了这项工作，就会彻底打破蒋介石的如意算盘，大大缩短解放全川和全国的时间！”

“好。”郭勋祺略为沉吟，话也说得字字千金，“我一定不辜负刘、邓首长对我的殷殷期望，努力去做。现在分布在成都一带的三个兵团，是胡宗南的主力部队，也是蒋介石借以组织成都决战的核心。这三个兵团司令中，除胡宗南的心腹将领李文而外，我与裴昌会、李振关系都不错。”

“说的就是这两位，工作就从他们两位身上做起。”白亭思索着说，“刘、邓将军分析，裴、李两位兵团司令，在我强大军事、政治压力下，为了自身出路，对我有投诚之意，却又举棋不定。郭将军只要你让他们了解我军过往不咎、立功受奖的政策，争取他们反正是完全可能的。他们一反正，李文就孤掌难鸣。”

郭勋祺想了想，胸有成竹地说：“请放心，我对做通裴昌会、李振二人的工作有信心。”

“但是，请将军千万不要大意。”白亭的神态显得关切，“我来蓉前，刘、邓将军反复叮嘱，说成都越是解放在即，蒋介石就越是暴戾猖狂。他就像一个赌徒，已经输慌了，已经杀红了眼睛，目前成都特务密如蛛网。刚才我来时，就在街上见到盛文颁布的什么‘十杀令’。”

郭勋祺点了点头，他要白亭放心，并要他转告在重庆的刘、邓首长：“请刘伯承将军、邓小平政委等候我的好消息。”

白亭当即将自己下一步的打算告诉了郭勋祺：当日下午去双流苏码头，出席中共成都临时工作委员会在那里秘密召开的一个重要会议，研究迎接成都解放的有关事宜，并问郭勋祺能否去？是组织上希望郭将军能去。

郭勋祺深感中共对他的信任，立刻答应下来，说他一年多来足不出户，此行不会引起敌人注意。

话说完了，这才发现，时间飞去，已经中午了。他们抬起头来，透过窗棂望出去。这时，天空更是阴沉，彤云压得很低，天上飞起了细细的雪花。下雪在成都是很难得的。晶莹的白雪稀稀疏疏地在小天井上空飞舞，像是一个个快乐的小精灵。周围很静，听得见雪花落在窗前肥大的芭蕉叶上，落在那几株傲寒挺立的蜡梅上，发出悦耳好听的沙沙声。

“瑞雪兆丰年！”郭勋祺很是感慨。他抑制不住心中的兴奋，快步走到门前一把掀开棉帘，喊来女佣一阵吩咐。这就转过身来，朗声对白亭说：“你们重庆人爱吃火锅，这个天气也适宜吃火锅。我请你吃成都火锅，看看哪个火锅更麻、辣、烫？”

说得来人笑了。

很快，女佣来到门前隔帘问道：“郭先生，夫人问，火锅是给你们端进来，还是请客人到饭厅去吃？”

对于夫人的善解人意郭勋祺很是高兴。

“端进来！”他高声大嗓地说：“我要陪客人多摆摆龙门阵。”此地此刻，郭勋祺将军身上洋溢着临战的豪情。

深冬时节。

夏日里景物显得非常蓊茂、青葱，游人如织的成都少城公园，这时显得格外空旷、萧瑟，绝少游人。隔着一条波光粼粼、清澈见底的金水河，在公园临街的一角，在一排浓郁的冬青树的背景衬托下，耸立起的那座造型别致的著名的“辛亥秋保路死事纪念碑”，像是一把出鞘的利剑直指苍穹。

这个冬天的早晨，曾任国民党三十集团军总司令、陆军上将，现四川省政府主席兼省军管区司令、省民众自卫军总司令，上了中共“战犯榜”的王陵基由成都自卫总队队长乔曾希陪同，兴致勃勃地登上纪念碑，开始检阅成都自卫总队。

接受检阅的自卫队7000余人。空旷的广场上，一个个持枪方队拉开距离，虽然这些自卫队员手持的武器五花八门，有的手持美式卡宾枪、日本三八式，武汉兵工厂出产的中正式，更多的手持土造步枪，甚至还有不少打鸟的火药枪，服装也是千差万别，但精神还好。没有办法，这样的乌合之众，哪能同正规军相比，当然更不能同胡宗南的部队比。胡宗南的部队头戴钢盔，身穿美制黄哔叽军服，身上佩一长一短的双枪，一色的美色装备。但这支自卫军同川内那些自卫军相比，还算是好的。到县上去看看，那些东拼西凑起来的自卫军成个什么样子，简直就是一群乞丐，手中能拿上鸟枪就算好的，哪有什么美式卡宾枪、日本三八式和武汉兵工厂出产的中正式步枪？成都自卫军的装备能达到这个样子，王陵基没有少操心。这个时候，国将不国，用四川话说——船都下滩了，他王陵基还能在四川组织起这样一支吃自己、穿自己，拼命去打共产党、为党国卖命的自卫军，已经不容易了。因此，第一眼虽然令他失望，瘦脸上却装出一副很高兴、信心百倍的样子。为了鼓舞士气，他今天特地穿上了军服，佩上将肩章领章，胸前挂着红红绿绿的勋表。在寒风中，他站得笔直。瘦高的个子，窄条脸上，一双有些凹的眼睛里闪着一种带有攫取意味的凶光。

看站在身边的乔曾希今天也是精神抖擞。他穿上了自己从军时穿过的将校呢军服，挎上武装带，在纪念碑前一站，笔挺威风。

“王主席！”乔曾希在他面前，“啪！”的一个立正，胸脯一挺，敬了一个标准的军礼，“是请王主席先训话，还是让成都自卫队先接受检阅？”

“先检阅、先检阅！”

乔曾希这就转过身去，扯起洪亮的嗓子发布命令：“按原先的操练，检阅！列队开始！”

纪念碑下，分成若干个方队、多达7000余人的成都自卫队开始迈着正步经过检阅台。毕竟是没有经过正规训练的乌合之众，噼噼啪啪，自卫军的步伐很不整齐，像下饺子一样，扬起漫天灰尘，站在高处的王陵基不禁皱了皱眉。

就在王陵基心中暗暗感到沮丧时，眼前忽地一亮，走过来一支装备精良，训练有素的精兵。

他注意看去，那是一个方队，约有200来人，一律美式装备，服装也还整齐。士兵个个身体强壮，迈着整齐的鹅步通过检阅台时，“唰！”地掉头，向他行持枪注目礼。

“乔队长！”王陵基毫不掩饰心中的惊喜，问站在身边的乔曾希，“这是你的看家本钱吧？”

“这是我的敢死队。”乔曾希的神情是得意的，“他们个个都是我挑选出来的。王主席从委员长手里争取来的那批美式装备，我全用在了他们身上，在训练上也给他们开‘小灶’。届时，若王主席有急用，我这支敢死队保证让王主席招之即来，来之能战，战之能胜。”

“好好好。”王陵基满心欢喜，喜笑颜开，连连点头。看王陵基高兴，乔曾希趁机提出要求，请王主席再调拨几挺好机枪，加强这支敢死队的火力。

王陵基也大方，问他要几挺，乔曾希想了想说：“至少要15挺捷克机枪才得行。少了，或是别的吹火筒式的劳什子机枪不能解决问题。”

王陵基笑了笑：“口气不小嘛！”他显得很大方：“好，我就满足你乔总队长的要求。不过，话说在前头，到时候我要用你这支精兵，你不要舍不得啊！”

“好说，好说，王主席要用，我乔曾希不得打半个哽。”乔曾希注意到，王陵基一直看着这支精兵消失在空旷的操场尽头，看得恋恋不舍，心中暗暗一笑。心想，你王陵基哪里知道，就是这支你啧啧赞叹的敢死队、精兵，是中共成都地下组织假我乔曾希之手组建起来，由中共成都“临工委”直接控制、指挥。这支人数不多的精兵，他们的任务是：等待和寻找机会一举活捉或击毙蒋介石。你王灵官更不知道，就在你的鼻子底下，在掌握着刀把子的盛文的成都防卫司令部内，参谋长何杰已经“通共投敌”。现在，有许多机密就是何杰捅给共产党的。而且，中共成都地下党近期交给何杰的紧急任务是：及时通报有关蒋介石的住处、座车号码、行踪等，便于我一举擒拿或击毙！

王陵基更不知道，现在，中共成都地下武装已派出不少人，在蒋介石经常出入的商业街、励志社和北较场中央军校大门外，撒了网，密切注意、监视着蒋介石的行踪。好些沿街摆摊的、擦鞋的，甚至还有一些站岗放哨的国民党兵，都是共产党的人。中共成都地下组织随时准备起网，捕捉蒋介石这条大“鱼”。一旦发现蒋介石逃跑，这支敢死队就会乘上几辆随时待命的大功率美式敞篷越野吉普车去追击，活捉或击毙蒋介石。

成都自卫队接受检阅完毕了，全体列队听从王陵基训话。面对7000余人组成的几个黑压压的方队，王陵基先是简约地讲了一番国际国内的敌我态势，随即开始提劲。

“共军虽然猖獗一时，但是断然不会持久。因为从国际上看，美苏对抗、交恶很深。我们是在为自由世界而战。我们多坚持一天，就是为第三次世界大战做了贡献，而第三次世界大战爆发之日，就是中共的灭亡之时。”说到这里，因为说得白泡子飞溅，王陵基舔了舔发干的嘴唇，换了口气："目前战局固然维艰，但只要我们地方上同中央保持一心一意，那么，戡乱救国大业有期……"

在这个寒冷的早晨，白头霜将公园中那一排排桉树叶都打蔫了，寒气浸人。自卫队员都是些乌合之众。站久了，都不耐烦起来，看站在台上的"王灵官"说个没完没了，有的发出了小声的嘘声，有的在地下跺脚……这些杂音越来越大，汇聚起来，像是远远滚来的雷声。

"安静、安静！"乔曾希发话了，他明说是在训斥下级，其实是在提醒、暗示王陵基，你讲那么多废话干啥子，哪个在听你的？可是，正讲在兴头上的王陵基不知趣，他将两只手在空中挥着，像是一只急得扇动翅膀的鹅。他继续扯着嗓子，一个劲鼓吹："现在，我们与中共的战争不是一场简单的谁胜谁负的战争，而是一场关系到我们在场的每一个人命运的战争，是关系到我们民族生死存亡的战争。我们一定要服膺于蒋委员长的旗帜下，只要我们还有一寸土地，身上还有一滴血，我们就要与中共血战到底！"说着又换了口气："报告诸位一个好消息，蒋委员长对我们四川自卫队甚为关切，批给了我们8000两黄金……"

场上乱哄哄的自卫队员们，听到这一句，顿时敛声屏息，可是紧接着马上炸了营。看来，站在碑下的乌合之众们对这个"好消息"很有兴趣，竟毫无顾忌，交头接耳，议论纷纷，声音之大，传进王陵基的耳鼓。

"安逸，这飞来的8000两黄金，该他'王灵官'吞了。"

"我们这些人能得到一点他们嘴里吐出来的渣渣吗？还不是他们当官的发大财！"……

事与愿违，队伍完全失去了控制。王陵基暗暗在心中责备自己，真是聪明一世，糊涂一时，怎么把这毫不相关的事说给这些乌合之众听！他赶紧对乔曾希说，"乔总队长，队伍就解散了吧！"

"解散！"乔曾希话刚落音，哄的一声，7000余人的成都自卫总队立刻就像一群炸了窝的蜂，乱纷纷四散而去。

这天约莫早上8时，成都郊外牛乳色的晨雾正稠。

成都近郊中和场以北一里路外，一处坟茔里密密柏树林间影影绰绰，突然，雾影中闪出一个人。他身穿青布棉袍，身材高大，仪容不俗，不住地在坟茔间走动抬腕看表。他是郭勋祺，在这里等待约定要来的胡宗南部第十八兵团司令长官李振将军。

别看他孤身一人，中共成都“临工委”为这次不同寻常的会见做好了充分准备。为预防万一，他的周围悄悄埋伏着一队自卫队员，严密监视着周围的一切。

在同重庆来人白亭接上关系的第三天，郭勋祺秘密去了双流县苏码头，出席了中共成都“临工委”召开的重要会议。苏码头是个风景很好也很偏僻的小镇，一条大河绕镇而过。会议是在镇长家开的，镇长是中共地下党员，家离镇上三四里地。四周都是田野，镇长家是独立户，在那里开会很安全。会议开得很成功，会上成立了“川西人民保卫军司令部”，郭勋祺当选为司令。会后，“临工委”通过延安派来的设在雅安刘文辉二十四军司令部内中共王少春的电台向北京作了汇报。

他从苏码头回家，恰好驻成都大面铺的胡宗南十八兵团第三十军参谋长肖键就找上了门来。肖键是他上陆军大学时的同窗好友。

“勋祺，我找得你好苦！”肖键是个红脸汉子，因为关系不一般，见面就直话直说：“真人面前不说假话，老蒋是完了。我肖键不愿‘背死人过河’，我们兄弟关系不一般。我知道，你去过‘那边’，说不定有些来历。我来，是请大哥给兄弟指条路子。”

虽然了解肖键，况且肖键的话也合情合理，但毕竟多日不见，郭勋祺不敢对肖键轻易露底。当天，他只同肖键叙了些友谊，请他在家中吃了一顿饭。后来还是通过地下党弄清了肖键近况，证明他言之不虚，再经中共成都“临工委”批准，他才正式对老同学肖键进行策反。

第二次同肖键在家中见面时，郭勋祺单刀直入地问老同学：“像你这样不愿‘背死人过河’的将领，在胡宗南部队中不知还有哪些？”

“有第七兵团司令长官裴昌会。有我们十八兵团司令长官李振，还有三十军军长鲁崇义……”肖键说的，同地下党提供的人员完全对得上号。

对肖键，郭勋祺是完全放心了。

“顽固分子呢？”郭勋祺又问，地下党需要知道这些。

“有，但死心塌地的家伙不多。”肖键说，“我知道的高级将领中就一个：李文。”

“李振、鲁崇义都是你的上司，你对他们是了解的。不知他们对起义有没有什么顾虑？他们愿不愿意起义？”

肖键说：“事到而今，起义肯定想。但他们思想上有顾虑，与共产党打了多年仗，他们担心共产党说得好听，届时翻脸，对他们算旧账。还有，李振将军是个老军人，怕当降将没有面子。他们想找一个能直接代表二野的人来当面谈，只要有保证，他们就起义。不然，解放大军兵临成都城下，他们就南逃。”

看时机成熟，郭勋祺明确表态：“我可以负责地告诉老弟，你第一面就猜得不错，我确实是刘伯承、邓小平将军派回来专门做你们工作的人。我现在完全可以代表二野……”最后，他们说定，因为裴昌会还率部在绵阳，他先同李振谈，并约定了会面的时间和地点。

冬天乳白色的浓雾淡了些。

这时，一辆美式吉普车裹着晨雾，沿一条乡村公路驶到中和场后面的柏树林边停下了，一个身体矫健的武工队员像是从地底跳出来似的，来到吉普车前，不无警惕地问：“是李司令官吗？”

“是。”是肖键亲自开的车，车门开处，肖键陪李振下了车。他们都穿着一身圆滚滚的黄军棉衣，看上去像是两个老兵。

郭勋祺从茂密的柏树林中走出来，将他们引进了柏树林。

郭勋祺对李振开门见山地说：“我是奉刘伯承、邓小平、陈毅将军的使命回来，帮助朋友们走光明大道的。”

李振说：“好，只要有你这句话，我就放心了。”

因为李振率部起义的有关细节，事前郭勋祺已同李振的全权代表肖键全面谈妥，因此，这会儿郭勋祺掏出早拟好的《和平公约》交李振过目。李振没有多的话，接在手中，细看下去，是一项公约：

西川人民保卫军总司令部

国民党第十八兵团司令部和平公约

国民党第十八兵团所属第六十五军一六〇师、一七八师；第三十军二十七师、三十师；第九十军六十一师全体官兵，自愿停止抵抗，放下武器，拥护和平，举行起义……

李振看完“公约”，二话不说，从上衣口袋里掏出派克金笔签了字。然后，李振从肖键手中接过来一个大皮包，掏出一个沉甸甸的标有“绝密”字样的卷宗，郑重地交给郭勋祺，说：“你索要的《川西决战》方案，我带来了，这也是我们献给解放军的礼物！”

肖键补充：“这份绝密文件《川西决战》，是蒋介石亲自定下的。”

郭勋祺郑重地接过手中，想了想，又问李振：“李司令，裴昌会的第七兵团也能起义吗？”

“能。”李振肯定地说，“这事我们早就谈过，意见一致。目前虽然他还率部在绵阳，但我保证裴将军同我同时起义，请放心！”

“我代表刘、邓将军感谢你们！”郭勋祺上前一步，同李振、肖键二位紧紧握了握手。

“李司令官，肖参谋长！”郭勋祺无限欣慰地说，“从现在起，我们就是自己人了。至于你们和裴将军什么时候通电起义，请等候我们的通知。”

“好。”李振说，“从现在起，我们对蒋介石采取阳奉阴违的态度，绝不会再做对不起共产党和人民的事情！”李振的态度、语言都很诚恳。

谈完了，肖键、李振同郭勋祺紧紧地握了握手，转身上了车。四川人民保卫军司令郭勋祺，看着他们乘坐的那辆美式吉普车像来时一样，借着冬雾的掩护，神不知鬼不觉地沿来时那条乡村路开了回去，消失了。郭勋祺和他的武工队员们，这才像驾了地遁似的忽然不见了。

天色大明。成都近郊中和场一带麦苗青青，风吹过，小桥流水，阡陌纵横，碧绿的川西平原上一望无垠。新的一天开始了，春天的脚步声已清晰可闻。

第十五章

对“多宝道人”、“水晶猴”是拉是打，蒋介石煞费苦心

王陵基本不想去见刘文辉、邓锡侯，但是委员长指定要他去，他不能不去，他把这看成了委员长对他的信任，私心窃喜。选择了一个适于谈心的薄暮时分，他带上副官和一名弁兵出了门。

他准备先去见刘文辉，这一段时间刘文辉都住在成都。

为平静一下忐忑不安的心情，上了车，王陵基看了看戴在腕上的英纳格手表，说时间还早，要司机先开着车在街上转转、看看。暮霭沉沉。他随手拉开窗帘，注意观察大街上的情景。从盐市口到城守东大街一段，街面较宽，也较热闹。以往这个时间正是赶夜市的时候，鳞次栉比的店铺里、街面上点燃了电灯、美孚灯，将街面照耀得如同白昼，人群往来如梭，摩肩接踵。而如今大战在即，所有的店铺都关门闭户，大街上黑咕隆咚的。也有几盏卖烧腊的灯笼，飘浮在空旷的寒夜中，像是坟茔中飘忽的几点萤火。

走马街至南新街一线原先也是成都夜市热闹处。这个时候，卖小吃的、售古玩的、卖铜器的、卖鲜花的；还有卖古旧书籍、玩具、乐器的，应该比比皆是，现在也全都不见了。偶尔闪现于眼帘中的，不是因走投无路变卖家产的人，就是卖儿卖女的。夜幕中，飘来瞎子求乞者凄惨的卖唱声和

着如泣如诉的胡琴声，声声传进耳鼓。一路而去，对这一派惨状，王陵基却是无动于衷。

他人坐在车上，思绪却集中在刘文辉身上。他在想，等会见到这个难对付的“多宝道人”时可能出现的尴尬场面和该如何应对。

一提到这个人，想起这个“多宝道人”，纵然有“灵官”之称，又有委员长做靠山的他，还是有些发怵。刘文辉这个人难对付得很，就连蒋委员长都拿他没有办法。胡宗南就多次提出，为防患于未然，干脆把刘文辉抓起来，彻底解决他的二十四军。胡宗南这个意见，蒋经国也支持。然而，委员长为慎重起见，决定先礼而后兵。从委员长这个角度考虑，也对。因为眼下，四川的实力派将领，除刘文辉、邓锡侯外，纵然是手中没有兵权的潘文华等，也都是很有号召力的，而且他们同国民党上层如张群等人的关系，也是盘根错节，不能小看这些人！弄不好，解放军还没有打进来，自己就会先乱了阵脚。再说，刘文辉在雅安一接到委员长的命令，立刻就到成都来了，而且来后就不回去了。你说，在这样的情况下，能乱怀疑人家吗？然而，刘文辉人到了成都，却又称病不参加胡宗南、顾祝同的“联合作战指挥部”，邓锡侯也是。虽说他们最终还是去了，但是三天打鱼，两天晒网，阳奉阴违，叫委员长很不放心。他今夜就是奉委员长命令，前去摸摸这几个人的底。

想到这里，王陵基吩咐司机：“车往玉沙街开，去刘自乾（刘文辉字自乾）处。”

就在王陵基去玉沙街途中，西康省政府主席兼国民党二十四军军长、三星上将刘文辉正由他年轻貌美的三姨太杨蕴光陪着，在他公馆里一间温馨的吸烟室里，躺在宽大舒适的牙床上烧大烟。

这是一间古色古香的暖房。窗外，风吹落叶声隐隐传进屋来，这就越发显出吸烟室的幽静、温馨。借着幽微的灯光勉强可以看清，烟榻就像北方的炕一样，几近占了房间的一半。地板上铺着猩红色厚重的波斯地毯，除了正壁上有一幅长轴《川康风情图》外，其他的景物被黑暗笼罩着，显得模糊不清。那幅长轴是当年张大千先生深入康区采访写生后画的一幅力作。为感谢刘文辉的帮助、照顾，大千先生离开康定时送给刘文辉的。如果稍一注意，就立刻可以感受到那幅《川康风情图》强烈的艺术感染力，看得出大师不同凡响的功力！画面上，雄峻的折多山下，一望无垠的绿得发亮的塔公草原向茫茫的远天伸去。金碧辉煌的塔公寺，坐落在折多草原深处。画面中穷尽了藏人做大法事时的盛况。塔公寺内，红柱根根，酥油灯闪闪。香烟袅袅中，若干藏人或是远道而来，一头匍匐在神的面前；或是在廊上转经。寺周，旗幡猎猎中，正在举行一场盛大的请神会。草甸上，喇嘛们列队而来。走在前面的喇嘛，排成两排，披着红色的袈裟，后面是两人或是四人抬着一只只黄金色、硕大无朋的藏号，鼓着腮帮吹着号。金色的朝阳在硕大无朋的藏号上闪烁跳荡着光斑，似乎可以听见他们吹出来的呜嘟嘟的、声音浑厚的声响。之后是演藏戏的演员们，他们头戴牛、马等面具，手中挥摆着鞭什么的，迈着夸张的步子在跳跃蹦跶，粗犷而神秘。最后是一队红衣喇嘛，分两边牵着一幅巨大的释迦牟尼佛画像迎面走来。整个画面声势浩荡。而在草甸上和寺的四周，做生意的则有不少汉人或回民，他们或在卖印度香，或在卖小吃……很是热闹。画面虚虚实实，详略得当，张大千用神来之笔将藏汉各族人民和睦共处、共庆佛事的场景十分生动地展现出来的同时，康地壮丽的山川风物和浓郁的风情也都跃然纸上，给人震撼。

幽微的灯光下，只见身着中式长袍马褂的刘文辉和身着宽松绸缎旗袍、年轻貌美的三姨太面对面地、头碰头地蜷曲着身子躺在烟榻上抽大烟；准确地说，是刘文辉在吸烟，三姨太在烧烟。刘文辉闭着眼睛，双手捧着一支长长的镶金嵌玉的龙须烟枪在嗞嗞吸烟。斜躺在他对面的三姨太，从翠藕色的镶边宽袖中伸出一双白嫩的纤纤素手，一只手替他掂着烟枪，一只手拈着烟针，在烟枪嘴上拨弄着燃烧得嗞嗞作响的烟泡。刘文辉胸脯起伏间，烟雾袅袅中，异香满屋。在他们头上伸手可及处，罗列着的杯盘中，摆着一个个又大又红、又甜又圆的盐源大苹果、会理石榴等等。这些都是康区特产，在烟室中散发着诱人的、甜丝丝的水果清香。

借着幽微的灯光看得分明，大名鼎鼎的“多宝道人”刘文辉，50来岁。个子不高，人瘦，两颊下垂，颔下无须，像一个老太婆。不明底细的人，乍看到他的外貌，很难想象到他的厉害。绰号“多宝道人”的刘文辉在川内斗争中是一把好手，就是在同蒋介石的长期斗争中，也一点不吃亏。

躺在刘文辉对面的三姨太，穿一身轻便宽松的绿色绸缎旗袍，头上梳一根油松黑大辫，斜斜地搭在胸前，她皮肤白皙，丰满合度，简直就是一根注满了水分的山间竹笋。

月前，刘文辉上省城时，留正室夫人在老家大邑县安仁镇主持家政，只带三姨太上省城。刘文辉虽然在社会上泡了几十年，却无多恶嗜。他不酗酒也不赌博，就是抽一口大烟也无瘾。他当然也喜欢年轻漂亮的女人，但绝不是见一个爱一个，见两个爱一双。自纳三姨太后，也许年岁渐深，也许本来就不甚强健的身体有些虚弱，他对三姨太痴迷甚深，心无旁骛。在外应酬回到公馆，他必先与三姨太一番缠绵。年轻漂亮的三姨太对他也是真心奉迎，这不仅是因为他老于世故，更是因为他们厮守有年，有了真感情。

看刘文辉抱着手中华贵的烟枪，“嗞！”地猛吸一口烟，舒服地闭上眼睛，再长长地吐出烟来时，三姨太这又赶紧将拈好的烟泡用银簪子挑起，放到烟枪上去。她一边服侍刘文辉抽大烟，一边观察着夫君那一副舒坦的样子。

刘文辉只觉得一阵飘飘欲仙的感觉涌过全身。他继续抽着烟，延续着说不出的快感，思维的触觉也变得特别活跃起来。过去、现在、未来，这会儿都在他的头脑中旋转了起来，越发清晰。

20 世纪 30 年代初，毕业于保定军官学校的他，靠着侄儿刘湘的提携，很快崭露头角，并青云直上。当时，四川只有两个师，刘湘就是其中的一个师长。以后当他的势力大到相当程度，当了四川省政府主席兼二十四军军长，四川三分之二的膏腴之地都尽落他手时，他坐不住了。与同是保定军校毕业，三军共管成都的田颂尧、邓锡侯撕破脸皮，先收拾了田颂尧，随后收拾邓锡侯。当他收拾到大他四岁、与他实力相当、占了以重庆为中心的川东半壁的侄儿刘湘头上，进行“二刘决战”时却吃了大败仗。他被刘湘赶到了关山相阻，地瘠人贫的西康。不过，刘湘对他这个幺爸也是手下留情，让他在西康一线休养生息。他刘自乾不是庸常之辈。在雅安，他痛定思痛，因地制宜，发掘当地优势。他在广袤的康地开采金矿；利用若干温润的河谷地带，广种鸦片，卓有收益。川康地区年产鸦片六七万吨，大半就产在他的防区内。著名学者黄炎培先生去了一趟康地后，在诗中这样写道："我行郊甸，我过村店。车有载，载鸦片，仓有储，储鸦片"，"红红白白四望平，万花捧出越西城；此花何名不忍名，我家既倾国亦倾……"他不仅靠种鸦片发了财，而且还养起了一支颇具规模的军队，他用实力迫使蒋介石不得不委他以西康省政府主席兼二十四军军长。

抗战期间，蒋介石多次调他出川抗日，可是他看穿了蒋介石的贼心，以静制动，死不挪窝，让蒋介石把他奈何不得。现在，又到了他人生的关键时期！已经处于崩溃前夕的蒋介石，盯紧了富有战略地位的西康，势必也就盯紧了他。他得沉着应对！

他想起年前奉召到南京后，蒋介石同他谈话，目的是笼络他。然后张群又同他谈。张群专门在家里办了一席精美的宴席招待他。席间，张群做出一副很诚恳的样子对他说："以往中央同地方上的朋友是有些隔阂，对有些问题的处理也不尽妥当。"看了看刘文辉，张群试探道："不过，国家兴亡，匹夫有责。在这场党国同共产党的生死存亡的斗争中，我们还是应该捐弃前嫌，以大局为重，共赴国难。自乾，你说是不是？"

"那是当然的。"刘文辉频频点头，话说得滴水不漏，"我对中央虽然心里有些气，但欲当大事不糊涂。请岳军兄向委座陈明，我刘自乾同中央是一条心的，竭诚欢迎中央入川。"

在和张群谈话的第二天，刘文辉去拜访时在南京的表老张澜问计。在密室中，张澜开诚布公地对他说："自乾先生来南京前，冯雪峰先生以中共中央特使身份来找过我，要我转达周恩来先生对你的问候，并望自乾先生尽快回到四川，掌握好部队。解放大军逼近成都时，若条件力量许可，希自乾兄能与解放军配合，以关门打狗之势夹击向康藏方向溃逃蒋军。周先生专门叮咛！"张澜摸了摸大胡子："届时若条件和力量不许可，希自乾兄相机处置、配合。而从现在起，就应该做好充分的准备工作。”

张澜代表共产党高层给刘文辉传话，并非偶然。抗战期间，越来越同蒋介石离心离德的刘文辉在重庆时，就同主持中共南方局工作的中共中央副主席周恩来有过联系。在周恩来的启发诱导下，他表示了弃暗投明反蒋的决心。应他的要求，周恩来于 1942 年 3 月派出王少春等人携电台秘密去到雅安，驻在他的司令部，让刘文辉随时保持着同中共中央的联系。

他想起月前来成都时，他专门在雅安昌屏山上二十四军军部里召开的一个重要的会议，所有要员尽都出席。

那是一个细雨霏霏的日子。雅安是座雨城，一年四季，天天都要下一阵毛毛细雨。透过窗户向山下望去，穿城而过的羌江如练，周围群山苍翠欲滴。

尽管是开如此重要的军事会议，只要是在自己“家里”，刘文辉总是身着长袍马褂，头戴瓜皮小帽，脚蹬黑直贡呢朝元布鞋，坐在一把具有清宫特色的相当大的镶金嵌玉的太师椅上。这是上位。而他的部下亲信们，则像张开的雁翎似的坐在他的左右。

坐在上位的他，说一口川音很重的大邑话：“据成都密报，我们同中共方面的接触，蒋介石似有察觉。更为麻烦的是，老蒋恐怕要对我们西康动手。”他边说边用指拇珍爱地理了理尖尖下巴上好不容易才护起来的一绺干猫胡须，用一双很是敏锐的猫眼扫视了一遍坐在堂上的高级军官们，吐出一句文言：“如此，计将安出？”

“封锁金鸡关。”坐在刘文辉对面的刘元琮如是说。他是刘文辉的侄子，是二十四军有名的虎将，长得甚为彪壮，不到 30 岁，已佩上中将军衔。

“这是我一夫当关，万夫莫开之地。”刘元琮用手指着窗外远远的那座高耸入云端的黛色山峦，“当年，他老蒋想染指西康，就没有能够实现，他的军队过不来。现在他想来，哼，我肯信他老蒋有好多人填炮眼！”

“这样硬拼要不得！”刘文辉手一摆，不疾不徐地说：“今非昔比。现在老蒋入川坐镇成都，紧盯着我们西康。”他捏着手指，细算开来：“不说多了，光是胡宗南手中就握有全是美式装备的 20 多万精锐部队，我们呢？

满打满算也就 4 万来人。人数上不如他，装备上、训练和战斗力上都不如他。我们打不过他，打不得！”

刘元琮不出声了，坐在他右边第一位的军参谋长、堪称足智多谋的伍培英不吭声，其他师长更都不出声；大家都一起拿眼看着坐在上位的足智多谋的他，等他拿主意，一锤定音。

“我看这样。”刘文辉用手揭下头上戴的瓜皮帽，叩了叩头，说，“为了不使老蒋疑心我对他有二心，现在最好的办法就是我去成都稳起。”刘文辉如此一说，举座皆惊。将领们都知道，这么多年来，蒋介石对刘文辉是恨之入骨，却因为鞭长莫及，无可奈何。而现在作为军长、省主席的他却要去成都自投罗网，那怎么行？邓锡侯、潘文华是没法，他们在成都，处于蒋介石眼皮底下，想跑跑不了，成天提心吊胆，而军长这又是何必呢？大家都不同意。而“多宝道人”心中有数。他笑了笑，宣布散会。说实话，上成都，他自己也担心，担心一去，就被蒋介石笼起。而不去更不行。不去，就暴露了他心怀二心。

午休起来后，犹豫不决的他去找中共秘密派驻西康的首席代表杨春江问计。杨春江在他心中是很有分量的。年前杨春江刚来时，他觉得这个人土气，便有些瞧不起。杨春江是个 30 来岁的汉子，个子高高，黑瘦黑瘦，寡言少语，唯有那双有些凹陷的眼睛里，时时闪射出星星横掠夜空般的亮光。出于礼仪，年前当中共派驻西康省的首席代表杨春江来到雅安时，他亲自出面为之洗尘。酒酣耳热之际，当着场上几乎所有的二十四军的高级军官们，刘文辉来了兴致，自认为也是饱读诗书的他，要考考部下们的文才。他指着窗外飘洒的雨丝，命题作文。他说：“诸位，你们看我们这雨城雅安一年四季，天天都要落一阵雨。今天这个天气，不知哪位能贴切地来上几句？”

话刚落音，刘元琮显出军人本色，他马上接嘴道：“雨如流弹叭叭叭。”

刘文辉仰头大笑：“这细雨下得无声无息，哪来的雨如流弹叭叭叭？”

伍培英是二十四军中有名的才子，他说：“既然军长出题，我也来凑个趣，叫‘雅风雅雨润羌江’，可还要得？”

刘文辉不置可否，这就掉头看着中共代表杨春江，问：“杨先生，你看呢？”

杨春江说：“我看还是用杜诗‘随风潜入夜，润物细无声’贴切些。”

刘文辉暗想，人说共产党都是些没有文化的土包子，看不出来，这个显得很土的人还是读过些书的！他就试探着问杨春江：“杨先生想来是读过些书的？对杜诗有研究？”

杨春江笑道：“不敢，我只是大学毕业而已。”

“是哪个大学毕业的？”

“是苏联伏龙芝军事学院毕业的。”

苏联伏龙芝军事学院在世界上可是大名鼎鼎。“啊！”刘文辉不禁讶然失声，“原来杨先生是喝洋墨水的！”他看定杨春江，脸上明显流露出探询的神情：“那么，想来杨先生一定是精通国内外若干战例？有一事，我多年迷惑不解，想就此请教杨先生。”

“承蒙刘主席看得起。”杨春江话说得很客气，但骨子里那份从容、自信却是显而易见的，“恭敬不如从命。刘主席请讲，我只好班门弄斧了。”

“当年。”刘文辉陷入痛苦的沉思，“我的兵力比我的侄儿刘甫澄（刘湘字甫澄）多一倍，又占据着四川最富庶的川西数县，却败在了他的手下，我至今不知败在哪里？”

“轻敌、骄傲。自古骄兵必败！”杨春江成竹在胸，侃侃道来，“惜乎将军当年过分自信。以为凭借掌握在手的20万大军和70余富庶州县的财税就可打败刘湘，荡平全川；而忽视了战略上的合纵连横，远交近攻。将军既打刘湘，又打田颂尧、邓锡侯。以致分散兵力，坐失良机，这样焉有不败之理……”

坐在一边的刘元琮，看这个新来的、看起来很土的杨春江这样振振有词“教训”军长，很不服气，对杨春江不快地侧目而视。而刘文辉却听得口服心服，心中有如茅塞顿开，拿眼色制止了就要发作的刘元琮。从此，他改变了对杨春江的看法，心中充满了敬重。有什么委决不下的重大问题，他都要去找杨春江问计。

他只身去成都的想法，在杨春江那里得到了肯定和支持。杨代表认为，既然邓锡侯、潘文华等人已决然反蒋，差的就是你刘将军这样一个有计谋的领头人。刘主席你若这时不去成都暗中组织起这股反蒋力量，那么，工于心计、善于打内战的蒋介石必然将邓锡侯、潘文华等一个个分而治之。那时你孤掌难鸣，事情就难办了。不如趁目前蒋介石摸不清你刘自乾将军的虚实，心存侥幸、举棋不定之际，光明正大、洒洒脱脱只身赴蓉，不惊不诧，如野鹤闲云。这样，不仅会使蒋介石暂时放松对你的警惕，分散他的注意力，不致对西康用兵，还会促使老蒋在他的战略决策上投出一枚关键的臭棋。现在，时间就是生命，就是胜利！将军应该主动出击，赢得先机！

于是，刘文辉不再犹豫，只身携三姨太上了成都省城。

“主席！”副官隔帘轻轻一声，将一边烧烟一边陷于沉思中的刘文辉唤醒。

“啥子事，这样惊风忽扯的？”刘文辉问，他有些不高兴。

“王陵基求见。”

“啥子，王灵官来了？”刘文辉一惊，以为自己没有听清。

副官肯定地说是。

“人呢？”刘文辉没有想到自己的冤家死对头、素无来往、相互照面连招呼都不打的“王灵官”竟这个时候来了。来者不善，善者不来。想到这里，他一骨碌坐了起来，又问副官：“他人现在在哪里？”

“我让他坐在外间客厅等。”

“好，我就来！”刘文辉发恨声道，副官去了，三姨太在为他找鞋。听说王陵基来，刘文辉一肚子都是气。20世纪30年代中期，他同刘湘争夺“四川王”之际，他特意从日本购买的一大批军火，其中还有飞机，以增强实力，那可是他倾了全力的。当军火从上海装船顺江而下，进夔门经过王陵基控制的地盘万县时，被他打来“吃”起了，“吃”了就不肯吐出来，以致让他在以后的“二刘”决战中吃了大亏。

“抱歉！”当刘文辉一脚跨进他那间中西合璧、精致典雅的小客厅时，王陵基站了起来，满脸堆笑，双手打拱，说是，“得罪、得罪，都这个时候了，还来打搅自乾公！”

刘文辉将袍裾一甩，在王陵基对面一坐，二郎腿一跷，话中有种嘲讽意味：“俗话说无事不登三宝殿。王主席现在是委员长赖以信任的大忙人、大红人，脚步金贵，咋舍得这个时候下驾寒舍？是不是王主席手中握有委员长的尚方宝剑，让你这个时候来宣旨？”

王陵基听了刘自乾这番话，也不恼，仰起头来打了一串假哈哈：“自乾兄还真说对了。”他说：“我是无事不登三宝殿。”说完这话，却又不说下去，一边用很为诡诈的眼睛打量着秋风黑脸的刘文辉，一边用左手端起放在他面前茶几上的茶碗，右手拈起茶盖，轻轻刮了两下茶汤，嘬了一口名山香茶。刘文辉以为他要说些什么，可是王陵基却夸起了他治下的名山茶。

“还是刘主席治下的名山茶好。俗话说，‘扬子江中水，名山顶上茶’，这茶，真是名不虚传。”王陵基在将茶碗搁回茶几上时，摊明主题：“委员长听说刘主席这一向身体欠安，特别差遣我来看看。”话中，该有的意思都有了。

“不敢，不敢！”刘文辉听他这样说，立刻做出一副诚惶诚恐的样子，虽然没有站起身来，但说话的语气变得诚恳了。

“委员长日理万机，这样问到属下，还派王主席深夜光临寒舍，真是令我万分感谢。我来成都后，几次想去委员长那里聆听教诲，可是我这腰杆不争气。”刘文辉说时，用手捶了捶瘦削的腰肢：“我最近的风湿性腰痛病犯了，门都出不得。我到成都，原想找名医看看，可是，没得用。所以委员长几次通知我去北较场中央军校去开会都没有去成，还要请王主席在委员长面前多多美言。”

“委座叫我今天来看刘主席的另一个意思是，四川的情况你最熟悉。委座想征求你对川西决战的高见。”王陵基一边观察着刘文辉，一边开始步步紧逼。

“王主席你是知道的。”刘文辉装疯卖傻，沉着应对：“我刘自乾偏安一隅，孤陋寡闻，早成了井底之蛙，哪有啥子高见？委座高瞻远瞩，统揽全局，委座怎么决定，我刘自乾就怎么办。”

刘文辉这一套，当然瞒不过王陵基，见刘自乾以守为攻，使哀兵之计，王陵基这又进了一步：“委座问刘主席，不知你的二十四军准备如何融入川西决战，同胡宗南部配合？”

刘文辉将王陵基踢给他的球又踢了回去。他叩了叩头说：“依我看呀，国军得先要打一个大胜仗来鼓舞士气。若老是打不赢人家，就鼓舞不起士气。”说着叹了一口气，“至于我那几个士兵，几支破枪，谈得上啥子配合？要打川西决战，还是得靠胡宗南手中的中央军精锐部队。”

好个狡猾的刘自乾！王陵基有些沉不住气了，他有些不满地看定刘文辉，语气突然间变得生硬起来，恢复了平日的霸道本性，他恶狠狠地说：“胡宗南是胡宗南，你是你！委座问你，究竟准备咋个办？”

“啊？”刘文辉还是毫不动气，从袖笼里伸出一只瘦骨嶙峋的手，在光头上抓搔了几个，开始诉苦。

“王主席，我的家底子你最清楚。我那几个烂兵那几条破枪，有啥子战斗力？名说是一个军，中央其实不过是给一个称号；钱、粮、枪，都不给，虚的。当然，现在是国家有难，匹夫有责。我刘自乾敢不遵命？问题是，我的部队都散在西康、凉山、雅安三地，战线很长。若要集中到成都，就得让我的部队翻山越岭，徒步行军，没有两三个月拢不到一起。到时，怕是稀饭都凉了！”

刘文辉的话说得在理，头头是道，简直是针插不进，水泼不入。王陵基略为沉吟：“委员长的意思并不是要你把部队收拢到成都参加川西决战。而是请你与晋康（邓锡侯的号）兄去‘川西决战指挥部’，同顾（祝同）总长、胡（宗南）长官一起联合办公，这该可以了嘛？”

刘文辉自然知道，这是蒋介石因为不相信他和邓锡侯，想羁绊他们，逼他们就范的杀着，便又推托道：“我这次是到成都治病养病。若是委座有什么不放心的话，我的病稍好些后，我立马回我的雅安去。”说到这里，刘文辉不想让王陵基在这里再纠缠下去，站起身来，高喊佣人：“掺茶！”

王陵基知道，这是刘文辉在撵自己了。只好站起身来，将博士帽拿在胸前说：“那么，陵基告辞了。自乾你好生将息，我改天再来看你。”

“王主席公务繁忙，就不用来了！”刘文辉赶紧推托，他一直将王陵基送出门，直看他上了车，礼数很周到。

“嘀、嘀！”看到王陵基的小车刚一开动，刘文辉马上转过身，马起一张脸，进了门，手一挥。

“砰！”跟在后面的佣人赶紧关上了两扇黑漆大门，犹如在送瘟神。

从刘文辉公馆出来，王陵基上车僵坐了好一会儿。他在考虑等会见到另一个难对付的邓锡侯时，该如何应对？想了一会儿，他让司机开车。轿车开始沿着浣花溪飞驰。夜幕中，远远望去，那一衣带水、黑压压的一片庄院出现在了视线里，那就是西南军政长官公署副长官并握九十五军实权、三星上将邓锡侯的公馆康庄。

车到青羊宫，这里街道狭窄。司机放慢车速，在石板街道上缓缓行驶。这里已经是市郊。灯光暗淡，一排排低矮的破房烂舍沉浸在夜色中，苍凉凄寂。偶尔有夜海中忽沉忽浮，从窗前闪过的灯光，那是些为生计所逼，在寒夜中做小生意人点的灯笼。

倒拐处，忽见人群熙来攘往，声音鼎沸，就像是被谁往前赶着的鸭群，争先恐后地往前涌。杂乱的人群挡着了行车路。

“安逸，领到了一支卡宾枪。”

“别挤，别挤，上山打猎，见者有份”……群声嘈杂，涌入耳鼓，秩序混乱，惊呼呐喊；从车边经过的影影绰绰的人们，个个凶神恶煞。难道是地狱里阎王爷忘了上锁，涌出的一群恶鬼？还是趁着月黑风高夜，匪帮打进了省城？王陵基看到这些不胜惊讶，他让司机停车，要副官下车去弄个清楚。

情况很快就弄明白了，这群凶神恶煞，正是他治下的成都附近的“游击挺进军”。原来中央军校少将总务处长、现川康游击挺进总司令王旭夫，将军校剩余的枪支，分发给成都附近的游击挺进军，这些凶神恶煞今夜是来领枪的。

“王旭夫将军校剩余的枪支都发给了哪些人？”王陵基让司机开车后，

问副官，有些不高兴。

“发给了新津袁树江、大邑郭宝之、蒲江乔子均、双流曾炳章、崇庆李泽儒、金堂赖合山……”副官一一报来，这些人，不是袍哥头目，就是土匪头子。

“好了，好了。”王陵基点了点头，不胜其烦地挥了挥手，打断了副官的汇报。

小车慢慢开出了青羊正街后，向康庄奔驶。

与此同时，“水晶猴”邓锡侯早接到了刘文辉的电话。估计王陵基也会衔命而来，他在他那间西式小客厅里气鼓气胀地等王陵基。灯光下看得分明，年龄上，邓锡侯比刘文辉略长，中等身材，面白，方脸宽额浓眉，颇有军人气质。在生活上，他比较洋气，每每在出席达官贵人、名媛荟萃的公开场合，总是穿西装打领带，脚上皮鞋锃亮。这会儿，他穿一套休闲式西服，坐在客厅里的一把路易十四式沙发上，抽烟品茗，一边陷入思索中。他抬起头来，久久地打量着对面壁上的一幅川军出川抗日木刻画，木框框着的画，极具立体感。画面上的川军，身背斗笠和大刀，背景上落叶飘飘，水瘦山寒。身着土黄色单衣、短裤，打着绑腿的川军们，手持上着雪亮刺刀的简陋至极的步枪在战场上冲锋。他们瘦削的脸，燃烧着钢一般的意志，有着电一般的目光。这幅木刻画，与矗立在成都东郊万年场的那尊“川军无名将士牺牲纪念碑”，在构图上几乎完全一致。“川军无名将士牺牲纪念碑”是著名雕塑家刘开渠费时经年的杰作。一时，他的思绪走得很远。

他想到了成都巷战，想到了“二刘决战”，想到了抗战期间他率军去山西作战，想到了以后老蒋如何对他不信任，从前线调回四川，想到这些年来四川军人的沉浮。田颂尧早已隐退，孙震和杨森还在为老蒋卖命。而其中，跟老蒋跟得近乎疯狂的只有这个马上就要来的王陵基！

他想到了目前处境：他实际掌握的九十五军，日前被蒋介石调出了成都，却又在离成都不远的灌县、彭县一线布防。这是蒋介石的手段，对他有一种安抚的性质。实际上，也是对他极不信任且做好了防范。

现在，整个成都基本上都由盛文的部队控制着。

在他和刘文辉、潘文华看来，现在最大的威胁还不是老蒋，也不是胡宗南、盛文，而是王陵基。有一句俗话说得好，“没有家鬼引不进外祟”，王陵基“王灵官”就是家鬼。因此，年前，蒋介石假惺惺地引退期间，他和刘文辉、熊克武曾经在重庆向代总统李宗仁当面提出撤换王陵基事。李宗仁却把手一摊，苦笑着说：“我名说是一个代总统，可实权都由蒋先生揽着。不要说撤换一个省主席，就是撤换一个专员，我都没有权力，都要由蒋先生定。”

他们在送别李宗仁去广州，在白市驿机场，忍了好久的他，愤愤地对李宗仁说：“代总统，若王陵基不撤换，到时候不要怪我们倒拐啊！”李宗仁闻言不由一怔。李宗仁明白四川话中的“倒拐”是什么意思！但李宗仁无奈，临别之际只对他们说了些“以大局为重，忍辱负重”的话而已。专机即将起飞时，李宗仁站在机舱门口，迟迟不进去，挥着手中军帽，嘱咐他们“彼此保重，以后多多联系”……

“报告！”副官隔帘一声，将邓锡侯从悠长的思绪中唤回现实。

“是王陵基来了吗？”他直截了当地问。

“是。”副官说，“王主席已经来了。”

“让他进来。”邓锡侯说时，气呼呼地站了起来。

“晋康兄，打搅了。”王陵基一进这间西式小客厅就抱拳作揖，做出一副很客气很亲热的样子。

“泡茶。”邓锡侯并不拿眼看他，高声呼唤佣人。

“我坐坐就走，不喝。”王陵基摇手，“我晚上喝茶睡不好觉。”

邓锡侯丧他：“又没有放有耗子药。”他招呼女佣给“王灵官”泡了杯茉莉花茶。

见王陵基端起茶船，拈起茶盖，弹花、呷茶，做不完的过场，邓锡侯厌恶地皱了皱眉，他讨厌“王灵官”的假斯文。

“王主席脚步金贵。”邓锡侯不无讥讽地说，“咋舍得这个时候了还到我这里来？有啥子事，明说。”

见邓锡侯一见面说话很冲，王陵基也就不绕弯子了，放下茶碗，他用质问的语气问："委员长让我来问问，为何几次通知你开会都不去？"

"不敢。"邓锡侯说，"我有病。"

"太巧了，你和自乾都在这个时候得病。"

"那咋说得定？人吃五谷生百病。病了未必还有假的？"

王陵基见邓锡侯越说越上火，就要"毛"，他赶紧转换了口气。

"晋康兄不要多心。"王陵基开始软言相劝，"你是晓得的，现在局势日趋紧张。委员长要我今夜来，一是探望仁兄，二是征求仁兄对'川西决战'有何考虑？"

"王主席说话不要弯来绕去的。无非是要我的九十五军去抵倒嘛！"邓锡侯一语点出王陵基来的目的，脸上浮出嘲讽的意味。"可惜呀！"邓锡侯叹了一口气，"我的大部分部队都被整掉了。现在，我就几个烂人几条破枪，拿啥子去抵人家共产党的百万雄师，挽回败局？我看还是得靠胡宗南的中央军！"

王陵基暗想，咦！看来这刘自乾、邓晋康两人是一个鼻孔出气，他们肯定是串通好了的。

王陵基看了看邓锡侯："委座的意思是请晋康兄尽快出山，与顾（祝同）长官、胡（宗南）长官在'川西决战指挥部'联合办公。"

"不得行，我有病。"邓锡侯的回答有点横，毫无转圜的余地，"我去干啥子？我又没有实力，还不是被人整起耍！"话中带有几分酸溜溜的意味。

"话是不是就说到这里？"王陵基本来也不是一个好脾气的人，他心中冒起来的火忍了又忍，看话说到这个份上，站起身来要走，颇有些威胁的意味。

"就这个样子。"邓锡侯毫不退让，呼地一下站了起来，大手一挥，"送客！"他很不客气地下了逐客令。

王陵基从邓锡侯的康庄出来，丝毫不感到气馁，心中甚至有几分幸灾乐祸。他终于不辱使命，摸清了"多宝道人"和"水晶猴"的底。他可以在向委员长交代时，借机奏上一本。给他们戴上"对委员长制定的'川西决战'消极怠工，推诿塞责"两顶帽子。心想，我王陵基把你刘、邓两个人没有办法，那就让蒋委员长来收拾你们！他相信委员长听了他的报告后，决不会放过刘、邓二人。而蒋介石整刘、邓越凶，他越高兴。

“主席，车开哪里？”司机见王陵基上了车半天愣起，小声问了一句。

“去潘文华官邸。”他很不耐烦地哼出一句。

福特牌轿车，这又载着他向另一条街道驶去。

一张有棱有角的脸，重枣似的面容，不高不矮结实的身躯，不断在王陵基脑海中晃动。现挂名西南军政长官公署副长官的潘文华，也不是一个简单人，与蒋介石结怨最深。

抗战中，刘湘病死汉口后，同样作为刘湘生前最为信任的左膀右臂唐式遵和潘文华的命运是绝不相同的。他们两人都是仁寿老乡，都是二十三集团军副总司令兼二十一和二十三军的军长。可是，唐式遵因为投靠蒋介石节节提升，而不被老蒋信任的潘文华却被剥去兵权，一贬再贬。虽然后来受封为川康绥靖公署副主任、川陕鄂边区绥靖主任、二十八集团军总司令。但是，这些都是虚衔。回到四川的潘文华，看刘湘先前的另一个大将王缵绪也因为投靠蒋介石当了四川省政府主席，气愤不过，于1939年策动了七师长倒“王”。

潘文华策动的七师长倒“王”，据说，私心是期望拿掉王缵绪，他来当四川省政府主席的。可是，蒋介石将计就计，拿掉了王缵绪并乘机将窝在四川的实力派人物，如王缵绪、王陵基等等，统统扫地出门，让他们率军出川抗日，蒋介石自己来兼四川省政府主席。然后，将四川省政府主席这个他最看重的职位交给了他的亲信张群。

一手拿糖，一手举鞭子，一打一拉是蒋介石的惯技。夺了潘文华的军权，在经济上给点优惠。后来，在蒋介石的亲自过问下，潘文华之弟潘昌猷摇身一变成了金融大亨：担任了川省银行总经理。1940年，蒋介石指令财政部向川省银行投资200万元，提升潘昌猷为川省银行董事长。

这样一来，表面上，原先横扳顺跳的潘文华变得很听话了，唯委员长马首是瞻。然而，明眼人都看得出来，事情并不这样简单。

1948年，随着国民党军队在战场上节节失利，天府之国四川在蒋介石心目中的地位指日上升，为了扫除障碍，将四川打造成一个稳固的后方，老蒋先从潘文华身上开刀。办法还是明升暗降，“竭泽而渔”。这时，潘文华名说是川、黔、湘、鄂四省边区绥靖主任，但没有军权，只是在地瘠人贫、交通不便的黔江县里有座象征性的、可怜巴巴的“衙门”。雪上加霜，潘文华再被蒋介石完全调离出川境，带着他的“衙门”移驻湖北宜昌市，眼睁睁地看着自己苦心经营多年的二十一军被蒋介石宰割干净，而且连自己最后一点“血本”——儿子潘清洲指挥的二三五师也被孙震“吞”了。

灾难还未到头，欲加之罪，何患无辞。

1948 年 7 月 16 日，蒋介石以驻襄樊的康泽兵败被俘，就近的潘文华援救不力为由，乘机将潘文华所挂的川、黔、鄂、湘边区绥靖公署主任一职也抹了。

之所以现在蒋介石对潘文华还有些顾忌，这是因为委员长担心“百足之虫，死而不僵”，潘文华在四川军政界盘根错节，有相当影响力。潘文华现在毕竟还挂有一个西南军政长官公署副长官的名义！

然而，潘文华值得我王陵基夤夜而去吗？王陵基是一个很实际、将利害关系权衡得很清楚的人，也是一个爱面子很自尊的人。权衡了一番，王陵基改变了主意，他要司机潘公馆就不去了，车开回去。

这会儿，王陵基感到累了。他很想待在自己华贵、舒适、温暖的公馆里，就着美味佳肴喝上几杯美酒，驱驱寒，再拥着自己娇美的小妾红芙蓉美美地睡去。

小车又回到了祠堂街。夜已经有些深了，黑黝黝的大街上显得格外冷清。静得可以听见自己小车的车轮触地碾过街面时发出的轻微的沙沙声。突然，“叭叭叭！”夜幕中青羊宫方向传来几声清脆的枪响。

“出事了！”王陵基不由一惊，浑身一震，支起耳朵细听时，周围却又归于一片沉静。

第十六章

斗智斗勇，生死存亡系于一发之际的角逐

这天上午10时，两辆轿车相跟着徐徐开进了少城里金河边上的“将军衙门”。这座“衙门”高墙广院，极具清朝建筑特征，清朝时期，是成都将军的办公地，现在成了顾祝同、胡宗南的川西决战指挥部。

王陵基去刘文辉、邓锡侯家探营后的第二天，他对蒋介石添油加醋地述说了刘、邓二人如何不听招呼，蒋介石很生气，立刻打电话给顾祝同，让顾祝同给刘、邓二位转达他的命令，务必第二天去“川西决战指挥部”商讨有关事宜。

刘、邓下车后，会意地笑笑，朝楼上走去。对于这次短兵相接，刘、邓也是做好准备的。

宦海中沉浮多年的两位将军，在轰送王陵基的当天夜里，不敢怠慢，电话通气后，告诉了潘文华，并约潘第二天一早到刘文辉家“打麻将”，三人讨论了形势，商量好了对策。决计协同动作。

早在9月，刘文辉就通过设在雅安司令部的王少春的中共秘密电台，给中共中央副主席周恩来拍去电报，称：“多年来受蒋压迫日深，积怨难言，处境困难。今已与邓锡侯、潘文华两部约好，决定站在人民立场。今后如何行动，请予指示。”

周恩来立即回电，明确指示：“大军行将西征，希积极准备，相机配合。不宜过早行动，招致不必要的损失……”

也就在王陵基“夜访”的第二天近午时分，有辆漂亮的黄包车来到玉沙街刘公馆的后门前停了下来。从黄包车上下来的一位年轻先生，30来岁，满脸精明，长身玉立，青皮长衫，头上戴的一顶博士帽压得很低。他将钱付给了车夫，车夫去后，确信无人盯梢，他快步来到公馆门卫传达室，通报了自己的名字。立刻被早就等在那里的副官李金安迎了进去。这位年轻先生名叫胡克林，是中共“临工委”应刘文辉的要求派去的；他的父亲胡子昂早就与中共关系密切，曾任刘文辉的二十四军边务处长。

见到胡克林，刘文辉立刻迎上去说，我就等你，说着伸出去手，双手握紧。

中共特派员胡克林带来了中共中央关于要求刘、邓、潘起义的三条意见。认为现在起义时机已到，宜选择适当地点公开宣布起义。他们并商讨了起义时的通电、起义后部队撤去国民党军徽、在驻地升起五星红旗等具体事宜。为慎重起见，刘文辉当即又找来邓锡侯、潘文华敲定了所有起义有关事项。

接着，邓锡侯暗中调兵遣将，命令黄隐去隆兴寺坐镇指挥，并在驻地尽其可能地集中了五个团的兵力，占领了当地制高点和要地，做好了随时战斗的准备。

做好了这一切准备，他们接到顾祝同代表蒋介石打来的电话后，发觉语气很硬，有种图穷匕首见的味道。为了麻痹老蒋，他们答应遵命。这不，他们就来了。

按理说，刘、邓来了，顾祝同、胡宗南该下去迎一迎。可是他们傲慢得很，他们又仗恃，这可是给刘、邓最后的机会。如果刘、邓再敢不来，他们已经得到了蒋介石的命令，即将对刘、邓用兵。胡宗南巴不得刘文辉、邓锡侯，尤其是刘文辉不来。不来，他就可以挥兵将刘文辉一锅端，省得留下后患。

“他们终于来了！”站在拉着绿色窗帘的西式窗前，胡宗南看着车上下来的刘、邓，看着顾祝同讪笑一声。

“人家既然来了，出于礼貌，我们还是去迎迎吧！”

“好吧！”胡宗南跟着顾祝同迎了出来，对刘、邓二位将军的来到假惺惺地表示了欢迎。进了作战室，对刘、邓让了座，顾祝同也不多说，拿起一根细长的竹竿，指着正面壁上那张二十万分之一、足足占了半壁的军用地图敲打一阵，说了一些刘、邓两人一看就明白的“目前敌我态势”后，特意问：“你们看，我们制定的这个‘川西决战’阵势，行还是不行？”

刘文辉敷衍一句：“我看可以嘛。”

邓锡侯马上接上，“啷个不行！”

“那你们的军队该如何融入战斗序列？”胡宗南见“多宝道人”和“水晶猴”稳起，心中生气，便直截了当地逼了上来：“你们的二十四军和九十五军怎么调配？”

“你们看咋好就咋个调配嘛。”邓锡侯回答得似很干脆。

“说得好听。”胡宗南嘟囔道，“你们的部队，我们怎么使唤得起！”

“好办。”刘文辉更是平心静气，他看着气呼呼的胡宗南说，“我干脆将我这几个烂人，几杆破枪交出来就是了，免得你们不放心。”

“自乾兄、晋康兄不必多心。”顾祝同看场面有些僵，开始打圆场，“请你们出山和我们联合办公，这是委座的意思！”说着委员长时，身子一直，颈子一硬，又说：“咱们一家人不说两家话，好不好？”

邓锡侯看顾祝同搬出“委员长”吓人，气不打一处来，来个以攻为守，干脆把话挑明：“我看委员长是对我们川军不放心吧？不然不会命令我把九十五军开出城去，而且离城40里……如果这样，委员长就是过虑了。我和自乾都打过红军，是人家共产党要打倒的大地主、大军阀、大官僚。退一万步说，就说我们有心投共，人家共产党能要我们？能饶过我们？”

邓锡侯这一番话说得入情入理，顾祝同听了连连点头说是。想了想，作为主官，他和盘托出了主题。

“这是非常时期。为精诚团结迎敌，我看是不是就请自乾兄、晋康兄给你们的部队下道命令，以后凡是以‘川西决战指挥部’名义下达的命令，两军官兵保证执行，如何？”

“对对对。”胡宗南很赞成。

“哎哟！”邓锡侯生性幽默，他夸张地咂了咂嘴说，“现在而今眼下，胡长官的兵最多，也最精锐。如果我们这几个烂兵、几条破枪，胡长官也要收过去，那胡长官岂不成了‘韩信点兵，多多益善’了。胡长官要指挥我们的军队，当然可以。谁叫胡长官是决战指挥部的长官呢！”说着看了看刘文辉：“但不晓得我们两个土包子，是不是也可以指挥胡长官手上的30万精锐的中央军？”

胡宗南一听这话，满脸怒气，顾祝同也显出焦躁。刘文辉决心把这出“双簧”演到底。他不动声色地转移了话题。“顾长官！”他说，“我看，在这种形势下，最好的办法还是得借重胡长官，让他的精锐部队好好打个胜仗，好好教训教训跟进的共军，这样才稳得着人心、军心。不然不好办哟！”说着叩了叩脑壳。

顾祝同看清楚了，刘文辉、邓锡侯虽然来了，却完全没有诚意，是在敷衍塞责磨嘴巴劲。但他并不生气，只是阴阴地一笑，看了看腕上金表，开始“就坡下驴”。

“自乾兄、晋康兄！”顾祝同说，“时间不早了，我们不谈公事了。二位就请在这里随便吃顿便饭，下午继续谈。我这里通知人给厨下说一声，加几个菜，我请客！”

“情领了。”刘文辉婉拒，手直摇，“我胃不好，我得回去吃粑和点、热点的东西。”

“我吃得清淡！”邓锡侯更是边说边站起来往外走。

待刘文辉、邓锡侯下了楼，上了汽车，顾祝同立即用专线电话向住在北较场中央军校的委员长做了报告。

蒋介石闻讯略为沉吟，当即做出第二个决定，让他的侍卫处通知刘文辉、邓锡侯、潘文华第二天一早到他下榻处开会。

第二天一早，刘文辉、邓锡侯、潘文华到后，发现这天北较场中央军校加强了戒备，气氛有些紧张。

他们一进会议室，更感到气氛不对。

铺有雪白桌布的椭圆形长桌两边，蒋经国、阎锡山、张群、顾祝同、胡宗南、王陵基、毛人凤等，还有一个四川省警察局长何龙庆已挨次入座，虚位以待了。

张群见到他们进来，欠了欠身子，客气地笑着说了句："就等你们，委员长马上就到。"笑得很难看。其他的人，见到他们，假装没有看到；胡宗南更是脑壳硬起，有仇似的。

他们刚刚坐下，少顷，门一开，蒋介石风似的刮了进来。大家唰地起立，双手紧贴裤缝，向蒋介石行注目礼。近来越发显得消瘦的委员长，身着军服，佩特级上将军衔，披着黑色斗篷，长身玉立。他也不说话，站在首席位置上，先用那双犀利的鹰眼，习惯性地向在座的下属逐一作了扫视。然后，双手向下压了压，示意大家坐下，并率先坐了下去。

"成都局势日趋严峻，决战在即。"蒋介石坐下就直奔主题。刘文辉一直打量着蒋介石的神情，心绷得紧紧的，听到这一句，"咚！"的一声，心才落进胸腔子里。他想，看来，蒋介石还不至于马上就要把我们怎么的！

定了定神，只听蒋介石很生气地说："决战在即，是战还是退，早有定论，嗯！可是至今，在下面仍有不同意见。这不行！在座的，都是参加决战的要员。"蒋介石说着特别看了看刘文辉、邓锡侯、潘文华。

"今天，之所以开这个会，就是要彻底解决这个问题。嗯！决战要有决战的样子，退守要有退守的准备。思想不统一，集中力量进行决战便无从谈起。在座的，嗯，都是党国栋梁，戡乱反共精英。何去何从，请诸位充分发表意见。"蒋介石说到这里，戛然而止。

蒋介石话刚落音，好像是在油锅内掺了一瓢水，炸了。会场上分成了两派。胡宗南成了主退派头子，而王陵基成了主战派代表人物。双方都有充分理由，言辞也很激烈，各不相让。性格躁辣的王陵基在同胡宗南的争论中涨红了脸，干脆这样很冲地对胡宗南说："胡长官不要口口声声再说退、退！再退，就伤了四川人的心。不说多了，胡长官的30万部队入川后，受到四川民众那么大的支援，不打一个胜仗就退，说不过去嘛！总不能总是说以退养战、养望嘛！”王陵基这一番话揭了胡宗南的伤疤，戳到了他的痛处。

胡宗南气极了。他那张黑红脸由于充血，变成了猪肝色。他以非对非，嘲讽反驳王陵基：“王主席的勇气令人佩服。不过，宗南也要提醒王主席，你的目光是不是短浅了些？俗话说，‘留得青山在，不怕没柴烧’。在座的都知道，委座手中现就只剩下宗南手中三个兵团这点老本了。打？谁不愿打，谁不愿唱高调！可是，我们拿什么去打？”本来，他要说，“拿什么参加决战？”但因投鼠忌器，话到嘴边改了口。

“川西坝子一马平川，无险可守。”胡宗南以质问的口气接着说下去：“难道王主席非要让我这点老本去硬碰，让共产党一口吃了才高兴吗？或者，届时有人跑到共产党那里表功，说他替共产党做了件‘为渊驱鱼’的大好事也说不定！”

“你这话是什么意思？我要去替共产党‘为渊驱鱼’？”肝筋火旺的王灵官气得鼻子都快歪了，“不要忘了，我王方舟也是带兵多年的军人。不要以为你手中有 30 万精锐部队就奇货可居，就可以提劲打靶欺负人！”

胡宗南反唇相讥：“胡某也要奉劝你一句！不要以为你手中有油盐柴米，就可以对我们来自省外的‘白华’为所欲为！”

刘文辉、邓锡侯、潘文华见状心中暗暗高兴，像看耍猴戏似的。不过，他们只是互相会意地看看，脸上都没有露出来。“喂、喂！”阎锡山出来当起了和事佬：“二位都是党国的重臣、忠臣，都是委座的好部下，你们有话好好说，好好说。”

“阎院长说得对。”张群插言，“有话好好说嘛，有理走遍天下，无理寸步难行，不要总是肝筋火旺的，这样不好！”说着笑扯扯地瞟了一眼坐在对面的王陵基，带着相当的嘲讽意味。

刘文辉巴不得这种狗咬狗的斗争继续下去。可是他猛然一惊，这才警觉到，坐在上首的蒋介石，正紧绷着脸，抿紧嘴唇，用一双锐利的鹰眼注意打量着他、观察着他。

他赶紧将头掉了开去。他私心期望胡宗南的意见不要动摇蒋介石，期望胡宗南手中的30万精锐部队千万不要往西康、西藏一线退去。一退麻烦就大了。现在解放大军正以泰山压顶、狂飙突进之势入川，夜以继日。他的二十四军和邓锡侯的九十五军正在加紧做着起义准备。时间就是生命，时间就是胜利！蒋介石爱面子，如果固执己见，拒不听从胡宗南的意见，那就好了。明明知道蒋介石在看他，注意他，他镇定着自己，暗暗告诫自己：“每临大事有静气！”要镇定，沉着应对。

这时，想不到的是，邓锡侯发言了。

“胡长官说得对。”邓锡侯语出惊人，刘文辉起先一怔，马上明白了“水晶猴”在使疑兵之计。

“成都平原无山少垒。”邓锡侯的一番话说得相当专业，“在敌强我弱的情况下，为保存实力，不宜与敌正面接战。”他的话说到这里戛然而止，似完又没有完。

一时，会场上呈现出短暂的沉默，大家都不说话了。

“自乾！”蒋介石终于点刘文辉的将了，他笑扯扯地说，“你一向是很有城府的嘛。嗯，这一仗怎样打？我想听听你的主意。”

“哦，委员长过奖了。”刘文辉不由心里一阵发紧，话却说得不慌不忙，“卑职哪有什么主意？卑职向来唯委座指示是命。委座向来高瞻远瞩，统揽全局，我等站在局部，不过是管中窥豹。自乾保证，委座怎样指示，自乾就坚决执行。”

“好，还是自乾干脆！”蒋介石听了刘文辉这番虽然好听，却是不得要领的话后，心中暗想，“多宝道人”确实狡猾，口头上却不阴不阳地表扬了刘文辉几句。

就在刘文辉以为过了关时，蒋介石却并没有放过他，当即下达了一道举座皆惊的命令。

“刘主席！”蒋介石目光灼灼地看着刘文辉，“你在成都养病，就安心养你的病好了。但请你会后，立即以‘川西决战指挥部’的名义，命令西康省代主席张为炯并康地民族首领们，迅速组织起百万民军，于7日内分批向成都开拔。另，现散布于康、凉、雅三地的二十四军，在五日内到雅安集结待命。嗯！”不由刘文辉发言，蒋介石接着说，“若是需要，中央有关部门可抽调出1000辆大卡车急赴康地，将散布于康、凉、雅三地的二十四军向成都紧急军运。”说着，他掉头看着顾祝同命令：“顾长官，此事你负责督促实行！”

“是！”顾祝同应声起立，回答得很干脆。

“自乾呢？”蒋介石盯着刘文辉，拖长了声音问。

“是。”刘文辉也站起来回答，表面上很镇静。

待刘文辉坐下后，蒋介石开始敲山震虎。

“自乾、晋康两位将军！”蒋介石脸上带着一丝阴笑，一丝杀气，加重了声音，“外面最近对你们可有不少风言风语，说你们与中央离心离德。这些，虽然我可以统统不信！但你们必须拿出实际行动来证明。不然！”说到这里，蒋介石一双鹰眼灼灼闪光，“为了党国的利益，我就不怕你们多心，只好将你们的家眷先送到台湾去！”蒋介石说到这里不说了，只是拿眼看着刘文辉、邓锡侯，态度很有些横。

这时，所有与会的大员们才明白过来，蒋介石绕了半天弯子，要大家讨论什么大战前夕是守，还是退，不过是个幌子。他召开这个会，其实是要解决刘文辉、邓锡侯还有潘文华的问题。委员长对刘、邓下了最后通牒！

刘文辉、邓锡侯假装“傻”了，什么话也不说，坐在那里愣起。沉默是金，这个时候，沉默，甚至装傻，是最好的办法。他们注意到，王陵基竟是一副得意扬扬的神情。见没有人发言，主持会议的行政院长阎锡山宣布散会。

会议刚刚结束，侍卫长俞济时向蒋介石报告，说是毛人凤有紧急情况报告委座，已经在外面等很久了。

蒋介石说：“让他进来。”

毛人凤急步走进蒋介石的办公室，在总裁面前一站，胸一挺，敬了个礼后报告了一个惊人的情况，发现刘文辉在宽巷子11号的小公馆里设有秘密电台，而且最近几乎每天都在用密码向外发报。可是，就在今天刘文辉去军校开会时，电台神秘地中止了发报……

蒋介石略为沉吟后吩咐：“继续秘密监视。随时向我报告情况。没有我的命令，任何人不要擅自行动，嗯！”毛人凤又是胸一挺，说：“是！”蒋介石站起身来，在房间里踱步寻思。在他看来，刘文辉这是在用密电同他设在雅安的二十四军军部联系。至于联系些什么，内容不难搞清楚。反正你刘文辉现在被我捏在手心里，你能干些什么呢？你纵然就是孙悟空，也翻不出我如来佛的手掌心。

在刚才结束的会上，他给刘文辉下达了死命令，刘文辉当场接受了命令，刘文辉是不是阳奉阴违，在背后搞什么名堂？三五天后就会水落石出、皂白分明。

想到这里，蒋介石挥了挥手，让毛人凤走了。毛人凤前脚出去，蒋经国进来了。

“爹爹！”儿子说的一番话很不对他的口味。经国说：“我冷静下来细想，觉得胡宗南的话有道理，很有道理。”

蒋介石打断了儿子的话，审视着儿子脸上的神情：“胡宗南下来又找过你了？”

“没有。”蒋经国矢口否认，抓着话题据理力争。

“爹爹！”蒋经国说，“胡宗南的话没有说透，但道理是对的。我们有了实力才有一切，犯不着同共军硬拼。”说着展了开去，脸上的神情诚恳中透出一股凄切：“从辛亥革命到北伐胜利；从中原大战到三次大的‘剿共’，还有期间的抗日战争；从爹爹你抱病投考保定军校，到日本东京士官学校留学；从护卫孙总理南征北战，到爹爹你创办黄埔军校……哪一件哪一桩不是最终靠枪杆子解决问题？爹爹，你为创建起一支强大的军队费尽了毕生精力。现在党国就只剩下胡宗南手中那几个完整的集团军了，就只剩下了那点精锐，倘若在成都与数倍于我的共军进行决战，这样当然可以延缓、迟滞共军的行动。但是，我们手中最后一点血本就会打光输尽，这岂不正中共产党之计？爹爹，你就连手中这点血本都要泼洒出去吗？”

儿子这番话说得入情入理，声情并茂。让蒋介石听进去了，在屋内来回踱起步来。儿子的话也许是对的，他知道，从共产党营垒中反戈出来，并且在反共斗争中表现出相当才具的儿子，在一些美国人眼中是一颗冉冉升起的希望之星，是“改良太子”，确实是有些过人之处。

1948年底，国民党在政治、军事、经济上一败涂地。特别是经济已经崩溃，难以支撑摇摇欲坠的然而还得高速运转的战争机器。8月13日，在庐山作短暂休息的他痛定思痛，在美国驻华大使司徒雷登帮助下，搞了个“经济紧急处理方案”，8月19日，这个方案由国民政府明令公布实行。

先是在上海试点。上海是中国最大的金融市场，也是远东数一数二的金融中心，是世界冒险家的乐园，被称为“东方巴黎”。显然，新经济政策如果在上海取得成功，就取得了事半功倍的效能。但是，用四川人的话来说，这是一个“红炭圆”。实行“经济紧急处理方案”，会得罪许多达官贵人，弄不好，命丢了都说不定，因此谁都不去。关键时刻，蒋经国迎难而上，主动挑起了这副重担。8月20日，时年39岁的蒋经国以“上海经济督导员”身份，带着他点将组成的“经济戡建大队”，很有气势地开进了大上海。

蒋经国雷厉风行，在两天的时间内，出动了上海六个军警部门，对全市金融机构进行督查，并昭告上海市民，持家中所有黄金白银者赶快去银行兑换金圆券。说是：“凡违背法令及触犯财政紧急措施条文者，商店吊销执照，负责人送法庭法办，货物没收……”他选拔了12339个热血青年组成了“打虎队”。在10天以内，到街上游行，并带着武器到工厂、商店强制执行，甚至不惜翻箱倒柜、挖地掘墙搜查黄金白银。

蒋介石对经济新方案的实行甚为关心，每天都要在电话上向儿子询问进展情况。最初，成绩也着实可喜。在一个月中，上海中央银行就收兑了黄金、白银、外币共计美元3.73亿元。大太子动用铁的手腕，雷厉风行，打击奸商贪官污吏、严惩腐恶势力毫不留情，而且敢于治上，这是过去没有过的。如：财政部秘书陶启明因泄露商业机密，被判了刑；上海警备司令部科长张亚民、大队长戚再玉，因犯囤积居奇罪被拉到街上示众后枪毙；因犯法入狱的巨商大贾达64人之多，其中有大名鼎鼎的杜月笙的公子杜维屏……外国人，尤其是美国人翘起指拇夸蒋经国是国民党中的“经济沙皇”，而被触动了利益的好些党国要人则骂他是“不近人情的雍正皇帝”。

首战告捷的蒋经国春风得意，步步深入，顺藤摸瓜。他查封了有后台撑腰的“扬子公司”。他甚至六亲不认，逮捕了大姨妈宋霭龄的大公子、“扬子公司”经理孔令侃。宋美龄在南京闻讯后，大发雷霆。那是1948年9月30日，世界上闻名的“夫人”正在总统官邸宴请宾客。兴头上，忽然接到上海急电，得知“大水冲了龙王庙——一家人不认一家人”，蒋经国竟逮捕了自己的外甥孔令侃，顿时变了脸色。她立刻将载波电话打到北平，找到了正在那里视察不容乐观的军事形势的蒋介石，不依不饶，硬要蒋介石逼着他的儿子放人。蒋介石没有办法，只好向夫人妥协。

至此，宋美龄还不放心。10月1日，她乘“美龄”号专机飞沪，直接去监狱中将孔令侃领了出来，带回南京。自然，孔令侃的“扬子公司”最终未被伤及一根毫毛，所有资产转移去了美国经营。

这是一个转折。蒋经国从此开始节节败北。被最初雷霆般的打击吓退了的奸商们清醒过来，开始反击。奸商们联合起来，把上海700万市民日常生活必需品统统囤积了起来，转入黑市买卖。这样一来，物价飞涨，蒋经国苦心经营的金圆券直线贬值。百业凋零中，随之而来的抢购风排山倒海。

蒋经国的“新经济政策”实行不下去了。1948年11月1日，国民政府忍痛宣布停止“经改”，这就更苦了广大人民群众。他们手中握着的用黄金白银兑换来的大把大把的金圆券，一夜之间变成了一堆废纸。但是，尽管如此，蒋经国在上海通过“打老虎”聚敛起来的财富，还是让国民党战争机器，至少又维持了一年。

蒋经国失败了。他觉得很冤，觉得国民党上层太腐败，他伤心至极。在他辞去“特派员”一个星期的时间里，天天喝得酩酊大醉，狂哭狂笑。一种无力回天感让他心灰意懒。他在京沪等地大报上发表了《坚决反对开放议价》等文章，表明他的经济观点，并发表了《告上海人民书》，向上海人民道歉。他呼吁上海人民“运用自己的力量，防止不法商人、官僚、政客和歹徒控制他们的城市……”

这一切，作为父亲的蒋介石都看在眼里，很理解，也很同情，但也无法。怕儿子过于伤心，向来有军人作风的他，一反以往地对儿子百般劝慰。同年11月16日，他派人将儿子送回远离城市喧嚣、风景秀丽的家乡溪口休养了一段时期……

这会儿，蒋介石似乎被儿子的苦谏、儿子的情绪感染了。他慈祥地、久久地端详着儿子。经国为党国的生死存亡也是殚精竭虑啊！刚过40岁的经国，眼睑上便挂起了几尾深深的鱼尾纹，似乎在一夜之间，两鬓也窜出了好些白发。想到儿子同他一起鞍前马后地奔波卖命以及体贴，他不禁感动了。在内心里，他甚至想上前拉着儿子的手，说，好吧，就按你说的办。但是，思想上闪过一句哲语：“每临大事有静气。”他想，还是再等一等，看看刘自乾如何动作再说。如果雅安方面平安无事，就犯不着在这个时候急急撤离，乱了人心军心，就打川西决战；反之，就一鼓作气拿下刘文辉，拿下西康，改变战略方针。自己已经给刘自乾布下了天罗地网，三五天的时间一切都会自见分晓。于是，他把自己这个考虑、设想，详细告诉了儿子。

“经国，这个时候，我们千万要沉住气。对刘自乾这个人，我还是有把握的，嗯！”父亲的话说到这里，算是封了门。再一想，父亲这个考虑也许是对的。没有办法了，蒋经国只好说：“爹爹！你早些休息吧。”说完，轻步退出，并替爹爹轻轻拉上了门。

“嘀铃铃！”黎明前，电话铃声闯入了梦乡。刘文辉一个鲤鱼打挺坐起。这个时候，是他最好睡的时候，没有人敢打电话来。是谁呀，这么不知趣？他很不耐烦地伸手拿起放在床头柜上的电话机，没容他开始申斥，电话中传来卫士长杨德华显得有点慌张的声音：“报告主席，因为事关重大，不能不惊醒你。刚才委员长侍从室陈希曾主任打来电话，说是委员长请你今天去赴午宴。这个宴会比平时早了许多。”说着报告了时间。

委员长请我去吃早晌午？怪！事出突然，刘文辉感到有些吃惊，又问了自己的卫士长一遍。确信没有错后，他又问：“你知不知道，同去的还有哪些人？”卫士长说不知道。

刘文辉一句“知道了！”咔地一声放了电话。因为这个电话而睡意顿去的他，靠在床档头发了一会儿怔。最近一段时间，因为是非常时期，他同三姨太是分房睡的。但昨夜三姨太过来，同他春风一度，缠绵了好一阵。缠绵过后，向来身体不是很好的他，一头沉入了梦乡。这会儿，他发现三姨太在他身边睡得很熟，猫似的，一只莲藕似的玉手爱护地抚在他肋骨根根可数的身上。

多年养成的习惯，往常这个时分，醒了就再也不能入睡，他要思考好些问题。其中，好些是军国大事。大概要在第一线曙光洒在挂有厚重金丝绒窗帘的窗棂上时，他再睡一会儿回笼觉。这个回笼觉睡得最香最熟，一直要睡到吃早晌午时才醒；醒来，在三姨太的服侍下慢慢起床。这时，三姨太就会呼唤丫鬟进屋来，先给他送上漱口水，再送点心什么的。然后，喝早茶、吃早餐。待这一切过场走完以后，一晃就是日常人家吃午饭的时间了。像川内几乎所有的大户人家一样，刘自乾将军的一天这才正式开始。

蒋介石这是分明摆的一桌鸿门宴呀！想到这里，刘文辉失去了往日的从容，他起了身，披上衣服，去隔屋赶紧给邓晋康去了电话，得知邓锡侯也得到了同样的通知。放下电话，他长长地吁了口气。他看出来了，这顿早晌午不好吃。目前的处境是：前有恶鬼临门，后有牛刀架颈。他不想去，但不能不去。去！届时随机应变。“老子就不相信，你蒋某人有好凶，能把老子吃了咋的！”

这时，三姨太醒了。往日的功课照样上演，但因为刘文辉满腹心事，一顿很丰盛的早餐，吃得很囫囵。

早饭后，一杯早茶才饮了两口，出门的时间就到了，在三姨太的服侍下他穿上军装。抱着是福不是祸，是祸跑不脱的想法，上了车，驱车去了蒋介石所在的中央军校。

车刚进军校大门，刘文辉就明显地感到气氛不对，有一股杀气。那些身着黄呢军服、全副武装的中央警卫团官兵，代替了往常的军校学生警卫队。他们个个头戴钢盔、神情警惕，手持美式卡宾枪、冲锋枪，三步一岗，五步一哨，一直从大门外排到蒋介石住的黄埔楼和委员长将要宴请他们的小宴会厅周围。这哪是在请客，分明是如临大敌，老蒋这是唱的哪一出，是要在宴会上逮捕我们吗！

刘文辉竭力稳定情绪，他的司机刚刚将车驶进指定位置停稳，邓锡侯的车也到了。他们一先一后下了车，相视一笑。有人来接着他们，他们前后相跟。来到宴会厅，两名腰别手枪、身材高大的中央警卫团警卫，“啪！”的一个立正，挺胸收腹向他们行了一个军礼，大声向里面报告：

“西康省政府主席兼二十四军军长刘文辉先生到。”

“西南军政长官公署邓副长官到。”

话音未落，西装革履的蒋经国笑容可掬地迎了出来。他亲热地握了握刘、邓二人的手，说一声“请”，在前引路。转过屏风，眼前豁然展现出一个流光溢彩的豪华小天地！厚厚的红绒地毯中央，只摆了一席：一张式样考究的西式椭圆形餐桌上铺着雪白的台布。当中摆着一个具有清宫特色的花瓶，瓶中插着几枝红色的蜡梅，散发着淡淡的幽香。屋子正中，垂着一盏满天星灯，灯光晶莹。窗棂上拉着厚重的金丝绒窗帘。蒋介石已经坐等在那里了。作陪的只有张群、蒋经国。

“稀客！”张群笑嘻嘻地站起来，手一比，示意他们请坐，“看看，连委员长都在等你们了。”

“得罪、得罪！”刘、邓二人赶忙拱起手来，向坐在上首、身着中式长袍黑马褂的蒋介石告了得罪。

“你们没有迟到！”蒋介石没有起身，随意地将手一比，示意他们坐下。蒋经国特意将刘、邓二人安排在父亲两边。

刘文辉、邓锡侯赶紧入座。入座后，刘文辉又拱起手来，对蒋介石说：“委员长日理万机，却还请我们吃早晌午，让自乾深感不安和愧疚。”说时注意打量了一下蒋介石的神情。

邓锡侯也如此说。

“今天就我们几个人。”蒋介石做出一副随意轻松的样子，“中央入川以后，给四川增添了不少麻烦，川西决战在即，嗯，自乾、晋康，中央对你们仰仗甚多。”说着摆了摆手，“我们随吃随谈。”随着蒋介石的手势，一批早就随侍在侧的堂倌鱼贯而上，开始上菜上酒。

蒋介石是不喝酒的，他的面前摆了一杯清花亮色的白开水。蒋经国心细，他知道在座的三个四川人善饮，还知道他们三人都爱喝绵州大曲，要堂倌给他们上了绵州大曲。蒋经国在俄国养成了爱喝伏特加的习惯，却找不到伏特加，不知在哪里找了瓶二锅头。

菜上来了。

蒋介石这就率先举起包金乌木筷子，脸上露出难得的笑容，指了指摆了满桌的菜肴说：“请！入川以来，因国事蜩螗，还没有招待过二位。今天，特意请岳军、经国作陪，请二位吃顿便饭，顺便聊聊。都是自己人，我们就边说边谈吧。这是我们的家乡菜，不知合不合你们的口味？”说着，分别给刘文辉、邓锡侯夹了一筷子绍兴糖醋鱼，放进他们的盘子里。

刘文辉受宠若惊地“哎呀！”一声，站起来，连说，“感谢委座，愧领了、愧领了！”邓锡侯也象征性地站起来了一下，不过什么也没有说，用筷子将蒋介石夹在他盘中的那坨绍兴糖醋鱼吃了，说：“哎，味道还不错。”

该他们向委员长敬酒了。蒋介石却将手往下压了压，说：“勿客气、勿客气！随意、随意！”说着，竟将手中那杯清花亮色的白开水举了举。

另外三只酒杯赶紧迎上去。“咣！”四只杯子相碰，溅起四朵颜色不同的酒花和水花。

蒋介石以水代酒，抿了一口，吃了一筷子菜，装着漫不经心的样子，对坐在身边的刘文辉问：“自乾，你往西康的电报发了没有？”

刘文辉不由心想，好快，这就打上门来了！却装傻，问身边的张群：“岳军兄，委座问的啥子电报，我咋没有印象呢？”

“吔，你咋就搞忘了？委员长不是让你调兵遣将吗，你人在成都，能不往雅安发报吗？”

“啊，发了，早发了。”刘文辉边说边用手拍了拍自己的脑门，装作反应不过的样子，却猛地发现，蒋介石正用一双鹰眼盯着他，眼神中透出一种寒凛、阴森。

“你在哪里发的，是用密电发的吗？”张群不依不饶，打破砂锅问到底。

“在我的宽巷子小公馆发的。”刘文辉警惕起来了。

“回电来了吗？”张群紧追不舍。张群这些问看来都是蒋介石授意。

“回了，刚回的。”刘文辉一边沉着应对，一边检点这两天的所作所为。心想，蒋介石一定是嗅出了什么。他不紧不慢地从上衣口袋里摸出一份精短的电文，递给坐在侧边的张群。张群接在手中，看了一遍后，双手捧起，站起身来，毕恭毕敬捧给蒋介石。

蒋介石接在手中，用审视的眼光看下去。回电是两份，一份是二十四军代军长刘元宣发来的，电文为：“……全军按令行动，力争五日内结集雅安。”

另一份是西康省政府代主席张为炯来的，电文为：“……已转令各部落首领集结民族武装，军民首批于近期开拔成都。”就在蒋介石正仔细审看电文时，门外走廊上响起了急促的脚步声。刘文辉闻声掉头看时，侍卫室主任陈希曾快步走进，轻步走到蒋介石身边，俯下身去，附在蒋介石耳边，轻声说了几句什么。

蒋介石立时神色大变，霍地看定刘文辉，咬牙切齿地从牙缝中迸出四个字：“要他进来！”

陈希曾转身快步走到门前，做了个手势，毛人凤随即走了进来。

糟了！刘文辉的头不由嗡的一声，情不自禁伸手去腰间摸手枪。可是，哪里会有手枪，到这里来，是经过了仔细检查的。他紧张思索着，看来，自己和邓晋康精心商量后设下的机关，事后被毛人凤派特务一直严密跟踪、监视；可能有哪里不慎，被毛人凤手下发现了什么？或是自己的密码被保密局破译了？

一连串的问号和画面闪电似的在刘文辉头脑中划过。昨天上午，从中央军校开完会出来，他驱车去了他在宽巷子 11 号的小公馆，即刻让电台台长程睿贤用密码向在雅安的刘元宣和在康定的张为炯发了电报，要他们做好战斗准备，并要他们用密码回了刚才当众掏出来的两份搪塞蒋介石的电文。

一时间，空气紧张得像要爆炸了似的。蒋介石和刘文辉都没有说话，只是沉默地对峙着。这是一场意志和心理的较量！从蒋介石锐利的鹰眼中，刘文辉读出这样的话语："刘自乾，你背着我干的事，我都知道了。现在，就看你老不老实了！"而他依然神情坦然，似乎在用无声的语言告诉蒋介石："委员长，我刘自乾现在无话可说。我可是一片真心对你啊！"

在座的人们眼中，刘自乾神态自若，一副坦坦荡荡、无事不可对人言的样子。而这时，只有刘文辉自己才知道，他的心都快要跳出来了，身上每根神经紧张得都快要断了，浑身发麻。然而，他竭力告诫自己："沉着、挺着！"而站在蒋介石身边的特务头子毛人凤看着刘文辉，那一副绿眉绿眼的凶相，像是一只随时就要扑上来撕咬他的狼！

稍停，眼露凶光的蒋介石盯着刘文辉一字一句地问："我要你发的电文，真的都发了？"

"发了。"刘文辉故作惊讶，以攻为守道："咋的，委员长，出了啥子问题吗？"

"刘主席！"毛人凤一声冷笑，插嘴道，"中央监控台就设在成都，我们的密译处怎么就译不出你发的电文？"

毛人凤这个大傻瓜不说话还好，一说就无异给刘文辉吃了一颗定心丸。他心中有数了，不屑地反问毛人凤："照你这样说来，我们向雅安、康定发的电，毛局长是监听到了？"

毛人凤睁圆他那双大而无神的眼睛，看着刘文辉，不解地点了点头。

"你这是不懂我们的密码嘛，有什么好大惊小怪的？"刘文辉说时，从衣袋里掏出一个类似派克钢笔样的玩意在他面前一摆一晃："这是我们自己编的密电码，想来毛局长是没有见识过吧？"说着掉头看着蒋介石解释："因为事关重大，而今成都又恶端不穷，为防止共产党破译，我们用的都是自己编排的密电码。"

张群将刘文辉手中的密电码拿过来，左看右看后，觉得事情在情理之中，刘文辉没有什么不对，而毛人凤捕风捉影，实在讨厌。便对一直站在蒋介石身后、巴巴结结、像个警卫样的毛人凤讥讽道：“毛局长，我看你是神经过敏了吧，刘主席说的话有什么不对吗，有什么值得你怀疑的？”

毛人凤根本不把张群的喝问往心里去，他看了看蒋介石仍然阴沉着的一张脸，也不理睬张群，缠着刘文辉不依不饶地发问：“我们的中央监视台里，有的是电信专家，全世界的密码都可以破译得出来，可是怪了！就是刘主席的电码我们译不出来。不知刘主席是不是可以将你们的密码让我见识见识！”

刘文辉适时发作。他拍了一桌子，毛焦火辣地说：“毛局长，你有什么话就明说。不要为了在委员长面前卖乖讨好，就对我们这些人疑神疑鬼，提起耍！”说着掉过头，看着蒋介石，很委屈地说：“委员长在这里，如果是毛局长对我刘自乾不放心、不顺眼，干脆让毛局长把我抓起来算了。等弄清白了，再把我从牢里放出来。免得我在战场上是共产党打击的对象；在党国又成了中央和毛局长们怀疑的对象。我刘自乾成了什么人？成了耗子钻风箱——两头受气！成了一个受气包！”说着，脸也红了，筋也胀了，手也有些抖；从身上摸出包香烟，不管三七二十一，用打火机“啪！”的一声打燃，猛吸两口，大有当着委员长面，不弄清是非决不罢休的意思。

蒋介石看了看坐在他斜对面的“智多星”张群。

“毛局长不要胡乱猜测。”张群一直看不起毛人凤，这就借机对毛人凤好一阵洗刷，“刚才刘主席把事情的来龙去脉说得那样清楚，你还有什么值得怀疑的？现在正是过筋过脉的时候！西康少数民族地区的事本来就不好整。刘元宣和张为炯的回电你也看了，人家的军队正按委员长的意思加紧集中，向成都运动。这个时候，你还又疑神疑鬼，伤自家人的心；做出来的事，如果让亲者痛、仇者快，惹出事端就不好了。你说是不是，毛局长？”

不管资历、地位，毛人凤同张群比起来，都等而下之，根本连提都不用提。张群这样一说，他毛人凤还能有什么说的，敢说什么！毛人凤一时显得很尴尬。

原先满腹狐疑的蒋介石，听了张群这话，心想，是呀，毛人凤哪能这样说风就是雨呢？仅凭一份看不懂的密码，就说刘文辉有问题，权衡再三，蒋介石一直板起的脸始露笑意。

“自乾兄，你看你这话说到哪里去了？”蒋介石开始好言好语抚慰气鼓气胀的刘文辉：“自乾，你不要介意。毛局长出于职业的习惯，也许过敏了。没有什么，都是以党国利益为重，彼此不必介意！”说着，手一挥，对毛人凤说：“毛局长，你有事，就先走吧！”

毛人凤赶紧溜了。

见刘文辉余怒不息，坐在一边的邓晋康也是一副愤愤不平的样子，蒋介石这会儿心中不仅不恼，反而暗暗高兴。在他看来，这两个人越是满腹委屈，他才越感到安全，越感到放心。

“大人不记小人过！”张群这就又出来当和事佬，他对刘文辉、邓锡侯殷勤劝菜：“自乾、晋康，你们吃菜。这是委员长让高级厨师专门为你们做的菜，你们要多吃些。”

蒋介石又亲自给刘、邓各夹了一块贵妃鸡，放在他们面前的小白瓷盘里，以示劝慰，一场风波始告平息。

檐角飞翘、古色古香、红墙黄瓦的励志社被沉沉黑夜笼罩着。

胡宗南一把推开高楼上雕龙刻凤的木质窗棂，一股凛冽的寒意立刻扑面而来。他站在这个临时下榻处，心情沉重，从窗内茫然地望着暗夜中的成都。

作为一个同解放军打过多年仗的集团军上将司令长官，胡宗南对目前所处的险境再清楚不过了。如果按照“校长”的想法，以极为有限的军力，同乘胜而来、气势正旺、人数占优的数百万精锐的解放大军进行“川西决战”，也叫“成都决战”，那无异于以卵击石，后果是毁灭性的。现在，唯有将残余国军兵力尽可能收缩，并有序地向康藏一线做战略性转移，方有一线生机。为此，他曾几次公开和不公开地在委员长面前力争，请他尽快拔除栽在川藏线上刘文辉这根钉子，扫清障碍……可是，委员长自负，就是不信、不听。

由此，他想到了曾经让他吃了大亏的毛泽东。毛泽东不仅战略上高瞻远瞩，而且最为实际，最看重实力。毛泽东说过：伤其十指，不如断其一指……没有了实力，没有了军队，那就什么都没有了。他觉得，“校长”中了邪，他看清了面前巨大的陷阱和危险，他着急。因此，在“校长”面前向来听说听教的他，在这关键时刻跳了出来，大声疾呼。最近以来，他在公开或私下，不止一次动情地对“校长”苦谏，还说服动员了蒋经国。可是，“校长”就是不听。最后，还是由于蒋经国的努力，“校长”才答应，打不打川西决战，等三四天后再作决定。

三四天？三四天，对于向来运动神速的共军，是可以办很多事情的！说不定三四天后，他胡宗南，还有做着美梦的“老头子”、他的“校长”让人家共产党来个瓮中捉鳖都有可能。现实的例子就发生在眼前。和他观点一致，也曾经在“校长”面前再三力争死谏，请求“校长”放弃川西决战、迅速解决刘文辉的他的黄埔同学、能征善战，有“鹰犬将军”之称的宋希濂，近日不是战败，率兵逃窜，逃到峨眉一带时，被向来行动神速的共军追上活捉了，所部全歼……胡宗南想到这里，有种唇亡齿寒之感，他不禁打了个寒噤。

橐橐的高跟皮鞋声在走廊里由远而近。听着这熟悉的高跟皮鞋声，愁肠百转的胡宗南心中顿时涌过一种难以言说的温暖，他知道是谁来了，这橐橐的高跟皮鞋声给了他莫大的安慰。

旋即，门开了，胡宗南掉过头去看。果然不错，进来的是他的机要秘书林娜小姐。她很漂亮，二十几岁，身材容貌姣好，丰满合度，穿一身美式卡克服。细细的腰肢斜挎着一条子弹带，子弹带上插着左轮手枪，越发显出丰乳细腰肥臀。她那头爆花似的卷发上，斜扣着一顶船形帽；漆眉亮目，眼睫毛绒绒的，卷帘门似的。

她用一双明眸，含情脉脉地看了看站在窗前沉思、满脸忧愁的她的主官，也不说话，只是快步走到窗前，伸出一双莲藕似的纤纤小手关好了窗子，“唰！”的一声拉上窗帘。她转过身来，轻步来到胡宗南身边，用她那双会说话的眼睛深情地看着主官。接着，伸出一双柔弱无骨的、丰腴的手臂搭在胡宗南肩上；再将自己柔软的、曲线丰美的身体整个地依偎在胡宗南身上，头靠在他肩上。于是，一股只有年轻漂亮女性才有的体香，像一种只可意会、不可言传的电波弥漫开来，将苦恼的胡宗南浸泡其中。顿时，胡宗南周身有了一种酒醉般的、过电似的感觉。

林娜握着胡宗南的手，发现他的手冰凉；面颊贴上去，他的脸也冰凉。她用自己细润如玉的、温暖的脸颊轻轻挨着胡宗南的脸颊；用自己的纤纤玉手摩挲着胡宗南短茁茁的手；抬起头来，温柔地看着他忧郁的脸，开始深情地低低呼唤："宗南、宗南！"

胡宗南看着给了自己许多热情和关爱的她，身心渐渐温暖了过来。胡宗南是有妻室的。他的妻子叫叶霞娣，原是老朋友戴笠的下属，是戴笠介绍给他的。在国民党中央上层集团中，他与戴笠、何应钦向来关系不错。现在，叶霞娣被他送到美国留学去了。他的机要秘书，比叶霞娣更年轻漂亮、更有丰韵的林娜小姐恰好填补了他这一段时间感情上的空白和生理上的需要。

林娜小姐是个大学毕业生，投笔从戎，半路从军，时年 24 岁。她不仅人长得美，还精通英语。追求她的人很多，可她一概拒绝，她暗中关爱着与她朝夕相处的长官胡宗南。虽然胡长官比她大 20 余岁，长得黑黑胖胖，又矮。冬天穿上军装，简直像个捞足了油水的火夫头，不穿军装穿便服像个杂货店老板。但在林娜小姐心目中，胡长官却是世界上最完美的男人。尽管林娜深爱着自己的长官，她当然也知道，要胡长官娶自己是断无可能的。但她是个有新思潮的女性，她爱他，他也爱她，这就够了。真正的爱是不计后果、不计目的的。

而胡宗南，对女人，从来说不上有真正的爱。他最爱的是权力，也只有权力。他是个有事业心的人，志趣并不在女人。当初，他是南京城内一个微不足道的教体育的小学教师，其貌不扬，无权无钱，没有哪个女性看得起他。为了实现自己的抱负，特去广州投考黄埔军校，人家嫌他个子矮，没有收他。他深感失落、绝望，在军校大门外痛哭流涕。恰好，这时党代表廖仲恺乘汽车到军校。看一个考生在校门外痛哭，其况很惨，便叫停车，廖代表下车后，问明了原因，连连摇头说，不收人家就是因为个子矮，太没道理。我是党代表，我的个子也不高嘛！怎么以个子高矮取人呢，荒唐！廖代表当即写了一张条子给胡宗南，斩钉截铁地说：你考上了，你这就去报到吧！

绝处逢生的胡宗南的事业就此开始。他一步一步爬了上去。虽然他的志趣并不在女人，但他毕竟是个真正的男人；真正的男人对女人，特别是漂亮的女人，总是喜欢的。胡宗南喜欢纯情美丽具有东方气质的女人，不喜欢那种花里胡哨、妖里妖气的女人。胡宗南对女人是有选择的，不像他的把兄弟戴笠，周身雄性荷尔蒙四射，抓到篮子里的都是菜。

在婚姻大事上，他还是很有选择很慎重的。因为他是“校长”看好的学生，当初，宋美龄出面做媒，想把自己喜欢的侄女孔二小姐介绍给他。孔二小姐的风流韵事、骄奢淫逸，全国人民都知道。胡宗南本想拒绝，却不敢得罪“夫人”，不得不去敷衍一下。那是夫人替他们精心安排的一个约会。那是一个冬天，地点在重庆北碚。看时间快到了，他特意穿了一身油渣子破旧军棉衣，自己开了一辆又破又烂的美式敞篷吉普车如约而去。

孔家在北碚是个占地广宏的豪宅，风景优美而幽静。来到孔宅，他将破车停在旁边一片小树林里。这片小树林地势比较高，他下了车透过墙内那一丛在风中轻摇慢摆的肥大的绿色蕉叶，看见了坐在落地大玻璃窗里、显得有些不耐烦的、大名鼎鼎的孔二小姐。这天孔二小姐一反以往，显得有些淑女：她的身材不高，但结实，女性的身段也是好的。她穿一身名牌黑色西服，内里衬一件雪白衬衣。他注意到了她的胸脯丰满，细细的颈上结着黑色的蝴蝶结，皮肤白白，五官也很清新。整个看去，孔二小姐打扮得像个西方小书童似的。她坐在面朝落地玻璃窗的一张大沙发上，手中抱着一条外国长毛叭儿狗，手在狗身上摸呀摸的。不时将头抬起来，望着窗外，目光有些迷乱和想象，那神态分明含着一分期待，还有一分幸福的憧憬。胡宗南赶紧躲了一下，其实他是多心了，孔二小姐无论如何是看不见他的。想来孙二小姐正满怀想象地在向往着即将见面的、由夫人介绍的、她没有看见过、只是从夫人口中多次听到过夸奖的胡宗南胡大将军吧！

胡宗南觉得孔二小姐其实也并不完全是外间传说的那样。但要他和这样的女人结婚，却是一万个不情愿，一万个不敢招惹的。

胡宗南按照预先的约定，上前按了门铃。一位长相富态、身着青色纺绸宽袍、神情精明、头上挽着发髻的中年女佣开了门，用江浙味很浓的北平官话问：

“你是？”

“我是胡宗南。”这样说时，看女佣一副诧异的表情，心中暗暗高兴。

走进孔家那间很西式、布置豪华的客厅，孔二小姐见到他，惊讶地瞪圆了一双不大的单眼皮眼睛，站了起来，惊问：“你是谁，找谁？”孔二小姐猛然见到一个邋里邋遢、个子又矮的大兵闯进自己的华宅，圆睁杏眼，满脸惊愕。这是意料中事！

“我是胡宗南。”他嘿然一笑，杆子似地戳在那里。

孔二小姐愣愣地看着他，不知所措。

还是那个叫王妈的女佣懂事，有经验，请他坐，给他上了杯龙井茶，轻步而退，并轻轻替他们掩上了客厅的门。

孔二小姐是见过世面的，很快就镇定下来。她虽然没有结过婚，但不像那些传统的中国淑女，小家碧玉，和未婚男人说话红着脸低着头什么的。她很大方，也许是碍着夫人的面子，也许是好奇，同他聊了起来。他发现，孔二小姐同他说话时，眼睛锐利得针似的，似乎想从他身上看出点什么出来。完全是东拉西扯，不着边际。一会儿，两人都无话了。他这就站起身来，发出邀请，邀请孔二小姐出门，乘他开的车去外边兜兜风。原想如果孔二小姐不会接受他的邀请；不接受他的邀请，他就乘机告辞，这事也就了了。

不意孔二小姐听他这一说，竟笑了，站起身来，说：“你还会开车！”孔二小姐竟然接受了他的邀请。出门来孔二小姐看他开的竟是一辆老得掉了牙的破车，不由得皱了皱眉。及至途中老爷车不断熄火，一直憋着气的孔二小姐的耐心也到了尽头。

“去玩你的破车吧，本小姐不再伺候！”满脸涨得通红的孔二小姐跳下了车……就这样，胡宗南巧妙地回绝了宋美龄介绍的婚事。

面前是吹落一地的文件，林娜看着一地的文件，松了手，说，“我去捡起”。可是，胡宗南却不要她动，用双手把她抱紧，不要她动。林娜觉出自己深爱着的胡长官，今天沉浸在一片无边的痛苦里，不胜惊讶。抬起头，久久地看着他，莺声燕语地问：“宗南，你今天怎么了？”说着，伸出一只手，关切地摸了摸他的额头。

林娜这一问，让胡宗南长长地吁了一口气。他抱紧林娜，两眼却望着虚空，喃喃地说：“这仗是没法打了……大局已不可为。我这一生，无愧于党国，无愧于校长。也许，我将战死在这里。”说着，语调哽咽，潸然泪下。

林娜什么都明白了。她什么都没有说，只是用她白嫩细腻的手，温存地、轻轻地抚摸着胡宗南僵硬的脸颊；用女性的温柔竭力抚慰着他。

胡宗南在林娜的抚摸下，慢慢忘记了军国大事，开始打量、欣赏起依偎在自己身上的这个年轻温柔美丽的女性。成都电力不够，室内本来灯光暗淡，这会儿显出一种恰到好处的朦胧，气氛格外温馨。搂在怀中的情人，高高的个子，丰满匀称；船形军帽压在瀑布似的卷发上，越发可人；美式卡克军服下面凸起的高高乳房在急剧起伏；细细的腰肢越发衬出臀部的丰润。特别是那张姣美的脸上，一双深潭似的大眼睛那么煽情，像是两面魔镜，勾摄着他的魂灵。

胡宗南再也不能自持，他哎的一声，伸出有力的双臂，抱起了林娜，向隔壁的席梦思床上走去。

好半天云雨方散。在宽大的席梦思床上，静夜里，胡宗南抚摸着林娜的酥胸。因为急，窗帘没有拉。看得见贴在玻璃窗上的一弯冷月。

“林娜！”胡宗南忧伤地说，“今晚好凄清，你的歌唱得好。我好想听你再唱一唱你们家乡的那首小曲。”

“好，我给你唱。”林娜是东北人，她说着轻舒歌喉，给胡宗南唱了一首很是缠绵的家乡“二人转”小调：

一更梆儿响
星星上树梢
人多眼杂狗又咬
小哥哥呀，你只好在林中委屈了

二更梆儿响
星星被云遮住了
夜深人静狗不咬
小哥哥呀，我打开窗户你进来了

三更梆儿响
星星害羞了
春宵一刻值千金
小哥哥，你动作大点可别吭声呀
哎呀、哎呀、哎哎呀……

林娜这首民谣小曲，唱得胡宗南心旌荡漾，宠辱皆忘。他将林娜抱紧，大动不止。

三更时分，精疲力竭的两人才相搂相依地睡去了。黎明时分，林娜醒了。借着屋内漾起的第一线青色的晨光，她发现胡宗南不知什么时候早醒了，正侧着身子深情地打量着自己。

“宗南！”她笑了，露出一口珠贝似的细牙，柔声问，“你怎么这样看我，好像我们就要分别似的？”

“是的，我们就要分别了。”胡宗南说，“我决定把你送到安全的地方去。”

“不，宗南，我跟着你，就是死，我们也要死在一起。”

“傻姑娘！”胡宗南喟然一声长叹，翻过身，平躺着，茫然地望着这光明与黑暗交替的时分说：“你还年轻，犯不着去死。我早为你准备了 10 万美金。天一亮，我就让副官送你去凤凰山机场，经上海、香港去美国读书、定居，开始你新的人生……”

“宗南，你真好！”林娜感动不已，不顾一切地扑上来搂紧胡宗南，动情地说，“我在美国等你……”说着，夺眶而出的热泪打湿了胡宗南的脸。

“嘀铃铃！”这时，旁边床头柜上的电话铃声骤然响了起来。胡宗南一把抓起，听完后，神色骤变。他一骨碌翻身起床，从衣架上取下军装一边快穿，一边对林娜说：“紧要军务来了，‘校长’让我马上去。我就不送你了。待时局好转，我会马上接你回来的。”

从床上翻身坐起的林娜含泪点头频频。

天刚亮明。从委员长处领命回来的胡宗南，赶到了设在将军衙门的“川西决战指挥部”。一进大院，满耳都是杂沓的脚步声、串串清晰的电键声中夹杂着的小声而急促的呼唤对答声……种种弥漫着战时紧张气氛的喧哗声响成一气。

胡宗南刚跨进作战室，夜间值班的参谋长罗列即急步迎上来，问他：“胡长官，兵退西康之事，定没有？”

胡宗南一下瘫坐在沙发上，长叹一声：“老头子鬼迷心窍了。”

罗列显露出极为失望的表情，闷在那儿。胡宗南想了一下，霍地站起，昂起粗脖子说：“事已至此，就按委员长决定的办，横下一条心打‘川西决战’！我要你将部队收缩，情况怎么样了？”

罗列走近挂在壁上那幅几乎占了整整一个墙壁的、二十万分一的军用大地图前，手握一根木杆，指着地图向他报告：

“李振的十八兵团最后一部已过广元，正星夜向成都靠拢。裴昌会的大部队撤到了绵阳……”

“李文部呢？”胡宗南最关心他的李文兵团。

“李文部全部撤到了新津、邛崃一线，做好了对刘文辉部发起攻击的准备。”

胡宗南这就点点头，迈出作战室，转身进了电信室。

他要同李文亲自通话，他要电话兵接通了李文的电话。

“李文吗？”胡宗南一手解着衣扣，一边对话筒大声喊，“我，胡宗南。听着，命令你部三一八师、三一九师立刻从新津展开两翼，做好对驻邛崃刘文辉二十四军的攻击准备。部队到位后，立即向我报告！”

放下电话，胡宗南像救火似的又要通了他的第二个亲信将领成都防卫司令盛文的电话。他命令盛文：

“你立刻派出三个步兵团，天黑以后，秘密包围驻武侯祠的刘文辉董旭坤团，包围华兴街邓锡侯的九十五军军部。”在电话中，他特别叮嘱盛文，在武侯祠放两个团。

“记住！”胡宗南强调，“行动要秘密，等我的命令。明天拂晓前同时动手。部队到位后，立即向我报告！”

“胡长官。”胡宗南下达了一系列命令后，他的参谋长罗列感到事发突然，不禁问，“这么大的军事行动，委员长知道吗？”

“形势危急，瞬息万变，先斩后奏！”胡宗南眼露凶光，看样子，他要蛮干了。参谋长罗列什么都没有说，想了想，会意地点了点头。

天刚亮明。

一辆福特牌轿车一头撞进了刘文辉的公馆。车还未停稳，邓锡侯心急火燎地下了车，这种情况是从来没有过的。

“自乾、自乾！”急步走进刘公馆，邓锡侯就惊乍乍地喊：“快起来，我有要事同你商量！”因为是邓锡侯，门岗从不阻拦，邓锡侯可以在刘公馆里随进随出，一家人似的。

睡在后院正房里，素有晚睡晚起习惯，而最近总是担着心，睡不好的刘文辉得知邓锡侯这么早就来了，情知有急事，得报后，赶紧起来，一边扣着长袍上的扣子，一边快步迎了出来。

“晋康，啥子事这么急，火上了房子吗？”明知邓锡侯来一定是有十万火急的事，但刘文辉还是不改他四川人说话的幽默。跨出内院，看到走到了二进大院天井里的邓锡侯，他将邓锡侯的手一拉，说：“走，进客厅说。”

“要不得！”邓锡侯说时下意识地看了看周围：“到你的密室说。”

“胡宗南这个杂种！”进了刘文辉的密室，邓锡侯还未坐定，就开骂，“天亮前，这个杂种派兵包围了我的军部和你在武侯祠里的董团，你晓得了吗？”

“刚刚晓得。”

“晓得你咋不着急？咦，未必你我的窝子都要被人家端了，你还稳起？”

“多宝道人”刘文辉不慌不忙地看着“水晶猴”邓锡侯，反问一句：“急又咋个，不急又咋个？”

“好办，一个字：打！”邓锡侯把拳头一捏，腮帮子一咬，“我已指令坐镇军部的九十五军副军长杨晒轩，指挥部队抢先占领制高点。弹上膛，刀出鞘。盛文胆敢开第一枪，我就迎头痛击！”说着看看刘文辉问：“自乾，你就不通知你的董团准备还击？”

“准备是当然的。”刘文辉沉思着说，“我看这事怕是胡蛮蛮（胡宗南）在背后日怪。老蒋不是当众给了我三四天的时间吗？看样子，老蒋是要等到这三四天水落石出过后再说。可是，胡蛮蛮这个时候就准备动手？日怪！我看，是不是他家伙在背后自作主张？”

邓锡侯恍然大悟，拍了拍自己的头：“还真有可能。”

他们当即商量出了对付的办法。

刘文辉和邓锡侯走进机要室，很快要通了北较场中央军校的专用电话。刘文辉报了自己的名字后，要电信处将电话接到了委员长那里。

“委员长吗？我是刘文辉。哦，对，我要向委座报告一个严重的情况！”

邓锡侯听得很清楚，话筒中传出蒋介石那口江浙味很浓的北平官话：“什么情况啊，自乾？”

“天亮时分，胡长官的三个团突然兵分两路，包围了我驻武侯祠的董旭坤团和邓晋康的军部。请问委座，我们做错了什么事，胡长官要武力解决我们吗？”

“有这等事？”电话中，蒋介石的语气显得非常惊愕，“自乾，你勿搞错吧？”

“千真万确，我刘自乾是军人，晓得违背军纪是要受到严厉制裁的！”

刘文辉显得很委屈地又说：“委座可以打电话询问邓晋康和胡长官，立刻就可以得到证明。我刘自乾对委座、对党国忠心耿耿。若是委座不信任我刘自乾，明说，我立马交出军权。现在大敌当前，胡长官何必对我们这样自相残杀？胡长官这样整，消息传出去，岂不是令大家寒心？”

“自乾，你不要着急，我马上查一查，你不要放电话。”蒋介石说。

一时，刘文辉的机要室里鸦雀无声。刘、邓二人凝神屏息，竭力捕捉着电话那头的声音。

显然，蒋介石确实不知情。话筒那端隐隐传出了蒋介石愠怒的声音，他在吩咐侍卫长俞济时迅速查明此事；又让侍从室主任陈希曾通知胡宗南。“娘稀匹的！”蒋介石骂道，“怎么回事情，让他即刻来中央军校见我，唔！”

听到这里，二人相视而笑，一颗悬在半空的心，咚的一声落了地。

随即，话筒中又传来蒋介石的声音。蒋介石告诉刘文辉，并要他赶紧转告邓锡侯，这完全是一场误会。可能是盛文为防范成都市内日渐滋生的流氓、地痞、小偷骚扰市民种种不端而调动军队。他已下令，让盛文将他的部队调回原地，以免引起误会。

电话中，蒋介石再三慰勉刘文辉。说，党国是信任你和邓晋康的。勿要介意！随便催促刘文辉抓紧康、凉两地向成都调兵事宜。

刘文辉当然在电话中唯唯连声。

放下电话，刘文辉和邓锡侯相视一笑，并擦了擦因为紧张不知什么时候涔了满头满脸的冷汗。但是，他们的忧虑刚下眉头又上心头，突然而至的险情算是排除了，但不知计划中逃出成都的第一人——潘文华将军昨夜成功没有？

这一点，至为关键！

第十七章
金蝉脱壳，刘、邓、潘潜离成都

夜幕深沉。

在胡宗南欲先斩后奏，武力解决羁留在成都的刘文辉、邓锡侯时，按照事先的商定，这个夜晚，潘文华准备行动了。

在温暖如春、温馨舒适的卧室里，潘文华斜依在床上，就着夹灯看报。宦海中沉浮多年的他，即使在这样的非常时刻也能镇定自己。

这天一早，就在刘文辉、邓锡侯被蒋介石请去“吃饭”，动身前，都给他来了电话。他听后，心里咯噔一声说：老蒋动手了，你们务必要小心应对。刘、邓说是，并语重心长地祝他“旅途顺利”。

计划后半夜行动。

现在，他看的是一张《华西日报》，一则新闻《青羊宫发枪抢枪纪实》引起了他的注意：

“昨夜，川康游击挺进军少将总司令王旭夫，在成都北较场中央军校和南较场军校教导总队、青羊宫中央军校武器库等三处发放枪支弹药……永丰乡保安队队长谢佐廷眼红。觉得近在咫尺的他却没有份，又气又急，带队前去青羊宫抢枪，打伤警卫一人，抢走步枪五支。

“成都防卫总司令盛文闻讯大怒，当即派兵前去弹压，而谢佐廷得手后，已带人逃遁。盛文派兵追赶，夺回所有枪支弹药，抓获谢佐廷；而因省政府主席王陵基从中斡旋，盛文不得不放了谢佐廷，而将抓获的谢部其他十余人全数枪毙……”

看完这条狗咬狗的新闻，他接着看《新新新闻》。他看的是一则伤兵估吃霸赊的报道。事情发生在东珠市街。那是一条瘦得比鸭肠子还细的长街，长街上有家红锅馆子。这天早上，这家红锅馆子刚开铺子，大摇大摆进来了两个国军官兵。

当官的是个少校，左手缠着绷带吊在颈上，身后跟着一个勤务兵。

“长官，吃点啥子？”正在抹桌子的老板娘以为生意来了，笑容可掬。

“有啥子好吃的，尽管摆出来。”当官的大模大样，说一口下江官话。

“先来几盘凉菜下酒可要得？”老板娘心想，平时生意很秋（很差），因此态度格外殷勤。

“对！”两个丘八答道，他们是来者不拒，菜上得多多益善，吃得盘盘碟碟摆了一桌子。饭吃完了，可是，当老板娘兴致勃勃去收钱时，两个丘八将枪一拍，眼一瞪说：“先赊起再说。”

老板娘情知上当，跺脚大哭。里屋炒菜的老板见状不对，赶紧从后门溜了出去找来宪兵。宪兵一盘查，两个丘八是国军不假，但那个“少校”是假的，军衔是用纸板做的。宪兵喝问他们为何弄假，估吃霸赊？两个丘八呵呵大笑，说是：“好几个月没有发过饷了”。说着拍拍肚子：“现在，老子们吃够了油荤，就是死，也是饱死鬼，值得。反正我们这些抓壮丁拉来的炮灰，命也不值几个钱……”

看到这里，潘文华不由得暗暗叹了口气，心想，这样的军队能打川西决战？毫无疑问，解放军兵临城下之日，就是蒋介石政权灭亡之时。

之间，潘太太进进出出，满脸的担忧。她在为丈夫整理行装，准备消夜。

“仲三，天冷，你的身体要得紧！”一切都弄妥帖后，太太坐在屋中一把软椅上关切地打量着丈夫嘱咐。自潘文华丢了官后，日渐消瘦，心情抑郁，太太温柔贤淑体贴，她知道丈夫心中的苦。这会儿，她知道丈夫今夜要走，却又不知其所以。丈夫对她说，刘自乾、邓晋康约他这个时分出城，去青城山休养一段时间；免得龟儿子蒋该死（蒋介石）来纠缠！对丈夫的军国大事，她向来不多问，作为军人的丈夫，像这样半夜说走就走，匪夷所思的事多得很，她已经习惯了。

“仲三，你去青城山休养一段时间也好。”潘太太宽丈夫的心，“留得青山在，何愁没柴烧。三十年河东，四十年河西……”而向来为人洒脱，不管家务的丈夫今夜也一反以往，对太太反复叮嘱：“明天一早，你就带孩子们回仁寿老家去住一段时间，成都不安全！啊？”

妻子点点头：“仲三，你就放心吧！”

“小玉！”说完，潘太太挑声夭夭问，“先生的银耳羹熬好没有？”

“熬好了。”丫鬟小玉隔帘答应得脆声声的，“端进屋来吗？”

“端进来。”

门帘轻启，小玉进来了。她用双手托着一个髹漆托盘，走近跟前，潘太太用一只纤纤玉手端起小碗，翘起兰花指，用勺子调了一下温热，这才递给丈夫。

小玉轻步退出屋去。

潘文华接过银耳羹，吃得呼噜噜响，看起来格外香甜。太太看着丈夫这副样子，想到丈夫等一会儿就要摸黑赶路，很心疼，不禁埋怨起来：“真是的，‘蒋该死’不入川都好，大家都过得安安稳稳的。他这一来，让大家都不得消停！”说着一声叹气，“天这个样子漆麻打黑的，咋个走嘛！？”显得相当的担心。

潘文华放下碗时，听出有汽车的马达声在幽静的小巷里由远而近。接着，有人敲门。他不禁悚然心惊，咦，这个时候，谁会来呢？这时，他的副官武丁前来报告：委员长侍从室主任陈希曾来了。

潘文华大吃一惊，蒋介石派侍从室的主任来了，干什么？莫非是要趁夜将我绑架去什么地方？

“他带了多少人？”潘文华思索着问武副官。

“就他一人，现在楼下客厅等。”

潘文华是个很机敏的人，听到这里，对来人的动机已经猜到了，他计上心来，吩咐副官："你去请他上来，就说我得了重感冒，发烧，可能等一会儿还得上华西医院。"

"啊？"跟随潘文华多年的贴身副官武丁眼眨眉毛动，他对主官的意图已经大致猜到了，立刻答应：是。

当武副官将陈希曾带上来时，潘文华装病，已经睡在了那张古色古香的退一步大花床上，身上盖了两床棉被似乎还嫌冷，浑身哆嗦，屋内灯光幽微。陈希曾吓了一跳，感到鬼影憧憧的。

"潘副长官，你这是怎么了？"个子比较高的侍卫室主任，站在床前，竭力想看清睡在床上的潘文华的样子，潘文华头上戴顶剪绒帽，侧着身子，似乎在流鼻涕，说话瓮声瓮气的："陈主任，我重感冒。你，你站远些，谨防传染！"

身着法兰绒中山服的陈希曾是个很爱干净的人，生怕传染，赶紧退后一步，情不自禁地从裤包里掏出手绢，扪着鼻子。

"上、上茶，陈主任请、请坐！"潘文华显得有些气息虚弱。

"不坐，不坐，我马上就走。"陈希曾说时，看了看侍候在侧的武丁，"潘将军得重感冒几天了？"

"有几天了。"

"你们怎么能这样？"陈希曾装出很生气、很关心的样子，质问武副官，"潘将军是党国栋梁，感冒应该是很好治的，怎么被你们拖成了重感冒？"

"误了。"武副官说，"先是请的中医，而且是名医，却不见好，拖了一下，现在发烧了，准备马上送华西医院去打针输液。当然，也怪我们这些人。"武副官很会说话，说了原因，而后又主动承揽责任。

"是得赶快送医院。中医？中医能解决什么问题！"说完，陈希曾本想道明他今夜来的目的，是奉委员长命令，给潘文华送飞台湾的飞机票来的。可是一看潘文华这副样子，就没有说，准备等一会儿回去，将潘文华重感冒的情况向委员长汇报。改口说，川西决战在即，因潘长官始终没有去指挥部报到，委员长很关心，让他来看看，看潘长官有没有什么困难？有没有什么事要办的？

这会儿潘太太走了进来，趁机说：保密局真不叫话，派些“狗”把我们的前门后门都把着，请陈主任帮我们问问委员长，这些“狗”凭什么封我们的门，凭什么监视我们？

“好好好！”陈希曾说，“潘太太肯定是个误会，这些人绝不是监视你们，而是保护。不过，我回去给委员长反映一下，让保密局的人撤去！”说着对睡在床上的潘文华连连作揖，说：“潘长官好好歇着，我回去了。”说完去了。

陈希曾一走，装病的潘文华一骨碌从床上坐起，将戴在头上的剪绒帽一揭一丢，盖在身上的两床厚棉被一掀，坐起来骂了一句：“狗东西，你看他们对我们这些人放不放心？”

满脸精明的潘太太对潘文华说：“仲三，我看你得赶快走。”

“是。”潘文华说着对武丁招了招手，然后压低声音，对走近来的他的贴身副官口授机宜。

子夜时分，天地一片漆黑，气候很冷。这时，潘公馆前门两扇黑漆大门突然洞开。

一辆黑色的福特牌小轿车缓缓驶出大门，这是潘文华的座车。

候在门前的几个特务，鬼魅似的突然钻出来，高叫停车、停车。车停下了，窗玻璃摇起，一个麻子小队长将头探进去，影影绰绰中看见，那个裹得严严实实，看来在发烧、不断呻吟的病人，不是潘文华是谁？旁边还有一个丫鬟在侍候他。刚才委员长侍从室主任陈希曾出来后，训了他们一顿，并告诉他们，潘文华得了重感冒，在发烧，估计很快会送到华西医院去，届时放行！负责带队监视潘文华的麻子小队长立刻将情况报告了上级，上级有令，如果等一会儿潘文华出来了，立即放行。

麻子小队长不敢造次，更不敢耽搁，把手一比，示意放行。麻子小队长哪里知道，他中计了，那身上裹着被子的不是潘文华，而是潘将军的替身，副官武丁。

第十七章

金蝉脱壳，刘、邓、潘潜离成都

特务们乘上早就发动好的大功率摩托车，尾随潘文华的轿车去后不久，潘公馆门后的一扇小门，先是打开一条缝。一个黑衣人探出头，确信四周无人后，狸猫似的一闪而出。在黎明前的黑暗中，他闪身在一棵桂花树下，敏锐地左顾右盼，确信无人，再向里面轻轻拍了拍手。倏然间，小门里闪出六七条黑影，身着窄衣箭袖的潘文华，在几个精干卫士的簇拥下，一阵风似的出了小巷；转身向东，很快融入黑夜，像一滴水融入大海不见了踪影。

第二天，当蒋介石得知潘文华潜逃了之后，大发雷霆，对不得不前来向他报告的保密局局长毛人凤狠狠地踢了几脚。

潘文华一走，毛人凤加强了对刘、邓二人的监视。

冬天的夜来得早，这个晚上 10 点来钟，平时就少人的玉沙街刘文辉公馆一带，万籁俱寂。密室里，刘文辉、邓锡侯在小声交谈着什么，显得忧思重重。壁上挂钟的“嘀嗒！”声，每一声都走得令他们心惊。必须赶快走，越快越好，蒋介石留给他们的时间已经不多了，明天蒋介石就要给刘文辉摊牌了，箭在弦上。可是，直到这时，足智多谋的“多宝道人”和“水晶猴”还未找到一条脱身的好办法。他们知道，他们已经被特务重重包围。

大概到了晚上 12 点钟，卫士长杨德华在门外报告刘文辉：张先生来了。

“哪个张先生？”刘文辉问，话未落音，门帘一掀，张群进来了，他拱了拱手，说：“两位都在这里，真是巧遇。”

“华阳相国”张群，虽是蒋介石的好友、心腹，但为人圆滑，他与刘文辉、邓锡侯关系也不错。刘文辉给下人打过招呼：只要是张群来，不管白天晚黑，不必通报，直出直进。然而，他这个时候来，还是让刘、邓二人感到诧异。

“两位仁兄，在密谋啥子？”张群进门坐下，脱了呢大衣，揭了戴在头上的博士帽，故作亲热地打了一串假哈哈，单刀直入地问。

“我们有啥子密谋的？”刘文辉让下人给张群上了茶点，问道：“岳军兄不是奉蒋先生之命到昆明处理要务去了吗，咋个这时候出现在舍下？岳军兄是有分身术，还是从天下掉下来的？”

“我是到昆明去了，不过，又转回来了。”张群说时叹了口气，喝了口茶，放下茶碗，看了看坐在对面的刘、邓二人，说：“我们不是外人，这里我不妨透露点机密：我去昆明向卢汉传达蒋先生的意思。因为形势所需，蒋先生要他把云南省政府和云南绥署都搬迁到滇西的大理和保山。可是，卢汉不仅不肯，而且酸不溜秋地说，‘蒋先生叫我把昆明给他腾出来，不用说，蒋先生是想进驻他的中央有关部门’！卢汉强调，云南民穷财尽粮缺，担不起这样的责任。并且，还不无威胁地说，蒋先生若是硬要这样做，只怕云南人民不答应！”

刘文辉和邓锡侯相视一笑。只听张群接着向他们透露秘密：“我回来向蒋先生报告了详情，而蒋先生却要我带第八军军长李弥、二十二军军长余程万再去云南找卢汉商量。”

“哼，商量？”邓锡侯鼻子里哼了一声，一句点睛，“我看蒋委员长这是对卢汉进行武力威胁啊！”

张群又是一声叹气：“蒋先生也不想想，现在是什么时候了？卢汉未必是好惹的？我看弄不好，我们这次去就回不来了。谈不好，卢汉一翻脸，把我们扣起来也说不定！”刘、邓二人对张群这个时候来的用意，渐渐有些明白了。

“岳军兄什么时候走？”刘文辉问。

“明天一早。”

“岳军兄这个时候来，是不是有啥事要给我们交代，要我们帮忙？”刘文辉又问。

“实不相瞒！”张群说，“我这一去，凶多吉少，我有一事相求二兄，不知二位仁兄肯不肯帮忙？”

刘文辉、邓锡侯表现得相当义气。他们拍着胸脯说，你我不是一天两天的交情，有事尽管吩咐！

“家中老母让我放心不下。”张群是个孝子，说着垂泪，“老母八十有余，桑梓之情甚深。除了成都，她哪里都不肯去，我恐怕这一去，就不再能为她老人家送终了！”张群说着哽咽起来。

刘、邓二人完全明白了，张群是来将老母托付他们照顾的。以往，这位深受蒋介石器重的“华阳相国”，数次接老太太去南京，老太太都不肯。公务繁忙的张群每次回成都，都要抽时间在家侍奉老母亲。老太太吃斋信佛，张群就带着老太太上峨眉山烧香拜佛……尽其可能地满足老太太。近年老太太不能出远门了，张群回成都后，经常在成都文殊院替母亲作施舍，常常焚香祈祝老母健康长寿。

刘、邓两人对张群的嘱托当即慷慨答应，表现得侠肝义胆。张群临别时，对刘、邓说：“两位仁兄，我们共事多年，相交不错，又是老乡。我想，当今没有啥子好遮掩的，时局是无可挽回了。值此千秋存亡之际，希望两位仁兄贯彻始终，与蒋先生一心，共支危局。因为国家有办法，我们才有办法。”

“可是，蒋先生信不过我们！”邓锡侯火爆爆地说，“他想把我们弄到台湾去框起。这个样子，还谈到啥子共支危局？”

“我晓得你们不想去台湾。”张群看了看刘、邓二人的神情，语气中竟有一丝讨好的意味，“故土难离，人之常情。这事，我可以再对蒋先生谈谈，疏通疏通。不过，二位仁兄可不可以将你们的打算对我交个底？”

“我的底，就是倾其全力打共产党！”刘文辉拍了拍胸脯，“部队若是打完了，剩下我这个光杆司令，我就落荒而逃，到康藏三大寺做喇嘛去。”

“晋康兄，你呢？”张群对邓锡侯笑了笑，那笑很苦。

“常言道，话说好了，牛肉都做得刀头。我是两条路！”邓锡侯伸出两个手指头，大声武气地说：“说得好，人合得来，我邓晋康协助他胡宗南守成都，打川西决战。打烂就打烂，打烂下灌县！弄不好，毛了，我就甩开胡蛮蛮（胡宗南）单干，拖上我的部队，到灌县山里头与共产党打游击。”

“好！”张群连连点头称赞，“两位仁兄都有很好的打算，都说的是真心话。我回去要在蒋先生面前竭力替你们洗刷、美言，让蒋先生明白你们的心，请他不要轻信小人的话，让蒋先生转变一些他对你们的看法。这对我，也还是办得到的。”说时看表，不禁哎哟一声，站了起来：“时间不待了，蒋先生还等我回去谈事情。岳军这就向二位仁兄告辞了！”说着要走。

“岳军兄，且慢，自乾这里也有一事相求！”刘文辉眉头一皱，计上心来，他对张群说，“我们想向岳军兄借一样东西，不知你舍得舍不得？”

“舍得、舍得！”张群哽都不打一个，“说，啥东西？”

“我们想借你的专车用用。”

张群一时没有回话，看着刘文辉，猜测着他借车的目的。

“我同晋康都被蒋先生派人盯死了。”刘文辉也不隐瞒，打明叫响地说，“我们想出门办点事很不方便。你岳军兄是委员长的红人，外面那些蒋先生派来监视我们的人，如果看是你张岳军的车，哪个还敢妖言？我们想借你的车一用，明天早晨6点钟车来。”

张群似乎有些明白了，期期艾艾地问了一句：“自乾，你们这是要去哪里，做啥子？”

“岳军兄，你就不要打破砂锅问到底了。”刘文辉一句话封门。

毫无疑问，这是一个交换条件！虽然张群不一定完全清楚刘文辉借车的目的，但他一定知道他这车借出去，是大有蹊跷的。没有办法，张群低下头去略为沉吟，随即抬起头来，十分无奈地看定站在面前的刘、邓，哑声道，“好，就这样吧！”复又嘱咐，“望二位仁兄好自为之！”

张群去后，喜不自禁的邓锡侯向刘文辉比了比大拇指，说：“你真不愧为‘多宝道人’！”刘文辉笑道：“你这个‘水晶猴’也不简单。”当晚，邓锡侯打了个电话回康庄，宿在刘文辉的客房里。

以往只要一挨枕头就可以入睡的刘文辉今晚全然没有睡意，烙饼似的在床上翻来覆去。三姨太被他躁醒了，就伸过手来，抚摸着刘文辉瘦骨嶙峋的身子，带着梦呓发问：“你今晚上怎么了，自乾？”

刘文辉等了一会儿，才牙疼似的说：“我给你说，天不亮，我要同邓晋康出趟远门。”

“啥子时候回来？”三姨太的问仍然带着梦呓，但显然已经醒了。

刘文辉轻轻咳了一声，说：“这，你就不要多问了。只是记着，我明天走后，你立马回雅安，雅安比成都安全。回雅安不会有问题，我已经安排好了，有人送你。”

“路上兵荒马乱的。”三姨太撒娇，“我不走，要走，我等你回来一起走。”

刘文辉霍地提高了声音：“听话，听我的话不得拐！”

“咋个呢？”素常一踩九头翘的三姨太一下悟出了什么。

“不要问那么多，就这样办。”刘文辉说着将身子朝里一翻，背过身去睡，再也不说话。三姨太也不敢再问。刘文辉是个平时脾气很好，不轻易毛（发火）的人，但是一旦毛起来，可是吓人。她是个机灵的人，这会头脑清醒了，仔细一琢磨，从刘文辉这晚上反常的行动和话语中估摸到了什么，也打定了主意。

五点半钟，这是冬夜最好睡的时候。而就在此时，刘公馆那间小客厅的灯亮了。刘文辉、邓锡侯已经起床，在小客厅里坐等张群的专车。乳白色的灯光下，只见他们身穿狐皮大衣，博士帽在头上压得很低，而且都戴了副墨镜，显得有几分神秘。

三姨太杨蕴光自然也起来了，在厨下安排下人给丈夫和客人做早点。

不一会儿，门帘一掀，三姨太带着丫鬟小芬给刘文辉和邓锡侯送早点来了，屋里飘起一阵醪糟蛋的甜香味。

邓锡侯从丫鬟小芬手中接过醪糟蛋，一边呼噜噜地吃，一边抱着歉意地对三姨太打趣道：“哎呀，少奶奶，这么早把你从热被窝里躁起来，不好意思、不好意思得很！”

“邓公你说到哪里去了？”三姨太是个初中毕业生，很会说话，她说：“你那么大个将军，我们平时请都把你请不来呢！”

刘文辉从三姨太手中接过醪糟蛋，却没有急着吃，看着三姨太说：“我给你说的话，可都记住了？”

“记住了。”

他们放下碗时，壁上的挂钟正好敲响六下。刘文辉、邓锡侯会意地互相看了一眼，该是张群派人送汽车来的时间了，他们尖起耳朵听。四周很静，可是巷道里没有响起他们期望的汽车马达声。

是张群说话不算话吗？还是又发生了什么意外？壁上挂钟嘀嘀嗒嗒的走时声，将他们紧张的神经绷得就快要断了。

就在这时，他们听到了幽静的巷道里传来的汽车车轮触地的沙沙声。

“来了！”邓锡侯陡然来了精神。

门帘又是一掀，卫士长杨德华急急进来向刘文辉报告：“主席！”卫士长满脸放光，“张院长的车来了，接你们的人在门外车上等。”

“张院长派来接我们的是啥人？”刘文辉问，他很沉得住气。

“除司机而外，还有张院长的副官李成。”

“好，请他们进来。”

刘文辉让司机留下，让张群的副官李成陪他们走一趟，他的解释是：我们要去的地方，张院长派来的师傅不熟悉。说着喊了一声“蕴光！”正在里间屋子做些什么的姨太太应声而出。

刘文辉给姨太太递了一个点子，杨蕴光会意，早有准备的她给两人一个早就封好的大红包。

“这怎么行、这怎么行！”一身戎装，佩少校军衔、个子不高但墩笃的李成假装一惊，站起身来推托，说：“我们来时，张院长是交代过的，‘刘主席咋说咋办。’这是我们应该办的公事！”

“拿着，拿着，一点小意思。”刘文辉说。

“刘主席让你们拿，你们就拿着嘛！”邓锡侯也这样说。

“恭敬不如从命。”看来，李副官是读过些书的，抛了一句文后，又连说“不好意思，不好意思”。话是这样说，却不再推托，他和司机爽快地收了红包。

“请刘主席随便安排。”李副官接过红包后，一副笑逐颜开的样子。

头上戴顶鸭舌帽的司机更是高兴，又得红包还可以睡个回笼觉，何乐而不为。

刘文辉、邓锡侯这就由李副官陪着，出了大门，上了停在门外的张群那辆克拉克高级轿车。

克拉克高级轿车亮起两盏雪亮的车灯，向胡同口慢慢开去。雪亮的灯光中闪出两个特务，他们身穿黑皮卡克，鸭舌帽歪戴头上，挥着手枪，大叫停车。

轿车缓缓停了下来，坐在前面的张群副官将车窗缓缓摇下，探出头去，厉声喝问：“张（群）长官的专车，你们都敢阻拦吗？”

一个特务连说不敢，却用手遮着灯光，走上前来，看清将头探出窗外的果真是张群的副官李成，不放心地问：“李副官，你刚才不是说给刘（文辉）主席送飞机票去吗，这么快就办完了？”

“废话，送张飞机票要多少时间？”李副官有些起火。

“不知汽车里还坐了些啥人？”拦车的特务显得有些不放心。

“咦，听你们的意思，是怕我们把刘主席接走了还是怎么的？你们哪个不放心，就上来检查！”事前张群交代过，刘文辉、邓锡侯要他怎么的，就怎么的。李副官不敢违反张长官的意志。现在很明显，刘、邓就是要借张群的车逃脱特务的包围，至于他二人要去哪里，他不想问，也不敢问。他只是执行张长官的命令而已，况且俗话说得好，吃人家的嘴软，拿人家的手短。他拿了刘文辉一个大红包，他现在的责任，就是把刘、邓送出去。至于以后若是出什么事，自有张群承担。

拦车的特务们被张群的副官唬着了。张群是何等样人？是通了天的。别说他们这几个毛毛特务不敢去碰，就连他们的顶头上司、保密局局长、特务少将毛人凤在张群面前都不敢吭一声。再说，来回都是张群的专车，坐在司机旁边的是张群的副官李成，这还有什么值得怀疑的？拦车的两个小特务说，请稍等，我们请示一下！李成大发脾气，用手指着拦车的两个小特务的鼻子大骂：你们是谁，报个姓名，哪个耽误了张院长的公务，拿你们是问！这就上来一个獐头鼠目的家伙，大概是个管事的特务，他对张群的副官李成点头哈腰地说：“对不起，李副官，请多包涵！兄弟们也是例行公事！”说着手一挥，示意放行。

于是，这辆载着刘文辉、邓锡侯的张群专车，一阵风似的在特务们面前扬长而去。车到白果林，自有中共成都地下组织派的人在那里接。刘文辉、邓锡侯在这里换了车，顶着暗夜而去。

黎明到来时，刘、邓乘坐的专车，披着晨雾，带着露珠，从成都方向风驰电掣而来，然后一拐，缓缓进了九十五军军部驻地郫县唐昌镇。军部门前，一队引颈相望、端着冲锋枪在门外准备迎接的官兵见状大喜，带队的军官赶紧派人进去报告，然后一声“敬礼！”他们向尚未停稳的专车行持枪礼。车门开处，首先是两个窄衣箭袖、神情精明、腰皮带上斜插着驳壳枪的中共武装人员跳下车来。车门开处，邓锡侯、刘文辉先后下了车。这时，披着黄呢军大衣、一夜未睡、担着心的九十五军军长黄隐，毫不掩饰心中的快乐，大声喊道：“军长来了！”他的身后跟着一批高级军官，快步从军部里迎了出来。

第十八章

滚过西南阴霾天空的一声春雷

彭县隆兴寺距成都直线只有六七十里，坐落在一面浅浅的山岗上，面对着川西平原无边无际的田原绿畴。寺庙的红墙大院里，宫观巍峨、竹木葱茏、廊檐回环、殿宇重重。

1949年12月7日，这里成了川军将领刘文辉、邓锡侯、潘文华的起义指挥部。

那是一番何等壮观的场景啊！闻风而至，跟随刘、邓、潘起义的川中军政大员有牛范九、邱翥双、陈离、李铁夫、张鹏翼、黄慕颜、严啸虎等几十人之多。来到这里的还有中共成都"临工委"负责人，解放军二野刘伯承司令员、邓小平政委派来的联络员，进步的各民主党派负责人。起义指挥部成立了统一的办事机构——综合组，下设秘书、宣传和策反三个小组。每天，这里人员进进出出，忙忙碌碌，加紧进行着起义易帜工作。

起义指挥部刚刚成立那天，蒋介石派王缵绪赶到了隆兴寺。邓锡侯得报后，派一个副官去接他上山。

抗战期间曾先后就任四川省政府主席和二十九集团军总司令、时任西南游击第一纵队总司令的王缵绪是秀才出身，他虽身穿黄呢军服，脚蹬一双擦得发亮的黑皮鞋，举手投足间还是显出一分儒雅。跟在邓锡侯派去的接他的副官身后，他手中很有派头地拄根拐杖，不，是舞动着拐杖，沿着两边大柏树夹道的石板道缓步而上，左顾右看。

他也是一个老资格的四川军人，曾是刘湘手下大将。善于投机，先是投靠杨森，后是投靠刘湘，最后投靠蒋介石，在四川军政界名声臭。他就像一根善于攀缘而上的藤，纵然是被一阵大风刮倒在地，大树都连根倒下死了、枯了，而他这根靠攀缘而生的藤却不管不顾地又昂起头来，选定新的更坚实的利用物，再攀缘而上。

跟着副官翻过一个浅坡，只见一处浓密的树荫掩映间，露出几片青瓦，一角飞檐。再沿着石板小路走近一看，门外的“隆兴寺”三字赫然在目。矗立在川西平原浅丘地带的隆兴寺规模很大。山门外、密林中，随处可见荷枪实弹的九十五军官兵在警戒。

拾阶进入大门，进了大殿。只见殿上站立着的泥塑四大天王栩栩如生，他们或手持赤练蛇，或脚踏小鬼，或捧着青罗伞，或手托尖顶塔，似乎在显示某种超凡的本事。这是三进的大院。进了二门，迎面站着的是披甲挂剑、忠于职守的护法神韦驮。进了第三道门就是正殿了。

正殿上就是起义指挥部。在原先供奉着如来佛的神龛上，这时横拉着一幅二十万分之一的军用大地图，旁边临时搭起的条桌上摆着几部军用电话……两排身穿绿色军装、头戴钢盔、身持冲锋枪的警卫连士兵，沿着高高的台阶，从上至下排成一条火巷子，虎视眈眈地盯着他这个不速之客。

就在王缵绪竭力镇静着，拾阶而上，进入正殿左顾右盼时，刘文辉、邓锡侯、潘文华等人鱼贯而出。王缵绪故作亲热、故作轻松地将拐杖往怀中一抱，对主人邓锡侯调侃道：“哟，晋康兄，你这里好热闹哟，简直就是《水浒》里的108将在排座次嘛！”

刘邓潘不理他，脸一背，率先坐了下来，也不请他坐，只是冷眼打量着他。室内光线暗淡处，又有荷枪实弹的警卫，这就对他形成了一副审问架势。弄得王缵绪进也不是，退也不是，站也不是，坐也不是，很有些尴尬。

“是老蒋派你来当说客？”一阵难堪的沉默后，邓锡侯火气很冲地讥讽王缵绪，“治易兄，你这次可不要又出卖我们啊！”

“这、这、这，从何谈起！”王缵绪不好发作，呆站在那里，手中拄着文明棍，脸唰地一下红齐耳根。

“坐，坐下说嘛！”刘文辉口气缓和些。王缵绪坐在了他们对面的一把椅子上，就像在受审。

“真人面前不说假话。”王缵绪干巴巴的脸上努力挤出一点笑，开始了他的外交攻势，“蒋先生派我来，要我代他向三位表白这样的一些意思：过去，他与你们曾经有过的一切不愉快，都是误会。蒋先生诚心诚意请你们回去。他说，有什么事、什么要求，都好商量。蒋先生是专门派我来的。”

“不回去喃？他老蒋要咋个！”潘文华是刘湘忠实的部下，因此，他对卖主求荣的王缵绪特别憎恨。说着，他冷笑一声：“哼！哪个不晓得，他老蒋这是玩的先礼而后兵。我们不回去，下一步他就要派胡宗南的部队来打我们是不是？”

“哪里，哪里！”王缵绪又是摆手又是摇头，“仲三兄说到哪里去了？”为了缓和气氛，他巧妙地转换了概念，语气也很平稳：“蒋先生还说，若是你们不相信他的诚意，怕是回去有什么不测，他可以让蒋经国来当人质。”

“咋个我们三个四川土包子将军这会儿在委员长眼睛中就这么值钱了？这么值得蒋委员长看得起？”邓锡侯不无讥讽地说出这句时，刘文辉、潘文华不禁仰头哈哈大笑起来。那笑声，似乎要把他们心中以往的怨气、恶气都倾吐出来，倾吐得干干净净。

“明说吧！”邓锡侯不想再同王缵绪磨牙齿、绕弯子了，他同刘文辉、潘文华交换了一下眼色，说，“我们是开弓没有回头箭。老蒋要我们回去，迟了！话就说到这里，你可以走了。”

王缵绪看了看高高在上的刘、邓、潘三人，见他们一脸决绝神情，情知再劝无望，但还是怀着最后一线侥幸心理，从衣服口袋里掏出一封信，站起来，走上前去，递给邓锡侯。

“好好好，随便你们！”王缵绪说，“我算是将委员长的话带到了，这是顾（祝同）长官要我带给你们的信。”

邓锡侯不屑地接过信来，展开，用很夸张的语气念下去："……刘、邓、潘三兄今不辞而别。我想，多有误会，委员长请你们回来，一切都好商量。委员长对三兄将有借重"云云。

"多宝道人"刘文辉发现王缵绪心怀侥幸，决定来个将计就计。

邓锡侯念完了顾祝同的信，刘文辉对王缵绪说："治易兄，你不晓得。在委员长看来，我们三个人与中央离心离德，要投共，要造反。其实不是这样的。我们之所以离开成都，躲到一边去，是因为王陵基'王灵官'利用委员长对他的信任整我们，将我们朝死里整！还有一个原因，你我都是川人。我们不同意在成都与共军决战。像太原、天津那样，明晓得打不过人家，却硬要同人家共产党打大仗。结果呢，仗打败了，城市也打烂了，你我咋个向乡人交代？在成都，委员长天天逼着我们参加啥子'川西决战指挥部'，胡宗南这人又横。没有办法，我们惹不起，只好躲到一边去。"

邓锡侯、潘文华对"多宝道人"临场发挥的用意一下领会了，心中佩服的同时，纷纷附议。

王缵绪老奸巨猾，对刘文辉的这一套，心知肚明。他却不揭底，来个顺杆爬，连连点头表示理解、赞成。他说："话不说不明，火不拨不旺。自乾兄这一番话说的是实情，我回去在委员长面前好好说说。话明气散。委员长这个人也不是不明理，委员长可能与三位仁兄接触少了些，沟通少，对王陵基偏听偏信，让你们受了委屈。我想，话说清楚了，一切就好办了。怎么样？"王缵绪望着三人。

潘文华做出一副气鼓气胀的样子："委员长要我们回去是要有条件的！"

"请讲，我负责带到。"

"三条。一、撤王灵官的职，撤盛文的职。"潘文华说，"二、撤销盛文公布的'十杀令'！三、治胡蛮蛮（宗南）的罪，他竟敢派军队来打我们！"

"搞的啥名堂嘛？"潘文华越说越气愤，"现成都满街遍地都是胡宗南的军队，盛文的'十杀令'简直就是乱杀一气！"潘文华数着指头一条条背诵起盛文的“十杀令”：

“背叛党国者，杀！窝藏通匪者，杀！造谣惑众者，杀！为虎作伥者，杀……结果杀来杀去，杀的都是我们四川人。盛文的军警宪特横行霸道，看哪个不顺眼就可以随便逮了，不经审讯轻而易举地杀。盛文的一纸告示贴出去，不到三天就杀了三四十人，成都简直成杀场了！”

王缵绪眨巴着眼。刘文辉看出来，这个见利忘义、官迷心窍的家伙，这个时候竟敢独闯隆兴寺，显然是想在蒋介石面前立大功，于是，他想将这个家伙进一步引进迷魂阵。

“治易兄！”刘文辉说，“你看这个样子对不对？蒋先生若是听从我们的建议，答应我们提出的三条，果真撤了王陵基和盛文的职，那么，四川省政府主席由你来做，我和晋康、仲三兄联合保举你。你来主持川政我们放心，你唱主角，我们三个给你敲边鼓！”

真是官迷心窍吗？王缵绪好像真是信了，陡然来了精神。

“当真？”王缵绪笑逐颜开地看着面前的三人，“也要得。”他说，“但空说无凭。如果你们现在不回去，而是要蒋先生将你们的意见落实了才肯回成都，那也可以。那你们就给蒋先生写封信，白纸黑字，我也好带回去给蒋先生！”

邓锡侯当即让秘书陈懋鲲以他们三人的名义给蒋介石复了信。信中提出，要他们回去的条件是：撤王陵基四川省政府主席职，遗职由王缵绪接任。还要撤盛文的职……按邓锡侯意思，陈秘书在信的末尾将语气表现得很强硬。强调，若是以上条件不答应，他们就决心率部与之周旋到底！

“治易兄，就等你的消息了。”当王缵绪离开隆兴寺时，刘文辉特意将他送出山门，客客气气的样子，并再三嘱咐。好像他们三人出走，完全是意气用事，和共产党没有一点关系，也并不想造反。

成都北较场中央军校黄埔楼小会议厅。

蒋介石专门召集有关人员，听取王缵绪去隆兴寺后的汇报。这是一个小型会议，出席会议的仅有蒋经国、阎锡山、顾祝同、胡宗南、王陵基和盛文。

王缵绪如实报告后，全场哑然。不用说，刘、邓、潘三人已经公开“反叛”党国！他们在王缵绪面前的种种言行，不过是一种表演。借一句四川人的话来说，刘、邓、潘是矮子过河——淹（安）心了！

“我早就说过，刘文辉这些人脑袋瓜上长有反骨，早该把他们抓起来，部队也该解决，可是，有人就是反对！”胡宗南坐不住了，但碍于“校长”的面子，他并没有把话讲下去讲明，只是气呼呼地看着坐在对面的王陵基。

脸红筋胀的王陵基正要说什么，侍卫长俞济时急步走了进来，走到委员长身边，俯身轻声说了几句什么后，将一纸急电放在委员长面前，然后轻步退了出去，给他们掩上门。

蒋介石看了侍卫长送来的急电，脸色惨白，手在桌上猛地一拍，大骂：“娘希匹的，反了，都反了！四川的刘、邓、潘反了；连云南的卢汉也跟着反了！”蒋介石气得浑身哆嗦，但仍然正襟危坐，保持着职业军人的姿态。他的声音突然变得有些喑哑，话说得一字一顿：“我们，嗯，不是败在共产党手里，嗯！而是败在我们自己手里。像刘文辉、卢汉这样的人，都是党国的高级干部，他们要将我蒋某人捉了，去向共产党献功？那就让他们去捉去献吧！我蒋某人无愧于孙总理，无愧于党国！”

与会的大员们看到委员长如此，情知不好，都不敢吭声。坐在蒋介石身边的蒋经国顺手从父亲身边拿过急电，看完，也不说话，闷着头传给了坐在他身边的阎锡山……急电挨个传了下去。原来，就在王缵绪在这里报告隆兴寺刘、邓、潘造反之时，远在千里之外的云南省政府主席卢汉拘留了张群一行。与此同时，保密局电信处破译了卢汉发给隆兴寺刘、邓、潘的密电。密电要求刘、邓、潘就近相机活捉蒋介石，说是：“千秋功业在此一举！”

最初的愤怒、积怨发泄过后，蒋介石很快恢复了镇静。但在座的亲信大员们都看出，委员长一下子苍老了许多，形容憔悴，两颊塌陷，两眼无神，这就暴露出了委员长内心的担忧和绝望。

静默了好一会儿，蒋介石这又期期艾艾地数落道：“四川、云南的刘文辉、邓锡侯、潘文华、卢汉这些人，本来就是些鼠窃狗盗之辈，长期与中央离心离德、阳奉阴违。为挽救他们，政府尽了最大努力。然而，值此党国命运千秋存亡之际，他们的所作所为令我痛心！”说时，他的目光扫视全场，“如何处置这些人，我想听听诸位意见。”

“我早就说过刘、邓、潘不是好人！”王陵基似乎要把胡宗南刚才抢去的风头抢过来，“治易（王缵绪的号）兄到隆兴寺去，见到了陈离、潘大逵等那么多戴红帽子的人，可见刘自乾这些人，早就同共产党有勾扯，是有预谋的。现在算是真相大白了。我以往说了不知多少次，可是我们中，就有人包庇他们。”他这话，显然是将矛头指向“华阳相国”张群的。可是，张群在云南已经被卢汉逮起来了，生死未卜，再说没有意思。再说，就可能投鼠忌器，因此，王陵基的牢骚没有再发下去。

王陵基吞了口口水，看着蒋介石建议：“我的意见是决不能再养痈遗患。趁隆兴寺刘、邓、潘势单力薄，立足未稳！”说时，咬着牙，握起拳头砸下去，“我们唯有派兵镇压，坚决镇压！”

胡宗南知道，如果镇压，必然动用他的军队，他问王缵绪、邓锡侯的九十五军布防情况。

“过了郫县犀浦，都是邓锡侯的部队九十五军。”王缵绪毕竟是军人出身，回答得相当专业，“他们在成灌公路上分段设置了路障、沙包和掩体。进入彭县境内，更是大部队密集防守。但是，我看出来，他们统共不过几个团的兵力。”

“那就打，坚决打！”胡宗南这回和王陵基想到一块去了，他说得咬牙切齿，斩钉截铁，“不要多了，我只出盛文的部队就可以打垮邓锡侯的九十五军，我看我们得尽快拔掉这颗安在家门口的钉子！”说时，目光炯炯地望着蒋介石。

“墨三的意思呢？”蒋介石牙疼似的掉头看了看顾祝同。

“可以打！”顾祝同赞同胡宗南的意见。

与会者都同意打。

蒋介石这就开始点将。

“盛军长！”

“到！”盛文双手紧贴裤缝，应声起立。

“你以两师兵力立即做好进攻隆兴寺的准备！”这会儿，蒋介石鹰眼闪光，杀气腾腾，“至于什么时候发起攻击，听我的命令！”

“是。”

于是，蒋介石把手一挥，宣布散会。蒋氏父子回到了黄埔楼上。

在蒋介石那间小巧、雅致、舒服，一应俱全的中式书房里。这会儿，身心接连遭受重创、极度疲惫沮丧的蒋介石，瘫坐在沙发上，闭着眼睛，沉思有顷，对儿子说：“但愿郭汝瑰不要再出什么问题。”说着抬起头，睁开眼睛，幽幽地看着儿子，“经国，你对郭汝瑰这个人印象如何，你觉得他靠得住吗？他镇守的宜宾一线可是成都最后的屏障了！”儿子惊异了。父亲性格他再清楚不过了，父亲是向来非常要强、非常自信。像这样的时候，征求他对用人的意见、看法，可是很少有的。

蒋经国想了想，刚要说什么，父亲却又摇了摇头，摆了摆手，示意他不要说下去。

儿子知趣地轻步退出屋去。临去时，替闭着眼睛在沙发上假寐的父亲拉上窗帘，再给父亲身上盖上一床薄薄的美国毛毯，并轻轻拉上房门。

周围很静。闭着眼睛沉思的蒋介石脑海中闪现出一个熟悉的形象：郭汝瑰。

现年45岁的郭汝瑰是四川人，看起来远比实际年龄轻。个子不高，挺精神。一生不嗜烟酒，不嫖不赌。脸色白净细腻，一副又黑又浓的眉毛如两把大刀，衬着一双很亮的眼睛，英气逼人。他是黄埔军校第五期、陆军大学第一期毕业生。抗战初期，身任旅长，率部在淞沪前线英勇作战，身先士卒。因为表现出卓越的才华胆识，引起善于延揽人才的陈诚注意。以后招至麾下，节节高升。他曾出任过国民政府驻外使馆武官。1946年9月，因为战事日紧，陈诚特意将他招回国内，委以重任，担任国防部主管部队编制的第五厅副厅长。同年，被大权在握的新任军政部长陈诚拔擢为总参办公厅主任，接着为国防部第五厅厅长。1947年为国防部要害部门作战厅厅长。

郭汝瑰的飞速晋升，引起军队中不少将领的忌恨。1947 年，有 300 多名被陈诚裁减的高级军官，因极度不满他们的待遇，对照郭汝瑰的飞升，集中在南京中山陵哭陵，有这样一段哭陵文字见诸报端，在社会上引起长久的多方面反响：

“爵以赏功，职人授能。有郭汝瑰者，仅因为陈诚亲信，为其十三太保之一、‘干城社干将’，竟致一年三迁，红得发紫。试问当朝诸公，天理何在？”……

其实，郭汝瑰之所以平步青云，是因为他既是陈诚爱将，也得到蒋介石的赏识。在大局日渐糜烂之时，郭汝瑰主动请缨，蒋介石特委任郭汝瑰为二十二兵团中将总司令兼七十二军军长，再兼川南叙泸警备司令，负责泸州、宜宾、乐山、自贡、资中，计四个专区一市 43 县广大地区的防务。

现在，郭汝瑰手中掌握着四个装备精良、训练有素的师，沿长江、沱江设防。东可策应杨森部威胁已被共军占领了的重庆，西则是成都的可靠屏障。战略地位极为重要，他对郭汝瑰寄予很高期望！

然而，俗话说，将在外，君命有所不受！在手下大将分崩离析、纷纷投共的今天，郭汝瑰这枚自己赖以进行川西决战而投下的重要棋子、这朵“黄埔之花”，靠得住吗？

哲言说得好，要知道这个人的今天，就要看看他的昨天。郭汝瑰这个人昨天是可靠的，信得过的，那么，今天他也会是可靠的，信得过的。应该这样，想到这里，蒋介石放了心。是的，只要郭汝瑰不出问题，大局尚有可为……

就在蒋介石凝神静想之时，侍卫长俞济时又在门外一声报告。蒋介石一惊，悚然从沙发上坐起。他预感到，又有什么大事发生了。不然，侍卫长断断不会在他休息的时候来打扰他的。最近一段时间，流年不利。真是应了俗话一句，墙倒众人推，什么倒霉事都凑到一块来了。

“进来！”

侍卫长进来了。看着站在面前的俞济时满脸惆怅，委员长一颗心直往下沉。最近一段时间，侍卫长简直就是一尊瘟神，送来的尽是坏消息。

“啥事？”蒋介石绷着脸问。

“泸州急电！”俞济时送上一份急电。

蒋介石接过急电看完，顿时只觉得天昏地转，倒在了沙发上。

“爹爹，你怎么啦？”闻讯赶来的蒋经国，上前扶起父亲。他从父亲手中接过急电看过，手也发起抖来。

消息是如此令人魂飞魄散！

刚才，就是刚才他们在会上决定讨伐刘、邓、潘时，郭汝瑰在泸州宣布率部起义。最担心的事终于发生了！蒋介石焦躁地在屋里踱来踱去。他的精神完全垮了，额头发青，双颊潮红。

儿子安慰着他，劝他坐在了沙发上，给他倒了杯开水递上去。

蒋介石接过杯子，喝了点水，镇定了些，他紧张地整理着纷繁的思绪，从而反思、闪回、抉择、应对。

如果说，刘文辉、邓锡侯、潘文华、卢汉这些人反叛，对他来说，是意料之内，也是情理之中的事。郭汝瑰这个时候的反叛，却是他无论如何想不到，也想不通的。

更为可怕可恨的是，刚才，就是刚才，老是当事后“诸葛亮”的保密局接踵而至送来的报告中称：“……年前，郭汝瑰就将刘伯承派去的共军军事干部赵立钧安插身边，伺机反叛……”

真是人心难测，真是太可怕了！那么，他待之不薄的郭汝瑰，是什么时候起了反心？什么时候同共产党有了联系的呢？郭汝瑰在国防部要害部门工作那么多年，参与了那么多重要的军事机密，他给共产党提供了多少重要机密？而这一切，又给党国造成了多大危害？他不敢深想下去。他感到不寒而栗。

蒋介石当然不知道，就是郭汝瑰这朵被他欣赏的“黄埔之花”，早在1945年抗战胜利后，就暗中倒向了共产党。

抗战胜利后，在陪都重庆，郭汝瑰曾数次私下秘密去红岩村的八路军办事处，找到周恩来、董必武倾诉自己反对内战，赞成、拥护共产党各项主张，愿意加入民主阵营，为推翻旧中国，建立新中国做出自己的贡献的愿望，受到中共高层的热烈欢迎。

郭汝瑰由此频频暗中向中共秘密传递重大、绝密军事情报。当国民党军队向山东展开重点进攻前夕，他已将国民党军队参战人数、部队番号、开进路线等详尽地传递给了中共，使国民党五大主力之一的整编七十四师在孟良崮遭到一举全歼……

1948年，淮海大战中，国共两军陈兵百万，在徐州一线进行战略决战。郭汝瑰将每天的战况及国防部制定的近期、远期“作战计划”，找人写成工整的楷书送给委员长看。郭汝瑰手下人才济济，要颜有颜，要柳有柳，要楷有楷。当郭汝瑰将那份用工整楷书写成的战况及种种绝密送到蒋介石桌上时，复印件同时也送到了毛泽东和解放军淮海大战总指挥邓小平的办公桌上。结果可想而知。

激战正酣。而处处碰壁、损兵折将的“常胜将军”杜聿明感到某种不对劲儿，他冒着枪林弹雨乘飞机回到南京，向蒋介石陈述战场严重局势，要求批准他的“紧急撤退方案”。

蒋介石立即召开了紧急军事会议。参加这个军事会议的有陈诚、白崇禧、李宗仁、顾祝同等军事大员。郭汝瑰列席。杜聿明已经注意、怀疑到了郭汝瑰，会上，杜聿明请求总裁给他一个单独谈话的机会。

当杜聿明同蒋介石到一边单独谈话的时候，郭汝瑰大施离间计，说是杜聿明眼中只有总裁，根本不把参会的诸公放在眼里。李宗仁、何应钦、顾祝同、白崇禧在历史上与蒋介石就有芥蒂。结果，郭汝瑰的离间计果然奏效，让不明就里的李宗仁、何应钦、顾祝同、白崇禧等对杜聿明的撤退计划群起而攻之。在这些军事大员们的一致反对中，本来已经同意了杜聿明撤退计划的蒋介石被说懵了，改变了主意。

当重返战场的杜聿明率部好不容易杀开一条血路，突出重围，率领仅存的15万精锐部队，乘坐美式十轮卡车，一路绝尘而去时，杜聿明暗暗得意，靠两条腿追来的解放军，是怎么也追不上他们的！然而，就在这时，杜聿明接到了蒋介石“停止突围，就地待命”的命令。绝望之余，不得不执行命令的“常胜将军”杜聿明仰天长叹：“罢罢罢，反正天下是你蒋介石的。战机已失。我现在进也是死，退也是死，听天由命罢！”结果，已经突围而出的15万国民党精锐部队，重新陷入重围，最终邱清泉阵亡，杜聿明被俘，黄维被俘，黄伯韬自杀……具有决定性的淮海大战以国民党惨败，以共产党大胜而告终。

蒋介石当然也不知道。月前，他器重并委以重任的、他的黄埔一期毕业生、有“鹰犬将军”之称的宋希濂率败军，被解放军二野十八兵团张国华部紧紧追赶逃到川南郭汝瑰防区时，宋希濂要求进入郭部防区避难。郭汝瑰不准。万般无奈中，宋希濂派人向郭汝瑰送上自己最后一份拿得出的厚礼：一部电影放映机，请求准其率残部进入宜宾，以避解放军锋芒，可再次遭到郭汝瑰坚拒。

宋希濂只好率残部慌忙绕城而去，向西昌方向仓皇逃窜。而郭汝瑰却让解放军张国华部通过自己防区，抄近路在峨眉山附近金河口，打了宋希濂残部一个出其不意的伏击。激战下来，宋希濂被俘，所部全歼……

现在，愁肠百转、捉襟见肘的蒋介石不能不面对这样一个严峻的现实：郭汝瑰反了，防卫成都的屏障没有了。成都已经完全暴露在刘伯承、邓小平大部队的攻击之下。也就在这时，一阵令人惊心的电话铃声骤响。他伸手拿起电话。胡宗南在电话中向他报告：数倍于我的解放军大军分南北两路，以狂飙突进之势正迅速向成都逼来。前锋部队已抵达成都附近的邛崃、新津、简阳、丹棱一带，对成都的包围圈业已形成……

蒋介石只觉头嗡的一声轰响，不知所云地对胡宗南说了些什么。

放下电话，蒋介石从沙发上站起身来，走到办公桌前，坐下，从抽屉中拿出笔记本，摊在桌上，翻开，用颤抖的手，在日记上记上了这样一笔：

“……在戡乱时期，政府参谋部次长刘斐与国防部作战厅厅长郭汝瑰为潜伏共谍。其危害之大，实非局外人所能想象者……”

就在蒋介石丧魂落魄的这个寒夜，彭县隆兴寺内，刘、邓、潘正召集部下开一个重要的军事会议：讨论是否立即通电起义。

大殿上，若干根粗大的蜡烛和美孚油灯交相辉映，把殿堂内照得一片通明。刘、邓、潘坐在上首；坐在下面的几十个军长、师长、参谋长、旅长、团长和高级幕僚们将大殿坐得满满当当的。

会议是从晚饭后暮霭四合时分开始的，到现在已经进行了三四个小时。会上，意见不一致，分成了两派：“元老派”和“少壮派”，意见尖锐对立。

“元老派”立场稳妥，不同意现在发出起义通电。理由是：如果这时发出起义通电，肯定遭到敌人攻击，而且周边敌人很强。他们罗列出，左有孙元良部和杨森的第二十军；右有罗广文兵团和陈克非部。而隆兴寺距成都还不到 40 公里，盛文部随时可能由成东灌公路而来，对我进行正面的攻击。敌人之所以按兵不动，是因为我们没有动作，蒋介石可能对我们还有幻想。敌人太强大了。我们现在虽说有九十五军，其实满打满算不过只有三团人。因此，他们建议，起义通电暂缓。

“少壮派”则认为，起义了不发通电，这样“既触犯了蒋介石，又得罪了共产党”、“非丈夫所为”……

会上，两派各执一词，各有各的道理，各不相让。激烈的争辩中，空气中氤氲着浓烈的茶味、烟气。有的军官甚至争得哑了嗓子。

看看差不多了，邓锡侯、潘文华同刘文辉交换了一下眼色。

胸有成竹的“多宝道人”刘文辉这就从衣服口袋里摸出一个烫金烟盒，“啪！”的一声弹开。

“来，晋康、仲三，”他挨次给邓、潘两位将军递烟，说，“把烟点起！”

昨天，在一次少数高级军官参加的非正式会议上，因为邓锡侯的首先倡议，刘文辉被大家推举为领衔起义的首脑人物。他接受了，并在会上含蓄地表示了现在就通电起义的意思。但当时就受到了九十五军一些军官的反对，审时度势，他当即转移了话题。过后，他和邓锡侯、潘文华统一了思想：做出了事不宜迟、现在就通电起义的决定。

“晋公！”看着吸上烟的邓锡侯，刘文辉说，“大家的意见都摊出来了。两派意见尖锐对立，是不是请你来拍这个板？如其不然，公说公有理，婆说婆有理。这个会开到天明也开不出个名堂来！”

“是该有个定论的时候了。”潘文华说。

邓锡侯当然明白刘文辉说这番话的意思。于是，他站了起来，清了一下喉咙，会场上顿时清风雅静。

“诸位，我们是不是现在就发出起义通电？”他自问自答，态度鲜明：“我、潘主任和刘主席的意见是一致的，现在就发。现在请刘主席给大家详细讲讲原因！”

会场上所有的人眼睛唰地一下看定刘文辉。

“好吧，恭敬不如从命。”刘文辉笑笑，站了起来，环视了一下里三层外三层、一屋子坐得满满当当的军官们。他侃侃而言，条分缕析：“有的弟兄对现在发起义通电有所担心。道理，已经讲明，这是可以理解的。这些弟兄怕现在发出起义通电，胡宗南打过来，我们挨不起，是不是？”说到这里，刘文辉目光灼灼地打量了一下全场，场上顿时又发出嗡嗡的议论声。

“但是，我要问，我们就这样在这里闷起，蒋介石、胡宗南是不是就会放过我们？有两种可能！”刘文辉提高了声音，“如其我们就这样闷起，捉襟见肘的老蒋当然可以不必开军队来打我们，但他可以趁机混淆视听，可以搞离间计。而今眼目下，全国有多少人在看着我们？比如前天来的王缵绪，他就悄悄把我拉到一边，代表老蒋给我许愿，要我出卖晋康和仲三将军。我会做这样的事吗？笑话！但是，王缵绪被我们哄走了，断不定明天又来一个李缵绪，后天来个张缵绪挑拨离间？时间一长，百病丛生！因此，权衡利弊，我和晋公、仲公将军的意见一致：立即通电起义！

“我们发出通电起义后，从老蒋目前的情况看，他不一定能腾出手来打我们。即便他来打，我们也可以打一下。打不赢，我们就撤，从海窝子那边退到山里去等解放军。这样，我们就在世人面前，同蒋介石彻底划清了界限……”刘文辉思维清晰，分析得头头是道，很有说服力，让好些反对立即通电起义、怕这样怕那样的军官们如梦方醒。他们纷纷表示放弃原来意见，赞成立即通电起义。这时，会场上又是议论纷纷，一片嘈杂。

“安静！”邓锡侯又站起来，双手做出一个向下压的姿势，“听刘主席把话说完。”会场又安静下来。

“我们的方针是，”刘文辉继续说下去，“文武兼唱，两线出击。控制着彭县、灌县的九十五军兄弟们不动，来个武戏文唱。而我西康的二十四军文戏武唱，配合解放军关门打狗，活捉蒋介石！”刘文辉的话讲完了，神态自若地坐了下去。在座的军官文员们莫不叹服刘文辉思虑之周密、精细，“多宝道人”真是名副其实。

“话，刘主席都讲清楚了。”邓锡侯站起来作总结性发言。他的话生动风趣：

“王二拐子挑担子也要像个挑的样子。哪有说，既起义又不发通电的道理？话就到此闸板！”邓锡侯一句话打住，虎威威地扫视全场，“还有没有哪个人有不同意见？”

“没有了。”大家一致表态。

“那好。”邓锡侯环视全场，话说得落地有声，“我邓某人把丑话说在前头，既然大家都是当众表了态的，下去后如是还有人搞小动作，那么，不管何人，不要怪我邓锡侯翻脸不认人！”

邓锡侯征求潘文华还有没有什么话要说的，潘文华说，你们二人说的就是我的话。这样，邓锡侯宣布散会，他要求部下们：各人该干啥就去干啥。

会后，刘文辉、邓锡侯和潘文华又连夜商定了通电口径，邓锡侯指定秘书李静轩在天亮前拟出通电起义草稿。看百事处理、安排完毕，三人这才各自回房睡了。

刘文辉很疲倦，在禅房里睡下后，却怎么也睡不着，思想上走马灯似的转个不停。他是一个虑事周密的人，此时他有担不完的心：此次起义事还有没有考虑不周的地方？三姨太杨蕴光是否安然离开成都，回了雅安？最后，他的思绪在要从成都撤出的电台问题上萦绕着久久不去。

在潜离成都前夜，他专门找来设在成都的电台台长程睿贤，给他布置了电台撤离到隆兴寺的一应有关事宜。而且，他告诉程睿贤，届时中共成都“临工委”会相机策应……按说，这个时候，程睿贤是该携电台来了，怎么一点动静都没有，该不会出啥问题？他就这样，在床上折腾过来，折腾过去，直到四更时，才蒙蒙眬眬地睡了过去。

迷蒙的夜色水似的笼罩了一切。成都宽巷子11号刘文辉小公馆里，程睿贤站在主楼二楼的一间小屋子里，凭栏远眺。他似乎在观景，又似乎在沉思，样子显得很沉静。其实，只有他自己才知道，这时他心中有多么紧张。

不要看现在院子里，一切都氤氲着静默的诗意。楼侧的那株虬枝盘杂的老榕树，像是张在夜幕中一幅漂亮的剪影。花径两边整齐油亮的冬青……显现着一种素常的宁静。

然而，这一切全都是假象。门外就是"狗"，"狗"们正严密监视着里面的一切。而且，说不定什么时候，"狗"们就会打将进来，逮人、挖地三尺搜查电台……

程睿贤是一个年届三十的精干汉子，属于刘文辉的"贴心"类。他早年毕业于重庆一所美国人办的"求精"中学。他不是共产党人，却思想进步，倾向革命；参加过大革命，闹过学潮。以后受特务通缉，从重庆跑到成都，投笔从戎考进刘文辉在成都办的二十四军无线电学校学习。因成绩优秀，毕业后，被刘文辉看中留在身边并渐渐为刘文辉了解、赏识，倚为心腹。

月前，刘文辉去北较场赴蒋介石的"鸿门宴"回来，给雅安的二十四军代军长刘元宣和在凉山西昌的西康省代省长张为炯的两封电报，都是经他亲手发的。那让毛人凤的破译科也看不懂的密电码，也是他一手编制的。

随后，刘文辉要他停止发报，注意隐蔽，但他已为保密局特务发现并受到严密监视。刘文辉在成都的小公馆宽巷子11号，处在国民党中央核心地带：左有商业街的励志社、保密局；右有省政府特别委员会和宪兵行营……地势上很不利。

为摆脱、转移特务对自己的注意，为迷惑特务，从来言行谨慎的他，开始频繁出没于歌厅舞厅，跳舞酗酒。常常半夜才醉醺醺地归来，一副放浪形骸的样子，并时时放出话，表现得对前途丧失信心。说是今朝有酒今朝醉……

按照刘文辉的指示，今夜，就是今夜，他要携电台去到白果林，在中共成都“临工委”接应人员接应、帮助下去彭县隆兴寺。

一切都顺利，一切都在按计划进行。

半夜时分。他对所剩不多的小公馆中的人员作最后的疏散。他只带一名报务员在身边，嘱咐另外两个“兄弟”带着他的妻小从公馆后门撤离。

但是，静静的夜幕中，不知哪一处藏有杀着？这样的夜是最凶险的。分别在即，孩子还小；妻子牵着孩子的手，对他千叮咛万嘱咐，恋恋不舍。朦胧的微光中，只见孩子满面惶恐和依恋，妻子满脸都是泪。

程睿贤默默地把手中的左轮手枪顶上了膛，看了看妻儿；再示意带着妻儿撤离的两个“兄弟”和他走到一边去。

核桃树下，他悄声嘱咐两个“兄弟”：“倘若我遭不幸，请你们念及我们共事多年的情分上，照顾我的太太和孩子！”

两个“兄弟”很义气，连连点头，轻轻说，台长，你放心，不会有事的。

这夜很奇怪，小公馆的前后门都没有特务监视。程睿贤交代完毕，看着他的两个“兄弟”出了后门，消失在黑夜中平安无事。一会儿，他才转过身去，把大门打开。大门外还真是没有“狗”监视，他和报务员上了一辆早就放好了电台的美式中吉普车，他亲自开着车，出了大门，朝白果林方向急驶。

也真是天公作美。这天夜里，毛人凤的“手下”出了一个疏忽。毛人凤派他的“手下”去搜查刘文辉在文庙后街的大公馆，“手下”因人手不够，将几个看守、监视刘文辉小公馆的特务也拉了去，从而让程睿贤携电台和家人从容撤离。当毛人凤在电话上得知此事，大发雷霆，赶紧请求盛文支援。盛文闻讯，不敢怠慢，派出一个连宪兵，会同毛人凤派出的一帮特务乘车迅速赶到。

可是，迟了一步。

毛人凤在电话上得知宽巷子 11 号刘文辉的小公馆，已是人去屋空，程睿贤携电台逃离的消息，大惊，会同盛文命令军、警、宪、特在全城大搜捕。

一场争分夺秒的战斗开始了。

当程睿贤驱车赶到白果林时，中共成都“临工委”派去的五名武工队员已经等在那里。他们个个窄衣箭袖，身手利索，一看就是打夜战、近战的好手。车未停稳，五名武工队员飞身跳了上来，一位身穿黑色棉袄的武工队员从程睿贤手中接过方向盘说：“程台长，情况紧急，我来开车，你注意隐蔽。”说着，一踩油门，美式敞篷吉普车顿时如脱缰野马飞驰而去。

过骡马市、穿簸箕街，吉普车出城上了川陕公路。程睿贤一行刚过天回镇，后面，宪兵和特务们追上来了。尤其是几辆德国造三轮摩托车速度快，闪电般越追越近。

凄厉的警笛长鸣，后面特务们开枪示警，喝令停车！

前面，川陕公路划出一个大大的弧形。程睿贤们的吉普车倏然间一个急拐。趁着车后一个小山包遮掩，驾车的武工队员将方向盘一打，进入旁边一片树木浓密蓊蔽的坟场地。

“程台长，请你快跳车！”

就在程睿贤跳车的同时，他身后的两名武工队员提着电台跳了下来。而与此同时，“轰！”的一声，美式吉普车猛然加快车速，上了公路。“砰、砰、砰！”车上的两名武工队员转过身去，将手中的20响驳壳手枪一甩，朝追上来的特务们开枪了。

追上来的宪兵、特务们开着枪，流星般拼命向前追去。

程睿贤和他的报务员，还有两名护送他们的武工队员，刚刚在坟地里换好老百姓的衣服。“啪、啪！”前面野地里传来两声清脆的击掌声。

“程台长！”旁边一位武工队员对他说，“接我们的人来了。”

程睿贤和他的报务员跟着两名武工队员，在夜幕中沿着逶迤的田埂小道向前走去。到了坟场另一边的黄土路上，有两辆黄包车已经等在那里了，四个武装便衣警惕地等着他们。

“啊，程台长，请快上车。”一位身手敏捷的武装便衣，要程睿贤上了一部黄包车；另一部黄包车装上电台。两名身手矫健的便衣抄起车杠，拉起黄包车，掀起一双大脚板，沿乡间土路，向彭县方向飞跑；他的报务员和保卫他们的武工队员，前后相随，注意保卫。

刚才在公路上猛然间爆发出的炒豆般的枪声，忽然间完全消失了。天上下起了冷雨。冷雨下了一阵停了。一弯冰冷的下弦月在厚重的墨似的云中时隐时现。他们沿着乡间土路跌跌绊绊，不知走了多久，已经半夜过了。

终于，那位护在程睿贤车边的武工队员，以欣慰的语气告诉他，这里离隆兴寺已不远了。程睿贤刚刚松了一口气，小土路右边河滩芦苇丛中扑棱棱惊飞起几只野鸭。

“不好！”程睿贤说时，从车上一翻而下。

“啪啪啪！”芦苇丛中扫出一串子弹。猝不及防中，护在程睿贤右边的武工队员当即往前一栽倒地，程睿贤也感到左臂一麻。

一名武工队员一下将程台长扑倒在地。与此同时，武工队员们扬起手中 20 响驳壳手提机枪，开始猛烈地还击。几声敌人的惨叫后，芦苇丛中一阵沙沙响，想来是特务们在重新布防、调整。

“程台长，对不起你们了。”伏在地上的武工队长小声对程睿贤说，“我们一位同志已经牺牲了，请你这位兄弟，”他指着伏在程睿贤身边的年轻的报务员说，“拉上电台和你先走一步。就沿着这条土路走，由一个武装同志护送你们。我和剩下的同志负责把这群‘狗’收拾后赶上来。半里路外就是彭县崇义桥。‘狗’们马上就要扑上来，你们快走，我们掩护！”

“那怎么行！”程睿贤感到十分过意不去。

“快走！”富有作战经验的武工队长急得上火了，“再不走，就来不及了！”

“那好吧！”程睿贤让他的报务员抄起黄包车，由一个武工队员护送，他们跑步而去时，背后，枪声骤然大作。

刘文辉天快亮时才迷迷糊糊睡了过去，卫士长杨德华却把他从睡梦中喊醒。他十分恼火，刚要发作，卫士长俯在他身前，解释说：“主席，你担着心的程睿贤他们来了，程台长挂了花……”

“在哪里？”刘文辉眼睛一亮，睡意全消，一个鲤鱼打挺，坐起身来，赶快穿上衣服，披上大衣，开门出来。

卫士长边走边说：“人在大殿上。”

刘文辉一脚迈进大殿，顿时惊住了。一星如豆的灯光下，靠柱坐着一个血人。这是素来衣着整洁、神情精明的程睿贤吗？他简直变了一个人，眼窝深陷，衣衫褴褛，左臂上挂了花，用绷带绑扎了后都还在往外浸血。

“主席！”程睿贤抬起头，用他那双依然闪耀着清纯刚毅光芒的眼睛看着刘文辉，用低微虚弱的声音报告，“我把你要的电台和报务员都带出来了……”不用说，程睿贤他们来隆兴寺是九死一生。刘文辉感动得一把抱着程睿贤，连连说，“睿贤，你们来得正好，辛苦你们了！”

20 分钟后，军医给程睿贤包扎好了伤口，他和报务员都换了衣服吃了饭，精神好多了。在一间暖烘烘很舒适的禅房里，刘文辉一边看着程睿贤和报务员检查电台，一边听他们述说路途上，中共的武工队是如何护送他们及流血牺牲的情景，刘文辉十分感动。刘文辉告诉程睿贤，邓军长获悉情况后，已派部队支援去了。要他们放心。

经检查，电台完好无损。

天光大亮时，程睿贤和他的报务员已经在大殿上架好了电台，调好了波长。刘、邓、潘三位将军都来了，他们将秘书熬了一夜拟出的起义电文传看一遍，改了两个小地方，都没有意见后，刘文辉将电文交给了程睿贤，让他发。

程睿贤亲自发报。他熟练地敲击着电键，只见他的十指上下翻飞间，看不见的串串电波，犹如一只只报春的鸟儿，在这个早晨，从彭县隆兴寺起飞，惊乍乍地、欢快地飞越了巴山蜀水；瞬间掠过长江、黄河和茫茫中原大地，飞进了已住进北京中南海的毛泽东、朱德迎着东升旭日开启的窗，落在他们的办公桌上，给了他们无限的欣慰和惊喜。又像是串串炸响的春雷，在还没有解放的成都、云南……在神州各地上空，以至在世界各地轰响，引万众瞩目。又像是把把飞去的利剑，刺中了近在咫尺的蒋介石，让蒋介石痛不欲生，捶胸顿足，呼天抢地。

北京毛主席、朱总司令并转各野战军司令暨全国人民公鉴：

蒋贼介石盗窃国柄二十载于兹，罪恶昭彰，国人共见。自抗战胜利而还，措施亦形乖谬，如破坏政协决议各案，发动空前国内战争，紊乱金融财政，促使国民经济破产，嗾使贪污佥壬横行，贻笑邻邦，降低国际地位，种种罪行，变本加厉，徒见国计民生枯萎，国家元气渐绝。而蒋贼怙恶不悛，唯利是图。在士无斗志、人尽离心的今天，尚欲以一隅抗天下，把川康两省八年抗战所残留生命财产，作孤注一掷。我两省民众，岂能容忍终古。文辉、锡侯、文华等于过去数年间，虽未能及时团结军民，配合人民战争，然亡羊补牢，古有明训，昨非今是，贤者所谅。兹为适应人民要求，决自即日起率领所属宣布与蒋、李、阎、白反动集团断绝关系，竭诚服从中央人民政府毛主席、朱德总司令，与中国人民解放军第二野战军刘司令员、邓政治委员之领导。所望川、康全体军政人员，一律尽忠职守，保护社会秩序与公共财产，听候人民解放军与人民政府之接收，并努力配合人民解放军消灭国民党反动之残余，以期川、康全境早日获解放。坦白陈词，敬请维垂。

刘文辉、邓锡侯、潘文华　叩

起义电文刚刚发完，程睿贤虚脱了，一头栽倒在电台上。邓锡侯赶紧命令卫兵们把他搀扶到医务室，医官们又是输血又是输液。慢慢地，程睿贤苍白的脸上有了些血色。医官说，他太疲倦，太虚弱了。

在场的刘、邓、潘三位将军嘱咐手下，让程台长好好治疗、休息。

当天中午时分，刘、邓、潘收到了来自北京的中国人民解放军总司令朱德代表中共中央对他们起义的复电：

刘文辉、邓锡侯、潘文华诸将军勋鉴：

接读12月9日通电。欣悉将军等脱离国民党反动集团，参加人民阵营，甚为佩慰。尚望通令所属，遵守中国人民解放军总部本年4月25日约法八章，与中国人民解放军第二野战军本年11月21日四项号召，改善军民关系与官兵关系，为协助人民解放军与人民政府，肃清反动残余，建立革命秩序而奋斗。

朱德

紧接着，有20多起四川地方军队来电响应刘、邓、潘起义；他们所辖地方政府也纷纷来电表示拥护，宣布脱离国民党政权。甚至连向来跟蒋介石很紧的杨森、董长安都派代表去了隆兴寺，而国民党第十五兵团司令官罗广文和陈克非更是受到强烈感召。他们通过刘、邓、潘牵线搭桥，同中共上层取得联系并很快举行了起义。

近在咫尺的蒋介石集团感到了末日来临，大恐慌了。

蒋介石的川西决战纯属一纸幻想，已经破灭。

恼羞成怒的蒋介石虽然再也无力拔掉隆兴寺这根钉子，但在逃离成都前夕，他要对刘文辉进行报复，大开杀戒了。

第十九章

日暮途穷，杀戒大开

屋内灯光已然暗淡了。

成都北较场中央军校黄埔楼上蒋介石的卧室一反以往地没有开灯。其实，这个时候蒋介石并没有睡，从整个下午到现在，他都将自己关在屋里，严禁任何人打扰。现在，他很痛苦，绝望得近乎麻木，在办公桌前正襟危坐的他，对着桌子上摆着的一瓶威士忌酒发呆。似乎那瓶来自美国的威士忌酒里有什么可以救他于水火的灵丹妙药。良久，从来滴酒不沾的他，把那瓶威士忌端起来仰头咕嘟咕嘟狂喝一气，砰的一声砸在桌上，一声巨响在屋里发出空洞的回声，然后渐渐归于沉寂。

近日一系列的变化，严重地打击了他的自尊心，让向来自诩泰山崩于前而色不变的他，因心情紧张，又羞又恼患了失眠症。开始，服用烈性安眠药可以勉强睡几个小时，最近连这种美国进口的烈性安眠药也不管用了。他开始试着喝酒，喝酒真好！难怪曹孟德曰："何以解忧，唯有杜康。"喝多了，喝醉了，神经麻木，有一种飞升的飘飘感觉，真是舒服。什么功名得失、战争胜负全都滚他妈的，全都可以置之于脑后。

今天，他从下午起就开始喝，比哪天都喝得多；他已不是喝酒，而是酗酒。

今天，他实在是太难过了。

四川的刘文辉、邓锡侯、潘文华，云南的卢汉相继“反叛”，甚至连他一向最为信任的、在川西决战计划中期以重任的“黄埔之花”郭汝瑰也背叛了。由此引发的众叛亲离接踵而至！他清楚地知道，自己几十年打拼，好不容易才精心构筑起来的、打有蒋氏印记的宏伟大厦马上就要轰然倾塌，大局已无可挽回了。也就是前些日子，经国和胡宗南一再苦苦劝他放弃成都，放弃川西决战，保存有生力量，一举解决刘文辉和他手中用以扼守川藏一线的二十四军，徐徐撤退到康藏，以图东山再起。这些铮铮真言犹在耳边……然而，却被自己给他们坚决打了回去。现在后悔了，想通了，但是已经迟了，事情无可挽回了。人的一生，尤其是像他这样一个执掌国家权柄的人来说，每时每刻都在面临着选择。选择，这两个普普通通的字，字字千金，具有哲理。选择对了，前面就是光明大道，选择错了，就是死路一条。三国时期，在成都建都、当过蜀汉皇帝的刘备，本身并没有多大本事，但好在他会用人，会选择！他选择了功名垂宇宙的诸葛亮孔明做相，选择了赵云、马超等五虎上将，并搞了一个刘（备）、关（羽）、张（飞）桃园三结义，因此能成就一番事业。而自己，老是选择错误，老是看错人，这样一来，焉能不败？就在这个晚上，蒋介石那被酒精麻醉的脑海中思前虑后，竟有一些悔意，产生了一些富于哲学意味的反思。本来活活一盘棋，被自己活活下死了。连共产党高层估计都要打四年的四川，却因为自己的战略错误而指日可下了。想到这些，悔恨和悲哀感叹在他心中交织着油然而生。向来性格坚强的他，不禁苦从中来，两行酸涩的泪水顺着他憔悴消瘦的双颊潸然而下。

“爹爹，你没事吧？”房门轻轻推开，蒋经国进来了。

“没事。”他赶紧揩去泪水解释，遮掩一句，“我这是在考虑问题。”

儿子替他开了灯，开的是小灯，屋内光线暗淡。

“经国！”蒋介石想起了一桩事情，强打精神，吩咐儿子，“你通知盛文来一下。”

“好的，爹爹，还有什么事吗？”

“没有了。盛文来了，你立即告诉我。”说着挥了挥手，“你去办吧，让我一个人安静一会儿。”

儿子发现父亲喝多了酒，关切地说：“爹爹，你不要喝酒了。”看父亲点头，蒋经国出去了。

蒋经国去后，蒋介石这会儿感到自己很无助，觉得有很多话想向他最亲近的夫人宋美龄说说。

1948 年，因为连吃败仗，他再次安排夫人访美，期望得到美援。然而，作为“美国通”的夫人这次去美国却与抗战时期判若两人，她在美国受到了冷遇。虽然杜鲁门总统应她的再三要求，在白宫约见了她，但只给她半个小时的时间陈述。杜鲁门明确告诉她，不可能再给他们提供援助，夫人退而求其次，请求美国发表一篇支持蒋介石政权的正式宣言，在道义上提拱支援。然而，就是这样一个小小的要求，也被杜鲁门拒绝了。杜鲁门引用了一句中国古代哲语：“天助自助者！”言外之意是，美国无意再为蒋介石提供军援，因为美国不愿去扶助他这个怎么样也扶助不起来的“阿斗”！

蒙羞的夫人愤怒地离开了华盛顿，到纽约长岛她大姐宋霭龄家隐居起来。

想到这里，蒋介石情不自禁拉开抽屉，拿出一本装帧精美的相册。翻开来，赫然显现眼前的是一张 1927 年 12 月 1 日他和宋美龄在上海的结婚照。他久久地端详着这张照片回忆起来。

当时，上海《字林西报》的一篇报道，可谓淋漓尽致、惟妙惟肖地展现出了当时的盛况：

“新娘穿一件漂亮的银色旗袍，白色的乔旗纱用一小枝橙黄色的花别着，轻轻地斜披在身上，看上去非常迷人。她那美丽的挑花透孔面纱上，还戴着一个由橙黄色花蕾编成的小花冠；饰以银线的白色软缎拖裙从她的肩上垂下来，再配以那件长而飘垂的轻纱。她穿着银白色的鞋和长袜，捧着一束用白色和银色缎带系着的淡红色麝香石竹花和棕榈叶子……”

他又翻下去。那是一张宋美龄 1943 年去美国活动大获成功的照片。照片生动地记录了抗战期间宋美龄 1943 年 2 月 18 日在美国国会山上的讲演。她穿一件黑色紧身、突出了成熟女性魅力的中国旗袍。一头柔和卷曲的黑发，松柔地从前额梳向后颈，并在那儿挽成一个光滑的发髻。她身上唯一的装饰品是胸前那枚镶有宝石的空军大扣花，那是她从事卓有成效的航空事业，担任航空部长时得到的荣誉。她那一双又大又黑的眼睛，像熠熠生光的玉髓，白净的瓜子脸像木兰花瓣那样白皙。

1943 年 3 月 1 日，美国《时代》杂志以显著的版面报道她在国会的精彩演讲，文章这样写道："她的演说不长。但她面面俱到地讲到了她那正在遭受苦难的人民和他们的理想，她的丈夫及其献身精神，甚至讲到了她自己和认为她自己属于中美这两个伟大国家的事实……她的讲话，引起全场起立，掌声雷动。"

是什么原因使夫人前后两次去美国迥然有别呢？杜鲁门是个蠢材，是个原因，他看不到中国一旦赤化，在远东，甚至在世界上产生的严重后果。美国历史上，凡是选举出来的总统，都要睿智些，而总统去后继任的，就要差得多，这是不争的事实。杜鲁门副总统就是罗斯福突然去世后继任的。然而，他又转而一想，也不能怪人家杜鲁门，要怪还是要怪自己。"胜者为王，败者为寇"，历史都是胜者写的，何况其他。美国人是势利的，谁叫自己一败再败，败到如今的一败涂地呢！

检讨起来，自己的失败，还不仅是军事上的，而是多方面的。其间，不重视宣传，就是一个很大的失着，而共产党则最看重，最善于宣传。毛泽东说，笔杆子、枪杆子，革命胜利，全看这两杆子。共产党的笔杆子用得好，让广大的工农民众，甚至连广大知识分子、社会中间阶层都跟着他们跑。

他记得，第二次世界大战期间，他在开罗参加了中、美、英、苏四国首脑的"四巨头"会议。事后，美国罗斯福总统这样说，"在开罗，我无法形容对蒋中正的任何看法。后来我回想起这件事，我才意识到，我所知道的都是蒋夫人向我讲的她丈夫如何如何，以及她是怎样想的。她总是在那里回答我的问题。我可以了解她，但对这位蒋先生，我却根本看不透。"

抗战胜利后，中共不仅在军力上有了长足的发展，而且宣传舆论上做得更加高明。然而，虽然他听从了夫人建议，成立了一个专对西方进行宣传的新闻宣传处，让毕业于美国哥伦比亚大学普利兹新闻学院第一期的董显光任处长。夫人期望他通过这个喉舌经常接见外国记者，阐述大政方针，改变他在国际上的形象。然而，他始终对此漫不经心，经常拒绝外国记者、撤销新闻发布会。久而久之，由于他长期放弃舆论宣传，特别是放松了对西方的宣传，他在国际上糟糕的形象始终得不到改善，这就从某种意义上导致了夫人宋美龄第二次访美的失败……

他想起了一桩往事。

1948 年初春的一个黎明时分，不到 6 点钟他就醒了，起身开了灯。柔和的灯光下，他坐在床边用手轻轻捶着腰身，自 1936 年的“西安事变”后，他伤了腰，虽百般医治，却一直没有痊愈。他准备去念圣经，做祷告了。受夫人的影响，他也成了一个基督教徒。

夫人起床了。她坐在屋角那架精致的意大利梳妆镜前，一边梳妆一边从镜子里看着丈夫，笑着说：“我不是早对你说过，美国人是一定会肯帮忙的。”

“忙是帮了。”他点点头说，“不过数目太少了些！”夫人说的是，年初，他指使孙科在中外大报上发表了那篇指责苏联在东北帮助中国共产党的文章后，引起了美国朝野的重视，紧急调拨一批军用物资援华，计：2700 万美元的救济款，子弹 13000 多万发，随后又派特使魏德迈到中国。

他们这是要到机场迎接美国特使。

听出丈夫口气的不满，夫人劝道：“慢慢来嘛，美国人以后对我们一定会有更大的援助。”

蒋介石牙疼似的吁了一口气：“这批援助名义上也不好听。我不明白他们为什么要用‘中美救济协定’这样的字眼？”

宋美龄笑笑宽慰丈夫：“我们中国抗战八年，受了很大损害。我们接受救济也是名正言顺的。”

“夫人说得很对。”宋美龄这一说，让作为“四大国领袖”之一的他心理趋于平衡。他站了起来，颇有兴致地说："这个美国特使早年在重庆时，就和我们合作得不错。况且，他在政治上是很反共的，我想我们以后会得到魏德迈特使的大力支持。"

宋美龄梳妆完毕了，他们手挽手地进隔壁教堂作了祷告。

为了迎接尊贵的客人，蒋介石特意穿上了民国大礼服，头戴博士帽，身着蓝袍黑马褂。夫人打扮得格外漂亮：一身玫瑰色的丝绒旗袍，贴着她婀娜有致的身躯一直垂及脚面。露出白胖手臂；手上戴一副翡翠镯子，左手无名指上戴的一枚钻石戒指光芒四射；耳朵上戴的一副滴溜溜的翡翠耳环与之相互映衬；左鬓还插上一朵红花，身上洒了不少香水。

为了巴结美国特使魏德迈，他们夫妇将计划好的上庐山休假都放弃了。

魏德迈是在去东北视察后到的南京。虽然特使夫人没有来，宋美龄还是向特使送了一套凡是女人都十分珍爱的宝物，一副明朝碧玉簪，魏德迈接在手中笑逐颜开。

他们夫妇为特使专门举行了盛大的欢迎宴会，邀请在南京各方面有关人士出席。他们满怀信心地请特使作去东北考察后的报告。他们认为美国特使的报告中一定是充满了对共产党的仇恨的。

魏德迈首先说："我这次是以老朋友的身份再次来中国的。所以我此行的目的，是想怎样以最为切实有效的办法来帮助中国克服目前的困难。"这番话让蒋介石感到满心欢喜，带头鼓掌。场上响起一片热烈的掌声。

"不过，"魏德迈话锋一转，引用了中国一句著名的成语"天助自助者"。又是"天助自助者"？蒋介石心头一惊，只听魏德迈继续说下去，"最能帮助中国的还是中国人自己。坦白地说，我认为到目前为止，中国政府的努力是不够的。"

全场哗然。

蒋介石的脸色有点不太自然了，但仍强装笑脸。别的人见状都紧张起来，连咳一声都不敢。魏德迈却不依不饶地接着说，"这些天来，根据我和各方面的人士接触来看，我发现中国政府有许多根深蒂固的毛病。比如，贪污、工作缺乏效率，办事因循敷衍。如果继续这样下去，怎么能够打败共产党……”美国特使的话，让蒋介石坐立不安，不断用手摸脸。在座的人相顾失色，都不敢朝他看。

“我的话也许说得过于率直。”魏德迈看着蒋介石一脸的尴尬，说，“我是一个职业军人，不习惯使用外交语言。但我可以向在座诸位保证，我这番话是完全出于真心和好意……”

虽然蒋介石心中一百个不高兴，但是，他不愿，也不敢得罪美国特使。抗战期间与他交恶的前驻华美军总司令兼中国战区总参谋长史迪威将军，已令他吃够了苦头。

特使的话刚一完，他连忙站起来表态：“魏德迈特使刚才的一番话可谓语重心长。对于老朋友的好意劝告，我们当然全部接受。我现在代表大家，向我们忠实的老朋友致谢！”随即带头鼓掌，大家亦跟着鼓掌。

这样，特使一直绷着的面孔露出了笑意，而对于蒋介石从来没有过的好脾气，更是满座皆惊。

“美国人也他妈娘希匹的！”想到这些，蒋介石霍地站起身来，焦躁不安地在屋内来回踱步。往事一去不可追，教训可谓深矣。现在一切努力都付诸东流了！懊悔、委屈、愤懑、仇恨种种交织而成的一股幽幽怒火油然而生，在心中疯狂地咬噬着他、撕扯着他。蒋介石觉得再也无法忍受，他咬着牙，“呀”地怪叫一声，将办公桌上那尊惟妙惟肖鼓起一身腱子肉、扬头奋蹄的镇宅金牛举在手中，狠劲砸在桌上。只听“啪！”的一声，那张锃亮光滑的办公桌上顿时留下了一个凹凹。

那些等在门外、很是警惕、随时准备听从委员长召唤的侍卫、幕僚们听得胆战心惊，随着那啪的一声，都屏住了呼吸。

他们去叫来了蒋经国。

蒋经国轻轻咳嗽一声，推开了门。

看着父亲坐在沙发上，抱着头一副苦不堪言的样子。蒋经国喊了一声“爹爹”，问，“你没有事吧？”

“没有事。”蒋介石抬起了头，看着儿子问，“盛文来没有？”

“来了，在外面等着了。”

"好。"蒋介石说,"你让盛文进来。"

"报告!"胡宗南的爱将、第三军军长兼成都防卫总司令盛文进来了,他戎装笔挺,在委员长面前站得端端正正,毕恭毕敬。

蒋介石对盛文下达了搜查刘文辉公馆财物并摧毁刘公馆的命令,而且交代得很细。这一刻,刚才身上的沮丧、颓废气一扫而尽,瘦削憔悴的脸上杀气腾腾。

子夜时分。

静谧的成都玉沙街骤然响起了由远而近的急促汽车声响。紧接着,15 辆盖着黄色篷布的军用十轮大卡车鱼贯开到了刘文辉的公馆门前。车还未停稳,篷布揭开,从车上下饺子似的跳下黑压压一群国民党中央军。他们个个头戴钢盔,手持美式冲锋枪、卡宾枪,还有的扛着捷克式轻机枪、无后坐力炮、迫击炮。大约有两个连的兵力。他们行动迅速,训练有素,爬墙的爬墙,上房的上房,很快占据了一切制高点,从四面八方对庭院深深的刘公馆形成了攻击态势。

被漆黑夜幕裹紧了的刘公馆寂然无声。负责指挥这支部队的是师长陈岗陵,蒋介石用牛刀杀鸡,解决一个小小的没有武装的刘文辉公馆,竟让一个师长亲自指挥两个连的精兵攻击。陈岗陵下达了向刘公馆作试探性攻击的命令。于是,一阵清脆的机枪声响了起来,红红绿绿的曳光弹划破黑夜,射向刘公馆各个地方。然而,偌大的刘公馆里仍是无声无息,没有一点回应。原来,就在刘文辉离开成都的当天,精明的三姨太不仅自己转移,而且走前,将公馆里所有的杂役、女佣和警卫排的 30 余人召集在一起,将危险正在迫近的实情告诉了他们。何去何从,征求他们的意见。她表示:凡要回家的,或离开刘公馆到外面亲戚朋友处躲的,一律发给盘缠路费。

杂役、女佣们都去了,然而警卫排的人都不愿离去,他们都是刘文辉平时赖以信任的军人,他们认为这个时候保卫公馆是他们的责任。于是,杨蕴光对他们深表感谢,把这约 40 人的队伍交给了队长汤国华指挥。这时,汤国华带领弟兄们隐伏在公馆深处,准备对来犯的盛文部队打一个伏击。

夜幕沉沉。一阵试探性的攻击过后，刘公馆仍然沉默着，似乎隐藏着数不尽的陷阱和凶险的杀机。

陈岗陵不敢贸然要部队进攻，他下令：炮火轰击后，部队再冲进去！

“轰！轰！”无后坐力炮发射了，两团通红的火球炸开了刘公馆紧闭着的两扇沉重的黑漆大门。就在陈岗陵指挥部队往里冲时，大院里开始还击。

立刻，有两个冲在前面的兵扑倒地上。

陈岗陵发现刘公馆里有武装抵抗，并且死了两个士兵，大怒，命令部队停止进攻，轻重武器一齐开火，以地毯似的猛烈火力，将里面的火力打哑、消灭。

不一会儿，大院内的抵抗逐渐低微，随后归于停息。陈岗陵这才要部队放胆冲进去。

谁都知道，刘自乾将军富甲连城。不用说，刘自乾在成都的这座最大最阔气的玉沙公馆，必然是一座藏金窟。公馆既然已经打哑，所有官兵生怕慢了一步进去抢不到好东西，听到这个命令，官兵都拼着命往里冲。

而这时，里面枪声又起。瞬时，枪声、呐喊声，还有肉搏声响成一气，让住在玉沙街，平素静谧惯了的和平居民们听来简直就是惊天动地。苦了这些老百姓。寒冬腊月的天气，为躲避不认人的枪子，他们呼天抢地，纷纷惊惶地从床上爬起来，呼儿唤女，或是躲在床下，或是就趴在冰凉的地上……尽管如此，还是有几个老百姓中了流弹，成了冤死鬼。

离刘公馆好一段距离，躲在一辆装甲车里指挥战斗的师长陈岗陵，这会儿，他最关心的不是死了几个“兄弟”，而是冲进公馆去的部队搜出了些什么。冲进刘公馆的两连官兵如狼似虎，争先恐后对刘公馆进行了地毯似的搜索。偌大的刘公馆残垣断壁间，躺着六具尸体，其余的武装人员了无踪迹。原来，刘公馆里的武装人员已由汤国华带领，穿墙越壁，向福德街方向撤离了。

陈岗陵抓获的俘虏计有：门房徐金山、伙夫王俊书。另有洗衣佣工两人，私包车夫两人，体面人物只有一个，那就是穿长袍的参议员范仲甫。

对刘公馆的洗劫开始了。放下心来抢劫的官兵们翻箱倒柜，逐屋搜索，终于发现了一座金库。那是后院中一处不起眼的花草坪旁上的一座小平房。被炸得坑坑洼洼的小平房的一处粉壁上现出钢板。得知消息的一位连长赶来，用手电筒反复照看。照到一处钢板上镌刻有“成都协成银箱厂监制”字样，知道这是一座金库。连长不敢自专，报告了陈岗陵。陈师长先是要官兵们用枪托、巨石砸。砸不开，又找来利斧和凡是可以找得到的硬物、重物、利器砸、砍。可是，都不行。陈岗陵这就要他的卫兵连夜驱车去华兴街，找来一名技工，这才打开了金库的钢门。

哎呀！金库里满是金条、银元、珠宝、翡翠、鸦片、名人字画、古董……黄灿灿，金闪闪，亮晃晃，勾人心魄，晃人眼睛。

红了眼的官兵见状完全不听招呼，一个个冲进库中你抢我夺。有的在荷包里塞满了金条，再抱上一箱银元。有的不知从哪儿弄来了口袋，把珍宝大把往里捧。即使手脚慢点的、后来的也捞到了古玩玉器、珍贵药材……在一阵五抢六夺中，好些没有铸成条子的沙金，黄灿灿地撒满一地；撕烂了的名人字画一片狼藉。有些狡猾的士兵怕天亮后遭上司没收，干脆趁夜脚板上擦清油——溜了。

这一切，盛文先是闻讯大喜，继则大怒。他在电话上将陈岗陵大骂一通，责令陈岗陵立即成立一个以他盛文为首的“清查委员会”，并且立即赶到了现场，他亲自指挥部队对刘公馆再次进行挖地三尺的搜查，竟又得保险柜七个。打开来发现，内有黄金 400 条，玉器古玩多件；皮箱 20 口，里面装满了高等呢、皮、毛料衣服及上等进口衣料。此外，还有各种匹头上千件，外国听装香烟一卡车；大小汽车三辆外加新轮胎一卡车……

收获颇丰的盛文也不敢自专，他有保留地向他的顶头上司胡宗南在电话上作了报告，并亲自送去所统缴财物清单。看过盛文送上的清单后，胡宗南提笔批道：“金银财宝上交国库，酌量奖励官兵。鸦片就地派人监督焚毁……”并责令盛文督促办理后将情况上报。

盛文办理的结果是，在一批金银财宝上交国库之余，士兵每人得银元三元……从账面上看，盛文得黄金 70 条。这份上报账单，胡宗南明知不实，多有隐瞒，但也睁只眼闭只眼。因为他的桌上已堆满了盛文孝敬的东西：金牛、金马、金狗、翡翠等，数不胜数。这些东西，既是价值连城，又可以作单独的艺术品欣赏。

盛部在现场焚烧鸦片，更是象征性的。大多鸦片已被官兵们私自瓜分了。大兵们唯一瞧不起的是文物。好些价值连城的名人字画，都被有眼无珠的官兵们焚毁。有据可查的计有：文徵明的山水一幅，唐伯虎的仕女画一幅，王原祁的山水画两幅，董其昌的行书横幅一件，郑板桥的竹子画屏一堂，刘石庵的单条、对联各一副。特别可惜的是，有一件四米多长的大横条，属于珍品，上有松林中白鹤 999 只，它们或飞或翔或栖，形象各异，栩栩如生。此外，还有张船山、张大千、齐白石、徐悲鸿等现代著名书画家的珍品多件，尽皆葬身火海。

天亮了。午后时分，从刘公馆里俘获的人，被押到了成都防卫司令部，由一个肥胖如猪的军法处长审讯。

这天有太阳。午后，那轮虽不温暖却令人看着舒服的冬阳散发出的光照，丝丝缕缕地透过窗棂，拽进屋来。一副猪相、心中嘹亮的军法处长，故作威严地看了看蜷缩在面前长凳上的俘虏们，坐在当中一张权作审判桌的油漆铿亮的办公桌后的他，开始对俘虏们一一点名问询。这是些什么俘虏啊？这些人中，不是刘公馆的厨子，就是奶妈、车夫、女佣什么的。

“把这些人抓来干什么？真是！监牢里的人关都关不下了，还把这些人抓进来，怕他没有饭吃，还是凑数？”肥胖如猪的军法处长皱着眉头，恼怒万分地一迭连声吩咐下级：“把这些没有用的人都放了，放了！”最后只留下两人。一个是刘文辉的食客——穿长袍马褂戴金丝眼镜、温文儒雅的参议范仲甫，一是刘公馆里负责接客通报的门房徐金山。

肥胖如猪的军法处长，这就饶有兴味地先审问起徐金山。

他在桌上猛拍一掌，指着范仲甫问徐金山：“这个人是哪个？”

“他是参议员范仲甫老先生。”

“没有错吧？”

“没有错。”

“这个人同刘文辉是啥关系？”

“这，这，我就说不清了。”门房徐金山看着范仲甫结结巴巴地说，“这位先生是刘（文辉）军长的客人，我们这样人，同他连边都挨不上……”门房徐金山说的是实话，他对军长这个清客、参议员范仲甫先生确实不知情。

“你要老实点，不然我要请你吃笋子熬肉！”军法处长开始恫吓、威胁。门房徐金山听这一说，吓得三魂掉了两魄。他知道，军法处长口中的“笋子熬肉”，就是动刑。

“我老实，我晓得的肯定说。”门房一吓这话更是抖不圆泛了。

“说！”军法处长越发怒气冲冲，“刘文辉在起事前，有哪些人去过你们公馆，这些人现在哪里？”

“我晓得的是，”徐金山捏起指头报，“邓晋康，潘仲三……”

“他们去后说了些什么？”

“长官，这些我就不晓得了，你就是打死我，我也不晓得。”徐金山一副百口莫辩的可怜相，“我一个跑腿的下人，根本就靠不拢这些人的边。”

“好，你在我面前踩假水是不是？”军法处长又开始威胁，“刘文辉起事前，中共哪些人去过？再不说实话，我立刻枪毙了你！”孤陋寡闻、从未出过远门的一个小小门房，根本听不懂军法处长那一口江浙味很浓的官话。他把军法处长说的“中共”听成了“总共”，便非驴非马地据实回答，“不算汤（国华）大爷带来的兄弟伙、公馆头、警卫排，加上我们这些人，总共 40 多个人……”徐门房的答非所问，令人啼笑皆非。肥猪处长觉得，从这个土包子身上实在榨不出什么油水，白费了这么多口水，自认霉气，命人将徐金山先押下去。

接着审问范仲甫，也没有审出个名堂。

连续审了几天，肥猪处长绞尽脑汁，从在押的范仲甫、徐金山身上实在是榨不出油水，只好把徐金山释放，把范仲甫丢监。

盛文下令，让所部在成都市内细细搜捕杨蕴光。他们知道杨蕴光就躲在成都，但具体在什么地方不清楚。他们动用了一切可以动用的特务网络，在九里三分的成都市内进行拉网似的搜查。还在大街小巷遍贴告示，又登报、悬赏缉拿，派遣特务到刘文辉大邑县安仁镇老家明察暗访，却如大海捞针，终无所获。

其实，杨蕴光并没有走远，她就躲在盛文的鼻子底下。她藏在顺城街王扑臣医生家里。王太医一家与杨蕴光向来友好，危难之时，王太医一家伸出救援之手，将她藏在家里，并对她关怀备至，让她躲过了盛文的追捕。

蒋介石恨透了刘文辉，然而，盛文对刘公馆的查抄、突袭让他并不解恨解气。于是，他指使毛人凤派特务到玉沙街刘公馆，秘密地在每间屋内都埋下灵敏度很高、爆炸力和杀伤力都很强的炸药；并要盛文派兵在刘公馆大门外站岗，不准任何人进去；对公馆里被打死的六个人的尸体也不掩埋，就这样摆起。

蒋介石狠毒。他想，届时，他一旦从刘公馆撤兵，或离开了成都，刘文辉和他的家人，必然会立刻回公馆去。那时，轰隆一声巨响，就会炸死刘文辉或他的家人，这就泄了他心头之恨于万一。

就在盛文派兵查抄了刘公馆这天一早，成都爆发了一场大的游行示威。由四川大学、华西大学、成华大学和华西协合中学等 33 所大中学校上万名师生组成的浩浩荡荡游行队伍，举着“反饥饿、争温饱”、“反迫害、争民主”等旗帜，喊着口号，从盐市口、春熙路、老南门一路游行而来，最后会聚在督院街的四川省政府大门前，这是中共成都市“临工委”为了迎接解放，组织的一次大游行。

王陵基闻讯如临大敌，在省政府门外布下防线。头戴钢盔的盛文部，伏在省政府大门前用沙袋临时搭起的掩体内，架着机枪，虎视眈眈地对着对面黑压压一片而来的游行师生。

师生们来到省政府门外，毫无畏惧，与敌人对峙。他们秩序井然，手挽着手，此起彼伏的口号声响入云霄。他们唱起《团结就是力量》《跌倒算什么》……唱了一首又一首。后来，他们唱起了即兴编的战斗性很强的歌曲：

父兄们，姐妹们
告诉呀，你们
我们老师、同学们呀嗨
天天都在饿肚皮……
我们天天来请愿
结果是欺骗
结果是拖延
我们大家团结一致
今天不达目的誓不罢休……

上万师生愤怒的口号，悲壮的歌声，震撼了省政府，吸引了沿街市民。市民们纷纷给师生们送来草席，有的还将自家的门板拆下来，让师生们坐下休息。中午又送来锅盔、茶水，让师生们吃，极尽支援。

僵持到下午，王陵基仍然拒不接见学生们派出的请愿代表，反而往门前加派了军队警戒。气氛越发紧张，大有一触即发之势。围观的市民纷纷议论：

“狗急了跳墙，王灵官这龟儿子东西该不会下毒手哇？”

“他敢，老蒋的天下都垮慌了，未必他王灵官就不给自己留条后路？”

“难说！未必你哥子记不得王灵官演出的‘四九惨案’？”

成都人民对过去了的“四九惨案”，记忆犹新。紧跟蒋介石的王陵基历史上镇压学生运动从不手软，手段歹毒。

1947 年底，国民党财政濒临崩溃。纵然是在天府之国四川省，在素有温柔富贵之乡的成都市，1937 年能买两头牛的钱，到这年就只能买 1/3 盒火柴……物价直线上升 6 万倍。不要说一般市民，就是一般公教人员也根本无法维持最低生活。小学教师每小时授课费 4000 元，而一碗茶钱就高达 8000 元。民不聊生，民怨沸腾。而这时，王陵基被蒋介石调回四川任省政府主席，王陵基为了将四川打造成“反共戡乱基地”，很是卖力。

日暮途穷，杀戒大开

为了打击王陵基的反动气焰，中共成都“临工委”组织了一场以大学师生为主的声势浩大的示威游行。这一天，是1948年4月9日。上任伊始的反共老手王陵基，毫不手软，他派军队对游行师生大打出手，血腥镇压……

像演猴戏一样，两个身穿黑警服，被成都人嘲讽为“黑乌鸦”的警察，抬着一张方桌从省政府里走了出来，在大门外将桌子一搭。省政府秘书长孟广澎站了上去讲话。他是一个50来岁、身着长袍、服饰整洁、戴副眼镜、神情精明的瘦高个子。

孟广澎对在省府大门口对军警紧张对峙的师生们说，王主席的意思是请大家各自回到学校去。有什么事，你们派代表来，我们心平气和地坐下好好谈。现在是戡乱时期，希望大家遵照戡乱法令，不能集体请愿，不能上街游行，更不要被别有用心的个人或组织利用！

游行的上万名师生商量一阵后，选出五名代表进去谈判。

可是，五名学生代表进去后很快就出来了。他们满脸激愤，其中，一名谈判代表是川大学生，他身穿麻灰学生制服，胸前别着校徽，年轻俊朗的脸上满是激愤。他站到桌上，义愤填膺地向大家报告谈判过程。他说：王陵基完全没有诚意，在玩花招，根本不考虑我们提出的“反饥饿，要民主”的要求，而是指责我们上了共产党的当，背后有共产党在煽动……王灵官并威胁我们，再这样胡闹下去，他就要开除我们的学籍，将我们中有的人逮来关起……

“王灵官不讲理！”队伍中有人振臂高呼。

接着是更多人的呼应：“冲进去找王灵官讲理！”于是，上万人的游行队伍像决堤的洪水，向省政府席卷而去。

“嗒嗒嗒！”敌人的机枪响了。冲在前头的学生倒下了几个，顿时队伍大乱。与此同时，早有预谋、埋伏在周围的军警一拥而上。他们如狼似虎，见学生模样的人就打，打倒在地就绳捆索绑。一时，皮鞭、枪托、刺刀、藤棍一齐上。游行队伍被冲散了。

躲在省府大院四楼上的王陵基见状，那张青水脸上笑了一下。他抓起电话向北较场内一直关心着这里进展情况的蒋介石报告："总裁，游行队伍被我镇压下去了。"

"嗯，好！"电话中传来蒋介石那一口宁波味很浓的官话，"可不要小看他们。要逮捕他们中的首要煽动闹事分子。注意，那里面有共产党人，嗯！还有，"蒋介石说着语气越发严厉，"煽风点火的报纸也一并查封……"

"是是是。"虽然蒋介石没有在面前，王陵基还是站得毕恭毕敬，一迭连声应承。

放下电话，王陵基找来了何龙庆，他要大打出手，全面开花了。

夜幕又笼罩了九里三分的成都城。

大街上人迹寥寥。相隔很远才有一根的电灯杆上的路灯因电压不足，红恹恹的，像是人哭红的眼睛。寒风阵阵，这就越发显出一种悲凉意味。

"呜——呜！"大街小巷内，不时窜出一辆黑寡妇似的警车，疯了似的从空旷的大街上刮过去，让人悚然心惊。遵照王陵基的命令，向来有"铁血打手"之称的四川省警察局长何龙庆派出大批警车、警察，分别包围、查抄了《新民报》《新新新闻》《华西日报》等报社。

一群群黑乌鸦似的警察拥进报社，拥进印刷车间、排字房，挥起枪托胡乱砸去，"哗——哗——"，将那些整整齐齐排列在木架上的字钉打翻在地。

《新民报》经理赵继纯站了出来，对这些暴徒大喝一声："你们不得胡作非为！"

"你是谁？"赵经理正碰上鼓筋暴绽的何龙庆。

"我是赵继纯。"赵经理行不改名，坐不改姓。

何龙庆手一挥，一声冷笑："拿的就是你。"

两个警察上前给赵经理戴上手铐，押上了囚车。接着，何龙庆又亲自率警察上办公楼，照黑名单一一逮捕了主笔周交章、总编辑张光时、副经理侯辅陶，骨干编辑白君仪和记者朱正之。

其实，《新民报》不过是一张中间偏左的报纸而已。

王陵基派出政工处长雷清光等率领军警查抄其他报纸的理由无一例外是：“迭次违反戒严法，着即查封整理。”真是，欲加之罪，何患无辞。

入夜以后的川大校园更不平静。

宽大的操场上，5000多名师生正在举行一场别开生面的“活捉王灵官”。只见升旗台上，灯烛辉煌，灵幡招展。师生们在“王灵官”的灵牌前点燃香烛，摆上瓜果、酒肉后，由一位法律系的四年级学生登台朗读祭文：

“时维1949年12月8日之夜。四川大学全体同学，谨以瓜、果、酒、肉不典之礼，陈祭王公灵官之灵位前，而悼以文曰：呜呼，灵官杀人如麻。‘四九’惨案罪恶昭彰，镇压学生，血染锦江。大刽子手，名存实亡。王朝末日，风雨飘摇。亦步亦趋，没好下场。东北解放，华北拼光。百万雄师，横渡长江。川西决战，泡影一场。长缨在手，苍龙难逃……呜呼哀哉，伏维尚飨。”

突然，警笛长鸣，学校纠察队发出了紧急信号。当何龙庆率领军警气急败坏地赶到川大时，偌大的学校操场上已空无一人。气急败坏的何龙庆派人找来报信的学校中的三青团反共骨干分子，让他们带领军警去按册抓人。他们逐屋搜查，闹得鸡飞狗跳。可是，哪里还有他们要抓的人？唯见操场中，升旗台上，鬼火绰绰中那“活捉王灵官”牌位，幽灵似的。

第二十章

大厦将倾，王陵基誓死不戴“红帽子”

寒风瑟瑟，行人寥寥的成都市总府街上出现了一支游行队伍。他们约有三四千人，好些人都是歪戴帽子斜穿衣。人人手执小旗，沿途呼喊口号：

“坚决拥护蒋委员长戡乱反共！”

“愤怒声讨刘文辉、邓锡侯、潘文华背叛党国！”

“川西决战必胜！”……

这是川康游击挺进军司令王旭夫受王陵基指使，带领在北较场中央军校中受训的游干班人马上街游行，想给一败涂地、一筹莫展的蒋介石壮壮声威。

黑黑瘦瘦、身着少将军服的王旭夫，神气活现地骑在一匹黄骠马上，跑上跑下不断领着喊口号，已然声嘶力竭。可是，他这支乌合之众却个个嘴里像含着个胡萝卜，呼噜呼噜含混不清地乱叫乱吼，根本形不成阵势。走得乱七八糟的队伍中，有些瘾君子的鸦片烟瘾发了，一个劲打哈欠、流鼻涕，东倒西歪地中途退了下来，大出洋相。

王陵基对这支队伍、对这支队伍今天的游行都寄予厚望。因此，他特别于百忙中抽身，坐上他的那辆福特牌轿车，出了省府，跟在队伍后面，观察着这支队伍的游行情况。可是，越看越失望。最近，随着局势一天比一天吃紧，川康交界的洪雅、丹棱等地，解放军还没有打来，而那些地方上原先隐蔽着的中共游击队，在刘文辉的二十四军支持配合下，活动得厉害。而驻扎在这些地方的胡宗南的李文部，为避免两面作战，两面受敌，开始往西昌撤。这样一来，川康交界的洪雅、丹棱等地局势更为严峻。各地自卫队纷纷向他这个总司令要人要枪，不断告急。他哪里还有人？王旭夫手中这支挺进军就是他王陵基手中唯一可以调拨的力量了。他打算，待这支挺进军在中央军校短期训练完毕，就拉到洪雅、丹棱一线去。原想临行前让他们上街游行游行，显显声威，造造声势，给自己长长脸。可是，没有想到这支队伍这么瘟牲，这么不争气。他暗暗叹了口气，要司机掉转车头，去慈惠堂街的“醉汉餐厅”。

日前，王旭夫向他汇报游干班情况时，他想到游干班里的人都不是什么正经货色，大都是些袍哥、土匪。这些人别的听不进去，也不懂什么道理，但是讲义气。不如因势利导，同他们搞一个结拜。他给王旭夫一说，事情当即就定了。时间就在今天中午。为此，向来吝啬的他不惜“大出血”，遍请游干班的人。

轿车停在了醉汉餐厅门外，王陵基上到楼上雅间。王旭夫已经在这里等着了。“总司令！”王旭夫请示，“108 人都到齐了，结拜仪式是不是现在开始？”

王陵基这是挖空心思，欲仿照梁山泊一百单八将金兰结拜，以拉拢这帮人。参加结拜的都是游干班中的骨干分子，官职都是营长以上。考虑到梁山泊中有个孙二娘。王旭夫专门去找了个叫孙卓玛的女人来凑数，孙卓玛是康定的一个藏族土司。

王旭夫说都到齐了，而且香堂也布置好了，王陵基这就由王旭夫陪着去了隔壁。

隔壁大厅被布置成了香堂。正中间挂着红脸虬须卧蚕眉的关圣帝君像，下面一张横贴的大红纸写有“关圣帝君”字样。

关圣帝君神位前摆有香案，上排香烛。香烟缭绕中，王旭夫指挥着游干班 108 人先填金兰谱，每个人都开具了生辰八字、祖宗三代。然后分批在香烟缭绕中，齐跪在关圣帝君像前叩了四个响头。

之间，每批人都是由王旭夫领着，诵读一番具有浓郁袍哥意味的誓词："上是关圣帝君，下跪弟子王旭夫……今与众家兄弟，愿效桃园结义结为兄弟。虽非同年同月同日生，但愿同年同月同日死。从今结拜以后，誓愿效忠党国，团结弟兄，共挽危局。如有不忠不孝，上不认兄，下不认弟情事，有如此香！"说着，用手将一支香折为两段。然后端起地上一碗鸡血酒，仰起头一饮而尽。

跪在他身后的人齐声应道："转祸成祥。"至此，第一批人的盟誓就算完结了。接着是第二批、第三批。

青烟缭绕中，王陵基端坐在旁边一把黑漆太师椅上，观看着王旭夫带着大家举行仪式。盟誓完结以后，王陵基给108将讲了袍哥的沿革、由来。

他说，袍哥起源于三国。当时，关羽被逼降曹后，曹操赐关公若干金银财帛美女。然而，关二爷一概不收不要。因为天气已凉，只收了件锦袍，但很少穿。即使穿，也要把身上的旧袍穿在外面。曹操问他这是为什么？他说，"旧袍是我大哥刘玄德送我的。现我虽受了丞相这件新袍，但我不敢忘了大哥的旧袍。"故后来有袍哥一说。

袍哥后来发展为会道门组织。到明末清初，顾炎武、王船山、曾耀祖等反清复明人士更是将袍哥发扬光大到了极致。及至辛亥革命期间，在发动同志会暴动，最后推翻清廷的斗争中，袍哥，尤其四川的袍哥发挥了重要作用……

说到这里，王陵基话锋一转，"现在！"他开始因势利导，"大家都是兄弟姐妹了。旭夫是盟主，大家都要尊重他，服从他。"说到这里顿了顿，加重了语气，"明天，大家就要到反共戡乱第一线去建功立业了。希望大家牢记总裁'有我无匪，有匪无我'之教诲，奋勇作战……"

王陵基训完话后，接着便是盛大的宴会。挺进军的骨干108将，这才显出真正的兴奋，酒菜也上齐后，王陵基知道，这些家伙在酒桌上要猜拳行令，不闹到半夜不会下桌子。他没有心思在这样的地方久待下去，因此，象征性地举了举杯，要大家努力，不日重创共军，取得川西决战胜利后，再与同桌的王旭夫等人碰了杯，举起手中的牛眼睛酒杯，向四周照了照，示意大家随意。然后对坐在身边的王旭夫说了一句，委员长找我有事，先告辞了。

王陵基到中央军校黄埔楼时，天已黑尽。

蒋介石立刻在书房里接见了他，蒋经国也在场。

暗淡的灯光下，蒋介石枯坐在沙发上，看见他，惨然一笑，手一比，说：“坐。就等你来。”说着，看看坐在旁边的儿子，说：“嗯，你就给王主席讲吧！”

蒋经国带着商量的口气对王陵基说：“王主席，你对领袖向来忠心耿耿，这，我们心中有数。其情可感，其功可嘉。今天请你来，是委员长要专门向你通个气。你知道，成都已经危在旦夕。在大家催促下，委员长准备近日飞去台湾主持草山革命实践研究院开学；同时反思党国在大陆失败原因，拟定党国新生方针。这关系到党国能否振兴、能否最后实现戡乱救国的大事。

“委员长同时决定，从即日起，中央大员陆续飞台接受轮训。阎（锡山）院长他们明天下午4点飞台。委员长想征求你的意见，你是上了共党‘战犯’名单的人。是明天同阎院长他们一起飞台，还是同胡宗南一起留在成都，由他主军，你主政，再撑持一个时期？这个时期不会长，局势将很快出现转机。日前，我驻美大使顾维钧有消息来，告美国政府正洽告有关各国，在我于大陆继续作有组织抵抗期间，美国带头不会承认中共政权……”

王陵基听得出来，蒋氏父子明说是征求他的意见，其实是希望他能在大陆再坚持一段时间；对他期望、倚重甚深。他很感动。因此，听完蒋经国的话，王陵基当即将胸脯一挺，慷慨激昂地表示：“我生是委员长的人，死是委员长的鬼。值此艰危时期，我愿留下来，与胡长官捐弃前嫌，同共党共军斗争到底！即使最后到了万不得已！”说到这里，他喉头有些哽咽，“陵基愿杀身成仁，效忠党国。我王陵基誓死不戴‘红帽子’！”

“方舟兄！”听到这里，蒋介石似乎也动了感情。他站起身来，走上前，用手亲热地拍了拍王陵基瘦骨嶙峋的肩胛，心情沉重地说，“如果党国的干部都能像你这样，我们何惧共产党啊，我们又如何会走到这一步！”说着沉思有顷，“原来，我是下定决心，与成都共存亡的。可我最近反复思量，虑及当政20多年，对其社会改造与民众福利毫未着手。而我党政军事人员，只重做官，而未注意三民主义之实行。今后对于一切教育，皆应以民生为基础。亡羊补牢，未始为晚。从前种种譬如昨日死，今后种种譬如今日生……方舟兄，委屈你了！”

“委员长，是我们对不起你啊！”王陵基一把抓着蒋介石的手，痛哭流涕。蒋介石劝慰了他一番后，开始给他布置任务了，却又不直说，而是一副不无忧虑的样子：“目前，洪雅、丹棱、峨眉、夹江一带中共地下武装活动猖獗，拖了胡宗南部队的后腿……那一带你熟悉。王主席，你能不能最近亲自到那些地方去一下，组织自卫队遏制一下那一带的中共地下武装？”

“情况我知道，我已经做了布置。”王陵基当即把他最近的活动，特别是关于今天游干班的情况向委员长作了报告。末了，慷慨激昂地表示：“我正准备明天一早到洪雅、丹棱一线去，组织自卫队打击那一带中共地下武装的气焰。”

“好，方舟兄，祝你旗开得胜，我等候听你的好消息。”蒋介石憔悴瘦削的脸上挤出了一点笑。

当王陵基向蒋介石告辞时，蒋介石说：“方舟兄，你请等一下。”说着，疾步走到写字桌前，伸手从笔架上取下一支中楷狼毫毛笔，在盛饱墨汁的端砚上饱蘸墨汁。随即笔走龙蛇，“唰、唰、唰”，蒋介石在一张铺开的夹江宣纸上写下了几个字：“疾风知劲草。”

蒋介石拿起写了“疾风知劲草”的夹江宣纸，很郑重地对王陵基说：“送给你！”

王陵基接过手来，端在眼前看了又看，感激涕零。

王陵基原本想从乔曾希那里调点精锐自卫队去洪雅、丹棱一线增援的。他去到成都自卫总队队部，见到乔曾希，直截了当地说：“乔总队长，养兵千日，用兵一时。现在洪雅、丹棱一线情况越来越紧。刘文辉背叛以后，扼据成雅公路刘文辉二十四军三十七师和他的四个直辖团，在刘元宣和刘元琮指挥下，向我不断出击，拖着了胡宗南主力，而委座让胡宗南速将他布防在那一线的三一八师、三一九师调到西昌，准备决战，洪雅、丹棱一线兵力相当空虚。我准备把你的人马调一部分过去堵缺口。这，你是答应过我的！”

乔曾希故作焦虑地叩了叩脑壳说：“王主席这是笑言嘛！”他柔中有刚地婉言拒绝：“王主席你手中有那么多人马，不是说全省保安部队有20多万吗？现在成都局势这样紧张，我自己都感到扯手，咋个调得动？况且自卫队官兵都是些本地人，不像正规军，不好调！”

王陵基发怒了，他恶狠狠地看着乔曾希吼了一句：“现在，到处都紧张，都调不动，那还得了？”他的口气很有些横蛮，“我是四川省政府主席兼省自卫军总司令，我有权调动你的自卫军。”

“那就请王主席随便调！”乔曾希说时两手一摊，“并不是我不服从命令，而是自卫队都是由不脱产的市民组成的，要他们保卫桑梓，还有一说。要他们去外地打仗，肯定不行，也调不动！”

“现在是什么时候了？”王陵基勃然大怒，“你怎么还在推三阻四？”

“好好，我说过，”乔曾希打起了“太极拳”，“哪个有本事，随便调就是。我乔曾希没有这个本事调。若是王主席看我不顺眼，撤了我就是，我正想搁下这个烂摊子。”

对乔曾希将这一军，王陵基没有思想准备，他怔了一下，气得看着乔曾希呼呼喘粗气。最后，莫名其妙甩下一句：“好嘛！”就冲出了门，上了他的轿车。

王陵基闷闷不乐地径直驱车回了公馆。气呼呼往里走，回到厅堂不见太太，丫鬟小玉迎了上来，看他秋风黑脸坐在当中一把太师椅上，小玉赶紧给他泡盖碗茶。

“太太呢？”王陵基闷声闷气地问。

小玉将盖碗茶放在他身边的茶几上，怯怯地说：“打麻将去了。”

“天垮下来了也不管，就晓得打麻将！”王陵基说着站起来，气呼呼地径直进到卧室，把门一甩，吩咐小玉，“我要睡，任随哪个都不要来打扰我！”这就将自己扔在大花床上，拧着一副剪刀眉对着天花板发呆。往事不断闪回。

作为被共产党通缉的战犯，王陵基知道自己犯下的罪孽。早在1933年，他就是红军的死敌。同年10月，作为“四川王”刘湘攻打红军的主将，他是第五路军总指挥，向据川东北通（江）南（江）巴（中）的红四方面军发起凶猛进攻。本来，他率领的基干师相当于两个师，装备都是“来路货”，部队训练有素，战斗力强，连连得手。远在南京的蒋介石闻讯大喜过望，传令刘湘对他嘉奖。也就是从那时起，他在蒋介石心中有了不一般的分量。

王陵基兴高采烈，以为自己可以全歼川陕红军主力，立得大功。忽忽之中，新年到了。这时，一纸情浓得化不开的艳书，从万县飞到正在大巴山下指挥部队“围剿”红军的他的手上。他新近讨得的年轻貌美的姨太太红芙蓉，要他回万县驻地过年。于是，不爱武装爱红妆的他，竟让参谋长代行他的全权指挥部队，他却秘密潜回了万县。

在万县新筑的爱巢里，他顿顿美酒，夜夜笙歌，美人作陪，颠鸾倒凤，不亦乐乎。但王陵基毕竟是机诈小心之人，他还是放心不下战事，每每用密电同前线参谋长联系。不意，这些来往密电都被红军破译了。

1934年2月14日清晨，徐向前指挥红军，突然向王陵基部发起猛烈进攻。群龙无首，王师大败。坐镇成都的“四川王”刘湘闻讯甚为震怒。又经旁人点醒，冷静一想，觉得这王陵基卖命打红军其实是为了讨好蒋介石，变相消耗他刘湘的实力；王方舟有取代他的野心。立刻，王陵基就由原先的红人变成了罪人，刘湘不仅撤了他的职，而且还关押了一段时期。而这样一来，他越发受到蒋介石的赏识、青睐。

1948年，他被蒋介石从江西省政府主席职上急调回川主政后，更是不负使命。理所当然地，他成了共产党的战犯，想到目前的险境，展望未来，不寒而栗。他何尝不想尽快去台湾？但是，他想，我王陵基不是别人，我是总裁的红人，是总裁的忠臣！为党国活着干死了算，他决心一意孤行。

“哟，回来就使闷气？”随着一阵脂粉香，年轻貌美的爱妾红芙蓉进来了，穿一身红旗袍的她，袅袅婷婷走到他身边坐下，伸出纤纤玉手，温存地摸了摸他的额头。

王陵基睁开眼睛，看见坐在身边的红芙蓉对自己体贴有加，心里温暖了些。

“方舟！”红芙蓉莺声燕语地说，“快起来吃饭，我听说你回来了，特别让厨下做了你爱吃的菜。”

“那就快！”王陵基猛地一下坐起来，“我吃了饭还要走。”

“你还去哪里？”红芙蓉关切地说，“你看你最近白天黑夜连轴转，人都瘦得不成样子了。”

“去洪雅、丹棱一线。”

刚刚吃了午饭，只听门外“嘀、嘀！”两声汽车喇叭响。按照预定的时间，民政厅长宋相成接他来了。

王陵基只带了一个弁兵，出了门，上了车。大功率的美式越野吉普车很快出了城，沿着成雅公路向洪雅方向疾驰。

宋相成因为在双流有钱粮方面的事，在双流下了车。约一个多小时后，王陵基到了丹棱县城，他要司机直接驱车去县自卫队。王旭夫就坐镇在那里负责这一带的战事，他准备先到王旭夫那里了解一下情况。可是，哪里有王旭夫的影子？县自卫队中一个看家人报告说，王旭夫这几天都不见，也不知哪里去了。

心急火燎的王陵基一边骂着王旭夫擅离职守，不像话，以后要处分，一边就要司机驱车离开县城，去了最近与中共游击队随时有战事发生的姚家渡视察。下了车，只见面前是条大河。冬天，水不深河面宽。河那边就是中共游击队控制区了。河这边，有一个营的自卫队据壕而守。河面上有一座用竹竿、木条搭起的临时桥。水瘦山寒，旷野枯寂，满眼萧索。这边河岸上，有一座自卫队的碉堡。

得知总司令来到，一位自卫队大队长从碉堡里钻出来迎接。大队长个子瘦小，动作快说话快，眼睛眨得也快，看起来简直像个耗子。瘦小的身上偏偏又披了件胡宗南部队里长官才有的大号军大衣，这就像是耗子拖笋壳。

王陵基问了这位大队长的情况。大队长自我介绍说他是“挺进军”司令王旭夫的把兄弟，也是游干班毕业的。当大队长向王陵基汇报到中共游击队如何凶时，颇有些谈虎色变的样子。

明明眼前是一派和平景象，朗朗乾坤嘛！王陵基对眼前这位大队长的话产生了怀疑，怀疑他是不是在夸大军情，想达到什么目的。

大队长赌咒发誓地说，他向王主席、王总司令汇报的敌情千真万确。中共游击队原先都是昼伏夜出，而现在，有时白天也出击。

王陵基还是不信。他从大队长手中接过望远镜看去。河对面是川西平原上的一片绿色，尽管在冬天显得枯寂，一直推往遥遥的地平线。远远地，竹林绿树掩映中的几间农舍，竹篱茅顶，炊烟袅袅，一派安静和平。

而就在这时，在他的望远镜中，河对面芦苇丛中突然窜出两个头戴毡窝帽、手提汉阳造步枪、长袍扎在腰带里的自卫队员，满脸惊惶，飞叉叉地边向这边跑来，边跑边嚷：“来了，来了！”

“这是咋回事？”王陵基问大队长。

“这是我派过去侦察共军的。”大队长边说边指着那个方向解释。王陵基细看时，不禁大吃一惊。像突然间从地下冒出来似的，一群中共武装人员提着枪，弯着腰，成散兵线正急速地向这边运动；里面有一半是身着便装的中共武装队员，另一半是还穿着国民党军服、却摘了帽徽领徽的刘文辉的二十四军正规部队。

“战斗准备！”矮子大队长一声大喝，顺势将王陵基拉进了碉堡。

瞬时间，枪声大作。

“嗒嗒嗒！”碉堡里的机枪向隔岸的中共武装进行扫射。

架在碉堡里的机枪和伏在战壕里的自卫队员们的步枪、机枪的火力交织起来，结成一张扇面的网，带着森然死气向对岸撒去。

但是，对岸用迫击炮还击，自卫队的火力完全被对岸压倒了。战壕里的自卫队员们四处乱窜，开始逃命。

“嘀、嘀、嘀！”对岸吹起了雄壮的冲锋号。随即，中共武装一跃而起，密密麻麻的他们，端着上着亮晃晃刺刀的步枪，在机枪、迫击炮的强大火力掩护下，冲进了冰冷的河水，向这边扑来。尽管有几个被枪弹打中，扑倒在河中，血染红了河水，但丝毫阻挡不了他们猛烈的进攻。

游击队员已呐喊着冲上了滩头阵地。

“缴枪不杀！”

“活捉王陵基！”口号声惊天动地。

自卫队顶不住了。

“总司令，请你快撤！”矮子大队长挥着手枪，有些惊慌失措了。

“顶着，你让弟兄们顶着，顶着有赏！”王陵基一边气急败坏地对大队长下达命令，一边在自己卫兵的搀扶下窜出碉堡，钻进早就发动了的大功率美式越野吉普，一溜烟逃出了险境。

下午，惊魂未定的王陵基到了洪雅，他让司机将车直接开到了县自卫队长戴跃家。

戴跃是洪雅的一个大地主，家住城边的一个大林盘里。戴跃闻讯迎了出来，他五短身材，白白胖胖，戴顶獭皮帽，团花马褂上斜挎着一支盒子枪。他见了王陵基像是见了救命菩萨，打躬作揖，尊崇备至。

“主席驾到，蓬荜生辉，戴某不胜荣幸。”他把王陵基迎进了堂屋。

坐在戴家雕龙刻凤的大客厅里，王陵基当然没有谈及他在丹棱县被中共游击队打得屁滚尿流、狼狈逃窜的情形，而是端起架子，例行公事地询问起县自卫队的情况。戴跃连连叹气，说：“也不晓得最近中共游击队咋个那么凶？昨天在山上同我们遭遇，火力好猛！一下子就丢翻了我们几个弟兄……”他谈虎色变地说了半天后，这才归结到主题，“王主席，你这趟来不容易，能不能再拨给我们些好枪？”戴跃说了个数目。

“那好。”王陵基说，“洪雅的安全那就全靠戴队长你维持了，我回成都就给你拨来。”

离开洪雅，王陵基又要司机驱车去了夹江。这些地方，一处比一处的情况糟，他心情沉重，要司机将车顺青衣江往他的家乡嘉定（乐山）方向开。他准备趁现在蒋介石还未离开成都，回到成都就去找委员长。请委员长下令，无论如何得派一些胡宗南的精锐部队去洪雅、丹棱一线清剿一下。不然，局势会越发不可收拾。

行了一程，汽车翻过一个小小的山头，雄伟的嘉定（乐山）城陡然出现在江对面。一种复杂悲凉的思绪涌上心间，他让司机停车，他下了车，隔江细细打量嘉定城。

大渡河从茫茫天际奔腾而下，三江交汇处便是影影绰绰的故乡城。视线向左，那绵绵相依相伏的山上，临江矗立着的世界第一大佛：嘉定大佛。这尊山是一座佛，佛是一座山的宏伟工程，从南朝动工修凿，99 年后才得以完成。大佛之大，脚背上可以坐一个排，而只要江水涨到大佛脚趾，江对面的嘉定城也就到了被洪水所淹的临界线。只见逶迤起伏的山脊上，浓浓的翠绿中掩映着飞檐翘角、建筑精美的大佛寺……一代名城啊！多年来，功名利禄缠身，自己已把祖先的庐墓忘得一干二净。而以后，恐怕更别想光宗耀祖荣归故里了。

“主席！”这时，他的弁兵拿着一件军大衣，走上前来，给他披在身上，说，“江风太大、太冷，请上车吧！”

王陵基收着神思，恋恋不舍地上了车。他要司机将车开上成雅公路，经新津回成都。回成都之前，他要去新津机场送送阎锡山等人。

车过新津城，展现在眼前的是一道滔滔大江。码头上，等着过渡的汽车排成了长队。“走遍天下路，难过新津渡”，这话一点不假。新津渡，有三道大江大河，中间次第有些小岛。而在三江下游，则是一片汪洋，气势蔚为壮观。古诗“烽烟望五津”就是指的这个地方。汪洋之际，遥遥可见一座临江矗立、极为秀丽青葱的宝资山，山顶上矗立着一座飞檐斗翘的六角亭。现在是冬天。倘若夏天新津涨大水，宝资山六角亭上升起一串红灯笼，表示封渡，舟楫不行时，两岸车辆行人完全为之堵塞。三江对面，就是五津镇，那是一座傍江的古镇。五津机场，就在古镇之后，绵延纵横百里，是“二战”时期远东最大的机场。当时，美军的大型轰炸机“空中堡垒”轰炸日本东京，就是从这个机场起飞的。现在，大批物资，大批军政人员去台，也都是从这个机场起飞。

江边的情景混乱，他的轿车被堵住了。从邛崃一线调回成都的胡宗南部队，还有躲难的老百姓、战马、汽车等挤满了渡口、河滩，人山人海，吵吵嚷嚷。其间，军用卡车、炮车、装甲车横冲直撞，争先恐后抢上渡船。天上飘起了细细的冷雨，河上刮起砭人肌骨的寒风。胡宗南官兵们的喝骂声、船工呼喊声、官太太和她们小孩的哭泣声……在空旷的河滩上回荡，简直就像到了世界末日。

眼前整车整车准备过渡的胡宗南军队，大概有一个团左右，十轮卡车首尾衔接，队伍从渡口绵延到川藏公路上。他们的装备很好，坐在车上准备过江的官兵，一律配备一长一短两支枪，个个年轻力壮；头上钢盔锃亮，身着漂亮威风的美式制服……王陵基简直不明白，为什么这样精锐的部队在共产党面前就老是打败仗？真是兵败如山倒啊！局势还有什么希望呢？想到这里，王陵基的心中一阵冰凉。

他看了看表，像这样等下去，不知要等到猴年马月。他要副官下车去办交涉。副官下了车，向在渡口维持秩序、安排车辆上船的两名军官出示了王陵基的“派司”，这就获准优先上船过河。

王陵基的小车过了三个渡口，到了五津镇。当经过层层关卡开进机场时，已是暮色苍茫了。只见一架 C53 型大型运输机停靠在空旷的跑道尽头，几个身穿皮卡克的机械师正在对飞机作最后的检查。

“啊，是王主席！”一声很土的山西五台山腔在叫他。王陵基刚下车，循声掉头一看，只见飞机跑道边上，行政院长阎锡山、副院长朱家骅、政务委员陈立夫、万鸿图、教育部长杭立武、财政部长关吉玉，还有总统府秘书长邱昌渭、参军刘士毅都等在那里了，他们在寒风中跺着脚。

“阎院长，我是来送你们的。”

“别说送。”阎锡山迎上一步，握着王陵基的手，看了看他，似乎心有不忍，说，“方舟，你干脆同我们一起走吧！”阎老西还是那身不变的穿着，身着黑长袍，脚蹬山西牛鼻子棉帮鞋，头戴博士呢帽。

周围的大员们也都上前来同他寒暄，纷纷劝他走。说是在这批去台湾的大员名单中，有他王陵基。

王陵基却说他不走，他说：“我是在委员长面前表了态的，不走。我这是去洪雅、丹棱一线检查了自卫队的作战情况后，专门赶来送你们的。”

阎锡山等人赶紧问，那一带的情形怎样？

王陵基叹了口气：“那一带中共地下武装，原先被我压着打，现在因为有刘文辉的二十四军撑腰，简直是耗子反朝了……”

“难道胡宗南的部队拿这些土共都没有办法？”

“委员长把胡宗南的部队有的撤回成都，有的调到西昌去了，那边空了。”

“啊！”

“咦？”

大员们听到川康交界处的洪雅、丹棱一线陡然“恶化”的情况，发出种种感叹，议论纷纷时，机械师检查飞机完毕，招呼大家上飞机了。

朱家骅等人，听这一声如蒙大赦，赶紧上飞机。阎锡山没有急着上飞机，他看来动了恻隐之心，拍着王陵基瘦削的肩，不无担忧地说：“方舟！我看，你还是跟我们走！我实话告诉你，这是飞台的最后一架飞机了！你这时同我们一起飞台湾，委座知道了，也不会怪罪你的。”

王陵基却固执地摇了摇头。

“板荡识忠臣，家难显孝子！”阎锡山似乎有些感动了，久久地看着王陵基，长叹一声，最后劝道：“方舟兄，你要知道，你我都是上了共产党战犯名单的。你若不走，共产党来了，抓着你，他们是断断不会饶过你的！”

然而，王陵基却听而不闻，保持了沉默。

“你是舍不得家乡、财产，还是太太？”阎锡山问。阎锡山外表老实憨厚，其实内心相当敏锐；他平素对人和气，但那只不过是一种表象，很不容易动感情。宦海沉浮几十年，枪里来刀里去的他，人间的生离死别，他见得多了。作为行政院长，自中央入川后，他对王陵基的竭尽努力，打心里赞许。在他看来，像王陵基这样对党国忠心耿耿的大员，真是凤毛麟角。

王陵基说：“夫妻本是同林鸟，大难来时各自飞。家乡、财产更是身外之物，有什么舍不得的！”

阎锡山本来还要劝劝王陵基，这时，飞机已经发动了。朱家骅探身舷窗外，向这边招手，大声喊：“阎院长，飞机就要起飞了。快上飞机，快上飞机！”

“好，好！”阎锡山连连答应，“我马上上来。”又最后问了一句王陵基，“方舟兄，你真的坚持不走？”

王陵基不正面回答，他腮帮咬紧，手一比，从牙缝里迸出一句：“阎院长，请你们先走一步。”

阎锡山长叹一声，这就转身，大步向飞机走去。

王陵基呆呆地看着阎锡山最后一个上了飞机。舷梯撤去了。飞机开始在跑道上滑行，越滑越快，越滑越远。机头四个巨大的螺旋桨扇起的劲风，将跑道两边枯黄的衰草吹得紧伏地上抖索不已。飞机猛然加速，突然，起飞。飞机从王陵基头顶上飞过去了，巨大的轰鸣声差点将他震昏。待他从麻木状态中清醒过来时，巨大的飞机已在高空变成了一个小黑点。

倏然间，飞机消失了，消失在了阴霾低垂的天幕上。刚才一阵震天动地的声音消失了，偌大机场上一派沉寂，似乎什么事都没有发生过。

王陵基在心中喃喃地说：“他们走了，都走了，我完了！”他情不自禁仰起头久久望着什么都没有了的天空，感到心头空落落的。

然后，他低着头，缓缓地向停在机场边那辆等着他的美式越野吉普车走去。

第二十一章

波诡云谲，他毕竟是翻云覆雨的高手

这个晚上，成都北较场中央军校黄埔楼，蒋经国呆坐在他的卧室中的沙发上。

没有开灯。一丝暗淡的灯光从对面父亲卧室的门缝里泻出来，扭扭曲曲地泻进屋来。夜已深。父亲室内的灯光一直亮着，他知道父亲没有睡。他知道父亲很哀伤，他很想过去安慰父亲，可是，他没有。他知道，这是没有用的。蒋经国呆呆地看着从门缝里泻进来的灯光，沉入过去时光的回忆中。

一条清澈的河流在眼前滔滔流去。单调的汩汩声像是在喁喁私语，沉重、混浊、无休无止，那是家乡宁波奉化溪口镇上的剡溪。小时候的生活是孤寂单调的。父亲要么在日本，要么在上海，飘忽不定。家里只有妈妈、奶奶。奶奶、妈妈整天念经，沉醉于飘飘然的佛的境界里。读小学的他，下了课常常到剡溪去捡石子玩，或是坐在码头上，心随远去的白帆而去。少年的他，多么想走出溪口，去见父亲，去见世面。

1921 年，11 岁的他被父亲接到上海读书。1925 年 5 月 30 日，上海发生“五卅”惨案，他因积极投身反对帝国主义运动，被学校以“行为越轨”而除名。时值留苏时髦，征得父亲同意，他先去北平，在吴稚晖办的“海外补习学校”补习俄文。也就是在北平，他因为反对北洋政府上街游行被拘禁过。北平空气太沉闷。8月，他只身南下广州，到黄埔军校探望做军校校长的父亲。时机正好，有一批国民党高干子弟去俄留学，父亲让他随队而去。他去了，那年他刚好15岁。

冬天。他们乘坐的火车穿越西伯利亚。大雪纷飞中，从窗外一掠而去的大地、山峦、房屋、树木全部披闪着银辉。天和地连在一起，白茫茫无边无际，情景非常壮观。火车靠烧木柴提供动力，车厢里冷得要命。在半个月的旅途中，革命青年们谈理想、唱歌……车厢里洋溢着歌声和笑声，驱走了漫漫旅途中的严寒和苦寂。

到莫斯科时，夜幕已经降临。路灯映着白雪，晃人眼睛。他们就读的中山大学，坐落在莫斯科河西岸的瓦尔芬柯大街上，主楼是一座规模很大、四面怀抱的四层楼房。他和冯玉祥的儿子冯洪国、于右任的女儿于秀芝等人是同学。同学中，数他年纪最小，也最顽皮活泼。他常穿一身工作服，皮肤晒得黑黑的，大家用俄语喊他“小工人”。在中山大学，他唯一的挚友是从湖南去的共产党员徐君虎。

从俄国回来后，在山清水秀的赣南，他先后任过江西省保安处少将处长兼省政治学院总队长、赣州行政督察专员。在那里，他提出“除暴安良”口号，雷厉风行地打击地方恶霸，恢复地方秩序，惩治贪官污吏，深受当地人民赞赏；在赣南，他有“蒋青天”之称。

1939年夏天。赣南遍披青葱，境内景象欣欣向荣，来了一个“王点验”，这是国民党中央军委会派到江西点验地方军队的“钦差大臣”，是个中将。“王点验”每到一地都要钱要酒要女人，光景德镇珍贵瓷器他就要了不少。

“王点验”到了吉安后，专门给蒋经国蒋专员拍了一个电报，让派人派车去接他。蒋经国却把来电一扔，对他的“总管”徐君虎说：“别理他。”

“王点验”到赣州见没有人理他，很不高兴，只好自己去找了个旅馆住下，让自己的副官将路上一应经费送给蒋经国，要求报销。

蒋经国不予报销。“王点验”发现情况不妙，就去专署朝见蒋专员。蒋经国不理他，他就同徐君虎套近乎，对蒋经国、徐君虎都竭力吹捧。

蒋经国看不惯他那一套，虎着脸要“王点验”谈正事。公事谈完了，他给“王点验”约法三章：到各地后不准请客，不准收礼。违犯了，军法论处。各地在规定时间将地方部队集合好后，必须准时去点验，若届时点验员不到，责任自负……蒋经国将这些交代完毕，转身就走，把中将“王点验”气得差点昏了过去，却又无可奈何。

蒋经国知道这事没完，知道官场凶险，他采取先发制人的办法。“王点验”还在回去的路途上，他就已经将“王点验”的种种劣迹写信详细告诉了父亲的侍卫长王世和。

徐君虎不解，问他为什么不一竿子捅到父亲那里，却舍近求远，到侍卫长王世和那里转上一圈？

蒋经国笑了，“如果这样，老头子会怀疑我是‘挟天子以令诸侯’，由王世和出面说，比我好多了。”他是把父亲蒋介石的脾气琢磨透了。果然，“王点验”回去没有几天，就被国民党中央军委撤职查办了。

“芳娘，芳娘，君虎来了。他这个湖南人爱吃辣椒，你给他炒几盘菜，不要少了辣椒，再烫壶酒。”徐君虎没带家属，他常请君虎在家吃饭。

长得高大魁梧、性情直爽的老朋友徐君虎乐得哈哈大笑，说，“你这家伙不像话呀！我们中国哪有管自己老婆叫娘的？芳娘，这名字是怎么取的？”

芳娘是他根据她俄文原名谐音给取的。他也哈哈大笑，两手抱在胸前，侧着头问朋友：“依你说，不叫芳娘那该叫什么？”

徐君虎在地上来回踱了几步后，说：“有了。就把‘娘’字的女旁去掉，改名‘方良’，你看如何？”

他从善如流，拍手叫好。当即将在厨下忙活的俄国太太叫来，告诉她，以后她的名字叫方良。

蒋经国生活俭朴，即使招待客人，徐君虎在一碗饭里就挑出了 18 颗稗子……

1939 年夏天，他奉命去陪都重庆受训。父亲见到他满面秋霜，将面前厚厚的一叠档案一拍，怒喝：“你是怎么搞的，你那里搞成了共产党的窝！”

他不明就里地看着父亲。

“徐君虎是什么人？”父亲霍然转过身来，看定他，“徐君虎是共产党，你不知道吗？”

他真是对他这个朋友不甚了解。徐君虎在苏联莫斯科中山大学学习了两年，后受组织派遣秘密回国，先是当革命军第二军教导师师长陈嘉佑的秘书。“四一二”事变后，教导师改编为革命军第十三军，陈嘉佑升任军长，徐君虎任该军政治部少将主任。“宁汉合流”后，国民党开始清党，徐君虎和著名共产党人李富春、谭平山等都被“请”出了部队。

徐君虎奉命去南昌参加拟定中的1927年“八一”起义，行至途中接到命令转赴上海进行地下斗争。不意，有次在上海南京路上遇到了莫斯科中山大学时的同学、时已叛变、成了“蓝衣社”特务头子的康泽。于是被捕入狱。两年后出狱积极参加了上海抗战。上海沦陷后，失去了组织联系的徐君虎彷徨、苦闷。病中的他举家迁往桂林。在那里，所幸有行医看病本领的他行医度日，同时当了广西省参议员。

蒋经国回国后，寻访到了徐君虎，将他接到任上帮助工作，深受器重。

蒋介石在加紧对儿子悉心栽培的同时，加紧了对儿子的管束、教育。

蒋经国在重庆受训完毕归去时，带去了几个陌生人，徐君虎感觉到了什么。

“经国，”徐君虎试探他，“我想安排几个人？”以往，蒋经国对他总是言听计从的。然而，这次蒋经国却以“研究研究再说”以搪塞。

于是，徐君虎当即将蒋经国托付他保管使用的私人印信、公家印信和电报密码交还蒋经国，说，“我明天就走。”

蒋经国不由一惊：“你真要走？”

“真的要走。”

蒋经国没有挽留，垂下头，坐在那儿什么都没有说。

徐君虎走了。从此以后，蒋经国同共产党彻底决裂了。

蒋经国对父亲的感情也在逐渐发生变化。原先他对父亲的不解甚至仇恨慢慢变成了理解、同情直至敬仰。1949 年 1 月，父亲被迫引退时，他怀着沉痛的心情，在日记中写下了这样一笔：“21 日，今天是父亲引退的一天，也是中华民族数千年历史又遭逢了一次厄运，几乎是断送国脉的一天。”

“为父老矣，经国，以后就看你们的了。”想到父亲近来时常对自己说的这句话，父亲流露出明显的“交班”之意，想到自己即将登上的政治巅峰，一种混合着使命感和荣誉感的豪情油然而生。凝神屏息中，他细思父亲的种种失策，对于建立未来自己心目中理想的政治宫殿，充满了信心。

凝神细想中的蒋经国，看了看戴在腕上的夜光表，时针已指向了第二天凌晨 1 点。父亲屋内的灯光还未熄，父亲还未睡。他想，父亲在做什么呢？

蒋介石这时站在临时挂在屋内那张二十万分之一的军用地图前沉思。地图上，红色箭头从上而下，密密簇簇，已将西南和南方几块小小的地盘逼得紧紧。这是一盘残棋。作为兵将损失得几乎净尽的一方棋手，尽管绞尽脑汁，败棋还是没有改了。蒋介石不得不承认，这盘棋他是下输了，没法再下下去了。

自 1911 年民国建立以来，遇到过多少风险，都过来了。难道这次就真的过不去了？“天无绝人之路”这句饱含哲理的名言，今天究竟还灵不灵？蒋介石下意识地想着。

窗外下起了霏霏的冬雨。风吹落叶，雨打芭蕉，有种说不清、道不明的悲凉意味。蒋介石颓然坐在了沙发上，但仍然保持着职业军人的坐姿，正襟危坐，他好像在用心地谛听着什么，又好似老僧入定。

自怨自艾中，蒋介石想到了张学良：真是成也萧何，败也萧何！在 1930 年历史上那场有名的“蒋、冯、阎大战”中，因张学良易帜助战，成就了我的事业，打败了冯玉祥和李宗仁等人的联盟，我曾经夸你是千古功臣。年纪轻轻的，我就让你为一人之下、万人之上的全国海陆军副总司令。后来，红军全数被我围在陕北那样一个弹丸之地，人不过 3 万，平均只有五颗子弹。为了还你张学良的恩，我让你带你的东北军并杨虎城的西北军，去一举解决共产党，然而，你少不更事，竟中了周恩来“中国人不打中国人”之计，竟然与杨虎城联合实行兵谏。如果没有你张学良发动的西安事变，何至于有今天我蒋某人的败走麦城？张学良呀张学良，你这一来，又成了党国千古罪人！

想到这里，蒋介石恨得牙痒痒的，往事不堪回首。带着一份说不清、道不明的眷恋，他打开抽屉，拿出一本照片簿，翻开，一张照片让他感慨万千。照片上的他，穿一身黄呢军服，高领上缀特级上将金星，手上戴着雪白手套，左手执一顶缀有国民党青天白日徽记的军帽，挺拔、从容、镇定。旁边罗斯福总统身着一套黑色西服，神情专注地侧面向着他，脸上露着会意的微笑，似乎在向他说着什么，神态很是亲热。罗斯福旁边的是英国首相丘吉尔，穿一套考究的白西服，脚蹬一双白色皮鞋，样子傲慢，标准的英国绅士派头。靠在自己身边的就是“达令”宋美龄了。在两个“洋人”面前，她好像是在时时呵护他，又像是在偎依他。而连他在内的三大国元首当中，她显得特别耀眼，仪态高雅，身着黑缎旗袍，外罩一件白色绣花外套，脚上的白色皮鞋上饰着蝴蝶结。这是 1943 年他携“达令”去参加开罗会议时的一张留影。

然而，韶华、荣耀都成了过去。剩下的是无边无际的黑暗。这时，儿子蒋经国轻轻推门进来了，关切地说：“爹爹，夜已深了，休息吧。”

他却抬起头来问儿子，飞台之事准备好了没有。

儿子的回答总是让他放心的。

“对了。”电光石火般，他思想上有了一个主意。他对儿子说：“你通知一下有关方面，明天我要在成都励志社召开一个新闻发布会，我要亲自赴会，并宣布我赴台的消息。嗯？”他看着儿子强调，“来参会的报馆和新闻记者越多越好，嗯？”

儿子先是狐疑地看了看父亲，瞬即明白了父亲暗藏的玄机，答应了下来。

第二天上午 10 时。成都商业街励志社会议厅里，应邀参加新闻发布会的记者们已经到齐了。只见主席台正中悬挂着一幅巨大的蒋介石戎装像，两边是一幅标语：“革命尚未成功，同志仍需努力。”那是先总理孙中山的名言。两边斜挂着青天白日满地红的国民党党旗和国旗。

主席台边沿一字排开盆盆油绿的冬青和鲜花。

主角还未出场，场上一片嗡嗡声。参加今天这个重要新闻发布会的，左中右的记者都有，总之，在蓉的大小报纸都来了记者。200 多名记者交头接耳，无不对今天这个新闻发布会感到很有兴趣。

向来深居简出、对媒体不感兴趣，到蓉后更是从不露面、神秘莫测的委员长，今天竟要亲自来发布新闻？这是真的吗？就在一片嘈杂声中，只听门外站岗的卫兵扯着嗓子一个劲喊立正！

记者们掉头去看时，只见在侍卫们的簇拥中，蒋介石由蒋经国、俞济时、曹圣芬、王陵基陪着快步进来了。蒋介石今天着一身玄色长袍，身姿一如既往的笔挺，脚蹬朝元黑直贡呢鞋，右手拄根拐杖，左手轻提长袍下摆。上了主席台，坐在一张铺着雪白桌布的长方形桌前，面对着麦克风，向台下众多的记者微微颔首一笑。

新闻发布会开得很简洁。待委员长坐定，侍卫长兼军务局长俞济时宣布新闻发布会开始。蒋介石其实并没有发布什么新闻，而是要在座的记者们有什么问题，尽管提。

才思敏捷的“无冕皇帝”们，这就争先恐后向委员长连珠炮似的发问：

“请问委员长，共军已分南北两路对成都形成了夹击之势，而且日渐迫近。而据传胡宗南部正向西昌转移。这是否意味着政府制定的‘川西决战’已经放弃或说是失败？”

“兵临城下的共军为何忽然停止了前进？国共间是否达成了什么协议？成都是否有重演北平和平解决之可能？”

“处此非常时刻，不知委员长如何面对？”

“刘、邓、潘为何阵前倒戈？”……

面对记者们连珠炮似的、有些甚至是“过分”的提问，蒋介石充耳不闻不答。他只是在台上用一双鹰眼扫视着台下形态各异的记者们。他要这些记者来，可不是来回答什么提问的。他是要借这些记者的笔，达到自己的目的。

即使到了山穷水尽，蒋介石仍然是唯我独尊。在他看来，座下记者们不过是他招之即来、挥之即去的工具，是一群芸芸众生。他信奉尼采哲学："群众、百姓，不过是一片瓦砾堆，不过是多余的废墟……"纵然座下的都是记者们，还是得他蒋介石耳提面命。

看记者们不再提问了，蒋介石轻轻咳了一声，会场上顿时清风雅静。

"诸位！"蒋介石宣布了一个重大新闻："中正将于今晚离蓉飞台，去主持草山革命实践学院的开学典礼。在此，我郑重宣布，并借诸报端昭告全国人民……"

事情如此重大，又来得如此突兀！纵然是见多识广的记者们也是一个个目瞪口呆。只听委员长用他那口带着浓重宁波味的官话往下说去："我早就说过，打，共产党是打不过我们的。打垮我们的是我们自己。1936年，是张学良发动'西安事变'让共产党起死回生。八年抗战，日本人更是帮了共产党大忙。当时，政府领导全国人民浴血奋战，而共产党在后方游而不击，加紧扩充实力。他们抢占地盘，养精蓄锐。抗战胜利后，在八年抗战中坐大的共产党已是今非昔比。他们置民族利益于不顾，悍然发动全面的武装叛乱。而在这四年的反共戡乱中，党国阵营里宵小之徒，见利忘义者、背叛党国者层出不穷。远的不说，四川的刘文辉、邓锡侯、潘文华，云南的卢汉，还有郭汝瑰……"说到这里，他表情十分痛苦，声音也尖锐起来："是他们的背叛，使政府精心策划的'川西决战'流产了。"说到这里，他涨红了脸，头上青筋暴绽，"我之所以要飞台主持草山学院，就是要尽快建立起一支不为做官、不为钱，而愿毕生从事先总理孙中山制定的'三民主义'奋斗终生的干部队伍。只有这样，我们才能打败共产党！"说到这里，他话锋一转。

"中正去台后，西南反共戡乱之重担，军事上借重胡宗南将军，行政上则仰仗于王陵基主席。诸位！"在座下记者们的走笔沙沙中，蒋介石从来没有这样慷慨激昂，语言流畅："现在虽然形势危艰，但政府并非毫无办法。请诸君记住我在抗战时就说过的话：牺牲未到最后关头，决不轻言牺牲；失败未到最后关头，决不轻言失败。成都万一不保，我们还有西昌反共基地，几十万国军精锐之师将在那里同共军周旋到底。"说着，他举起拳头，"只要我们在大陆再坚持三个月，必然出现历史性转机。而坚持三个月，于我们是绝无问题的。党国历史上不乏虽经百厥九死一生，而最终挽狂澜于既倒之事实。中正深信，一个经数千年中华民族传统文化历史浸润的国家，在与苏俄支使的中共斗争中必将取得最后胜利！"

下面的记者们对蒋介石这番内容空泛、提虚劲的话早就听烦了，见他又来这一套，纷纷交头接耳。会场上又不安静了。蒋介石给俞济时示了个意。俞济时这就赶紧宣布："今天的新闻发布会，到此结束，散会！"

夜幕又笼罩了成都。

黑夜有两副面孔，一面是温馨，一面是狰狞。1949 年底的成都之夜，却总是同阴谋、血腥、鬼祟这些令人毛骨悚然的字眼和事情紧密地联系一起。

在成都南郊，夜幕笼罩下的红墙斑驳、古柏森森的诸葛亮武侯祠一反以往的幽静。天黑后不久，高墙里就响起了急促的跑步声、枪托磕击声和低声吆喝声……驻扎在武侯祠里的刘文辉的董旭坤团，刚才接到中共"临工委"情报：敌人今夜有行动，蒋介石今夜要去新津机场乘专机飞台。大队敌人正在北较场中央军校内集结，敌人经过武侯祠时，很有可能来个"顺手牵羊"对董团进行攻击！

刘文辉二十四军董团很快完成了战斗准备。他们占领了制高点，凭借红墙做掩体，一支支伸出墙洞的机枪、步机……在黑夜中警惕地向外瞄准。竹梢风动，外松内紧，武侯祠中的董团已进入临战状态，大有一触即发之势。

上半夜无事。整座九里三分的成都市，死了般冷寂。

子夜刚过，北较场中央军校前门两扇大铁门突然洞开，随即一队钢铁长队鱼贯而出。昂着炮筒的 15 辆坦克车在前开路，跟在后面，载满胡宗南部队的美制十轮大卡车，首尾衔接，长约两里许。钢铁巨龙中间，保护着几辆高级豪华轿车，其中一辆流线型高级防弹车，一看就是蒋介石的座车。钢铁巨龙的末端由 15 辆装甲车压阵。好大的气派！蒋介石由胡宗南派出的整整 6 个团警卫保护，向城南疾驰而去。

钢铁巨龙隆隆地卷过了东城根街，卷过了南大街，来到武侯祠。不出董旭坤团长所料，借着夜幕掩护，准备从新津机场逃走的蒋介石，指挥部队对董团实施了打击。

“咚咚咚！”道道长长的火舌，从多辆排开的坦克车炮筒里吐出，在夜幕中窜去，红红的，像是从多根毒蛇嘴里吐出的须，凶猛地舔倒了片片山墙。董团官兵英勇还击，2000 名官兵用火力构成了一片火网；然而，胡宗南 6 个整团的火力构成的是一片火海。火海将火网压制、吞噬了。

在武侯祠被打得残垣断壁，里面董团的抵抗几近停止时，发泄够了的钢铁巨龙这才停止了肆虐，耀武扬威地重新集结整队，向新津方向一路呼啸而去。

一个小时后，五津镇已遥遥在望。借着机场上亮如白昼的灯光，担任护送任务的胡部官兵看见了古镇中段那标志性的高擎云天的百年古榕，看见了机场中夜航起落的飞机，正暗自庆幸顺利完成任务时，突然，黑暗中枪声骤响，护送委员长的胡部官兵们猝不及防，有好些像被镰刀突然割倒的稻谷，倒了下去。

但这支护送委员长的队伍，毕竟是久经战阵的中央军精锐部队，小小的慌乱很快就过去了。他们迅即开始组织还击。坦克车、装甲车和机枪、冲锋枪、卡宾枪，一起向隐藏在黑黝黝的河边树丛中的偷袭者开火。6 个团的火力像交织起来的火网，把河滩、芦苇照得一清二楚，半边天都被映红了。河边的芦苇、树枝被打得一排排齐刷刷断下河去。可是，打了半天，哪里有人？偷袭者们，倏忽间像是地遁了，无迹可寻。护送委员长的车队，这才停止射击，钢铁巨龙这才又向机场蠕动，护送着委员长鱼贯进了重兵把守的新津机场。

机场中，原先雪亮的灯光忽然间暗淡下来。影影绰绰中，只见披着黑斗篷、一身军服、军帽压得很低的委员长快步下了他的那辆高级防弹流线型轿车，在几个侍卫陪同下，急急登上“中美”号专机。很快，舱门关上，收了舷梯。飞机开始滑行、起飞。漆黑的夜幕中，“中美”号专机飞上了高空，双翼和尾巴上的几盏小红灯一闪一闪的，很快消失在了夜幕中。

与此同时，在偌大的机场深处，传出一阵阵“轰！轰！”巨响，团团通红的蘑菇云似的火光直冲入夜空，那是机场中的特务们奉委员长令，将5000 吨无法运走的飞行器材炸毁。

委员长飞台时中途遇袭，消息像长了翅膀，很快传了出去。但是，中共成都地下组织万万没有想到，中了蒋介石的计。蒋介石这是声东击西，转移了地下党对他的注意力，这时他仍在成都。

新的一天姗姗来迟。

“号外、号外，看蒋委员长昨日飞台途中遇险！”

“号外、号外，看中共游击队夜袭蒋委员长！”……

在成都春熙路口、少城祠堂街……在九里三分的成都市 600 多条大街小巷内，人们都在抢购“号外”。

其实，蒋介石并没有走，昨夜走的是他的替身。

这时，在猛追湾畔南跃去那戒备森严、高墙深院的公馆里，蒋介石正站在那幢浓荫深处的法式小楼的二楼上，透过窗棂往外凝视。他那张清癯憔悴的脸上挂着一丝傲慢自得的冷笑。他身着戎装，没有戴帽子，身姿笔挺，始终保持着职业军人的姿势。从侧面看，他的相貌特征更为清晰。他那张脸给人印象很深，橄榄形的头上剪平头，高颧骨。那隆起的头颅，似乎蕴藏了比常人多几亿倍机敏诡诈的细胞；鹰眼明亮有光，眉宇间隐含着一种阴沉肃杀之气。

这时的蒋介石暗暗得意，昨天，他接连导演的两出“闹剧”，以及现正在成都大街小巷内热销的“号外”，起了一石二鸟、事半功倍的作用。他既打掉了刘文辉在武侯祠一个团，算是出了心中一口恶气。更重要的是，将中共对自己的注意力引了开去。他确信，在成都期间，中共地下武装一直没有停止过对他的“谋杀”，杀机终于过去了。这下，他可以放放心心、从从容容地走了。

转过身来，看看墙上的挂钟，客人马上就要到了，他这时在等待美联社著名记者沙克尔。这是他在大陆执政多年以来第一次，也是最后一次单独接受记者采访。在离开大陆前，他要借美联社记者的笔，将他的一番话作为政治宣言，公诸国际社会。

墙上的挂钟“当、当！”地敲响了十下。钟声刚落，蒋经国大步走进屋来。“爹爹！”他说，“沙克尔先生到了。”

“美国人真准时。”蒋介石赞许地点点头，“请他进来。”

沙先生大步走了进来，坐在蒋介石对面的沙发上，摊开了采访本，用他那双天蓝色的眼睛审视着蒋介石。蒋介石也第一次注意了这位西方的“无冕皇帝”、名记者沙克尔先生。

美联社记者身着一套银灰色西服，打桃红洒金领带，身材高大匀称，看人有种穿透力。中年人的成熟和职业记者的老练，在他身上融为一体，给蒋介石一种信赖感。

令美联社名记者感到特别吃惊的是，在蒋介石这间简洁的、中西合璧的、舒适的卧房兼书房里，那张靠窗的锃亮宽大的办公桌上，即使到现在这样的非常时期，仍然摆着一本翻开的线装书《曾文正公全集》。显然，《曾文正公全集》是蒋介石须臾不可离的精神源泉和思想武器。

采访的时间长达两个多小时。

蒋介石沉痛地进行了反思。他认为，他之所以一错再错，一败再败，最终丢失大陆，原因很多。不过，他也为自己的失败进行了辩护，甚至不无委屈。他追根溯源地说，北伐胜利，中国名说是成了一个统一的国家，但实际上是军阀割据。他扳起指头一一算来，四川有二刘：先是刘文辉，后是刘湘；广西有李宗仁、白崇禧；山西有谁也搬不动的土皇帝阎锡山……作为一个总统，他可怜得很，权力有限得很，其军令政令只能在沿海江浙等五个省行得通……这也是他所以要裁军，实行一个国家、一个政党、一个领袖的原因。须知，军阀割据、四分五裂的中国，是不能真正强大起来，从而进入世界民族之林，更不能走向世界民族前列的。

“……中正毕生从事国民革命，服膺三民主义。自（民国）十五年由广州北伐，以致完成统一，无时不以保卫民族实行民主为职志。先后20余年，只有对日之战坚持到底。此外，对内包括对共产党乃迫不得已而为之。抗战中共党坐大，加之党国有不少或为一己私利或政治军事失措要人。他们一错再错办了好些替共党为渊驱鱼之蠢事，致使共党武力空前膨胀，竟致不可收拾……”

蒋介石沉痛地回顾了历史教训后，又开始打美国人的板子。他历数事实：1948年，国民党据长江而守，尚有东南半壁时，大局尚有可为。然而，是杜鲁门总统政治上短视，拒不给予经济援助，这无异于釜底抽薪。甚至是年11月19日，他亲自写信给杜鲁门总统，只是希望杜鲁门总统发表一篇在口头上支持国民政府的宣言：“支持国民政府作战目标的美国政策，如能见诸一篇坚决的宣言，将可维持军队的士气与人民的信心。因而加强中国政府的地位，以从事于正在北方与华中展开的大战。”但是，就连这点微小的要求，也被杜鲁门总统拒绝了。

谈到这里，蒋介石激昂起来，“愈挫愈奋。面临如此糜烂局面，中正实堪痛心。唯虚心接受大陆失败之教训，不惜牺牲感情与颜面，彻底改造国民党。而个人一切均为国事鞠躬尽瘁，必能取得最后戡乱反共之胜利！”

对以后的打算，他进一步具体阐述道：“吾人以有效之社会改革，特别是农民之改革。如台湾及西南各省之战及政策，即为吾人改革运动之初步……吾人要努力在自由中国保障人民基本权利，实施政治社会改革……吾人必尽一切努力，增进人民政治经济利益，并获得自由之生活方式……”

沙克尔走笔沙沙。当蒋介石将最后一句话说完之后，沙克尔也写完了最后一个字。蒋介石对这篇谈话很慎重，他让秘书曹圣芬进来，翻译成中文；再亲自逐字逐句审定后，这才签字，让美联社名记者沙克尔公诸报端。

第二十二章

故国西去，苍茫云海间

“经国，明天我们就要离开成都，就要离开大陆了！”蒋介石的语气不无惆怅、惋惜。黄埔楼上，他站在窗前，长时间凝望着在夜幕和微雨笼罩中现在尚在手中的大陆最后一个大城市——成都。

视线中，几星灯火在夜幕中闪烁游移，磷火般明明灭灭。冷雨打窗，极目望去，一派凄迷。

“爹爹！”站在他身边的蒋经国关切地说，“我们明天一早就走，什么都安排好了，你就放心，早点休息吧！”

“不！”情绪从来没有今晚这样消沉、惆怅的蒋介石说，“经国，我想去最后看看成都。”

“爹爹！”蒋经国惊讶了，“这么冷的天，外面又在下雨，再过几个小时我们就要去机场了，就不必出去了吧！”

“不，我要去。”蒋介石出去的意志很固执，很坚决。此时此刻，他有一种无尽的眷恋需要排遣。蒋经国只好去赶紧做了安排，并陪着固执的父亲步出了温暖如春的屋子。

下了黄埔楼的台阶，在蒋介石和蒋经国上车以前，侍卫室主任陈希曾将那领黑色的防弹斗篷披在蒋介石的身上。

蒋介石
在大陆的最后日子

蒋介石、蒋经国父子一同上了那辆高级防弹轿车。接着，三辆一模一样、让外人无法辨认真伪的轿车首尾衔接，悄悄梭出北较场后门，向城内驶去。

蒋介石靠近车窗，用手拽开一点窗帘，目光竭力透过眼前迷迷蒙蒙的夜雨帷幕，将这座饱经忧患、九里三分的历史名城看得清楚些，再清楚些。轿车驶过了青龙街、东城根街，进了少城。他让司机将车开得慢了些。街道上，有些路段淌着一摊摊的水，在暗淡的街灯照耀下，泛着昏黄的鱼鳞似的光波；车碾过，水向两边溅起。夜还不是很深。但大街上已阒无人迹。街道两边，在一排排整齐的梧桐树、芙蓉树后，鳞次栉比大都一楼一底青砖灰瓦的小楼房都睡过去了。这之中，有戏院、茶楼、酒肆，但更多的是书店、报馆。这条充满了文化气息、流露出这座城市丰厚文化底蕴的长街，著名的祠堂街已经在沉沉的夜幕中沉睡，所有的店铺都关上门，显得格外幽静。而在祠堂街一边，隔着一条波光粼粼的金河，就是颇为有名的少城公园。黑漆漆的园中，熹微的天光中，"辛亥秋保路死事纪念碑"利剑般插入云天，散发着一种悠久而沧桑的历史韵味。还有街上那座有名的晋园餐馆，这时，全都无言地瑟缩在寒夜里。视线中出现了一个打更匠。他已然苍老，披着蓑衣，佝偻着身躯，迈着蹒跚的步子；一手挽着更绳，一手扬起更锤敲了下去：

"当！当！当！"

"各家各户——小心——火烛——！"

更夫苍老的声音和着金属的颤音，水波纹地悠悠远去，余音凄凉。

"爹爹！"经国在身边提醒一句，"少城已经过了，我们回去了吧？"

"不！"蒋介石吩咐司机和坐在前面的侍卫主任陈希曾，"将车开到枣子巷，我要去凭吊戴公，戴季陶先生。"声音里充满了依依惜别之情。

一行轿车，首尾衔接，顶着成都冬夜的凄风冷雨向西，向西。

蒋经国不再说什么了。他知道爹爹对戴季陶那份特殊的感情。凭着依稀的记忆，一位身材单薄、面容清秀、举止儒雅、博学多识、谈吐诙谐、穿一身浅灰色长袍，脚蹬一双浅口布鞋、操一口四川成都话、颇有学者风度的中年人似乎飘然而来，恍如眼前。

爹爹早年留学日本时，与戴季陶既是同学，又是无话不谈的朋友。蒋经国不知从哪里听来的一桩传闻逸事，说那时爹爹与戴季陶在日本合租一间房子并同一个日本使女睡。使女肚子里就有了他们的孩子，生下来一看就知是戴季陶的。但戴季陶不敢要这个孩子，因为戴先生是有家室的，而且夫人是个“河东吼狮”，戴先生惧内。

这个孩子只好爹爹要了，这个孩子就是以后长得高高大大、一表人才、相貌英俊、去德国学过军事的弟弟蒋纬国。

对这事，他既信又不信，当然不敢去问爹爹。但戴季陶，的确是党国数一数二的理论家，且对爹爹耿耿忠心，这是没有怀疑的。

深受爹爹器重和赏识的陈布雷、戴季陶眼看大势已去，无力补天，他们二人竟双双自杀以明心迹。

1948 年 11 月 12 日，终身跟随爹爹的，有“天下第一笔”称誉的陈布雷，服下大剂量的安眠药自尽。而戴季陶还在为党国百般奔走，他先是应邀去印度讲学，然后辗转去康藏，竭力拉拢各地土司为爹爹卖命，遭到这些土司的拒绝后，三个月后，极度绝望的戴季陶在成都枣子巷家中，采取了与陈布雷同样的方式自尽。

“经国！”坐在旁边爹爹的话打断了他的回忆和沉思。掉过头来，却只见爹爹掉头凝望着窗外一派萧索的夜景，声调哀伤低沉，似在自语：“成都这个地方物天华宝，青山绿水，文化积淀极为丰厚，人文荟萃。历代大文豪中，好些都是成都人，例如司马相如、扬雄、李白、苏东坡父子……纵然不是成都人，凡大文豪也大都到过这里。”说着又一一列举：如流寓成都多年的唐代大诗人杜甫，还有我们浙江的陆游……他甚至提到了近代四川出来的戴季陶、张群、郭沫若……认为他们也都是名人。特别是他提到家乡诗人陆游在不少诗中，对成都赞颂备至。说着，爹爹竟背诵了陆游写青羊宫花会什么的诗：“一路之上香如泥”云云。

蒋经国注意到，父亲着意提到了戴季陶。说戴季陶其实一开始笃信马列主义，是中共创始人之一。1891 年出生于成都附近广汉县的戴季陶，名传贤，字季陶，号天仇，原籍浙江吴兴，在清初“湖广填四川”中，戴家移居四川广汉。他早年留学日本，参加了孙中山领导的同盟会，追随孙中山进行革命，1917 年被孙中山任命为“大元帅府秘书长”。戴季陶从日本明治大学法科毕业后回国，最初长期从事新闻出版工作。五四运动时，在上海主编过《星期评论》周刊，1924 年任国民党中央执行委员会委员兼中央宣传部长。

1920 年至 1921 年夏，戴季陶对共产主义学说很有兴趣，与陈独秀等人往来密切，参加过上海共产主义早期组织的筹备活动。但是，当中国共产党成立时，他却拒绝参加。后来，他与共产党走得愈来愈远，竟致成了国民党的理论权威。

戴季陶担任过国民党法制委员会委员长、黄埔军校政治部主任等要职。1924 年 11 月，孙中山离粤北上，他是随行要员之一。翌年 3 月 11 日，孙中山病危时，他是孙中山遗嘱九个签证人之一。他最终反对国共合作，鼓吹“纯正三民主义”，并在上海设立“季陶办事处”，那是一个专门的反共写作班子。1925 年 6 月，他写成《孙文主义之哲学基础》，7 月完成《国民革命与中国国民党》……他著述甚多，形成了一套全面系统的反共的“戴季陶主义”，是国民党中为数不多的理论家。

1948 年，鉴于国民党政权摇摇欲坠，一介书生的戴季陶为了排挤刘文辉的势力，为蒋介石扫清退路，不避艰辛，千里迢迢，到达甘孜，收当地最有势力的女土司向德钦姆为义女，又牵红线，让自己的义女与班禅行辕的卫队长益西多吉结婚，最终酿成了地方武装力量与刘文辉的争战。激战半月后，益西多吉夫妇联合的武装力量被击败，退往青海玉树。西康省省长兼二十四军军长刘文辉进一步加强了对甘孜、巴塘一带的控制。

见失败无可避免，戴季陶失望之极，于 1949 年 2 月 11 日夜自杀于成都枣子巷家中。

就在蒋介石喋喋不休谈论戴季陶、赞扬戴季陶时，坐在前面的侍卫室主任陈希曾转过头来，轻声报告：“委员长，戴公墓到了。”

车停下来了。借着车前灯射出的一束雪亮的灯光，蒋介石看清了，“戴公墓”就坐落在城市与乡村接壤的一处荒寂的坟茔里。高高的一处土丘上，缠结的枯树与野藤在寒风中抖索。土丘前面有个红砂石碑，上面镌刻着“戴公季陶之墓”一行篆体大字。凄风苦雨吹打下的戴公墓好不惨淡凄凉。

蒋介石坚决拒绝了儿子和侍卫室主任的劝阻，坚持下了车。在黑暗中，他走进荒坟，站在戴公墓前摘了军帽，低头致哀。他喃喃地说："季陶，中正看你来了。中正对不起你。你好好安息，我来向你道别……"说着竟哽咽有声。

"爹爹，不要太悲哀了。"儿子蒋经国走上前来，附在父亲耳边轻轻说，"时间不早了，我们该去机场了。"

蒋介石这才点点头，躬下腰去掬起一捧成都平原的沃土揣进荷包里。这才转身向座车走去。他走得很缓慢、很沉重，走得恋恋不舍。

一行三辆轿车掉头往回开去，开得很快。蒋经国注意到，父亲似乎突然之间衰老了许多，疲惫不堪，颓然地坐在车座上，头往后抬起，靠在高背上，再也无话，闭上了眼睛。

一行三辆轿车拐上了去凤凰山机场的公路。委员长的司机和侍卫们这才注意到，委员长的防弹轿车前后左右都有好多辆车在暗中保卫跟随。显然，这是蒋经国暗中做的布置。

这是黎明前的黑暗时分。串串雪亮的车灯迅速撕破厚重的夜幕，像是一串掠过夜空的星群，急速地向隐约可见灯光的凤凰山机场流去、流去。

在座车平稳的引擎声中，蒋介石睡着了。蒋经国从侍卫室主任陈希曾手里接过一件军呢大衣，轻轻盖在父亲身上。儿子明白，年迈的父亲连日来心机费尽，加上忧伤，到现在实在是熬不住了。

就在蒋介石离开成都的这个晚上，夜幕刚刚降临，玉沙街刘文辉公馆门前的警卫解除了。

夜正黑，雨正紧。昏黄的路灯下，猛地窜出来一个黑影。他影子似的窜到公馆门外，隐身于一个大石狮子身后警惕地东瞅西看。确信公馆的警卫解除了，心中大喜。

他叫李大成，刘公馆的卫士。那天晚上，陈岗陵指挥部队攻打刘公馆时，他一个人最不地道，惜身逃命。陈岗陵指挥部队打下刘公馆并对刘公馆进行了挖地三尺的洗劫撤走后，他仗着情况熟悉，三番五次趁夜潜回公馆想打点启发。他心中有数，知道公馆里还有些旮旮旯旯藏有金银珠宝，不信胡宗南的那些兵就搜罗尽净了。但一直没有下手的好机会。今夜，他可以放放心心地在公馆里搜索那些打剩的钱财了。

他想进去，可是一时又有些狐疑。正犹豫间，雨淋淋的小巷口现出一个人影。近了，看清了，是个上了些年纪的打更匠。他很怕冷，尽管一身穿得鼓包气胀的，还是双手揣在袖子里，佝偻着身子，走得蹒蹒跚跚的。一面圆圆的铜更，用一根细绳吊起，斜挂在插在腰带上的更棒上，一边走一边晃荡。

当老打更匠走到跟前时，李大成从石狮子后闪身而出，挡在了打更匠前面。然而，打更匠既不怕也不吃惊。他缓缓地抬起头，用一双昏花老眼打量着眼前这个挡路的人。认定眼前这个人很可能是个"梆客（土匪）"，绝非善类，只见此人身材高大，穿一身紧了袖口的黑衣黑裤；腰上系着皮带，皮带上斜插着一把大张着机头的20响驳壳枪；一张马脸配一只大鼻子、鹞子眼；一副横眉吊眼的样子。

老打更匠确实是没有什么可以值得怕的。他吃的在肚子里，穿的在身上，一个人吃饱，全家人不饿。要钱没有，要命一条。他也不吭声，他看这个"梆客"要咋的。

原刘公馆卫士李大成也打量着老打更匠，似乎在掂量这个老家伙有无利用的价值：一顶絮絮翻翻的无檐棉帽下，一张古铜色的脸上，满是刀刻的皱纹里记录着岁月留下的辛酸和生活的不易。原刘公馆卫士看出来了，这个老打更匠虽然动作有些迟钝，但绝对是个有胆量的人。

"老汉！"李大成用手指着隐在身后夜幕中黑森森的刘公馆，粗声莽气地问："刘公馆里的兵撤了？"

"是撤了嘛！"打更匠说话的语气很冲。

"是不是哟？"

"哪个在这里同你涮坛子（开玩笑）嘛！"打更匠觉得面前这个持枪"梆客（土匪）"问得怪头怪脑的。又说："那些兵是今天天一黑撤的。你要想做啥子？未必想进去弄两个？"老打更匠对这个"梆客"，之所以挡在自己面前，缠着问个不息的目的，猛然醒悟到了什么。

"不瞒你说。"李大成夸张地比了一下手指，"老子原先是这公馆里的卫士，既然胡宗南兵都撤了。我们进去发财！老汉，你敢不敢跟我去？"

“发财？”老打更匠瘪了瘪嘴，脸上满是嘲讽，“撞到你妈个鬼哟，里面早就被胡宗南那些丘八抢光了，还轮得到你我进去发财！”

“老汉，跟我进去不得拐！”原刘公馆卫士提劲，“我老实给你说，那晚盛文派兵来攻打刘公馆时，老子怕枪子不长眼睛，来个脚板上擦清油——溜了。公馆头金银财宝到处都窖得是，那些丘八兵能搜得净？你这个穷老汉运气好，碰到了老子。干脆点，一句话，去不去吗？”

老打更匠心动了，嘴也甜了些，他甩出袍哥语言一句：“那就陪你大爷走一趟嘛。”

李大成轻轻推开刘公馆两扇沉重的黑漆大门。他们前后相跟，蹑手蹑脚向公馆深处走去。

刘公馆好大好深！大院套小院，石板甬道连过厅。远处，仿九曲流杯池中水流得淙淙有声。耸立在夜幕中的假山怪石，猛兽般峥嵘。风吹过，花草婆娑，树木萧萧。不知藏在何处的猫头鹰发出“哇、哇！”的怪叫声。还有点点绿色荧光闪烁，不知是野狗还是野猫的眼睛，在野草枯蔓中时隐时现，很是吓人。

很冷的细雨已经停了，到处都是湿漉漉的。“吧嗒！吧嗒！”两个人的脚踩在深深庭院中的甬道上，发出空洞的回声。天幕上亮出了熹微的白光，隐约可见的院中景象触目惊心：几株被迫击炮撕裂的百年古柏张着残枝断臂，像是重伤垂死的老者在哭泣。碎砖烂瓦到处都是。

转过一道假山，连孽胆大李大成都吓得差点叫出声来。青堂瓦舍的四合大院里，横七竖八躺着六具尸体。这些在地上躺着的死人，他都熟悉，个个都叫得出名。而现在一个个冻得梆硬，蜷缩着，模样着实吓人。

“老汉，跟上讪！麻糖黏着胯了吗！”为了给自己壮胆，原刘公馆卫士掉过头来吆喝。

打更匠上来了。他领着打更匠径直奔左厢那间普普通通、很像是一间柴房的小平房而去。原封不动的这间小平房是刘文辉的藏金窟，里面地窖下窖有一罐翡翠。

黄金有价玉无价。原刘公馆卫士心中喜极，心想，我李大成发财就在今夜。

他迈开大步，上了三级青石台阶。打更匠紧随在他身后。就在李大成一把推开门，一脚跨进去时，“轰！”的一声巨响，天崩地裂中，刘公馆原卫士李大成和可怜的打更匠立时被炸成了肉泥。

这是蒋介石临走时设下的毒计。他料想今夜，只要将刘公馆的警卫前脚撤去，刘文辉及其家人，后脚就会跟进去。他要毛人凤安排特务们，在刘公馆的每间屋子内都埋下足够的高强度地雷。蒋介石的预想并没有错，可不想刘公馆原卫士李大成和想发一笔浮财的老打更匠太性急，去打前站，当了刘文辉及其家人的替死鬼，救了刘家人的命。

晨光初露，凤凰山机场戒备森严，胡宗南部队的官兵里三层外三层，持枪警惕保卫。

8时正。蒋介石在蒋经国、谷正伦、沈昌焕和高级幕僚陶希圣、秘书曹圣芬、侍卫长俞济时等人簇拥下，步出机场休息室，向早就发动了的“中美”号专机走去。

两辆轿车驶进机场，向这边驶来。

“啊，他们来了？”蒋介石说时，大家转过了身。从两辆轿车上下来的是胡宗南、王陵基，他们赶来为委员长送行。

“啊，陵基，宗南！”身着黄呢军装、身披黑色防弹斗篷的蒋介石，干瘦的脸上挤出了一丝难得的笑容。他一边大步迎上去，一边从手上脱下白手套，率先向他的两位股肱伸出手去。

委员长主动同他们握手，令王陵基、胡宗南受宠若惊。

蒋介石让他的随员们都上飞机，只留经国在身边。他爷儿俩要单独同王陵基、胡宗南告别。

单独告别是仪式性的。

“拜托了，王主席！”

“拜托了，胡长官！”在“中美”号专机的巨大机翼下，蒋介石再次同他留在大陆“坚持反共戡乱”、寄予厚望的一文一武两位大员握手。王陵基、胡宗南分明感觉出，委员长的手在颤抖。

“再坚持一段时间，嗯！”委员长的临别赠言还是那句老话，“形势很快就会发生变化的。党国会铭记你们的勋业！”

“委员长请放心！”胡宗南将皮靴一磕，“啪！”的一个立正，与以往一样的精神。王陵基虽然也在说一些提劲的话，可眼泪在往肚里流。他知道，他的处境无法同胡宗南比。胡宗南手握重兵，什么时候抵挡不住时，说声溜，是很容易的事。而他王陵基，现在是活脱脱一个光杆司令，要想逃脱共产党的天罗地网谈何容易！他是极可能要被共产党活捉，要被押上绞刑架的！不期然想起新津机场那一幕，他心中暗自懊悔不迭。

他从内心想对蒋介石说，“蒋委员长，我一辈子为你卖命，忠心耿耿，双手沾满了共产党人的鲜血，共产党来了是不会放过我的。我怕，带我走吧！”但王陵基毕竟是王陵基，正如他每次在公开场合说的那样，“陵基生前无陵基，陵基身后无陵基。”这时，还有一种声音在他心中轰响，“君要臣死，臣不得不死。国难显忠臣，正当其时！”因此，从他嘴里迸出来的话仍然铮铮有声：“委员长放心，委员长保重！我生是党国的人，死是党国的鬼！”

蒋介石为此感到欣慰。他向他的两位忠臣、重臣再次点点头，表示嘉慰、表示告别，然后和蒋经国一起转过身去，大步上了舷梯。站在舱门口，向他们挥了挥手，往后一退，舱门关上了，舷梯撤去了。

专门从新津机场调来的“中美”号专机，开始在长长的跑道上滑行。越滑越快，突然呼啸着腾空而去，很快消失在成都冬天难得的炫目阳光里。

性能很好的“中美”号专机，在机长依复恩的娴熟驾驶下，在万米高空飞得很平稳。

从高空看大地。在机翼下绵延起伏的高山、大河、田野、村庄、城市，很快一掠而去，急速地往后退。被中国共产党占领了的广袤的中国大陆，还有机翼下的历史名城成都，很快就被云遮雾障，看不见了。

云层在机翼底下翻滚。展现在视线中的蓝天高远，一碧如洗。在专机下面翻滚的白色云团，像朵朵绽开的银棉。高速前进，性能优越的专机，因为缺少参照物，这个时候好像完全静止。

蒋介石端坐在舷窗前，面无表情，口中无语，像老僧入定。

良久，他对坐在身边的儿子说：“经国，我们输了，输得太冤枉、太憋气，我不服这口气。到台湾后，待养精蓄锐，我要打回大陆去！”

“爹爹！”蒋经国的语气是不以为然的，“我以为，我们的两只眼睛不能只盯在大陆那边。要紧的是，我们的眼睛应该盯着台湾，盯好台湾。盯着我们的鼻子尖！”

蒋介石有些惊愕。这是经国第一次公开“反对”自己、顶撞自己，公开表明与自己不同的政见，甚至有些教训的意味。他掉过头，仔细审视着自己的爱子。时年40岁的蒋经国，一反以往刚从苏联留学回来时戴顶鸭舌帽，穿件卡克服时随随便便、潇潇洒洒的样子，现在变得也像他蒋介石了：身着蓝布长袍，显得很老成。一张酷似生母毛氏略显胖的脸上，却有双见微知著的眼睛。

瞬时，蒋介石充分认识到，儿子已经成熟了。他喜悦地意识到，早年投身于共产党营垒、加入共产党，再从中杀出来的儿子，是党国，是自己最理想的接班人。

“有其父必有其子”，“青出于蓝，更胜于蓝”，这话很对。老祖宗留下来的这些话中饱含哲理。在未来的斗争中，有正反两方面经验教训的儿子，其道行必然比自己高明。想到这些，心中刚才的一丝不快消失了。他放心了。他又掉过头去，望着舷窗外变幻无穷的浩瀚苍穹，久久不动。

这时，充溢于蒋介石心中的是对大陆无尽的眷恋。故国难舍，故土难离啊！从舷窗外射进来的阳光太强烈、太晃眼。他随手将雪白的挑花窗帘往前拉了拉，身子随势靠在了舒适的高靠背软椅上。

高速前进、性能优越的“中美”号专机不断地被云层笼罩，又不断地穿透云层，往前飞去。而那些与飞机如影随形的白云则时聚时散，飘飘缕缕。云隙间，无数被飞机切割开来的阳光，上下翻滚，像是点点碎金。

这时，蒋介石进入了蒙蒙眬眬的睡乡。一种巨大的失落感、空虚感和无法排遣的愁肠别绪在他的心中交替着升起、升起。他感到自己确实是疲倦了，他确实是老了。

四个小时后，蒋介石乘坐的“中美”号专机飞出了茫茫的中国大陆。这一天是1949年12月10日。

第二十三章

惶惶然，王陵基穷途末路

蒋介石父子飞走了。胡宗南的裴昌会、李振兵团起义，只有李文兵团龟缩在新津一线，准备负隅顽抗，而胡宗南却拉着他的一部分军队到西昌去了。围城的刘（伯承）邓（小平）大军，为着争取和平解放，尚未对成都发起攻击。这时的成都市内，兵荒马乱，大街上关门闭户，行人寥寥。盛文的部队不知在忙些什么，每天，载满部队的美制十轮大卡车，在街上疾驰，还有那些抓人的警车，黑寡妇似的，不时拉长尖锐的警笛，这就越发增添了紧张气氛。而那些以往只有到了晚上才将家财疏散的绅士、有钱人、达官贵人，现在白天也公开疏散了。随处可见，黑漆公馆大门前停着大卡车、黄包车甚至鸡公车……管家忙碌紧张得跟工蜂似的，指挥着家中佣人，还有临时找来的苦力，将家中财物大包小包地扛到车上，运到乡下，毫无疑问，成都解放指日可待。

12 月 21 日上午 10 时左右，四川省政府主席兼四川省自卫军总司令王陵基，在督院街四川省政府办完他最后一次公，下楼上车前，怀着眷恋的心情最后看了看他坐镇快两年的省府里的一草一木，然后上了车，让司机将车朝暑袜街市邮政总局开去。

大街上寂寥的街景急速从车窗前闪过，王陵基将头靠在车座上，闭上眼睛。他知道，大局是无可挽回了，老蒋留下的文武二将——他与胡宗南，胡宗南日子比他好过得多。率一部分残兵败将退到了西昌的胡宗南，虽然口口声声遵照委座指示，要在十万大小凉山开辟第二战场，但那是虚张声势，近日他不时在西昌与海南之间飞来飞去。胡宗南手上有军队有飞机，有退路，而自己呢？光杆司令一个，危险之至！坚持到现在，我对得起党国，对得起委员长了！王陵基心想，我也该走了！

"主席，到了。"坐在前排的副官轻轻一声将他从沉思中唤醒，他这才发现成都市邮政总局到了。这是一幢具有典型欧式风格的大楼，是成都为数不多的现代化标志性建筑物之一。

他刚刚下车，成都市邮政局局长张云帆迎了上来。这是一个很洋盘很西化的中年人，穿西装，打领带，戴副金丝眼镜，皮肤白里透红，嫩得像是剥了皮的兔子。

王陵基伸出手去同张局长握了握手，压低声音："张局长，带我到你们的总机室去。"

张云帆怔了一下。按规定，总机室是机密地方，一般人是不准进去的。这王灵官直奔邮政总局而来，来后又直奔总机室，这是何为？但这些不解、疑问，在张局长心中不过是瞬间即逝，多年的人生经验告诉他，遇到这样的事，作为下属，他不能问，只能执行。

"好好好！"张局长连连点头，将王陵基带到了总机室。

张云帆是电信科班出身。按王陵基指示，他亲自抄起电话，去接台北长途电话。王陵基屏着呼吸，只见仪表盘上，红绿灯闪闪。张云帆用一口四川椒盐普通话，对着话筒大喊，"台北吗……请接转国府办公厅……"之间，线路不断出现梗阻。王陵基坐也不是，站也不是，紧张得满脸通红，双手按着桌沿，气都出不匀。

"好，通了。"终于，张云帆从耳朵上摘下耳机，双手递给了旁边的王陵基。

王陵基接过耳机戴上，急切地呼唤："喂，我是四川省政府主席王陵基，请问，先生是谁？"

"啊！"王陵基脸上流露出惊喜，眼睛都大了，"你是俞济时先生，太好了！”就像落水快死的人抓到了救命稻草一样，他对着电话急切地向手握实权的侍卫长兼军务局长俞济时陈述了这段日子的艰辛，他的种种努力。最后，声音打抖地请求：“总之，陵基已经恪尽职守，圆满完成了委座交代的任务。现在，情况紧迫，请能近日派一架飞机来蓉接陵基去台……”

电话中一阵短暂的沉默后，俞济时说：“你别放电话，我去请示一下回你的话。”

“好的，好的，谢谢俞先生！”向来为人生硬、铁钉子都咬得断的王灵官，这时的语气特别和缓、客气，甚至带有一丝讨好的意味。虽然海峡那边的俞济时看不到他的表情，王陵基还是下意识地弯了弯腰，算是鞠躬。他是给决定他命运的总统府军务局长俞济时鞠躬了。

好消息接踵而至。很快，海峡那边传来了俞济时的声音：“刚才请示了委员长。委员长同意给你派飞机。你准备一下！飞机今天晚上 9 时准时来成都凤凰山机场接你。”

王陵基又是连声谢谢。

电话中，总统府军务局长却不无担心地问，凤凰山机场缺乏飞机夜航起落的条件，他问王陵基怎样保证今夜飞机在凤凰山机场安全起落？

“这样。”王陵基擦了一下额头上的汗，急中生智，他说，“今晚 7 点钟开始，我亲自去到凤凰山机场布置，要机场将所有的灯都打开，8 点半以后加灯，总之，保证达到飞机降落要求的亮度。另外，届时在机场正中，用白布摆出一个醒目的白色十字大标记指示飞机降落，你看这样行不行？”

“好的。”看来，王陵基的回答让军务局长满意，“那就这样吧。”俞济时说完挂了电话。

王陵基欣喜若狂，但脸上丝毫没有表现出来。他赞扬了还在坚持工作的张局长，好话说了一大堆后告辞了。

回家途中，思维转得很快的他，特意去了先大启处。先大启是保密局四川省负责人、特务头子。特务名堂多。看来，要做到今夜台湾派来接他的飞机在凤凰山机场安全起降，万无一失，得有先大启加盟才行。今夜飞台是个秘密，本来他不想让外人知道，不让别人从他这里分一杯羹。但考虑再三，先大启是他需要的人，只得让这个特务从自己这里分一杯羹。

果然，长得白白胖胖、笑起来像个弥勒佛、实则心狠手毒的四川省保密主任先大启听了王陵基送来的这个好消息，高兴极了，满口答应："王主席，这事你交给我办，我保险把这事办巴实。请王主席回家休息，届时驱车来就行了。"虽然先大启没有接到毛人凤要他"撤"的命令，但事到如今，逃命要紧，他顾不得那么多了。今夜他要搭乘接王陵基的飞机飞台，先飞过去再说。

王陵基这才放下心，驱车回了家。

王陵基回家倒头就睡。睡前，他给年轻貌美的如夫人红芙蓉说，今天的晚饭开早一些，吃完饭后他要出去办要事。

晚饭，四菜一汤，是红芙蓉陪他吃的，红芙蓉给他办了一道他最爱吃的豆瓣鱼。

红芙蓉做出很关心的样子对他说，见他近日茶饭无心，人也日渐消瘦，她午后特别打发厨下陈嫂到青羊宫菜市场挑了一尾两斤来重的鲜鲫鱼做的豆瓣鱼。他心中清楚，这是只知打麻将的如夫人有意对自己的巴结。最近，她老是到隔壁一个有钱人家打麻将，从早到晚，打得昏天黑地，家也不知回，他对她发过气。如果是以往，他非把她打来睡起不行。

"请呀！"饭桌上，如夫人伸了伸筷子向丈夫示意，并甜甜地一笑，眼睛一眨，俊俏的脸上细腻白嫩的腮帮上现出一对深深的酒窝。

"好。"王陵基懒心无肠地伸出筷子，夹了一撮豆瓣鱼放进嘴里。味道确实不错，但他无心下咽。看着比自己年轻一半有多的如夫人，想着自己逃台后家中可能发生的事情，一时神情有些恍惚。

"方舟，你怎么，人不舒服吗？"

"我这次出去要好多天才能回来，你打个电话到红照壁，把我的小儿子丁丁叫过来，我有话对他说。"王陵基在成都的公馆当然也不止一个，他的发妻和儿女住在另一个公馆——红照壁公馆。情知这一去就是永别，他唯一放心不下的就是他最小的儿子小丁丁。他很想带走小儿子，但不能带，形势险恶，吉凶难测，今夜，他能不能走，都还是一个未知数。

第二十三章
惶惶然，王陵基穷途末路

红芙蓉虽是一个麻将迷，平时不读书不看报，但她从王陵基的神情和这话上还是听出了弦外之音，起了些疑心。

“方舟，莫非？”红芙蓉原是唱川戏的，她问这话时，睁大眼睛，眉毛吊起。

“不要乱想。”王陵基作古正经地教训红芙蓉道，“我们的力量大得很！你不要东听西听，东想西想的。我是省主席，即使万不得已要撤，我肯定要把你们带到西昌去！”

红芙蓉信了。她想，俗话说得好，皇帝爱长子，百姓爱幺儿，小丁丁是王陵基最爱的幺儿，才 10 岁。如果他真要溜，无论如何不会不带丁丁走。于是，她把电话打到了王陵基的红照壁公馆。电话最先是管家接的，听到如夫人的话，管家有些犹豫。

王陵基上去接过了电话，狠声莽气地说：“你让丁丁过来，我有话给他说，你让他坐黄包车过来。”这样一说，管家还有什么说的，马上答应。

餐厅里那张铺着雪白桌布的圆桌上摆满了美味佳肴，红芙蓉和丁丁坐在两侧，气氛显得很沉闷。王陵基很少吃菜，只是喝酒，他的幺儿丁丁用一双大而无神的眼睛看着父亲。

如夫人红芙蓉夹了一筷子豆瓣鱼在他的盘子里，王陵基竭力镇静着说：“你们也吃！”说着，给幺儿夹了一筷子他最爱吃的宫保鸡丁。

“丁丁！”王陵基关切地看了看儿子，目光里是少有的温存，“我最近要外出一段时间，学校停课了，你就在家把功课好好温习温习。不仅是要学功课，你还要多多学习古训，比如‘天将降大任于斯人也，必先苦其心志，劳其筋骨……’”丁丁只知道点头，他哪知道这是父亲颇含深意的临别赠言。

这时管家隔帘报告：“王主席，先（大启）主任来了！”

“啊！”王陵基有些吃惊，不是说好了的，先大启先去凤凰山机场布置一应事宜吗？怎么这会儿来了？他说：“那就请先主任进来。”

话未落音，先大启挑帘进来了，王陵基抬起头，用眼睛问询。红芙蓉客气地站起来，说：“先主任，请用饭。”

“不客气，不客气！”先大启说，“我是来接王主席的。”王陵基从先大启的神色中得知，万事俱备，只欠东风。这个家伙心急，等不及了，专门来接他的。于是，他站起来，从衣架上取下博士帽和风衣，对如夫人红芙蓉和幺儿丁丁说："我走了。"他根本不敢看他们，和先大启一起急急出了家门，钻进了停在门外的汽车。

冬天天黑得早。才6点钟，阴冷的天幕就弥合了天地。从车窗内望出去，沿途大街上了无人迹。写有"四川老牛肉"的灯笼，在寒夜中不时从车窗前飘过，像是飘过的点点萤火……他们乘坐的大功率越野美式吉普车很快出了城。水泥路变成了碎石路。车子有些颠簸。两边的村庄黑压压一片，了无生气。

凤凰山机场终于到了。先大启不愧是特务头子，准备工作做得很好。机场加强了警戒，所有灯光一起打开，将机场照耀得如同白昼。跑道正中那用几十丈白布铺成的大大的一个"十"字，格外醒目。

得知王主席驾到，身着戎装、个子瘦瘦、腰上挎一只左轮手枪的机场主任跑步来到车前，向王陵基立正，敬了个军礼。报告道："离9点还有些时间，请主席下车休息。"

坐在车上的王陵基只是掀开车门，皮笑肉不笑地对机场主任说："时间马上就要到了，就不下车了。飞机一到，我们马上上飞机，你去忙吧！"

"是。"机场主任又向他敬个礼，走了。心情紧张的王陵基叫司机熄了车灯，他抬腕看表，刚好9点。一颗心猛烈地跳动起来。可是，夜空中并没有响起他渴望听到的飞机马达声。

他和先大启坐在车中耐心地等待着。时间一分一秒，一个小时一个小时地过去了。可是，四周仍然死一般的静。

两包"强盗"牌香烟已经抽完。最初一抹晨曦已经将四周醒来的村庄染上了胭脂色。雄鸡声此起彼伏，机场上所有的灯光都渐次熄灭。机场正中那由几十丈白布摆成的大大的"十"字，趴在地上，像是两条被打断了脊梁的大白蛇。

"妈的，龟儿子东西搞的啥子名堂！"王陵基忍不住，骂了一句粗话。

"听天由命吧。"先大启叹了一口气。他们失望已极。天亮了，他们知道，台湾的飞机是无论如何也不敢来了。台湾方面给他们开了个大玩笑。

“走吧，回去！”王陵基说这话时，人整个几乎瘫了。

12 月 23 日，就在解放军即将进城之际，王陵基带着国民党保密局四川负责人先大启、民政厅长宋相成、田粮处长王崇德乘一辆中型美式吉普，一早溜出了城，沿成雅公路向西而去。中午时分，他们到了双流县政府。县政府里面乱糟糟的，县长不知跑到哪里去了。只有县自卫队长彭笑山前来迎接。在县自卫队办公室小坐时，王陵基看见旁边一架衣架上挂有一件毛呢大衣，不知怎么他很感兴趣，问彭笑山：“这件大衣是哪个的？”

彭笑山叫在隔壁的县府文书刘启明进来，问：“这件大衣是你的吧？”

刘启明说是。

“我要去办点事，我穿在身上的这件美国黄呢军大衣太惹眼了。”王陵基看着刘启明说，“我想拿我这件军大衣同你换。”

“好好。”刘启明心中尽管一百个不愿意，但王陵基话已出口，他不能不同意。

换上刘启明的大衣，王陵基对彭笑山说：“你带我到你们县府的总机房去一下。”他要他的随员宋相成等就在那里坐等。

彭笑山感到莫名其妙的，但省主席的话不能不办，他带着王陵基去了总机房。进门对一个正在值班的姑娘说：“这就是省政府主席王主席。”

头上戴一副耳机的姑娘这就要站起来。

王陵基做了一个姑娘不要起来的手势，说：“你给我接个长途电话！”

姑娘一怔：“王主席要接哪里？”

“台湾。”

“台湾我接不来。”姑娘说，“我去叫台长刘泽儒来。”

王陵基点点头，吩咐姑娘：“快去。”

刘泽儒台长很快来了，还带来了一个模样精明的年轻人。

“他是？”王陵基看着进来的这个陌生年轻人，拧着眉头问。这时，他对所有的陌生人，尤其是青年学生模样的人很警惕。

刘台长指着青年人介绍，说：“他是我们台的技师，叫宋明清，技术相当不错，是在南京受过培训的。”

“那好。”王陵基阴沉着一张马脸，叫宋明清赶快替他接通台北的长途电话。

宋明清坐了下来，戴上耳机，开始拨叫台北长途。仪表盘上一阵红绿灯闪烁。

“报告王主席！”宋明清拨叫一阵台北长途后，掉过头来看着王陵基说：“长途台说要下午 3 点以后才能要通台北的长途，怎么办？”

王陵基略为沉吟，吩咐宋明清，“那你给我接省府机要室，就说我要找省府秘书长孟广澎！”

“好的。”宋明清三两下就接通了省府机要室，旋即把耳机递过来，说，“孟秘书长来了。”

王陵基戴上耳机，对着话筒很小声地问：“是广澎吗？”

得到对方肯定的回答后，王陵基扬起了声：“我现在双流县政府。今天下午 3 点，你把台北总统府军务局的电话接通，要俞济时派一架飞机来接我，嗯？”

“然后！”大概得到孟广澎肯定的回答后，王陵基接着吩咐，“届时，你把台北的长途转到双流县政府来，我等着。”

坐在一边的宋明清做出一副似听未听的样子，而其实却是在尖起耳朵听。他是一个进步青年学生出身，恨死了疯狂镇压学生运动的眼前这个想逃台湾的王灵官。他一边恨一边暗想，该怎样才能让王陵基的逃台阴谋不致得逞？

王陵基刚刚放下电话，闻讯赶来的双流县长缪向辰一头撞了进来。

“主席，我来迟了！”身材瘦削，一张脸上满是惊悸、霉得起冬瓜灰的双流县长，在王陵基面前，做出一副负荆请罪的样子。

王陵基看着玩忽职守的双流县长，瞪大了一双恨眼，张开了大嘴，样子凶得吓人。可是，就在他要破口大骂的瞬间，像变戏法一样开了笑脸，亲热地拉着缪县长的手，说：“走，我们出去说。”

他单独把缪县长拉到院子中一棵桂花树下，像哄孩子似的轻言细语：“今天下午台北有个重要的长途电话来，你负责帮我接。他们要派一架飞机来接我。你叫他们派飞机来就是。之间，我有事去新津一趟……”

这是王陵基起的奸心。考虑到那天在电话上同俞济时说得好好的，当晚台湾派飞机来接他，连来接的时间及若干细节都定了。可是届时屁都没有一个。今天更悬！他使的这一招是一石二鸟。届时，如果天上真的掉了馅饼——台北果真给他派来了飞机，双流与新津近在咫尺，他在新津可以看见天上来的飞机。顺路很快就可以返回，一点不误事。如果又是竹篮打水一场空，飞机届时不来，他则赶紧顺川藏线跑，向邛崃方向五面山逃命。

缪县长点头不讳，答应照办。

王陵基临上车前，又给缪县长提了许多劲，许了许多愿。诸如委员长很快就要率军打过来，第三次世界大战就要爆发，党国不会亏待有功之臣云云。完了，不忘叮嘱缪县长一句：“关于台湾派飞机来一事，要注意保密！”

缪县长毕恭毕敬地答应下来，并将王陵基一行送上了汽车，一直看着他们乘坐的那辆美制中吉普消失在公路上。可是，缪县长刚刚转过身来，就“呸！”的一声骂开来：“龟儿子王灵官你这才跑得快，未必老子是傻的！你晓得跑，咱老子就不晓得跑？”

缪县长前脚接过“任务”，后脚就将“任务”原封不动地交给了刘台长，刘台长又交给了宋技师。

“嘀铃铃！”下午 3 时，从成都四川省政府转来的台北电话准时在双流县政府的总机室响起。

宋明清接过电话。只听对方说：“我是台北总统府军务局。”来电自报家门，问清接话的是双流县政府总机室后，说：“请王陵基主席接电话。”

“王陵基主席有要事到新津处理去了。”宋明清压抑着心中的狂喜，沉着应对，“王主席嘱咐过，有什么事，请对我讲！”

台北方面表示今天下午肯定派飞机来接王陵基后，问：“我们的飞机降落在哪个机场？”当时，双流到新津一线，可供台湾飞机起降的有几个，其中有与成都近在咫尺的双桂寺机场，还有双流机场、新津五津机场。

略为沉吟中，思想进步、仇恨王陵基、年轻精干的宋明清判定，狡猾的王陵基，这时一定在距双流不过 20 来里地的五津镇，正坐在他的汽车里观察着天上的情况。只要台湾的飞机一来，无论飞机是降落在其中的哪一个机场，他的吉普车都可以很快赶去，一点也不误事。可是，他想，缪县长溜了，你家伙活活栽在了我宋明清手里！

一不做二不休，把“王灵官”的去路堵死！宋明清想到这里，咬咬牙，说：“王陵基主席已离开双流、新津，不知去了哪里。临去时，王主席吩咐，让我把话转告你们：他自有办法对付，请你们就不必派飞机来了！”说完，他摘下了耳机。尽管是隆冬季节，但已是满脸通红，大汗淋漓。

这时，坐在美式越野吉普车上的王陵基，让司机开着车，沿川藏公路，在新津与双流之间往返逡巡，极有耐心地观察着、等待着台湾来接他的飞机，怀着一分侥幸。最后，随着夜幕的降临，他再一次深深失望了、绝望了。他只得让司机将车往邛崃方向开，然而车过了新津，遇到大批从前线往后撤退的李文部队。一问，邛崃已经丢失，解放军正沿川藏公路向成都方向疾进。

12 月 25 日，在解放大军的包围圈越缩越小的情况下，王陵基一行急急如漏网之鱼，一头钻进了新津与邛崃交界的五面山。

眼前战乱不到的五面山好幽静。满眼树木葱茏青翠，雀鸟啁啾。如果不是远处隐隐传来解放军轰击胡宗南、李文残部的大炮声，这真是个寻幽觅趣的好地方。中午时分，狼狈不堪的王陵基、宋相成等人来到一处冠盖如云的大柏树下，王陵基要大家休息。

王陵基最先一屁股坐在树下，不无苦涩地掉了一句文：“良园虽好，不是久留之地。”说着，他向长期追随他左右的几位拱了拱手，“诸位！”他说，“大势已去，我们就此分手，各奔前程吧。大家在一起，目标太大。希各位善自保重，若是大难不死，必后会有期。”说着，从跟在身边的一个弁兵手中接过一个沉甸甸的包袱。大眼瞪小眼的几位随员，看着他将包袱一抖，再将包袱皮执于手中。

先大启、宋相成、王崇德以为他要自杀，要学崇祯皇帝吊死在树上，赶紧上前相劝。

“哈哈哈！”王陵基仰天大笑，笑得脸都歪了。笑了笑，他说：“你们看，我王陵基是那样的人吗？”说着，将从包袱中抖出来的百余两黄金，一一拿起分给大家。最后，万分珍惜地从地上捧起那颗硕大的“四川省政府”钢印，反复摩挲后，眼睛一闭，用力一甩。大印在空中划出一道弧线，“咚！”的一声砸进旁边的一个深潭，“嘟嘟”几声后，沉没了，不见了。

他这就转过身去，顺着一条茅草没膝的山间小道往前走，身姿很快隐没在一片浓荫中。

王陵基昼伏夜行。第三天中午时分，一身稀脏、胡子多长的他出现在故里嘉定城外。隔江望去，沿江万瓦鄰鄰一字排开的房舍上，那从小就熟悉的钟鼓楼上，已飘扬着五星红旗。这让他触目惊心。他这次是走投无路，潜回故里，看能不能找个地方藏一段时期。过江之前，为以防万一，他将揣在身上的20两黄金和戴的手表都扔了。撑着疲惫已极的身躯，怀着一颗忐忑不安的心，他过了江，刚走到城边，闪出一个年轻的解放军战士，手中端着一支小马枪，一张黝黑的脸上，一双眼睛亮得逼人。

“干什么的？”小战士一边盘问，一边打量着这个一身稀脏的长衫客。

王陵基万万没有想到，解放军办事是那么严密，这个小战士似乎对刚解放了的嘉定城中每一个人都弄得清。

他心中打鼓，竭力沉着应对。

他说：“我是回家的。”

“你叫什么名字？”小战士又问。

“戴正明。”他灵机一动，报了个假名。

“家住在哪条街，家中有些什么人？”

王陵基觉得按小战士的问回答必然露底。这就叹了口气，说他是成都一家药房的师爷。药房关了门，他只得回老家投亲靠友。

小战士虽然年轻却很警惕，觉得这个人有些可疑，这就将他送到俘虏营。当天，俘虏们被一排解放军押送到雅安去甄别。当他们一行人走到名山县的时候，已是黄昏时分。王陵基装作腿抽筋，走路一拐一拐的，越走越慢，渐渐与队伍拉开了一截距离。夜幕降临，群山隐去时，他乘押送人员不备，趁机逃走了。

第二十四章

兵荒马乱中，梁玉楼魂离阿屋山

一只苍灰色的岩鹰，平展长长的双翼，像枚黑色铁钉，静静地钉在阿屋山白云缭绕的晴空中。

阿屋山距富林 20 余里地，中间隔了条白崖河，依山傍河间有道山岗，地形陡峭。羊茂成的家，应该叫公馆或是庄院，就建在这里的一块斜坡路上，其规模、格式都类似成都的一座旧式公馆。大门有高高的门槛，跨过门槛，在长长的甬道后是一堵照壁。照壁之后就堂奥洞深了，钟楼、鼓楼、假山，三进的大院，大户人家公馆中应该有的都有。

庄院因势而造，出门不远是一道往下的长长阶梯。阶梯之下的缓坡上，有座人工挖掘的大田，约有一亩，也可以说是一座水池，池中养鱼，建有凉亭一座，曲折的水榭连岸，风景不仅很好，在呈现出一片赤褐色的凉山能有这样一处地方，简直就是人间仙境了。

羊茂成是当地巨富士绅，曾经当过富林镇的镇长，当然是读过一些书的，素仰“尹都督”威名，因此，日前当他去羊仁安家拜见尹昌衡时，尹昌衡向他表示想到他家住一段时间躲躲麻烦，他满口答应，接着将尹昌衡一行迎来，将幽静的后院全数划给他们住。尹昌衡此行人不多，只带着梁玉楼，北京夫人原莺和他们的儿子，也是尹昌衡最小的儿子尹宣晟，还有几个做事的下人。

尹昌衡一行最先被羊仁安接到富林镇他的家中住了下来。羊仁安为人还可以，可是他的太太和他的两个儿子都是大烟鬼，被当地人不屑地称为“大皇兄”和“二皇兄”。大皇兄早死，留有一根独苗羊德清，在家娇生惯养，在外无恶不作，羊仁安又不常在家，尹昌衡早就不想在他家住了。

更有一次，因羊德清与尹昌衡的幺儿尹宣晟年纪差不多，经常在一起玩。那天，他们相跟着上了街，富林镇虽小但是嘉定（乐山）至西昌要道，过往旅人多，烟馆、茶馆、饭馆、旅舍多。小镇两边街沿下都是摆地摊的、卖书的、卖杂货的，林林总总，充满了战时驿道上的嘈杂和喧嚣。

“快看，快看！”羊德清用手拐碰了碰尹宣晟，尹宣晟顺着他手指的方向看去，只见在富林旅舍门前，一盏吊着扑满了灰的红灯笼下面，有位漂亮姑娘在看街景。显然她是过路的，这姑娘明眸皓齿，高高的个子，剪着齐耳短发，鹅蛋脸，皮肤又白又嫩，很年轻，不过20来岁。姣好的身材穿一件素洁的旗袍，外罩一件红毛线衣，旗袍上襟别了一支钢笔。就像升起的一轮新鲜的太阳。她站在旅舍门外好奇地打量着这陌生的小镇，一副又黑又长的眉毛下，一双黑亮的眼睛扑闪扑闪。

“尹老弟！”羊德清看入神了，轻声问，“你说，这女娃子是个啥子人？”

“路过这里的学生。”尹宣晟很肯定地说。

“是大学生还是中学生？”

“那还用问，肯定是个大学生。”

“哎呀！”羊德清口水滴答地说，“真是个艳若桃李，莴笋似的水灵呀！”家伙眼睛珠都不眨一下，冒出这一雅一俗两句后，啧啧嘴：“安逸，安逸！满街的女娃子，她算盖面菜。”

“我们走吧，老把人家看着做啥子？”尹宣晟推了推魂不守舍的羊德清，他才很不情愿地挪步。哪知下午，尹宣晟如约去羊德清那里拿他答应借的书《罗通扫北》时，遇上了难堪事。

这是黄昏时分，羊家的大院是四进，平时人就很少，羊德清住在后面的一个偏院里。这时，院子里连鬼花花都没有一个，蝙蝠在最初的一丝夜幕里穿梭来往，晃动着不祥的阴影。

穿过花径，上了台阶，见羊德清的书房虚掩着门，却又不见人。宣晟正在犹豫，是敲门还是高声喊羊德清，这时只听里屋传出乒乒乓乓的搏斗声，还有呼哧呼哧的喘气声。他感到奇怪，轻手轻脚迈进门去，想看个究竟，一看心跳如鼓，又气又急。原来羊德清不知用什么办法将他们上午看到过的那个姑娘骗到家中，欲行强奸。姑娘的双手已被他用一根绳子反绑起了，嘴里也塞进了毛巾，而且已经裹到了大花床上。可是姑娘坚决不肯就范。羊德清个子小，他像一只欲火攻心的小骚羊，一次一次地扑上去。姑娘个子大，拼命挣扎，一次次闪开，并用脚把他蹬下去，让他跌了个"饿狗抢屎"。可是，姑娘不知怎么已经成了他的网中鱼，羊德清站起来，狞笑着，抄起一根麻绳，从后面绕过去，将姑娘拴在床档头上，再用绳子将姑娘的两只腿固定。这就将姑娘的旗袍从开衩处"唰"的一声撕开。顷刻间，姑娘就像一只被剥了鳞的鱼，亮出一双肥白而修长的大腿。

羊德清狞笑着就要硬上时，宣晟气不过，大吼一声："羊德清，你不是人！光天化日之下，你要做啥子？！"

羊德清猛然一惊，浑身吓得一抖，转过身来见是尹宣晟，淫笑道："尹哥子，你不要打干呵嗨哈，等老子干完，你接着来！"

"不行！"尹宣晟坚决制止。

羊德清这就猛然翻脸："滚开！富林姓羊不姓尹！哪个女娃子被老子看上，都跑不出老子的手板心，你们是来打滥仗的，少在这里咸吃萝卜淡操心！实话告诉你，老子亲自杀过 6 个人，老子还有国军营长军衔，调得动人。弄毛了，谨防老子对你不客气！"

看尹宣晟不退，羊德清自知交起手来他不是对手，就"哗"的一声拉开抽屉，拿出一支上了膛的柯尔特手枪，红眉毛绿眼睛地命令尹宣晟："出去、出去！不然，老子请你娃吃颗'花生米'！"

说来也巧，就在这危急关头，羊仁安回来了，正好来找孙子说事，看到这个场面，一来面子上下不去，二来还不知姑娘的家庭背景，怕出事，就把姑娘放了。

事后，羊德清咬牙切齿，说是非要整死尹宣晟不可。尹宣晟把事情给父亲说了，尹昌衡说："我早就发现这家人不对，早就想走了。"

当尹昌衡向羊仁安告辞并道谢时，羊仁安客气了一下，并不过多挽留。

本来，体弱的梁玉楼、殷文鸾在前往凉山的途中就病了，到了羊茂成家病势越发深沉，卧床不起。

一缕亚热带的阳光，从窗前那丛肥大翡绿的芭蕉叶上移到屋中，在地板上闪烁着金色的斑点，编织出一个个梦幻般的图案。当年名满京华的梁玉楼，今天明显憔悴了，她才 40 多岁，可一则因为沿途艰辛颠簸，二则严重的水土不服，三则几天前精神上受到强烈刺激，这些都是她生病且病势加重的原因。到富林时，她已经病了，不过还不重。

那天，羊茂成派他家的领头家丁张老五带人上富林接尹昌衡一行到阿屋山。张老五不敢去，说是他原来在"羊营长手下背过枪"。羊德清的营长，是他爷爷羊仁安给封的。

"羊营长那人不讲理得很，心胸狭窄。"张老五说起羊德清噤若寒蝉，"我去，他见了我，会说我反叛了他，要整我！"

听张老五这样说，羊茂成并没有引起特别的注意，不以为然地说："你又没有卖给他羊德清。再说，接尹爷爷他们到阿屋我家，也是他爷爷羊仁安答应了的，你放心去，他不敢把你咋个的！"

"羊（仁安）司令倒还好说，可是他最近跑来跑去的，生怕刘文辉的二十四军打过来，好些时候都不在家，家里面羊德清在主事。"

"没事，你放心大胆去！"

没有办法，端人家的碗，服人家管，张老五只好率人抬起滑竿下山去富林接尹昌衡一行。

"尹爷爷！"羊德清上楼通知尹昌衡一行。他见到前几天坏了他的事的尹宣晟，装得全然没事，他做出很亲切的样子说："羊茂成派人抬滑竿接你们来了。"他亲自搀扶着行动已经有些不便的尹昌衡下楼，迎头撞见张老五。

"啊，是你龟儿子嗦！"羊德清顿时眼露凶光。

"羊营长！"张老五低了头，"我们来接尹大爷一行去阿屋。"

"你个龟儿子！"羊德清指着张老五，跳起脚大骂，"我说你龟儿子跑到哪里去了，原来是跳槽了。你肇老子的皮，老子今天就要对不起你，老子今天请你吃颗'花生米'！"说时手一挥。

立刻扑上来两个如狼似虎的家丁，将张老五五花大绑。那天羊仁安不在家，尹昌衡再三劝解，羊德清就是不听。虽然见多识广，但从来没有见过这样血腥野蛮场面的殷文鸾，吓得花容失色，她赶紧去前院找到了羊德清的母亲，要她劝劝儿子。

羊太太懒得动，正在说："莫得事，莫得事！"羊德清已经带着人将张老五拖到后面树林中，"砰砰"两枪打死了。本来就有病、身体虚弱的殷文鸾吓得当场昏厥了过去。

宣晟的母亲原莺原夫人也是北京人，这次也是来了的。她平素同殷文鸾很谈得来，关系不错，她来看过了殷文鸾，说了些安慰的话，看着因病躺在床上的她，心中伤悲。原夫人给殷文鸾说了些放宽心，好好休养之类的话后，洒泪而去。

日近黄昏。屋里只剩下一直守在她身边的丈夫尹昌衡。殷文鸾脸色苍白，气息短促，但仍然显得典雅、文静。处于深度昏迷中的她，突然睁开眼睛，她凝视着同样处于病中的丈夫，美目中流露出一种异样的光芒，这会儿的她，像是从另外一个世界中来的。她的目光是那样精神、澄澈、发亮，完全不像一个病入膏肓的人。

看着陪在身边，躺在藤椅上的丈夫，她北音婉转地轻声说："昌衡，我跟你到成都已经 29 年了吧？"

尹昌衡伤感地点了点头。

"你还记得吗？"殷文鸾忽然话多了起来，回光返照似的。说时，嫣然一笑，思绪沉浸在幸福的回忆里："我还记得你第一次带我去游颐和园的情景。那天的天气也像凉山的天气一样晴朗，连空气都是绿的。那时你真年轻，真帅，真调皮！"

她说的这一段是民国初年，从孙中山手上窃取了民国大总统职的阴谋家袁世凯，要想黄袍加身，当皇帝。而要当皇帝就要得到西方列强的支持，他最不放心的是三个都督。这就是四川的尹昌衡、云南的蔡锷、湖北的黎元洪。他将此三人诱骗到北京软禁。长得胖胖的黎元洪行韬光养晦之计，整天猫在家里不出门一步，这就转移了袁世凯对他的注意，以致以后还当过几天的民国大总统。而尹昌衡同蔡锷性情使然，同时也是对袁世凯示威，整天泡在八大胡同里。人们只知道蔡锷与小凤仙的故事，很少有人知道尹昌衡与同样是八大胡同名妓梁玉楼、殷文鸾的故事。蔡锷因小凤仙的掩护回到云南高举反袁义旗而双双出名，殊不知蔡锷一走，袁世凯恼羞成怒，将尹昌衡打进监牢，过后还是因为阎锡山的帮助，他才带上在北京相继娶的殷文鸾和原夫人，经千辛万苦回到成都。

殷文鸾北音婉转地说："你说你最喜欢我那天的样子，那天，你要用你带来的那架德国蔡斯相机给我照相，可是等我摆好姿势，你却趁我不备，往湖里扔了一颗石子，溅了我一身的水，整个旗袍湿了半截，很难受。你要我脱了晒晒，说那里偏僻，四周都是芦苇，太阳也大。我上了你的当，刚把旗袍脱去，你'咔嗒'一声，把人家照了进去……"

殷文鸾这番话，像个欢快的帘钩，轻轻钩开了尘封的记忆，尹昌衡笑了。这是他这么多年第一次展开的笑脸，他问："那张照片你还有吗？"

"有，几十年了，我一直珍藏着，走到哪里带到哪里。"说时，弯过手去，吃力地从枕头下摸出那张照片，又看了看，再递给丈夫，一双长睫毛下的大眼睛里早已是泪水涟涟。

尹昌衡将照片接在手中，手有些抖，再急急从衣服里摸出老花眼镜戴上看照片。已经有些发黄的老照片上，背景是颐和园中波光粼粼的昆明湖，在湖畔一片茂密的花草树木和芦苇掩映中，她刚刚脱了旗袍，侧着姣好的身子，一双好看的长睫毛大眼睛凝神微露娇嗔，好像在说什么，露出满口珠贝似的雪白的细牙。她在笑，那笑像银铃落在玉盘里叮叮咚咚的脆响，似乎现在清晰可闻。因为是侧面，她那戴着乳罩的高高颤动的乳房，还有娇羞的神态展现得淋漓尽致。

“文鸾！”尹昌衡从心里发出颤音，发出召唤，“你要挺着！人的生命是存在还是流失，好些时候取决于意志。等这场动乱过去，我带着你立刻回成都，甚至回北京，啊！”

“昌衡！”她已经说了过多的话，过多的兴奋，已经明显地疲惫，声音很低，但意蕴很甜：“我本是穷苦人家出身的女子，后来家道不幸，流落风尘。我能遇上你，而且跟了你，跟了你这么多年，我感到幸福。唯一遗憾的是我没有能给你留有子嗣。如今我就要走了，永远地走了，不能照顾你了，就让这张照片代替我陪伴你左右吧！”

暮色已经在屋子中浓重地荡漾，见丈夫还想劝她些什么，她说：“我已经很疲倦了，睡吧！”当丈夫站起，蹒跚出门时，她想挣扎着坐起，却没有能起来，只是惨然一笑：“保重！”

夜色笼罩了阿屋山。

辽远而悠长的白崖河，在浓稠漆黑的夜幕中，在阿屋山永恒、阔大的怀抱中奔流，于黑夜的寂静中，将哗哗的水声无限地放大，放大。

殷文鸾的生命已经处于弥留之际。

那是京郊故乡熟悉的低缓的平原尽头的小山岗，她家就在平原尽头与小山岗之间。那时，娘常带她上山，到松林里拾松子。头上扎着根翘毛根的她拾累了，躺在绿草茵茵的草地上，仰望着树林中那一方圆镜子似的晴空。晴空总是蓝幽幽的。一只云雀好像要同她做朋友，从蓝天白云间倏然闪现，对准她，鸣唱着俯冲而下。就在它的翅尖调皮地扫了一下她的脸颊时，又腾上蓝天，将一路的欢歌撒在天地间。倏忽间，她觉得自己的心被牵引到了蓝天白云之上，于是，她向着蓝天白云引吭欢唱：

我可爱的云雀，
你从哪里飞来？
你从我的家乡飞来，
你从我的童年飞来，
你从我的心灵深处飞来，

我相亲相爱的丈夫啊，
请把我的歌声留下来……

后来娘去世了，她跟着舅舅，而好吃懒做的舅舅将她卖到了八大胡同。再后来她遇到了心仪的尹昌衡，虽然以后的日子颠沛流离，她不后悔，她感到幸福。

带着这样的回忆，这样的向往，她去了，永远地去了。

当新一轮明丽鲜亮的朝阳重新从夜幕中升起，重新磅礴到大凉山的阿屋山。当这颗宇宙中对人类最慷慨、恩最重的星球把它金色温暖的光芒洒向奔腾的白崖河，洒向羊茂成家时，美丽、温情、侠义的殷文鸾已闭上眼睛，神情一派安详，俨然是睡着了，永远地睡着了。

尹昌衡极为伤感。在羊茂成的帮助下，殷文鸾当天下葬在阿屋山上。尹昌衡不准任何人打扰他，在殷文鸾那一丘坟墓前枯坐半日。一下子，他的病情加重了。而这时，已逃到西昌的胡宗南消息灵通，他得知了尹昌衡在阿屋山后，觉得其人还有用，立刻派秘书赵龙文用汽车去“接”尹昌衡一家。尹昌衡一家被赵文龙接到了西昌郊外、邛海边上、泸山脚下他住的别墅见面。是羊仁安陪着一起去的。

西昌是凉山的一块大坝子，风景很好。出市区恍然一看，简直与成都附近的农村没有什么区别，一片碧绿，良田沃野。所不同的是阳光特别强烈，天空又高又蓝。这里的气候是四季无寒暑，下雨便成冬。西昌市又称建昌，在凉山，是最大的一座城市，扼川滇咽喉，战略地位极为重要。蒋介石一直在西昌设有行营。

西昌每晚都有月亮，而且因为这里空气质量好，月亮特别圆，特别大，因此，建昌月是出名的。西昌，又叫月城。而城郊的邛海，更像是一颗落在凉山大坝子上的翡翠，浩浩渺渺的湖泊，水质清冽，旁边不远有座郁郁葱葱的泸山，山顶上，在稀薄的白云缭绕与桂冠般戴在头上的松柏簇拥中，有座金碧辉煌，香火很盛的庙宇。

到了晚上，泸山上的暮鼓幽幽传来，湖上倒映着一轮明镜似的圆月，还有打鱼的小船，船上人家的歌声，真有点范仲淹在名篇《岳阳楼记》中描写的样子："渔歌互答"、"静影沉璧"、"岸芷汀蓝郁郁青青"，充满着诗情画意。

可是，在战火暂时不到的泸山，在风景依然很美的邛海之滨，主人和客人都没有《岳阳楼记》中透露出的"登斯楼也，把酒临风，其喜洋洋者也"的兴致。

赵龙文直接把他们送进了胡宗南在邛海边设下的总司令部对面的"勤园"，这是原西昌行营主任张笃伦住的地方，临海，是幢有围墙的法式小楼，院中树木很多，百花芳菲，环境很好。住下后吃了饭，稍事休息，老相识，时任西昌行营主任的贺国光来对尹昌衡作了礼节性的拜访。

然后，贺国光、赵龙文陪着尹昌衡父子去见了胡宗南。胡宗南住的别墅，原来是为蒋介石准备的，整体格式与张笃伦的宅第相似，相隔不远。门口站岗的卫兵见到他们，赶紧行持枪礼。庭园里，亚热带的花木长得高大茂盛，沿着花径，进了底楼客厅。赵龙文代表主人招待客人，无非是请坐、请茶点等等。客厅很简洁，充满战时气氛，地板上没有铺地毯，正面壁上显然挂着一幅硕大的军用地图，有一幅从上面垂及地面的黑色布幔遮着。

刚刚坐下，只听一阵皮靴响，从里而外响过来，胡宗南出来了。时届中年的他，个子不高，很健壮，穿一身毛呢黄色军服，佩上将军衔，崭新笔挺，肩垫得过宽。他的眉毛又粗又黑，像川戏舞台上的武生，动作机械，浑身是劲。他手里握支很粗的红绿铅笔，进来同尹昌衡、贺国光打了声招呼，落座后说："你们不要怕，没有值得怕的，这些土匪我见多了，没有什么可怕的！"

见尹昌衡大惑不解，赵龙文解释："胡长官说的土匪，就是正在跟进的共党共军。"

胡宗南看了看尹昌衡，问："你今年多大岁数啦？"

这样的问话，这样的姿态，让尹昌衡很反感，他将头一掉，装着没有听见，不理。见胡宗南有些尴尬，"贺婆婆"贺国光轻言细语地对坐在父亲身边的尹宣晟说：“胡长官在问你父亲的话，他耳朵有些背，没有听见，你代父亲回答吧！”

尹宣晟说：“66 岁。”

“你很年轻。”胡宗南转而问尹宣晟，“你几兄弟？”

“三兄弟。”

“你是老几？”

“老幺。”

“上有几个哥？”

“两个。”

“他们都在做什么？”

“二哥大学毕业，在家待业。大哥就在长官属下。”

“好得很！”胡宗南高兴起来，“你大哥叫什么名字，现是什么职务？”

“尹绍援，是新编第十一军副军长。”

“是吗？”胡宗南似乎想不起有这支部队，自己属下有这个副军长，便叫勤务兵去把参谋长罗列叫来。罗列来了，胡宗南向他问起这事，罗列在胡宗南耳边低语两句。胡宗南恍然大悟，翘起大拇指，连说：“好得很，好得很！”这时一个副官模样的军官给他送来一张纸条，胡宗南看后，高兴地站起来宣布：“告诉大家一个好消息，金河口收复了。”怕大家不明白，他上前“霍”地一下拉开遮在军用地图上的黑布幔，用手中的那支红绿铅笔，在地图上指点着金河口。

陪坐在旁边的羊仁安问胡宗南：“请问胡长官，这是哪支部队收复的？”

胡宗南回答不出来，罗列说：“是支地方部队。”

胡宗南问指挥官的名字。罗列说是李光玉。羊仁安插话，说是李玉光，罗列赶快更正：“是，是李玉光。”

羊仁安不无得意地说：“李玉光是我的干儿子。”

胡宗南又翘起大拇指，连说：“好得很，好得很。”

第一次的接见就这样结束了。回到住处，羊仁安告诉尹昌衡，刚才胡宗南说的所谓收复，其实是件很小的事情。李玉光是金口河一带的一个土豪，手上有几百条枪几百号人，胡宗南到西昌后到处招兵买马，委李玉光做了个师长。解放军并没有派正规部队攻打金河口，只是派了一支很小的侦察部队去侦察，李玉光闻讯带大部队大动干戈地去截击，解放军的侦察部队退了回去，如此而已。

第二天一早，事情来了。赵龙文奉胡宗南的命令来找尹昌衡“商量”一件要事，说是委员长临走时，将军事委任给了胡长官，将川局行政事务交给了王陵基，然而现在王陵基“失踪”了，看来凶多吉少，四川政务无人主持，胡长官的意思是请尹老先生出来主持！

“我怎么能干这种事？”尹昌衡很生气,“我要做官还等得到这个时候？自孙中山先生去世以后，我就发誓不做官，而且在报上发表了《归隐宣言》，这一点，任人皆知。李德邻（李宗仁的字）是我的学生，阎百川（阎锡山的字）是我 40 年的至交，他们请我出山，我都没有答应。我就是为躲他们到这大山沟里来的，我怎么会出来主持川政？”

一席话问得赵龙文回不起话，只好怏怏而去。

紧接着，赵龙文通知尹宣晟去司令部谈话，他代表胡宗南对尹宣晟说：“你父亲年老体衰，不愿意出来做事情，情有可原，可世兄正是英年，应该为党国效力。胡长官的意思是请你去西昌干部训练团做教官！”

尹宣晟赶紧推辞，他说：“我连小学文凭都没有一张，咋敢去训练团做教官，使不得！”

“这不要紧嘛！”赵龙文缠着他，不依不饶，“虽然你没有当过教官，上课前我教你，然后你再去教他们，保证没有问题。”

“我人年轻，脑筋又特别笨，我肯定记不住，教不来。秘书长一定要找教官，据我晓得的就有好些，这里我给你推荐几个！”他的话还没有说完，赵龙文的脸一下黑起，恨声说：“能当教官的人多得很。我们就是要看你们尹家父子是不是同我们一条心，走一条路，嗯，你们怎么这样？”

平时装得很斯文的赵龙文瞪起眼睛，满脸杀气，很吓人。尹宣晟知道，这个赵龙文原是蒋介石的一个亲信，也是个杀手，枪法很准，1936 年他在汉口奉命杀过大名鼎鼎的杨永泰。尹宣晟不敢硬顶，他推：“秘书长，你让我考虑考虑吧！”

“那就限你三天答复！”赵龙文的态度相当蛮横。

回到住处，尹宣晟将事情告诉了父亲，尹昌衡想了想说：“现在是这些人横行霸道的时候，我们惹不起躲得起，你快去西昌找贺国光，就说我请他想想办法。”

在西昌，西昌行营主任兼警备总司令贺国光听了尹宣晟对此事的述说后，给了尹家父子一个面子，他说：“胡宗南这个人疑心重，他要你父亲出山，老先生不肯，再找你，你又不肯，他很可能会给你戴一顶共产党的帽子，如果这样，就麻烦了。这样吧，你到我这里来挂个名，我再去对赵龙文说，你这个人我用了，事情就解决了。”

以后，果然赵龙文就不来找尹家父子的麻烦了。

挂最后一任“四川省政府主席”虚衔的国民党陆军上将唐式遵，专程到邛海看尹昌衡来了。说起来，唐应该算是尹昌衡的晚辈，虽然他们是差不多的年纪。因为唐原是刘湘二十一军第一师的师长，是刘湘下属。而尹昌衡比刘湘资格老得多，是长辈。

唐式遵与日前在隆兴寺起义的潘文华，都是仁寿县人，原都是刘湘手下的师长，是刘湘的左膀右臂，但在抗战期间，刘湘在武汉万国医院病逝以后，几十万川军顿失重心，被蒋介石乘机肢解，四分五裂。而时任二十三集团军副总司令兼二十一、二十三军军长的唐、潘二人就此彻底地分道扬镳。唐式遵因为坚决投靠了蒋介石，节节上升，先是做了第二十三集团军总司令，继后升为战区副长官，潘文华因同老蒋存有二心，被一贬再贬，最后回到成都，手中失去了兵权，仅仅挂了一个西南长官公署副长官的虚衔。

刘、邓、潘在彭县隆兴寺起义前夕，潘文华念唐式遵是家乡人，又共事多年，委婉地劝导他倒向人民阵营，不意被他坚决拒绝。他声言，他要做“现代的文天祥”，拉起一支3000多人的“游击队”到大凉山来与解放军打游击。

唐式遵其貌不扬，比较胖，上身长，下身短，五官不甚清楚，脸色焦黄，表面上看来很笨，有“唐瘟猪”之称。其实早年与刘湘一起毕业于四川陆军速成学堂的他，相当会打仗，尤其擅长打防守，守如钉；人，其实相当精明，如俗话一句：“面带猪相，心中嘹亮。”

穿一身皱巴巴的黄呢军服，满头白发的唐式遵，简直就是个老人了，但精神很好，能吃能睡能说，身手也还敏捷。

对尹昌衡，唐式遵有种特别的感情。当年尹昌衡主动请缨，率军西征平叛之前，还是赵尔丰时代，1910 年，小军官一个的唐式遵就曾跟随赵尔丰进藏平过叛。对年龄与他相差无几的“尹大都督”，他有种高山仰止的崇敬之情。以后在多年的战争中，唐式遵总是能化险为夷，人长得胖，又被称为“福将”。其时挂四川省政府主席虚衔的唐式遵，又是国民党西南军政长官公署副长官、西南第二路游击纵队总司令。

几句寒暄、几句问候后，尹昌衡主动提到了当前局势。他认为，老蒋的八百万部队都打垮了，现在仅凭西昌这么点地方，国民党要想反攻图存，要想复辟，根本不可能，想也不该想！唐式遵却不以为然地说：西康省还在我们手中，从全区来看，除雅安、荥经两地外，所有被共军占了的地方，不久又会被我收回来！真是癞疙宝（蛤蟆）打哈欠——口气大！

尹昌衡没有精神对他进行一一反驳，其实唐式遵自己也应该知道，他这是在自欺欺人，连蒋介石在 1950 年的元旦文告中也只谈保卫台湾，连海南岛这些地方都没有提，更不要说已经陷入重围的西昌了。他只是对唐这样说：“子晋（唐式遵字子晋）你注意到这个事实没有，以前台湾每天都会派两架飞机来西昌，空投物资枪械，现在已经不来了。西昌机场唯一的两架飞机，被胡宗南派军队严加控制，显然胡宗南也是准备随时飞走的！这样，你还打什么打？”

唐式遵却是吃了秤砣铁了心，对这些事实熟视无睹，而是再三要尹昌衡放宽心。他话题一转，说是明天西昌的城隍庙会热闹得很，有时间请他去耍，他得回西昌他的司令部去了。这就起身告辞了，临了又说，如果尹家父子有什么事，随时都可以找他。

第二天一早，尹宣晟去了西昌，一是想去看看热闹，二是父亲要他去找一个人。可是，哪里有唐式遵说的赶城隍庙会，哪里有热闹？街上到处关门抵户，冷清得很。西昌本来是个很热闹的、彝汉杂居的大地方，可是今天街上不要说没有见到汉人，就是最常见到的风情：那些爱将披在身上的擦耳瓦一裹、三三两两坐在阶沿上聊天、唱酒的彝人也没有。他感到不对，但还是大起胆子朝西街口走去，他要去找李锡安。这个人最先做过羊仁安的副官，后来弃武经商，在这里开了一个盐店。月前，他们父子到富林，一直辗转到了邛海边住下，李锡安没有少来看望他们。

找到了李锡安家，也是关着铺子，敲了敲门，一个小厮警惕地稀开一条门缝，问："你找哪个？"

"找李锡安。"

"我们老板不在家！"可躲在家中的李锡安听出了是尹宣晟的声音，让小厮放他进去。

一见到尹宣晟，李锡安一把抓着他说："三少爷，这么兵荒马乱的，你进城来做啥子？"

尹宣晟说了来找他的原因，又问街上这么冷清，为啥子？李锡安说："未必你们没有听说吗？解放军马上就要打过来了！"尹宣晟听说这话感到很吃惊，急着赶了回去。

回去后看到胡宗南派来的长官公署政治部主任李犹龙，正在逼父亲去台湾，他就坐在一边听他们谈话。

李犹龙说："总统从台湾来电，说尹先生你是对国家有贡献、有影响的人物，总统请先生到台湾去。"

"要我什么时候去？"父亲的话很冷，一副拒人于千里之外的神情。

"今天下午。"

"你们准备给我几张机票？"

"机票很紧张，总统请你，还有唐式遵长官、民族委员杨邸中，就你们三个人去。你们一人一张机票。"

“那就是说，我们这家子就我一个老头子去？”

“是。”

“我眼又瞎，耳又聋，又是一身的病。”尹昌衡很起火，将手中的拐棍在地上拄了拄：“我离了我的家人就活不起来，让我到台湾去，还不如让我就死在这里。”

“那我再去向胡长官报告一下，请他再想想办法！”李犹龙讪讪地去了。

李犹龙走后，宣晟正把上午去城里找李锡安的情况，以及听来的事告诉父亲，杨邸中来了。这是一个身材高大的人，身着彝族服装，头上打着英雄结，皮肤黝黑，能说一口流利的汉话，他是国民党的民族事务委员会委员，地位很高。他见面就问尹昌衡：“伯伯准备好了吗？”

尹昌衡没好气地问：“准备啥子？”

“伯伯不是要去台湾吗？”

“只有我一个人去，我不去。”

“我让出我的位子。”杨邸中说，“让三公子或伯母去吧。”

尹昌衡叹了口气：“感谢你的好意，我哪里都不去。我同共产党无冤无仇，我跑台湾去干什么？”他问杨邸中：“你怎么不去了？”

“胡长官改变了主意！”杨邸中无可奈何地说，“胡长官说我是地方人士，守土有责，应该留下来打游击，没有办法，我只能留下来。”

“那你准备怎样与共产党打游击呢？”尹昌衡感到很好笑。

“打啥子游击啊！”杨邸中将两只蒲扇似的大手一拍，“国民党的几百万军队都打完了，打垮了，我拿啥子去打？我不会打，还不会跑吗？此刻滇西还没有共军，我准备稍后带着我的学员队伍，从盐边过去。如果滇西也完了，我就走野人山去缅甸，那条路我熟悉。伯伯，你好好保重，我得准备去了。”

杨邸中刚走，唐式遵又来了，说是他也可以把飞台湾的一张票让给尹家。

尹昌衡问他为什么不去？他也说是胡宗南不要他去，说胡宗南说的：

“你是游击司令，你不留下来打游击不行！”

“这胡宗南难道说话比蒋介石还管用了吗？”尹昌衡说，“台湾的蒋总统都要你飞过去，他却要把你拦下来，你问问他，他不是口口声声说你是蒋委员长最忠实最听话的学生吗，这会怎么不听话了？”

唐式遵垂头丧气地说：“这就叫‘将在外，君命有所不受’，况且，蒋总统说不定经胡宗南一说，改变了主意也难说。”

“那是，那是。”尹昌衡点点头，他问唐式遵，“你那点兵，怎么个打游击？”其实他心中是想说乌合之众的，唐式遵那帮乌合之众现在已经没有了多少人。

“是呀！”唐式遵深有同感地说，“我也是这样问胡宗南的，他想了想说，我现在也没有多的办法，我这里批给你一万元钱，另外再批点枪械，别的，你自己去想办法。”唐式遵气愤地说：“这不是打发叫花子（乞丐）吗？我当即很硬气地对他说，你那点宝贝，自己留着吧！凭我唐式遵这个名字，在四川，我就不相信招不到几万人！”说着骂了起来，“胡宗南这个家伙混账，到这时候了，他还仗着他手中有点正规军专横跋扈，仗势欺人！”骂着骂着，竟哭了起来。这时地方“司令”羊仁安进来了，见状赶紧劝唐式遵：“唐长官咧，这都啥时候了！不要怄气了，商量要事要紧！”唐这才收住泪，收着骂，问羊仁安带来了什么消息。

“同你一样，刚才胡长官把我叫去，也要我带部队上山打游击。”

“人呢，枪呢？”唐式遵赶紧问。

“胡长官还好，送了我 10 支枪，一万块钱！”

唐式遵抽了一口气，手一挥：“不要他的！又不是打发讨口子。”

“唐长官哟！”羊仁安又劝，“有总比没有好，我劝你还是拿到手好些。”

唐式遵听进去了，说：“我现在是光杆司令，一个人都没有，你叫我咋个去拿？”

“这样吧！”羊仁安显得很仁义，“我也就只带了 10 来个人来，如果再叫他们帮你背枪，那就一人得背两三支枪，还走得动路吗？我在西昌城里还有些人，我们一起去想办法吧？”

“也好！”于是，唐式遵向尹昌衡告了辞，同羊仁安这个难兄难弟一起去了。

他们前脚一走，贺国光来了，他坐下就问尹昌衡有啥子打算？

尹昌衡还是说，他哪里都不去，就留在这里。“贺婆婆”恐吓尹昌衡说：“你先生从不反共，同共产党素无冤仇，共产党的军队来了，确实不会把你怎样。问题是我得到确切情报，首先打到西昌，打到邛海的不是共产党的正规部队，而是一批土共。你晓得，云南的龙云已经投共。要打来的是他的儿子龙绳武率领的土共，这批土共其实就是土匪，纪律极坏，一路打来，难免烧杀奸淫，先生你们一家人如果到了这批土共手里，话就难说了！”

“贺婆婆”这番话把尹昌衡说动了，他问贺国光：“你的意思是？”

“我的意思是请你们一家人随我们走，避一避。”

“避到哪里去？”

“我们之间不是一天两天的关系了，我现在手中还有一个邱纯川率领的警备团，我让邱团长派人先将你们一家送到河西，找一家靠得住的上层头人，在这样的人家暂时住一段时间。不然兵荒马乱的，你又有病。”

“难道你不走？”

“我走不成！”贺国光也是无可奈何地将手一拍，“这个胡宗南简直歪腾了，你知道，我现在又挂了个西康省政府主席的牌子。胡宗南说，你这个西康省主席不能走，他要我留下来维持地方秩序，然后上山打游击！”

一切都明白了，看来，这贺国光还不是有意要诓他们，尹昌衡就同意了。贺国光临去前对尹宣晟嘱咐道：“你赶紧准备一下，下午3点出发。”

贺国光去后，看还有时间，也没有什么东西要带的，尹宣晟猛然想起应该再去西昌找一个人。这人叫袁品文，原来是父亲的属下，后来跟刘伯承在泸州起义，打散后也流落到了西昌，在小北街做小生意，听说其人一直同共产党有联系，何不去找到其人问问。尹昌衡说对，宣晟就让手下两个仆役先收拾行李，他再次去了西昌。

一反上午的清风雅静，满街都是背包拿伞、扶老携幼、竞相涌向城外逃难的人们。他很顺利在小北街找到了袁品文。初见又惊又喜，听宣晟说了来找他的缘由，正在喝酒的袁品文说："胡宗南的部队等一会儿就要进城血洗西昌，你没有看到我的家中就我一个人，其他的人早就走了。"

宣晟一惊，问："此话当真？解放军还没有打来，咋个胡宗南倒要血洗西昌？"

"说是不给共产党留一针一线。胡宗南军队的大标语贴得满街都是，你没有看到吗？他们要所有的人都撤走，所有的党政人员、参议员、地方绅士通通上山打游击。他们下午 6 点钟进城，凡是没有走的，一律枪毙！"

"那你怎么不走？"

"我好办，一个人单脚利手的。"这点，袁品文没有多说。

尹宣晟对袁品文说了他们的行踪，说是下午他们准备随贺国光派的部队走。

"你们不该走！"袁品文说，"你们上了贺国光的当，他哄你们的。即将来到的是解放军正规部队，哪是他说的'土共'，他是要把你们挟起来！"

"这对他有啥子好处？"尹宣晟不解地问，"于今我父亲无职无权，病病恹恹的一个老人，贺国光把我们丢下不就完了，何苦要把我们挟起来？"

"这就是'贺婆婆'的厉害，他日前派兵攻打过刘文辉在凉山的伍培英部，他怕伍培英报复，现在他的兵不多。而历史上你父亲同刘文辉有交情，如果有个三长两短，他可以把你父亲抬出来当挡箭牌。这样吧，现在时间还来得及，我现在就带你去找个地方，然后你回邛海去把你父亲、母亲他们接来！"

袁品文当下带着尹宣晟出了西门，迎面遇到一个精神健旺的老人，这人叫王树萱，宣晟认识，原来也在父亲手下任过职，当过团长，本地人。

不意王树萱听了袁品文的述说后，说："巧了，我正在着急，正想来找你商量这事，我那里很安全，当年红军经过这里时，叶剑英就住在我家里。"说时，他和袁品文分了手，由宣晟带着他去邛海他家住的勤园见了尹昌衡。

听王树萱说了详情，尹昌衡决定，那就住到树萱家去。因为时间很紧，要做些准备，两下说好后，王树萱先回去了。

就在宣晟陪着父亲说话，一个仆人正在做滑竿时，另一个仆人进来对宣晟说："三少爷，贺主席请你到他的司令部说事。"尹宣晟出了大门才发现，贺国光已经派兵把他们严密监视了起来，要想走已经走不了了。

来到贺国光的客厅，胡宗南与贺国光正在说事。见他进来，胡宗南问："你父亲到台湾的决心下没有？"

宣晟顶了一句："只走我父亲一个人，他是无论如何不会去的。"

"放心，放心！"胡宗南大包大揽地说，"我已经打电报给台湾，国府决定明天早晨8点派两架飞机来。这样，你们一家人都可以去了，你们现在就赶紧准备准备吧！"说完，站起身，急急出了门，上了汽车。

"这胡宗南尽说假话！"贺国光看着胡宗南的背影，说："龟儿子现在就是去上飞机的，哪有两架飞机明天来西昌？不要听他的鬼话。我叫你来，就是告诉你，也跟你们告个别，我也马上要去飞机场去台湾了。"

尹宣晟一惊："贺主席上午不是说，胡宗南不让你去台湾吗，怎么情况又变了？"

"我把情况报告了蒋总统，是蒋总统亲自下令，要我去台湾，他胡宗南想拦也拦不住了。我之所以没有过去同你父亲告别，是不忍心。不过，你放心，我说过的话会负责到底。我走后，我让邱团长负责派人保护你们到安全地带。邱团长是我一手提拔起来的，为人忠实可靠！"贺国光说着站起身来，主动伸出手同宣晟握了握，又把手一举："向你父亲问好！"说着走了出去，上了小车，绝尘而去。

邱团长派人接尹昌衡一家来了，是三辆大卡车，宣晟将父亲扶上了当中一辆卡车的副驾驶座坐好，让母亲坐在后一辆车的副驾驶座上，自己侧着身子挤坐在父亲旁边，以便随时照顾。他们坐好后，一个姓张的营长将手枪一挥，喝令部队上车，大约一个排头戴钢盔、手持美式卡宾枪、装备得很好的部队纷纷上车坐好，顶着像是在淌血的一轮夕阳，三辆美式军车首尾衔接，沿着逶迤起伏的赤褐色的山路，向着苍茫的远方，向着绵延纵横的大山深处驶去。

第二十五章

枪声，在清晨止息

礼州是到河西的必经之地。中午，车在小庙停了一会儿，尹昌衡他们下车休息了一会儿。小庙是个驿站，也是胡宗南设置的一个辎重要地。尹昌衡一家下车休息时，正看到羊仁安、唐式遵带着人在这里领取胡宗南批给他们少得可怜的枪械。胡宗南、贺国光一逃，局势就更乱了，到处呈现出无政府状态。守库的一个军需官看都不看他们的批条，手一挥，大声武气地说："随便拿，随便拿，最好拿干净，免得你们走后那些'土共'，还有土匪又来洗劫！"

于是，羊、唐带着自己的乌合之众一拥而进，足有好几百人，他们在仓库里当场就全副武装起来。这些乌合之众们将手中的破枪、旧枪扔了，衣服脱了，换上美式卡克黄哔叽军服，肩上挎了好几支卡宾枪还嫌不够，连颈子上都挂满了枪和子弹。乌合之众们直到将军需库里所有的军械军服盘完，所带的四部军用大卡车装得满满的，才罢了手。这两支鸟枪换炮的"游击队"，分别由羊仁安、唐式遵率领，簇拥着他们的军车，蹒蹒跚跚地从相反的方向上了蜿蜒蛇行的山路。幸好羊、唐二人没有发现尹家，不然又会来聒噪。

到礼州时，天已黑净。尹昌衡一家三口还有两个仆人，张营长已经给他们安排好了住处，是给他们包的一家小旅馆。刚刚吃过晚饭，街上忽然像垮山似的来了许多人，原来胡宗南的参谋长罗列，还有李犹龙带着长官公署的官员、家眷，部分警卫团官兵和“反共救国”第一纵队，总数上千人也到了。另外，他们身后还跟着大批不明真相的难民，到处乱哄哄的，哭哭嚷嚷，简直就像到了世界末日，一派惨然。

到了晚上约10时，街上才安静下来。尹昌衡端坐在旅舍窗前，凝然不动地练功打坐，可是，他的心完全沉静不下来。大概在晚上11时，忽听天上飞机响，陪坐在侧的尹宣晟说：“贺国光、胡宗南他们跑了。”从窗内望出去，这晚没有月亮，钢蓝色的天幕上，金色的繁星闪闪。闪闪的繁星，像是从天幕的这一边往天幕的另一边流去的流星雨。很快，飞机出现了，两三架飞机的尾巴上、翅膀上的小红灯一闪一闪的，随即消失在西边天际。

然后，夜深了，尹家人安睡了。大约是凌晨1点，万籁俱寂中，忽听有人惊呼：“西昌的电话线断了！”“解放军打过来了！”顿时，清静的夜幕笼罩着的礼州一下炸了、乱了。只听踢踢踏踏的脚步声伴着难民们的呼儿唤女声、哭声，声声刺耳。3点左右，礼州又安静下来，静得吓人，显然，人们基本上都跑光了。

4点左右，小旅馆门外响起急促的敲门声，尹宣晟年轻胆大，麻起胆子去开了门。熹微的月光下，站在门外的竟是羊仁安、唐式遵，还有张营长派的一个小军官陪同在侧。

一见面，唐式遵也不说他们是怎么知道尹家人住在这里的，只是显得很关切地问宣晟：“先生昨晚睡眠安稳吗？”

“还可以。”宣晟说，“要不要我把父亲喊醒？”

“不必了，不必了！”唐式遵说，“我们是来辞行的，我们这一走，恐怕就看不到你们了，好，就这样，保重！”说完挥了挥手，转身就走。羊仁安显得心情沉重，一言不发，跟在唐式遵后面走。

宣晟送了他们几步，问：“你们现在打算去哪里？”唐式遵说：“上山打游击。”

羊仁安说：“我准备先回富林看看，把家安顿一下再说。”说时，见两名全副武装的家丁牵了两匹牲口等在那里。

说时走到了场口，羊仁安翻身上了一匹大黑骡子，径直走了。唐式遵翻身上了一匹枣骝马，刚走几步，又勒住马，掉过头对宣晟高声说：“老弟，你转告先生，请他暂时委屈几天。就说我唐某人说的，三个月内一定拿下成都，到时再来接你们回去！”说完只听马蹄声嗒嗒，唐式遵带着护兵，消失在了黑夜中。

天亮了。街上像被水冲过似的，见不到一个人，鸡不叫狗不咬，静得吓人。上午9时左右，来了一队彝兵，带队的军官却长得白白净净，举动斯文，他直接走进小旅馆，说：“找尹昌衡老先生。”宣晟迎上，很客气地问：“你是什么人？”

“我名刘文洪，你们的老乡，成都人，我是孙仿司令靖边司令部的一个副官。”来人介绍：“孙司令知道你们来了，他受邱纯川团长之托，准备先把你们一行接到他家去。”孙仿是彝人。

于是宣晟带刘副官去见了父亲，待确信刘副官所讲的一切属实后，尹昌衡已经明白，局势已经乱得一团糟，解放军正在快速跟进，看来贺国光留下的邱纯川团已经相当危险。于是答应下来。他将情况给保护他们的张营长一讲，张营长自然是喜不自禁，求之不得。早饭后，尹昌衡和原夫人坐上刘副官早已准备好的两乘滑竿，宣晟走路，他们一行由刘副官率领的一队彝兵保护，离开礼州去孙仿家。

礼州一带是坝子。中午时分，前面出现了一个缓缓的浅坡，浅坡上赤褐色的土地上矗立着黑压压的一溜城堡似的彝寨，中间的寨子突兀而起，特别的庄严雄伟，寨子有巨大的围墙，寨楼分为四层，很是辉煌。

“尹先生！”刘文洪副官紧走几步，来到躺在滑竿上的尹昌衡身边，指着那很是辉煌的寨楼说，“这就是孙司令的家。”说着，派了一个彝兵先去报信。

尹昌衡的滑竿刚刚落地，孙太太走了上来表示欢迎。她看来只有30来岁，也不知是孙司令的第几房太太，身着彝家百褶裙，皮肤很白，眉眼也俊，一副精明相，她汉话说得很好。招待尹家的午饭也很丰盛，彝家特有的杆酒、砣砣肉都上了。可是，令尹家人没有想到的是，饭后孙太太说："不巧得很，就在你们要来前，我得到子文（孙仿的字）来信，西昌现在形势凶险，他已经离开西昌，去了依呷罗，那是我们家的另一个住处。"我们现在就得去那里，所有的仆人也都要带走。尹先生，你们一家如果愿意住在这里，欢迎，但生活要自理。如果你们要去河西，我负责给你们找滑竿。"不用说，孙仿一家是不愿意接他们这个"包袱"，要把他们甩出去。而刘文洪的责任也只是将他们送到这里。

尹昌衡很硬气，说："那就麻烦孙太太帮我们找两副滑竿，钱我们出。"

孙太太很高兴，说："也好，所幸这里离热水镇不远，不过两三个小时的路程，今晚你们可以息在热水。然后慢慢去邱团长指定的地方。"孙太太当即派人去找了两副滑竿就告了辞。

"叽嘎、叽嘎！"滑竿同样闪悠悠的，而且头上还有白色的布幔遮着太阳，很舒服的。但躺在滑竿上的尹昌衡，心都揪紧了。身边已经没有了保护，心中悬吊吊的。走了两三个小时后，到了处于山谷地带中的热水。所谓热水，就是这一带的温泉很多。到了区公所，早已得到消息的区长余文成出来迎接他们，他是个彝人，汉话说得好。

区公所是一座关帝庙。镇上只有破破烂烂的十几间泥房，显得偏僻而荒凉，然而这已经是凉山腹地的一处大镇了。

余区长说："我是三天前接到邱团长通知的，知道你们要经过这里，要我们做好接待，但条件就是这个样子，只能将就了。"说着，亲自下去指挥两个彝人弄饭。尹昌衡一家三口住在一间四面通风漏气的板壁房里，喝的是粗茶，中午是土豆当饭，这已经不容易了。下午时分，余区长不见了人，也不作任何安排。黄昏时分，一家人正等得着急时，余区长来了，却又并不进来，只招手要宣晟出去。

在外间屋子，人长得又黑又瘦、满口黄板牙的余区长对宣晟说："我要走了，特别来给你们说一声。"

"你要走了？"宣晟大吃一惊，"把我们一家三口丢在这里，你要去哪里？"

“政府已经垮了，我嘛，这个区长也就不当了。我要回去种庄稼了。”

“你就不等人来办个交代，说走就走吗？”

“等哪个人来办交代？”余区长苦笑了一下，露出满口黄板牙，“如今上面当官的跑的跑，溜的溜，我一个小小的区长留在这里等死吗？共产党就要来了，他们来了，如果叫我出来办交代我就来，不叫，我就还是在家种我的庄稼。”

“那我们一家咋办呢？”

“哎呀！”余区长两手一摊，“我就管不到这么多了。”

见留不住余区长，这个时候又没有办法去河西了，宣晟说：“那么，看来，我们只能在你的区公所待一晚了，这里安全吗？”

“还安全呢！”余区长说，“危险到家了！”

“怎么个不安全，解放军还没有打过来嘛！”

“真正解放军打过来反而还好了，你们住在这里，谨防遭抢！”

“我们有啥好抢的？逃难在路上，不过命几条，啥都没有了！”

“那是你说的嘛！”余区长说，“这里的彝人看你们可就不一样了，你们在他们眼中肥得流油。你看，你们穿在身上的衣服光光生生，还带有几口箱子，身上想必还多少有几个钱。说实话，我就是彝人，彝人穷得很。最多是一间破破烂烂的板壁房，家里啥都没有。见到汉人的东西样样稀奇，样样都爱，想又想不到手，只有抢了。他们一抢，就连奶娃娃的尿片子都要。”

尹宣晟听到这里，大骇，说：“余区长，你好歹是这里的区长，我们好歹是你的客人，你总不能见死不救吧？”

余区长听这一说，动了恻隐之心，思索着说：“这里场背后有半里路，有个寨子叫‘上寨’，寨子里有五六户人家，都是汉人，上寨有碉堡，总共有一二百人，十来条枪，平素无人敢去抢他们。你们最好今夜住到上寨去，明天再想办法。”

宣晟当即将情况告诉了父母，尹昌衡说，那就只有这样了，他让宣晟跟着余区长先到上寨去联系。二人进到寨子，见到了寨主。其人名叫胡月风，曾经在川军当过团长，听说尹都督一家落难在此，胡月风当即将胸口一拍，说："请来，欢迎！"

宣晟同余区长一拍两散后，折回热水，这才发现街头有家小酒馆，想想诸事已经办完，周身又乏，想喝一杯，刚进去坐下，板凳还没有坐热，只听门外有人喊："过军队了！"

宣晟赶紧看去，只见来了一队彝兵，人数不多，很不整齐，就像霜打了的庄稼似的。他们身上披着擦耳瓦，头上打着英雄结，枪背得东倒西歪的，三三两两的过来，然而胸前都佩有一个"邸"字徽章。宣晟想，这些莫不是杨邸中的"游击队"吧？正想着，几个彝族军官簇拥着杨邸中走过来。尹宣晟像见了救星似的，赶快出了小酒馆迎上去。

"你怎么在这里？"杨邸中见到尹宣晟一惊。

"杨司令，你不是带部队往缅甸方向去了吗，怎么也在这里？"

杨邸中来不及回答，只是问尹昌衡："伯伯现在哪里？"

"在镇上区公所里。"宣晟向杨邸中简略地说了他们一行之所以在这里的原因。

杨邸中叫来他的秘书长，这人名叫黄逸公，安徽人，是个国民党少将，留学过苏联。为了掌握杨邸中这支彝民部队，贺国光将他安置在杨邸中身边当杨的秘书长。杨邸中让黄逸公看顾一下部队，他随宣晟去了关帝庙看望尹昌衡。谈起邱纯川，杨邸中说，邱团长肯定出事了。"出事了"的意思是很明确的，尹昌衡问何以如此说。杨邸中说："昨晚 11 点半，就在胡宗南、贺国光他们的飞机飞走之后，邱团长派人通知我赶紧走，不然就走不脱了。解放军已经打来了。

"我把部队拉出西昌时，走的是西门，邱团长正忙，我们还见了一面的。我率部出城后，不敢走大路，专走小路，快到小庙时，发现解放军追上来了。我本想从盐源去云南，这一来就过不去了，只好把部队藏在森林中。天亮了，见解放军大部队源源不断朝西昌方向开去，你想，这样一来，邱团长还出得来吗？"

尹昌衡问杨邸中准备到哪里去，他很狡猾地说："就来保护尹伯伯吧！”这时尹家两个仆人在区公所里凑合做了一顿晚饭，无非土豆、白菜。尹昌衡留杨邸中吃饭，他也没有推辞。正吃着饭，发现板壁后有些一脸稀脏的彝人在窥视。身高力大脸黑、声音洪亮的杨邸中用彝语大声呵斥了一声，在外窥视的彝人被吓跑了。

“伯伯，你这里不安全啊！”杨邸中说。

“谁说不是呢！”尹昌衡这就告诉了杨邸中，他们准备今晚暂去上寨安身，然后第二天想法去河西的想法。

“一个小寨子抵得住什么事啊？”杨邸中头直摇，劝尹昌衡一家跟他走，说，“我身边现在虽然只有三百来条枪，战斗力不怎么样。可是这些跟着我的人很可靠，他们大都是黑彝（贵族）子弟。原先贺国光担心彝人造反，在西昌办了一个‘彝族训练班’，让凉山每个家支都派一个子弟前去学习，其实就是当人质。这些人，别看人少，他们每一个人背后就是凉山一个有权有势的大黑彝，伤了一个，就是伤了一个家支，可不得了！所以我这支部队，在凉山无人敢惹！”

尹昌衡想想，也就同意了。杨邸中这就站起来说：“今夜你们一家就暂时在这区公所里委屈委屈吧，我得赶快去招呼我这支部队。黄逸公怕不行，我只要不在，他们中一些人就要跑！”

宣晟提出让人保护，杨邸中这就找来了一个叫沙马的人，这是当地一个保长，长得又高又黑又瘦，竹竿似的，眼睛窝得很深，身上披件有些肮脏的擦耳瓦，头上打个英雄结。杨邸中给沙马做了交代，他一口一个的“是啰！”杨邸中让他的警卫将一支中正式步枪交给沙马，又给了他 10 元钱，宣晟懂事，又给沙马加了 10 元钱，又把自己晚上要穿的呢大衣给沙马穿上。沙马很高兴，连说：“你们嘛，就放心啰，安全嘛，我负责啰！”

天很快黑了。沙马是当地保长，负责守卫，他尽心尽职地在关帝庙持枪坐了整整一夜，总算太平无事。

第二天一早，尹昌衡一家跟着杨邸中去了热毛柴大青处。

柴大青也是凉山一个显贵，他家宫殿式的房子在大小凉山都是数一数二的，坐落在一个陡坡上。之下是缓坡、层层梯田，背后随着山势的升高，是黑压压的森林。这样，柴大青家不仅气势辉煌，而且具有战略意义。

柴大青当年参加“彝族观光团”由“国家民族事务委员”杨邸中带队，去南京晋见过蒋介石，后来又去杭州、上海等地参观，是见过世面的，加上手头阔绰，回来后，柴大青在成都聘请了一位留过洋的工程师到热毛作了精心设计，所用建筑材料，也都是从外面运进来的。修这座带有一点西洋式的宅楼，他就花了 8000 两白花花的银子，更不要说配套设施。柴大青的这套洋房，加上辅助建筑，足有几百间住房，住两三百人都是很宽裕的。

就像去了孙仿家一样，柴大青也不在家，负责接待他们的是柴大青的三太太和“四老少”，就是柴大青的第四个儿子。可是，接待、安排他们的住处后，三太太和四老少就不见了人。杨邸中反客为主，让下人在当地买了一只羊，杀了，晚上招待尹昌衡一家。

第二天早上，尹昌衡寝室里找来了一个牧师。此人姓冼，广东人，还带着妻子。他早就听闻尹昌衡的大名，他动员尹宣晟，还有杨邸中接受洗礼，信仰基督教，他鼓吹在这动乱的年代，只有上帝才能抚慰他们不安的心灵；还请他们去他的礼拜堂做礼拜。宣晟和杨邸中对基督教毫无认识，表示不愿信教，但先前看到过信徒做礼拜，感到有趣神秘，就跟着冼牧师去了他的礼拜堂，学着冼牧师的样子做了礼拜。这时，太阳升起来了，从屋顶上的大阳台看去，风光越发的好，于是，他们就坐在阳台上，边喝茶边聊天边观景。和他们一起聊天喝茶的还有杨邸中带来的几个军官，他们是国民党国防部派给他的上校情报科长林廷玉，国防部秘书万一，原国民党正规军的副师长黄馗和、张家驹等人。

忽然，杨邸中指着山后那片黑森森的林子说：“你们看，那里有一个人！”大家一惊，顺着他手指的方向看去，只见风在树梢上打滚，森林一片墨绿，幽深宁静，哪里有人！

宣晟笑着说：“杨代表是不是小心过分了？”

“不！”杨邸中神情凝然，“肯定有一个人。这里不比外面，人本来就少，彝人更是无事不上山。况且这是柴大青的公馆，那边又是西昌方向，恐怕有情况。”他很警惕，马上下令警戒，命几个“学员”，指了指方向，要他们悄悄上去，将那人活捉回来，几名“学员”提枪去了。大家将信将疑地注视着那片林子。

杨邸中果然眼力不错，很快，一名学员上来报告，他们在林子里抓到了一个没有穿衣服的男人。

宣晟等人马上跟着杨邸中下了楼，看到院坝中那个被抓回来的人，这个男人，几乎全身赤裸，垂着头，不知是怕还是冷，浑身发抖。双手抄在胸前，身上披一件浸满血污的破烂羊皮背心，下身只是在私处扣了一片芭蕉叶。

杨邸中大声喝问：“你是什么人？”

那汉子闻声，抬起头来，看了看杨邸中，苍白瘦削肮脏的脸上，先是害怕，后是激动，颤抖着说：“你是杨代表吗？”

杨邸中上前细细看了看那个狼狈不堪、简直是野人的汉子，觉得并不认识，他说：“是，我是杨代表，你是谁？”

那人已经激动得说不出话来，只是眼泪长淌。杨邸中很奇怪，再仔细看看，这才“哎哟！”一声，说：“你是田团长吗？”

那人流着泪点点头。

众人见状，赶紧让汉子坐，又给他端来热茶，汉子还是不说话，只是流泪。杨邸中给大家介绍，此人名叫田一川，湖南人，贺国光的部下。月前，人称龙三公子的“云南王”龙云的三儿子龙绳曾因为投降了共产党，立功心切，率领一万人马过金沙江，进入凉山，一路犯宁南，下会理，逼近了西昌。这时，胡宗南、贺国光手中不过只有两个警卫团，加上一些国民党军残兵败将，总共也只有4000余人。贺国光派田团长率两营前去抵御，再派邱纯川随后支援，双方在马鬃岭大战。龙三公子的部队大都是保安部队，三天激战后，龙三公子留下200余具尸体后败退。介绍到这里，该是田一川来讲后事了，可是他仍然在哭，一句话都说不出来。

杨邸中说：“田团长太激动了，让他休息一会儿。”又问他吃饭没有？到这时，田团长才缓过气来，说：“我已经三天没有吃过饭了。”

杨邸中对随侍在侧的弁兵说：“赶紧带田团长去吃饭，然后去温泉洗个澡，弄套军服换上，再让他好好睡一觉。”弁兵带田一川去了。约莫一个小时后，田一川上楼来了，已经焕然一新，精神也上来了，大家让座，请他讲讲由来。

田一川满脸的恐怖、惧怕，他随即讲了起来。

原来，就在他日前率部打退龙三公子之后，训练有素、战斗勇猛的解放军狂飙突进似的席卷而来，他哪里抵挡得住，赶紧后撤，解放军紧追。退进西昌，发现长官公署已是人去楼空，整座西昌简直就是一座空城。他与邱纯川商量后，接受柴大青的邀请，两军准备退到柴大青的家乡热毛打游击。当天晚上 12 点，由柴大青亲自做向导，在隆隆炮声和激烈枪声中，田、邱两部摸黑出了西昌，进入了深山老林。天亮时，到了一个叫达遮呷的地方，这是一个山谷间的小盆地，原先达遮呷是个小集镇，因为多年的战乱和部落间的打家支，这里早就破败毁坏得不成个样子了。倒是有条小街，可是了无人迹，一片残砖败瓦，根本就没有一间像样的房屋，而小镇两边都是巉岩峭壁的高山，山上是绵绵的密林。可以看见山上有座小庙，也早已是残破不堪，在山风的扫打下呈现得非常荒凉。他同邱纯川商量了一下，认为这里安全，就让部队做好警戒，然后埋锅造饭。一时炊烟袅袅，在山谷间飘荡。吃了饭，他和邱纯川顺着山路上山，进了小庙，这里视线很好，他们想，这里既可休息，也可以观察周围的情况，却突然发现柴大青不在了。田一川说：“柴大青刚才都还在，他到哪里去了呢？”邱纯川很警惕，吩咐手下：“赶快找人！”

很快，部下来报，不仅柴大青不见了，他带在身边的几个娃子也不见了。邱纯川让部下传令：“准备战斗！”他们出了小庙，邱纯川一步登上一块大石头，准备观察周围的情况。而就在这时，庙后草丛中“砰！”的一声枪响，邱团长应声栽倒在地，立毙。与此同时，两部国民党军中了埋伏，枪声骤响间，弹如飞蝗，田、邱两部官兵 2000 余人，还没有找到还击的对手，就一片片栽倒在地。田一川赶紧弯腰不顾一切地朝后山跑去。到了一个安全地方，他借着草丛朝下一看，枪声已经停息，山谷中一片死尸狼藉，身披擦耳瓦的柴大青带着早就埋伏在这里的大批彝兵在清理现场。

约两个小时后，柴大青带部队走了，他才下山。这时，最后一抹夕阳照进峡谷，只见血染山谷，尸首成垛，十分恐怖。他又上了山，在小路上遇到几个打猎的彝人，打猎的彝人一看他是国民党军官，二话不说，将他按倒在地，像剥羊皮一样，将他身上的衣物全部剥净，如果不是他再三求饶，命都没有了。最后，他在山上看到一个死人，将死人身上的一件烂羊皮背心剥下穿上流落到此，直到被发现，这才坐到这里。

田一川讲完了，喝了口热茶，脸上浮现出一份劫后余生的欣喜。

而就在这时，楼梯一阵急响，上来了十几个彝人，他们个个提刀拿枪，直取田一川。田连忙躲到杨邸中身后，杨邸中仗着自己在凉山有很高的地位和威望，喝着这十几个彝人不准乱来！

“杨委员啊！”这些人都是柴大青家的家丁，他们用汉话结结巴巴地说，“这个汉人，身上嘛，有血啰！鬼嘛，他带来啰！我们嘛，要杀他啰！杨代表嘛，不要挡啰！”

杨邸中像母鸡护小鸡似的坚决不准他们带走田一川，说，“要杀，也得等你们柴（大青）指挥回来再说。你们的柴指挥不在，我不准你们乱来！”

见杨邸中态度强硬，没有办法，带头的只好说了声“哑（走）！”带上他的人下楼去了。

大家这就安慰吓得打抖的田一川，说杨代表在凉山是镇得住堂子的，保险没事。田一川心稍安，又坐了下来。很快，楼梯又是一阵急响，上来一个柴家家丁，他对杨邸中说：“柴指挥回来了，请杨委员嘛，下楼去啰，有事情嘛，请杨委员商量啰！”

杨邸中多了一个心眼，对家丁说：“请你们指挥上来说嘛，这是他的家啊！”

家丁说：“指挥官不过来啰，因为嘛，这里人多啰！”见这家丁坚持，想想他同柴大青关系不浅，谅他走一会儿也不会怎样，杨邸中交代田一川不要乱走，他去去就来，这就跟着家丁下楼去了。

杨邸中中计了。他刚走，刚才那个家丁小头目余木呷带着人上来，像老鹰抓小鸡似的将田团长按倒在地，脱光衣服，眼看就要要他的命。宣晟不忍，上前对当家娃子余木呷说：“既然是他（指田一川）把鬼带来了，何不叫他打杀一头牛，再请毕摩（巫师）来做道场？买牛钱我们出。”

当家娃子余木呷偏着头，斜着眼睛，露出一丝凶光，手一挥，大起声：“你不要管！”随即命令家丁们将吓瘫了的田团长撕掳下楼，拉到山上，几刀砍死，扔进山谷喂野兽了。

刚才还是活鲜鲜一个的田一川田团长，顷刻间就惨死在眼前，大家伤感极了，也恐怖极了。一时，大家沉默无言，冼牧师为田一川做起了祷告。这时，杨邸中回来了，大家把刚才发生的事告诉他，他颓然坐下，连说上当了，上当了。原来柴大青并没有回来，是他的家人采取调虎离山计，杀了田一川。他说：“我们真是为躲鬼，躲到城隍庙来了！”大家清楚，柴大青肯定已经反正，危险已经降临。于是杨邸中命令自己的300多名“学员”加强戒备，占领罗家制高点，准备战斗，并把罗家人全部赶了出去。柴大青的公馆，成了他们的临时堡垒。

1950年10月1日早晨，一轮新鲜明丽的太阳像往常一样升起，在柴家很是辉煌的宫殿式建筑上闪耀。杨邸中派出他的几名“学员”下山去热水镇上买粮食。不久，他们回来了，不仅粮食没有买到，连他们带去的钱、准备买粮的口袋，甚至连背的枪都被抢了。正说话间，忽然一阵鼓噪，从楼上看去，后面的高山、前面的缓坡上，到处都是荷枪执刀的彝人，柴大青的三太太和四老少在其中指挥，他们被柴家人包围了。

杨邸中让所有的“学员”做好战斗准备。他心中有数，柴家人不敢进攻，他们不过是虚张声势。因为彝人迷信，认为在屋子里杀人，留下血迹就留下了鬼魂，而他们一进攻必然死人。

到了下午，杨邸中等人因为缺粮没有饭吃。“人是铁，饭是钢，一顿不吃心发慌！”这样下去，“学员”们必然要跑，杨邸中着急，没有了主意，特别去找尹昌衡问计。

因病躺在床上的尹昌衡无可奈何地说：“我还是一句话，对我个人而言听天由命。不过，你还年轻，来日方长，你就带着宣晟，还有你的那批‘学员’冲出去吧！”

“那伯伯怎么办呢？”

“我已经是老朽一个，无所谓了。”杨邸中听了这话，眼中流泪，正想说什么，一个提枪“学员”兴冲冲来报告，说是无意间在楼上一处角落搜到一些荞麦、土豆，足够吃几天。杨邸中听了这话有了底气，转忧为喜，说：“好，立刻把这个好消息通知大家，让大家不要慌，立刻传令做饭，让大家吃饱，加强警戒，随时准备战斗！”并让传令官立刻去传达了他的这些话。

杨邸中安慰躺在床上、又病又衰的尹昌衡说：“粮食有了，水也不缺，我们所占的地盘内，楼下就有股泉水。如果柴大青回来了，对我们有什么转念也说不定，我们与他毕竟是多年的老朋友。如果情况继续这样恶化，也不怕，我一定不会丢下伯伯你们一家，我会让‘学员’们用滑竿抬上你和尹伯母一起冲出去。如果实在冲不出去，就点一把大火把房子烧了，与他们同归于尽！”

僵持到第四天上午，柴家一个家丁上楼来传话，说是柴大青这次真的回来了，住在山下的老房子里，请杨委员前去会面。这次杨邸中坚决不肯去，要家丁请柴大青上来。

家丁下楼去复命。

一会儿，柴小青上楼来了，他是柴大青的弟弟，是原先贺国光屡次下令要抓的共产党人。他的身材、长相都与其兄酷似，身披擦耳瓦，黑黑壮壮的身材，一双显得些窝的眼睛很有穿透力。一见面，他就对杨邸中声明，他是解放军前敌指挥部派来的，宣布了敌对武装只要“放下武器，停止抵抗从宽，抗拒从严”和对凉山上层人物，只要站到人民阵线上来就优待的政策。

杨邸中是个聪明人，他向柴小青问了关于如果他一反正，共产党对尹昌衡父子以及他手下的几个国民党军官又如何处置的问题，都得到了圆满的回答。于是他决定投降。下午，解放军派了约一个连的部队上来，指导员陈安戈宣布了上级的一系列指示：尹昌衡一家三口和冼牧师暂住柴家，接受优待；其他人全排跟解放军下山。

杨邸中与尹家父子洒泪而别。

第二天，柴大青带着家人上楼拜见了尹昌衡，并告了得罪，专门杀了一头猪盛情款待尹家三口、冼牧师和解放军留下的人。

两天后，陈安戈再次上山，他告诉尹昌衡，凉山战事已基本平息，奉上级命令，接尹昌衡一家三口仍回西昌。尹昌衡问及杨邸中等人情况，陈指导员说，杨邸中作为少数民族上层起义人员安置对待，另外几名国民党国防部派到杨邸中身边工作的军官，正在进行甄别。所有“学员”，如果不是带有血债的，全部进入学习班，他们会得到妥善安置。听到这些，尹昌衡感到欣慰。当天下午，尹昌衡和宣晟的母亲原夫人坐上了滑竿，由宣晟陪着，在一班解放军的保护下，走上了回西昌的山路。

回到西昌，尹昌衡一家得到很好的安置，他们仍住在邛海边的勤园。第二天，解放军驻西昌地区最高指挥员“独”三军政委兼军管会主任梁文英、西昌地区司令员兼军管会副主任林彬到勤园看望尹昌衡，并带来了贺龙司令员的问候，说：“如有困难，可以随时提出！”这让尹昌衡很感动，他表示了感谢，希望回成都去。

梁政委想了想，很和蔼地说：“你老身体不好，又在病中，如果现在回成都，路途遥远，山地颠簸，无论坐滑竿还是坐汽车，你老都受不了。是不是静养一段时间，看看病，待身体情况好些后，有了来往成都至西昌的飞机，你们一家再乘飞机回去？”陪坐在侧的原夫人和尹宣晟，都说这样最好。

就在尹昌衡一家被解放军送回西昌之时，在大凉山深山中一条两边悬崖陡峭的峡谷中，走来一队衣衫不整、神情疲惫而紧张的武装人员。他们中，有的身穿国民党军的军服，有的着便衣，枪有的背在肩上，有的横挎，有的倒背，显然，他们是被解放军追击的国民党留下的“游击队”。领头的两个人中，一个老头穿了身袖口撕破的黄呢军服，佩国民党上将军衔，他的步履有些蹒跚，旁边簇拥着一群军官、卫兵。老头走得累了，息了息，一手撩开上衣，里面是一件肮脏得能刮得出油的白衬衣，白衬衣已经看不出白了。腰带上挎支左轮手枪。他骨骼很大，因为突然消瘦，脸上的泪囊下垂，一走一嘟噜。他左手拄根竹拐棍。紧跟在他身边的也是位老汉，一看就是彝人，脸很瘦很黑，脸上的皱纹之多之曲曲弯弯，犹如凉山数不清的沟壑。他身上披件擦耳瓦，满头白发，身上背支驳壳枪，看来年龄也是很大了，可是身板硬朗，步履矫健，一看就是个久居山林、惯走山路的人。

手中拄根竹拐棍的是唐式遵，走在他身边的老者是羊仁安。就在他们停息一下时，部队后面出现了呼儿唤女的难民好几百人，这些人都是受到他们蛊惑，跟着跑的。

唐式遵、羊仁安同尹昌衡一家三口在礼州分别之时，是1950年3月28日深夜。之后，他们被解放军围追堵截，损失惨重，最后他们不约而同地逃到了冕宁县泸沽镇。在无路可去、无路可逃中，羊仁安打了个烂条，说是“此去20里就是现任解放军西康省军管会主任廖志高的家。他老汉廖云高历史上曾经同我拜过结拜兄弟。我们不如去找廖云高出面，或干脆把廖云高作为人质，让廖志高保证我们一行人的生命安全，给我们一条出路。如果这样，我们就放下武器。如其不然，我们就杀他廖志高家满门，你看如何？”

唐式遵说：“羊大哥，你曾经同廖云高拜过把子，关系不一样，你又是凉山上层人士，你这样一来，或者可以保条性命。我不同，我去就得当俘虏。再说我是国军的上将，去当俘虏也太难堪。如果我要走这条道路，早走了。这样吧，不如我成全你，你把我绑了，拿去送给廖志高，作个见面礼，保证共产党不会亏待你！”

土匪出身、很讲义气的羊仁安被唐式遵这番话激怒了，他把胸脯一拍，高声说：“唐长官，话不能这样说！我羊仁安岂是一个卖友求荣的小人？承你唐长官看得起，我们交了朋友，现在是患难期间，你我生死都要在一起。你在我在，你亡我亡！”

唐式遵显得很感动，又看羊仁安身边的人虽眼鼓鼓地看着他，但又不好参言，他就说：“羊大哥，本来你是有出路的，我与你不同，我不该连累你。你家还有妻室儿女！”说着叹了一口气：“不过，我现在确实一时没有办法，在你们的西康省，在你们凉山，我无亲无故，连路都找不到。我想，只要我能回去四川，就可以组织相当多的人马同共产党干。这样好不好？请你们再帮我们一个忙，只要你们把我们送到四川的地界，我们就此分别，不再连累你了。”

羊仁安满口答应，他的手下也没有人敢说什么。可是，通往四川的大路，都被解放军封死了，羊仁安只好带着唐式遵一行冒险走这条荆棘丛生、野兽出没、连他自己都不太清楚情况的险路出去。

一行人终于走到了喜德甘相营，羊仁安出面去找原先有“凉山霸主”之称的邓秀廷的遗孀吕仙帮助。因为羊与邓原先是多年的好朋友，吕仙满口答应，留他们吃过饭，找来七个大黑彝，为首一人叫阿鲁黑子。吕仙给阿鲁黑子交代任务，要他们将羊仁安、唐式遵一行带出凉山，一直带到四川境内。具体路线是过普雄，经甘洛到峨边的金口河……羊仁安的干儿子李玉光一听大喜，说金口河是他的老窝子，只要到了那里就有办法。

彝人迷信。唐式遵为保险，怂恿羊仁安出面，提出同阿鲁黑子喝血酒起盟誓，阿鲁黑子二话不说就同意了。第二天，他们一行在阿鲁黑子等人的带领下出喜德时，正遇胡宗南的残兵败将、由李犹龙率领的一批被解放军打得丢盔弃甲的约 100 人的国民党军队。这就会合在一起，以后，国民党残部王伯骅、胡长青也率残部跟上，还有不明真相、跟着跑的老百姓。这时，军民达二三千人，浩浩荡荡，前后拖了几十里。

陡峭狭窄的山路走到下午，前面发现了路障，而且两边山上伏有彝兵。羊仁安认为，这肯定是哪个家支不明就里。他让阿鲁黑子前去说明原因，请求让路，然而拦路的就是不理。羊仁安不胜其烦，下令冲过去，可是遭到彝人分段拦截。这样打打谈谈，谈谈打打，总是弄不归一，好容易走了 10 余里才冲出阻截，这时夜来了，部队进入深山老林。

羊仁安、唐式遵在下令让部队就地露营休息、各部派出哨兵警戒的同时，羊仁安找来阿鲁黑子询问，这一路走来怎么这样艰难？阿鲁黑子说，这是一段岔路，我们管不到，明天走到我们的地盘就没有事了，就顺当了。唐式遵总觉得不放心，总觉得事情不对。他将羊仁安找到一边，提议羊仁安与黑彝阿鲁黑子钻牛皮，如果阿鲁黑子敢钻牛皮，那就没有什么不放心的了。

原来在凉山，钻牛皮是彝人一种最严肃的盟誓。方法是，将一头牛杀死剥皮，再将整张牛皮挂起来，发誓的两人手牵手从牛头前面钻进去，从后面钻出来，边钻边发誓："如做亏心事，不得好死，天诛地灭！"对于彝人，如果钻了牛皮，决不会反悔弄假，也不敢反悔弄假。

可是，阿鲁黑子一听，连连摇手，用不流利的汉话说："我们嘛，送你们过去就是啰！牛皮嘛，就不钻啰！"羊、唐二人一听就知上当了，吕仙派人哪是真心实意把他们送出去？分明是要把他们往陷阱里送，今天下午遇到了阻截，分明是吕仙有意为之。他们也不说破，只是暗中派人去阿鲁黑子身边窃听。半夜，披着擦耳瓦的阿鲁黑子等七个黑彝睡在一起，只听阿鲁黑子正在小声对身边的人交代："明天过瓦基莫梁子，我们的人已经埋伏在那里了。你们看我的手势跟我朝山上跑。我们的人要把他们堵住，宰老绵羊！"

羊、唐得报，又吃惊又后悔，他们哪里知道，解放军一拿下西昌，吕仙就派人给解放军送了信，表示愿意归附，而且寻机对国民党的游击队进行打击，争取立功。

羊、唐二人大怒，立刻叫人把阿鲁黑子等七个黑彝全部绑了。天明后，羊仁安要李玉光带人押着阿鲁黑子等七个黑彝走在前面开路。走上了一个陡坡时，只见被绑的阿鲁黑子就地一滚，滚下崖跑了，动作之敏捷，让押他的李玉光等人眼花缭乱，虽然持枪在手，却根本来不及作出任何反应。见其余六个黑彝全部跃跃欲试，羊仁安盛怒之下，命令将这几个人全部枪毙。只见李玉光手一挥，他和他的手下人挥枪"砰、砰"，六个被绑了手的黑彝立毙。而就在他们枪响之时，前面的路已被堵死，埋伏在两边山上的彝人一哄而起，他们或是端起手中的砂枪、猎枪开火，或是将山上的巨石往下推。在一片混乱中，羊、唐二人的"游击队"中有多人伤亡。羊仁安仗着有打山地仗的经验，和唐式遵简单商议后，挥兵三路战斗。一路由李玉光率领，从两边向山上突进；唐式遵不动，率部稳定形势；羊仁安率一路精兵，用猛烈的火力往前冲击。而彝人仗着人多地形熟悉，前面又多处设阻，羊、唐的部队始终突不出去。在一片哄哄闹闹、枪声爆响中，最可笑的是羊仁安的主任秘书、年过50的饶代华，大烟瘾发作了，哈欠连天，涕泪横流，躺在地上，竟被一股从山上冲下来的彝民像拉死猪似的拉上了山去。

饶秘书回过头来，大叫羊仁安："羊司令救命，我被他们拉上山去，绝没有好的！"可是，饶代华已经被拉上了山，而羊仁安、唐式遵他们已经陷入人民战争的汪洋大海中自顾不暇，羊仁安见状虽急得直跺脚，却已经是毫无办法了。到处都是喊杀声，一片混乱中，两个彝族妇女好生了得，从山上飞身而下，抓着富林区长彭浩若，往山上拖。好在这彭浩若年龄不大，又练过武，有把子力气，好容易挣脱……一天下来，好容易逃脱了堵截，跟在他们身后的难民队伍却不见了，羊、唐两支队伍也只剩下了四五百人，很是惨然。

曙光撕破夜幕，阳光照进山谷，这是1950年的4月1日清晨。已经走出了峡谷，羊仁安、唐式遵分别骑上他们的大黑骡和枣骝马，率300余人的残兵败将走在前面，李光玉率部居中，让王伯骅率他的国民党军断后，一路而去。中午全队到了沓坡山。凉山多丘陵，这一段是片缓坡，上面是一片稀疏的丛林。羊仁安见地形很好，旁边又有一条水质清亮的小溪，太阳很大，就让部队做好警戒后休息，埋锅造饭。

饭后，在林子边，羊仁安眯着眼睛，指着缓坡下丘陵起伏的远方对唐式遵说："你看，翻过那座小山，就是四川境内了。可是路上有解放军，我们不能去。我们就休息在这里，等到晚上再说。"说着手一比："晚上，我带你们从那小山的山脚朝右走，抄过去，就到了越西。中午时分到了板桥，那就是我的地界了。"他神往地说："只要到了我的地界，我立马可以召起万把条枪，两三万人。要打游击，我陪你拉队伍上河道里去！"

唐式遵满心欢喜地给羊仁安戴高帽子："还是羊大哥有办法，羊大哥了不起！"不过，他想了想，建议："我们这么多人在一起，目标是不是太大了些？应该作些分散！"

羊仁安说："也好，那就请你带你的人马先走一步！"他在亚热带特别强烈的阳光中眯起眼睛，指了指前面好像在阳光下抖动的浅山说：“你带着队先去那边隐蔽起来，那边的树木比这边还多。等天黑后行动。”接着，两人又商量了行动的方式。

唐式遵带着他不到200人的部队，下了沓坡山，进入一条两边缓坡夹峙的山谷，山谷中有一道明亮的小溪，清亮的溪水在欢快地流向远方。两边缓坡上有工笔画似的树林、草坡，不见鸟却有鸟的鸣唱，鸟鸣山更幽。蓝天，白云，小溪，金阳，两边青翠的山冈。这一切离战争太远，骑在马上的唐式遵直觉得自己走进了一幅画中。

逶迤的路上，又出现了一道水很浅却很宽的小溪。走在前面的唐式遵勒马走近了小溪，金色的阳光洒在溪水上，像洒下了无数的碎金，晃得骑在马上的他眯起了眼睛。

枪声就是这时响起了。

“嗒嗒嗒！”对面一片小树丛里突然响起了机枪声，顷刻间，就像在做梦的唐式遵被机枪子弹击中，他哼都没有来得及哼一声，就从马上倒下来，像条沉重的麻袋，“咚”地栽倒在了小溪中。流水淙淙的溪水，毫不留情地立刻淹没了他大半个身子，并将他不断从枪眼中涌出的通红的血液带走了。如丝如缕的鲜血，在无尽的清亮溪水中，越渐淡薄，最后完全化为了溪水。

就在唐式遵被打中之时，雄壮的军号声响起，早就埋伏在这里的至少有一个团的解放军端起枪冲了出来，从四面八方围上来，高声喊道：“不准动，缴枪不杀！”

原来，羊仁安、唐式遵前天率部潜离喜德甘相营后，吕仙立刻将他们的行踪报告了解放军。因彝族地区情况复杂，解放军对这两支穷寇并不追击，只是一边监视，一边在前面撒网静候。今天，当羊、唐率部费尽周折到达沓坡山后，向来作战神出鬼没的解放军，已经发现并包围了他们。羊仁安只是想到了在通往四川的那条大路上有解放军，可没有想到在这样的地形下，解放军埋伏了整整一个团的部队，一点痕迹也不露。在他们看来，这是不可能的。

还在沓坡山上的羊仁安，一听枪声就知遇上了解放军，但他没有想到他们已经被包围，他赶快跳上他那匹大黑骡，朝枪响之处看去。而这时，在他的四面八方，无数的解放军好像从地下钻出来似的，端着枪，呐喊着从四面八方像海潮一样冲了上来。羊仁安的大脑顿时一片空白，他平生打了若干次仗，遇过多次险，他不明白这么多的解放军是从哪里来的。可是，这仅仅是极为短暂的一瞬，他很快清醒过来，发现他和唐式遵的残部，抵抗的，立刻被飞蝗般的子弹打倒在地，更多的漫山遍野乱跑，被从四面八方围上的解放军赶羊似的。

骑在大黑骡子上的羊仁安，还想负隅顽抗，他将手枪一举，喝一声："听我的命令！"这时，"吱"的一声，一颗子弹飞来打中了大黑骡子的颈子，黑骡负痛，扭头撒开碗大的四蹄狂奔。跑了约有一里地，因流血太多，一下栽倒在地，将羊仁安摔下并压着了他的右腿。被庞大的黑骡压在身下的羊仁安，情急之中，用力一拔，只听"咔！"的一声，他的脚踝骨脱臼了。而这时，原来一直追随他左右的年轻的新太太飞马赶到，跳下马，将死骡一掀，扶起羊仁安。可是，当他们一抬头，发现他们已经被解放军团团包围了。这些一颗红星头上戴、革命红旗挂两边的解放军怒视着他们夫妇，端在他们手中的枪，枪上闪闪的刺刀都在阳光下发出炫目的光彩。羊仁安和他的新太太不得不乖乖地举起了投降的双手。

第二十六章

冬已去，春回大地

“爸爸，请你们跟我去重庆吧！”尹昌衡的二儿子专程从成都赶到西昌看望父亲来了，尹昌衡最近这段时间因为不担惊受怕，精神和身体都好了许多。他躺在软椅上，打量着很久不见面的绍尧，对他来说，简直就是劫后余生。

毕业于四川大学农学系的二儿子，倒是一个务实的人，他穿了身半旧的西服，没有打领条。像他一样，有颀长的身材，长条脸上五官很是清秀，皮肤像母亲颜机，很白。动乱的年代在二儿子身上留下了明显的痕迹，他的头发有些乱，一双原先明亮的大眼睛里，显出疲惫和几分惶惑迷离。他大学毕业后，差强人意地搞了些金融、油行方面的生意，起初颇顺利。可是，当胡宗南的部队到成都后，半买半赊地将他库存的几千吨汽油全部拿了去，而到手的金圆券，转眼间全部成了废纸。在成都，他破产了。

现在，成都的局势基本平静下来了，绍尧在重庆还有一部分资金，已经联系好了，他要去重庆办一家酒精厂，考虑到成都一带已经开始了土地改革，病中的父亲回成都多有不便，他这就绕道来西昌接父亲一行三人去重庆。

“绍尧！”父亲说，“你也不容易，难为你一片孝心，但至于我去不去重庆，你让我考虑一下，你也累了，早些休息，我明天答复你。”

绍尧去了隔壁。尹昌衡在原夫人和幺儿的服侍下，吃了药，早早睡了。

这夜他想得很多，一更二更又三更，在床上辗转反侧，难以入睡。四更五更刚合眼，亲人故旧又恍若眼前。

就在他重新回到西昌不长的时间里，发生了许多事情，他都清楚：羊仁安被俘后，解放军先是治好了他的腿伤，然后根据他的犯罪事实，押回老家富林公审后枪毙。羊仁安作恶多端的二太太也被人民政府镇压，羊仁安的孙子羊德清逃到山上，纠合一帮土匪称王称霸，羊德清不识时务地自称“皇爷”，改年号为“清法元年”，不用说，也很快被抓捕镇压。羊仁安的新太太被判了重刑。羊仁安的干儿子金河匪首李玉光，在沓坡山顽抗时，被解放军当场击毙。胡宗南的参谋长罗列、政治部主任李犹龙在沓坡山被活捉，其余国民党军长胡长青等，因顽抗被击毙。李犹龙被送到成都判了刑，而罗列被转送重庆时却伺机逃走了，最后经香港辗转去了台湾。这时的尹昌衡，就知道这些。他当然不知道后来的事，李犹龙于 1963 年被人民政府特赦，最后病死于北京。罗列在 20 世纪 60 年代先后就任台湾国民党陆军总司令、三军联合大学校长，1978 年病死于台北。

而他的至亲中，姨太太杨倩一直隐居大邑乡下吃斋念佛，因终生没有孩子，后来在当地抱养了一户农家的女孩，女孩大后，她为女孩招了个上门女婿。接着当地搞土改，她被划为地主，因怕被斗争，在一个月黑风高夜投河自尽。

长子宣桓，成都解放前夕，率部起义，可是，由于性格懒散，中华人民共和国成立后他不愿出去工作，又不接受调遣去西南军政大学学习，一生未婚，如野鹤闲云。交往又过于复杂，后被公安厅强制收到政治训练班学习去了。性格即命运。他对大儿子不仅完全灰心，而且担心。还有，成都附近已经开始了轰轰烈烈的土改，他买了上万亩土地，回去必然要被当地农会押去斗争，要他交出多余的土地，很可能还要被划为地主……如此等等，与其回成都触目伤神，平添是非，不如就去重庆，换个环境，落得个耳根清净。

第二天，他把自己的决定告诉了二儿子，也告诉了军管会。军管会请示了上级，决定尊重他的要求，给他们一行发了由凉山去重庆的护照、路条和路费。10月中旬，他们一行，乘的乘滑竿，走的走路，离开了西昌，去雅安，然后换水路，先坐竹筏后乘船到了乐山，再换乘大船顺风顺水地到了重庆。这是1950年的11月11日，已经到了冬季。

他们先在重庆南岸租了半山腰上的一间吊脚楼住了下来。尹昌衡让幺儿宣晟给多年来跟在他们身边的两个仆人足够的盘缠，打发他们各自回成都的家，主仆之间已经很有感情，分手之时，双方流泪。山城居，大不易。这时，所有的工厂企业已经全部收归国有，这样一来，绍尧原先企望的酒精厂已经无从谈起。就在他窘迫无计时，恰东北招聘团到重庆招收大学生，绍尧在父亲的支持下，赶紧写信让与他同时大学毕业尚在成都的妻子赶来，双双去应聘，都被招收。年轻的夫妻二人与老父和宣晟母子洒泪而别，回成都告别母亲颜机，携子女去了长春。

供养父母的重担一下子落在了从前肩不能挑、手不能提的幺儿宣晟身上了。他经人介绍，去海棠溪一家牛奶场挤奶。身量酷似其父、个子高高的他，换上一件对门襟粗布短褂，钻到母牛肚子下挤奶，开始不会，可他学得很快。很快，他挤牛奶的量和质在全场都是第一。他从早到晚，拼命干活，一月下来也就挣人民币20来元。虽然当时的20来元不算少，但这么点钱要负责一家三口人的吃、穿，还要给父亲看病买药，交房租，生活十分困窘。

朝夕相处，患难与共的父子情深。常常看着日益消瘦、手上生满了冻疮、眼神里噙着一丝凄然的幺儿，病在床上的尹昌衡感到很心疼。而儿子却常常说对不起父亲、母亲。因为他没有能力给父母提供好的生活条件。

重庆的冬天多雾，又阴又湿的雾雪白雪白，像一个神奇的老婆婆，不断从纺车上绵绵不绝拉出的线，丝丝缕缕地在山城升起，看不见了天，看不见了地，连大江上的船帆也像是一些剪纸，影影绰绰的。让人特别难受的冬雾，从稀牙漏缝的吊脚楼中钻进来，鬼魂似的游荡。看着因为冷，躺在床上，将薄薄的一床被子裹紧又裹紧的瘦骨嶙峋的父亲，幺儿实在不忍，说是要去买一个炉子和熬火的杠炭来给父母取暖。看着家徒四壁的木板房，看着被生活的重担压得直不起腰身的小儿子，他们都故意说笑话。母亲说，她本是北京城里的一户穷困人家的女儿，从小就是受了苦的，这点苦不算什么，这点冷更不算什么。重庆这个冷，简直就是北京的小阳春。父亲更是说："这很好，我本来就出身贫穷，现在不过是恢复了我的本色生活而已！"

不久，成都七个县的农会联合会派人到重庆南岸找到了尹宣晟，对他说："你家是地主，地主就应该退押。你父亲重病在身，回不去就算了，你两个哥，一个在强制学习，一个去了东北，没法找。我们只有找你回去，协助你大哥退押！"

尹宣晟知道，他不回去不行，可是他一走，父母就无法生存，考虑再三，他第一次瞒了从不麻烦人的父亲，悄悄去求了刘文辉、邓锡侯。

因为起义有功，当时在重庆西南军政委员会担任了副主席的刘文辉，听了尹宣晟的述说后，叹了口气："你父亲这个人啦，就是……"接下来的话，他没有说下去，意思是很明白的，太清高太傲。他告诉尹宣晟："贺龙司令员去年就问过我，说是尹昌衡到重庆来了，你知不知道，找没有找过你？我说不晓得。你怎么这个时候才来？刘伯承司令员、贺龙司令员，还有邓小平政委都说起过你父亲，说是你父亲从来没有做过对不起共产党的事，而且历史上是有功的。现在情况既然已经如此，我开会时向主持工作的邓（小平）政委反映一下，你就等我的消息。"正说着，同样也是因为起义有功、担任西南行政委员会副主席的邓锡侯进来了，他对宣晟说的话，与刘文辉大体一致。

第二天，西南军政委员会、行政委员会开会，会议由中共中央西南局第一书记、西南军政委员会副主席、西南军区政治委员邓小平主持。邓小平时年 48 岁，看上去很年轻很精干很洒脱，穿一身洗得发白的军服，没有戴帽子，头上剪的是短发。他主持会议，处理政务举重若轻，有一种从纷繁的事件中抓住本质，然后用快刀斩乱麻予以解决的本领。会议开得不长，却解决了好些棘手的问题。

"同志们还有没有事，有事请提出来，没有事，会议就开到这里！"邓锡侯这就提出了尹昌衡的问题，刘文辉附议。

会上，刘伯承和贺龙司令员都认为：尹昌衡对四川、对国家、对民族是有贡献的，应该给予照顾。

“同意刘司令员和贺司令员意见！”邓小平说，“对尹昌衡，我们要管！”见大家再无其他问题，也没有不同意见，邓小平宣布散会。

经西南局统战部派人到成都与有关方面沟通，很快达成了一致意见，尹昌衡家的退押被豁免了，而且成都方面派人到重庆看望了尹昌衡；重庆方面按月送去生活费人民币 100 元。那时，物价便宜得让今天的人看来难以理解，难以相信：猪肉四角钱一斤，鸡蛋两分钱一个……中华人民共和国成立初期，人民币 100 元，那可是个大数字。这足以让尹昌衡一家三口生活不错，绰绰有余。

西南局统战部给尹昌衡及他的家人找了套好房子，在重庆大井巷新昌里三号。是一个精巧的小院，房间是明三暗五式，两间寝室，一间书房，房间开间都不小，地板，玻璃窗，三口之家住在里面，相当的阔绰舒适。此外，配套的储藏室、柴房、厨房等也都有。这是山城闹中取静的最好居所之一，也是推窗望景的最好观景台。人在屋中，足不出户，只要推开那镶嵌着红绿玻璃的雕龙刻凤的木质窗棂往下一看，山山水水，回旋起伏的山城美景以及两条玉带般绕城而过的大江——嘉陵江和扬子江，江上的百舸争流尽收眼底。重庆统战部的人在将所需的铺笼罩被、锅瓢碗盏等一应用品家具购买安置好后，这就将尹家三口从南岸接了过去。

从此，尹宣晟不需在外打工挣钱了，只是每天在家照料父母的饮食起居。

生活好了，思想压力轻了，尹昌衡的身体渐渐好起来了。他又开始每天上午打坐练功，坐在床铺上，左腿在内，右腿在外，闭上眼睛，双手合十。那张尚带病容显出苍老的脸上，神情平静而安详，像一尊奇石，经过了风吹雨打、惊涛骇浪的撞击，更加沉稳挺立。这个期间，他在佛学的领域又进了一层，练起禅功。

佛教、佛学本身是从印度传过来的，而禅却带有中国特色，是对原来佛教的深化和补充。佛学虽然博大精深，但哲学体系似乎过于烦琐复杂且庞大。梁武帝时，号称中国佛学第一代祖师的达摩初创禅宗。而对禅宗贡献最大的是唐代的慧能法师。他本是一樵夫，又是一文盲，但他入教以后，佛心独慧且精研执着，从而激浊扬清，系统地完善了禅宗学，以致以后直接影响到我国的佛学、文化、艺术、建筑等多方面和民情风俗。李白、杜甫、苏轼等历代许多大文豪、大诗人、大学者也都精研过禅宗，比如《红楼梦》的专门研究家就指出书中浸满了禅学。

在悠思冥冥、思绪载沉载浮中，尹昌衡总结了自己的一生，不时喃喃自语："孔子曰：'素富贵行乎富贵，素贫贱行乎贫贱；素患难行乎患难，素夷狄行乎夷狄。'孔子想居九夷没有办到，我却做到了！"

1953 年的冬天，对山城来说奇冷，这个冬天好容易熬过了。可是到了 5 月中旬，天气已经明显转暖，却又突然大寒，已经脱了厚棉衣的尹昌衡本来体虚，猝不及防中得了感冒。起初，他并没有注意，宣晟给他请了中医看，煎了几服中药，不仅没有好，反而病势越发沉重。尹昌衡素来相信中医，他坚持看中医，宣晟这就为他请来名医文仲宣。把脉后，文医生对宣晟说："你父亲身体太虚弱，中药药效慢，而你父亲的病不能再拖，得赶紧请西医看，打针！"宣晟这就违抗父意去请了西医来家就诊，尹昌衡吃了西药，打了针后仍不见好。

尹昌衡自知难好。他对幺儿宣晟说："不用请医生给我看病了。"他指着小院中一棵观赏性的虬枝盘杂的小松树说："服药是借助外来的力量，而病能不能好，首先取决于事物的本身。比如这棵小松树，你在它身上砍一刀，最终愈合还是靠它本身渗出的汁液，而非其他！"

其间天气转暖，尹昌衡的病情似有好转。这天下午，他坐在躺椅上，让小儿子宣晟给他推开窗户，他从窗内眺望嘉陵江。阳光穿过云隙，洒在江上，那些在江上来往穿梭的船帆，就像蓝天上不慎落下的白云，倏又缓缓而去。他渐渐抬起头来，注意看去，山山谷谷，回旋起伏的吊脚楼中，不知不觉间，已经掺杂了不少才建起来的很气魄的高楼。而天上，原先一朵硕大的乌云已经散去，亮出了一碧万顷的蓝天。蓝天上，朵朵白云追逐着，在赶自己的路。

这才是山城真正的春天，春天是多么美好的季节。他情动于衷，低声哼起了他喜爱的川剧《锁五龙》。在里间屋子的原夫人听到丈夫在哼川剧，放下手中活计，提着暖瓶出来给他的盖碗茶续水，轻声嘱咐："昌衡，你病了这么久，身体很虚，刚好一点，不要伤神，更不要吹着了。"说着，让儿子宣晟给他关上了窗。

尹昌衡也就不再哼《锁五龙》，只是睡在躺椅上，很深情、很留恋地对原夫人和幺儿看了又看。

晚间睡前，见父亲并无异常，宣晟也就回到自己的房间睡了。

这晚，宣晟梦中觉得自己走到了一处风景绝佳地，江对面，山峦起伏，景色秀丽，阳光明亮。这是什么地方？似乎从来没有到过，正疑惑间，山凹间升起一缕白云，白云随即翻滚、扩大，然后是一片模糊。天籁上忽然响起父亲一声微弱的叹息：“万事云烟已过！”梦到这里，尹宣晟猛然惊醒，一阵心跳，感到事情不好。

他赶紧下床，披衣去到父亲房里，母亲也已经醒了。挑灯看时，父亲虽然睡得很安静，但在发高烧，脸绯红，而且已烧得昏迷了过去，鼻息微弱。母子大惊，赶紧分头出门去请医生，无奈医生夜间都不出诊。母子回来，束手无策，对着一盏孤灯，他们只得将湿帕子搭在尹昌衡头上，轻轻呼唤亲人，暗暗哭泣，等待天明。

午夜时分，时年 68 岁、处于深度昏迷中的尹昌衡突然睁开了眼睛，眼神异常清亮，他看了看守望在他身边、已经哭红了眼睛的宣晟母子轻言道：“我自信一生大节无亏，死后没有遗憾。至于身后是非，留待后人去评说吧，我无须计较。”说完，安详地闭上眼睛，永远地去了。

得知尹昌衡去世，西南局统战部派人来表示悼念、慰问，并送上 300 元安葬费。宣晟母子将尹昌衡安葬在了南岸区黄桷渡上的山谷内。当宣晟受母亲嘱咐，过江到南岸选址时，发现那地方就是他那晚上做梦梦见过的。

他们要回家了。

他们在亲人坟前久久下跪，站起来，再献上一簇他们从山间采来的沾满了露水的鲜艳的野花，再在那簇野花上洒上一些从山涧捧来的非常清冽甘甜的清水。

宣晟搀扶着头发斑白、非常哀伤的母亲，久久地注视着父亲的长眠之地。这里风景很好，而且幽静，四周都是花草树木，花香鸟语，又很是幽深。只是父亲的墓地显得简陋了些，小小的一方圆丘，墓碑是一方红砂石，墓碑碑文是宣晟写好后，请石匠镌刻上去的，只有这样一行字：“尹昌衡之墓。”字是隶书，沉雄有力。小时他不上学父亲不勉强，但字是必须练的，而且父亲要他务必练好隶书。父亲说，隶书这种字体练好了，最有男人气质，因此，尹宣晟一笔隶书字写得相当不错。

这就是父亲的长眠之地！

宣晟觉得，生前学佛信佛，因而深信人死后灵魂不灭的父亲，这时一定在他的理想王国里，深情地默默地凝视着他们母子。而山下隐隐传来的嘉陵江日夜奔腾不息的涛声，则是他们母子献给他们的亲人尹昌衡的拳拳之心，一腔深情。

与此同时，在晨雾笼罩的川西平原尽头，名山县之侧的一个山坳里，王陵基在夜幕掩护下，逃过一劫，只听远远的镇上传来了鸡啼。他确信解放军押送着俘虏确实离去，这才出山。他最后警惕地慢慢踱进附近一座刚刚醒来的小镇。场头，烟雾氤氲中，一个开饭馆的老头，头上包着四川乡间老百姓爱包的白帕子，弓着背，在饭馆铺面外烧火生炉子。

“老板，这么早就开张了呀？”王陵基几十年不改的口音帮了他的忙，他的嘉定（乐山）口音与雅安、名山口音如出一辙。

“老板”循声抬起头来。王陵基注意看去，“老板”是个满头银发、一脸皱纹、神情忠厚的老人。王陵基一眼就看出，这是个乡下好心的老实人。

老头问：“客官你是来吃饭吗？吃饭还早了点。”

王陵基说：“老板，我可不可以在你这里帮几天忙，打个下手什么的，光吃饭，不要钱？”

“客官贵姓？”老头手中停止了扇扇子，抬起打不直、已然佝偻的腰，再次用一双昏花老眼打量着眼前这个说话和气、多早出现在面前的陌生人。

“姓戴，叫戴正明。”

“嗨，巧了。一笔写不出两个戴。”老头高兴地说，“我也姓戴。”

“我们是一家人。”王陵基乘机套近乎。他说他是成都一家药房的伙计，现在成都很乱，生意做不下去了，药房关了门，他只好出来找事做……结果，经王陵基一番花言巧语，加苦苦哀求，开饭馆的戴老头真的是将他留了下来当伙计，让他刷个碗、择个菜什么的。

王陵基哪会刷碗、择菜，混了两天，养了养身子，“辞”别了饭馆的戴老板，又开始流窜。绝境中，他独自来到洪雅县一个逶迤的山坡上，目视着滔滔东流的嘉陵江，他想到过死。但是，想到台北方面的不仁不义，他恨得牙痒痒的。“不，我不能死！”他在心中发着狠暗想，我要活着到台湾去，质问俞济时，为什么出尔反尔，捉弄我王陵基？我要在委员长面前揭露俞济时！党国就是被俞济时这类欺上瞒下、损人利己、专门祸害同志的小人搞垮了的。这时，到这时，他还是相信蒋介石的。

江对面是一派典型的川西平原的和平景致：平畴千里，茅竹农舍……然而，景色依旧，却已是江山易人。看着滔滔东流的嘉陵江，走投无路的他心中豁地一亮，啊，对了！沿江而下，可以由宜宾而重庆，由重庆而南京、广州……只要设法到了香港，那就像是关在笼中的鸟儿扑向了自由的山林，到台湾便是水到渠成的事。而沿江直下，他还有许多关系。

有了主意，也就打起了精神。王陵基一路乞讨，终于在一个夜幕降临时分，来到了宜宾城外南山脚下竹根滩一个姓杨的亲戚家。这是一户地主，曾得到过他的好处。其时，川南一带刚刚解放，土地改革还未开始。有些地主对新生政权怀着刻骨的仇恨，王陵基的这个杨家亲戚就是这样的人。

见到夤夜而来的前堂堂四川省政府主席、现在无异于讨口子一个的王陵基，感受到新生政权威胁、而一筹莫展的杨地主又惊又喜，忙吩咐家中秦奶妈杀鸡、摆酒投宴招待客人。

秦奶妈徐娘半老，人很机灵。主人虽然没有说来客是王陵基，但秦奶妈觉得来客形迹可疑，特别是，主人将客人接进小客厅后将门关紧。他们谈话时头挨着头，声小得像蚊子嗡嗡嘤嘤，一副鬼鬼祟祟的样子。秦奶妈起了疑心，趁主人和客人关在小客厅里谈话，她在灶下烧火煮饭时，问厨房铺排的女主人：“这是啥子显客？”

“哟，省府王主席嘛！”头上梳着发髻，臃肿的身上穿着对襟衣服、手中捏着一柄黄铜水烟袋的女主人少见识。话一出口，发现不对，自己说漏了嘴。赶紧支吾：“秦奶妈你少问，做饭要得紧。”

秦奶妈是有相当觉悟的，她知道了，来客肯定就是新生的人民政府正在各地悬赏缉拿的王灵官王陵基，这是个战犯。趁下半夜，杨地主将王陵基送上停泊在江边码头的合众轮船公司的“永利”轮船时，秦奶妈溜出地主家，星夜去当地人民政府报了案。

夜幕中，“永利”轮顺风顺水走得飞快。王陵基坐在舷窗前暗自庆幸，毫无睡意。耳中满是江水的汩汩涛声，两边岸上影影绰绰的乡村、远山……飞快地往后退去。他想起了一首不知是何人的诗：“功名富贵若长在，江水亦应向西流。”这很吻合他此时此刻的心境，同时，内心重新充满了希冀。

当“永利”轮驶到江安码头时，天刚微明。兴奋了一夜的王陵基躺到铺上，正要合眼，觉得轮船停在了码头上，“瞿！瞿！”几声带着钢声的哨子传进耳鼓。随即听到有人大声招呼：“船上旅客都不要动！”他心中一紧，一个鲤鱼打挺坐起。从窗内望出去，心顿时凉了半截，一队解放军已经上船，正挨次搜查过来。

他想逃。但是，哪能逃得出去？轮船停泊在江心。朝阳已经升起，到处亮堂堂的，一片光明，连只苍蝇也休想逃去。

几名挎着手枪的解放军进了他住的舱，只见一个身穿长袍、头戴博士帽、从体形看有些熟悉的人，正用手指着他的方向，对身边的解放军轻声说着什么。王陵基下意识地将身子缩起，但是，毫无用处。他们已经看见了他。几名挎着手枪的解放军官兵，在那个身姿有些熟悉的人带领下，端端向他走来。他看着那个带着解放军来的人，心中连连叫苦：完了，完了！这个带解放军来抓他的人姓金，在他手下当过旅长。他的身后站着解放军。

“你看着我干啥子？”王陵基看着姓金的脸色发青，身上虚汗长淌，他说：“我不认识你。”

“真是贵人多忘事！”金旅长揭下戴在头上的呢帽，很幽默地笑笑，“王主席，久违了！”说着，双手抱拳作了一揖，“我已投降了人民解放军，对不起了！”

周围几名解放军官兵拿出了手铐，手铐在清晨的霞光映照中铿亮。

王陵基只觉得山旋水转，头嗡地一响，瘫倒在甲板上。这一天是1950年3月3日。

窗外，一轮红日喷薄而出，照亮了山照亮了水，照亮了天府之国锦绣大地。天府之国四川就此翻开了崭新的一页。

后记

天府之国四川，因其特殊的地缘优势，丰饶的物力人力资源，历史上就是成就霸业之地和反攻复国最好基地。比如三国时期的刘备蜀汉政权，比如抗战时期的四川，其地位凸显。

同样，1949 年冬天，一败再败的蒋介石国民党政权，退到四川，退到成都，企望如法炮制，在这里进行国共决战，以求一逞。当时，虽然全国的解放，中华人民共和国的成立，已是必然，但必然之中也有偶然。如果蒋介石的如意算盘打成，那么蒋介石在四川的国共决战，还真不是那么好打的。这，就连中共高层都估计，这场艰难的国共决战要打四年。然而，顷刻间，蒋介石的如意算盘被打得粉碎，蒋介石蒋经国父子不得不仓皇从成都凤凰山机场逃离成都，去到台湾。故国西去，苍茫云海间。

这之中，原因很多。但其中最要紧的一点是四川实力派人物刘文辉、邓锡侯和潘文华三将军在彭县隆兴寺举行的起义。这个刘、邓、潘起义，顿时对蒋介石集团形成了关门打狗之势，让蒋介石集团猝不及防，惊呼逃命，谈何决战？之所以如此，细究起来，有解放军强大的外线压力、有中共地下组织漂亮的内线作战、有党的统一战线的成功等等。这其中，毋庸置疑的是，还有一个蒋介石个人的性格缺陷。在历史的关键时期，重要人物的性格往往对事业的成败起到至关重要的作用。

我是一个写作者。而且本身，我对这方面的题材感兴趣，更为重要的是，在这场决定中国命运、时间虽不长、却最为惊心动魄的斗争中，在国共两个阵营中，都有我的亲属参加。庆幸的是，他们最后殊途同归，都为新中国的解放做出了贡献。